全國高等院校古籍整理研究工作委員會規劃重點項目

二〇一一—二〇二〇年國家古籍整理出版規劃項目

國家古籍整理出版專項經費資助項目

春在堂尺牘

壹

（清）俞樾 著

張燕嬰 整理

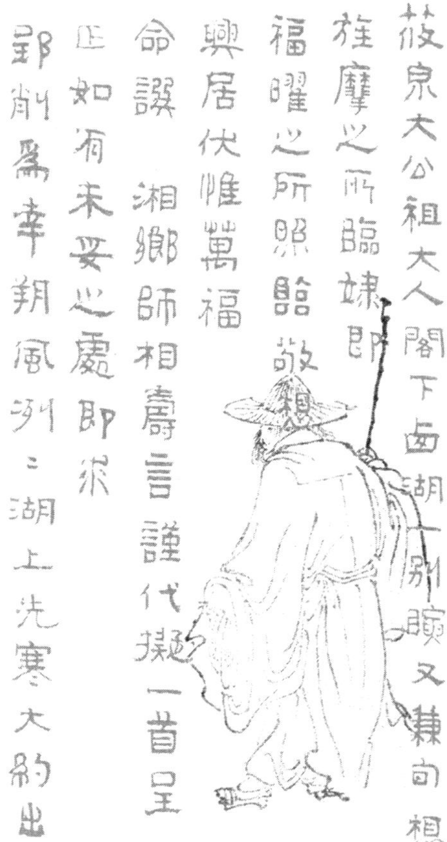
筱泉大公祖大人閣下西湖一別瞬又隸句想
旌麾之所臨竦即
福曜之所照臨敬想
興居伏惟萬福
命譔 湘鄉師相壽言謹代擬一首呈
正如有未妥之處即求
郢削爲幸朔風冽冽湖上先寒大約出

鳳凰出版社

圖書在版編目（CIP）數據

春在堂尺牘 / (清) 俞樾著 ; 張燕嬰整理. -- 南京:
鳳凰出版社, 2021.6
ISBN 978-7-5506-3390-2

Ⅰ. ①春… Ⅱ. ①俞… ②張… Ⅲ. ①書信集—中國
—清代 Ⅳ. ①I264.9

中國版本圖書館CIP數據核字(2021)第077752號

書名	春在堂尺牘
著者	俞 樾 著 張燕嬰 整理
責任編輯	樊 昕
裝幀設計	徐 慧
出版發行	鳳凰出版社(原江蘇古籍出版社)
	發行部電話025-83223462
出版社地址	江蘇省南京市中央路165號,郵編:210009
出版社網址	http://www.fhcbs.com
照排	南京凱建文化發展有限公司
印刷	揚州文津閣古籍印務有限公司
	江蘇省揚州市開發區鴻揚路22-2號(6幢),郵編:211153
開本	880毫米×1230毫米 1/32
印張	45.375
字數	793千字
版次	2021年6月第1版
印次	2021年6月第1次印刷
標準書號	ISBN 978-7-5506-3390-2
定價	280.00圓(全三册)
	(本書凡印裝錯誤可向承印廠調換,電話:0514-87969255)

《俞樾全集》編委會

主編
汪少華　王華寶

編委（按音序排列）
白朝暉　傅　傑　顧莉丹　胡文波　黄曙輝
劉珈珈　羅雄飛　倪永明　喬秋穎　喬玉鈺
孫　煒　滕振國　田松青　王其和　王倩倩
魏慶彬　謝超凡　許　丹　顔春峰　張燕嬰

目録

前言

俞樾是晚清時期「最有聲望」[一]的經學家之一，是在太平天國運動之後、清政府重建文化秩序的時代背景下出現的一位通儒。《春在堂全書》是他的著作總集。其中有尺牘六卷，收入信札二百餘通，然而這遠非俞氏所作書信之全部。

近年來，分藏於國家圖書館、上海圖書館、南京圖書館、浙江省圖書館、臺灣圖書館、北京大學圖書館、華東師範大學圖書館、香港中文大學圖書館、杭州岳廟管理處、日本國會圖書館、日本早稻田大學圖書館等國內外多家典藏單位的俞氏尺牘稿本或原札漸次以各種方式公

[一] 顧頡剛《秦漢的方士和儒生·序》，上海古籍出版社，二〇〇五年，第二頁。

布〔一〕，海内外多家拍賣公司的各場次拍賣會上也常有俞札現世〔二〕。本人又曾走訪國内多家藏有俞札的博物館觀摩展覽或藏品，更因種種機緣有幸得見一些私人藏家手中的俞札〔三〕。今將這些資料搜集起來，輯成此書〔四〕。

鳳凰出版社二〇一〇年曾影印《春在堂全書》，《尺牘》六卷在影印本第五册中，不難獲見。故此次整理未沿用刻本《尺牘》的編例。二〇一四年，鳳凰出版社曾出版本人整理的《俞樾函

〔一〕如國圖的一些藏札可在「中華古籍資料庫」中檢索到，上圖、浙圖、北大與港中大藏品多已影印出版，臺圖與日本兩家圖書館的藏品可在網絡上獲取，南圖藏品也已有掃描件可到館閲覽。所有這些無不説明，海内外圖書館都抱持著越來越開放的態度，服務讀者。

〔二〕「雅昌藝術網」爲檢索各家拍品提供極大方便。截止二〇一九年十二月三十一日之前可通過該網站檢索到的俞札拍品，本書已盡可能予以輯録（所遺漏者，多因網圖過於模糊或未能尋訪到拍賣圖録）。二〇一八年中國美術學院出版社出版洪晨娜整理的《俞樾函札輯補》，主要收録見於（本人二〇一四年整理本之外的）各家拍賣品二百五十餘通。由於本人的整理在《輯證》一書出版前後長期持續進行，本書中與《輯補》重合者，實係本人采擇自網絡圖片、拍賣圖録或衆友好之見示。

〔三〕其中之大宗，如俞氏後人家藏信札，有本人親見者；亦有趙一生先生見示者。杭州岳廟文管會所藏俞樾信札，爲俞氏後人捐贈，亦蒙趙一生先生見示複印件。

〔四〕本書輯録之俞札，以信札原件爲首選。一些刻入六卷本《春在堂尺牘》的信札，經查原件尚存的，均據原札予以整理，以見俞氏書信之本真。

札輯證》(收入《中國近現代稀見史料叢刊》【第一輯】中)。該書爲簡體字版,有考證信札繫年或本事的按語。此次整理,沿用此前整理俞札的體例(詳參凡例)。

本書輯録的俞樾信札,或鋪陳日常行止,或關照文化大業,或探究故實,或切磋學藝,或吟詠贈答,或披露心性,或評騭著述,或臧否人物,從中可以窺見俞氏之學識、品格、胸懷與情趣,亦有助於探究清末政治、社會、經濟、學術狀況之實態。

一、考察其生平行事之細節

人都是社會的人。考察個體人生的狀態,對於了解其所生活時代的實態,是一種有益的補充。

俞樾的人生,始於清道光元年(一八二一),終於光緒三十二年十二月二十三日(一九〇七年二月五日),幾乎貫穿清末這一中國社會發生最大變局的時期。他身居江浙,曾親身經歷第一次、第二次鴉片戰爭、捻軍起義、太平天國運動等時事;家人中則有多人受到主要發生在北方的義和團運動的影響。這些歷史事件以及當時的世況民情，都嘗在其筆端積爲「實録」〔一〕：如致李鴻章札第四、第五通、致應寶時札第五、第三十九通，致廉翁札等均提及捻軍起義；致洪爾振札第十至十三通、致盛宣懷札第二十九通、致汪鳴鑾札第十四通、致徐琪多札等均作於義和團運動期間，這些重大歷史事件對於民生的影響，札中都有細膩的記述。

俞樾是清末傳統教育的體驗者與實踐者。他於道光三十年（一八五〇）取得進士出身，又有近五十年的時間從事教育：這其中既包括他早年爲了生計授館的經歷，也包括同治五年（一八六六）起他歷主蘇州紫陽書院、杭州詁經精舍、上海詁經精舍、上海求志書院、歸安龍湖書院、德清清溪書院的歷程。他的信札中多有相關的教育史料，如致費念慈札第一通、致馮焌光札、致高保康札、致龔照瑗札第一通、致廖壽豐札第二通、致劉樹堂札第三通、致孟沅札、致聶緝椝第二通、致瞿鴻禨第五通、致孫衣言札第一通、致陶甄札、致王同諸札、致王豫卿多札、致應寶時多札、致惲炳孫第一通等。

故研究俞樾生平，對於晚清社會生活史、學術史、教育史都是有意義的。

〔一〕支偉成總結俞樾「爲學固無常師，左右采獲，深疾守家法、違實録者」（《清代樸學大師列傳》，上海人民出版社，二〇一四年，第二三〇頁）。

了解一個人的生平行事，最直接的資料，當然是日記。已經刊刻行世的俞樾著述接近五百卷，其中只有一卷是日記：即記載同治十一年正月二十六日至三月二十八日赴閩省親行程的《閩行日記》一卷（收入《曲園雜纂》卷四十），可知俞氏對日記這類「私著述」的公開，是相當審慎的。故至今可見完整的日記手稿僅存同治六年至光緒二年十年間的[一]；另有《俞曲園先生日記殘稿》民國間排印本一種，爲光緒十八年二月初十日至四月初三日蘇滬往返的經歷（此種又存抄本一種，與排印本文字小異）。三者所存日數加起來，仍不足其人生的八分之一（俞樾一生共計八十六春秋，三萬餘日夜），故仍需要其他相關史料予以補充。

而信札恰恰是一種富有「日録」意味的資料。從《春在堂日記》的記載來看，收寫信件本就是俞樾日常行事的重要内容：一天來往三五通信件，是常有之事；一日十來通也不稀罕[二]；有些日子俞氏僅記載下「得某書」「與某書」這樣簡要的文字，因此信札的内容就對還原俞氏當日的所聞所見、所思所想、所作所爲顯得尤爲重要。

[一] 今藏杭州岳廟管理處。二〇一八年浙江古籍出版社《俞樾全集》第二十七册收入整理本。

[二] 如同治六年六月十八日、同治八年九月十四日、同治九年三月初八日、同治九年六月二十二日、同治十年十一月十九日、同治十一年十月三十日等。

本書輯録的俞樾手札一千四百多通，其中署有日期者超過半數，可作爲與其日記互證或補充其日記缺失部分的直接資料。如俞氏日記載，同治十一年十二月二日壬子「與戴子高書」，僅從日記看，難明其詳。本書所輯俞樾致戴望札第十一通則説：

子高老表阮足下：

得十一月十六日書，知所患未全癒，明年擬來吴下就醫。而吴下亦無良醫，岐黄一道似乎失傳。費伯庸輩盛名卓卓，實無所有也。大著《論語注》，陳意甚高，即以文字論，亦千數百年來無此作矣。日置案頭，思有所獻替而卒不得，亦見其義也堅确也。吴承志字祁甫，馮一梅字孟香。吴長於小學，馮富於詞藻。兩君皆可喜，而吴已娶，而馮則今年未之見，聞其館上海，不知其曾娶不也。此外殊無佳士，未敢以冰上人自任也。紹萊尚在大名任所，一時未即交卸，然薄宦天厓，亦殊乏味。望其明歲能補一官，未知得否。僕雖托林泉之名，而無閑適之樂。著述之事，久已輟筆。前寄上《群經平議》，知爲胡君乞去，兹再寄奉經、子兩《平議》及詩古文詞，求收存。此外，《第一樓叢書》尊處計已有也，其《隨筆》《尺牘》等，瑣瑣不足觀，或有便再寄，此時案頭適無單行本也。别紙所示，處之最善。

明年酉予紫米之資，亦事也不可少者，毋使作《漢學商兑》者執爲口實也。尊三叔母厝處在德清何處？望示知其詳。僕明年至德掃墓，或與内人偕，擬至其棺前焚一佰紙錢。外家姊妹，相處多年，至今思之依依也。於此敬問起居，不盡所言。

十二月二日，樾頓首

再結合俞氏日記同治十二年正月初九日己丑「得戴子高書，子高言：其叔母、仲蘭外姊之棺厝於德清銘道基，問蔡氏名亭者可得其處」的後續記載，可知是札即作於同治十一年十二月初二日者。俞氏在札中問候戴望之疾、稱贊戴著之優、説明兩位門生的婚姻情況（當是戴望有所問詢）、長子俞紹萊的任職、臚舉自己已有之著述、詢問戴望叔母（即俞氏外姊）棺厝所在，内容可謂豐富。

而一些未署日期的信札中也往往有可資利用的時間信息，如：

樾于三月八日還吴下寓廬，頃又買舟至浙，開詁經之課。（致卞寶第）

十月下旬，曾寄一箋，布陳近狀，未知已達左右否？臘鼓聲中，又交六九。（致崇厚）

四月十一日接正月二日書……今年二月十三日曾致一函，未知收到否？（致戴望札第二通）

自正月廿一日如滬，二月十三日還蘇以至於今，無須臾之暇……僕寓蘇平順，已于二月廿日開課。（致戴望札第六通）

僕于九月初攜老妻至湖上小樓，倚檻坐對，全湖晴好雨奇，隨時領略……前日乘籃輿至天竺、靈隱禮佛……是日爲月盡日，香客稀少，游屐亦罕……（致杜文瀾札第一通）

二月七日曾布一箋，未知已達典籤否？（致蔣益澧札第三通）

樾自十月下旬買棹武林，住補帆署中旬有五日。適琴西同年主講杭州之紫陽，不期而遇，彼此歡然，一時遂有「兩紫陽」之目。（致李鴻章札第二通）

九月廿六日得六月四日書，雅意拳拳，讀之增感。七月廿七日曾肅寸箋，奉賀金甌枚卜之喜，託禹生中丞作寄書郵，未知已達典籤否？（致李鴻章札第八通）

今年八月又值老母九十正壽，以在國恤之中，乃借七月十二萬壽蟒服之期稱觴一日，雖止一日排當，頗費兼旬料理，故久而不及函也。（致李桓札第四通）

二月之末曾寄一書，未知到否？弟于三月二十日自杭還蘇。（致俞林札第一通）

以上僅列舉有明確時日信息的俞札十通，這些内容對於豐富俞樾生平細節的描述同樣具有補充作用。

本書輯録的俞札，收信人計有二百二十多位，或是家人親戚，或是業師門生；既有科舉同年，亦見鄉黨官長。在通訊不便的年代，魚雁往還本就是俞樾與他們最重要的交往方式之一：從本書的整理實踐看，有些人與俞樾從未見過面，但這并不妨礙他們之間有相當熱絡的書信往來〔一〕。即使是那些僅記録了饋贈（致恩壽、汪鳴鑾諸札）、請托（致盛宣懷、朱之榛諸札）、慶吊（致金文潮第五十一通、致毛子雲第一通、致小樓札等）等生活瑣事的函札，亦無不真實反映俞樾日常生活的面相，也都是研究俞氏生平與交往情況的珍貴資料。

二、展現其情懷與心緒

信札「是文學中特別有趣味的東西，因爲比別的文章更鮮明地表出作者的個性」，「文章與

〔一〕　如本書收録俞樾致金文潮的信札一〇二通，而金氏逝後，俞樾致其子金詠榴的信中有「久不得尊大人書，甚以爲念。欲俟拙刻《雜文》第五編八卷印釘齊全再作函奉寄，不料今日接令叔來書，驚悉尊大人已於本月十三日仙逝，痛哉！十載神交，未謀一面」（第二通）的説法，可知俞樾與金文潮從未見過面。

風月多能兼具，但最佳者還應能顯出主人的性格」〔一〕。俞樾寫給其摯愛親朋的信札，常常流露出深沉的關愛與無盡的思念（詳見與夫人姚文玉札、與親家翁彭玉麟札、與次女婿許祐身札、與次女俞繡孫札、與獨孫俞陛雲札等）。

如果説上述感情尚屬人之常情的話，下面這幾通手札中所反映的思想内涵與感情特質，則需要通過考察俞樾的人生經歷方可更好地予以把握。

咸豐七年（一八五七），俞樾在河南學政任上。因出題不慎，爲御史曹登庸參劾，罷職〔二〕。光緒十五年（一八八九）五月，俞樾作《曲園自述詩》一百九十九首，其一曰：「命宫磨蝎待如何，唤醒東坡春夢婆。已到神山仍引去，蓬萊亦是有風波。」小注曰：「丁巳秋，因人言免官，即移寓挑經教胡同度歲。」對罷官之事諱莫如深。又一首曰：「嶽色河聲無古今，使臣仗節遍登臨。力除蕭艾求蘭蕙，此事當年過用心。」小注曰：「丙辰二月，始出棚考試。學使之職，當以求才爲主，而以防弊爲賓，果拔得一二真才，便爲無忝厥職，小有冒濫，無傷也。余當年轉以防

〔一〕周作人《知堂書話》之《日記與尺牘》，嶽麓書社，一九八六年，第七六、七七頁。

〔二〕事見《清文宗實録》卷二百三十一。

弊爲主，此乃少年用意未當，奉職不稱，正以此也。」將自己早年罷官之由歸爲防弊過度〔一〕。

光緒十七年（一八九一）八月，弟子徐琪拜廣東學政之命，致信俞樾請教施政之方。俞樾在復信中寫到：

粤東材藪，亦弊藪，尤人人畏之。兄謂，弊亦防其在我者而已，如幕友、家丁，皆在我之人也，關防宜密，稽察宜周，聽言宜慎，家丁尤宜少用，少一人自可少一弊矣。至於代槍頂替，乃在人之弊也。我場規嚴肅，彼自無所施其技，即察出一二，亦不必嚴辦，蓋嚴辦而求其淨絶根株，此必不可得之數也，徒使其人播散蜚語壞我清名而已。（第三十通）

札中俞樾提示徐琪取士需要防弊，但因從自己身邊著手，精選幕友、家丁，嚴控關防，嚴格考紀；至於考生的作弊行爲則不必嚴辦。特别是此札中還有「如兄者，但可借鑒以爲覆轍之車，非可倚重以爲識塗之馬也。既承問及，輒貢其愚」，結合俞樾罷官的經歷來看，他顯然是以自

〔一〕 咸丰七年七月初六日曹登庸參劾俞樾的奏摺中稱其「覆試一人一題」，當是俞氏防弊之舉措。

身所遭遇移作徐琪居官的借鑒。

事實上俞樾的内心并不以出仕爲重，他早年的創作就時時流露出歸隱山林的願望：

人生束髮事名利，何異牛馬居闌牢。即使百齡守簪笏，未若半席分漁樵。題詩并與山靈約，他年築屋名雲巢。（《春在堂詩編》卷一《七里瀧》）

世間名利豈不好，一骨投地萬犬齗。不如歸掃子斗室，左右圖史如排衙。他人入室詫不識，但見束束籤紅牙……鄙人十夜九此夢，所苦有願囊無鎈。獨坐千山萬山裏，不覺心緒紛如麻。安得一稜兩稜地，去與鄰父同耕耡。他年有田不歸隱，請即此歌盟以豭。（《春在堂詩編》卷二《丁未秋周雲笈下第歸，寄詩慰之》）

自拋簪笏奉潘輿，又見春風到敝廬。牲醴不豐因歲儉，光陰最好是家居。（《春在堂詩編》卷三《除夕口占》）

古人以「立德」「立功」「立言」爲「不朽」之業[一]。「立德」實難，而俞氏又不以出仕爲意，則能够使其「不朽」的亦唯有著述一途。事實上，俞樾自幼即對著述之事非常在意[二]，六十歲已有將著述「藏之名山」的規劃與舉措[三]，光緒三十一年(一九〇五)又曾請人鑿造「書藏」(詳參本書中輯録的致毛子雲札第二十至三十五通)。因爲有著强烈的以著述傳世的意識，俞樾的著作常常隨作隨刻，如致陳方瀛札第一通稱「今年又刻《曲園雜纂》五十卷……弟今年新刻《游藝録》六卷」，致丁立誠札第一通有云「拙作《銷寒吟》，已刻入第十七卷詩」，致恩壽札第二十八通稱「近作又刻成十葉(廿九至卅八)」，致傅雲龍札第一通稱「日前惲太夫人曾以《落葉》詩索和……因索觀者衆，遂付剞劂，以代胥鈔」，致金吴瀾札第二十三通稱「又有《題故人孫蓮叔翦燭談詩圖》一詩……弟擬假尊處活版排印一百紙分布同人」，致徐琪札第一三七通有「去年詩尚未刻成，今年詩亦循去年之例絡續付刻」，致朱之榛札第四十通稱「今作一詩聲明之……又

[一]《左傳·襄公二十四年》。

[二]《春在堂全書録要·序》中俞樾自謂「九歲時剪紙成書册之形，自爲書而自注之」。

[三]《春在堂詩編》卷九有《余於右台仙館隙地埋所著書稿，封之，崇三尺，立石識之，題曰「書冢」。李黼堂方伯桓用東坡〈石鼓歌〉韵爲作〈書冢歌〉，因依韻和之》。

近作二首……此三詩皆用鋼版摹印，但不甚清晰耳」等等。且因爲對自身著述的自信，俞樾又常常將新刻成的著述饋贈友人，如致陳鼒札稱「拙著各種，年前又刻成三十九卷，并前所刻，共一百二十六卷，兹一并寄呈是正」，致戴望札第七通中説「閏月之朔曾寄一書并《諸子平議》之已刻者」，致孫憙札中説「外附去《春在堂全書》二部，一以奉贈，一請留存九峰書院中，妄借名山，希圖不朽」，致張之洞札曰「拙著已刻者，一百四十二卷，此後有便，擬寄呈一二部，即求存貯書院中，雖不足質院中高材諸生，亦古人藏名山、傳其人之意也」。這樣的内容在本書所輯函札中甚夥，讀者自可留意。

著述一方面可以揚名，另一方面也可能致禍，俞樾對此也有著清醒的認識。他在同治四年（一八六五）寫給曾國藩的信中提到：

回憶庚科覆試，曾以「花落春仍在」一句仰蒙獎借，期望甚殷。迄今思之，蓬山乍到，風引仍回，洵符「花落」之讖矣。而比年譔述，已及八十卷，雖名山壇坫，萬不敢望，然窮愁筆墨，儻有一字流傳，或亦可言「春在」乎？

雖然「花落春仍在」是俞樾成名的基礎（其著述總名亦爲《春在堂全書》），但「花落」之詞，終非春風得意中人所宜有〔一〕，無怪俞樾以之爲讖語。「花落」一詞僅僅使俞樾禄命不佳，尚不致送命。前面提及的導致俞樾罷官之事，實際上也是文字惹的禍。所以俞樾後半生的寫作是非常謹慎的〔二〕，他在考據學領域取得的成就最高，當與考據學問遠禍的性質〔三〕不無關係。

除了考據經書的名著《群經平議》之外，俞樾的説經之書還有光緒十三年撰成的《茶香室

〔一〕《春在堂詩編》卷十七《八十自悼》其三曰：「已分青氈了此生，蹉跎三十幸成名。置身瀛閬雖堪喜，回首窒衡轉自驚。月下吟情仍賈島，花前詩句竟韓翃。也同入夏春猶剩，偷領春風一日榮。」小注曰：「余進士覆試，以『花落春仍在』句爲曾文正所賞，遂忝第一。此事屢見余詩文矣。後覲姚伯昂先生《竹葉亭雜記》，載六安陳鼇，嘉慶丙辰進士，覆試第一。詩題『首夏猶清和』，陳詩云『入夏初居首，春光剩幾分』。不數日竟卒，人以爲讖。余詩雖稍勝，要非春風得意中人也。」

〔二〕如致李鴻章札第四通中説：「樾非不知儒者讀書當務其大者，特以廢棄以來，既不敢妄談經濟以干時，又不欲空言心性以欺世，并不屑雕琢詞章以媚俗，從事樸學，積有歲年，聊賢于無所用心而已。」

〔三〕梁啓超《中國近三百年學術史》「三　清代學術變遷與政治的影響（中）」（第二二至二九頁）有較詳細的分析，可參看。

經説》十六卷〔一〕和光緒二十年的《經課續編》八卷〔二〕。認同自己經師身份的俞氏，對兩書中的説解頗爲自許，故常常持以贈人：

附去拙刻《經説》，與賢喬梓共質之。（致金文潮第二十一通）

所刻《經説》十六卷，記已奉覽矣。（致繆荃孫第三通）

附去近刻《經説》十六卷，聊酬雅意，兼求是正。（致孫同康）

冬寒杜門，仍以書籍自遣而已。偶解得《論語》「有婦人焉」及「瓜祭」兩條，自謂發千古所未發，附聞，一噱。（致李超瓊第三通）

鄙人新刻《經課續編》四卷，印釘甫成，謹寄呈一部，以備啟發。（致金文潮第九十九通）

又《經課續編》第四卷，皆説經之作，近時所吐棄者。然「有婦人焉解」一首，自謂極確，並以呈教。（致繆荃孫第四通）

〔一〕《茶香室經説序》葉一。
〔二〕《經課續編序》葉一。

又《經課續編》第五卷亦於年下刻成，一并附呈。（致王同第十五通）

以上各札分別作於光緒十四年、光緒十六年〔一〕、光緒十七年〔二〕、光緒二十年〔三〕、光緒二十一年、光緒二十二年〔四〕和光緒二十二年，可知俞樾持續推廣自己的説經之作。然而當光緒十八年，時任廣東學政的弟子徐琪想要謀刻《經説》一書時，俞樾却勸阻道：

初擬縮刻拙著《茶香室經説》分貽士子，今則改縮刻爲翻刻，此意良是。袖珍之本，非使者所宜持贈也。惟兄則又有一説：學使者當堂給發，必須官樣文章，近時有奉發之世祖御製《勸善要言》。若以此等書給發多士，庶幾正大得體，人無異言；若私家著述，大非所宜。拙著《茶香室經説》成書較後，王逸吾學使纂《皇清經解續編》不及著録，得老弟爲

〔一〕柳向春《俞曲園致繆筱珊手札六通考實》，沈乃文主編《版本目録學研究》第四輯，北京大學出版社，二〇一三年，第四六四至四六五頁。

〔二〕札中提及孫同康的《師鄭堂集》，是書爲光緒十七年末排印。

〔三〕札中有「弟八月回杭爲孫婦營葬」之説。

〔四〕柳向春《俞曲園致繆筱珊手札六通考實》，《版本目録學研究》第四輯，第四六五頁。

我張之,大妙。然不過攜數十部於行篋中,考試經古,遇有佳士,以此贈之,或可示以塗畛,濬其心源,此則於理可行,於事亦或有益。若人人給以一函,則徒費紙札之資,而適以啟揣摩迎合之私,且或以成口舌異同之辨,萬萬不可也。兄意如此,幸老弟從之。(致徐琪札第三十三通)

札中力阻徐琪縮刻袖珍本的《經説》,認爲袖珍本不是學政所宜持贈者;至於翻刻書,則當以「官樣文章」(如世祖御製《勸善要言》之類)爲首選,而《經説》這樣的「私家著述」,贈與個別喜好經書古文的士子即可,實無需廣爲散播,以免招致「口舌異同之辨」。綜合以上諸札觀之,對於文名之傳或不傳,其中的尺度當如何,俞樾顯然有著細心的揣摩,這恐怕也是罷官一事的「遺産」。

本書所輯俞札,頗多此類透露其委曲心緒之作,需要細細體味。

三、作爲其考據學問的延伸或補充

論清代學術者,咸以考據爲大宗,以高郵王氏爲巨擘,俞樾則是繼王氏父子而起爲清代考據學之殿軍者，嘗被陳寅恪先生稱爲「一代儒林宗碩，湛思而通識之人」〔一〕。其《群經平議》《諸子平議》宗法王氏之《經義述聞》《讀書雜志》，被梁啓超評價爲「乃應用王家的方法，補其所未及……足以上配石臞」〔二〕。然兩《平議》分別刻成于同治五年（一八六六）與同治九年，時俞樾僅五十歲，其後三十餘年的考證成就則無法從兩書中考見；而俞樾嘗自言「學問無窮，蓋棺乃定，必欲毫髮無憾，誠恐畢生無此一日」（致戴望札第二通），因此要全面考察俞氏考據學問的成就，就需要參看更多的資料。

本書所輯録之信札，可考證出時間者晚至光緒三十二年（一九〇六）十一月初九日（致延清），時距本年十二月二十三日俞樾之卒僅月餘，故其中頗有一些内容可作爲其考據之學的延伸或補充。

如《群經平議》卷十四「堂修二七」條考證《周禮·考工記》「夏后氏世室堂修二七」之説，俞樾認爲《隋書·宇文愷傳》所引《記》文作「堂脩七」，可知「隋時古本竝作堂脩七」；而鄭玄「所據之本亦當如是」，證據是鄭注「令堂修十四步」及「令堂如上制」均爲設測之辭；後人不解鄭

〔一〕陳寅恪《俞曲園先生病中囈語跋》，《寒柳堂集》，生活·讀書·新知三聯書店，二〇〇一年，第一六四頁。

〔二〕梁啓超《中國近三百年學術史》，東方出版社，一九九六年，第二八一頁。

注假設之意，以致「改經從注，貽誤千古」。因此《考工記》原文當以作「堂修七」爲是。而俞樾在致黄以周札第二通中又説，得見以周之父黄式三「《明堂步筵考》，亦以『二』爲衍文」，引爲同道；至於以周「《經禮通詁》……謂『二』非衍文，止據鄭注及馬宫説，則仍未足以破之」。原因在於，一則鄭注爲「假令之詞」，「拙著《世室考》已及之矣」；二則對以周所據馬總説予以詳考，指出馬總説中疑有闕文，且以周人明堂爲二百十六尺，與《周禮·考工記》中周人明堂九筵之數不合，未可引以爲證。據此札，不僅可見俞氏經學考據在《群經平議》之後更有進階，亦知其學術之精進與師友間的切磋砥礪關係緊密。

又如《諸子平議》卷六「楚生鹿當一而八萬」條曰：

樾謹按，此本作「楚生鹿一而當八萬」，言一鹿直八萬泉也，傳寫者誤移「當」字於「一而」之上，義不可通。又按，下文曰「子爲我致生鹿二十，賜子金百斤」，是一鹿直金五斤也。而當八萬泉，則金一斤直泉一萬六千，蓋金一兩而泉一千也。《漢書·食貨志》曰「黄金重一斤，直錢萬」，是春秋時金價貴於漢也。

在此則考證中，俞樾對先秦、漢代的金價均有考察，并得出春秋時金價貴於漢代的結論。而俞樾致勒方錡札第一通曰：

昨席上談及古時金價，因記憶不真，故未詳述。歸而考之《漢食貨志》，曰「黄金重一斤，直錢萬」，是金一兩直錢六百二十五也。按《管子·輕重戊》篇「桓公使人之楚買生鹿，楚生鹿當一而八萬」，當作「楚生鹿一而當八萬」。此八萬，蓋以錢計，言一鹿直八萬錢也。下文云「令中大夫王邑載錢二千萬，求生鹿於楚」，是其證也。又下文云「管子告楚之賈人曰：『子爲我致生鹿二十，賜子金百斤。』」是一鹿直金五斤。以上文證之，則黄金五斤直錢八萬，每金一斤直錢一萬六千，蓋金一兩而錢一千也，視漢時金價較貴矣。昔人未見及此，拙箸《諸子平議》始及之。又，古書言黄金，每以金計，高誘注《戰國齊策》曰「二十兩爲一金」，此説是也。趙岐注《孟子·公孫丑》篇曰「古者以一鎰爲一金」，而注《梁惠王》篇曰「二十兩爲鎰」，則一鎰爲一金，仍是二十兩爲一金耳。漢儒説鎰皆與趙氏同，惟《文選注》有「一鎰二十四兩」之説，恐誤衍「四」字，不足爲據。

據俞樾致吴存義札第二通可知，《諸子平議》之《管子平議》六卷，同治五年秋冬之前已成稿；而致勒氏之札的寫作時間，據《春在堂日記》，當在同治八年初。以此札與前引《平議》中的考證相比，除有關先秦時金價的計算過程更爲具體外，還增加了高誘注《戰國策》及趙岐注《孟子》中的兩條資料，明漢以前常以「金」或「鎰」爲金之單位，漢以後則以「斤」爲金之單位[一]。而據札中首言「昨席上談及古時金價，因記憶不真，故未詳述。歸而考之《漢食貨志》」云云，益知俞氏於友朋間日常言談之審慎，以及對學問考據之勤謹。

而從本書所收入的信札來看，考證應該是俞樾筆端的習慣，大到朝廷封典（如致李鴻章札第十八通考證「紫韁」）、行政規劃（致柳商賢札考證「鎮」之建制沿革），小到雜草閑花（如致王廷鼎札第十六通考證「骨牌草」、以及由浙江巡撫劉樹堂饋贈瓊花一事所引發的考證之作《瓊英小録》一卷[二]），都可以是他考證的對象。這也是他終成一代考據大家的重要原因。

[一]《史記·平准書》「馬一匹則百斤」《集解》引臣瓚下注云「秦以一鎰爲一金，漢以一斤爲一金」。俞樾此説或參用其義。

[二] 據本書收録之札看，《瓊英小録》刻成後，俞氏至少贈與過金文潮（第八十三通）、李鴻章（第二十通）、宋恕（第二通）、吴慶坻（第三通）等人，可知他對此書考證之確信。

除此之外，著述體現的是學術思索之結果，而其生成過程，如無各類佐證資料，則很難予以追溯[一]。信札中則有不少内容，可以幫助我們了解著作的過程。如光緒八年（一八八二），俞樾受岸田吟香之託編纂日本國詩作選集，次年《東瀛詩選》四十四卷成書。在編纂初期，俞樾對該書的編纂體例作過如下説明：

弟意，選詩當以人分，不以體分，每人選古今體詩若干首，其人以時代先後爲次，幸有和漢年契一册，尚可稽考，不致顛倒後先。但見在批閲未周，不知各集中均有年號可考否。至其人名下，例應備載爵里，然恐不盡有徵，至其字某甫，必不可缺。乃如物君茂卿，爲貴國中卓然有名者，弟亦曾見其著作，而其字則在集已無可考矣。至於圈點評語，皆古書所無。中華自前明以來盛行時文，遂以房書體例變古書面目，爲識者所嗤，愚意似可不必。不如每人之下就其全集中或評論其生平，或摘録其未選之佳句，使讀者因一斑而得窺全豹，且於論世知人不爲無補。兹姑借物君茂卿一人，先撰數語，以見體例，别紙録呈。

[一] 幸而俞氏著作尚有多種稿本存世，可以通過其中的修訂痕跡，重構其學術成果形成的些許過程。詳參拙文《俞樾著作稿抄本敘録》（《中國典籍與文化論叢》第十二輯，第三三一至三五六頁）。

乞轉寄吟香先生定之。(致北方蒙第五通)

此札主要内容曾刻入《春在堂尺牘》卷六,題爲「與日本國僧小雨上人」,而原札中劃綫的文字則爲刻本所無,可知原札的内容比刻本要豐富不少。據本札,可知俞樾首先確定該書「當以人分」,「其人以時代先後爲次」(并知其手邊有《和漢年契》一書可供查考日中兩國年表的對照關係);入選人物當有簡介,包括字號、爵里等内容。書中不必有「點圈評語」,但可以在簡介中評論其生平或摘録未能入選的佳句,以合「知人論世」之旨。爲明其體例,還特意撰寫了物茂卿小傳,供岸田氏確定。

相信本書的資料,對於深化研究俞樾學術成就及其進階,能够提供更多的資料。

四、考察晚清文化事業之實況

俞樾生活之世先後經歷了兩次鴉片戰爭和太平天國運動。兵燹戰亂,使傳統藏書業受到破壞,大量圖書典籍毁於其間,以至於戰爭之後,夙稱中國文化重鎮的江浙地區,「士子雖欲講求，無書可讀，而坊肆寥寥，斷簡殘編，難資考究，無以嘉惠士林」〔一〕。同治興復後，在清政府亟需重建文化秩序的大背景下，各省紛紛設立官辦書局。其中，同治六年（一八六七）設立的浙江官書局，在晚清官書局中佔據重要一席。

俞樾自同治七年（一八六八）至光緒二十四年（一八九八）主詁經精舍講席的同時，兼任浙江官書局總辦一職〔二〕，負責書局的全面事務〔三〕。而本書所輯信札中就頗有涉及浙局刻書之事者，如：

前得書局同人書，知《周官》業已告成，想今年《七經》可畢矣。金陵擬接刊《三國志》，蘇局謀開雕《明史》。吾浙《七經》畢工後，未知刊刻何書，已有定見否？或與金陵、吴門合成全史，或竟將《十三經注疏》刊行，經經緯史，各成巨觀，洵士林之幸也。（致李瀚章札第

〔一〕馬新貽《建復書院設局刊書以興實學折（同治六年十月十二日）》，《馬端敏公奏議》卷五葉五十至五十一，清光緒二十年刻本。

〔二〕俞樾致俞林札第一通。

〔三〕宋立《浙江官書局研究》，河南大學碩士學位論文，二〇一〇年，第十四頁。

二通）

見在議刻《續三通》，因原書尚須鈔補，未遽開雕，似宜先以他書一二種參之。鄙意，朱竹垞先生《經義考》，實爲六藝之鈐鍵，唐宋以來説經諸家於此可得其梗概……此本浙中鄉先輩之書，理宜於浙局重刊，未始非經學之一助……當時議并刻李心傳之《建炎以來繫年要録》，因循未果。此書久佚，國朝從《永樂大典》録出，其敘述宋高宗一朝之事，實與《長編》相續，宋室南渡，事在臨安，南宋之史書，即西浙之掌故，此亦宜在浙局刊行者也。浙局所刻子書，外間頗稱善本……竊謂，諸子之中，其有益民生日用者莫切於醫家，宋元後，諸家師心自用，變更古義，立説愈多，流弊愈甚，宜多刻古本醫書，如《難經》《甲乙經》《巢氏諸病源候論》《聖濟總録》等書，俾學者得以略聞周秦以上之緒言，推求黄炎以來之遺法，或有一二名醫出於世間，於聖朝中和位育之功，未始無小補也。至集部……有王君文誥者，曾注《蘇東坡先生詩集》，遠出舊注之上，不特詩中故實略無遺漏，且於坡公一生事蹟考訂詳明，卷首載《年譜》數卷，幾於爲坡公作日記者。樾幼時讀其書，深爲歎服，今原版已燬，印本無存，似宜訪求其書而重刻之，不特讀蘇集者爲之一快，且使王君畢世苦心不致泯滅，亦盛德事也。（致劉秉璋札）

《説文五翼》一書，未知上虞廣文如何申復？聞蔡臞客言，此書都門有刊版，未知曾見否？然外間流播絶少，卷帙幸而不多，或發書局刻行，以廣其傳，未始不可。（致瞿鴻機札第三通）

承屬訪求子書善本，以備續刻。伏念《四庫全書》子部，首列儒家《孔子家語》外，有宋薛據之《孔子集語》，今湖北已刊行矣。惟薛氏之書止有二卷，本朝孫淵如先生又續輯至十七卷之多，古書中所載孔子之言，無句不搜，一一注明出處，視薛氏之書，奚啻倍蓰，允宜刊刻，以廣其傳。又按，《四庫全書》中，子書莫古於《黄帝内經》，而外間所有，不過馬元臺注本，於古義未通，故於經旨多謬。此書以王冰注爲最古，而宋林億、孫奇、高保衡等校正者爲最善，鄂局未刻……若刊刻此書，使群士得以研求醫理，或可出一二名醫，補敝扶偏，銷除疹癘，亦調燮之一助乎。兵家之書，首推《孫子》，鄂局雖刻之，而未刻其注。此書有魏武以下十家注，似宜刻之，以補鄂局所未及……（致楊昌濬札第五通）

上引俞氏諸札中均有向浙中當事者推薦宜刻之書的内容。

而《春在堂詞録》卷二《玉京謡》「生就蟫魚命」一闋小序則曰：「中興來，東南大吏各開書局，刊刻書籍，余參預其間。」可知俞氏於清末刻書事業之貢獻并不僅限於浙江一局。如同治八年（一八六九），時任浙江巡撫的李瀚章首倡四書局合刻《二十四史》之議，俞樾則多方斡旋，分別聯絡兩江總督馬新貽、江蘇巡撫丁日昌、湖廣總督李鴻章等人，往來函商，終於玉成此事。詳細情節可參看本書所輯俞氏致以上諸位手札；此外致其兄俞林札第一通、致曾國藩札第七通亦言及此事，可以參看。俞樾還曾建議丁日昌於江蘇書局刊刻陳鶴《明紀》六十卷（致丁日昌札第二通）、補刻王昶《金石萃編》（致丁日昌札第三通），建議方濬頤在四川刻王文誥《蘇文忠公詩編注集成》（致方濬頤札），這些都是他推動晚清刻書事業的明證。

至於刻書過程中精選底本、搜集校本、選任校勘人員等具體工作的細節，亦可於本書所輯函札中獲知一二，讀者可自留意。

雖然本書所輯録的函札，未必能展現俞樾一生所作之萬一，上面的分析，亦未必能説明其函札價值之萬一；仍希望讀者能暫時抛却愛好宏大敘事的眼光，可以通過本書所輯録的俞札，探尋其經學研究、文學創作、思想發展的脈絡，感觸其心靈之律動與身世之浮沉，捕捉到發生在俞氏身邊的歷史真實或高光時刻，并進而探尋有關晚清政治、經濟、社會以及學術史的些許細節。

凡例

一、本書輯録俞樾致友人函札一千四百餘通。主要來自刻本《春在堂尺牘》六卷，日本早稻田大學圖書館藏稿本《春在堂尺牘》卷七，國家圖書館、上海圖書館、南京圖書館、浙江圖書館、臺灣圖書館、北京大學圖書館、香港中文大學圖書館、杭州岳廟管理處以及俞氏後人等處所藏和見於各大拍賣公司拍賣圖録的俞樾手札原件。爲便於核實，一一注明出處〔一〕。

二、函札釋文以繁體字録出。盡量保留俞氏本人所使用的異體字字形；少數一字兩讀者（如閒→閑、間之類）除外。其中誤字，如有確鑿證據可改正者，以（）括注原字，〔〕括注改字。漶漫殘缺或未能辨識之字以方框代替。

〔一〕在搜集資料的過程中，諸多師友，高誼襄助，提供綫索。今於出處中一一説明，以示感謝。如一札有多人見示圖片，則僅記首見者。釋讀文字時遇到困難，請教北京語言大學張廷銀教授、北京大學張劍教授、中國藝術研究院谷卿研究員，每每迎刃而解，特此感謝。

三、本書收録之函札按收信人歸併整理。全書以收信人姓名拼音字順編排，不再編製索引。不可考知收件人的信札集中置於後。

四、各收信人名下函札數目不等。如作札年代可以考知，則按年代順序排列；作年暫無法確認的信札編次在後。刻本《春在堂尺牘》六卷和稿本《春在堂尺牘》卷七中收録的函札均大體按作年編排，其中《春在堂尺牘》卷一收録的函札作於同治三年至六年間（一八六四—一八六七），卷二收録的函札作於同治五年至八年間（一八六六—一八六九），卷三收録的函札作於同治八年至十年間（一八六九—一八七一），卷四收録的函札作於同治十一年至光緒元年間（一八七二—一八七五），卷五收録的函札作於光緒二年至七年間（一八七六—一八八一），卷六收録的函札作於光緒八年至十八年間（一八八二—一八九二），卷七收録的函札作於光緒十九年至三十一年間（一八九三—一九〇五）。今亦以各札在《春在堂尺牘》中的次第作爲繫年的參照。

五、刻本《賓萌外集》卷二中收録有駢體文書啓十四篇，因該書已全本收入全集，故於此處不再重複收録。

致白曾烜（一通）〔一〕

幼芝公祖世大人閣下：

昨奉手書，知移寓吴中，琴書瀟灑，甚慰，甚慰。太夫人家傳久已撰擬，屢屢函問杭友，竟莫知公館所在，故未克寄奉。今將拙稿并原奉【下缺】

〔一〕 本札輯自《小莽蒼蒼齋藏清代學者手札》，第七六六頁。

致鮑晟（一通）[一]

竹生仁弟大人賜覽：

二兒婦今日痛勢已停，腹亦不漲，惟氣往上升，時有欲作欬逆之象，且胃口愈加不開，并粥亦不思食，口中甚渴，而湯飲均不能受，身子亦甚疲弱。尊方今日服半劑，尚投，然氣機終不舒暢。至丸藥，昨晚即燉服半顆，亦不甚見效，留半丸未服。謹將原方奉上，可否酌改，抑或親臨，統候裁示。手此，敬請台安。

愚兄俞樾頓首，初八日

[一] 此札輯自《上海圖書館藏歷代手稿精品選刊·俞曲園手札》，第二三〇頁。

致北方蒙（十四通）〔一〕

一

小雨上人侍者：

去歲承惠顧小樓，未值爲悵。頃辱手書，並賜楹帖，推許過甚，非僕所任。又承示以貴國《史略》及大著《淨土真言》一卷，感謝無既。謹奉酬以七言詩一章，即書素絹上，求兩正

〔一〕 以下十四通手札均輯自王寶平《流入東瀛的俞樾遺札》。原札藏日本金澤常福寺，題《曲園太史尺牘》。首有光緒十年三月胡鐵梅序，稱「俞太史蔭甫名樾，前任河南學政，未幾去官，掌吴門書院講席有年，遂築室金閶，大學士李少荃書「俞太史著書之廬」顔之，時人爲榮。太史生平最講究根柢之學，晚年益以著述爲事，經史之外，旁通釋典。與北方小雨上人闡揚妙諦，貫徹儒書，二賢異趣同歸，故交誼亦摯。往來札子，裝成巨册，傳諸後世，壽同金石也」。則諸札均當作於光緒十年三月前。

之。附去拙刻《全書録要》一本，僕所著書名目具在此中。貴國想必有流傳之本，如或未全，當刷印奉寄也。又《俞樓詩紀》一卷，覽之可見西湖上小樓光景。手肅布復，敬問起居，統惟慧照不一。

曲園居士俞樾頓首，三月廿六日

二〔一〕

小雨上人侍者：

接奉覆函，并承和章，又賜以楹聯，感荷之至。即敬悉法履綏和，慰甚。弟已於四月三十日還吴下寓廬，觕叨平順。屬書楹帖，謹以一聯奉贈，即希正之。又小詩一章，聊奉一咲。另有數帋，或可分寄貴國諸吟好也。手肅，敬問起居，不一一。

愚弟期俞樾頓首，五月廿日

〔一〕此札蒙延雨博士見示圖片。

三

心泉上人侍者：

松林上人來，接讀手書，敬悉卓錫滬濱，闡揚宗風，益樹清望，甚善甚善。松公來，適有客在坐，未獲倒屣。頃又訂其重過敝廬，當可接其清標也。弟日來氣痛頻作，欲作大字頗艱。承令師龍潢和尚屬書條幅，稍愈即當寫奉，以副雅屬。至岸田吟香先生欲以貴國諸名家詩集付弟選擇，弟學術粗疏，何足握詞人之秤。惟東瀛文物，企仰素深，果能探其淵海，擷其精華，何幸如之！竟請便中寄示，敢云玉尺之量才，私幸金針之度我。如致吟香先生書，乞轉致之。手復，敬問起居，不盡萬一。

曲園居士俞樾合十

敬求松林上人便帶上海，面交心泉上人手啟爲佩。曲園居士拜手。

四

心泉上人清覽：

前日復一牋，託松林上人轉寄，未知已照入否？令師龍公屬書直幅，頃已塗就，由局寄奉，即希轉致。手此，敬頌安禪，惟慧照不一。

曲園居士和南，七月十三日

五〔一〕

小雨上人清覽：

日前由松林上人交到惠書，並吟香先生所寄貴國詩集一百七十家。弟適臥病，未克披覽。

〔一〕 此札又見於《春在堂尺牘》卷六，題爲「與日本國僧小雨上人」。刻本文字較原札少，故今仍據原札。

今病小愈，乃始扶杖而至外齋，陳匧發書而流覽焉，真有琳琅滿目之歎。未知衰病之餘，尚能副諉諈之盛否？弟意，選詩當以人分，不以體分，每人選古今體詩若干首，其人以時代先後爲次。幸有《和漢年契》一册，尚可稽考，不致顛倒後先。但見在批閲未周，不知各集中均有年號可考否？至其人名下，例應備載爵里，然恐不盡有徵，至其字某甫，必不可缺。乃如物君茂卿，爲貴國中卓然有名者，弟亦曾見其著作，而其字則在集已無可考矣。至於點圈評語，皆古書所無。中華自前明以來，盛行時文，遂以房書體例變古書面目，爲識者所嗤。愚意似可不必，不如每人之下，就其全集中，或評論其生平，或摘録其未選之佳句，使讀者因一斑而得窺全豹，且於論世知人，不爲無補。兹姑借物君茂卿一人，先撰數語，以見體例，别紙録呈，乞轉寄吟香先生定之。力疾布復，敬問禪祉。

愚弟俞樾頓首，九月二十一日

如致吟香先生書，乞代問起居。

再啟者，此書選成，約計可三千餘篇，多少未定，姑且約計。頗亦可成大觀。尊論欲於上海刊行，即照拙書版片大小，甚爲簡便。弟處有熟識之刻工陶升甫，人甚妥當。弟之各書，皆其所刻，大約刻白板則每百字不過一百六十文，刻梨版則每百字須二百文，似較上海刻資稍廉。且近在吴下，弟得就近指點，則行款必無錯誤，似更妥當。乞與吟香先生酌之。惟在蘇刻，則一切查核字數並絡續交付刻貲，必得一人經手。弟止任選擇，不能兼此等事也。並聞。

弟再頓首

六

小雨上人惠覽：

昨得手書，敬悉禪寂之餘，佳想安善，甚尉，甚尉。承交到詩集數種，已收入矣。吟香先生之意，謂可不著「國」字，所見甚是。弟前次所書，亦止因未定書名，姑以見例耳。今擬定爲「東瀛詩選」，别録一紙奉覽。又例言二紙，乞並寄吟香定之。此書刻於蘇州，當命舊識之刻工陶升甫承辦，一切格式，均照拙書，而刊刻則宜加精。當令其先刻一卷，寄由尊處轉達吟香居士，以見大概。惟此選少亦當有七八十卷，儼然巨編。刻貲頗亦不菲，想公等自能豫籌也。又承代寄下竹添君書，亦收到，兹有復書，乞爲郵達。又貴國領事品川君亦有書來，弟未知其號，未便函復，乞示悉。品川君又有屬書之紙，似尚尊處未寄下也。彭雪翁日内赴鄂，來件俟其回日轉求。手此，復頌禪安，不一。

愚弟俞樾頓首，十一月廿二日

七

心泉上人侍者：

廿二日曾肅復函，並託寄竹添君書，未知照入否？前承寄下之書籍及竹添君所寄硫磺，收到無誤。惟貴國領事品川君信中言有紙索拙書，此則未到也。品川君之號亦求示悉，以便寄回書。以後如有惠函，請交信局寄敝寓，無有不到。兹乘松林上人回滬之便，呵凍率布。即頌清福，不一一。

曲園居士和南，十一月廿八日

八

心泉上清覽：

臘月得手書，知瓶盎清閑，慰如所祝。貴國詩已選定，分爲四十卷，尚有補遺二卷未定。客臘已屬手民陶升甫刻好一卷，俟稍修飾，即可寄奉雅鑒也。惟内有九種不知名姓，别紙録奉，乞示知其姓名、字號、里居爲荷。弟年下又遭愛女之喪，心緒甚劣，承屬書之件，稍遲再塗奉。手此，敬頌清履，匆匆不一。

愚弟功俞樾頓首，正月初十日

《愚山詩稿》松本氏，無名字；

《西山詩鈔》西山氏，字拙齋，無名；

《東郭先生遺稿》神吉氏，無名字；

《竹雪山房詩》宇都氏，無名字；

《古愚堂詩集》北溟兒先生，無名字；

《聿修館遺稿》松山侯，無名姓；
《日本詠史樂府》中島氏，字子玉，無名；
《鵬齋詩鈔》無姓名；
《吾愛吾廬詩》無姓名。

九

小雨上人清覽：

新正十日曾寄一牋，未知照入否？春雨經旬，想禪定之餘，百凡清勝也。弟因心緒不佳，興味索然。選詩一事，即承諉諈，不敢不卒業。頃已選定四十卷，又從諸家選本中選出五百餘首，定爲補遺四卷，兹將目録寄上清鑒，並乞轉寄吟香翁一閲。刻工陶升甫去歲已刻成一卷，兹印呈裁定。如公與吟香以爲可，即可屬其接續刻下也。手此，布頌清福。

愚弟功俞樾頓首，十七日

一〇

心泉上人清覽：

日前奉到還雲，並大著吟稿，謹當選入，以光斯集。竹村詩亦當酌選數首也。吟香未知有無還信，此書何時開雕？約計刻貲亦尚不過鉅。弟衰老多病，既經手此事，頗以早日觀成爲快也。屬書各件，均已塗成，但心緒不佳，致將尊號寫錯，謹另書一紙，一併寄呈。舍親彭雪翁直幅亦已寫好交來，代爲寄達，統乞鑒收。弟於正月廿七日到西湖，二月廿外仍回吴下。手此，布頌清福。

曲園居士俞樾和南，二月初九

一一

心泉上人侍者：

前接手書，知前寄拙書各件均入清照，即悉維摩示疾，飛錫東歸，想不日定占勿藥也。松林師暫留滬寓，則此間刻詩之舉乏人照料。尊意先交五十或百洋與陶升甫，俾其絡繹先刻。弟即與陶升甫商量，據云：一經動手，則寫手、刻手皆齊集以待，勢不能止。蕆事非難，而遠隔東洋，往返函商，頗不容易。設或刻資一時不繼，何從墊付，轉費躊躇。屬弟函致尊處，可否先寄洋蚨四百圓來蘇。亦不必遽付，暫存弟處，隨刻隨付，則彼得放心鳩工從事矣。此雖市井之見，稍涉拘泥，然彼亦從小心起見，所説不爲無理。弟約計此書刻成，約略須七八百元光景，則籌寄回數，不爲過多。用敢代陳，即希酌定。如以爲可，先請寄四百洋至弟處，以便催其開雕，俟刻成再由尊處核算可也。見在倚寫以待，俟覆到再行照辦。手此，布頌清吉，諸希慧照不宣。

弟再頓首

愚弟功俞樾頓首，二月廿四日

正在繕函，接松林上人書，並有續寄之件，尚在信局。俟其交下，當選其佳者入集也。惟弟近來心緒不佳，精神甚劣，此事本係勉從尊者及吟香翁雅意，不敢不勉力圖成。所選就此而止，此後雖有佳集，只好另覓高明續選，在此集只好算作遺珠矣。

一二

心泉上人侍者：久不得書，想飛錫東還，維摩之疾久愈矣。昨由松林上人寄到番佛四百圓，今日即招刻工陶升甫至，令其絡續開雕。一動手後，蕆事非難也。前函曾奉詢諸詩人爵里，乞便中示悉。弟新爲亡二小女刻遺稿一卷，附呈雅政。另有壹百本，乞吾師與吟香居士分存，爲弟轉致貴國諸吟好，庶其微名得流播東瀛也。手肅布頌清福，不一一。

愚弟功俞樾頓首，三月廿六日

一三[一]

心泉上人侍者：

[一] 此札蒙李慶教授見示圖片。

日前曾泐一牋，並亡女詩一百本，寄由滬上寶刹轉寄東瀛。而松林上人適已來蘇，未知錦東已爲轉達否？此信到日，所有亡女遺詩，望與吟香居士分致吟好，以廣流傳，不勝盼切。承寄刻資四百洋泉已如數收到，即交陶升甫絡繹刊刻矣。略有應商之事，託松林上人轉詢，想必達到也。弟衰羸多病，老懶日增，爲貴邦經理此事後，恐翰墨之事亦將輟業矣。手肅布泐，敬頌清福，不盡萬一。

愚弟功俞樾頓首，四月初五日

再者，倘有便人西來，弟欲託買貴國瓷器數件，或茶碗，或飯碗，或菜蔬碗，不拘大小式樣，隨便幾種均可。其價示知再繳。

弟再頓首

一四

心泉上人侍者：

久不奉書，想維摩示疾，早已霍然，不久飛錫西來，仍可快圖良晤也。吟香居士屬選貴國詩，頃剞劂告成，刷印清本，裝成十六册，寄呈清覽。如有錯訛，乞吾師與吟翁校正，以便再付刻工修改。其刻資已屬刻工開具清帳，每卷字數亦分別開載。弟抽查一二卷，大數相符，且皆有絀無贏。仍請侍者再抽查數卷，如無大錯，即可與之結算清楚也。前此兩次寄下之款，共洋蚨壹千圓，結帳後計尚有贏餘，當與詩版一併託松泉師寄，請查收也。至序文止弟一篇，蓋古書體例如此。一書兩序，爲顧亭林先生所譏，是以弟於此集不另託人作序，大雅想必以爲然。弟序文屬門下士徐花農太史代書，其封面則請彭雪琴大司馬書之，簽條則請潘伯寅大司寇書之。彭、潘兩尚書，固敝處名望素著之人，而徐太史名位，他日亦必不在兩尚書下，似亦足爲此集生色矣。附聞一笑。手此，敬頌清吉，不一一。

弟功俞樾頓首

吟香居士亦祈致意，不另函。

再者，弟日前曾有函致吟香居士，並有祝湖山翁壽詩二首，託錦東上人寄東，未知收到否？並祈詢悉。

又頓首，九月九日

致卞寶第（一通）[一]

榕城小住，敬謁清塵，言語麤疏，衣冠草野，乃承念孔李通家之舊，極杜萱相遇之歡。車騎辱臨，珍羞遠錫，歸舟循省，爲幸良多。滬上得讀邸抄，始知陳情之表，已達朝端，破格之恩，特頒天上。在臣子切報劉之願，簪紱情輕；而朝廷鑒借寇之忱，縶維意重。詔歸梓里，迎奉版輿，此古今僅有之遭逢，實忠孝兼全之福分。中興盛事，逖聽爲榮。樾于三月八日還吴下寓廬，頃又買舟至浙，開詁經之課。小樓風雨，於焉逍遥。未知旌麾何日啟行？將來道出蘇杭，當迎候八騶，拜南國福星，并瞻北堂慈蔭也。

[一] 此札輯自《春在堂尺牘》卷三，題作「與卞頌臣中丞」。

致曹元弼（一通）〔一〕

叔彦孝廉世仁兄文席：

前承惠顧暢談，略窺根柢，不勝悦服。弟所學粗疏，近益荒落，拙著各種，徒費棗梨。兹以《全書》奉覽，如有謬誤，無吝抨擊。至書之全否，一時未克細檢，附去《録要》一本，乃拙著之目録，請照此檢查，如缺再補。手此，敬頌撰安，再趨前，不一一。

世愚弟俞樾頓首，嘉平朔

〔一〕本札輯自《復禮堂朋舊書牋録存》，抄本，復旦大學圖書館藏。北京大學李科見示。「檢」字以下見於上海崇源二〇〇五年春季拍賣會「芝蔚堂珍藏書畫」專場第〇二三九號拍品。

致陳方瀛（九通）

一[一]

仙海仁兄世大人閣下：

前承光顧，次日即走報，未晤爲悵。比來暘雨應時，想萬樹甘棠，益徵蔥郁矣。弟寓吴如昨，無可言者，惟今年又刻《曲園雜纂》五十卷，零星撰述，初不成書，兹將目録附呈清鑒。同鄉中退樓、筱舫諸公各助刻三卷，每卷以六洋爲率。叨在知愛，謹以奉聞，想不嫌瑣瀆也。手此，敬請台安，不盡。

世愚弟俞樾頓首

[一] 此札輯自《上海圖書館藏歷代手稿精品選刊·俞曲園手札》，第三〇九至三一一頁。

再啟者，弟今年新刻《游藝録》六卷，刻費約卅六英洋，而見在又於馬醫巷西頭築屋三十楹，土木之費既緐，剞劂之資遂絀。素承雅愛，可否分潤廉泉，俾手民得以早日蕆事，則感情無既矣。手此，載請勛安。

弟樾再頓首

二[一]

仙海仁兄世大人閣下：

久違雅範，良用馳系。頃奉手翰，敬悉萱蔭增榮，棠陰益茂，欣尉鄙懷。并以海壖要地，議固金湯，未雨綢繆，古人所貴，爲此舉者，其知道乎！東洋之事，未識如何？鄙意當與前明倭患有別。處此時勢，彼亦不得不顧大局、顧公論。吴淞一口，爲各國通商馬頭，當亦不遽擾及也。上海詁經精舍，因仲復觀察多事多病，久未舉行。精舍本無定額，是人可以投考。曾言於仲

[一] 此札輯自《上海圖書館藏歷代手稿精品選刊·俞曲園手札》，第三一二至三一四頁。

翁，擬精選二三十人，在院肄業，講求實學；此外白茅黄葦，概從删薙，仲復觀察極以爲然，然未舉行也。鏡香同年久未得書，未知其近在何所？文人命薄，亦大可憐也。張忠武「虎」字，從前曾託許信臣撫部求之，適值庚申之變，未之能得；尊處有藏者，如得加墨其上，附忠蹟以俱傳，何幸如之！手肅，敬請台安，復頌秋祺。不盡。

世愚弟俞樾頓首

三[一]

仙海仁兄世大人閣下：

辱手書，知台祺迪吉爲慰。修城、濬河二議皆未果，聞倭事可望和局，則修城亦不妨從緩也。海疆自以備豫爲先，然究以不啟兵端爲妙。粵督未知放何人？督撫中尚有資深者，補帆未必即得也。少渠監印一役，忽爾易人，未知何故。少渠頃已旋里，十月中再來，尊函當先寄

[一] 此札輯自《上海圖書館藏歷代手稿精品選刊·俞曲園手札》，第三一五至三一六頁。

禾城也。承惠刻資番佛廿尊，謝謝。謹改刻《楹聯録存》二卷，不久可成，當寄奉清正也。手肅，敬請台安。

世愚弟樾頓首

眉生《倭考》業已讀過，然鄙意以爲倭患雖同，而見在時勢則與前明大異。尊意以爲何如？

四〔一〕

再啟者，奉到手書，敬悉壹是。弟九月中奉先靈還德清安葬，本是壽壙，啟而納之，不費畚築。十月初仍還吴下，杜門讀禮，無狀可陳。貴治志書告成在即，甚善甚善。如有下問之處，隨時寄示可也。勒少仲方伯並未以序文屬弟捉刀，并以附及。此請升安。弟再頓首。

〔一〕本札輯自日本JADE株式會社二〇一三年秋季拍賣會「中國書畫專場」第〇五一三號拍品。未署名，因用「曲園竹報」信箋二紙書寫，知爲俞札無疑。無上款，與其他三通出自一宗拍品，故繫於同一收信人下。

五[一]

仙海仁兄世大人閣下：

前日惠顧，暢談爲快。《川志序》已代擬一首，求正定。局中諸公下問各節，亦率臆奉復，求轉致之。台旌何日還川？手此，布頌大安，不一。

世愚弟制俞樾頓首，廿三

六[二]

仙海仁兄世大人閣下：

辱惠書，猥以内人之喪，錫之素幛，并承慰藉拳拳，何感如之。即敬諗升華茂著，台祉綏和，無任慰忭。弟讀禮未終，悼亡又賦，遭家不造，生趣都無，不堪爲知己告也。内人遺意，願

[一] 此札輯自《上海圖書館藏歷代手稿精品選刊·俞曲園手札》，第三〇八頁。

[二] 本札輯自日本 JADE 株式會社二〇一三年秋季拍賣會「中國書畫專場」第〇五一三號拍品。

埋骨西湖，已託人至杭覓地而未得，擬秋間領帖一日即送至西湖，暫時停紼於新築之俞樓，俟得地即葬。知念附聞。手此，敬請台安。附柬具謝，統惟心照，不一不一。

世愚弟制期俞樾頓首

屬書之件，一時未能握管，容再塗奉。又及。

七〔一〕

仙海仁兄世大人閣下：

辱手書，知侍奉康娱，循聲大起，甚善。小孫年稚，婚冠非時，概不領賀。賜幛仍由局寄璧，非客氣也。小詩二首，埘博一笑。弟衰不著書，曲園、俞樓兩《雜纂》後，右台仙館止成《筆記》十二卷。俟刻成，寄奉清玩。手此敬謝，即請台安。

世愚弟俞樾頓首，十四日

〔一〕本札輯自日本 JADE 株式會社二〇一三年秋季拍賣會「中國書畫專場」第〇五一三號拍品。

八〔一〕

仙海仁兄世大人閣下：

承寄賜喜幛，小孫年幼，婚冠非時，不敢領賀，當即璧還，定蒙照入。弟連日碌碌，殊無佳況，小詩二首，聊述鄙懷，即呈雅正。復謝，敬頌升安。

世愚弟俞樾頓首，十八日

九〔二〕

仙海仁兄世大人閣下：

〔一〕本札輯自日本 JADE 株式會社二〇一三年秋季拍賣會「中國書畫專場」第〇五一三號拍品。

〔二〕此札輯自《上海圖書館藏歷代手稿精品選刊·俞曲園手札》第三〇六至三〇七頁。

春韶乍轉，芳訊遥來，敬悉勛祉延洪，升祺懋介，翹瞻喬采，允協蕪忱。弟吴中度歲，碌碌如恒，幸託順平，足紓存注。兹有敝門下年家子丁酉年姪江子平孝廉欲赴計偕，困於資斧，弟擬爲之集腋，用敢函懇臺端，伏求推愛，惠賜漕脩一分，不拘多寡，俾得集貲北上，感荷玉成非淺也。手肅，復頌年安。

世愚弟期俞樾頓首

致陳漢第（一通）[一]

仲恕仁兄世大人文席：

兩次由協甡寄到洋錢各九十六圓，四月及前五月兩月薪水均收到矣，費神，謝謝。許處及舍姪孫處均交付無誤，知念并及。前託售拙刻《全書》，有售去者否？尚存幾部？便中示悉。手此，敬頌文安。

世弟俞樾頓首，閏十六日

[一] 此札輯自《上海圖書館藏歷代手稿精品選刊·俞曲園手札》，第三〇四頁。

致陳豪（十通）

一[一]

蘭洲仁兄大人閣下：

頃展手書，知即將赴鄂，想不日花滿河陽矣。執事乃玉堂揮翰之手，小試牛刀，未免可惜。然此後絃歌而治，爲政風流，合文苑、循良而爲一傳，亦足樂也。松溪諸公皆彈冠而起，吾黨未免寂寥。聞均父慨然投筆，遠赴戎旃，則更非夷所思。儀父失意南歸，家無儋石，其舊席未知能復暖否？局中人多，亦殊難定，見中丞自當爲進一言。樾寓吴平順，九月中當作湖上之游，

[一] 此札輯自《上海圖書館藏歷代手稿精品選刊·俞曲園手札》，第二〇四至二〇五頁。

知念附及。手肅，復請升安，順賀大喜。風便時惠德音，無任馳系。

愚弟俞樾頓首

二[一]

蘭洲仁兄大人閣下：

自别光儀，有疏音敬，時於令弟處詢悉近狀，藉慰鄙懷。今奉惠書，欣悉順時納祜，爲政宜民，學道愛人之君子，固與世俗殊也。今年太夫人大慶，弟適在右台山館，敬坐籃輿至佛廬拜祝，手寫一聯以獻。秀才人情，深可悪也。乃承手書致謝，彌覺汗顔。弟謬竊虚名，毫無實學，記聞日減，衰病日增，荷奬藉之有加，愧頽唐之不稱。今年作《文昌生日歌》，頗自詡爲獨得之見，敬呈一紙，惟訂正之。手此布復，敬頌升安，統惟雅照不宣。

愚弟俞樾頓首，五月十六日

[一] 本札輯自《冬暄草堂師友牋存》。

三[一]

蘭洲仁弟大人執事：

一别二十餘年，聞彈冠出仕，以儒術爲吏治，上游器重，下里謳歌，文事政事，兼而有之，良深欣慰。今者以使事暫還珂里，省視高堂，觴舉顔和，康强逢吉，可爲德門賀矣。謂士令弟，同事書局，諸賴維持，遽歸道山，同深惋惜。哲嗣仲恕，少年老成，亦偉器也。秋闈伊邇，想努力下帷，以期高捷。兄年已七十有四，精力日衰，學業日退，詁經一席，尸素多年，不久亦當引去矣。生平豪無實學，浪博虚名，老運屯邅，門庭凋落，職此之由，不足爲知我者道也。秋間擬挈小孫婦之柩歸葬西湖，託友人於南山一帶訪求妥地，馮夢香孝廉云已有一二處，且往相度，未知合用否。兄有《廢醫論》一卷，舊刻入《俞樓雜纂》中，今抽印百本單行，冀廣流傳，謹以一本呈覽。此雖兄之偏見，然有益於世間實不淺也。從者在里門，想必有躭延，兄秋間到杭，當可

〔一〕此札輯自《上海圖書館藏歷代手稿精品選刊·俞曲園手札》，第二〇六至二〇七頁。

相見。手此布復，敬頌侍安，并候暑祺，不一。

愚兄功俞樾頓首，六月十九日

四[一]

藍洲老弟臺賜覽：

久疏牋候，秋涼，伏惟台候萬福。兄病只如常，每日舁至外齋小坐，無生趣也。杭州龍興寺聞將改爲工藝局，千年古刹，未免可惜。郎亭有信致方伯，請改用他處，未知俯允否？如方伯詢及，乞方便一言爲幸，并屬丁修甫將《龍興寺志》一部由尊處轉送方伯，乞查入。此請道安。

愚兄樾頓首

[一] 此札輯自《上海圖書館藏歷代手稿精品選刊·俞曲園手札》，第二一九頁。

五[一]

蘭洲老弟臺侍史：

久疏箋候，想圍鑪覓句，意興大來也。兄病體如常，仍以吟詠自遣，今年又可得詩一卷，俟刊成當就教也。明春擬將所作雜文凡三十七卷。抽印數十部，緣近來無人談經術，而此等文，人尚喜之也。每部紙張印釘須洋二元，未識貴相好中有欲附印者否？世兄海外，想頻有信來，東洋學生，小有風潮，未知如何？小孫逍遥吴下，以待棋局之定。聞木天不廢，且議疏通，未知如何也。蟄仙來杭否？兄前寄輓聯，未知到否？舍姪孫已委署金門縣丞，前所求者可從緩矣。手泐，敬請吟安。

愚兄樾頓首，廿九

〔一〕此札輯自《上海圖書館藏歷代手稿精品選刊·俞曲園手札》，第二二〇至二二二頁。

六〔一〕

蘭洲仁弟惠覽：

前讀手書，備承心注。臘鼓迎春，春旗送喜，想擁鑪覓句，扶杖尋梅，興復不淺也。庶常君已還膝下，甚善，想待明春再東渡也。兄近體如常，無可言者。小孫亦未定行止。順天學差，日久未放，恐已作罷論。北轅無益，幸不作六品編修，且在家食俸而已。新説風行，舊學日廢，誠如尊言。然日本顧不然，其文部大臣久保公遠來購曲園手稿，有一纂書官島田翰來游禹域，訪求舊籍，今持兄書，來觀丁氏之嘉惠堂矣。然則國之强弱，原不在此也。肅復，即頌台綏。另片奉賀年禧。小詩附博一笑。

名正具，臘廿五

〔一〕 此札輯自《上海圖書館藏歷代手稿精品選刊·俞曲園手札》，第二〇八至二一〇頁。

七[一]

蘭洲老弟臺惠覽：

元旦氣象光昌，伏惟台候大吉。兄病只如常，難望起色，未知開春如何。陸放翁八十六而終，恐亦如之矣。元旦詩一首，奉呈一笑。如有貴吟好過從，即以示之，嬾傳寫也。手肅，敬頌頤安，并賀年喜。世兄均候。

兄樾頓首

平明爆竹振門牆，命陛雲於卯初祀門。喜氣迎來東北方。佳讖難符鄭高密，前年甲辰，去年乙巳，余非康成，不足應龍蛇之讖。耄齡已過郭汾陽。紅箋仍寫新年吉，依年例書「元旦舉筆，百事大吉」。緑菊還留去歲香。瓶中尚存菊花二朶。我是山陰陸務觀，不知更醉幾春光。放翁有詩云：「嘉定三年正月後，不知更醉幾春風。」時年八十六。

丙午元旦曲園試筆

〔一〕 此札輯自《上海圖書館藏歷代手稿精品選刊·俞曲園手札》，第二一三至二一四頁。

八[一]

蘭洲老弟臺惠覽：

入秋以來，忽涼忽熱，想葛衫蕉扇，與時皆宜也。兄近亦小有感冒，幸眠食如常，故嘯歌仍無廢耳。火山詩前未寄覽，今補奉二紙。又一詩，亦近作也，并以呈教。花農斷弦，其二世兄亦斷弦，可云不幸矣。天雨窗黑，率布，即頌秋祺。

愚兄樾頓首，廿九

端午橋以埃及古文製扇見贈，亦爲賦一歌，此等題目，亦古人所無也。因乏寫手，未及録寄，容後再奉。杭人亦必有得此扇者，未識曾見過否？又及。

[一] 此札輯自《上海圖書館藏歷代手稿精品選刊·俞曲園手札》，第二一六至二一八頁。

九〔一〕

蘭洲老弟臺惠覽：

得手書，知偶患紅斑，時氣使然，想早已痊可復常矣。兄病只如恒，近却有拂意事，第二曾孫慶寶殤矣。此兒眉目姣好，質地聰明，年只四歲，竟不能留。門衰祚薄，一至於斯，可歎也。一家中我最老，此兒最小；老者宜去，小者宜留，倒行而逆施之，不祥莫大矣。陳鹿翁易簀之後復而賦詩，此事殊異，老弟未之聞乎？其自壽詩云云，亦非薄視其長君；蓋此老守舊之士，靜觀斯世，不勝滔滔皆是之歎。而其長公子仕粵，見重上游，必一時髦之士，老翁視之爲隨波逐浪矣。兄此言當得其微意，起鹿翁而問之，必以爲然也。前湯蟄仙來，言杭之鐵軌或繞城東，或穿城過，亦是城東，並未及城西，是西湖無恙也。今聞之報館，言有劉姓者欲於城西開一電車之路，不知果否。竊謂拱震〔宸〕至江干，已有鐵路，可走火車，何必再開此路以走電車？即火車亦未必得

〔一〕　此札輯自《上海圖書館藏歷代手稿精品選刊·俞曲園手札》，第二一一至二一五頁。

利，觀蘇滬火車，竟無生意，可以借鑒，然則電車又何爲乎？電車之患，甚於火車，即外國亦時因電車滋事。果有此舉，非杭之福也。此路未知侵及法相等處否？〔吾〕如有所聞，務求示悉。老弟欲巖棲谷飲，恐時勢至此，山中亦無樂土也，可歎可歎！肅復，敬頌道履萬福，匆匆不盡。

愚兄樾頓首，九月五日

一〇[一]

蘭洲老弟臺賜覽：

接奉手書，并惠我加香肉，示以製法。如法爲之，肥美異常，惜隨園未知此法，不然必補入《食單》矣。兄病狀如恒，竊意以爲燈中油盡，故火焰上騰。若服補陽之品而不補陰，猶加燈草而不加油也。近日於參之外加以熟地膏，且看如何，未知能度過殘年否。有小詩，附一笑。世兄海外之游，在近日亦一終南也，較小孫株守殊勝。肅謝，敬頌冬祺。

愚兄樾頓首，二十八日

〔一〕此札輯自《上海圖書館藏歷代手稿精品選刊·俞曲園手札》，第二二五至二二六頁。

致陳夔龍（二通）

一[一]

魚雁傳來尺素輕，陳遵書牘得爲榮。遠煩開府清新句，下和衰翁傴仄行。想見指揮皆得意，定知鋒鏑早銷聲。太邱門第於今少，清望何慚長與卿。

今歲江南寒意輕，庭中桂樹尚餘榮。只憐抱病劉公幹，非復談經楊子行。深感饒甜餽珍藥，承以蔆桂見贈。謬容企喻附同聲。便煩傳語梁園士，五十年前舊客卿。余於乙卯年奉使河南，距今五十年矣。

[一] 本詩札輯自上海工美二〇〇四年秋季拍賣會「中國書畫・瓷器古玩・古籍專場」第〇六四二號拍品。

筱石中丞再次余「輕」字韻詩見贈，亦疊韻報之。適有高句麗牋，即録奉吟正

曲園病叟俞樾，時年八十四

二[一]

承賜佳章，非所敢當。扶桑小柳，隨手拈來，皆妙對也。盛饌寵頒，舉家飽德。此謝，并請
台安。

弟樾頓首

小石中丞大人台覽

〔一〕本札輯自敬華（上海）二〇〇一年春季拍賣會「古籍善本碑帖」專場第〇四三三號拍品。

致陳鼐（一通）〔一〕

作梅老前輩大人閣下：

八月中曾肅寸牋，已登台覽否？獻歲發祥，敬惟玉帳延釐，金提建福。守歲晉屠蘇之酒，迎年開旍節之華，轅戟遥瞻，軒䡾曷既。樾于中冬下澣從西湖講舍還吴下寓廬度歲，元宵後即擬至閩中省視老母起居，期于三四月間仍還杭州，補詁經之課，未知來得及否。舟車歷碌，愈覺筆墨生疏矣。拙著各種，年前又刻成三十九卷，并前所刻，共一百二十六卷，兹一并寄呈是正，伏求有以教之。惟書籍尚需刷印，而樾即將赴閩，是以先寄此函，書則俟印訂後飭敝寓送方伯寄奉也。手肅，敬請勛安，順賀春祺，伏惟惠詧不宣。

侍功俞樾頓首上

〔一〕本札輯自《名家書簡百通》，第五五至五七頁。趙一生先生見示。

致陳祖昭（一通）[一]

三伏炎炎，未識清簟疏簾作何消遣？前言，擬以刻羽引商度此長夏，然苦無題目。頃偶從太倉王氏覓得弇州山人所爲《曇陽子傳》，洋洋萬餘言，事頗奇詭，與傳奇體例相宜，寄奉清覽，未識有意爲之否？曇陽子事，疑信參半，然本朝嘉慶間尚爲移建曇陽觀，而劉文正公並爲題榜，則其人亦必有不可泯者。嘗謂明代之有曇陽子，猶唐時之有謝自然，在吾儒視之，固屬異端，然天地間自有此一種人，則亦自有此一種理。昌黎作《謝自然詩》，頗極排斥，然至今謝自然仙蹟未嘗不與昌黎公之道德文章並壽於千古也。弇州此傳，太涉冗長，讀之者少，能得妙筆闡發之，亦一奇作。如尊意不屑爲之，則此傳仍望寄還，以付其家也。

[一] 此札輯自《春在堂尺牘》卷七，題作「與陳子宣」。

致程先甲(一通)[一]

一夔仁兄經席：

僕以虛名，浪播海内，時局大變，吾道將窮。東坡云：「垂死初聞道，平生誤信書。」每誦斯言，以爲太息。而足下又曲相推許，盛爲揄揚，雖承賢者之雅懷，實非鄙人之私願也。伏讀大箸數種，具有本原，非同掇拾，既欽爲學之日益，亦欣吾道之不孤。《廣續方言》中「吴楚謂之瀨」、「今江東呼爲蛭蟣」，此二條似宜酌。「蛭蟣」句似宜據慧琳原文，於句上增「水蛭」二字。本是原書標目，不嫌增益。「吴楚」句或連上引王逸注爲文，未知可否。又一條云「其河彼俗謂之燕支河」，「其」字上無所承，亦似宜酌。此等處均無傷全書之美，既承見示，輒布陳之。《選雅》之作，自是上擠群雅，非足下不能成此書。遵命題耑，并製小序，聊副來書，未足增重《三都》也。

[一] 本札輯自《廣續方言》卷前。

手書布復，并謝大教，即頌箸安，匆匆不一。

愚弟俞樾頓首，二月二十七日

致崇厚（一通）〔一〕

十月下旬，曾寄一箋，布陳近狀，未知已達左右否？臘鼓聲中，又交六九。老同年玉帳高搴，冰壺清對，寫便宜之表，天語温多；張吉利之旗，軍門春滿，裘輕帶緩，樂可知也。樾因二小兒病魔纏繞，不得不在蘇照料，近已遷居紫陽書院，屋雖寬大，而兵燹之後窗户不全，殊苦廓落耳。拙鳩既不善營巢，窮鳥又安能擇木？竊比於衛公子荆，以一「苟」字處之，然彼之苟，苟其所有，樾之苟，苟其所無，或較古人更進一籌乎？所著《群經平議》，已集人寫定副本，杭州太守劉君笏堂擬集貲刊刻，未知果否？前塵昔夢，久已坐忘，而敝帚千金，不能舍去，要不離乎書生之見，可笑也！關河修阻，不獲如在天津時得以時相過從。聊藉管城子，粗陳大略，不盡欲言。

〔一〕此札輯自《春在堂尺牘》卷一，題作「與崇地山同年」。

致村山正隆（一通）[一]

廣桑山與白雲齊，滄海茫茫路易迷。今日幸逢婉盆子，乘桴同拜孔宣尼。

《蓬萊謠》一首

節南先生屬

曲園俞樾

[一] 本詩札輯自嘉德二〇一三年春季拍賣會「古籍善本」專場第一八七七號拍品。

致戴啟文（二通）

一[一]

子開大公祖世大人閣下：

年前接奉惠書，欣悉福與年增，抃慰無似。承命撰《錢敏肅神道碑》，率擬呈政。八十三老人，於財神生日開筆成此，想祝京兆所謂利市者乎？一笑。手肅，敬請勛安，順賀春禧百益。

治世愚弟俞樾頓首，人日

再啟者：此文據《哀榮録》敘述，尚有所未詳者，如生年若干、某年月日葬於某地、妻某氏、

[一] 此札輯自《上海圖書館藏歷代手稿精品選刊·俞曲園手札》，第二四五至二四六頁。

次子何官、有孫幾人,均請詢之甘卿公祖,增入文中,庶合金石之例。目昏日甚,草草奉布,統惟惠察。

樾再頓首

二〔一〕

子開大公祖世大人閣下:

展讀手書,敬悉尊園乃國初名流故址,二百年後又得名流爲主,品題泉石,提唱風騷,既賀先生之得名園,又賀斯園之得賢主也。又知蠟屐入山,訪定能和尚,非公不能〔不此〕有此清興也。其兄名俊,月汀將軍曾識其人,未知然否。此書至今尚在,然則當日殆未曾投也。保甲改警察,不過花樣翻新,無益有損,姑蘇近事已可見矣。《錢敏肅公神道文》應改之處,自當遵改,但此文已寫樣刻入拙著《雜文》第六編矣,恐一二字之訛可改,多改則不能也。至其格式,首行

〔一〕此札輯自《上海圖書館藏歷代手稿精品選刊·俞曲園手札》,第二四七至二五〇頁。

宜大書「皇清誥授某某某錢敏肅公神道碑」，次行書某人撰、某人書、某人篆額，其人書官銜可，止書某縣某人亦可。新近爲李文忠公神道碑篆額，只書「德清俞樾篆額」而已。某行只消書「某年月日立石」足矣，再書撰人等，萬無書稱謂之理，「弟」「姪」等字，均非金石體例也，請告錢公知之。弟目昏臂痛，精力茶然，杜門不出。小孫照例留館，又將考差，未知如何。肅復，敬請台安。

治世愚弟樾頓首，十三

外小詩博一笑。承賜佳箋，但恐拙書不稱耳。又及。

致戴清（一通）〔一〕

春風爭唱比紅詩，誰向瓊林乞此枝。神女青琴原絶世，佳人翠袖自生姿。成仙應伴碧虚子，作畫先辭黄大癡。賴有色絲詞絶妙，分貽殘錦到邱遲。

洗蕉老人以《緑萼梅》詩見示，亦成一律，趁韻而已，不足言詩，即請正句

曲園俞樾

〔一〕 本札輯自《同光名人手簡真蹟》。

致戴望（十一通）

一〔一〕

自去年九月朔得惠書後，久不得書，未知今年究館何處？念之念之。僕敝門養拙，仍以譔述自娱。《群經平議》中又增《公羊》《穀梁》各一卷，《國語》二卷，《周禮》二卷，見在從事《儀禮》，未卒業也。承索觀《論語平議》，但此書二卷，寫録一通，亦頗不易，且其中尚多未定之處，故不克寄奉。約計一二年間此書必可告成，大都《周易》二卷，《尚書》四卷，《周書》一卷，《毛詩》四卷，《儀禮》二卷，《周禮》二卷，《大戴記》二卷，《小戴記》四卷，《公羊》一卷，《穀梁》一卷，

〔一〕此札輯自《春在堂尺牘》卷一，題作「又與子高」。札末有跋語曰：「此三函久已無稿，而子高處尚存原書，因録存之。《群書訂義》即《諸子平議》之舊名也。同治五年正月樾記。」

《左氏傳》三卷，外傳《國語》二卷，《論語》二卷，《孟子》二卷，《爾雅》二卷，此其大略矣。書成後，即當付之棗梨，以質海内諸君子。此外尚有《群書訂義》一種，未定如干卷。僕所譔述，此二種最大矣，餘若《字義載疑》等書，卷帙無多，隨時寫定，尚易爲力。區區之意，五十以前此數種書均當寫定，此後天假之年，未即委化，或精力尚强，不妨續有所著，否則涵養性真，爲道日損矣。年來厭棄人事，屏絶應酬，入道之基，或即在此乎？胡氏《燕寢考》，僕處有之，然謂「燕寢東房西室，室東壁有户以達于房，其南面有牖無户」，此實大不然者。果如其説，則由堂入室，必先由房矣，以《左氏傳》所載東郭姜事觀之，是時公拊楹而謌，則在堂可知也。姜與公始皆在堂，欲出避之，若房有户而室無户，則姜入房中，便當自北堂而出矣，何必入室，多此轉折乎？胡氏所説，殊不足據。洪氏頤煊《宫室問答》一卷，已深以胡説爲非，然而所説必牽合《考工記》明堂之數以定丈尺，亦未免過泥；且改古人五架之屋爲七架之屋，亦無塙據。足下若欲治《儀禮》，孔氏顨軒有《廟寢異制圖》，其《寢制》一圖姑且勿論，其《廟制》一圖，可據以治禮矣。且其所説，亦頗簡明，其謂「棟後爲室，棟前爲堂」，雖所據《士喪禮注》未免誤會鄭意，然古制實是如此。僕治禮竟，亦當爲《宫室考》一卷，他日南中肅清，得歸臥鄉山，擬于南埭舊居改造先祠，即依古制爲之，計所費亦不多，未知能如吾願否？聊書此，以博一笑。

一一〔二〕

四月十一日接正月二日書，知起居佳勝，慰甚。居停主人周君季貺，好尚風雅，洵冠蓋中不可多得者。相與賞奇析疑，亦天涯之一樂也。今年二月十三日曾致一函，未知收到否？承示，以爲拙著各書宜隨作隨刊，此固見愛之雅意，然其事何可易言？僕《群經平議》中《易》《詩》《書》《論語》《孟子》如干卷，在前兩年視之，似乎既竭吾才矣，今更讀之，又頗有未安者。然則僕近年所著《春秋三傳》《外傳》及《周禮》《儀禮》諸經《平議》，數年後，安知不自見其鼓失乎？學問無窮，蓋棺乃定，必欲毫髮無憾，誠恐畢生無此一日。然見在諸經尚未卒業，或者因此及彼，尚可隨時增益，且俟全書成後再刊以問世，未晚也。此道衰息，已非一日，庸庸者姑勿論矣，其高者亦不過拾宋人之唾餘，貌爲理學而已，七十子之緒言、兩漢經師之家法，其有聞焉者乎？僕學術淺薄，又不得位，豈足以振起之乎？足下年少氣盛，力足有爲，斯文未喪，勉之而已。又示《論語解》一事，僕頗不以爲然，「五十學《易》」，舊有以宋人《河圖》「五十居中」解之

〔二〕此札輯自《春在堂尺牘》卷一，題作「與戴子高」。

者，此任啟運《周易洗心》之説，固不足據，然其謂「用五用十以學《易》」，則與足下同也。《易》言「參五以變」，不言「五十以變」，足下此説，又何以勝于彼説乎？「大過」作卦名解，聞青田端木舍人説如此，僕未見其書，無以知其同異。僕説經務求平易，故與足下此論不合，希更審之。

僕眠食無恙，近因遣嫁次女入京小住月餘，亦不出應酬，惟同年至好如叔芸輩間一往還而已。得暇輒至留離廠舊書攤頭隨意坐坐，又或興酣潑墨，率爾塗鴉，以應好事者之求。至于玉堂舊夢，付之雲煙之過眼矣。俟昏嫁畢後，兩兒觕能成立，便當斷棄人事，不復相關矣。二兒自去年來心境蘊結，將成心疾，今春延醫治之，僕來京時似有小驗，今大兒信來，言已霍然，未知其審。大約亦不能讀書，亦擬捐一官與之，俾得自謀生計足矣。必欲科第世家，詞林接武，此又世俗之見也。

二〔一〕

松泉舍姪來，交到手書。知爲學日益，又知近來得力于《老子》之學，以此治心，以此處世，

〔一〕此札輯自《春在堂尺牘》卷一，題作「又與子高」。

甚善甚善。《老子》書每言唯其如此，故能如此，極是利害。世但言其「和光同塵」，非知《老子》者也。《論語解》六十三事，極有發明。「五十學《易》」之解，鄙見不以爲然，已詳前書。「何事於仁必也聖乎」若作一句讀，則句中當加「而」字。鄙意，《爾雅》曰：「事，勤也；勤，勞也。」「何事於仁」猶言「以是爲仁，何其勞乎」。「勿欺也而犯之」，阮相國《校勘記》曰：「皇本『也』作『之』。」然則「勿欺之而犯之」，猶言「勿欺之與犯之」。古人之文，凡兩事相連而及者，多用「而」字。昭二十年《左傳》「齊豹之盜而孟縶之賊」、韓子《説林篇》「以管子之聖而隰朋之智」，皆其例也。「欺」與「犯」，皆非事君所宜，故並戒之。此二義，足下以爲何如？僕自都門旋津，仍事譔述，藉以銷夏。所著《群經平議》，《三禮》《三傳》粗有成書，似乎所見較塙。其《易》《書》《詩》諸經，皆數年前見解，不逮多矣，今年諸經卒業後，尚須通覽一周，方可出以問世耳。來書辱有親炙學者之稱，不敢當，不敢當。僕爲學觕略，不足爲足下友；若足下，真吾畏友也。數十年來，吾道衰息甚矣，無往不復，必有起而張之者。足下勉之，僕則無能爲矣。

四[一]

子高足下：

久不得書，未知近狀如何？良用懸懸，想同之也。僕旅食津沽，於今四載，杜門著述，餘無可言。大兒仍在津當差，小兒亦以微員需次吴下，聊使糊口而已。向平之事，已算粗了，但有長女未嫁耳。所著之書，亦略有頭緒。《經訓弼觳》更名《群經平議》。《説文》曰「訂，平議也」，即取此義。凡卅六卷，已刊就一卷，乃專論明堂制度者。寄去一本，足下以爲何如？其《儀禮平議》二卷，已寄京師，托友人付刊，未得也。此外各書，惟《諸子平議》卷帙稍繁，然年來囊中空矣，刻資亦頗不易辦耳。足下比來有何撰述？風便惠我一言。餘惟爲道自愛，不盡萬一。

旃蒙赤奮若極且之月，俞樾拜白

[一] 本札現藏揚州市圖書館。據焦霓《揚州市圖書館新見俞樾致戴望書六札考釋》輯入，焦文所録個别字疑有小誤。

五[一]

子高足下：

別後兩得書，承拳拳之意，甚感。譚中修書并詩一本已即日寄杭矣。大小兒粤中之行不遇而返，見尚在吴下，且俟明年再覓機緣矣。薌翁抵粤後，步趨太冲，非復在吾浙時光景也。二小兒痴頑如故。内人入秋來疾病纏綿，至今始小愈。貧而兼病，奈何奈何！《平議》尚有一卷未刻，大約明年畢工矣。然刊印易而傳布難，不知將來竟覆誰家醬瓿？然僕痴願不衰，得暇仍治諸子，亦期於明年卒業。士生於此，既不能以功業自見，而挾此區區者以見於世，亦查初白所謂「老傳著述豈初心」矣。而傳不傳，又不可知也。夫古人著書傳後，固其一生精力不可銷磨，而亦未始不借友朋推挽之力。當今之世，非足下，吾誰望邪？琴西已還其家，二月中方可到杭。屬致縵翁書，輒草一函，乞封好致書。

樾書

[一] 本札現藏揚州市圖書館。據焦霓《揚州市圖書館新見俞樾致戴望書六札考釋》輯入，焦文所録個别字疑有小誤。

六〔一〕

子高足下：

嚮來三得手書，而未復一字，非嬾也。自正月廿一日如滬、二月十三日還蘇以至於今，無須臾之暇。閱書院卷，一也；爲上海修志，二也；賓客往來，三也；筆墨應酬，四也。此四十日中，止于滬上往返舟次讀《列子》一過而已，其碌碌可想，故不及作書也。《群經平議》已刻齊，又費十日之功統校一通，甫于今日寄杭，改正後即可刷印，未知此月中有否，印來後定當寄數部與足下也。僕治經麤觕，不識涂徑，中年無事，惟曰讀書。先儒舊説，或有未安，輒不自量，妄有辯證，歲月既久，云云遂多。《群經平議》業已刊刻，《諸子平議》又將繼之，詅癡四方，貽笑大雅，甚無謂也。都下方大開同文之館，招致西賢，使海内士大夫摳衣受業，盛乎哉！而吾儕顧抱遺經，以究終始，咥其笑矣，想足下助我撫掌也。日本士人，僕在滬上亦見其弍，然不

〔一〕此札輯自《上海圖書館藏歷代手稿精品選刊·俞曲園手札》，第一五五至一五九頁。又收入《春在堂尺牘》卷一，題作「與戴子高」。刻本較原札有删省，故今據手札整理。

足談，蓋非足下所見者。惟得安井仲平衡所著《管子纂詁》，紙張刷印極佳；以書而論，似不及物君之《論語徵》。然僕實未嘗細讀，但記其訂《戒篇》「里官」爲「蠽宫」之誤，頗足備一説也。又多引古本，未知與今本同異，亦未嘗細校也。《管子》在諸子中最古，然實是雜家言，以僕論之，諸子中首推《墨子》，博大精深，不爲無用之空言，行文亦暢達，漢人稱「孔墨」，故知尼山外斷推此老矣。《莊子》書僕不甚解，亦不甚喜，要其大旨，不過能外生死而已，精義微言，轉不如《列子》。凡兩書相同者，皆莊用列，非列襲莊也。其文章極抑揚之致，説事理必極盡無餘，亦殊可喜也。金陵書局能否復舉？爵相何時可到？足下見後光景何如？能得其青眼否？僕寓蘇平順，已于二月廿日開課。大小兒未定行止，日内在杭州，爲許宅作媒。去年海運案内保舉補缺後以知府用，已奉俞旨，然亦與空銜無異也。二小兒病如故，奈何！足下辦在籍候選事，已託駿甫矣，然不過先探一信，若實辦，須抄示原札并年貌及男女三代存殁，方可具呈也。手此，覆頌旅祉。

愚表樾頓首

礮局地址忘記矣，故仍從杜小翁轉。

七[一]

子高足下：

閏月之朔曾寄一書并《諸子平議》之已刻者，未知收到否？比惟研席安閑爲頌。僕閏月底到杭，六月朔仍回吴下。因杭州未定寄孥之所，是以僕僕如此。仲修自京中回，奉檄攝秀水校官。施均甫常見，潘儀甫亦入書局，今歲名譽鼎起，亦可喜也。書局所刻《易》《詩》均畢功，《書》亦將成，以次可及三《禮》。有同事者欲刻小學及李中孚《四書反身録》，風會如此，不能免也。僕言于中丞，請蒐輯國朝説經之書爲《皇清經解續編》，中丞頗不以爲迂闊，幕中陳卓人、楊見山兩君亦有同志。但兹事甚大，且不好者多，恐仍託空言耳。僕見聞淺陋，欲求足下將諸老先生書學海堂未刻者詳悉開示，其體例視學海堂，或宜有異同，亦望就所見隨筆及之，幸甚幸甚！外附上均甫書，乞察入。

六月三日吴江舟次，樾頓首頓首

〔一〕此札輯自《上海圖書館藏歷代手稿精品選刊·俞曲園手札》，第一六〇頁。

八〔一〕

子高足下：

前在武林托便人帶一函，知已照入。僕於五月十九日還蘇寓，即大病，臥牀月餘，至今尚未復元，甚惫也。足下在金陵鬱鬱不得志，自宜它圖。但天津正在多事，聞海舶亦不甚通，未知八九月間可以北行否？如决行期，再望示及。湘鄉公辦夷務，亦甚棘手，未必能招呼吾輩也。拙刻已成者六種：《群經平議》《諸子平議》各卅五卷，《集》五、《外集》四、《詩》六、《詞》二，共八十七卷，兹寄上《諸子平議》《賓萌集》《春在堂詞録》各一部，乞賜是正。又《賓萌集》一部，求轉交叔俛劉君。因病後腕礙，未及作書。《記》云：五十始衰。僕今年五十矣，能無衰乎？去年承寄《論語正義》，極感拳拳之意，所以遲遲未覆者，因「蕭墻」之義與鄙意不合。思欲作一説寄商，而春初即作閩游，還杭又諸事碌碌，頃又大病，故未果也。非敢忘也，乞爲致意。足下北行後寄劉君書宜交

〔一〕本札現藏揚州市圖書館。據焦霓《揚州市圖書館新見俞樾致戴望書六札考釋》輯入，焦文所録個别字疑有小誤。

何人？亦示及。此頌起居佳勝，不一一。

樾書

九〔一〕

子高足下：

得手書，并承惠磚瓦一方，富貴吉語，非所克當，敬借石文，以養頑鈍而已。去年生日，得詩五章，寄呈數紙，以博一笑。有餘，分詒同志可也。杜觀察問王藹臣，想亦可得其姓氏也。今年未之見告，見時問之。芸庭覆書寄覽。徐侍郎一事，雖感其殷拳，亦嫌其冒昧，爲吾畫此蛇，是極無謂也。手此，復頌春祺。

正月俞樾書

〔一〕本札現藏揚州市圖書館。據焦霓《揚州市圖書館新見俞樾致戴望書六札考釋》輯入，焦文所録個別字疑有小誤。

一〇〔一〕

子高表阮足下：

桂皓庭來，得手書，未覆。昨又得書，知體中小有不佳，想已愈矣。皓庭自是佳士，所著述甚富，惜止見《春秋地理圖》一種耳。所示《莫愁湖雅集記》則不甚佳，或此君短於文也。僕因有侯相之約，故未赴浙，出月必須一行。芸庭已至荆溪，其洋留存僕處，俟來取時當算寅儿所助刻資一并寄奉。其來稟已及之。但十月中僕適不在家，來書定明寫來者何人，凴字交付，其字務須明白清楚，恐内人不識也。僕仲冬二十外必還蘇，能至彼時來取爲妙。劉治翁書索性俟年内各種刻全再寄。王氏《説文》「絬衣」一條寥寥數語，無所發明，或足下記憶之誤。今附後。此復，即頌

文安。

里表樾書

〔一〕本札現藏揚州市圖書館。據焦霓《揚州市圖書館新見俞樾致戴望書六札考釋》輯入，焦文所録個别字疑有小誤。

絬，《玉篇》「絬，堅也」，《廣韻》「絬，堅絬」。《論語》曰：「絬衣長，短右袂。」《鄉黨》文，今作「褻裘長，短右袂」，孔注：「私家裘長，主温。」段氏曰：「許偁之者，説假借也。」筠案：當在舌聲之下。從衣舌聲。私列切。按：從「糸」誤作從「衣」，即此知校書之難。

一一[一]

子高老表阮足下：

得十一月十六日書，知所患未全癒，明年擬來吴下就醫。而吴下亦無良醫，岐黄一道似乎失傳。費伯庸輩盛名卓卓，實無所有也。大著《論語注》，陳意甚高，即以文字論，亦千數百年來無此作矣。日置案頭，思有所獻替而卒不得，亦見其義也堅确也。吴承志字祁甫，馮一梅字孟香。吴長於小學，馮富於詞藻。兩君皆可喜，而吴已娶，而馮則今年未之見，聞其館上海，不知其曾娶不也。此外殊無佳士，未敢以冰上人自任也。紹莱尚在大名任所，一時未即交卸，然

[一] 本札現藏揚州市圖書館。據焦霓《揚州市圖書館新見俞樾致戴望書六札考釋》輯入，焦文所録個别字疑有小誤。

薄宦天厓，亦殊乏味。望其明歲能補一官，未知得否。僕雖托林泉之名，而無閑適之樂。著述之事，久已輟筆。前寄上《群經平議》，知爲胡君乞去，兹再寄奉經、子兩《平議》及詩古文詞，求收存。此外，《第一樓叢書》尊處計已有也，其《隨筆》《尺牘》等，瑣瑣不足觀，或有便再寄，此時案頭適無單行本也。别紙所示，處之最善。明年酌予紫米之資，亦事也不可少者，毋使作《漢學商兑》者執爲口實也。尊三叔母厝處在德清何處？望示知其詳。僕明年至德掃墓，或與内人偕，擬至其棺前焚一佰紙錢。外家姊妹，相處多年，至今思之依依也。於此敬問起居，不盡所言。

十二月二日，樾顿首

致戴咸弼(一通)〔一〕

鼇峰仁兄年大人閣下：

前承示《瑣語録》，流覽一周，走筆作序求教，未知許穢佛頭否。大集五本亦匆匆一閲，走馬觀花，俟刻成仍求見賜。至於文章千古，得失寸心，□□瓅何足定公之文？奉繳，乞察入。此復，即頌道安。

年愚弟俞樾頓首

〔一〕 本札輯自上海嘉泰二〇〇七年春季拍賣會「古籍善本」第一四三〇號拍品。

致戴湘（五通）

一[一]

少鏞賢表足下：

久疏牋候，想興居佳勝，凡百咸宜，定如所頌。愚眠食尚無恙，惟心緒不佳，精神亦甚減耳。小孫行止，亦無定見，只得徐俟大局之定矣。拙刻《全書》印行之本無存者，即坊間亦告罄，頗有欲購者，總以集資爲難，無人刷印。吴下有人擬出六十元印十部，然亦嫌太少，難以開印。未識足下在杭州能爲集六十元印十部否？如果可得，則愚再自出六十元印十部，湊成卅

〔一〕此札輯自《浙江圖書館館藏名人手札選（二）》上册，第九〇至九一頁。

數，亦不虛此一番排場矣。然此乃不急之事，不過偶爾奉商。如此時勢，非刷書之日，成否可不計，足下切勿因此爲難也。手肅，布請春安。

愚表樾頓首，二月十二

二[一]

少鏞賢表足下：

前寄一函，未知入照否？新秋以來，伏惟起居多福。愚近狀如常，小孫尚在蘇寓。聞回鑾未有的期，則小孫北上亦不妨稍緩也。敝處洋千五百元，不日可齊，齊後即匯付鼎記暫存，幸便中函致鼎記友人爲荷。拙著《全書》十部已印釘齊全，候尊處放船來取。每部一百四十本，外加裝釘錢一元，計十元。愚已付清，便中寄下，不急急也。此布，即頌秋祺。

愚表樾頓首，七月朔

[一] 此札輯自《浙江圖書館館藏名人手札選（二）》上册，第九三至九四頁。

三〔一〕

少鏞賢表惠覽：

久不得信，想旅祉如常，潭祺並茂，定如所頌。愚自清明日一病，至今未能復原，雖勉出外齋，尚覺委頓，甚矣衰也。還浙之約，遂復不果，且看秋天如何。小孫在京，頻有信來，但願僥倖能得南省一差，俟其假旋，與之同歸掃墓，此鄙心所深盼者，但未必能如願耳。愚是甲辰恩科舉人，例應於明年癸卯正科重宴鹿鳴，今年秋冬間即可舉辦。湖南周樂，亦甲辰舉人，竟已由湖撫入告，此似太早也，屆時再當與足下商量。德清縣過公都與有舊，聞即將瓜代，果否？手肅布候，敬頌近安。

愚表樾頓首，四月十三日

〔一〕此札輯自《浙江圖書館館藏名人手札選（二）》上册，第九五頁。

四[一]

少鏞賢表惠覽：

疊奉手書，知前函均達。重宴事已承辦妥，未識何時可以到院，想仍需從者赴省一行。僕僕暑行，良用歉悚，珍攝興居，是所切禱。愚仍未復原，幸飯食照常，足慰存注。前託代墊敝族封吊款四十八元，今由局寄奉，即求檢存示復爲盼。手此，敬頌暑安。

愚表樾頓首，初十

五[二]

少鏞賢表賜覽：

[一] 本札現藏杭州博物館。趙一生先生見示。

[二] 此札輯自《浙江圖書館館藏名人手札選(二)》上册，第九二頁。

初十日由局一函，并寄還洋錢四十八元，已照收否？頃接十二日書，知台旆已還海寧，不日仍須還德，并惠賜嫩笋衣，何感如之！縣中文書，未知何時可得，今送上名片一紙，并《經義》二本，求查收。撫院處如已投遞，并望示知，當託柳門一催也。種費清神，感荷無既。此頌暑安。

愚表樾頓首，十六日

致丁立誠（六通）

一〔一〕

修甫世仁弟惠覽：

日前文旆在蘇，屢承惠顧，清談爲快。《集石鼓詩》，具見巧思妙筆。潘補琴先生已借觀録副矣。拙作《銷寒吟》，已刻入第十七卷詩，先印呈閲。孫康侯處亦望分與二紙也。兄寓蘇平順，春間不來杭，秋間準定西湖也。手肅，布問撰祉，匆匆不盡。

世愚兄俞樾頓首

和甫令弟均候。

〔一〕此札輯自《浙江圖書館館藏名人手札選（二）》上册，第一〇一至一〇二頁。

二[一]

修甫仁弟老世臺惠覽：

令弟來，詢悉起居清吉。翁鐵梅大令來，又交到手書，并拙文一册。昨又由康侯兄寄到大著一册，題既新鮮，又兩兩相耦，足見搜羅之富。鄙人昔雖挂名朝籍，而留京日淺，聞見所不及者多矣。至辭意尤爲妙絶，其暗寓時事，想入非非，抑何文心之靈巧乃爾耶！惟兄有一言，竊願爲老弟陳之：方今京華兵燹之餘，殊令人有風景不殊之嘆。然不久大局砥定，法駕回鑾，帝城景物，自當如舊，尚非夢華著録之時。大著激於忠憤，憂時感事，不免太切。即如第一首《頌恩詔》結句，以罪己詔作反照入江之筆，洵有味外味。然不諒者讀之，以爲近於譏訕矣。吾弟年少而負才名，在杭城又頗有富名，筆墨似宜謹慎。此集雖佳，且藏之篋中，不可遽出問世。此鄙人忠告之言，未識高明以爲然否？如欲鄙人作序，則亦無所不可，當率書數語，以副雅意也。兄今秋有《倣張船山寶鷄題壁詩》十八首，以中有憂憤之詞，故藏而不出。東坡他事可學，

[一] 此札輯自丁立誠著《王風》稿本卷前，浙江圖書館藏。

詩案不可學也。拘謹之見，勿笑，勿笑。手肅布復，敬頌吟安。

世愚兄俞樾頓首，十一月十七日

三〔一〕

修甫仁弟賜覽：

前寄上改定《石屋洞募啟》，想必收覽，如無須再改，望將原稿擲還，以便鈔録入集，至謀刻石，則可不必也。兄近日讀尊公所著《武林藏書録》，輒題一詩，以寄傷今思古之意，寄呈青覽。如以爲可存，或不妨刻入此録之後也。江南鄉試已奏請緩至明年，吾湖想亦照辦矣。聞今年有一概展緩之説，則於明年壬寅年舉行，亦甚合也。手此，布頌台安。

世愚兄樾頓首，廿三日

令弟均此。

〔一〕此札輯自《浙江圖書館館藏名人手札選（二）》上冊，第九九至一〇〇頁。

四[一]

修甫世仁弟足下：

昨接手書，并承開示浙江重宴鹿鳴諸公姓名，甚感。非問之老弟，不能如此詳悉，文獻舊家，洵可貴也。惟梁、張兩先生詩，實無錯誤。照來單所開，自周天相至范崇桀十人，皆在山舟先生之前，梁詩所謂「前賢十度賦嘉賓」也；自梁同書至湯金釗又五人，皆在仲甫先生之前，張詩所謂「二百卌年人十五」也。至袁子才先生，乃乾隆三年戊午科舉人，卒於嘉慶二年丁巳十一月，實未重宴鹿鳴，蓋當時功令嚴，必待本年辦理，非如近來之於先一年辦理也。即以近時論，亦今年爲最早，此由湘撫俞廙軒中丞倡之，而各省皆踵之而行，拙詩所謂「爲憫衰羸各競先」也。《隨園集》有《重宴鹿鳴詩》，此乃預擬之而作，不可以爲實事。兄已將各公牘排比成一編，題曰《惠耆録》，因上諭有「以惠耆儒」語，故題此名。然必待來年始出，若亦如隨園之十一月而卒，則竟可不出矣。兄自九月十二日起，一病兼旬，今始告愈，然飲啖如故，而精神不能復

[一] 此札輯自《上海圖書館藏歷代手稿精品選刊・俞曲園手札》，第二六九至二七一頁。

原，是無復有復原之望矣。小孫十六發成都，二十九至重慶，以後無電報來，殊深念之。闈題及題名録則皆見過矣，浙闈墨尚佳，餘亦未之得見。已交冬令，而天時尚温煖，是亦時令之不正也。手肅，復頌文安。

世愚兄俞樾頓首，立冬日

五[一]

修甫世仁弟如晤：

昨奉到惠書，知興居佳勝爲抃。承屬印《雜文六編》十部，但就《全書》中抽印此一種，又止十部，印工頗不樂從事。兄前年去年均糾印《全書》，每部紙張、刷印、裝釘八元，今年加入《雜文六編》，而紙價又昂貴，恐須九元方可。然非三十部亦不能開印。足下如能在杭州糾集十部之資，則兄於吴下再湊廿部，便可開印，彼時將《雜文六編》多印十部，則不爲難矣。附此奉商，

[一] 此札輯自《浙江圖書館館藏名人手札選（二）》上册，第一〇三至一〇四頁。

毋固毋必。手肅，敬頌台安。

令弟均候，拙詩一首附正。

世愚兄俞樾頓首

六[一]

修甫仁弟足下：

前日世兄來見，英俊不凡，真庭階玉樹也，屈於小就，殊爲惜之。採訪局文書收到，費神，謹謝。弟衰態如常，但益形疏嬾耳。有詩呈覽，如相好中有問弟蹤跡者，請以此示之。手肅布泐，敬請文安。

和甫令弟均此，今年府上有幾人下場？榜花在即矣。

世愚兄樾頓首

[一] 此札輯自《浙江圖書館館藏名人手札選（二）》上册，第九七頁。

致丁立誠、丁立中（一通）〔一〕

修甫、和甫世仁弟惠覽：

年前得手書，并《東城記餘》二卷，謝謝。獻歲以來，伏惟興居佳勝，潭第綏和，定如所頌。兄吳中度歲，尚叨平順。然意致闌珊，無年興也。衢事能即了否？余中丞有疾，愈否？吳下傳聞無準信也。去年年底，屢奉綸音，煌煌大文，想浙中亦早見矣。今年時局能有轉機乃妙。手肅，敬頌文安。另片附賀，統希朗照。

世愚兄俞樾頓首

〔一〕 此札輯自《浙江圖書館館藏名人手札選（二）》上册，第一〇五至一〇六頁。

致丁日昌（四通）

一〔一〕

月之二日，買棹武林，恐勞臨送，且暫別也，故未走辭。乃接蘇寓來書，知是日適蒙招飲，護世城中，必多美饍，老饕不獲饜飫，深歎口福之慳矣。旌旆聞有金陵之行，未知果否？馬穀翁曾否南來？湘鄉公何時北上？便中幸示及。樾還蘇當在十一月中，官梅將放之時，正詩興大來之日，尚可補領盛情也。

〔一〕此札輯自《春在堂尺牘》卷二，題作「與丁禹生中丞」。

二〔一〕

昨在吴平齋觀察處見陳稽亭先生《明紀》一書，共六十卷，起自洪武，訖于福王、唐王、桂王，仿温公《通鑑》之例，首尾完全，詳略有法，頗擅史才。尊議欲刻《明史》，補畢氏《通鑑》所未及，使學者不必讀《二十四史》而數千年事犂然大備，此意甚盛。但《明史》與《通鑑》體非一律，若刻陳氏此書，則與《通鑑》體例相同，合成全璧，洵可於《二十四史》外別張一幟。且向來並無刻本，爲海内所未見之書。若及此時付之梨棗，會見不脛而走，傳播藝林，未始非吾局之光也。此書尚是草稿，訂作十四本，卷帙頗厚，刻成裝訂，與畢氏《通鑑》多寡不甚縣殊。書中雖有塗乙處，而字跡分明，稍加整理，即可上版，頗不費手。又有《考異》十二卷，則尚非定本，編纂稍難，或刻或不，再議可也。鄙見如此，尊意以爲何如？稽亭先生是乾嘉間人，篤行君子，吴中人士擬請崇祀鄉賢。其著此書，閲積數十年心力而成，而未獲行世，沈珠淪玉，鬱而未彰，或者有待于大賢乎？

〔一〕此札輯自《春在堂尺牘》卷二，題作「與丁禹生中丞」。

三[一]

日前承存問，草草就名紙作數行奉復，定照入矣。病中偶思得一事，輒以聞諸左右。王蘭泉先生《金石萃編》版見在上海道署，去年杜小舫觀察曾印一部見贈，止缺一百七八十葉耳。此書雖不免有錯誤處，要是國朝言金石者一大宗，若不及今收拾，必至零落無存。閣下何不移置書局中，覓初印善本，將所缺葉翻刻補全，計其費不及二百千，而局中又得成一巨觀矣，亦蘇局之光也，閣下其有意乎？

四[二]

昨由馮竹儒觀察遞到手書，以公之惓惓於鄙人，知鄙人之不能忘公也。聞力辭閩撫之命，而臺洋之事，毅然自任。臧文仲云「賢者急病而讓夷，居官者當事不避難」，其執事之謂乎？然

[一] 此札輯自《春在堂尺牘》卷三，題作「與丁雨生中丞」。

[二] 此札輯自《春在堂尺牘》卷四，題作「與丁禹生中丞」。

閩疆重任，非公莫屬，朝廷未必如所請也。補帆身後之事，委曲經營，無微不至，凡在知交，無不感歎，況樾與補帆兒女至親乎！已將尊意轉達其孤。晏、卞兩公，本是同鄉，又承鼎言力託，當必籌畫盡善。惟樾因老母在堂，不能渡江北去，如昔賢生芻故事，視閣下風義，有愧色矣。補帆詩文不存稿，其奏議未知有如干篇，當向其家問之。其在臺時，凡民風土物、所見所聞，各紀以七言絶句，此則必有可觀，而未之得見，亦當問之其家也。

致杜聯（二通）

一[一]

京華一别，五易暑寒矣。聞旋里之餘，即抗歸田之疏，二疏高迹，復見于今，惜無昌黎大筆以張之耳。惟吾榜介丁未、壬子閒，舊有「蜂腰」之誚，其不爲榜運所限者，樸山將軍外，内惟汴生、湘吟，外惟樞元、補帆諸君，落落可數，而閣下爲之領袖。雖欽恬退之高風，實乖企望之宿願，所期謝傅東山，乘時復出，不惟蒼生之幸，抑亦同譜之光，閣下儻有意乎？僕跧伏林下，忝竊臯比，妄以譔述自娱，不知老之將至。月初自蘇至浙，寓居湖樓。明年擬於城中覓屋數椽，

[一] 此札輯自《春在堂尺牘》卷二，題作「與杜蓮衢同年」。

爲移家之計。果能如願，則一江之隔，相距非遥，不難雪夜買舟，來訪戴安道也。

二[一]

西湖精舍，咫尺講堂，乃以課事尚遲，德車未至，暮雲春樹，良用依依。未知杖履何如，伏惟萬福。補帆在吴中相見，決計引疾歸田，聞汴生亦有此意，何庚榜中高尚者之多，得無老同年爲之倡始乎？爲蒼生計，少一人則可惜；爲林泉計，多一人又有光也。三江閘事，曾否畢功？江風海雨中，千萬珍重。去年越中爲陶文節前輩請建專祠，乞録示顛末，因苕上欲援例爲趙忠節同年建祠也。又省垣諸同人請建阮文達公專祠，借重閣下列名，屬弟轉達，想無不可。弟所主詁經精舍，由文達創始，是亦吾教中開山祖師也。

[一] 此札輯自《春在堂尺牘》卷四，題作「與杜蓮衢同年」。

致杜文瀾（四通）

一〔一〕

別後由蘇寓寄到手書，知台候勝常爲慰。僕于九月初攜老妻至湖上小樓，倚檻坐對，全湖晴好雨奇，隨時領略。至夜，則月色波光，上下照耀，兩三漁火，明滅其間，光景尤清絕。前日乘籃輿至天竺、靈隱禮佛。天竺大殿新建，無可觀覽，一路山色頗佳，然舊時修篁夾道，今則若彼濯濯，美哉，猶有憾矣。靈隱則勝境天成，不以盛衰有異，山洞幽邃，山上老樹，亦未盡摧殘，泉流瀰瀰，清逾絲竹。是日爲月盡日，香客稀少，游屐亦罕，與内子坐冷泉亭上，仰觀山色，俯

〔一〕此札輯自《春在堂尺牘》卷二，題作「與杜小舫方伯」。

聽泉聲，一樂也。亭中懸平齋所書「泉自幾時冷起」一聯，内子謂：「問語甚雋，請作對語。」僕因云：「泉自有時冷起，峰從無處飛來。」内子云：「不如竟道：泉自冷時冷起，峰從飛處飛來。」相與大笑。隨筆及之，博故人撫掌也。

二[一]

辱手書，知將拙刻詩文各集細閲一過。雖獎借太過，非所克當，亦見相愛之深也。承示四川新出土之龍山公碑，此碑無可考證，吴君定爲臧姓，有志書可據，或不誣也。其以嬖人臧倉爲始祖，在古人固不以爲嫌，如《校官碑》以楚太傅潘崇爲潘氏之祖，考之《左傳》，則固佐太子商臣弑君者，非端人也。刁氏之祖齊寺人貂，亦然。惟臧氏乃魯公族，文仲武仲，世有聞人，舍之不舉而舉臧倉，且臧倉何以謂之司徒公？又何以隨宦在蜀？種種可疑，或别有其人，或并非臧姓，安得起古人而問之乎？

[一] 此札輯自《春在堂尺牘》卷五，題作「與杜小舫觀察」。

三[一]

筱舫仁兄大人閣下：得手書，久未復。日來早晚涼爽，尊候想必勝常，尊夫人所患當亦霍然矣。承示詞話，具見體會入微，不勝佩服。弟於律鹵莽，未足以贊助精深，姑於字句間校定一二，聊副下問之懷，幸惟裁定。此下各卷均全録人詞，則「説詞瑣語」誠不足以該之，或當更定佳名也。肅復，敬頌著安。

小弟樾頓首，十七

[一] 此札輯自《上海圖書館藏歷代手稿精品選刊·俞曲園手札》，第一七至一八頁。

四[一]

筱舫仁兄大人閣下：

頃承復牋，并承假花衣一襲，謝謝，用過即寄趙也。尊夫人清恙想已大安，内人病亦愈，惟尚未復元耳。杭州下馬頭到西湖，約有十里，若每日往返廿里，頗不甚便。詁經樓上實爲高辛翁歸真之地，至云見其出游則無其事【下缺】

[一] 此札輯自北京保利第二十三期精品拍賣會「研香——晚清名家尺牘」第四九〇七號拍品。

致端方（一通）[一]

匋齋尚書世大人閣下：

昨承惠顧，話別依依，良深心感。率成二律奉送，聊志別情，不足言詩也。《神讖碑》率題數字，聊以報命。病夫不克趨送，謹遣使持柬代叩，敬送吉行。即請台安。

世愚弟俞樾頓首

[一] 此札輯自上海敬華藝術品拍賣有限公司二〇〇六年十二月古籍專場拍賣會第一〇八八號拍品。

致恩壽（三十四通）[一]

一

藝棠中丞世大人閣下：

承賜小孫書，并厚贐百朋，莫名感悚。小孫因知新裕輪船於十一日自滬開行，此是熟船，意欲附之北上，故於初八日已趁小輪赴滬。尊惠不敢有虚，謹由弟拜領，即函告，使小孫長銘雅意，永矢勿諼。惟命書之件無以奉報。竊思小孫本不工書，此亦可以不必，如台意必欲命書，俟有摺便寄京師，由貴宅轉交，必無不達。手肅敬謝，即請勛安，容晴暖趨叩崇轅，悤悤

[一] 以下三十四通詩札均輯自《曲園老人書札不分卷》册一、册二，國家圖書館藏。

不盡。

世愚弟俞樾頓首，初十

二

奉賀藝棠中丞見賀原韻，即請吟正

一曲霓裳集衆仙，欣看諸老到隨肩。馬醫巷内徵前事，却有文恭事在先。余所居馬醫科巷，潘文恭舊弟在焉，文恭亦重宴鹿鳴。

諸公濟濟又匝匝，笑我衰羸不自持。坐看席前諸老輩，幾人鶴髮幾于思。謂胡效山、任筱沅諸公。

正將藥餌議君臣，忽聽笙簧感又新。六十年前同譜友，至今海内幾何人。去年，甲辰同年奏請重宴者尚有周、張二君，今皆物故矣。

讀到新詩又四章，頓教衰朽一增光。攜來雛燕承青眼，不是人間小鳳皇。是日攜曾孫僧寶出拜。

世愚弟樾呈草

三

諸暨丁厚庵名椿榮，道光癸卯科武舉人，官至平陽左營守備。光緒癸卯科，例得重赴鷹揚宴，而科停宴廢。因奏請附入鹿鳴宴，洵異數也。余幸與同宴，又聞其明年正九十矣，賦詩賀之，即以爲壽

玉詔新頒罷武科，尚餘嚄唶舊廉頗。因將猛士大風曲，并入嘉賓小雅歌。正惜同年儕輩少，欣聞異數聖朝多。惟憐我轉頽唐甚，不是詞場老伏波。

聞君束髮戰黄巾，戎馬崎嶇廿載身。刀下不輕戕一命，所至紀律嚴明，不妄殺一人。濠邊何止活千人。守衢州時，城外難民環而求入，哭聲振地。君冒軍法納之。于公種德真無算，翁孺封侯定有因。轉瞬期頤登百歲，引年又得拜恩綸。

藝棠中丞和余龍湖退院舊作見示，余欽其工妙而愧無以報之。適有近作二律，詩雖不工，亦異時一故事也。録呈雅正，目眊率書，字不成字，恕之諒之。

世愚弟俞樾呈稿

四

藝棠中丞枉駕草堂，曾孫銘衡出見，越日遂蒙兼金之賜，代賦一詩陳謝，藉博莞爾

欲賦高軒尚不能，如何嘉貺竟頻仍。新頒錦服猶藏笥，又賜金錢託買鐙。背諷詩篇慙未熟，命背諷唐詩。面承辟咡喜難勝。他年困學粗成就，萬丈龍門倘許登。

樾呈稿

五

藝棠仁兄世大人閣下：

承手示，敬悉翰林院實有增設之員，乃政務處奏準，並無明發，其新設學士二員，則已簡放有人，毓紹岑即其一也，餘員未見放人。大約因翰林院升路較少，故添設三品及六品官耳。六品官聞名曰撰文，亦只傳説如此。承録示新章，敬悉此後翰林升路較寬，然視從前有詹事府時

則仍窄也。大著賀紹岑學士詩，題新詩亦新，他年可備詞林掌故。至小孫則頭上積薪不少，何敢望升撰文，恐有負期望耳。賀紹岑詩仍繳，復請

藝棠中丞世大人勛安。

弟樾頓首

六

甲辰元旦試筆

乍雨還晴景物喧，屠蘇在手欲何言。甲辰還是前鄉貢，前甲辰，余舉於鄉。庚戌真成老狀元。臨平市丐王老人曾呼余而言曰：「爾當作狀元。」時余已罷官歸矣，一笑置之。及光緒癸卯會試後，翰林認啟單出，則庚戌下止余姓名，老人所謂狀元，豈即此乎？噫，丐其仙矣。拋去歲華難捉搦，拈來詩筆欠騰騫。一年一集頻年慣，此例今年可許援。壬寅、癸卯兩年，皆一年得詩一卷，今未知能否。

曲園

七

藝棠中丞疊暄字韻再賜和章，亦疊韻奉酬

幾日微陰幾日暄，已欣春入鳥能言。銷磨世慮憑黄老，唱和詩篇倣白元。我本寒螿宜伏處，君如威鳳正高騫。相期勉紹韋平業，多少蒼生待手援。

樾呈稿

八

中丞來詩，有「海濤島霧」之歎，因再疊前韻

海濤島霧變涼暄，豈止西鄰小有言。幾見兵氛銷渤澥，惟聞恩詔逮黎元。水犀軍未平時練，金翅船從何處騫。見説貪狼芒角盛，天弧在手試爲援。

樾

九

藝棠中丞三疊前韻賜和，亦疊韻奉酬即正

浪傳吹律欠回暄，懷抱悠悠試一言。人謂先生同甫里，自憐朝士尚貞元。春蠶已覺絲將盡，病鶴難期翅更騫。欲叩戟門仍未果，不辭禿筆爲君援。

樾

一〇

昨晚得讀和章，未及奉復，今亦勉疊奉酬，即請吟正。臘八日四詩，適從上海借活字版摹印二百紙，今奉上十紙，以備分貽。手肅，敬請

藝棠中丞世大人台安。

世愚弟樾頓首，新正四日

一一

藝棠仁兄世大人閣下：

昨承示五疊韻，知玉帳春風，嘯歌不廢，真昔人雅歌投壺風度也。弟於此詩亦經六疊，謹命鈔胥録呈雅政。手肅，敬請勛安。

世愚弟樾頓首，人日

一二

藝棠中丞六疊韻見示，因七疊韻和之，殊有鼓衰力竭之歎

晴窗把筆趁晴暄，一寫花箋四百言。七疊韻計三百九十二字，四百舉成數耳。惟願兵端銷八海，好從歲首慶三元。兒童喜有新詩至，曾孫僧寶喜告曰：「撫臺又有詩來矣。」老朽慙無逸興騫。力竭鼓衰君莫笑，右枹未敢再爲援。

樾

一三

大作又添三首，不獨見詩律之推敲入細，抑足見大才之展布自如也。日俄戰事，只新聞報有攻旅順圖，亦不足觀。弟特借此作題耳。手復，敬請勛安。

世愚弟樾頓首

一四

藝棠仁兄世大人閣下：

新正迭奉賜書，至十二疊韻，均什襲珍藏。昨又蒙鈔示一册，便以展玩，尤所感荷。想效翁、郋翁處亦必各拜一分也。手肅奉謝，敬請勛安。

世愚弟樾頓首

一五

艮宧小坐艮宧乃曲園西北隅小屋。

尋春到艮宧，小坐最相宜。掃葉纔通路，扶花特補籬。盆魚紅鮄鰨，籠鳥碧琉璃。不覺留連久，怡然忘我衰。

録奉

藝棠中丞一笑。

樾

詩有「璃」字韻，亦似效翁所謂不敢求和者也。

一六

驚蟄前一日曲園看雪

等是園林雪，春來便不同。萬花將吐豔，一白與爭雄。奪盡楊枝緑，收回杏蕊紅。昨朝當此際，雷鼓正隆隆。

藝棠中丞正之。

樾

一七

正月十八日雷電，十九日大雨雪，藝棠中丞示聞雷詩二律，次韻奉酬，首章答聞雷，次章詠雪，録呈雅政

人間正苦蟲蟲熱，前數日熱甚。天上俄傳虺虺吟。此日一聲起平地，異時四境足甘霖。收回庭院炎歊氣，聽取雲霄咳唾音。畢竟震方生意暢，豐綏可慰使君心。

去歲冬暄微有雪，今年春早已聞雷。素娥暫出仍扃户，十八夜雷雨後已見月矣。青女重臨不待媒。《淮南子》云：青女乃出，以降霜雪。是青女不獨主霜，兼主雪也。作賦人還梁苑去，尋詩客又灞橋來。祥霙一樣皆堪喜，六出花看五出開。世傳臘雪六出，春雪五出。

樾呈稿

一八

承和看雪詩，又示和效山詩，效顰步韻，録呈郢政，敬請

藝棠中丞世大人台安。

弟樾頓首

一九

昨呈和作，定塵青鑒。前「蕭」字韻，謬爲公所賞，因思次首「横」字韻究屬空泛，又改作兩句，未免纖巧，無當大方。「暄」字韻郎亭又有一疊，亦疊韻報之，即呈一咲。手肅，敬請

藝棠中丞世大人台安。

樾拜上

二〇

頃讀惠書，適有客，未復。公前示詩，承正誤補遺，足徵精美，謹將原紙奉繳。「璃」字韻實不能再和，如欲勉强奉酬，只好借用「離」字矣。手肅，敬請

藝棠中丞世大人安。

樾頓首

二一

藝棠中丞世大人閣下：

聞台旆新從滬上回，伏惟起居萬福爲頌。昨得小孫都門來信，有函奉達臺端，敬爲轉呈，伏乞照入。手此，敬請勛安，惟鑒不宣。

世愚弟俞樾頓首，廿六日

謹再啟者，舍親姚縣丞祖順，乃小孫胞母舅，需次吳中，已將廿載，人尚安詳諳練，而旅況頗艱。聞趙屯局員刻將瓜代，可否賞派此差？感德非淺。弟因係至戚，瑣瀆清嚴，惶悚惶悚。名條附上，載請台安。

弟樾再頓首

二三

藝棠大中丞世大人閣下：

疊蒙賜示和章，唱酬甚樂。今日弟卻有俗事奉干。小孫陛雲之胞母舅姚縣丞祖順，需次江蘇，垂二十年，歷次署缺當差，尚無貽誤，而其人則亦老矣。聞趙屯港釐局委員已將瓜代，伊意冀得此差，稍有餘資，以清宿累而營歸計。弟與至親，故敢爲代達，附上名條。如蒙推愛，附允於該委員報滿時委充是差，則感德無既也。手肅布懇，敬請台安，統惟覽鑒。

世愚弟俞樾頓首，廿八日

一三

春分日，采緑梅花七朵，瀹湯飲之，云可辟疫，兒女輩效爲之，戲賦一詩

窗下兒曹笑語譁，瓷甌手進錯疑茶。如何天上小團月，化作仙人蕚緑華。道是春分宜此飲，不知年例始誰家。老夫一哈聊從俗，疢疾消除氣力加。

樾

一四

昨日舍親姚縣丞祖順叩謁戟轅，荷蒙傳見，榮幸之至。弟昨又和效翁一詩，録呈清覽。此韻似無可再疊，即琳璃字，公亦用過矣。手此布泐，敬請

藝棠中丞世大人台安。

樾頓首

讀效山觀察和余《艮宧小坐》詩，殆未知吾園之樸陋也，疊前韻告之

室東北曰宧，名艮固其宜。艮亦東北方卦。小小兩間屋，低低一道籬。軒窗欠丹雘，詩句愧琳璃。且喜新開霽，寒威或少衰。

藝棠中丞正。

樾

二五

詠牡丹七言八韻，禁用牡丹故實，并「國色天香」「富貴」等字

東皇降敕領群芳，花國中稱南面王。獨占繁華春世界，自成臺閣大文章。含苞未吐爭探信，重幔猶遮已覺香。舊住玉樓李長吉，新封金屋郭汾陽。憑他濃淡皆尤物，洵是神仙又豔妝。蕭寺有時偏爛漫，名園無此不風光。癡蜂醉蝶經旬鬧，寶馬香車幾度忙。我本郊寒兼島瘦，也將錦繡換吟腸。

藝棠中丞正和。

曲園拜稿

二六

自聞公擢權漕節，頗縈别緒，即病榻成七律八首，聊敘數年見愛之雅。先以草稿呈政，當命小孫另以恭楷書小屏奉贈也。手肅，敬請

藝棠仁兄世大人台安。

弟樾頓首，十七日

藝棠中丞撫吴四載，余以世好，得與周旋。今奉恩綸，往權漕節，臨歧戀戀，不能無言，輒賦八章，以代驪唱

家世金張重上都，頻年霽月照姑蘇。吴中襟袖留詩本，江上旌旗换漕艫。虎節頒來尊督部，驪歌唱處徧鄉閭。誰知父老謳思外，更有乾坤一腐儒。

少時僥倖到羅天，豈意追隨有大賢。余十七歲中式副榜，忝與相國文靖公同年。當日龍豬身隔絶，此時羔雁世周旋。謬勞折節雖非分，許共題襟亦是緣。何況竹林看後起，吾孫又得附同年。余孫陛雲與公從子笛樓編修爲戊戌同年。

馬醫狹巷一條長，屢見高軒過草堂。坐上衣冠皆脱略，門前旌旆自飛揚。春盤草草殊堪愧，病榻依依最不忘。每因問疾親至余臥室。攜到曾孫纔六歲，荷衣也許拜公旁。公每來，曾孫僧寶必出見。

騎卒傳牋不憚勞，新詩日日費推敲。有時頒到楊家果，幾度分來段相庖。時貽珍果美饌。大字書編便幼讀，以大字本《四書》付僧寶讀。稱身衣履賜兒曹。又製衣帽賜僧寶。金錢更許春燈買，博得元宵笑語高。

秋風鼓瑟又吹笙，去歲重叨賦鹿鳴。愧以衰頽陪後進，忽看光采照前榮。筆飛墨舞楣間字，主獻賓酬席上情。早使吴儂驚盛事，一時傳遍闔閭城。去歲余重宴鹿鳴，公製匾爲贈，是日群公咸集，一時稱盛。

吾孫七載忝清班，南北舟車數往還。未忍桑榆抛白髮，又難松菊戀青山。高低籬鷃都休問，進退藩羝大是艱。每荷殷殷詢出處，雲泥雖隔總相關。

千里長淮鼓吹喧，此行何計更攀轅。官居陶侃八州督，家有香山五畝園。白石赤闌橋略約，紅蕖翠蓋水潺湲。天留風景非無意，留取喬林待鳳鵷。聞漕督有留園，風景甚佳，緑水紅蕖，夏日尤勝。

自顧龍鍾八十翁，雲龍角逐豈能同。仍思擁篲迎吴下，更盼移旌到浙中。孔李長尋先世好，韋平遠紹舊家風。臨歧無限依依意，豈僅新詩付竹筒。

甲辰四月弟樾拜稿

一一七

藝棠仁兄世大人閣下：

胡大令來，交到惠書，知前貢拙詩已博公餘一笑。即悉禔躬安吉，瀛眷清平，并知察吏整軍，已有條理，園中花木扶疏，清流瀠帶，亦粗復從前光景。賢者所至，自然景物一新也。承惠油花，玲瓏滿篋，發之狂喜，不獨僧寶爲然也。頗思作一詩紀之，苦無故實。吴下呼此爲馓子，亦未知是否？率爾吟成，恐不堪存録，聊奉評正。又一詩，粗述近狀，一并奉呈。弟眠食尚叨無恙，如欲復常，恐不能矣。小孫又奉到午帥照會，知公咨文已到院也。手肅布謝，敬請勛安，統惟惠鑒不宣。

世愚弟樾頓首，陛雲及僧寶侍叩

再者，從孫箴璽禀來，知公垂愛有加，預賜薪資兩月，以濟其旅況之窘，真可謂視猶子姪

矣。感戴之至,再此陳謝。并希覽察。弟樾再頓首

藝棠漕帥寄賜僧寶油花一篋,賦謝

餅餌之中得此稀,居然劈理又分肌。條條宛似玉條脱,縷縷真成金鏤衣。略用鹽調鹹亦淡,飽經油炙脆仍肥。曾孫嬌小還知感,遥望淮雲興欲飛。樾

每日午後使人舁至外齋小坐,賦此一笑

葛布衣單竹椅輕,兩人舁我出前榮。曾孫奉杖爲前導,小婢隨車在後行。陶令籃輿雖有例,謝公木屐竟無聲。孔家安國如相遇,八十四齡崔仲卿。崔仲卿年八十四遇孔安國,授以丹方,遂得長生。余今年亦八十四,故云然。樾初稿

二八

藝棠仁兄世大人閣下：

前上一牋，并附去詠米花小詩一首，定博莞爾。比惟興居佳暢，勛望崇宏。在袁浦整理一切，百廢俱興，不僅清晏園中爲之生色而已。弟衰病如常，無善可述。小孫蒙奏尚在蘇，八月底得午橋中丞照會，月給百金，飲水思源，皆公賜也，謝謝。舍姪孫在浦，又蒙賞派局差，同深感戴。弟邇來仍以吟詠自娱，但視公在蘇時興會較減矣。近作又刻成十葉，廿九至卅八。與前呈者相接，寄奉一笑，覽之亦可知鄙人近況也。因止十紙，故未裝釘，恕其草草，俟全卷刻成再奉呈也。手肅布肊，并展謝忱，敬請勛安，統惟惠鑒不宣。

世愚弟俞樾頓首，小孫侍叩，九月廿六

二九

藝棠尊兄世大人閣下：

前承賜和章，律美而韻諧，可稱佳（購）［構］。知公於文學政事兼長也。郘亭見之亦極歎賞。前談及《東瀛詩紀》，今檢呈一册，乞鑒入。天寒欲雪，伏惟興居萬福，匆匆不盡。

世愚弟俞樾頓首，廿七日

三〇

藝棠中丞世大人閣下：

盥誦大著四章，集句渾成，對仗工整，真《翦綃集》中佳製也，佩甚。弟去年有詩八首，分貽吟好，恐妨公冗，未敢瀆呈。今知政事之暇不廢嘯歌，敬以附呈大教。肅復，恭請勛安。

世愚弟樾頓首

三一

九九寒銷盡，春光究幾何。風猶吹觱發，節已過中和。冰硯呵難潤，風簾盪有波。重勞問眠食，深感用情多。

老夫吴下客，三從少羊何。幸有篇章至，如陪笑語和。敢期天不夜，但願海無波。共坐春臺上，熙熙樂事多。

藝棠中丞示《中意》一律，疊韻奉酬，即請吟正

樾

三二

寒窗寂坐，忽奉手示，如坐春風。所求荷蒙惠允，足徵垂愛之深，謝謝。日前有小詩一首。附呈青覽，敬請藝棠中丞世大人安。

樾上

三三

手示讀悉，拙作押「蕭」字，亦勉强趁韻耳。大作容再奉和。承示天寒宜慎起居，感謝不盡。復請

藝棠中丞台安。

樾敬上

三四

尊詩一册拜領，推敲再四，益臻美善矣。元韻驅使古人，郎亭尋出劉士元一人，公又得祁聖元一人，搜逑索偶，可云富矣。紹慶元未詳所出，便中指示，以開茅塞。手此，敬請

藝棠仁兄世大人台安。

弟樾頓首

致樊氏〔一〕（一通）

大兒婦覽：

昨日唐西舟次一信，定收到矣。我等於昨日酉刻到西湖，大家健好，勿念。今日遣人入城，擬接三多來，我則明日入城拜客也。餘詳前書，不一一。

七月三十日，曲園叟書

〔一〕本札爲俞氏後人家藏。

致方濬頤（一通）[一]

旌麾北上，音問有疏。頃閲邸鈔，知拜蜀臬之命，從此開藩開府，指顧間矣。又況錦江玉壘，宇宙最勝之區，自昔杜老、放翁壇坫相望之地，今得詩老隸臨，山川生色矣。《三蘇全集》刻於眉州，并及小坡，可云美備。而東坡詩乃從選本，非其全豹，殊不可解。鄙意宜補刻之。道光間，吾浙有王君文誥箋注蘇詩，搜羅宏富，遠軼王、施，如刻此本，亦佳也，莅蜀後能料理及之乎？檝秋冬之交又至西湖，適彭雪翁亦在彼，頗極山水友朋之樂。惜不獲從公於浣花草堂，與遨頭盛會，一醉郫筒之酒也。

[一] 此札輯自《春在堂尺牘》卷五，題作「與方子箴廉訪」。

致費念慈（十一通）[一]

一

屺懷世仁兄惠覽：

頃承惠顧，客至，未及暢領清談爲歉。前承假我《知不足齋叢書》卅二函，謹奉歸記室。再乞假我《全唐詩》一閱爲幸。外附去《上海求志課藝》兩本，浙江《詁經課藝》兩本，均乞惠存。弟新近爲亡次女刻遺稿一卷，聊以塞悲，亦附上兩册，不足當大雅一哂也。外《耆獻類徵目録》一本，又《三傳異文釋》四本附奉，一并查收。手此，敬頌文安。

世愚弟功俞樾頓首，五月十一日

[一] 以下十一札均見於香港觀想二〇一六年春拍中國古代書畫專場第五三六號拍品《俞曲園手札》。蒙个厂兄賜示圖録。

二

屺懷世仁兄大人文席：

昨承惠顧暢談甚慰。兹附上《金剛經》拙注兩卷，弟於内典不深，而於此經偶有所見，遂成此注，亦未知是否，乞慧業人一印證之。尊處所有《文昌雜録》《曉讀書齋雜録》，均望借我一讀，亦欲備《茶香室續鈔》之采擇也。此書不久可告成，卷帙悉如前書之數，然零星掇拾，不足登大雅之堂也。手此，敬頌文安。

世愚弟樾頓首

三

日前繳還唐詩全部，定入鄴架矣。弟大病新愈，尚未出門，故未克拜訪。望後天氣晴和，當可趨前也。尊處如有陶氏《説郛》或《宋稗類鈔》等書，求假一閱。此頌侍安文祉，不一一。

世弟俞樾頓首，二月十三

四

峴懷世大兄文席：

前讀復函，敬悉興居佳勝爲慰。承示陶氏《説郛》，鄴架未儲，至《宋稗類鈔》，則弟已得見之，不甚足觀也。尊處如有不拘何項叢書，假讀爲感。弟擬月初赴浙，行前天色晴和，再當走訪。手此，敬頌侍安。

世弟俞樾頓首，二月十七

五

峴懷世仁兄侍史：

承示知所藏書目，今欲告假《容齋隨筆》《居易録》《池北偶談》三種，伏乞付下。《書目答問》附繳。弟去臘刻書二種，未知已送呈否，今附致，乞照入。此頌文安。

世愚弟樾頓首，二月十八日

六

屺懷仁兄世講侍史：

前日走訪，未晤爲歉。山左之行，句留幾日，想流覽山川，有助學問不淺矣。弟近狀尚託平順，前承假觀之《容齋隨筆》及漁洋山人兩種均繳還鄴架，乞檢入。再欲告借《雙槐歲鈔》《癸巳存稿》《恒言録》《過庭録》，未識即在案頭否，如費撿尋，則不妨從緩也。手此，敬頌侍安。

世弟俞樾頓首，六月五日

七

前承假《野獲編》，繳還，乞檢及。如有《七修類稿》，求再假一讀。手肅，敬頌

屺懷世仁兄文安。

世愚弟樾頓首，八月朔

費少大老爺

致費念慈

八

前日失迎。因弟偃息在牀，閽人不以告，有失倒屣，罪甚。手示誦悉矣，書二本奉繳。此頌文安。

弟樾頓首

費少老爺

九

手示誦悉。趙卷容展觀，但恐以拙筆點污，如有寒具油耳。嘉肴佳點拜領，謝謝。但日内口福太不佳，觀我朵頤而不能屬饜，奈何。晨刻惠書并説部書兩種已收到矣。此頌屺懷世仁兄文安。

弟樾頓首

一〇

手示誦悉。益翁書暫存。頃檢書架，但有遵義鄭氏之《鄭學録》，而無《鄭志疏證》。衰病善忘多誤，可笑可笑。

尊少老爺

曲園拜上

一一

屬題率爾塗奉，即希正句。此頌文福。

費少老爺

樾頓首

致馮桂芬（五通）

一[一]

林一老前輩大人閣下：

久不奉教，未知所患已大好否？甚以爲念。屬書條幅楹聯，樾初習隸書，茫無涂徑，布鼓雷門，良用媿恧。聊應來命，無足觀覽。寓中無事，日讀周秦諸子之書。尊處如有《莊子》《列子》及《楊子法言》，求假一讀。《法言》須温公注者，其李軌注本樾處有之也。此外儻有諸子書便在手頭者，不拘何種，均求惠借。手此布達，敬候起居，爲道一重，不盡萬一。

侍俞樾拜上

[一] 此札輯自《阮元俞樾等書札》，國家圖書館藏。

二[一]

林一老前輩大人賜覽：

前讀惠函，并柬吉日，感戴良深。兹又有瀆者，緣兩先母本是分厝，今既爲先君作墳，自宜移祔。昨得一舍親書，言墳山巽乾，其左边附葬之一棺適當坤申，係三煞方，於葬法非宜。樾惝然于此道，不知此果有妨否，敬求指示爲感。手此，敬請台安。

侍俞樾謹上，十一月十七日

三[二]

林一老前輩大人閣下：

日前德車兩駐省垣，均未之知，有失趨候爲歉。浙省新孝廉黄蔚亭炳垕，乃黎洲先生七世

[一] 本札爲保利二〇一六年春季拍賣會「古錦——近現代名人書札手蹟」專場第一〇三六號拍品。

[二] 本札爲上海朵雲軒二〇〇五年秋季拍賣會「古籍善本暨雜瓷」專場第一九一〇號拍品。

孫，精于西學。承以所著《方平儀象》見詒。自慚檮昧，于此事門外漢也，謹代呈鑒定。尊處倘有《御批通鑑輯覽》，須殿版方可。乞借一觀。緣浙江刻此書，無殿版校讎，亥豕之訛，積數十處，非得此一校竟不能成也。手肅，敬請道安。

侍俞樾謹启

四〔一〕

林一老前輩大人閣下：

一城之隔，而樾又往返不常，致疏牋候。伏惟起居萬福。樾不知而作，妄有成書，今年剞劂告成者一百廿六卷，欲求法書封面四紙，凴藉盛名，以爲光重。附上格式，伏惟俯允，真行篆隸，一從尊便，能于年内書付，尤所心感，因明春即須刷印也。手肅布懇，敬請道安，諸惟惠鑒不宣。

侍俞樾頓首，嘉平九日呵凍

〔一〕 本札爲保利十二週年春季拍賣會「猗歟新命——紀念新文化運動一〇〇週年名人墨蹟文獻專場」第一三〇六號拍品。

五[一]

景翁老前輩大人閣下

啟者：舍表姪戴子高茂才望，素治樸學，仰企龍門，摳衣求見。愞孺悲無介，敬以一言爲先，伏求進而教之，幸甚。手肅，即請著安。

侍俞樾頓首

〔一〕 此札輯自《昭代名人尺牘小傳續集》卷十七。

致馮焌光（一通）[一]

西湖小住，二十餘日，以衣冠之酬應，而託以山水之清游，朝斯夕斯，甚矣憊矣。故屢得手書，而未一復，想不罪也。鐵路一議，慮周藻密，具見精心，出關之請，尤見仁孝之思。至情至性，可以動天地而泣鬼神，自必能安抵西陲，奉蕈翣而南歸也。浙闈榜發，詁經知名之士，如馮孟香、吴祁甫皆入彀中，而舍姪祖綏亦得蝨於其間，未免慙媿。然先兄身後蕭條，得此子振其家聲，不特可以博老母之一笑，且免使人有廉吏不可爲之歎，亦可喜也。回思先君於嘉慶丙子領鄉薦，花甲一周，祖孫繩武，在科名中，或亦一佳話乎。

[一] 此札輯自《春在堂尺牘》卷五，題作「與馮竹儒觀察」。

致馮崧生（一通）[一]

聽濤同學太史足下：

前辱惠書，以老母棄養，慰問拳拳，甚感甚感！即悉花磚翔步，清望愈隆，想必能砥行勵學，養異日公輔之器，不徒以文采翩翩焜耀一時也。樾讀禮吴中，無狀可述，月餘以來，精力頗覺衰茶，良由前者老母在時，精神提起，兹則放倒故也。年内不擬出門，浙江之行，亦在明春矣。手肅復謝，即頌文祉，不一一。

愚兄制俞樾頓首

《金石萃編》版在青浦，請於家奏中爲我代求一部，亟於自言也。

[一] 此札輯自《上海圖書館藏歷代手稿精品選刊·俞曲園手札》，第二五四至二五五頁。

致馮一梅（二通）

一〔一〕

《七十二候考》承指示詳明，感甚。嚴鐵橋先生《唐石經考文》，僕曾見之，《月令篇》寥寥數條，止校其與鄭注本字體之小異者，而《唐月令考》則自有專書。僕求之坊間，未得，假之友人處，亦未得，如杭州有之，足下能爲一癡乎？《魏書·律曆志》兩載七十二候，均不合《周書》。不讀《新唐書》，不知其本於《易軌》也。《舊唐書》載，《麟德曆》七十二候從《易軌》，《大衍曆》七十二候從《周書》，其更定之故，詳僧一行《卦候議》，自《五代史》以下悉從之。惟征鳥厲疾、候

〔一〕 此札輯自《春在堂尺牘》卷五，題作「與馮夢香茂才」。

雁北、麥秋至、鷹始摯等，爲今憲書所本，不可不知。其外小有異同，亦不足校也。所異者，《魏書》《甲子元曆》大雪末候作「鶡旦鳴」，無「不」字。初意是傳刻之誤，而《隋書》載劉焯之曆亦然。又《舊唐書》《麟德曆》缺清明末候，其本然乎？抑傳刻失之乎？僕所據者，皆官局新本也，幸賢者爲我決之。

二[一]

兄年力既衰，而外間所見所聞，無非敗人意者，因之興緒益復頹唐，殆不久人世矣。春間在杭開課，有詩一首，覽之可知鄙懷。乃近來又有大拂意之事，子戴温州書來，言小孫女死矣。小孫女積病多年，固無活理，而今兹之死，却不以病，思之痛心。得信之下，悲不自勝，口占一律，今亦寄覽。伏念此親事由老弟説起，宗湘文固吾浙能員，子戴亦人家佳子弟，在吾弟初不失人，即兄以孫女許之，初意亦頗以爲得所，而不知其家固非士族也。既定親後，彭剛直在金

〔一〕此札輯自《春在堂尺牘》卷七，題作「與馮夢香」。

陵聞之，啃曰：「錯矣！錯矣！」因問其巡捕章炳文，曰：「汝知宗家底藴乎？」曰：「知之。」嚴戒之曰：「到蘇州，慎勿言。」後章巡捕私爲敝寓家人輩言之，兄固不知也。及小孫女死，於是言者藉藉矣。兄以爲無據之言，不足憑信，然其家非搢紳舊族，則人所共知也。此等人家，能涵泳於詩書、持循於禮法者乎？子戴謂小孫女與其家氣味不投，誠哉不投矣！初到時，相待尚好，相處既久，愈待愈薄，浸至苛刻不堪，淩虐萬狀。湘文憒憒，婦言是聽，小姑二人又從而搆之，無日不在荆棘之中，鞭箠幸而獲免，呵駡無日不施。小孫女逆來順受，惟立而敬聽之，即回家，亦從不爲我等述及。表姊妹等偶一問之，則曰：「爲人婦，不能得尊章之歡，忝吾祖矣！尚可説乎？」是以兄等竟不得而知。其死後，婢媪輩言之，乃始悔不早爲之計也。聞子戴前妻秦氏，亦不得其死者。小孫女三年前已作絶命詞，隨時更改，又私謂其適王氏之表妹曰：「輕生非禮也，吾儻得免乎？」然則今之死也，必有大不得已者矣。子戴書言疑其服鴉片煙，呼治服鴉片煙之醫，如法灌救，似有轉機，而爲時已久，受毒已深，不可爲矣。然是否吞煙，亦無確證。惟前二日曾與子戴言：「某事某事未了，須爲我了之。」然則死志决矣。小孫女雖久病，然是癆病，無驟絶之理，故知其死非病也。嗚呼，命而已矣！兄與老弟，義同骨肉，故不避煩瀆，略抒憤懣，想吾弟聞之，必爲長太息也。

致馮譽驄（一通）[一]

鐵花公祖仁兄年大人閣下：

碌碌有疏箋候，伏惟勛祉時宜，興居佳暢，定如所頌。弟因老母倚閭，今年湖上止作十日句留，仍還吴寓，杜門養拙，無善可陳。兹有戴少鏞舍親，少年英發，頗有幹才，而家居貧窘，謀館不得，倘若上釐局中有司事之缺，務求推愛，位置一席，俾藉薪水，以養孀親，感德無極。其嗣父戴子高茂才，經學湛深，不幸早逝，或閣下亦曾知其名也。手肅，敬請台安，惟鑒不宣。

年治小弟俞樾頓首

[一] 此札輯自《上海圖書館藏歷代手稿精品選刊·俞曲園手札》第二三五至二三六頁。

致傅觀海（一通）〔一〕

同譜弟兄，一别十許年矣。日下分襟，而天南把袂，萍蹤暫合，亦是前緣。乃承雅意，殷勤授餐焉，餽贐焉，瀕行又高軒臨況，話别依依，賢者多情，于斯可見。伏念積貯繫蒼生之命，觀察分節度之權，同譜中得意者匙如，閣下遭際，不爲不優。雖尊齒視弟十年以長，然伏波矍鑠，還似曩時，小有清恙，未足爲累。在弟輩宜窮且益堅，在吾兄則老當益壯也。舟窗鐙火，手書奉候起居，且博千里一笑。

〔一〕此札輯自《春在堂尺牘》卷三，題作「與傅星源觀察同年」。

致傅雲龍（三通）

一〔一〕

懋元仁兄大人閣下：

頃奉手書，知博望仙槎，即將發軔，臨風懷想，神與俱馳。合肥相國已有復函，一接風裁，盛有稱許，知其傾倒者深矣。東瀛人士知有賤名者固多，而弟則所識甚尠，今亦無可致書。從者到彼，遇彼中學者，如道及賤名，言曾有周旋之雅，雖不足爲臺端重，或亦聲氣之引喤乎？日前惲太夫人曾以《落葉》詩索和，率賦四章，頗似爲衰朽寫照，因索觀者衆，遂付剞劂，以代胥

〔一〕此札輯自《纂喜廬存札》，葉八至九。

鈔，今寄上廿紙，藉博一粲，彼中人士亦可以此貽之。手此，布頌勛安，順送吉行，諸惟雅照不宣。

愚弟俞樾頓首

二[二]

懋元仁兄大人閣下：

讀手書，知博望仙槎，歸從海外，琴書無恙，著述等身，幸甚幸甚。承示《日本圖經》三十卷，於北轅南柁、僕夫況瘁之餘，把三寸柔翰、四尺油素，從事其間，原原本本，遂有成書，不徒記真臘之風土、發溪蠻之叢笑而已，真曠代逸才而中朝奇士也。弟杜門養拙，聞見豪無，何足序此書哉？重違來意，勉綴數言，以誌私心之傾倒而已。弟今年六十有九，宿疴頻作，舊業都荒，自去臘以來又刻《茶香室三鈔》并目録三十卷及《茶香室經説》十六卷，《三鈔》既徒拾咫聞，

[二] 此札輯自《纂喜廬存札》，葉十至十一。

《經説》亦無關大義，不足以就正有道。惟夏間有《自述詩》一百九十九首，此則自道生平，只算預分行述，謹呈一册。又本科有擬墨四篇，聊發一噱。閣下還京後想仍在郎署供職，自此以往，勛望日隆，計大用在即矣。手肅布復，敬頌台安，統惟青照不宣。

愚弟俞樾頓首，十月十六日

三[一]

懋元仁兄大人閣下：

去歲病中，接奉惠書，并賜讀大著，發明古義，通達舊章，明體達用，足見一斑。嗣聞榮調入都，從公海署，從此挂風帆順，近水樓高，出擁旌麾，超膺節鉞，指顧間矣。此桑梓之光，非鄙人敢借以壯門墻之色也。見在計久已移寓京城，所寓何處？仍在舊居乎？別營新宅乎？起居清吉，瀛眷順平，定如所頌。弟自去年十月十六起連發十二瘧，瘧止又發氣痛宿疴，直至臘月

〔一〕 此札輯自《纂喜廬存札》，葉二十五至二十七。

廿一日始出房闥，今病已全愈，而總似未能復原，此衰老使然，非病也。近又成《茶香室四鈔》三十卷，此後亦將輟筆矣。小孫陛雲，入都赴試，既作舉人，不能不作此行，弟亦不甚望之耳。送伊北上後即擬赴杭州一行，年年成例如此耳。年衰學退，詁經一席亦不宜久忝矣。手肅布復，敬頌勛安，統惟朗照不宣。

愚弟俞樾頓首，二月初十

致高保康（一通）〔一〕

龔甫仁兄世大人賜覽：

二十日想必行望課，如課卷能於廿五日收齊付下，使弟於山中批閲，較爲清淨。弟擬廿八日出山也。手此，布頌文安。

世弟俞樾頓首，十九日

〔一〕此札輯自西泠印社二〇一五年春季拍賣會第二一〇二號拍品。

致高均儒（一通）〔一〕

聞先生名久矣，懷願見之誠亦久矣，未克一見，良用悵惘。德車結旌，翩然南返，六橋三竺，文酒燕游，有資矜式，無廢嘯詠，甚善甚善。樾自幼失學，溺于詞章，身廢不用，始謀譔述，鑽研經義，冀有一得，困而學之，極可憫笑。所著《群經平議》，根柢淺薄，意義闊疏，誠無足觀，誠無足觀。薌泉方伯謀付剞劂，乃煩高明代爲讎較，布鼓雷門，寔所媿恧。伏求是正，無吝抨擊。

〔一〕此札輯自《春在堂尺牘》卷一，題作「與高伯平」。

致龔照瑗（二通）

一[一]

仰蘧仁兄大人閣下：

前日接讀賜函，敬悉威棱秋肅，福履冬暄，遥企牙旗，適符心版。弟養疴吴下，乏善可陳。承示課卷，草草閲畢，寄呈鑒定，望飭交監院彙存，并求賜復爲盼。手肅，敬請勛安，諸惟惠詧，不宣。

愚弟俞樾頓首，九月初六日

[一] 此札輯自《上海圖書館藏歷代手稿精品選刊·俞曲園手札》，第一五一至一五二頁。

一二〔一〕

仰蘧大公祖大人閣下：

雲山迢遞，魚雁闊疏，蕭艾之思，與時俱積。欣聞旬宣入覲，晝接承恩，躋卿貳之崇班，膺京堂之清秩，勛名益盛，宸眷彌隆，博望仙槎，亦止借徑，不久榮任封疆，寵膺節鉞也。九月中，弟在湖上，悦觀和尚交到惠書，備承渥注，并寄惠蜀錦兩端、厚樸一筒、樸花二盒、春茶一串、蜀松若干株，不遺在遠，厚貺有加，陳之山齋，爲之生色。小松栽之盆内，青翠可觀，稍暇擬爲賦一詩也。即就悦觀，敬問起居，知清恙業已有廖，計爾來益加康健。懷熙聞隨侍入都，當即留應試；景張亦將散館，想年來亦必東下矣。弟重九到杭，於湖樓山館小作句留，十月初仍回吴下，㣙叨平順，足慰注存。手肅布謝，敬請勛安，順賀大喜，統惟愛鑒不宣。

通家治愚弟俞樾頓首，十月之望

〔一〕此札輯自《上海圖書館藏歷代手稿精品選刊·俞曲園手札》，第一四六至一五〇頁。

致顧成章（一通）[一]

承示《周禮醫官詳説》，以岐黄家言比附經義，亦前人未有之作也。但解庀瘍爲化瘍，謂是内症化外症，此恐不然。疕從「𠂆」不從「匕」，二字迥别，隸體亂之耳，萬不能以從「𠂆」者爲從「匕」而以變化釋之也。讀又案云云，似已悟及，但合同之義，則仍護前説耳。竊謂，疾病者，疕瘍者，明分二義。唐石經兩句均有「有」字，此古本然也，若必合而一之，謂内症化外症，則當其未化之時，病者但覺爲内症，及其既化之後，病者但見爲外症，且症雖見於外，病必由於内，此亦不待言者。古人設官治疾，外症内症一概造於醫師，由醫師别其爲内爲外，而分屬於疾醫、瘍醫，如此而已，何必論其化不化乎？使内症不化爲外症，醫師將不受之乎？此説之不可通者。因承下問，故敢及之，將來刻版，删去此條爲是。惟鄭解「疕」字未安，尊説糾之，是也。案

[一] 此札輯自《春在堂尺牘》卷七，題作「與顧詠植明經」。

《靈樞·癰疽》篇云：「發於陽者百日死，發於陰者三十日死。」是癰疽有陰陽之分，所謂瘍者，當是發於陽，故其字從「昜」；所謂疕者，當是發於陰，故其字從「匕」，與「妣」字、「牝」字從「匕」得聲者同意。高明以爲然否？

致顧文彬（一通）[一]

子山尊兄大公祖大人閣下：

關河迢遞，魚雁闊疏，方春始和，布德行惠，仰承帝眷，俯愜輿情，敬企光儀，良用欣忭。弟吴中度歲，乏善可陳。去年臘底又草成《太上感應篇纘義》二卷，聊備觀省，輒付剞劂，畢工之後再呈雅鑒。手肅，敬頌起居，不盡萬一。

治小弟俞樾頓首

[一] 本札藏蘇州博物館，李軍博士見示。

致何兆瀛（一通）[一]

青耜大公祖大人閣下：

前在滬上曾致一函，并附呈拙作《園記》及詩，未知照入否？還蘇寓，讀惠函，知西湖留奉尺書已塵台覽矣。昨日高滋翁書來，敬悉榮攝柏臺，重陳臬事，會見寵承楓陛，即拜真除，逖聽之餘，無任欣忭。弟滬上之行，因老母倚閭，亦不多躭延，月初已返棹金閶矣。手肅，布賀大喜，敬請勛安，伏希惠督，不宣。

治愚弟俞樾頓首，初十日

[一] 此札輯自《上海圖書館藏歷代手稿精品選刊·俞曲園手札》，第六至七頁。

致洪爾振（七十通）

一[一]

洪姑大老爺：

花農致鄭大令一信，未知其現官何處，請隨便用一馬封遞去。手此，敬頌年喜。

俞樾頓首

[一] 此爲西泠印社紹興二〇一七春拍「鶴園魚鴻·吴昌碩、俞樾致洪爾振父子信札專場」第九三八號拍品。

二[1]

鷺汀從孫倩足下：

九言詩録一紙奉覽，竟漏寫二字，亦見精力之衰也。十六、七兩日，寓中均有小事，切勿攜樽見訪。或此兩三日中奉邀便飯，則未可知，再相訂也。手此，敬頌升安。

俞叟此兩字皆九筆拜上，元宵

三[2]

鷺汀從孫倩執事：

[1] 本札爲西泠印社紹興二〇一七春拍「鶴園魚鴻·吴昌碩、俞樾致洪爾振父子信札專場」第九二四號拍品。

[2] 本札爲西泠印社紹興二〇一七春拍「鶴園魚鴻·吴昌碩、俞樾致洪爾振父子信札專場」第九一五號拍品。

別後兩次奉到手書，均是由局寄，而一則遲一則速，兩函不啻同到也。展誦之下，欣悉十四日始抵平陵，琴鶴所臨，百凡順利。惟所述地方疲苶情形，又費賢者一番經畫，錯節盤根，殆所試利器乎？至以實心理民事，竭力遏亂萌，重賞嚴刑，施之各當，佳乎令也。真以蜀郡淵雲，爲漢廷召杜矣，良深歎服。惟寓居不便，未識何日遷入衙齋？尊恙知不甚發，甚慰。姪孫女頭眩能少愈否？何以時時嘔吐？小縣無良醫，自以不藥爲是。愚近狀如常，寓中均好。陛雲在京，亦頻有信來，足以告慰。錫寓信亦常通，可告姪孫女知之。式之所擬告示及題目，知已早寄，想必收到矣。手肅布復，敬問升安，并署中均吉。

曲園拜上，二月三十

四〔一〕

鷺汀從孫倩足下：

〔一〕本札爲西泠印社紹興二〇一七春拍「鶴園魚鴻·吴昌碩、俞樾致洪爾振父子信札專場」第九一九號拍品。

接手書，知京口之行業已言旋，并知令郎已自蜀來，誦其詩，雖止一聯，而倜儻風流之概已見一斑，真後來之秀也。四月中當來吴下，殆即由蘇而滬，航海入都，應京兆試乎？姪孫女何以竟有肝厥之症？適篆玉在蘇，據云：去年並無此病，前年夏間曾有一次，皆以爲惡痧，服霹靂丸而愈。愚意亦非也。竊以病在肝經，宜乎疏爽，此時借寓民間，不無偪仄之患，病即乘之。入署後，境既寬舒，心亦疏暢，或能輕減乎？甚念，甚念。前任何時出署？瀛眷何日遷喬？計亦不遠矣。愚近狀如恒，承惠嘉殽，可謂膎嘉，甚適老人之口，足徵關愛之深。式之已遷入中西學堂，即今日開課也。手肅布謝，敬頌升安，并問吾姪孫女及郎、愛均吉。

三月廿二日，曲園拜上

五[一]

鷺汀從孫倩足下：

[一] 本札爲西泠印社紹興二〇一七春拍「鶴園魚鴻・吴昌碩、俞樾致洪爾振父子信札專場」第九〇一號拍品。

前兩得手書，因心緒繁冗，久未修復。承惠醋，極佳，醺肉醺魚均得味也。今日又由尊紀帶來一書，知下車未久，積案一清，續收者隨到隨結，真霹靂手也。膏捐既是前任含糊，則後任能否覆查，使之清楚，上游竟使代前任賠此巨款，殊不近情。竹翁不容易得見，前數日來寓長談而去，此後不知何時再望見顏色矣。篆玉不在蘇，大約尚在武進。承謀成保甲差，此差想即在鎮江，足下必已有信致之，愚當再發一函去也。頃已得伊信，十九可到京口。吴下喉症極多，敝處所配斑蝥藥頗著神效，即左近一帶用此而活者數十人矣。鎮郡未知有此患否？天時燥熱，因寄上數張，藥已滲在膏内。以備施濟，亦仁政之一端也。手肅，敬頌升安。

曲園拜上，十八日

大小姐及郎、愛輩均候。

六[一]

尊事自當代陳，但讀來示，有未盡悉，日内如便，過我一談何如？此頌

鷺汀從孫倩升安。

樾頓首

大小姐已全愈否？

七[二]

鷺汀賢從孫倩足下：

[一] 本札爲西泠印社紹興二〇一七春拍「鶴園魚鴻・吴昌碩、俞樾致洪爾振父子信札專場」第九〇九號拍品。

[二] 本札爲西泠印社紹興二〇一七春拍「鶴園魚鴻・吴昌碩、俞樾致洪爾振父子信札專場」第九〇〇號拍品。

日前惠顧敝廬，種種輶褻，叨在至親，想所諒也。别後何日安抵花封？想沿路平順，倩及吾從孫女宿疴均不復發也，實深懸念。愚眠食如常，二兒婦服醫方，均亦不甚熨帖，前日飲西洋參湯頗投，改服參鬚湯，亦甚適意，乃竟服參湯，竟尔胸膈舒暢，始悟是虚氣，非實氣，若徒服石決明等，無益也。日内已能出至外間，飯食尚不敢多進，而胃口已開，從此當可就愈。知賢伉儷皆所關注，故以奉聞。小孫頻有信來，廿五日引見，偕其泰山許子原同寓工部公所，甚爲妥適。因子原廿三日有封奏，故偕往也。聞已取在八十本中，名數尚高，未知確否？足下回署後，公私想均順適。昨見陸春江廉訪，極稱足下辦此案之善，云才具好、心地亦好，足見契重者深矣。手此，敬頌升祺，并賀節喜。

曲園拜上，五月初三日

姪孫女及郎，愛均此。外針線一包，乃遺在敝寓者，即寄上。

八〔一〕

鷺汀賢從孫倩足下：

前日寄去一牋，并針線一包，已照入否？得篆玉書，知舟過毘陵，尚得把晤，然約計行程，想安抵署齋當在端四日矣。起居諒必安適，舍姪孫女無恙否？令郎、令愛趨庭迎候，想皆清吉也。敝寓平順，二兒婦服參頗投，小孫亦頻有信來，足以告慰。但聞拳匪已闌入京城，北望頗爲懸懸耳。屬書之件塗繳，但字甚劣，不足呈令叔祖也。手此，敬問起居，匆匆不盡。

曲園拜上，初六日

〔一〕本札爲西泠印社紹興二〇一七春拍「鶴園魚鴻・吴昌碩、俞樾致洪爾振父子信札專場」第八八一號拍品。

九[一]

鷺汀從孫倩惠覽：

兩接手書，知前函均達。黄連甚佳，蒲扇有别致，謝謝。惟二兒婦又寄去枇杷葉一籃，未知收到否。尊恙及姪孫女所患，知已去八九，想日内必霍然矣。然時發時愈，終未斷根，消痰順氣之品，服之亦無大效，安得有和緩名醫爲賢伉儷拔去病根也。敝寓健好，惟小孫已十日無信。北來警耗，日有所聞，此心爲之摇摇，近來轉不計差之得失矣。大湖廳聯率擬，寄覽。手肅，敬頌升安。

曲園拜上，五月十七日

姪孫女同覽，郎、愛均吉。

〔一〕本札爲西泠印社紹興二〇一七春拍「鶴園魚鴻·吴昌碩、俞樾致洪爾振父子信札專場」第八八五號拍品。

一〇[1]

鷺汀賢從孫倩足下：

久不奉書，非懶也，心緒不佳之故。昨得惠書，知撫緝地方，又爲民求雨，皆循吏事也。舍姪孫女知近體尚好，惟女公子頗有不適，甚爲懸念。醫藥極宜小心也。團扇一柄，屬書福壽字，已爲寫就。聞日内尊紀來取，當交其帶上也。小孫五月廿七日信言擬偕廖、陳、許同伴回南，以後杳無信，不知究竟動身否。北望懸懸，爲之寢饋不安矣。丹石幸已出險，南回前寄來之信，於戰事亦不甚詳，但自言在津危迫情形。此信爲大兒婦所藏，一時不可得，俟得之當寄奉。兹將李太史家信節略寄閲，都中事可見大概。然亦五月内事，此時又不知如何矣。手此

[1] 本札爲西泠印社紹興二〇一七春拍「鶴園魚鴻・吴昌碩、俞樾致洪爾振父子信札專場」第八八二號拍品。附件（「義和團肇自山東」以下）原爲西泠印社紹興二〇一七春拍「鶴園魚鴻・吴昌碩、俞樾致洪爾振父子信札專場」第八七六號拍品（該件共九頁，此處爲其中五頁），以其中有「此數紙，皆李太史家書中録出」云云，與本札「兹將李太史家信節略寄閲」之説合，故附於本札後。

布復，即頌暑安。舍姪孫女同覽，小姐問好。

六月十七日，曲園拜上

義和團肇自山東，本年春間始延至順、直畍，以殺教民、焚教堂爲事。聚衆築壇，設祖師位，祀之，神附其體，即能運械如飛，不畏槍炮，且能使敵之鎗礮不燃云。入團者童子尤衆。四月間，據涿州城，戕官。上意主剿，而執政王大臣信之甚深。五月初四，董帥召見，以敵洋人爲己任，由是大變。初七日，京津鐵路亦燬，團之入京城者，日以千計。近畿各教堂被燬，教民皆避入交民巷使館。十七日，東城所有教堂皆焚，燈市口一帶火光尤烈。十八日晚，東西大街槍聲大作，團民逼近奥使署之中，洋兵放槍禦之，三鼓後，槍聲始息。二十日，前門外火。蓋大栅欄有老德記藥房，團民焚之，西南風大作，延燒前門大街，西盡煤市街，南至西河沿，又逾河而至月墻兩荷包巷。前門外譙樓亦焚自珠寶市鑪房，焚後市面大壞。廿三日午，德使偕譯官乘轎往總署，至京牌樓北，德使所攜手鎗觸機忽發，比使署洋兵疑爲官兵所放，開門放槍，官兵亦還擊之，而德使中彈死。十九日，有旨命那桐、許竹篔兩侍郎出京，止洋人勿進兵。二公帶譯官三人，翌日就道，行至豐台，爲團民所截，牽入壇內，將甘心焉。二公再三申説，乃升表請祖師示。升表至三道，皆不起，至四道，乃曰赦，則赦矣。然公等毋前行，回京復命可也。廿四日，甘軍在王府大街長安牌樓北與奥使署開仗。廿五午，比使署焚。未刻，官軍攻破奥署。入夜，奥署東偏中國銀行及銀元局火起，鐵路學堂亦燬。廿六日，官軍大掠，有李姓京官開門納之，並以善言告知是京官宅子，乃不傷一人，罄所有而去。然前後左右皆搶物之兵。李姓之西鄰馬宅焚，一門丁、一車夫死。西鄰王氏一子兩僕死。李君謀避至孫中堂宅，遇兵，皆擬以搶，幸而免。及至孫宅，值中堂坐明轎出，神魄失措，將往徐頌閣處也。孫宅搶奪尤甚，其公子衹餘短衫，傢伙什物一空。已而，喧傳大令下，劫者正法梟示，即有馬兵將人首懸於孫宅之門，於是劫兵乃散。然被搶者已不計數。文給事之夫人亦被殺。尋聞，徐中堂宅及肅王府亦被掠，繼之以焚。此一變也，先搶者甘軍，繼之者武將軍也。廿七早起，台基廠及交民巷東頭皆焚。廿八日，槍聲四起，御河橋一帶尤甚。因翰林院後身爲英使署也。六月初一日，攻破英署，交民巷焚燒略盡。此數紙，皆李太史家書中録出。李名家駒。

李信又略云：刻交民巷各國使館被焚毁殆盡，所有在京之洋人洋婦已盡行擊死。將來洋兵大隊來攻，當在三月以外。見在京畿徧地皆義和團，不能出門一步。

一一[一]

頃一書已詳述，今又有數㬰，録乞一閲。時事孔亟，心緒如焚，不多及。載頌升祺。

名心叩

六月十三日諭：現在天津失陷，京師戒嚴，斷無不戰而和之理。惟《春秋》之義，不罪行人。一月以來，除德使被亂民戕害，現在嚴行查辦外，其他各國使臣，朝廷幾費經營，苦心保護，均各無恙。但恐各督撫誤會意旨，以保使爲議和之地，竟置戰守事宜於不顧，是自弛藩籬，後患何堪設想。著沿江沿海各督撫振刷精神，於一切戰守事宜趕緊次弟籌辦，倘竟漫無布置，萬一疆土有失，定惟該督撫是問。特此，由六百里加緊，各諭令知之。此密諭，勿宣布。

[一] 此爲西泠印社紹興二〇一七春拍「鶴園魚鴻·吴昌碩、俞樾致洪爾振父子信札專場」第八七六號拍品。原件共九頁，其中五頁已根據内容繫於「六月十七日」札末，其餘四紙據内容繫於此。本札未具名，因紙上有「曲園拜上」印記，可知爲俞樾手書。

英、德、美、法、日各領事在上海與盛杏蓀言：各國之意，在平匪亂，清君側，保家社，庇民人，不求利益，不主瓜分，并抵制俄人，以全大局。又願來南諸帥先自平亂黨。此費屺懷來述。廿三日，朝廷致國書與各國求和，由沈旭初觀察鈔來三稿，乃致德、法、美者也。大旨相同，餘未見。

又諭，本年恩科鄉試，展緩至明年三月初八日鄉試，八月初八日會試，以示體恤。已放正、副考官，即著回京供職。庚子正科鄉試及會試，按照年分以次遞推。此諭未全録。

一一[一]

鷺汀賢從孫倩惠覽：

前復一箋，定塵青照矣。北事一至於此，愚老而不死，覯此時艱。小孫已於七月初四日附皮貨客人之伴南旋，想是走西大道，計到蘇尚早也。知念特布，并告大小姐知之。護院日來未

[一] 本札爲西泠印社紹興二〇一七春拍「鶴園魚鴻・吴昌碩、俞樾致洪爾振父子信札專場」第八八三號拍品。

見，前事亦尚未與説，本擬函及之，然此時此勢，姑從緩矣。手此布臆，即頌秋祺。

曲園拜上，七月廿五日

大小姐同覽，賢郎、愛均候。

一三〔一〕

鷺汀從孫倩惠覽：

前得手書，并吴姚乾脯，當爲分致，極深感荷。已寫收條，當經照入。昨又得初十日舟次來函，知公事旁午，而起居佳勝，眷屬平安，亦可喜也。上游挑剔如此，不知何故。然李案既已審有端倪，史案又弋獲五盜，似亦可告無罪。但不知初八之案能破否？事主無恙否？前日陸春翁來回拜小孫，愚亦見之，言及尊事，因不獲乎上，託其周旋。據云：此君我所識，有事無不周旋，但如吾儕亦意見不甚相合。何蕩事，愚亦嘗提及，并云：此事非特民力宜舒，抑亦民情

〔一〕本札爲西泠印社紹興二〇一七春拍「鶴園魚鴻·吴昌碩、俞樾致洪爾振父子信札專場」第八七七號拍品。

宜順也。俟見濮紫泉，再當力言之，託其轉圜，或比吾輩江湖散人之言較入聽乎？小孫南回，甚爲妥速，甚得大刀王五之力，太史公所以傳游俠也。許汲侯外孫挈其婦子，歸錢氏之外孫女亦挈其兒女，均於今日到敝寓，擬小住，再作商量。上下幾及廿人，寓中人滿，愚戲語人曰：難民到矣。一笑。外近作四首附覽，别有詩十八首，則秘不示人也。手此，敬賀秋禧。

曲園拜上，中秋

舍姪孫女及郎，愛均此。

一四[一]

鷺汀從孫倩惠覽：

前日一牋，定照入矣。昨晤紫泉太守，託以尊事，伊自任斡旋，必可無慮，謹以告慰。小孫歸後，外孫許汲侯率其眷屬亦至。但王少侯未歸，許子原亦未知所在，甚懸懸耳。吴下日前頗

[一] 本札爲西泠印社紹興二〇一七春拍「鶴園魚鴻・吴昌碩、俞樾致洪爾振父子信札專場」第九〇九號拍品。

警，近亦平順。手肅，敬頌升安，不一一。

曲園拜上，八月十九

一五[一]

鷺汀從孫倩惠覽：

前日一牋，小孫亦有一牋，均交局寄，未知入照否。愚見濮紫泉，與言尊事，伊力言無妨。愚託其於撫、臬兩公處善言釋解，伊亦允許。愚意，宜先以實情函告紫泉，將此兩案情形一一述知，求其轉圜，想能爲力也。境内已得雨否？大小姐目疾若何？均念。手肅，敬頌儷祉，并郎、愛均吉。

曲園拜上，廿二日

[一] 本札爲西泠印社紹興二〇一七春拍「鶴園魚鴻・吴昌碩、俞樾致洪爾振父子信札專場」第九〇六號拍品。

一六[一]

鷺汀從孫倩惠覽：

接十九日手書，知鞅掌賢勞，宿疴又發，近雖就愈，馳念良深。荒有實狀，想上流亦斷不能強以催科，但清況更覺有減矣。前兩處盜案已結否？愚寓蘇如昨，但時事至此，懷抱可知，鬱鬱無聊，仍不免以筆墨自遣。楊誠齋勸朱晦庵囊硯櫝筆，竟不能從也。小孫於昨日始偕汲侯外孫同舟返浙，先至德清，再至杭州，掃視松楸，而當道亦不能不一拜，約計總有旬餘躭擱也。自八月二十後，京中戚友頻有信來，大厦已傾，而燕雀固尚在也。湖州陸純伯倡設救濟會，甚善。愚託渠設法招呼，未知其翩然南來否，其實軟紅亦無可戀也。和局已成宕筆，持久生變，未知所屆，東南亦非樂土耳。手此布復，即頌台安。

曲園拜上，閏廿三日

大小姐及郎、愛均候。

[一] 本札爲西泠印社紹興二〇一七春拍「鶴園魚鴻・吴昌碩、俞樾致洪爾振父子信札專場」第八七八號拍品。

一七〔一〕

鷺汀從孫倩惠覽：

接廿九日手書，知豁境旱荒，自甘平餘短絀，不忍按户追呼，仁人之言也。即此一言，知病魔退避三舍矣。精神想日益復原，署中當各清吉，定如所頌。愚眠食如常，小孫已於初五日自杭旋蘇，帶來山合桃及烘青豆，二兒婦屬寄少許各一簍。與令愛、小姐，可交付之。拙詩廿二首，已刻有印本，亦附奉青覽。有蜀友自川中寄到蟲茶一瓶，此必蜀産，啜之亦不甚有味，其形亦不似茶葉，君知之否？敝友胡小樓續娶，爲其小兒女計，亦不得不然，而一貧如洗，既修婚費皆吾儕集腋。初意本欲告之足下，然今年如此清況，則亦未敢言也。丹石已報名中西學堂，不日傳考，未知能取入否。手此敬復，即頌升安。

曲園拜上，九月七日

舍姪孫女及郎，愛均佞。

〔一〕本札爲西泠印社紹興二〇一七春拍「鶴園魚鴻·吴昌碩、俞樾致洪爾振父子信札專場」第九〇五號拍品。

一八〔一〕

鷺汀從孫倩惠覽：

伻來，接手書，并承惠食物，謝謝。福履初安，自宜珍攝，能勿過勞乃妙。小孫自杭回，微感即愈，前數日自其同年鄧庶常所飲歸，冒風，又患頭痛，未出房，故未能作復也。胡小樓明日辦喜事，正在作枯窘題，得此亦堪小助其文腸耳。賢郎詩容再讀。愚亦作有《仿張船山賓鷄題壁詩》，然此時未敢即出也。拙作詩文，附賢郎一笑。手肅，即頌升安。外附去白扁豆一籃，與尊恙頗相宜也。

曲園拜上，小孫侍謝，廿五日

大小姐及郎、愛均候。

〔一〕本札爲西泠印社紹興二〇一七春拍「鶴園魚鴻·吴昌碩、俞樾致洪爾振父子信札專場」第九〇三號拍品。

一九[一]

鷺汀從孫倩惠覽：

伻來，承惠食物，謝謝。即作回書，交原价帶呈，即附去白扁豆一筐及拙作詩文。聞此价在吴下小有耽延，未知已達青覽否？尊體想日見痊可，甚念。愚寓蘇如昨。陛雲因風熱輔頰腫痛，今亦愈矣。時事杳無轉機，徒喚奈何。尊處災荒已辦準否？此間局面又一變動矣。新撫未知何日來也。前所惠豆豉甚佳，但愚不嗜辛辣，如有新製成未下辣椒者，再賜少許，無則亦不必也。手肅，敬問升安。

曲園拜上，十月三日

大小姐及郎、愛均候。

[一] 本札爲西泠印社紹興二〇一七春拍「鶴園魚鴻·吴昌碩、俞樾致洪爾振父子信札專場」第九一四號拍品。

二一〇[一]

鷺汀從孫倩惠覽：

接廿二日手書，并承惠佳製豆豉、腐乳，藉佐寒廚，甚感甚感。前日賓甸膏來，極言足下官聲之善，云已在陸方伯前力道之，謂：論交情則無如莫令，論官聲則無如洪令也。愚告以不獲乎上，甸膏言：見上臺必持公論。此人頗伉慷自負，或不虚也。濮紫泉交卸，總在明年開印後，繼之者必張子虞也。松鶴帥行至九江，電請開缺，奉旨來見，蘇撫恐須易人。長安真棋局也。花農超升閣學，亦可喜，然愚疑其先升正詹，《邸報》漏也。吴下日來濟濟，皆京中來者，溥玉岑總憲，小孫殿試師，其子毓紹岑學士，又會試房師也。敝處應酬，化去百金，較尊處因令阮而費二百金減半耳。一笑。此頌伉儷均安，郎、愛並吉。

曲園拜上，廿七日

大刀王五竟爲洋人所戕，毓紹岑言忌之也。此人殊可惜，得暇擬爲撰一小傳，足下如有所

[一] 本札爲西泠印社紹興二〇一七春拍「鶴園魚鴻・吴昌碩、俞樾致洪爾振父子信札專場」第九一一號拍品。

聞，便中示悉，當附及之也，曲園再白。

二一〔一〕

鷺汀從孫倩賜覽：

昨一椷，因待伻不至，仍由局寄，想照入矣。松鶴亭中丞行次九江，電請開缺，遂召入見，想蘇撫又須更換。計尊處亦必聞之也。來函所云，果能如所言，則氣候寬舒，自可少累。但恐非鄙人力量所做得到耳。和議即可大定，然實和而不議，不過均照所請耳，此後不復成局面矣。愚垂盡之年，遘此時艱，真所謂知我如此，不如無生也。花農升閣學，頗爲吾門生色，京中亦常有信來也。手此布泐，因今日伻來，故又泐此。即頌雙佳。膝前均吉。

曲園拜上，初八

承惠腐乳甚佳，謝謝。

〔一〕本札爲西泠印社紹興二〇一七春拍「鶴園魚鴻·吴昌碩、俞樾致洪爾振父子信札專場」第八七七號拍品。有信封，題「俞撰」「初八日奉」「藉呈」字樣。

二二一〔一〕

鷺汀從孫倩惠覽：

疊奉手箋，敬承壹是。荒數即準，文書自當行下，或房胥稍擱耳。明歲之漕，如何辦法，竟無人來説起，總緣時局未定之故。究竟轉漕宜行何路、宜赴何處，恐亦一時難揣，惟引領北望，冀和議早成，鑾輿早返而已。松撫不來，此間亦恐有變局。近來棋局似無定也。尊事自在心中，但恐難以爲力，且姑俟機緣耳。蘇寓均好，小孫在蘇，亦惟是同年親故酒食應酬，無所事事，亦甚無謂也。然此時即欲奔赴行在，似亦可不必，且觀時事之定可也。愚廿六七有一信，信中敘及松撫不來，且亦及都中大刀王五被害事，此信由航寄，來書從未提及，豈有浮沉耶？手肅布復，敬頌升安。舍姪孫女及郎、愛均侯。

十一月十六日，曲園拜上

〔一〕本札爲西泠印社紹興二〇一七春拍「鶴園魚鴻・吳昌碩、俞樾致洪爾振父子信札專場」第八七九號拍品

一三二[一]

鷺汀從孫倩賜覽：

昨復寸牋，未知照入否。尊紀帶回之函，想早塵青覽矣。吴中諸事，尚無定局，揔須看新撫何人，到任遲早，再議一切。如見在局面，尊事亦恐難爲力也。濮紫泉十二月朔開辦府考，明正開印交印，接其手者，張子虞也，卻亦是熟人，然近來亦久未相見也。愚近作文七首，杭州丁和甫刻成，寄來六十本，兹以白紙、竹紙各一本寄覽，并示文郎。又陸純伯交來説帖一紙，并以寄奉。鄙意，此舉頗佳，惜吾儕無此閑力耳。手此，敬問升安。

曲園拜上，十一月廿一日

姪孫女及郎、愛均吉。

〔一〕本札爲西泠印社紹興二〇一七春拍「鶴園魚鴻・吴昌碩、俞樾致洪爾振父子信札專場」第九〇二號拍品。

二四[一]

鷺汀從孫倩惠覽：

奉到瑶函，猥以賤辰吉詞致祝。愚向不作生日、不受壽言、壽禮，親故所同知也。至親如足下，豈猶未喻耶？是日戒廚下勿以腥血入饌，謂之淨竈。寒家每歲淨竈三日，乃二月十九、六月十九、九月十九，俗傳觀世音生日也。賤辰亦僭同之，有詩示後世之子孫，永守此戒。先一日，將中門鎖閉，不通肩輿，客來，敬謝不見，蕭然無事，惟信札尚不免耳。松撫有仍來之説，有與皖撫對調之説，均無足憑，大約臘八後必有的信耳。手肅布謝，即頌起居，附繳原函，匆匆不盡。承惠腐乳，拜謝。舍姪孫女及郎、愛均此。

曲園拜上，臘二日

承惠腐乳，拜謝。舍姪孫女及郎、愛均此。

[一] 本札爲西泠印社紹興二〇一七春拍「鶴園魚鴻・吴昌碩、俞樾致洪爾振父子信札專場」第八九五號拍品。附詩一紙爲西泠印社紹興二〇一七春拍「鶴園魚鴻・吴昌碩、俞樾致洪爾振父子信札專場」第八九四號拍品。

再者，附去福橘一筐、栗子六簍，乃二兒婦寄送令愛小姐者，轉付之爲幸，再頌冬祺。

曲園再頓首

比來甚暖，今日得雨，或可望雪，亦甚佳也。貴轄境如何？又及。

嘉平二日，余生日也。五更枕上聞風雨聲，率爾口占

天爲衰翁作生日，一宵風雨大排當。眼前景物只如此，此後光陰料不辰。孤負好音傳紫電，花農閣學傳電致祝。空勞苦口勸黃堂。吴下群公謀製屏爲壽，先倩濮紫泉太守道達其意，苦勸勿辭。老夫自把門闌鎖，一任高軒來去忙。是日將中門鎖閉。

樾

一二五[一]

鷺汀從孫倩惠覽：

[一] 本札爲西泠印社紹興二〇一七春拍「鶴園魚鴻・吴昌碩、俞樾致洪爾振父子信札專場」第八九六號拍品。

接手書，知前寄栗子等已到，近體大安，甚慰。初三日，聶仲翁來補祝，因與言及尊事，雖未許可，亦不峻拒。甸膏稱述官聲則已達到，伊亦無異言。惟言足下體稍弱而政過寬，又不免爲紳士王姓者所愚。愚不知其詳，無從置一辭，但云：體雖弱而於民事尚勤，每得其書，往往在舟中發也。語至此而止，亦不過一席閑談耳。松鶴翁未知來否？浙撫又丁艱，江浙大局，計必有變動耳。和局究不知何時可定，吾浙衢案亦迄未了，明年光景亦不知如何。蘇寓健適。初八日爲僧寶試周，有詩四絶句，得暇當録奉清覽。今年將第十七卷詩絡續付刻，年内可成矣。手此，敬頌升祺。

曲園拜上，初十

大小姐及令郎、愛均此。

一一六[一]

鷺汀從孫倩惠覽：

日前詳布一牋，定塵青照。伻來，又得手書，知公私平順爲慰。令叔祖遠道書來，甚爲可感，有書復之，并致拙作詩文，便中附去是荷。松師不來，省中局面可敷衍過年矣。濮太守年前亦不動也。手肅，敬問雙佳，郎、愛均此。

曲園拜上

一一七[二]

鷺汀從孫倩惠覽：

[一] 本札爲西泠印社紹興二〇一七春拍「鶴園魚鴻·吴昌碩、俞樾致洪爾振父子信札專場」第九三四號拍品。

[二] 本札爲西泠印社紹興二〇一七春拍「鶴園魚鴻·吴昌碩、俞樾致洪爾振父子信札專場」第八八六號拍品。

新年惟動定吉羊，公私平順。愚亦只如常，無可述也。尊事屬轉致春江，已爲函達，無復信，亦未與見也。除夕前三日，紫泉來寓，愚與言之。紫泉云：長者既有信與藩垣，當再爲切託，且看如何。至松撫來否，仍無明文，聶仲翁部文未到，如松不來，再作計議，否則總須等松來矣。紫泉定花朝交卸。張子虞老太太不能起床，故須待春融，子虞方可來蘇任事也。和議已定，聞即有回鑾之説，未知確否。手此，敬問升安，另片賀新喜，不一一。大小姐及郎、愛均此。

初四日

二八[一]

鷺汀從孫倩惠覽：

接初二日手書，知屠蘇飲罷即有城外之行，賢勞可想矣。邑人挽留，足見爲政之善。然此

[一] 本札爲西泠印社紹興二〇一七春拍「鶴園魚鴻・吴昌碩、俞樾致洪爾振父子信札專場」第八八六號拍品。

稟已爲護院批駁矣，未知曾見批語否，聞不甚佳也。初四日，愚於春江方伯往返皆見，暢談尊事。春翁於足下甚爲眷注，但軫深井里頗不爲然。松公來否，究未得信。春翁云：當相機力言，但恐不能挽回其意耳。然深井公行且赴楚，平原公一時斷不去吳，想尊事將來佳況可必也。手此布復，即頌升祺。

曲園拜上，初九日

大小姐，郎，愛均此。

二九[一]

鷺汀從孫倩惠覽：

昨由航交到手書，并惠我食物四種，甚美且精，不獨見足下之多情，抑且自誇舍姪孫女之多能也，呵呵一笑。并知去任無期，而去思已切，足見賢者居官，非世間俗吏比也。愚昨至撫、

[一] 本札爲西泠印社紹興二〇一七春拍「鶴園魚鴻・吴昌碩、俞樾致洪爾振父子信札專場」第八九〇號拍品。

藩處賀喜，均客氣堅謝不見；以後如得見，再當一言，或升官高興之時可望推情也。一千餘字寄諭，未知溧邑已見否？然亦是空談。大約科舉、學校必須更改，然以言取人，不離文字，亦换湯不换藥耳。手肅布謝，即頌春禧。

曲園拜上

外附食物四種，千層糕一匣、糖梅一罐、茶葉兩簍、冬筍十枝。從孫女收。郎、愛均候。

三〇〔一〕

鷺汀從孫倩足下：

屢得信，未復爲歉。正月底愚又發宿疴，雖不久即愈，然精神亦頗委頓。又時局如此，心緒不佳，修復遲遲，半由於此，而亦緣尊事竟無定説。二月六日，深井公來，愚與談及，仍未首肯。因託春、紫兩君力爲申説。昨晤平原君，始言已與説明，可從緩交卸矣。此是可喜，然外

〔一〕 本札爲西泠印社紹興二〇一七春拍「鶴園魚鴻·吴昌碩、俞樾致洪爾振父子信札專場」第九一六號拍品。

間勿即宣布也。其轉圜之故，大約春力居多，此公於足下頗所許可也。舍姪孫女有夢蘭之兆，亦一大喜事。二兒婦云，宜以黄芩代茶，是能凉血，血不妄行，則肝自平而胎亦安矣。又安胎之方，莫妙於苧麻七縷、桂元七枝有樣寄上，以爲多少之準。同煎，日日服之，可保萬無一失。前此小孫婦容易小産，服之神效。再附上拙刻保産良方，此亦親試而驗者。花農之女，曾慕陶襲伯之夫人，前年臨産，三日不下，甚危，服此即下，去歲又然，仍服此而下，母子平安。花農極信之，擬翻刻於京城也。俗言孕婦不宜補，此言最謬。氣血足則大人無病，腹中之胎亦易長成，將來産下時小孩亦必結實，此亦理所固然也。花農已得閣學，權兵侍，甚闊。子原亦截取矣。小孫在家，仍進退無定，且俟駕回再計。手此，布頌升安。

曲園拜上，二月十九

前借去之《筆生花》《刀劍春秋》，便中寄還是荷。

大小姐及郎、愛均候。

三一〔二〕

鷺汀從孫倩足下：

青立來蘇，適小孫赴杭掃墓，無人陪侍，愚又忙於筆墨，倦於應酬，簡慢之至，叨在至親，想所諒也。青立又匆匆返棹，益覺歉然也。尊事由方伯與中丞説定暫留，當無變卦。昨方伯來，愚不再談及，免痕跡也。愚眠食尚無恙，今年有詩數首，青立已録副去，可塵一覽。頃有人議刷印拙著《全書》，未知足下能湊印數部否？每部六元，工料均在内，惟不連裝釘，如須裝釘，每部尚須一元也。每部計一百二十本。偶此奉商，不必拘執。手此，敬請升安。

曲園拜上，二月廿五日

大小姐均覽。

〔二〕本札爲西泠印社紹興二〇一七春拍「鶴園魚鴻・吴昌碩、俞樾致洪爾振父子信札專場」第八九三號拍品。

三二〔一〕

鷺汀從孫倩惠覽：

接初五日手書，并大著《繆悠詞》六首，甚佳。俳諧詩體，杜陵有之，不嫌鄙人作俑也。日來想辦府考，未知何日可畢？向太守試畢，想須來吴郡，此公聞甚善篆書，果否？篆玉曾否到滦？此時捐官，可謂便宜，然捐官易，做官難耳。小孫杭州之行已返，小園花木，今年頗盛，且復優游。昨又得牡丹廿餘株，惜其花信甚遲，大約日内可望開耳。富貴自有時，何必亟亟？一笑。拙書刷印，合坊散計之，可得四十部。手肅布復，敬頌台安。

曲園拜上，初十

大小姐及郎、愛均此。

〔一〕本札爲西泠印社紹興二〇一七春拍「鶴園魚鴻・吴昌碩、俞樾致洪爾振父子信札專場」第九一三號拍品。

三三二[一]

鷺汀賢從孫倩足下：

接手書，知伺應郡試，未知何日可了。吴下諸鉅公舉棋不定，亦由長安棋局本無定着耳。頃聞和議不久可定，想此後諸事皆有就緒矣。本年鄉試仍舊舉行，但須各督撫就各省查明有無窒礙，想各疆臣亦不能合詞以停試請耳。閲禮部所定章程，似去年考差仍舊算數，果尔，則小孫亦不能竟以雞肋棄之，亦不得不入都銷假，且過四月再看光景耳，好在隨時可以由本衙門咨禮部也。大小姐所製麻酥甚佳，僕頗嗜之，但未免勞神，亦不煩頻作也。復頌儷佳，郎、愛均此。

曲園拜上，三月望

[一] 本札爲西泠印社紹興二〇一七春拍「鶴園魚鴻・吴昌碩、俞樾致洪爾振父子信札專場」第八八八號拍品。

三四[一]

鷺汀從孫倩足下：

讀致小孫書，知即有金壇之行，賢勞可念。府試何日可畢？向太守即晉首臺，此番與之周旋，果能浹洽，則到省説好話，亦於尊事有益也。武進施公因病請開缺，未知如何請法。已派竇甸膏權理，今日來寓，已將篆玉切託，允爲蟬聯。伊擬初二接印，篆玉能月初趕回武進否？兹有信，乞交閲。此頌升安。

曲園拜上，廿一日

大小姐及郎，愛均此。

[一] 本札爲西泠印社紹興二〇一七春拍「鶴園魚鴻·吴昌碩、俞樾致洪爾振父子信札專場」第九〇三號拍品。

三五[一]

鷺汀從孫倩足下：

得書，知赴金壇辦公，想不日可蕆事矣。署中上下，計各平善。拙書即將開印，大約可五十部，與外間合印，紙張必須一律，所用乃毛太紙，柏字頭號，其紙尚好，然亦甚貴，須五元一角方可買一捆也。每捆十二刀，每刀足百九四張。至天地頭大小，裝訂時可自爲政。此時約計每部六元，乃不連裝訂者也。鄉試已停，江南停，則他省亦必同之，俟明年再舉，亦良得也。貴省想亦在停辦之列。去歲普停鄉試，即發之奎制軍也。手此，復頌台佳。

曲園拜上，廿五

大小姐、郎、愛均此。

續讀《繆悠詞》，爲之太息。愚近又作《題丁竹舟武林藏書録後》七古一章，饒有思古傷今之意。太長，未及録寄也。又及。

[一] 本札爲西泠印社紹興二〇一七春拍「鶴園魚鴻・吴昌碩、俞樾致洪爾振父子信札專場」第八九一號拍品。

昨代寄花農一信與金壇鄭大令，未知到否。如便，乞爲一探。

三六[一]

鷺汀從孫倩惠覽：

前得手書，并承惠蕨酥，甚佳。本擬託使者帶信奉謝，而聞使者匆匆即返，故未致書。溧陽舊尹奉文回任，未識何時交卸。初一日，愚拜客，見春江方伯。伊云：洪令做官極好，但實缺者欲還任，亦不能久稽，且已延擱兩月，想氣亦可稍舒矣。愚問以中丞有無意見，則云：萬無他説，可放心也。府試計早了，往送其行。此公之意如何，能如前函所謂怡然、涣然否？篆玉想已回武進，聯則必聯，欲兼他席，恐不能也。此席本優，能不爲他人所分，則亦美館矣。愚近狀如常，無可言。復頌雙祉。

曲園拜上，四月三日

[一] 本札爲西泠印社紹興二〇一七春拍「鶴園魚鴻·吴昌碩、俞樾致洪爾振父子信札專場」第九〇八號拍品。

青立來書已接讀矣，殊有子勝斐然之志，可喜也。匆匆不另復。又及。

三七[一]

捐事已停，舍外孫捐事未知能倒填年月一辦否？如可辦，仍託一辦，并部照亦須倒填也。此頌

鷺汀從孫倩升安。

樾頓首，初二

三八[二]

來示讀悉，送上參末一兩，此乃參之最好者，本以備孫婦用，今送備用。又《難産神驗方》

[一] 本札爲西泠印社紹興二〇一七春拍「鶴園魚鴻・吴昌碩、俞樾致洪爾振父子信札專場」第九一〇號拍品。

[二] 本札爲西泠印社紹興二〇一七春拍「鶴園魚鴻・吴昌碩、俞樾致洪爾振父子信札專場」第九二一號拍品。

一本，務必照此方多撒幾帖，此必須喫者，勿爲尋常俗見所誤，遲疑勿服也。尊處收生婆已雇定否？有陳姓者，手段最穩，今遣來一看。手此布復，即頌大安。

并告舍姪孫女，勿着急，附去《保産説》，亦可一看。

曲園頓首

三九[一]

鷺汀從孫倩足下：

接手書，知公事紛繁，且多棘手，甚以爲念。然大才槃槃，當不難迎刃而解也。大小姐産後之病，頗似不輕，一服清凉劑，亦未必即能奏效，凉藥究不宜多投。甚念。愚自清明日一病，至今未能復原，總由虚陽上升之故，亦非佳境。承所薦施君，足下之友，自必佳士，但聞京中已多薦者。俟其來蘇，當即與言之，請否聽其自定也。子原大約四月底可到吴中，并聞。手此，敬頌

[一] 本札爲西泠印社紹興二〇一七春拍「鶴園魚鴻·吴昌碩、俞樾致洪爾振父子信札專場」第九二一號拍品。

升祉。

大小姐、郎、愛均此。

曲園拜上，十六日

四〇[一]

鷺汀從孫倩足下：

接手書，承以久不得信爲念，具見摯懷。惟愚於三月十八日局寄一函，并有膏藥等及桐園信，又於三月初四日由郵局寄一信，未知何以不塵青覽也。閲新聞報，知戢暴安良，循聲大起，惟大差絡繹，支持不易，肆應長方，想亦爲之小累也。大小姐痰中帶紅，恐是産後怯症，深以爲慮，一時恐難投大補，然朘削之品萬不可用，非尋常咳嗽之病也。愚自清明日一病，至今未能出房，亦頗委頓，幸日來眠食尚好耳。手肅，敬問雙祉。

曲園拜上

[一] 本札爲西泠印社紹興二〇一七春拍「鶴園魚鴻・吴昌碩、俞樾致洪爾振父子信札專場」第九一七號拍品。

四一〔一〕

鷺汀從孫倩足下：

伻來，接展手書，悉一切。錯節盤根，造物固以試利器也。昨與方伯書，略及此事，距城甚遠，當可鑒原，況藩、臯兩公皆器重之至，想不至因此而撤也。日内此案已有端倪否？念念。大小姐病勢非輕，喫燕窩之效亦甚緩，至咳嗽藥，恐非可常服之品也。總之時無良藥，遇病不免棘手耳。愚病亦未愈，且不知何病，止可聽之而已。承惠賢人四十，感感。但愚節内無開銷，惟藥帳甚巨，則已於半月前還訖，貪圖洋價稍漲也。此時無甚需用之款，而足下此款又不甚寬舒，是以仍交來价帶還，乞查入。將來如榮調闊缺，再當奉求也。小孫頻有信來，差已考過，尚未得引見日期。手肅布謝，敬頌節禧，并候升祉。

曲園拜上，初一日

〔一〕本札爲西泠印社紹興二〇一七春拍「鶴園魚鴻・吴昌碩、俞樾致洪爾振父子信札專場」第九一八號拍品。

大小姐及郎、愛均候。

四二[一]

鷺汀從孫倩足下：

節前尊价還，託帶一書，并璧還賜詩四十韻，想照入無誤也。昨得無錫信，由篆玉函告，知大小姐病勢增劇，殊爲慮之。其體素弱，其病又久，竭力挽回，非補不可，斷非尋常青蒿、鼈甲所能奏功。請與令弟子仙兄酌之，時醫不足恃也。小孫婦一病月餘，淹淹不愈，吴下時醫曾無一效。近投補劑，身熱始退，舌苔亦淨，飯食有加矣。敬以附聞，幸留意焉，勿貽後悔。愚不知醫，率筆妄談。謂：病猶賊也，使必殺盡其賊而後辦撫恤，則無民矣；使必盡去其疾而後議調理，則無元氣矣。元氣充足，餘邪自退。猶一城之内，人人舍餔鼓腹，則反側之人亦洗心而革面矣。令弟知醫，請與酌之。愚病亦未盡愈，幸飲啖尚如故。小孫頻有信來，差足告慰。手此

[一] 本札爲西泠印社紹興二〇一七春拍「鶴園魚鴻・吴昌碩、俞樾致洪爾振父子信札專場」第九二〇號拍品。

布達，敬頌升祺。

大小姐、郎、愛均此。

曲園拜上

四三[一]

前函因循未發，續接手書，知大小姐服令弟方見效。憶令弟曾與愚言，家嫂須服補劑。此番所服，想補劑也，果能投補，當日有起色矣，幸甚幸甚。外有致篆玉一信，祈飭付之。載頌儷祉。

曲園再頓首

〔一〕 本札爲西泠印社紹興二〇一七春拍「鶴園魚鴻・吴昌碩、俞樾致洪爾振父子信札專場」第九一一號拍品。

四四[一]

鷺汀從孫倩足下：

子原來，知在京口相見爲幸。頃得手書，知大小姐之病甚劇，每晨出汗，危欲脱矣。愚意非大參不能挽留也。手此布問，即頌雙安。

曲園拜上，十四日

四五[二]

鷺汀從孫倩足下：

前日詳布一牋，照入否？昨得手書，知大小姐病稍有轉機，甚慰。但願從此投補乃妙。愚

[一] 本札爲西泠印社紹興二〇一七春拍「鶴園魚鴻・吳昌碩、俞樾致洪爾振父子信札專場」第九二四號拍品。

[二] 本札爲西泠印社紹興二〇一七春拍「鶴園魚鴻・吳昌碩、俞樾致洪爾振父子信札專場」第九二七號拍品。

近狀如常，勿念。吳下時症甚熾，徐錫疇夫婦均在劫中，相繼而逝。無以爲殮，愚當即送去二十元，亦無濟於事。其家止存二子三女，伶仃可憐。愚雖言於方伯及首府，然時勢孔艱，未必能集腋成裘也。伏念此君爲人甚好，愚處請其診治，并輿金亦不受，聞於尊處亦然。此番身後，如此奇窘，可少爲佽助，以酬其平時之意。祈酌之。手此布達，敬頌升安。

曲園拜上，五月十八日

大小姐、郎、愛均此。

四六〔一〕

鷺汀從孫倩足下：

接手書，知大小姐服藥頗投，病勢稍減，甚慰。但望從此日有進步，能投補劑方佳，將來總須用到參、苓。想令弟自能隨時酌定也。青立赴試果否？爲日尚寬，稍遲亦不妨耳。小孫倖

〔一〕本札爲西泠印社紹興二〇一七春拍「鶴園魚鴻・吳昌碩、俞樾致洪爾振父子信札專場」第八九七號拍品。

副蜀軺，廿二日即得電音。但貴省人文所萃，今年又值新章，五花八門，殊眩人目，恐其學識不足了之。所幸正考官即其房師，向來相得，川督又是熟人，足資照應。然未知何日出京，長路迢迢，亦頗念之也。愚雖未復元，眠食均照常，足紓存注。錫疇身後蕭然，愚與方伯、首府言之，允爲招呼，未知所得幾何。如此時勢，亦必不多也。手此布復，即頌升祉。

曲園拜上，五月廿九日

大小姐及郎，愛均此。

四七[一]

鷺汀從孫倩足下：

連日未通音問，想起居佳勝，公私均平順爲慰。大小姐病勢如何，能稍減否？能投補否？念念。青立仍赴大梁應試否？愚精力終不復元，飲啖如常，亦姑聽之。小孫初二出京，初六過

〔一〕 本札爲西泠印社紹興二〇一七春拍「鶴園魚鴻·吴昌碩、俞樾致洪爾振父子信札專場」第八八四號拍品。

保定，有電報來。長路暑行，亦殊念之。愚有詩二首附覽。吴下酷暑而不得雨，官府祈禱，亦未有效，恐須請銅觀音也。京口如何，子原尚在清江浦，或云可望調江甯，未必也。手此，布頌政祺。

曲園拜上，六月初十

大小姐、郎、愛輩均此。

四八〔二〕

鷺汀從孫倩足下：

昨布一牋，由郵局遞，未知照入否？頃接陛雲信，有奉致一函，想是謝信也。南齋不得亦佳，未知能得大學堂一席否。愚去歲爲潘譜琴封翁薦一小席，承面允到任後察看，能請與否再復。現在能否延請，望作一函與愚復之，勿忘爲要。此老乃吴下老鄉紳，一省之望，或稍周旋

〔二〕本札爲西泠印社紹興二〇一七春拍「鶴園魚鴻·吴昌碩、俞樾致洪爾振父子信札專場」第九三六號拍品。

之，不能延請，略致乾脯何如，亦不得罪巨室之意，請酌之。此布，即頌升安。

曲園拜啟，十二日

四九[一]

鷺汀從孫倩足下：

前寄一緘，并有詩二首，照入否？接來書，知大小姐病勢頗似不輕，甚爲憂念，近日如何，隨時惠示爲盼。篆玉調優差，大力也，但屬其格外謹慎而已。兹有一信，可飭交。小孫初二出京，初六過保定，在保定發電又發信，此兩日來能行抵何處矣。青立想未必赴汴。手此，布頌升祺。大小姐，郎愛均此。

樾頓首，十四

[一] 本札爲西泠印社紹興二〇一七春拍「鶴園魚鴻·吴昌碩、俞樾致洪爾振父子信札專場」第八八三號拍品。

五〇[一]

鷺汀從孫倩足下：

青立回，未及致書，歉歉。比惟政體綏和，定如所頌。愚病雖算愈，究未復原，未能出門，幸飲食尚如常，尚可出坐外齋，勉事筆墨耳。青立應京兆試，何時赴汴？大小姐日來何如，能否輕減？甚念之也。承致潘君乾脯，已送交潘譜翁，有收條，寄覽。手肅，敬頌升安。

曲園拜上

五一[二]

手示誦悉。大小姐之病，早知其不可爲矣。體本孱弱，病屬産後，醫治又不得力，無可如

[一] 本札爲西泠印社紹興二〇一七春拍「鶴園魚鴻・吴昌碩、俞樾致洪爾振父子信札專場」第八八九號拍品。

[二] 本札爲西泠印社紹興二〇一七春拍「鶴園魚鴻・吴昌碩、俞樾致洪爾振父子信札專場」第九二三號拍品。

何，付之一慟而已。錫寓愚亦不忍致函，即將來函寄閲。手肅布復，敬頌

鷺汀從孫壻升安。

曲園拜上，廿七日

五二〔一〕

鷺汀從孫倩足下：

接手書，知大小姐竟不起矣。此女性情賢淑，愚所深喜，雖非孫女，猶孫女也。乃其壽竟至三十有三，然其事則早在意中矣。身後一切，足下料量周妥，足見伉儷之情，不以死生而有間也。愚老病，不克親來一慟，薄具齋奠，命桐園代致，聊書老懷。此唁，并頌近祺。

曲園拜上，三十

〔一〕本札爲西泠印社紹興二〇一七春拍「鶴園魚鴻・吴昌碩、俞樾致洪爾振父子信札專場」第九二三號拍品。

五三[一]

鷺汀從孫倩足下：

正深記念，欣奉手書，知連日督捕蝗蝻，如臨大敵，亦見盡心民事之一端，而勞亦甚矣。然借此賢勞，稍紓感悼，亦良得也。愚老而不死，變故愈多。内人年六十而終，二子二女皆在，愚八十二未死，而子女殞其三矣，始知壽之非福也。近體亦只如此，飲啖如常，起居動作亦如常，然無一刻不可以病，無一病不可以死，乃老年危象也。蜀事謡言甚多，乃沈旭初處接其弟成都兩次來電，皆云川省平静，或報紙所傳亦過甚乎？小孫已於初二日到成都，初三日即得電矣。試事諒無更張，但求三場平静爲妙。此則全在當局之布置得法矣。拙詩八首，感遇述懷，聊呈一粲。此頌升祺。

曲園拜上，初五日

〔一〕本札爲西泠印社紹興二〇一七春拍「鶴園魚鴻・吴昌碩、俞樾致洪爾振父子信札專場」第八九八號拍品。

郎、愛均此。

五四[一]

鷺汀從孫倩足下：

接十三日手書，知以賢勞，感發舊疾，近日如何？青立紅癥想即止矣，均深懸系。愚近狀仍無起色，勉强支持。昨日接四川吴學臺來電，即監臨也，電云：「三場完竣，大主考平安。」止此九字，覽之甚慰。大約日内正在閲卷，計十一月初必可還蘇矣。晉卿事有可圖否？愚前詩又更易數字，再呈數紙，即希青及。官場是非，本無定論，紀功紀過，皆官樣文章，無損益於實在，不足較也。手此，敬頌升安。

曲園拜上，十八日

[一] 本札爲西泠印社紹興二〇一七春拍「鶴園魚鴻·吴昌碩、俞樾致洪爾振父子信札專場」第九〇七號拍品。

五五[一]

鷺汀從孫倩足下：

接十六日手書，知賢勞之際仍未忘永逝之哀，賢者多情，於此可見。大小姐卦服一事，敝寓亦曾聞之，屬撰小傳，亦無不可。但鄙人近日亦殊昏昏，稍緩再當報命也。甘露寺寄紼，自是勝地，但總以運回原籍爲是。聞以前兩夫人靈輿均未回蜀，此一二年中青立既不能完姻，又不能應試，何不令其扶柩回蜀，了此一大事乎？蜀中見尚平靜，初三日接電，知小孫初二日到成都，此電不知何人所發，當是首府首縣爲之也。十七日又接監臨吳學使來電，云「三場完竣，主考平安」，始將此心放下。場後假旋，大約總在仲冬之初矣。但題目至今未見，或川中竟不發電乎？徐錫疇事尚承在念，見在葬事已了，但度日無資，移居在子春巷，每月房錢由鄙人出，每月火食送去六元，則尚其張羅所得也。張羅全仗首府向太尊費心，茲將原單寄覽。此單將來

[一] 本札爲西泠印社紹興二〇一七春拍「鶴園魚鴻・吴昌碩、俞樾致洪爾振父子信札專場」第八九九號拍品。

仍寄還，以存其家中。尊處能略籌佽助，使爲日後計則大妙。尚存一百元未動，則留作明年其長女嫁資。手此，布頌勛安。

拙詩又改易數字，再呈數紙。

曲園拜上

五六〔一〕

鷺汀從孫倩足下：

接手書，知賢勞彌甚，宿痾又作，近已霍然否？大小姐停紼甘露寺，甚好，但宜早謀歸蜀耳。青立之恙已愈否？念念。愚如常强勉。今日得川電，知初八出榜，十六啟行，居家欣慰。敬以附聞。愚新刻《全書》封面一紙，所謂店鋪招牌，無關貨之美惡者。憶去歲尊處刷印拙書最多，今寄上數紙，如所印尚有存者，請將第一本拆開，而將此紙釘入，在曾文忠所書封面之

〔一〕　本札爲西泠印社紹興二〇一七春拍「鶴園魚鴻・吴昌碩、俞樾致洪爾振父子信札專場」第九二三號拍品。

前，藉飾虛車，幸甚。此頌升祺。郎、愛均候。

曲園拜上，初八日

五七[一]

鷺汀從孫倩足下：

接手書，知宿痾有間，展布益宏，甚慰。以足下才聲卓著，上游引重，想不久當即調省會首臺也。愚精神大減，目力亦昏，而終日筆墨仍不能免，亦殊無謂。小孫假旋，又匝一月，聊以卒歲而已。時事至斯，無從揣測，流行坎止，聽之自然也。新選溧陽縣盧楚生大令，敝府同鄉也，伊到京口，必來謁見。此君書生本色，初膺民社，一切未諳，幸足下爲之領袖，隨時指教之，幸甚，感甚。肅復，即頌冬祺，匆匆不盡。

曲園拜上，十一月十日

[一] 本札爲西泠印社紹興二〇一七春拍「鶴園魚鴻・吴昌碩、俞樾致洪爾振父子信札專場」第九三三號拍品。

并問膝前均吉。

五八〔一〕

鷺汀從孫倩足下：

接手書，并承惠豆豉，謝謝。聞從者即將晉省，何日啟行，把晤不遠矣。愚眠食無恙。小孫初八動身，在滬四日，至十三日辰刻始附新裕海輪北上。知念附及。手肅布謝，即頌升祺。

曲園拜上，十四日

郎、愛均吉。

〔一〕本札爲西泠印社紹興二〇一七春拍「鶴園魚鴻・吴昌碩、俞樾致洪爾振父子信札專場」第九三五號拍品。

五九[一]

鷺汀從孫倩惠覽：

接手書，知興居佳勝，公事順平，并知台從即有晉省之行，相晤不遠矣。小孫於十九到京，廿七覆命。其寓在東安門外小紗帽胡同，已遷入居之矣，餘事尚未得其詳也。吴下陰雨天寒，未識京口風景何如？兹附照相一紙，聊以代面，伏希惠存。此頌勛安。

曲園拜上，初一日

郎、愛均候。

六〇[二]

鷺汀從孫倩足下：

[一] 本札爲西泠印社紹興二〇一七春拍「鶴園魚鴻·吴昌碩、俞樾致洪爾振父子信札專場」第九二八號拍品。

[二] 本札爲西泠印社紹興二〇一七春拍「鶴園魚鴻·吴昌碩、俞樾致洪爾振父子信札專場」第九一二號拍品。

接手書，知公事順平，漕尾已了，足見大才。所屬一節，愚近來杜門不出，不能見廉訪而託之。至方伯處，已將尊意切實函致，但此信必不能得其回信，倘或得暇過我，自當言及也。今日來，談及恐將來與尊意適相反也。愚近狀如常。小孫亦頻有信來，足以告慰。手此布復，即頌升祺，并問膝前均吉。

曲園拜上，四月初七

六一〔一〕

鷺汀從孫倩足下：

接廿七日手書，知公事賢勞而諸臻平順，甚善。惟聞青立又發紅症，此却宜早日調治妥痊，未可大意。足下又將調首，果爾，頗熱鬧也。小孫照例留館，逐隊考差，未知何如。并引見日期亦尚未見，殊不可解也。少侯隨筱帥入都，亦於廿六日去矣。敝寓均平順。鄙人杜門不

〔一〕本札爲西泠印社紹興二〇一七春拍「鶴園魚鴻·吴昌碩、俞樾致洪爾振父子信札專場」第九二五號拍品。

出，無論何客，概以一帖報之。從者擬來省垣，未知果否。陳筱帥廿五日到此一談，次日辰巳之間即開船而去。擬留其一飯而未得。廿七八適有新裕輪頭，大約可附之而北上也。子原調首，雖有成説，未見明文，未可算數。老嬾成例，可笑亦可歎也。令叔祖壽文欲寫鄙銜，鄙人何銜之有，姑書另紙備酌。手肅，復頌台綏。

曲園拜上

六二[一]

鷺汀從孫倩足下：

接書，知起居多福。方伯定十六接漕印，想過鎮江，必可見矣。屬撰壽文，率擬一稿，末段天然玉合子，遂成别調。令叔祖誦之亦當一笑也。愚近日又有不適，甚爲委頓。率筆布復，即頌節喜，并謝厚潤，統惟青及。

曲園拜上，五月二日

[一] 本札爲西泠印社紹興二〇一七春拍「鶴園魚鴻・吴昌碩、俞樾致洪爾振父子信札專場」第九三六號拍品。

六三[一]

鷺汀從孫倩足下：

日前曾函致青立，問尊恙曾否全愈，諒已照入。旋得手書，知所患已就安痊，但尚未復元。幸勉節賢勞，善自頤養爲幸。吴下多時感，敝寓亦不免，幸尚輕耳。小孫頻有信來，試差無望矣。愚尚叨平順。肅復，敬頌勛祺。

曲園拜上，七月望

六四[二]

鷺汀從孫倩足下：

讀手書，并大著一册，情文相生，讀之太息。奉倩多情，舍姪孫女亦無憾九泉矣。潘安仁

[一] 本札爲西泠印社紹興二〇一七春拍「鶴園魚鴻・吴昌碩、俞樾致洪爾振父子信札專場」第九三五號拍品。

[二] 本札爲西泠印社紹興二〇一七春拍「鶴園魚鴻・吴昌碩、俞樾致洪爾振父子信札專場」第九二六號拍品。

《悼亡詩》云「荏苒冬春謝」，知古人悼亡哀逝，原在期服既終之後也。日來清恙何如，步履能否如常，幸節勞自愛。愚杜門不出，無狀可陳。小孫頻有信來，試差無望，未知學差何如，飲啄有定，亦姑聽之。外與篆玉一信，乞飭交，未知其移寓何處也。手肅布復，敬頌勛安。

曲園拜上

六五[一]

鷺汀從孫倩足下：

節前奉到手書，并惠食物，即擬布謝函。因尊紀云來取回書，而待久不至，是以有稽修覆。頃又得手書，知新恙業已全安，又有弄璋之慶，續膠之喜，吉事大來，敬爲足下賀也。愚老病無聊，杜門不出，雖有重宴之事，不能赴也，亦負此感興矣。青立來蘇治葬，想在喜事之後，必有幾時躭擱。敝處東書房爲子原處借用，有客，不能館，愧疚良深。肅復，即頌升安，并賀雙喜。

曲園拜上

〔一〕本札爲西泠印社紹興二〇一七春拍「鶴園魚鴻·吴昌碩、俞樾致洪爾振父子信札專場」第九二九號拍品。

六六〔一〕

鷺汀從孫倩足下：

奉到手書，諸承雅愛，甚感。愚十三日一病，至今未能出房，大約不久人世矣。拙刻《惠者録》知已鑒存，刻費無多，無須籌付，來洋仍繳。力疾布復，即請升安。

曲園拜上，十一月二十三

六七〔二〕

鷺汀從孫倩足下：

接手書，知新禧大集，宿恙盡蠲，轉晴春韶，鶯遷在即，賀賀。愚老病頹唐，不久塵世，兼之值此時艱，亦無意久居人世矣。所幸寓居平順，二兒婦病亦全愈。小孫且暫作徘徊，再看光

〔一〕本札爲西泠印社紹興二〇一七春拍「鶴園魚鴻・吴昌碩、俞樾致洪爾振父子信札專場」第九三三號拍品。

〔二〕本札爲西泠印社紹興二〇一七春拍「鶴園魚鴻・吴昌碩、俞樾致洪爾振父子信札專場」第九三一號拍品。

景，不能預言。手肅布復，順頌年安，另片賀禧，匆匆不盡。

再十一月廿外曾由原莊繳還洋一百元，未蒙復及，想該莊必無錯誤也。又啟。

六八〔一〕

鷺汀從孫倩足下：

青立來，承惠食物，又頒錦幛，焜耀草堂，幸甚。即詢悉興居佳勝，深慰下懷。愚病將匝月，尚未全愈，殆不久與公等別矣。臘八日爲中丞所嬲，不得不出與周旋，雖諸事皆小孫代之，然亦不免牽率老夫，甚矣憊也。附去四詩，聊紀一日之事，請惠存。又舍親衛芝生家甚貧寒，來分硃卷。蘇州光景，實無可生發，謹代致一本，或不嫌煩瀆也。手肅，敬頌升祉。

曲園拜上，臘十一日

〔一〕本札爲西泠印社紹興二〇一七春拍「鶴園魚鴻·吴昌碩、俞樾致洪爾振父子信札專場」第九三二號拍品。

六九〔一〕

鷺汀從孫倩足下：

元白孝廉來，詢悉興居康勝，甚慰。考事想已畢矣，元白曾否啟行？愚有一詩贈之。如其已行，即留博一笑，亦不必寄京也。手肅，敬頌春祺。

曲園拜上

七〇〔二〕

鷺汀從孫倩足下：

〔一〕 本札爲西泠印社紹興二〇一七春拍「鶴園魚鴻·吴昌碩、俞樾致洪爾振父子信札專場」第九三四號拍品。

〔二〕 本札爲西泠印社紹興二〇一七春拍「鶴園魚鴻·吴昌碩、俞樾致洪爾振父子信札專場」第八八五號拍品。

今日知從者暫還蘇寓，奉屈明日到敝寓便午飯，由敝處備轎奉迎，不必用尊處肩輿，足下便服而來，斷不有礙行蹤也。借此清談，最爲妙事，以後恐尊冗無此暇晷也。陪客已約定章式之，千萬勿辭。別無他客。手此奉訂，即頌春祺。

曲園拜上，十九日

致洪子靖（四通）

一[1]

青立外曾孫足下：

前得手書，有子勝斐然之意，殊可喜也。聞仍兼事西學，已得良師否？星樞已進京，然大學堂開辦無期，未知能得一館稍佐旅費否。愚精力日衰，而筆墨繁冗則較甚，殊苦無謂。有《毬場歎》一篇，附奉一閲。此詩仍屬星樞用鋼版印，然不甚清晰，鋼版亦交星樞攜至京城矣。手肅，即問文祉。

曲園拜上

[1] 本札爲西泠印社紹興二〇一七春拍「鶴園魚鴻・吴昌碩、俞樾致洪爾振父子信札專場」第八九二號拍品。

此信用高麗筆寫，故飄忽，不類平日書也。

二[一]

青立外曾孫元覽：

前尊紀還，曾致尊翁一函，并奉歸賢人四十，想收到矣。嗣展惠書，知即將赴汴，天香在即，欣慰良深。方今廢棄時文，改試策論，足下素所抱負，自當一吐，但應試與條陳異，聞考差諸君皆不過以空言敷衍，然則其出而衡鑒，亦必不喜聞切直之言。場中文字，本是敲門磚，想會心人自必有味此言也。愚仍未大愈，勉出外齋，亦殊疲憊也。令堂能投補劑，甚善。兹有丹石致篆玉書，可交付之。此頌侍安，并賀元吉。

曲園拜上，端七

[一] 本札爲西泠印社紹興二〇一七春拍「鶴園魚鴻・吴昌碩、俞樾致洪爾振父子信札專場」第八八七號拍品。

三[一]

青立外曾清覽：

前得書，承寄鹹蛋甚佳，昨又由便人交來廿五日書，知尊翁患瘧甚劇，念甚。惟距發書已十日矣，想日益輕減，即就安痊，幸再示悉爲盼。陛雲倖列特科，亦無實際，過譽爲愧。手復，敬頌文安。尊翁前問候，不另牋。

曲園拜上，初五日

四[二]

青立惠覽：

接手書，知興居諧暢爲慰。尊公以積勞之身，又值新故之感，遂發舊疴，近已平復否？趨

[一] 本札爲西泠印社紹興二〇一七春拍「鶴園魚鴻・吴昌碩、俞樾致洪爾振父子信札專場」第八九九號拍品。

[二] 本札爲西泠印社紹興二〇一七春拍「鶴園魚鴻・吴昌碩、俞樾致洪爾振父子信札專場」第九三〇號拍品。

庭之便，尚祈力勸節勞也。并知因尊府事多，來蘇稍緩。惟足下體亦清羸，亦宜節勞自愛。愚精神衰茶，意興闌珊。浙撫來請赴宴，亦謝不往矣。小孫頻有信來，大約月底月初須乞假南回，明春再入都供職也。令新繼母情性和平，自是德門之慶。至異時來蘇相見，萬不敢當，徒增老夫忉怛耳。憶往年，許子原小壻續娶李氏，小孫在京都相見，止稱三嬸母，其時續娶孫婦尚未來歸。使其人尚在，則亦不過許親家太太而已，客氣甚也。手肅布復，敬頌侍安。

曲園拜上，十六

致胡俊章（三通）

一[一]

效山仁兄世大人閣下：

前日光臨爲幸。和章亦佳勝，貂當两韻亦穩協之至。月汀將軍昨有信來，并再叠拙韻見示，兹有信復之，乞便中附去爲感。弟病未愈，尚可勉支。復謝，并請頤安。

弟樾頓首，臘十四

[一] 本札輯自嘉德四季第五三期第三二八七號拍品。蒙北京出版社熊術之見告。

二[一]

昨託寄月汀將軍書，想尚未發。今又寄《惠耆録》一册，請附入前書，一并寄京。如郵局不便，附託中丞摺弁亦可。手肅，敬請

效山先生大安。

世愚弟俞樾頓首，臘望

三[二]

效山先生和余艮宧詩，有「屏風火齊」之語，殆未知吾園之樸陋也。次韻酬之

室東北曰宧，名艮固其宜。艮亦東北之卦。小小兩間屋，低低一道籬。軒窗欠丹雘，投報愧

[一] 本札輯自嘉德四季第五三期第三二八七號拍品。蒙北京出版社熊術之見告。
[二] 本詩札爲北京華辰二〇〇九年春季拍賣會「中國書畫」第〇七〇四號拍品。

琳璃。且喜新開霽，寒威或少衰。

樾

致胡澍（一通）[一]

比年從事武林書局，得晤貴族子繼廣文，知閣下精研經學，具有家法，不勝欽佩。輒託瘦梅水部致拳拳之私，而疏慵成性，未獲奉尺書達左右也。乃承不棄衰庸，遠詒芳翰，推許過當，非所克當，慙媿慙媿。伏念閣下承累代傳經之業，好學深思，實事求是，豈鄙人所敢望歟？拙著《平議》中有與高明脗合之處，不過千慮之一得而已。辱以《素問》見詢，《素問》乃上古遺書，向曾流覽，憚其艱深，且醫學自是專門，素未通曉，若徒訂正於字句之間，無關精義，故未嘗有所論譔。閣下爲《校義》，未知所據何本，檝所見者，宋林億、孫奇、高保衡等奉敕校定本，多引全元起《注》及皇甫謐之《甲乙經》、楊上善之《太素》校正王冰本之異同。如首篇《上古天真論》「食飲有節，起居有常」，全《注》云「飲食有常節，起居有常度」，則知原本是「食飲有節，起居有

[一] 此札輯自《春在堂尺牘》卷三，題作「與胡荄甫農部」。

度」，故以「有常節」「有常度」釋之；而「度」字固與上句「和于術數」爲韻也。又如《六節藏象論》于肝藏云：「此爲陽中之少陽，通于春氣。」全元起本及《甲乙經》《太素》並作「陰中之少陽」。據《金匱真言論》云：「陰中之陽，肝也。」則自以「陰中」爲是。凡此之類，裨益良多，想明眼人自能別擇之。樾年來蘇杭往返，殊少暇日，若得數月之功，將此書再一玩索，或一知半解，尚可稍補高深也。

致胡元鼎（一通）[一]

得手書，并論太王遷岐之年，具見讀書細心。惟云：文王九十七而終，武王九十三而終，歷年一百九十，此語殊誤。九十七、九十三乃其生年，非其享國之年也。《初學記》引《帝王世紀》云：文王年十五而生太子發。則并文、武二王生年計之，歷年止一百有七耳。太王因文王有聖德，遂欲傳位季歷以及文王，則太王在時，文王必已長成，若依《通鑑》，謂古公遷岐在小乙時，則自小乙至紂之末，尚有二百二十九年，不大遠乎？殷年本無定論，今就尊説所列者推算，則武乙元祀文王生，二十四年，其時太王固當尚在，且武乙在位，據《外紀》《前編》，雖並云四年，而《後漢書・西羌傳》注引《竹書紀年》云「武乙三十五年，周王季伐西落鬼戎」，則武乙在位不止四年也。太王遷岐在武乙初年，文王之生在武乙中年，太王之薨在武乙末年，於事適合，似當仍從《後漢書》，以遷岐在武乙時也。

[一] 此札輯自《春在堂尺牘》卷五，題作「與胡梅臣茂才」。

致黄以周（三通）

一[一]

承示《經禮通詁》二册，其弟一册已讀一過。援引詳明，議論通達，洵近今之傑作也。鄙人記問粗疏，不足副來意，甚媿。惟以啟蟄爲祈穀之常時日，此未知所據。《月令》云：「天子乃以元日祈穀于上帝。」《注》曰：「謂以上辛郊祭天也。」無以證其爲啟蟄之日，且古曆亦未必有二十四氣名目，二十四氣見《周書·時訓》篇，其曰「立春之日，東風解凍。又五日，蟄蟲始振。又五日，魚上冰。驚蟄之日，獺祭魚」云云，疑後世既立二十四氣名目，而取古曆三微一著附屬

[一] 此札輯自《春在堂尺牘》卷二，題作「與黄元同」。

之，是以蟄蟲始振在立春後五日，而不在驚蟄之日也。内外《傳》所説：曰龍見，曰火見，曰水昏正，曰辰角見，曰天根見，如此之類，則以星記之；曰日至，曰日中，曰日在北陸，如此之類，則以日記之；曰啟蟄，曰閉蟄，曰獺祭魚，豺祭獸，如此之類，則以物記之。可知古無二十四氣矣。不然，桓五年《左傳》既云「啟蟄而郊」矣，何不云小滿而雩，秋分而嘗，小雪而烝乎？又《尚書》「六宗」，言人人殊，尊意從《大傳》説，而僕則以鄭説爲然。上云「肆類于上帝」，即包地在内，《中庸》篇「郊社之禮，所以祀上帝也」，即其例也。蓋圜丘方澤，分祭天地，常典也。舜攝位而告祭，則天地自可合祭，故止言上帝，統于尊也，非遺之也。日月已于祭天時祭訖矣，其餘星也、辰也、司中、司命、風師、雨師則别祭之，是謂禋于六宗，六宗者，天之屬也。又曰「望于山川」，山川者，地之屬也。自是而又徧于群神焉，則咸秩無紊矣。伏生以天、地、春、夏、秋、冬爲六宗，是再祭天也。若謂上帝是五帝而非天，則天更尊于五帝，當先禋六宗，而後類上帝矣，其説恐未可從，希更酌之。

一一[一]

拙著《世室重屋明堂考》，據《隋書·宇文愷傳》改「堂修二七」爲「堂修七」。既而，學使吳和甫前輩寄示尊公《明堂步筵考》，亦以「二」爲衍文。地之相去，時之相後，而所見則同，爲之狂喜！及足下作《經禮通詁》，則不以爲然。善哉，在尊公爲有諍子，在鄙人爲有諍友，學問之事，豈尚苟同乎？惟足下謂「二」非衍文，止據鄭注及馬宮説，則仍未足以破之。夫鄭注云：「令堂修十四步。」若經文明言「二七」，則是實數，如此何必爲假令之詞？拙著《世室考》已及之矣。至馬宮謂「夏后氏益其堂之廣百四十四尺」，足下謂「馬意，堂修二七，謂十四丈，廣四修一，爲又加四尺」。初讀之，頗以爲然，但馬宮説周制云：「大夏后氏七十二尺。」夫百四十四加七十二爲二百十六尺，與東西九筵不合矣。今按，馬説云：「夏后氏世室，室顯於堂，故命以室；殷人重屋，屋顯于堂，故命以屋；周人明堂，堂大於夏室，故命以堂。夏后氏益其堂之廣

[一] 此札輯自《春在堂尺牘》卷二，題作「又與黄元同」。

百四十四尺，周人明堂，以爲兩序間大夏后氏七十二尺。」以文義論之，馬宫既論三代之制，不應獨不及殷，且所云「夏后氏益其堂之廣」者，果益何代之制乎？愚意「夏后氏」下有闕文，當先論夏制，至益其堂之廣者，乃是殷制，益即從夏制而益之也。馬説殆别有據，與《考工記》文本不符合，而欲據以定「二」字之有無，恐不然矣。非敢護前，蓋曰求是，恕之恕之。

三[一]

昆弟子婦之服，經無明文。宋《政和禮》「爲兄弟之子婦、爲夫兄弟之子婦，並大功」，此蓋本乎唐制。《開元禮》云「爲夫之伯、叔父母報」，此即爲兄弟之子婦服大功之明證也。尊著以「適婦大功，庶婦小功，昆弟之子與衆子同服，昆弟之子婦宜與庶婦同服」，而以唐制爲非，殆不然乎。按，「不杖期章」《傳》云：「世父、叔父，何以期也？與尊者一體也。然則昆弟之子何以亦期也？旁尊焉，不足以加尊，故報之。」是昆弟之子服世、叔父以期，而世、叔父即報之以期。

[一] 此札輯自《春在堂尺牘》卷二，題作「與黄元同」。

然則昆弟之子婦服世、叔父母以大功，世、叔父母宜亦報之以大功。「大功章」有「夫之世、叔父母」，而不言報，義固可以互見矣。唐人之制，自有所受，若如尊説，以庶婦小功例之，非旁尊、報服之義也。希高明更審之。

致江瀚（三通）〔一〕

一

叔海先生以詩見贈，次韻奉酬，即希吟正

衰翁八十鬢如霜，余今年七十八，計閏則八十矣。慚愧先生屬望長。河海鬼難逃世運，無何有或是吾鄉。紛紜時局同流水，荏冉年華付電光。造物不須留此老，原詩云：「天爲吾徒留此老。」頽齡未足養虞庠。

磬圃叟初稿

〔一〕 以下三詩箋輯自《片玉碎金：近代名人手書詩札釋箋》，第一八八至一九四頁。其二、其三兩詩箋均未題作者全名，據箋上所鈐「恩獎耆儒」「海内翰林第弌」兩印可知出自俞樾之手。

二

桂府五千里，翩然一鶴飛。從容籌大局，辛苦著征衣。山險境多盜，年荒民苦饑。粵西雕劬地，待子轉生機。

叔海先生將之廣西，走筆作詩送之，即正

樾

三

爲看名山萬里行，世間豪興屬先生。千巖鳥道春無色，四野狐鳴夜有聲。嶺嶠浪游空載月，英雄垂老倦談兵。詩家自定千秋業，别有麒麟閣上名。

奉和原韻，呈叔海先生正

樾

致江清驥（一通）〔一〕

承以梅溪居士縮臨唐碑歸之精舍，公之同好，甚盛舉也。惟碑石前後凌亂，其所列次弟全不足憑，未知何故，或當日只依上石先後爲次耳？謹依年號，一一審定，其《麻姑仙壇記》原單注慶曆年，慶曆乃宋仁宗年號，唐代無之，文中稱大曆三年，真卿刺撫州，末云時則六年夏四月也。是此碑應列大曆六年，梅溪原《跋》引黄山谷言：小字《麻姑壇記》，是慶曆一學佛者所書，此自謂宋人臨橅耳。今既云唐碑，不得列宋年，仍依魯公原文爲是。又《八關齋會報德記》，首云「大曆壬子」，則是大曆七年也，原《跋》云「大中五年重刻」，大中乃宣宗年號，去魯公遠矣，亦當依魯公原文列大曆七年方得其實。如嶧山秦刻，鄭文寶所摹，而金石家仍列入秦篆中，不以臨摹重刻之年爲主也。今將年號先後録奉左右，想尊處必有搨存之本，即可照此編排矣。梅

〔一〕此札輯自《春在堂尺牘》卷五，題作「與江小雲觀察」。

溪《跋端州石室記》云：畢公謁作旱公，今改正之。乃樾讀諸碑中謁字尚多，如昭仁寺碑「翔入正道」，必是「翔八正道」。八正者，正見、正思惟、正語、正業、正命、正精進、正念、正定也，見《大品經》，今誤「八」爲「入」，既失其義，且與上文不對矣。擬逐一校正，或得一卷書，可刻入《俞樓雜纂》也。

致蔣光焴（二通）

一[一]

吟舫仁兄大人閣下：

昨承臨顧，因感寒疾，有失倒屣爲歉。承示《河圖》《洛書》之數，發圖書之精蘊，闡先儒所未究，計必有甚深之義，爲天地立心、生人立命。惜弟章句陋儒，於數學茫然，不足以仰測高深，有負提撕盛意，愧悚無已。謹將原圖奉繳，伏惟照入。弟自遭大故，心緒頓衰，日來尚不能讀書，即讀書亦無悟入處，不足以辱下問也。手肅，敬請台安。摹璧後學謙稱，惟鑒不宣。

愚小弟制俞樾頓首

[一] 此札輯自《浙江圖書館館藏名人手札選（二）》上册，第一一三至一一二頁。

二〔一〕

謹啟者，承一再賜教，不以愚蒙而棄之，甚感甚愧。但樾於河洛之學實未研求，全無頭緒，不敢强不知爲知也。手肅，敬請著安。

制俞樾謹上

寅舫先生有道。

原册附繳。

〔一〕此札輯自《浙江圖書館館藏名人手札選（二）》上册，第一四頁。

致蔣清瑞(一通)〔一〕

瀾江仁弟臺足下：

昨日方伯來，知老弟已奉回任之檄，想不日到金任事矣。囑書屏幅，適纔草草落筆，竟寫錯一張，請另配一紙交下爲幸。尊款四幅已寫就，呈覽。兄託購閑書二種，另單開呈，祈便中飭人購取。手肅，敬請升安。

愚兄俞樾頓首

〔一〕此札輯自《上海圖書館藏歷代手稿精品選刊·俞曲園手札》，第三三〇頁。

致蔣益澧（三通）

一[1]

游子歸故鄉，得大君子垂愛拳拳，既叨杯酒之餘歡，又辱兼金之厚贐，感甚亦媿甚。伏惟閣下以文經武緯之才，運海立雲垂之氣，豐功駿烈，固已焜耀中興，而又置驛通賓，築宫禮士，一時物望，爭附龍門。樾以部下書生，去作吴中殘客，登胥臺而南望，所依依不釋者固不獨湖山之美矣。惟願垂天之雲，隆隆日上，大開廣厦，以庇寒儒，俾樾得于西湖山水窟中受一廛而爲民，與故鄉父老進中和樂職之篇，以詠歌盛德。閣下此時當必爲蓋公而築堂，因穆生而置醴

---

[1] 此札輯自《春在堂尺牘》卷一，題作「與蔣薌泉方伯」。

矣。企予望之，故坿及焉。

二〔一〕

辱賜書，未答，聞奉命赴粵。象郡珠崖之地，虎符玉節而臨，以方召之壯猷，而范韓之威望，雙圻重任，五等崇封，指顧間矣。惟是六橋三竺，不克久駐旌麾，區區之心，雖爲中興得人賀，而未始不爲桑梓惜也。拙著《群經平議》，承許爲付梓。啟行後，交何人經理？甬東一席，能爲代謀之否？樾寄跡吴中，不及至武林言别，惟望閣下至粵後，福星所照，燧息烽銷，或踵阮文達故事，重開學海堂，招延海内名流。樾雖不才，而古人有言，「請從隗始」，尚當不遠千里，躡屩來游。前書所云「爲蓋公築堂，爲穆生設醴」者，其在斯時乎？

〔一〕此札輯自《春在堂尺牘》卷一，題作「與蔣薌泉方伯」。

三[一]

二月七日曾布一箋，未知已達典籤否？嗣聞浙中人士有攀轅之請，私冀行旌或可少留。乃昨者恭閲邸抄，知朝廷念嶺表初平，倚大賢爲重，頒九天之節鉞，鎮百粵之山川。昔周室中興，而疆理南海之功，非召穆公不可，詩人歌咏，流播篇章，以今方古，閣下即其人矣。惟是六橋花柳，久在春風披拂之中，一旦玉節金符翩然南去，想賢者多情，亦必有羊叔子峴首徘徊之意，不獨吾浙人之戀戀于清塵也。樾因嫁女事即在此月中，不克至武林言别，悵惘良深，聊藉管城將意，伏希垂詧。

[一] 此札輯自《春在堂尺牘》卷一，題作「與蔣薌泉中丞」。

致金安清（一通）[一]

承賜觀大著，崇論閎議，洵足拓開萬古心胸，推到一世豪傑。閣下其今之陳同父乎？及讀《遷居》諸詩，萃一門之風雅，作平地之神仙，又令人神往不已。竊謂，閣下天生逸才，一時無兩，才人學人，均不足以望下風。匧中舊稿，多雍容大篇，有關中興全局者，宜及時刊刻，使海内知半野樓中有絶大經濟，與吾輩閉户草元徒供覆瓿者迥不同也。尊意欲刻性理、經學、經世三書，此誠不可緩之巨舉。僕從前嘗與曾文正議續刻《皇清經解》而卒不果，文正薨逝，事更難矣。敏老志在引退，意興闌珊，未必能料理及此也。所擬序文三篇，實有所見，自是傳作，存此文於集中，將來必有舉行其事者。吾人立言，原不爲一時也。惟鄙意言經學必以漢儒爲主，亦猶言性理必以宋儒爲宗，所謂「離之兩美，合之兩傷」。即以《周易》論，宋儒所説，必及先天後

[一] 此札輯自《春在堂尺牘》卷四，題作「與金眉生廉訪」。

天，然則一部《十三經》，開卷便錯矣。阮文達《學海堂書》，謂未足以盡本朝之經學則可，謂止是訓詁之學則不可，其中天文、地理、典章、名物無所不有，一代説經之書，雖不盡於此，然亦可謂集大成矣，後有作者，但當踵事而增，不必别開門户。此則區區私見之不與尊意同者，輒布陳之，以附孔門「盍各」之義。

致金文潮（一〇二通）[一]

一[二]

林陰仰雪翁惠覽：

兩讀手書，如親言論風采。雖漫郎聱叟，姓名未許人知，而猗玗之洞，有可蹤跡，三十六鱗，可以傳書而往矣。來書謂：孟獻子之友，其三人或本不以姓名傳。僕謂：姓名之傳不傳，亦有難料者。即以《論語》諸隱士言之，如荷蕢者之不傳姓名，宜也；至如長沮、桀溺，亦宜不

[一] 以下一〇二札分别收入《文藝雜誌》一九一四年第一〇至一二期。今據其内容重新排次如下，故與原刊多有不吻合處。其中有尚存原札者，則據原札重新録文，并逐一表明原札出處。

[二] 本札又見於《春在堂尺牘》卷六，今據原札整理本録入。

傳姓名者，此二人，問津且不告，豈肯自言其姓名？而至今沮、溺姓名長留天壤，此其不可料者也。又如荷篠丈人，乃不應不傳姓名者，子路既與有一夕之雅，并其二子亦得見之，豈有不問姓名之理？而至今無傳也，此又其不可料者也。足下將爲沮、溺乎？將爲荷篠丈人乎？僕固不足知之矣。屬書拙詩，草草塗奉，并寫去一額一聯，聊供一笑，不足以狝草堂也。手此，敬問起居。

曲園居士俞樾頓首，八月朔

二

林陰仰雪翁惠覽：

久疏箋敬，忽奉手書，并承惠廟餅，風味極佳。又小印一方，鐫刻古雅，拜受，謝謝。又墨蹟兩紙，乃嘉興張叔未解元所書，非遂甯張船山檢討所書。叔未爲嘉道間名人，精於賞鑒，工於書畫，得其遺墨，洵可寶貴。惟弟素來不事收藏，舍間名人字畫極少，敝齋叢雜，亦無張挂處，是以仍舊繳還。尊齋所藏石庵相國真蹟，兵火失之，請存此叔未解元真蹟，亦差足相當也。

《聖蹟圖》，弟處有之，當留贈友朋。屬書拙詩一首，别紙録奉。又檢得拙箸零種，計九種，另有單。寄奉雅正，兼酬嗜痂之癖。敝親家彭雪翁，老病頽唐，求退不得。如明年病不增劇，尊稿當俟其巡江東下來顧敝齋時出與共讀。此時且可弗寄，即寄去亦無益也。至欲求其字畫，但願其病間來游，則畫雖難得，字總可求耳。手肅復謝，敬頌冬祺百益。

愚弟俞樾頓首，十二月十二日

《尺牘》五卷，《楹聯》三卷，《右台仙館筆記》十六卷，《茶香室叢鈔》廿三卷，《茶香室續鈔》廿五卷，《小蓬萊謡》一卷，《俞樓雜詠》一卷，《慧福樓幸草》一卷，《新定牙牌數》一卷。

三

林陰仰雪翁侍史：

客臘奉到惠書，并七言絶句一章，誦之喜甚。從前屢承手翰，竟未示知姓名。伏念《後漢書·逸民傳》中如野王二老、漢濱老父，原不必定以姓名傳。然神交已久，而名姓翳如，私心究以爲憾。已託貴學陳子愚廣文訪得真姓名，正擬作小詩奉嘲而書来，適蒙明示，即此亦徵契合之深也。二世兄字甚秀整，觀其字，想見其人，自是美才，其文筆諒亦甚佳，能示我一二篇否？年内從滬上解館，從師乎？抑授徒乎？足下家境想必充裕，有此佳子弟，似只須習静下帷，無須槖筆游也。尊意以爲然否？長公子未示及，想在家主持家務。兩郎君諒皆授室，足下已得抱孫否？弟家運屯邅，一子先逝，一子病廢，膝前只有一孫，兩曾孫女，能得抱一曾孫，老懷斯慰。元旦試筆一詩，附博一笑。手此，敬頌春祺，并問世兄文福。

愚弟俞樾頓首，初五日

拙刻魁星、壽星搨本，未知已寄奉否？記憶不真。如未寄，當續奉也。

四

林陰仰雪主人惠覽：

日前接奉來函，并承惠賜令愛手製繡物二種，兒婦輩傳觀，咸歎其精妙。年禮雖非所克當，雅意則不敢不領。惟鄙人無以奉酬，謹奉上手書「壽星」一紙爲堂上壽，又「魁星」一紙爲二世兄兆也。亦只算鄙人一分年禮，伏祈笑納。世兄兼習外國語言文字，自是投時之利器，惟舉業不可荒。從前讀鄙人《課孫草》，今作大場工夫，此又不足讀矣。今送上先人《印雪軒詩文》兩册，理法清真，有骨有肉，雖在江南闈中似嫌局面較小，然亦在會心人擴而充之耳。拙詩一首，亦呈清覽，統希照入。敝寓在蘇城馬醫科巷，入蘇城，可一問而知也。手此布復，敬頌頤安。世兄均此。

愚弟俞樾頓首，廿一日

元旦唱和詩，足見家庭清福，《岳祠鐵囚議》亦不爲無見。長舌婦乃北宋宰相王珪之孫，名門之女，貽臭千古，亦可歎也。曲園再筆。

五

林陰仰雪主人左右：

前兩日由航船交來書一函、食物三種，風味均佳，而冬菜尤勝，舉家讚歎，無異錦带羹也。昨日又得惠書，并世兄文二篇，文筆開展，詞意沛然，真東坡所謂「少年文字，氣象峥嶸」者，君家有此，真千里駒也。率筆塗改數字，以副下問之意，虺隤老馬，不足爲前路之導矣。外先祖手批《四書》一部，寄呈雅鑒。手肅敬謝，即頌頤安。

愚弟俞樾頓首，二月十六日

六

林陰仰雪翁惠覽：

前在右台仙館，由蘇寓寄到手書，敬悉杖履優游，目疾已愈，良慰下懷。弟於三月三日赴杭，四月十二日還蘇，往返四旬。中間又渡錢塘，登會稽，作越中之游，有詩十九首紀之；門下士宋澄之廣文并去年所作《金縷曲》詞，寫付剞劂。詩詞皆不佳，而寫刻則甚精，寄博一笑。索觀拙刻全書，寄呈一部，未及裝釘爲歉。先祖《四書評本》，見在刻本無多，謹以一部寄上，日内正在刷印，俟印好當再寄奉也。先人《印雪軒詩》一部、文一部，均求照入。壽、魁星各一紙附呈。承惠機山蓡，以二陸之精英，成三椏之妙品，凡藥物中以蓡得名者皆有補益，似不在「未達不敢嘗」之例，當先煎少許試服也。番餅十枚，却之固爲不恭，而受之則實爲有愧。適西湖盧舍庵正興工作，弟即以此款助之，仍寫明是林陰仰雪翁所助，不敢掠美。弟處置自謂得宜，想聞之亦必許可。至盧舍庵之事，弟有詩紀之，録奉清覽，自悉其顛末矣。論屈、産題文，句山有知，亦當心折。在句山先生當日或因「以」字「與」字皆題目字，故拆開點之，既有「以」字，狡謀已露，或亦不得謂之侵下，然究之，尊論自正也。詩之稱闋，未之前聞，豈此君别有據乎？復謝，敬頌台安。

愚弟俞樾頓首，四月十六日

七

林陰仰雪翁侍史：

日前接復函，知寄拙箸各種已登記室，并煩女公子檢點，缺《東瀛詩記》一種，蓋由刷印在前而《詩記》成書在後，忘未增入故耳。《詩編》卷數之有參差，亦此故也。今補上《東瀛詩記》兩卷，乞照入。先祖《四書評本》刷印已畢，寄上兩部，以備分貽同好。弟連日宿痾又發，不及多述。即頌吟安。

愚弟俞樾頓首，閏月望

八[一]

林陰仰雪翁左右：

得手書，具徵愛我之深，三復流連，不忍釋手。所占之課，簡而有要，知於此道甚精。但爲友占，當以兄弟爲用爻，乃以父母爲用，尚恐失之。如尊之爲師，則非所克當。鄙意，兄爻是用爻，卯木動是由肝氣爲患。然弟於喜怒二字久已消盡，視天下無可喜之事，亦無可怒之事，謂病由氣惱，恐未然也。承勸勿過用心，金玉之言，自當書紳佩之。但如《金縷曲》等詞，疊至廿四，調既爛熟於口，韻亦爛熟於心，摇筆即就，實亦不甚費心耳。平生耗費心血者，兩《平議》、兩《雜纂》及《第一樓叢書》，此外各種，憑仗小聰明，率爾操觚，亦無苦也。故肝木不舒而心火尚不至炎上，每夜酣眠達旦，足知心腎尚交。惟肝鬱在所不免，如眼前能得一曾孫，下科小孫能再倖科名，則賤恙當可望痊。因叨摯愛，故附陳之。手肅布謝，敬請道安。

愚弟俞樾頓首，閏月廿九日

[一] 本札爲北京海王村拍賣公司二〇一七年春季拍賣會「故紙留聲——書札手稿專場」第〇〇八二號拍品。

九

無挂礙翁尊右：

兩讀手書，并承惠香圓十六枚，撫嘉賓之團欒，想名園之絢爛，逍遥杖履，其樂可知。弟亦無恙，而精神興會，日益衰頹，西湖之游，恐今年遂不果矣。彭雪翁於湖上小住月餘，仍回湖南養病，小孫婦亦隨之去，歸省其母，期於明年二三月仍返吴門也。雪老龍鍾可憫，行不成步，語不成聲，不能再以筆墨應酬矣。《甘泉鄉人稿》及馮中允《抗議》四十篇，敝處皆有之。學使聞不日即將蒞松科試，想二世兄必然又列前茅也，餼庠自在指顧間，不必定爲舊廩捐貢矣。手肅布謝，即頌頤安，世兄文吉。

愚弟俞樾頓首，九月五日

一〇

林陰仰雪翁左右：

久不通候，深以爲念。今得手書，知稽事有秋，端居多暇，世兄文戰得意，食餼在即，皆可賀也。又承惠我食物三種，風味絶佳，足徵見愛之深，謝謝。弟近狀無他，惟衰憊殊增，今年秋不作西湖之游，畏應酬也。且俟明歲春融，再訪六橋花柳矣。秋間有《和惲太夫人落葉詩》四章，頗似爲衰朽寫照，刻以代鈔。又有七古一章，爲一故人之孫作，金鷺青大令寫以付梓。今寄奉數紙，聊供吟賞。胡春波文，舊曾有之，今則徧尋不見。此君乃敝門下士，弟曾爲序其遺文。然春波之後人從未來往，曩時來乞序者乃其門人，今亦不記姓名，未能代求也。承賜目疾方，適有外孫女患此多年，即以試之。今寄上茶葉兩瓶，聊以備用，副以黄精二匣，亦資服餌。手肅布復，敬頌頤安，世兄文祉。

愚弟俞樾頓首，十二月十二日

承惠醃菜，極佳，舉家皆嗜之。如有，求再賜少許爲感。然鄙人則零落殘牙，不能齩其根矣。弟再頓。

一一

林陰仰雪翁惠覽：

年前得手書，并承惠食物二種，愧非仲氏之賢，得飫丈人雞黍，何幸如之。入新歲來，想杖履優游，百凡清吉。世兄今年在家用功，甚善甚善。稻花香裏，桂子香來，此老農之一樂也。弟吴下度年，如常平順而已，年前雖有拙詩數首，不擬刻單片，如將來有欲刻單片者，當煩世兄染翰也。手肅復謝，敬頌年安。世兄均此。

愚弟俞樾頓首

一二

林陰仰雪翁左右：

正初曾肅賀箋，并謝年前嘉惠，未知已照入否？得新正四日手書，知潭第春融，快如所頌。并知春間擬來吴下一游，三載神交，得親道貌，何幸如之。至世兄擬下榻敝廬，從師吴下，似乎尚須斟酌。敝寓亦不甚寬，除内屋外，外間可以留客者，書房已有先生住宿，客房則有舍親姚姓及孫姓故人之孫，此外無可再下一榻矣。吴下遥從先生最不認真，拜從之後，其名則三八文期，而每期之文竟可不批不發，久之歸於烏有。姚舍親去年從一先生，其批發之文，計一年止十六篇而已，而所批發又不肯認真多改，實爲無益。鄙意，世兄功夫本好，只在能自得師，如不鄙棄，請每月寄文一二首來，弟得讀之，如有可獻替，必當勉竭愚忱也。但鄙人於此道亦久抛荒，恐非入時花樣，且瑣事太多，亦未能專心於此耳。手此肅復，敬頌潭祺，統惟原察。世兄均此。

愚弟俞樾頓首，十二日

一三二〔一〕

林陰仰雪翁左右：

兩奉惠書，如聆雅教，但拙詩何足遠擬漁洋，辱愛過深耳。至論袁詩，尤足想見風格，此等議論，宜命世兄録存，積久可成一書也。弟如常粗適，二月下旬有西湖之行，亦往年成例也。前日有和祁子禾總憲詩四首，録奉吟正。此堪字韻，弟前已至十五疊，均刻在拙詩九卷、十卷內。并此作，計十九疊矣。如世兄有興，將此十九首詩合鈔一通，寄弟付梓，亦足奪蘇家行市也，尊意以爲可否？世兄英年嗜學，所造必有可觀，弟擬每月寄上文題兩箇，請世兄作文寄下，使老眼快覩之，而小孫亦可得切磋之益也。一水迢遥，未克相見，將來終望得一接賢喬梓風采耳。手此復布，祇頌道安，世兄均此。

愚弟俞樾頓首，廿日

附去題兩箇，即作爲二月分題矣。

〔一〕本札爲北京保利二〇一一年春季拍賣會「古籍文獻及名家墨蹟」專場第一三六五號拍品。

一四〔一〕

仰雪翁惠覽：

前得手書，未復，昨又得書，并世兄所寫拙詩，工整之中，饒有秀逸之氣，玉堂品格也。即交宏文局照印，印成再寄覽，其原本仍可付小孫，留作模楷耳。年前作詩十六首，題曰長謡，即附刊《小蓬萊謡》之後，今以一分寄政，不足示外人也。前日文昌生日，弟作長歌一首，頗發人所未發之意，亦付照印，印成再寄。手此，復頌頤安。

曲園俞樾頓首

世兄前致謝，「堪」字韻詩尾張附還。此紙實不足存也。

〔一〕 本札「文昌」以前爲北京泰和嘉成二〇一四年秋季拍賣會「箋影留痕——影像及名人墨蹟專場」第〇五九四號拍品。「生日」至「存也」爲嘉德四季第三十九期拍賣會「古籍善本　碑帖法書」第二五二四號拍品。「無挂礙翁」以下爲北京泰和嘉成二〇一四年秋季拍賣會「箋影留痕——影像及名人墨蹟專場」第〇五九七號拍品。

無挂礙翁和余堪字韻，次韻答之

老農老圃學猶堪，且與君爲野外談。粟窖陳紅知有幾，麥畦見白喜逾三。去臘今春得雪甚多。拱元我勒橋邊石，德清敝居之東有拱元橋，久圮。余集資修建，擬作記刻石。保福君題屋畔庵，事見原詩，故不注。轉眼稻花消息裏，桂花消息到江南。

前託世兄寫此詩，共十九疊韻，實則已二十疊韻，尚佚其一也。此則廿一疊矣。

曲園初稿

一五[一]

無礙翁侍史：

承手書，并惠妙餅及小葫蘆，謝謝。大作又略爲點竄，寄還，仍乞裁斆。弟於初二日到杭，

[一] 本札爲北京泰和嘉成二〇一四年秋季拍賣會「箋影留痕——影像及名人墨蹟專場」第〇五九六號拍品，个厂兄告示。《文藝雜誌》一九一四年第一〇期收録本札，作第一六通，今據内容調整其次。

大約有月餘耽擱。附去新作兩章，聊奉一笑。冗甚，不及詳復，即頌道安。

曲園拜上，十四日

一六〔一〕

林蔭仰雪翁侍史：

頃在右台仙館，由蘇寓寄到手書，并世兄文三首，謹加墨奉還。弟於三月初二日到西湖，小住旬餘，又入山矣，擬四月初返棹金閶也。此行亦有詩數首，容再録寄。手此，復頌道安。

愚弟俞樾頓首

〔一〕本札爲北京泰和嘉成二〇一五春季拍賣會「含英咀華——影像及名人墨跡專場」第〇七八七號拍品。《文藝雜誌》一九一四年第一〇期收録本札，作第一八通，今據内容調整其次。

一七〔一〕

無挂礙翁惠覽：

昨寄還世兄元作，并奉和尊詩一章，又近作三塔灣及塘西詩二首，定照入矣。世兄所書「堪」字韻詩，已由石印局印成，送去二十本，乞照入。此頌吟安。

曲園居士拜上，三月十九日

一八

無礙翁侍史：

〔一〕本札爲私人藏品，个厂兄見示。《文藝雜誌》一九一四年第一〇期收録本札，作第一五通，今據内容調整其次。

杭州所寄諸件，定入青照。弟於十二日自杭還蘇，行裝甫卸，碌碌殊甚。承示世兄文一篇，草草加墨奉還。手此，敬頌道安，世兄元吉。

弟樾頓首，四月望

一九

無礙翁足下：

讀手書，并承賜石章，甚佳，當俟佳手刻之。世兄文加墨奉還，此文見解極超，在場中乃敓標手也。弟甫於浙還，都無暇晷，亦甚委頓。前所云詩二首，乃實未寄，非中路浮沈也。今特補奉清覽。手此，敬頌頤安，世兄元吉。

曲園居士拜上，廿五日

二一〇[一]

無礙翁侍史：

接手書，如親雅教。連日多風而不雨，恐夏秋間或有旱象，翁以爲然否？黄河不能合龍，隱憂彌切，然徒作杞人，亦無益也。世兄文加墨奉繳，想金陵之行不出一月矣，杖履是否與俱，當已定見。手肅，敬頌暑安。

世兄元吉。

曲園居士拜上，六月十一日

[一] 本札見於北京匡時國際拍賣有限公司二〇一七年秋季拍賣會「古雪今存——名人手稿信札專場」第〇六二七號拍品。

二一

無礙翁侍史：

前得手書，并述知催生符有效。鄙意以爲，服符之後，舉家之心稍定，即産婦之心亦定，定則安卧，片時氣血復充，自然順流而下，未必一車幾馬真能載之而出也，尊意以爲何如？世兄「哀公問社」題參用古義，今科李石農典試，當有賞音，但恐房官不識耳。附去拙刻《經説》，與賢喬梓共質之。手此，敬頌暑安，并世兄元祉。

愚弟俞樾頓首，六月廿七日

二二

無礙翁左右：

得手書，并承賜脩羊八數。弟於世兄文不過拜讀一過，何足當厚惠？然必原璧奉還，又拂尊意。適有敝省慈溪十五齡女子張貞竹，能書大字，賣字養親，弟囑其寫一大「魁」字，寄贈吾翁，爲世兄大魁之兆。原洋八元，已交與張女，爲翁代送潤筆，想不嫌專擅也。手此布謝，敬頌頤安，世兄元吉。

曲園居士拜上

近作附覽。

一三

無礙翁侍者：

讀手書，并世兄文，謹加墨奉還。金陵之行，想在七月望後，翁亦同往否？雨水調匀，三吴之福。聞鄭工不日可告合龍，尤天下之福也。以積穀助振，足見胞與之懷。此間當事者亦嘗議及之。手此布復，即頌頤安，世兄均此。

愚弟俞樾頓首

二四

無礙翁侍史：

前日一函，定照入矣。昨暮，中丞鈔示闈題，今特寄上，未知尊處已見過否？首題既如此出，必主漢儒舊説，然未必不合朱注、有違功令也。手此，敬頌秋祺。

愚弟俞樾頓首，十一日

二五[一]

無礙翁侍史：

[一] 本札「乞教」以下，爲北京泰和嘉成二〇一五春季拍賣會「含英咀華——影像及名人墨跡專場」第〇七八八號拍品。

昨由蘇寓寄到手書，并惠賜佳餅及山藥，甚感甚感。令弟之文，業已拜讀，加墨奉還。此文在闈中大可入彀，其意境高超，較陳腐墨卷相去天壤，閱者得此，眼目爲之豁然。翁之斷課，必準無疑矣。世兄主古意，自必合試官之意。籍咸並捷，其樂何如！尊意論文，極有見地，謂「未思何遠」隱寓自命之意，自來無人言及也。此章古注不甚明了，蓋「反經合道」四字爲漢儒相傳古説，何平叔亦不得其詳，故所説多模糊影響之談。鄙人曾擬作一篇，意在發明古義，而亦未盡也。今年文興頗豪，除江南外，於順天、浙江、閩、湖北、山東闈題皆有擬作，同人勸付手民，似乎可笑，今以一本乞教。餘十本，分貽儕輩可也。弟於初五日到湖樓，十五日遷山館，月底月初亦必返棹吴門，邇時必已得令弟、郎捷音，再當函賀。手肅，復頌頤安。

愚弟俞樾頓首，十八日

再啟者，弟擬墨本屬游戲，乃刻成後又思借游戲以行小惠，擬印一千本，於蘇杭兩處銷售，每本賣洋錢一角，集成一百，寄上海助振，刊《申報》爲憑。初意尊處不援此例，故止寄四本，既思恃愛素深，此亦何不可行，故寄上十本也，幸勿笑其多事也。弟再頓首。

二六〔一〕

無礙翁侍史：

昨寄還令弟文并拙作一本，定照入矣。旋又奉到惠函并世兄場作，主古法立説，後路議論名通，轉瞬藉咸並售也。竹鎮帋拜領，謝謝。復頌秋祺。

愚弟俞樾頓首，十九日

二七

無礙翁侍史：

弟於初四日還蘇，接手書，并筆談一則，所論極通。佛經云「萬法惟心造」，天下事類然。

〔一〕本札爲北京泰和嘉成二〇一五春季拍賣會「含英咀華——影像及名人墨跡專場」第〇七八七號拍品。

即如世俗所通行之圓光，以及吴下看水盌、看香頭之俗説，皆人心致之。故已往之事，吾心中所有，即現此象；未來之事，吾心中所無，即不現此象。故往往已往者驗，未來者不驗也。世兄暫屈，然得食餼，則亦一進步。凡進取之道，原不在速也。江南榜上，惟費君念慈、江君標係極熟之人，此外亦多不識。而小孫埍宗舜年亦得列名其間，則鄙人一喜事也。拙作擬墨，已承代售十本，擲下一洋錢。又寄來四洋錢，令再寄上四十本，此則皆翁所售者，隨意分送人，不再取值矣。所云登報一節，弟却不如此辦法。蓋弟在蘇杭所售者，皆售之於當道，如一當道送其四十本，則取其四洋錢，送其五十本，則取其五洋錢，將來集成一百之數，則寄至上海賑局，託其總登一筆而已。若必一一列名，則一千本須一千人，未免太煩，且當道諸公又豈屑以此戔戔者登之報章乎？有拙作一首，將來亦刻報中，先呈一笑。計此時所已售出者七百餘本矣，將來或不止一千本也。此兒戲之事，不足以云善舉。手此，復頌頤安，世兄均此。

愚弟俞樾頓首，十月初七日

二八

無礙翁侍史：

讀手書，并承惠佳蔬，甚感。弟日内爲遣嫁小孫女諸形碌碌，今日甫清淨，然須待廿四日送其雙歸方算葳事也。小詩一紙呈教，餘再修復。即頌頤安。

愚弟俞樾頓首，嘉平十七日

二九

無礙翁侍史：

頃航友候回信，即草數行，定照入矣。所惠冬菜甚佳，味略帶酸，想由冬燠，然舉家已共誇雋味矣。葵油可治湯火傷，甚妙，謹收存，以廣仁人之賜。世兄文加墨寄繳，明歲有慶科，努力加功，破壁飛去也。所詢梅花嶺，自在揚州，乃史閣部葬衣冠處。至試劍石，按《蘇州府志》，虎邱山道旁有試劍石，中分如截，取其形似。《吴郡志》謂：秦皇試劍，或云吴王試劍，有紹聖二年吕升卿題字。《梅村集》小孫處本有之，爲人借去，不在案頭，無從檢復。至試劍石各處有之，武夷六曲有控鶴先生試劍石，不知何人。武昌郭外有孫權試劍石，桂林有伏波試劍石，雲間榦山有干將試劍石，國朝陸鳳藻《小知録》羅列之。手此布復，即頌頤安。

愚弟俞樾頓首，十二月十七日

三〇[一]

無礙翁侍史：

獻歲發祥，惟潭第萬福爲頌。年前小孫女于歸，荷蒙嘉貺，感感。但弟於此事本不足言喜，是以概不受賀，雖至戚亦一例璧還，尊賜斷不敢受。惟既承遠道頒來，請仍改作買文之用。弟又刻《四書文》廿篇，其作意詳自序中，每文一本，賣洋五角。去歲所賣擬墨，寄滬助賑，兹則

[一] 本札「伏乞」以上文字見於北京泰和嘉成二〇一五春季拍賣會「含英咀華——影像及名人墨跡專場」第〇七八六號拍品。

賣以刻書，附去小詩一首，覽之自悉。今寄上文四本，合尊惠番餅兩枚之數，伏乞察入，并恕其專擅爲幸。此二十篇雖非正軌，然付世兄閲之，亦足開發心思、擴充眼界。翁乃老斲輪手，恐不足一哂也。手此，敬頌道安，并世兄元吉。

愚弟俞樾頓首，新正四日

三一

無挂礙翁侍史：

年頭寄一書，并新刻文四册，未知照入否？讀來書，知耕讀家風，無求人世，以鄙人視之，真有霄壤之分矣。《姚惜抱集》，敝篋竟無其書，無以奉報。歲寒堂事，從《郡志》録出數語，聊備采擇。手此，復頌道安。

世兄均此。來書以大宗師見稱，殊非所克當，以後惠呼或作曲園翁何如？

愚弟俞樾頓首

三二

無礙翁侍史：

年前承惠諸食品，並皆佳妙，復書竟未之及，疏漏甚矣。賢郎文、詩，草草加墨，未必有當。「坡詩」若改作「我爲」，其義殊勝，然無可校正，且題如此出，亦未便乙正也。手此布復，即頌春祺。

俞樾頓首，十八日

三三

無礙翁侍史：

得書，并世兄所作論二首，頗有作意，筆稍弱耳。世兄計已應試赴郡矣。肅復，即頌道安，春寒自玉。

曲園拜上，新正廿四日

正欲封函，不料失手將論二篇墜入坐側大痰盂中，濕透黏連，竟不能寄，罪甚罪甚。《丁公論》立意頗佳，弟嫌其篇中未能處處抱定主意，不免有游騎無歸之處，爲稍加筆削。如得暇，不妨再録示一篇。《梁伯鸞論》未加筆削，可不必也。《梁伯鸞論》殊有所見，并及。

三四

無礙翁侍史：

承手示讀悉，賜冬菜極佳。弟於初三日親至虞山，接小孫女歸寧，至初五日返棹；又擬遣小孫於十一日束裝赴滬，附海晏輪船北上；碌碌可想。世兄試事何如？想必得意。論二首，加墨奉繳。手此，敬頌道安，世兄元祉。

曲園居士拜上，二月初七日

三五

無礙翁侍史：

兩次手示誦悉，世兄論策二首奉繳照入。弟日内頗發宿疴，肝胃作痛，時時嘔吐酸水苦水，甚委頓也。草此，布頌頤福。

曲園居士拜上，二月廿一日

三六

無礙翁侍史：

手書讀悉，番佛領到。弟宿疴大發，不能作復，先寄上《經説》二部、《四書文》二本，均請查收。此頌台福，世兄均此。

愚弟俞樾頓首，三月四日

三七

無礙翁侍史：

接讀手書，知近祉綏和爲慰。野薔薇花極知其佳，右台山中徧地皆有，去年自杭旋蘇，每擬令轎夫採取，因循未果。今承遠寄，何感如之。所製糖亦佳，清芬滿口，較桂花、玫瑰花糖均勝也，謝謝。弟病已愈，而氣機阻滯，筋骨疫疼，至今未能復元，杭州之行只好待秋間矣。世兄歲試不甚得意，此亦不足爲得失，秋間高捷，乃所望耳。世兄之號與先嚴同，鄙人書札未便稱呼，如有別篆，乞示悉。記得有端生二字，未知是小名是別字也。今年曾否完姻？想重闈盼望曾孫，亦當早辦矣。今年小孫場作無意無詞，遠不如丙戌年者，榜前即決其不售。乃闈中承總裁潘伯寅尚書手批「額溢，惜之」四字，轉覺其不稱也。已於四月廿三日仍還蘇寓，知念附及。小孫婦因彭雪翁抱病歸家，遣其隨侍同行，途次可以放心，約在八九月間還蘇。鄙人老矣，亦切盼抱一曾孫也。手此布復，即頌道安。世兄均此。壽星像一紙附上。

愚弟俞樾頓首

再者，世兄喉蛾想早已大好，敝處有喉症藥極妙，只消將藥少許放在尋常膏藥内，貼所患處皮肉上，左痛貼左，右痛貼右，中央亦可。一周時揭開，便起一小泡，用銀鍼挑破，流出毒水，則喉症自愈矣。屢試屢驗，喉症之藥，無妙於此。但此藥不可入口，是以敝處皆敷好在膏藥内，施送與人。遠處則不敢輕寄，恐粗心人不明此意，不招看紙，照常吹入喉間，大誤厥事矣。翁精細過人，必無此患，謹寄上兩瓶、膏藥數紙，請留以施送，但切戒勿入口耳。曲園又啟。

《茶香室三鈔》尚未刻成。又及。

三八〔一〕

無礙翁侍史：

三十日一函，定照入矣。玆有瀆者：敝門下張小雲明經發願，取鄙人事實，如《鴻雪因緣》之例，繪圖刊刻。中間爲病所累，不能握管，至去年始成四十圖。弟雖笑其刻畫無鹽，而亦未

〔一〕《文藝雜誌》一九一四年第一一期收録本札，末署「六月三日」，以札中問候「節禧」當指端午節而言，故改作「五月三日」，大抵不誤。

嘗不喜其用意之厚也。携歸吴下，擬寄滬照印。又有門下士朱蘋華大令嫌其太少，買菜求益，乃又取拙著詩文中剌取，得二十四圖，合之成六十四圖，居然可分爲四卷矣。鄙意，照印不妨從緩，而既有此圖，則不可不求其完美，是以各圖中有情事未合者又託人别繪，而圖後所附之説，宜倩名手書寫，此時可供把玩，異時可付石印。因思世兄書法甚佳，前年所寫《廣堪小集》，見者無不以爲工妙。兹寄呈二十事，每一紅籤爲一事。附上洋紙格子，敬求世兄爲我一書。惟秋闈伊邇，正當簡鍊揣摩，而以此事奉煩，未免不情，或世兄姑當作白摺寫，以鍊習小楷，爲明歲玉堂地步，則亦未始不可耳。手肅奉瀆，敬請道安，統惟雅鑒，順賀節禧，不一。世兄元祉。

曲園居士拜上，五月三日

三九

無礙翁侍史：

前託世兄所寫之件，如數拜登，展閲，工秀絶倫，自是寫白摺子好手，真他日玉堂人物也，預爲翁賀。但梅夏有勞握管，殊所不安耳。先人文稿，寄請照入。鄙人行卷，久已無存，小孫卷三本，亦請查收。手此，敬頌暑安。

愚弟俞樾頓首，六月三日

端兄前道謝，并候元祉。

四〇

無礙翁侍史：

接十二日惠書，知北窗寄傲，南畝課耕，想望高風，儼分霄壤。示知齒痛時作，鄙人殘牙零落，所剩無幾，只有二齒尚上下相當，餘者皆不相當，概無所用，徒隱隱作痛而已。兩月以來，飲食尚好，然只喫豆腐冬菜，魚肉已久不沾唇矣。前二日熱甚，自入伏以來則又凉爽過甚，幾使人欲着木棉裘。天時不正，疾病頗多，每日來索藥者幾穿户限，日不暇給。承示水器中須加明礬等類，極是。敝寓水缸均置貫眾及明礬、降香等，井中亦然，雖門外井中亦置之，以附近人家須汲此也。雷擊異事，殊不可解。西人不信鬼神，謂是偶觸電氣，此説自正。然鬼神無形，即假是氣以行其誅殛，似亦理之所有，不得執西人之説而謂天變不足畏也。前者世兄所書《雲萍録》甚佳，若得一手書成，何幸如之。但見在場前，恐妨揣摩之功，萬不敢以奉煩。俟場後榜前，尚有兩月功夫，或再勞握管耳。《雲萍録》尚未畫全，即畫全後亦不即付刻。香山詩云「妝嫫徒費黛」，正謂此也。《茶香室三鈔》不日可以刻成，俟刻成印釘，即當寄奉教益。手此，敬頌暑安，并候端生世兄元祉。

曲園居士拜上

四一

無礙翁侍史：

昨得手書，知起居清吉爲慰。《雲萍録》本不急急，且畫亦未全，書更可從緩。計端生世兄七月望後必須赴試金陵，此時相距不過半月，所寫亦無多，不如場後從容之爲便也。端生以歲試不得意快快，此可不必。《困學紀聞》所載《孫令答敵》有「大敵勇，小敵怯」之語，請以歲試小屈爲端生今年鄉試元魁之兆可也。鄙人舊時行卷久已無有。記得丁卯年吴中刻《春在堂四書文存》，將會試文三首、復試文一首刻入，坊友逐利而爲此，草草不精，敝寓亦久無此物矣。後來滬上又將此縮刻成小本，今亦未知尚有否也。爲魏公藏拙，無之最妙。藥餌本爲分送而設，今寄呈一小匣，各種皆有，請照單子所開，遇有求者隨病分送可也。手此，敬頌暑安。

曲園居士拜上，六月三十日

四二

無礙翁侍史：

接手書，知世兄已安抵金陵，今日入闈矣。此間十一二日當可知題目也。承示塾書四種，惟《輶軒語》曾見之，王菉友精於《説文》之學，所著《文字蒙求》必佳，餘二種亦可知矣。吴中疫氣太盛，可畏之至，張廉訪竟在劫中，亦是奇事。記得吾翁來函曾云：河水色緑，飲之恐有疫癘之患，果應尊言矣。敝處合有霹靂丸及感應丹二種，治惡痧頗效。惟感應丹不可喫，用暖臍膏貼臍腹，兼可治痢疾。今附上霹靂丸十包，感應膏已滲入膏藥者十張，未滲入膏藥者四瓶，各以送人，切屬其不可入口，須放入臍眼，用暖臍膏貼之，如無暖臍膏，不拘何種膏藥，皆可用也。其霹靂丸則可喫。又附去痢疾藥四包，以備施送。來示言不服藥爲上醫，真有見之言。

但鄙意，現成丸散則極有效，蓋藥之所以不可服者，以時下無醫耳，若現成丸散，皆古之名醫苦心思索而得此方，施之對症，無不立愈。况時症乃感四時不正之氣，病症皆同，非五情六欲及陰虧陽虧，人人不同也。敝寓不甚延醫，而所配及購買丸散膏三種幾及二十餘樣。前兩日求者如市，近兩日稍稀。但願大雨時行，洗盡此疫氣乃妙。手此布復，敬頌台安。

愚弟俞樾頓首，八月八日

四三

無礙翁左右：

讀手書，論題甚正，此真先正典型也。愚謂，此章古注疏并無側重天命之説，後賢讀書，孿求文理，因下節有一「也」字，似乎小人之不畏皆由不知天命使然，因於上節亦側重天命，預爲下節立竿見影。竊謂，此以後世文法讀古書，而實未必然。如「巍巍乎其有成功也」，「焕乎其有文章」，豈文章必從成功見乎？「故舊無大故則不棄也，無求備於一人」，豈「無求備」亦以「故舊」言乎？然則此章自以古注平列爲是。但科場功令，首重遵朱，朱注此節已云「大人、聖言，皆天命所當畏」，則文中側重天命，但不做反面，不侵下文，則亦未可厚非。今科中式之文如此者亦必不少。至世兄文，破題次句即將下節小人攝入題中，似乎别有作意，或竟爲闈中激賞亦未可知。九月下旬自見分曉也。手書布復，敬頌頤安。繳還世兄元作，并賀，不盡。

曲園居士拜上，八月二十四日

四四

無礙翁侍史：

接手書，知清恙已瘳，尚祈加意調攝。端生暫屈，不足介意，轉瞬辛卯、壬辰，聯翩直上，玉堂金馬，未爲遲也。弟此番到杭，意興殊減，又因長女壻王康侯在蘇病殁，匆促而旋，來去皆用輪船，是以行程捷速。在杭句留旬有六日，爲雨所阻，山水無緣也。淫雨爲災，如此之久，自來罕遇。漏天莫補，殊切杞憂。幸一行人等俱各平順，賤體亦粗安，足慰雅憶。今年又作擬墨四篇，以刻代鈔，附上四册。又《自述詩》一本，未知前已寄呈否？均乞哂正。屬書條幅對聯，容再塗奉。手此，敬頌頤安，世兄均此。

曲園居士拜上，十月四日

四五

無礙翁侍史：

前承惠香圓，即由原船繳還籃一隻，附上江南闈墨一本，未知照入否？比想清恙全瘳，閑居多樂。久雨放晴，未知秋收尚有可望否？念念。弟還蘇後碌碌如故，殊無佳懷。屬書之件，楹帖二聯，業已寫就，即寄奉一覼，餘件容再報命。手此，敬頌吟福，世兄均此。

愚弟俞樾頓首，十月十二日

彭雪翁病勢愈甚，足不能行，手不能動，口不能言，舌不能吞咽。弟於嘉興舟中相見，痛哭而別，但望其平安到家而已，寫字作畫，今生恐不能矣。附復。曲園再頓首。

四六

無礙翁侍史：

兩奉手書，并筆談一紙，甚善。《自述詩》若隨作隨刊，殊煩手民，且徐圖之。書城四五年，所謂終吾身而已，鄙人自揣不過如此也。《紫菘花館詩》頗佳，其中如樂府諸篇，皆可歌可泣，但每篇均有需潤色之處。賦亦尋常律賦。而風簷寸晷中能成此大篇，足徵其學有根柢矣。弟最喜其「人孤燈影瘦，春足月光肥」，已采入《春在堂隨筆》矣。仍繳還，請照入。外附拙作《自述詩》二本，并乞惠存。手此，敬頌吟安，世兄均此。

愚弟俞樾頓首

四七

友筠仁兄大人閣下：

年内接手書，并承惠冬瓜膏，甚佳，謝謝。獻歲以來，伏惟潭第萬福，尊慈壽履諒必康健如常矣。令愛出閣大喜，竟未聞知，有失致賀。令壻何處人？寄居日下，想貴親家必在京當差也。松郡漕糧未能邀免，似涉偏枯，年内輪將，不無局促，想尚易於布置也。弟一事無成，七旬已屆，當此黄粱將熟之時，但吟白首低垂之句。手肅，敬頌侍安，順賀春禧，世兄均此。

愚弟俞樾頓首，新正五日

四八

無礙翁侍史：

讀惠書，并筆談一紙，具見知愛之逾恒，感感。但有一言不得不豫白者。弟從來不作生日，父憂母難，何慶之有？且生辰在臘月，爲日尚遥，衰病未知能待否。即届時尚在，擬大書一「哀」字，懸之春在堂，以拒謝親朋。伏思與翁神交數載，固以得一見爲快，然尊函謂俟生日來祝，則非弟所敢當也。入此歲來，肝胃痛小減，而小腹漲痛，胃口亦轉不佳，因之興致索然。小園梅花盛開，竟未一見，可笑也。手此，復頌春祺。

曲園居士拜上，正月廿六

四九

無礙翁侍史：

接二月十九日手書，并承惠桂子一簍，甚感厚情。此品爲醫家所未用，錢唐趙恕軒《本草》則曾載之，言其性温味辛，平肝暖胃，胃脘寒痛甚宜。又引《藥性考》云：甘辛，温中煖胃，平肝益腎，散寒止噦，亦佳品也。親串中并有剝取其中之核、磨平兩頭、作念佛珠者，亦堪愛玩，附以奉聞。弟近來筆墨煩冗，日無暇晷，箋候疏闊，職此之由。伏求原鑒。今日即作杭州之行，倚裝率復。即頌大安，匆匆不盡。

愚弟俞樾頓首，二十五日

五〇

無礙翁侍史：

在杭接三月中惠書，因應酬繁冗，無一刻之暇，是以遲遲未復。比來想慈侍必已康强，道履亦臻安善，勿藥有喜，定如所頌。弟於閏月底到杭，浴佛前一日還蘇，尚叨平順。小孫今科文不佳，不中固宜，計日内可還蘇矣。彭雪翁仙逝，在公論固可惜，而私情尤不能忘，有詩輓之，并西湖近作一并寄正。又擬墨一册，可交世兄。手此布復，即頌頤安。

曲園居士拜上，四月二十一日

五一

友筠仁兄大人苫次：

昨接令弟來函，驚悉尊太安人遽歸佛地，想至性過人，自必異常哀毁。然已届中年，又當新病，自當節哀順變，以慰泉臺。弟無以將意，手書楹帖一聯，乞懸靈右，稍盡微忱，伏祈鑒入。手此布唁，敬頌禮安，不盡。

愚弟俞樾頓首，五月三日

五二[一]

無礙翁侍史：

[一] 本札爲吉林市房政二〇一二秋季拍賣會「近現代書畫專場」第〇三七四號拍品。

昨接手翰，并洋錢八圓，甚矣，先生之不知我也。今仍由局寄繳，乞照入，勿再施，并紙墨等件亦切勿寄，徒勞信局往返，甚無謂也。如必見愛，欲有所惠，則隨便寄廟餅二三十枚，勿多，多則壞。或年下寄冬菜一小罎，勿多，多則酸。拜賜多矣。鄙人零落殘牙，菜亦不能咀嚼，不過家人婦子輩喜喫之耳。手此布謝，即頌潭安，世兄均此。

愚弟俞樾頓首，五月十三

五三

無礙翁侍史：

在杭無一刻之暇，接手書，未及復，歉歉。承惠小葫蘆，甚佳，但弟處已得數枚，無須再覓矣。新刻二種呈教，一則極大議論，一則倒好嬉子也。承撰賜楹帖，非所敢當，且弟不受壽言壽禮，友朋投贈，已屢卻之，幸勿寫贈。附去詩一首，記得前已寄奉大覽，茲再寄此紙，重言以申明之。手肅布謝，敬頌禮安，世兄均此。

愚弟俞樾頓首，二十八日

五四

無礙翁侍史：

讀手書，并承賜地毯一條。但春在堂既不稱觴，無須鋪設，此亦在壽禮之例，謹交原手璧還，伏乞照入。此謝，即請冬祺。

愚弟俞樾頓首，二十日

五五

無礙翁侍史：

春融，想宿疾盡除，興居佳勝。世兄肄業南菁，是否留院？抑仍返棹青溪？計所業日進也。弟寓吴如昨，月内有西湖之行，浴佛前仍還吴下。《彭剛直公神道碑》附呈教益。手此，敬頌頤安。

愚弟俞樾頓首，二月望

五六

無礙翁侍史：

自杭還蘇，拜展惠函，承示輪船之不宜輕用，誠哉是言。往年浙、江省垣各有官輪，蘇二浙一，承當道見愛，借我用之，頗稱便利。今則官輪已裁，必須自雇，弟亦久不用矣。杭州一住四旬，雖託山林之名，實無清淨之趣，賓朋雜遝，筆墨倥偬，使高明見之，必當齒爲之冷矣。翁享園田之樂，處豐稔之年，仰望清風，儼分霄壤。世兄英年飽學，會見一舉成名。鄙人衰老，不足效一知半解也。輒附題目三箇，隨意作之，以副雅屬。肅復，敬頌道安，世兄均此。

曲園叟拜上，四月二十日

五七

無礙翁侍史：

前數日甚凉，初四五以來則大熱，然亦非此不可也。暘雨頗覺應時，歲必大熟。翁扶杖觀耕，亦一樂也。弟寓蘇平平，兹寄去痧藥等，以備施送。適薄暮，不多寫。即頌暑安。

曲園居士拜上，十二日

五八

無礙翁侍史：

頃披手畢，如獲面談。承示以新荷葉置帳中，大妙！此可與紙帳梅花並爲韻人韻事矣。所惠妙餅，甘鬆可口，非尋常公羊賣餅家所有也，謝謝。世兄火候自益縣密，何時赴試金陵？想俟中元以後天氣稍凉也。鄙人老矣，實不足爲導師。附去新刻去年以來古今體詩，此尚未成一卷，待今年所作併入，方成一卷。所以急付手民者，因輓彭剛直詩去年已刻，連綴前後而附入之，庶此板不致散失耳。又新作《勝游圖》一紙，附小張一。聊供一笑，鄙人之老而廢學，具見於此矣。手此布復，敬頌暑安，并賢郎元祉。

曲園居士拜上，七月三日

疫氣大盛，吴下亦然。敝處求藥者踵於門，分散既多，無從一一問訊，究不知盡效否。寄去數種，以備施送，各有招紙，覽之自悉。惟其中有感應丹及急救喉症散，此兩樣，一以膏藥封置臍穴，一以膏藥粘貼喉嚨，此二者實不可入口也。尚求慎之。在吾翁自無不慎，恐家人輩倉卒檢付，有失交代耳。吴又樂大令眷屬已回，却未相見。日前其公館失火，幸未全燼，什物不無損失。然聞是同居蔣姓者居多，吴氏尚無大損也。鄙人未見吴世兄，實亦未得其詳。然聞其家仍居此，則無大損可知矣。因詢并及。曲園再頓。

五九

無礙翁侍右：

得手書，并世兄課作，每篇皆有作意，筆路迴不猶人，場中如遇識者，當可以偏師制勝也，賀賀。又承賜令姪女手繡茗壺窩，舉家傳觀，無不歡喜讚歎，真針神也。但竟安放茗壺，恐水迹沾濡，大爲可惜，只好什襲藏之，永爲珍玩而已。《彭剛直奏議》八卷、《詩集》八卷，均在吴下開雕，并擬搜羅其尺牘等類而刻之，未知得否。刻成當以一部奉贈。此時稿本須留讎校，未能借閲也。手此覆謝,敬頌道安。世兄文附繳。

曲園拜上,七月十七

六〇[一]

無礙翁侍史:

讀七月既望手書,知世兄已赴試金陵,及鋒而試,正在斯時,花南先生詩刻適於今年復出,殆即世兄秋風高捷、遠繩祖武之徵,五世其昌,可驗於兹矣。承示夏間節飲食,以免痢瘧,至哉斯言。胡慶餘堂藥料似遜於前,夏秋間所患,痧癥居多,上海鹿芝館白痧散極驗,每洋錢一枚可買三十餘瓶,敝處每年必購廿餘洋錢,以備分送也。蓋近來醫術不精,延醫服藥,往往反致誤事,而見成丸散,則其方傳自古人,轉多可恃,廣東者尤佳也。手此,布頌暑安,伏惟珍攝,不一一。

愚弟俞樾頓首,七月廿一日

[一] 本札爲私人藏品,个厂兄見示。

六一

無礙翁侍史：

昨得手書，并惠我杏餅，甚鬆脆甘美，謝謝。江南題已由電局傳來，鈔奉清覽。世兄想必得手。弟自廿三日感冒起，觸發肝胃疾，至今未能出房，甚委頓也。此頌頤安。

曲園拜上，八月十日

六二

無礙翁侍史：

世兄試畢，計已旋里，元作必得意也，深以爲念。弟一病月餘，今已全愈，而未復元。病中成擬墨五首，附去二本，聊博一笑。手肅，敬頌頤安，世兄元祉。

曲園居士拜上，重九

六三

無礙翁侍史：

承手書，并惠香圓及妙餅，謝謝。僕嘗謂，貴處城隍廟中之餅，遠勝虹口天主堂之餅也。弟病全愈，精力亦如常。雖守廢醫之論，而滋補之品實亦日日服之，以慰家人輩挽留之意也。遠煩存注，感佩良深。外附去擬墨四册，乞照入。近來續刻零種，俟成再奉。手此，敬頌道安。

曲園居士拜上，十月十八日

六四

無礙翁侍右：

前承賜妙餅、香圓，即肅謝函，定照入矣。兹有新刻《東海投桃集》，附塵雅鑒。即頌吟祺。

愚弟俞樾頓首，十月二十八日

六五

無礙翁侍史：

歲華暮矣，意興索然。乃讀來書，田園之興，亦似少衰，何也？承惠廟餅、菜甲均佳，愧説餅之無才，幸齩根之有味，拜領，謝謝。今年讀《袁隨園日記》，言酒花餅之佳。吴下亦有之，今寄呈六十枚，請嘗其旨否。附呈福橘，即乞哂存，聊以伴函，非以爲報也。手肅，敬頌吟安，順賀年禧百益，世兄均此。

愚弟俞樾頓首，臘月十八日

六六[一]

無礙翁侍史：

春色三分，台候萬福，定如所頌。弟於二月十日自蘇動身，親送小孫赴滬，俟其展輪北上，即由滬而杭，恐須四月初返吴下矣。《彭剛直奏議》刷印裝釘未齊，一時未克寄奉，先將拙詩一卷寄覽。手此，布頌潭安。

愚弟俞樾頓首，二月初八日

此行仍不免借用小輪，以期捷速，知不免爲高人所笑也。

[一] 本札爲青島中藝二〇一六年五週年藝術品拍賣會「魚雁留痕——信札手稿專場」第〇二三三號拍品。

六七

無礙翁侍史：

前在西湖，由蘇寓寄到惠書，知正賦田園雜興之詩，想杖履益矍鑠矣。弟於初三日始還吴下寓廬，在杭碌碌，甫還蘇，亦碌碌，修復遲遲，勿罪勿罪。承詢刻字之價，兹寄上新刻《彭剛直公奏稿》《詩稿》各八卷，又拙詩第十三卷，均請察收。其刻價即開列於後，然恐不能以蘇城之價爲青浦之價，且恐不能以弟一家之價爲蘇城刻書之例價也。裁度爲幸，復頌道安。

曲園居士拜上，四月十一日

《彭奏議》《詩稿》梨版，大字每百字一百四十文。

拙詩白版，小字每百字一百文。均連版片、寫工在内。

六八

無礙翁侍史：

接手書，知杖履安綏爲慰。前開刻價，固云不能以敝處一家之價爲蘇城之例價，恐白版小字，至少亦需一箇一毫，刻字一百，刻資實當一百一十。然欲彼到青刻書，恐亦未必肯耳。如日内有手民來寓，當與商量。手此，復頌大安。

曲園居士拜上，四月二十一日

六九

無礙翁侍史：

接手書，知刻價已在青邑本地言明，甚善。吴下手民，亦斷不肯遠來承辦也。此集既非重刻，不過修補完全，似乎無須製序。《彭剛直奏稿》《詩稿》乃敝處代舍親刊刻，即代之分送，斷不能代之銷售。原來洋蚨四枚仍繳，請察收。聞上海已有排印本，如有欲觀者，購買極便也。手此，復頌道安。

曲園居士拜上，四月廿八日

七〇

無礙翁侍史：

得手書，知道氣日充，宿疴盡失，大慰。《彭剛直集》已將書籍版片悉數託瓜洲吴總戎運回楚中，以了經手之事。敝處尚留數十部，除自留一二外，送完即了。兹再奉一部，乞查入。《蘭泉先生集》大可不序，其《金石萃編》版亦是亂後修補完全，未見有人作序也。鄙人日益衰老，四月初自杭還蘇，五月初始出門一拜客，而又感冒，至今未愈，遠不如杖履之優游也。手此，敬問起居。

曲園拜上，五月十二日

七一[一]

無礙翁侍史：

辱手書，知田園雜興有加，望之如神仙中人也。見惠廟餅，甚妙，謝謝。暑月不無時症，敝處各藥，均配齊送上，各有單子，請照單施送可也。手此，敬頌道安，并問世兄文吉。

曲園拜上

七二[二]

無礙翁侍史：

[一]《文藝雜誌》一九一四年第一二期收録本札，作第七三通，今據内容調整其次。

[二] 本札爲浙江大地二〇一四年秋季拍賣會「清芬在手　佛教類及同一上款　同一藏家專場」第〇四二七號拍品。《文藝雜誌》一九一四年第一二期收録本札，作第七一通，今據内容調整其次。

前得手書，并惠廟餅，即布謝牋，定塵青照。暑令需用藥餌，寄上一匣，内中各種，均有單子，照單分送可也。鄙人今歲在杭，有日記一册，杭友取付石印，謹以四本呈閲，此不足言著述也。手此，敬頌暑安。

曲園居士拜上，六月十六

七三

無礙翁侍史：

前得妙餅之惠，即肅謝函，仍待各餌種藥未齊，是以置之未寄。及藥餌齊，又另寫一函，而恍惚記得惠餅已發謝函，遂云前已函謝，其實此函尚在案頭，數日後始檢得之。乃歎老而健忘，一至於此，致煩向局中詢探，殊增不安。今特將前函寄覽，以謝疏忽之咎。承惠寄《春融集》，感感。惟此集向亦曾見之，但未細讀耳，見在剞劂未成，或有須查核之處，似無須留在敝處，仍繳還鄴架，俟新書出，求賜一部，則甚感耳。尊意欲將年譜移前，此無不可。康熙間歙汪氏刻《白香山長慶集》，嘉慶間江西刻《歐陽公集》，其《年譜》無不在前者。宋時吴興施元之注

《東坡詩》，其子宿爲作《年譜》，嘉泰間鏤板行世，其後流傳之本不多。本朝宋商邱撫吳時購求得之，乃重爲刻版，即世所傳施注蘇詩是也，而《年譜》亦在前，則必宋嘉泰舊刻固然矣。書之以決尊疑。手肅，即頌暑安。

曲園居士拜上，六月廿五日

七四

無礙翁侍史：

承手書，并賜《西亭集》，誠海内罕見之祕笈也。《春融堂集》必欲鄙人一序，重違來命，謹撰成呈教。前示水中應置諸物，具見關垂，已照辦矣。舍間茶水，取之天雨，粥飯菜蔬則用家中井水，較外間稍好。手此，布頌暑安。

曲園拜上，閏月七日

七五

無礙翁侍史：

前承索取右台竹箸，今寄呈長短各四雙，又已鑲銀者一雙，如欲鑲，可照此式，如欲得滑澤，用木賊草打磨之。手此，敬頌秋祺。

曲園拜上，七月五日

七六

無礙翁侍史：

得手書，并惠妙餅，謝謝。大著一篇，簡要不支，知於此事固老斵手也。略易數字點金，仍希酌定。藥物一包，以備分施。手此，復頌秋祺，世兄均此。

曲園拜上，七月拾六日

七七

無礙翁侍史：

昨拜妙餅之惠，即復一函，繳還大作，附藥物一包，定照入矣。偶於故紙堆中檢出去年所惠書，并紙數幅，乃索鄙人書者，竟爾遺忘，疏忽之至。即書一楹聯及兩小幅奉寄。讀原書，知紙尚不止此，已有遺失，容再檢尋。手此，敬頌道安。

曲園拜上，白露節

七八

友筠仁兄大人閣下：

頃接手書，知興居佳勝，并知小春既望爲世兄合巹良辰。弟計還蘇在初十外，彼時寄函，斷乎不及，因於山館中賓朋絡繹、筆墨紛紜時手書楹帖一聯以誌賀，稍盡微忱，幸乞鑒存勿哂爲幸。手此，布賀大喜，即頌潭安，并賀世兄燕喜。

愚弟俞樾頓首，廿九日

七九

無礙翁侍史：

得手書，知偶感寒疾，近想勿藥矣。朔風多厲，善自珍衛爲幸。世兄劍氣珠光，已自呈露，轉瞬癸巳慶科，必賦鹿鳴，幸屬勉之而已。弟近已全愈，但懶出門耳。手此布復，即頌道安，世兄均此。

曲園居士拜上，十一月十五日

八〇

友筠仁兄大人吟席：

頃奉手書，并賜以喜筵珍果，蘭閨妙製，一家婦子歡喜奉持，即敬悉祥女入門，家庭增慶，慰愜下忱。弟寓蘇平順，新近又刊成第六卷《尺牘》，第九、第十卷《隨筆》，敬以呈教。前託增益《春融堂》序文，亦貴邑侯之意，以地方官能捐廉助成雅舉，亦可嘉也。手肅布泐，敬頌潭安，統希惠照不宣。端生兄均此。

愚弟俞樾頓首，十一月廿二日

八一[一]

友筠仁兄大人吟席：

接手書，并寄惠妙餅，甚妙，冬菜亦佳。謝謝。即敬悉福隨日永，壽共年長，載欣載頌。慶科已見明文，令郎磨勵以須，摘奪在即矣。屬書大片，率書以應，不足用也。弟老境日深，無狀可述。肅謝，即頌潭祺，世兄元祉。

愚弟俞樾頓首，初八日

[一] 本札見於朔方國際二〇一六年秋季拍賣會「名人信札寫本專場」第〇〇九八號拍品。

八二[一]

無礙翁侍史：

前得手書，知春來佳勝，甚慰。今歲慶科，令郎想又磨勵以須矣。拙刻《九九銷夏録》呈覽，此不足言著述也。又《李烈女詩》一首，則轉似可傳，餘紙分致同人，藉以表揚其人也。僕日内又即有杭州之行。手此布泐，即頌道安。

所需神麯附奉。

曲園居士拜上，二月十一日

[一] 本札爲浙江大地二〇一四年秋季拍賣會「清芬在手　佛教類及同一上款　同一藏家專場」第〇四二八號拍品。

八三

無礙翁侍史：

兩讀惠書，冗未即復，想不罪也。剛直遺詩，集中未見，贗鼎無疑。至後人讀古人詩，往往深求之，而轉非其意。陶公此詩，其本意如何，無從揣度也。所惠大葫蘆極佳，謝謝。但鄙意轉嫌丹漆太華，且截去上半截，雖頗適用，究非全璧。如尊處尚有小者，可否再賜一枚？即小半亦可。不必丹漆，以存本色，如已告罄，可否以其子寄賜，植之園中，甚妙也。鄙人今春赴杭，四旬而返，碌碌無可告述。惟料理得瓊花一事，自謂愜心，今以所刻《瓊英小録》四册奉呈清覽，未識以爲然否。世兄努力下帷，今科必然高捷。如鄙人者，何足以示南鍼？附去題目四道，得暇作之，便中寄示，以決元魁。所需藥物，緘寄一匣，請查收。藥物皆二兒婦緘封，共是幾種，實所未知，各有招紙，照此分送，當可無誤。如續有所寄，再奉呈也。鄙人眠食如恒，寓中亦託芘順平，足以告慰雅注。手肅，復頌道安，并問世兄元祉。

曲園拜上，五月初二日

八四

無礙翁侍史：

接手書，知道履綏和爲慰。承示廟聯，謹爲點金，另紙呈覽，原聯附繳。此復，敬頌台安。暑月過凉，千祈珍攝。

曲園拜上，六月十二日

世兄何日赴金陵耶？

前惠秋葵油，治湯火傷極佳，再賜一小罐，見惠否？

八五

無礙翁侍史：

讀手書，并承賜《春融堂集》，先覩爲快。其由錢明府寄者，尚未收到，不知有否？三伏甚涼，伏維台候佳勝。東坡云：目疾宜如曹參之治民，養之而已。又承寄示平話一種，鄙人却曾閱之，筆墨尚乾淨，惟亦非新出之書，舊固有之，今易其名耳。鄙人極喜看閑書平話，《三國》《水滸》二書卻不甚喜。此外幾於無書不讀，然亦窮矣。去年京師新出《永慶昇平》，頗新奇可喜。今滬上又新出《萬年清》一書，則荒謬之至，日前數曾函請上海道禁之，未知果用吾說否也。尊處舊家，所藏如有世間罕見之小説閑話，假觀一二種更妙。手此，復頌暑安，世兄均此。

曲園拜上，六月望

八六

無礙翁侍右：

昨又得手書，并《春融集》，謹寄上名片一紙，請於陳、金兩君前致達謝忱。前已承見惠，今又得此，亦足矣。縣尊所惠，亦可有可無矣。今年江南典試有文芸閣，計闈墨必有可觀，當遠勝浙江矣。世兄何日赴金陵？手此布復，即頌道安。

曲園拜上，六月廿七日

八七

無礙翁侍史：

得手書，并承惠廟餅甚佳，真妙餅也。又秋葵陳油一罐，謹留以備用。并示我服蘋果、新蓮實之法，具徵每飯不忘之雅意，尤所心感。惟此二物，蘇地皆有之，遠寄不便，萬勿寄賜。葫蘆子種之已遲，雖開花，未知能成實否。尊處如有之，將來寄惠一二枚，更感。但小者弟已多有，如有長尺餘者則大妙也。世兄計日内必赴試金陵，德門積慶，秋風一捷，亦意中事也。弟杭州之行大約在重陽前後，聽賢郎捷音當在西湖，如尊處得報，即飛示爲幸。手肅陳謝，敬頌道安，世兄元祉。

曲園居士拜上，七月十九日

八八[一]

無礙翁侍史：

讀手書，知秋來動静多福。世兄已旋里否？場作必得意也。承示論題一紙，涵詠白文，上章重「有」字，下章重「爲」字，自是不刊之論，斲輪老手，良所深佩。惟以「不與」作「無爲」解，則舜、禹無爲，而堯轉有爲矣，似分量小有未合，不如竟云：舜、禹有而不有，堯爲而無爲，較渾淪無弊，高明以爲何如？鄙意，此兩章竟是一部《金剛經》。上章明解有天下，然「不與」二字則已將「有」字掃去。以《金剛經》文法論之，當云：所謂有天下者，即非有天下，是名有天下也。下章特提一句，云「大哉，堯之爲君」，人人洗耳而聽，不知將説出陶唐氏如何掀天蓋地一番大事業來；乃「惟天爲大，惟堯則之」，止是比況之詞，「民無能名」，亦止形容之語，究竟堯之爲君如何，毫無實在。下節言成功、言文章，似乎有指實矣。然此節文勢大有蹊蹺，吾人從小讀熟，不

[一] 本札「承示論題」至「聊發一噱」一段收入《春在堂尺牘》卷七，题作「与金友筠」。今據《文藝雜誌》一九一四年第一二期收録全札。

覺得耳。上句有「也」字，下句何以無「也」字？聖經必無此參差文法，此中大有妙理。夫子當日蓋仰而望之曰：「巍巍乎，其有成功也。」然究竟所成何功，其功安在，亦竟説不出來。略一停頓，乃曰：「焕乎，其有文章！」成功不可見，見之於文章。文章有何實際，仍歸之於空而已。蓋上句有「也」字，一宕成功，亦化爲煙雲也。《金剛經》云：「所謂一切法，即非一切法，是名一切法。」道理實是如此，非曲園一叟之援儒入墨也。因尊論走筆及之，聊發一噱。有擬墨七篇，俟刻就即寄奉。手此，敬問道安，并賀世兄元祉。

曲園居士拜上，八月廿七日

八九

無礙翁侍史：

前復一箋，妄論闈題，定資一噱。兹寄呈拙擬二本，再博撫掌。昨見奎中丞，知江南於二十日出榜，世兄捷音不遠矣。弟於初七日赴杭，大約有一月句留，十月初旬再返蘇也。手此，敬頌秋祺，并問世兄元祉。

曲園拜上，九月初四日

再，此次擬墨，印一千本助賑，已散訖。又一百本分送交好，所餘無多，故不克多寄。又及。

九〇

友筠仁兄大人閣下：

接手書，承惠冬瓜膏、澮澮花，皆佳品也，謝謝。敬悉起居清吉，杖履延釐，益知蘭茁奇芽，新試含飴之樂，尤深欣賀。弟自十月十六日起連發十二瘧，堅執不藥之説，今雖瘧止，又牽發肝胃宿痾，委頓異常，未能動履，亦未能握管，口授小孫布復。即請道安，世兄均賀。

愚弟俞樾頓首，十三日

九一

無礙翁侍史：

辱手書，并賜以家蔬、廟餅，謝謝。令姪世兄，久於青溪書院中拜讀其文，歎爲儁才。今果見賞宗工，芹香高擷，從此玉昆金友，雙鳳高飛，幸甚羨甚。附去大字魁星象及拙作《四書文》，轉交令姪，聊展賀忱。即此復謝，敬頌春祺。

俞樾頓首，元夕

九二[一]

無礙翁侍史：

接手書，知田園自樂，杖履康娱，真神仙中人也。承以眉公雜著兩本借觀，甚感盛意，閲竟奉還，請察入。樾杭州之行，往返五旬，爲時稍久，得五言絶句五十首，聊以紀游，不足言詩。即刻入拙詩第十五卷中，抽印呈政，藉發一笑。小孫與小孫壻均薦而不中，已於四月廿五日回南。孫、壻堂備，此則可惜也。小孫婦久病，今春加劇，日内料量醫藥，舉室皇然，遠不如在杭

[一] 本札爲長春市金鼎二〇一一秋季拍賣會「書畫聚珍專場」第〇一二九號拍品。

時笑傲湖山之樂也。承惠花子，甚佳，但敝園偪仄，柳陰太濃，栽植亦不得地耳。世兄想努力下帷，以冀秋風高捷，盼企良深。鄙人眠食如常，足以告慰。但家事紛繁，精神衰茶，頗思出家耳，一笑。手肅，布頌道安。

曲園居士俞樾頓首，五月十日

九二[一]

無礙翁侍史：

前接惠函，并妙餅之賜，記曾拜復，定照入矣。樾以盜竊虚名，爲鬼神所禍，家運屯邅。新近又有小孫婦之變，念其賢而不壽，意甚悼之，爲作小傳，附以四詩，徧贈知交。今以一册呈鑒，餘四册或可分致貴吟好也。卑幼之事，片楮寸香，皆不敢領，雖至親致賻，一概璧還，幸鑒此意。手此，布頌道安。

曲園居士功俞樾頓首，六月六日

〔一〕本札爲北京泰和嘉成二〇一四年秋季拍賣會「箋影留痕——影像及名人墨蹟專場」第〇五九五號拍品。

前承索小孫泥金之報，今以此代之，一笑。

九四

無礙翁侍史：

展讀手書，慰諭殷殷，歿存均感。然以翁之不能忘情於女公子，無怪鄙人之不能漠然於亡孫婦也，蓋老年人懷抱等耳。善舉洋二枚繳還，請由尊處隨便寄助。手肅復謝，敬頌暑安。

曲園居士拜白

九五

無礙翁侍史：

昨寄一函，并繳還洋餅二枚，定照入矣。所需藥物，兹寄呈一匣，以備施送。内中小兒回春丹治兒科最妙，各藥皆有單子，請照單檢付，庶不致誤。有霹靂丸，治冷痧最靈，然其性則烈，與純陽正氣丸功用相仿，但較烈耳。附去痢疾二方，亦可備送。手此，敬頌暑安。

曲園居士拜上，二十一日

如藥完，可函知再寄。又有上海可買者，則買之亦便也。

普濟丸

川羌活五兩　廣藿香五兩　粉葛根五兩　升麻五兩　香白芷五兩　防風五兩　紫蘇葉五兩

白芍五兩　麻黄三兩　製半夏二兩　川枝枝二兩　陳皮三兩　雲茯苓三兩　甘草三兩　川穹五兩

右藥曬乾，勿炒，研極細，煉蜜爲丸。每料用練白蜜三斤半，勿減。治痢疾、瘧疾及夏秋各樣時症，初起極靈。敝寓每年配合二三十料施送，極有效。

九六

無礙翁侍史：

讀初二日手書，知世兄十三日赴試金陵，桂枝高折，在此行矣，賀賀。來函言及秋間恐有疫氣，亦見胞與關心，痌瘝在抱。附去丸散藥各種，皆敝寓施送者，請留備分送。世兄至金陵亦可攜帶，同寓及同號人如有小疾亦可送與也。手此，敬頌頤安，并世兄元祉。

愚弟俞樾頓首，七月八日

九七

無礙翁侍史：

南榜發，殊尠熟人。世兄又抱屈，但宜積學以待，不在早晚也。正擬修函，而手書適至，并承惠食物，謝謝。廟餅可稱妙餅，菜亦甚佳，惜零落殘牙，不能齩耳。田園清興，想益優游，無任欣羡。弟因亡孫婦葬事回杭州，住右台山館匝月，今葬事已畢，本月初五日已還蘇寓矣。倭患方殷，杞憂殊切，塵世囂嗷，不知何處是桃源仙境也。翁亦有其地乎？《靈芬館集》，小孫案頭有詩而無文，今以奉假，即希詧入。拙作《毛烈女詩》，詩雖不工，存其詩以存其人，寄呈二紙，即求吟正。又在杭州石印《蘭湄幻墨》，此書緣起詳拙著序中。然字太小，恐非老眼所能觀，且體亦纖巧，未必爲大方所賞也。既已印成，姑呈一部，亦希鑒收。手肅，敬頌頤安，世兄均此。

曲園居士頓首，十月十一日

九八

無礙翁侍史：

接手書，知興居佳暢爲慰。承示田捐議，謀野有獲，可見施行，甚佩甚佩。但減賦之説，恐未易言，且此項借款，分之則少，聚之則巨，不知何年可以給還。以一年計，則生息不過六釐，若以十年、二十年計，則息又甚重也。樾近來心緒惡劣，意興頹唐，無可爲高人長者告。手肅，敬請頤安。

曲園居士樾頓首，十一月初五日

九九[一]

無礙翁侍史：

[一] 本札見於《樸廬藏珍》，第一六至一七頁。中華書局朱兆虎兄見示。

辱手書，並惠寄寒齏兩器，冰壺風味殊佳也。又見示世兄試作《疏證》一卷，詳明而不支蔓，甚屬當行。聞龍學使頗重經學，松郡院試在即，必邀賞識，丁酉科選拔當可必得矣。鄙人新刻《經課續編》四卷，印釘甫成，謹寄呈一部，以備啟發。倭氛益熾，海道多梗，小孫會試不果行矣。但時事至此，未知伊於何底。上相和戎，亦未必有把晤耳。手此布謝，即頌道安。

世兄均此。

曲園居士拜上，二月十四日

一〇〇

無礙翁侍史：

接手書，并以桂子見詒，甚感。敬悉興居佳勝，文郎歲試取列高等，宗師賞其書法，想丁酉拔萃必可操券矣，預賀預賀。樾憂時感事，心緒闌珊，小孫今年不赴會試，樾西湖之游亦遲至此時而未去，擬初十外往彼一行，亦不多句留耳。會試題偶擬一篇，殊不成文，聊博莞爾。手肅布謝，敬頌頤安，世兄均此。

曲園居士樾頓首

一〇一[1]

無礙翁侍史：

接手書，并承惠萬字香爐及香末，均極精美，於梅夏頗宜，感感。尊目係老病，靜養之可矣，不足爲患。弟本短視，而短視不深，今則左目漸覺有花，短視兼花，足徵老態。時事雖和局已定，而後患方殷，誠如尊論。丁、唐均無雙譜中人，然聞令威仙人實未嘗教化鶴而飛入蓬萊島裏矣，然乎？否乎？連日梅雨應時，想可耕種。世兄計仍伏案用功，益習小楷書，丁酉選拔，必首屈一指矣。弟吴下寓居，𤘩叨平順，而膠膠擾擾，殊無清況。新刻《賓萌集》第六卷，名曰《補篇》，附呈清覽，未知有可採之芻否？手肅布謝，即頌暑安。

世兄均此。

曲園居士拜上

[1] 本札爲孔夫子拍賣網第三〇三九三五七六號拍品。个厂兄見示。

一〇二

友筠仁兄大人閣下：

昨讀來書，驚悉尊夫人仙逝，爲之愴然。老年伉儷，能不傷心？賢郎孝思，更難慰藉。然事已至此，無可如何，幸勉託達觀，稍紓哀感，并曲諭賢郎，勿以毀而滅性也。日來眠食何如，瀛眷想必順平，深以爲念。弟因思與亡婦伉儷亦是整四十年，因君新感，觸我舊愁矣。一水遠隔，未能趨叩繐帷，初擬薄具奠輟之資，因恐戔戔之敬，未必便蒙賞收。聞貴處痧症頗多，因以洋錢二圓買白痧藥二匣，寄存尊處施送。此藥用之得當，一瓶藥竟可救一人命，即以此稍資尊夫人冥福，想丹藥活人，或較勝於香花供佛也。弟寓吴尚叨平順，足慰注存。吴下時氣亦重，但願秋高氣爽一掃而空之乃妙。附去擬墨四本，《賓萌集補篇》二本，均請察入。手此布唁，敬頌頤安。千萬珍重，賢郎均此。

愚弟俞樾頓首，七月六日

致金吴瀾（三十四通）〔一〕

一

螺青仁兄姻大人閣下：

聞榮綰首符，適弟抱疴累日，今晨始扶杖而出至外齋，是以有稽走賀。履新擇於何日？再當趨叩也。敝處於黄鸝坊巷開設長春西號，已蒙給示懸挂，頃定於本月二十四日開張。伏求飭差二名，於是日黎明至小號招呼，庶藉德威，以資彈壓，感德無量。外附去先君時文二本，乃弟今歲新刊者。先君文理法清真，頗足備家塾觀摩也。手此，敬頌台安，順賀大喜，再走叩，不

〔一〕以下三十四通手札均輯自《曲園老人書札不分卷》册三，國家圖書館藏。

一一。

姻愚弟期俞樾頓首，二十二日

二

螺青仁兄姻大人閣下：

聞履新在即，再容走賀。頃有敝寓家人言其親戚長邑書辦張維慎求派充漕書，此事想有關係。張姓弟亦不識，據云人甚妥慎，姑爲代陳，統候裁定，勿泥鄙言也。手肅，敬請台安。

姻愚弟期俞樾頓首，八月初九

三

螺青仁兄姻大人閣下：

兹有敝相好徽人吴紹銘，爲汪贊鈖呈控臺端，係爲房産交易細故。其事曲折，弟亦不能盡知，惟吴紹銘實係貿易場中忠厚老實之人，並非串吞人産業者。只須原賣主交出底契，伊自將産價付清，審斷時尚求垂憐良懦，稍加照拂爲荷。手此，敬請勛安，不一。

姻愚弟期俞樾頓首

日内衣服，尚未便，改日再趨候，又及。

四

螺青仁兄姻大人閣下：

日前吴肇熙控方德昌欠款業已清還，謹將吴姓收條呈覽，飭銷案爲荷。手此，敬請升安。

姻愚弟功俞樾頓首，六月初九

五

臚青仁兄姻大人閣下：

日前惠顧，未及趨答爲歉。承屬撰《愔園集序》，已草一篇，録呈雅正。集中錯字似亦不甚多，但卷首宋序第一葉第九行第九字「而」誤作「面」，此則一覽即見，必須改正者也。又第七卷十一葉十七行十三字「柰」字未刻清。校書本如掃落葉，弟悤悤一覽，亦未能悉校耳。前承示印書造紙章程兩本，忘未繳還，今附去，乞照入。《圖書集成》之字誠不宜太小，然亦不宜過大，如過大，則仍須五千餘本，將來收藏與攜帶均不方便也。《申報》館所照之樣亦頗爽目，惟恐書中所有各圖終嫌太小，不甚清楚耳。然每股只一百五十，又可三年交清，在吾輩無力者頗覺相宜。弟亦擬附一股，但滬上無熟識可託之人。有一舍親在彼當差，但因其妻重病，久無信來，心緒可知，未便託之。尊處必有熟人可託，可否爲弟附一股，并望先賜墊付規銀五十兩，其銀八月中必可歸趙，決不有誤。因弟日内適無此款耳。如尊意以爲可，望爲寄付，并以其收據書樣付下爲感。至明歲仍須大衍之數，則爲時寬展，籌措非難，且亦當有可託之人也。手此奉商，敬求示復，即頌升安。數日内當至東路拜客，便道再奉訪也。

姻愚弟功樾頓首，六月廿四日

六

鱸青仁兄姻大人閣下：

前承代付點石齋規銀五十兩，費神之至。今奉上規銀券五十兩，繳還前款，伏乞鑒入，賜復爲荷。手此，敬頌升安。

姻愚弟功俞樾頓首，七月廿五日

再者，前承代購之票係二百十四號，惟是否義記，抑或義記，不甚清楚，便中示悉，以便明年續交也。載請升安。

弟再頓首

七

螺青仁兄姻大人閣下：

頃有徽人江東城與程姓爲醬業事涉訟，弟本不預聞其事，惟從前在徽處館時曾與江東城之父相識。此醬業實江氏祖業，因中間與程姓合股，遂至喧客奪主，啟此爭端。是非曲直，想秦鏡高懸，自有公斷。惟求早日判結，俾安生理，戴德無既矣。瀆冒清嚴，惶切惶切。此頌

台安。

姻愚弟功俞樾頓首，九月初十

八

螺青仁兄姻大人閣下：

弟於廿一日還蘇，病臥床褥，俟病間再趨候琴堂也。《申報》館件已逕由信局寄復。弟意以爲，印照此極小之樣，不如排印此稍大之樣。尊意何如？力疾，布頌勛安。

姻愚弟俞樾頓首

謝函附繳。

承示節略，適案頭冗雜，未及細閱，總須爲自己辨白，而仍與督辦、提調兩不傷觸爲佳。請

與金鱸兄細酌之可也。朱方有理，當可見效。手此拜復，諸件並繳，不盡。

九

鷺青仁兄姻大人閣下：

前日趨送行旌，未得登堂爲悵。比惟允升吉坐，榮晉崇階，遥望花封，定符蕪祝。舍親姚晉卿茂才荷蒙招延蓮幕，兹特令其趨赴，伏乞量材驅策。文墨事非所擅長，并聞。晉卿係弟至親，幸推愛垂情，不煩客氣也。手肅，布請勛安，順賀大喜，統惟惠照不偁。

姻愚弟俞樾頓首

一〇

鷺青仁兄姻大人閣下：

月初承光顧敝廬，有失倒屣，越二日趨詣鷁首，聞已移棹閶門，未及踵詣爲歉。敬惟新歲以來，政體咸宜，循聲卓起，鶯遷在即，鶴望良殷。弟於正月廿五買舟還浙，繞道德清而至杭州，聞劉學使於二月中旬按試湖州，弟送小孫應試，試畢再還蘇也。少渠想尚在滬上，弟屢向上游言及，未知如何。兹乘姚晉卿到館之便，敬請台安，恖恖不盡。

姻愚弟俞樾頓首

二

螺青仁兄姻大人閣下：

前肅一函，交舍親姚晉卿帶呈。因其遲遲未行，故至今尚在其行篋也。弟西湖之行於二月十六日還蘇，劉學使尚無出棚日期，如其病即有起色，則三月中可按臨貴郡，而苕上次之。如其病不愈，則杳無期日也。昨見《申報》催交《圖書集成》股份，其事似可有成。尊處想必須續付。弟意欲仍附尊便，求墊付規銀五十兩，掣還收票，寄交敝處。弟之股號乃二百十四號，義記名下，敬以奉聞。其銀俟後寄趙臺端，瀆費清神，無任感荷。手此，敬請台安，并希惠復爲盼。

姻愚弟俞樾頓首，二月廿一

一二

螺青仁兄姻大人閣下：

前日旌旆晉省，辱承枉顧，是日因小有不適，未克親趨鷁首，殊歉於懷。蒙交下點石收單，知此款已由台端墊付，容即措繳。《圖書集成》未知已排印幾何？尊處既倩人往看，想其事可望有成也。劉叔濤學使廿六取齊湖郡，即於其日起馬。弟廿五日自蘇赴湖送小孫應考，四月望後可整歸帆。手肅，布請台安，瑣瀆清神，并謝不盡。

姻愚弟俞樾頓首，三月廿四日

一三

鷺青仁兄姻大人閣下：

前在吴下布復寸箋，定塵記室。比惟勛望清崇，循聲卓著，定如所頌。弟苕上之行已返棹金閶，湖郡試筆告蕆，小孫得入縣學第一名，殊爲僥倖。小詩一律，聊以志幸，録奉粲正。學使已於十六日起馬按臨貴郡矣。手肅，布頌升安，統惟惠照不宣。

姻愚弟俞樾頓首

外致姚舍親一函，敬求飭致爲感。

一四

螺青仁兄姻大人閣下：

四月望後曾寄一書，附上小詩一首，又致姚舍親一函，未知照入否？尊處所配滑胎丸，少渠曾惠付二服，但據單開每月三服，則需用甚多。兹因小孫婦懷妊已及三月，伏望寄惠十數服爲感。手肅，敬請升安。外附名刺，恭賀節禧，統惟觀察不宣。

姻愚弟俞樾頓首，四月廿八日

一五

螺青仁兄姻大人執事：

昨展華槭，猥以令節剛逢五日，小孫倖博一衿，吉語遥頒，佳章賜和，循誦至再，感怍良增。辰惟薰風阜財，時雨及物，褆躬政績，與夏俱長，定如所頌。承賜滑胎丸，謝謝。少渠言是尊處親合，故敢瀆請。今乃知亦自他處購來，并承賜片往取，但未知須給藥資否？抑或可由尊處總算也？弟寓託芘順平，足紓雅注。少渠尚在滬未歸。聞其與同事不洽，然撫藩尚無芥蒂也。手肅布復，敬請升安，統惟惠照不宣。

姻愚弟俞樾頓首，午日

一六

鷺青仁兄姻大人閣下：

昨得還函，知前呈大衍已荷鑒收，并以小孫秋闈伊邇，錫以卷資，拜嘉之下，莫名感泐。小孫初博一衿，更無妄想，不過既作秀才，則三場辛苦亦分内事耳。少渠許久不見。聞令愛抱病而歸，兒婦輩頻遣人問候，未見輕鬆，但願醫藥有功，即有轉機乃妙。省中局面又復更動，想早已聞之矣。肅謝，敬請勛安，不莊。

姻愚弟俞樾頓首，初二日

一七

鷺青仁兄姻大人閣下：

久疏箋候，遥惟勛名福履，與秋俱高，定如所頌。弟送小孫回浙鄉試，甫於昨晚返棹金閶。浙闈揭曉，聞在十五日，小孫初次觀場，初無妄想也。舍親姚晉卿本擬與弟同至吴門，即行到館，乃其夫人大病幾危，日内稍有轉機，不得不在家照料醫藥，是以到館稍稽，屬弟轉達臺端，想蒙原諒。手肅，敬請台安，統惟惠照不宣。

姻愚弟俞樾頓首，十一日

一八

螺青仁兄姻大人閣下：

久疏牋候，伏惟政體綏和，定如所頌。弟於九月廿二到杭料理小孫榜後事宜，頃由苕霅吴松，迆邐而歸，計到蘇在仲冬之初矣。兹將硃卷敬呈鑒政，并附小詩二律，聊博一笑。另呈硃卷五本，如能於貴相好中代爲分致，更所心感。桐太尊處一卷亦望飭送。叨在姻好，想不嫌瑣瀆也。手肅，敬請升安，統惟惠照不盡。

姻愚弟俞樾頓首，小孫侍叩，十月廿三申江舟次

一九

螺青仁兄姻大人閣下：

頃奉惠書，并承嘉貺，感佩良深。即敬悉政體綏和，禔躬康泰，快如私頌。弟由苕霅吴松

池邐而至滬上，句留旬日。雖酒坐歌場，性所不近，未一闌入，而東西洋人，無不倒屣承迎，亦頗極聞見之瑰琦也。兹於仲冬三日仍還蘇寓。小孫計偕，當在明正矣。手肅布謝，敬頌台安，惟照不宣。

姻愚弟俞樾頓首，十一月十二日

一〇

鷺青仁兄姻大人閣下：

久疏牋候，遥惟爲政宜民，順時納福，琴歌遡聽，鼓舞良殷。弟於端午後四日還蘇，往返十旬，俱叨平順。即於吴門銷夏，西湖之游，須待中秋以後矣。《圖書集成》聞八月中可以出書，但分作六期，不知幾月爲一期，恐全書插架尚遥遥無期也。原領股票似未便掣銷，然則憑何取書？即另有票據，然往返幾處，郵寄亦恐有疏虞，未知點石齋究定有妥善章程否？尊處能遣人一探否？弟處本買一部，去年又爲舍親彭宫保代買二部，共有三部，均已交清第二次股銀，極望早日得書，而遲滯至此，如何如何，想閣下情亦同之也。兹因舍親姚晉卿到館之便，燈下草草泐布，即請勛安，統惟朗照不宣。

姻愚弟俞樾頓首

二

螺青仁兄姻大人閣下：

前日一函定照入矣。今晨走候，未晤爲悵。所託陳金寶事，定蒙派長解徑解通州。惟據湫師母孫文節公夫人來函稱，一到通州，必有留難需索之處。頃與許星翁方伯商量，擬託閣下除備文外另作一函致通州海門廳牧，託其於到日即取保釋放，不致留滯，是所深幸。想方伯必以此意面致臺端，弟亦修函奉瀆，伏求照辦爲荷。手此，敬請台安。

姻愚弟俞樾頓首，閏月十一日

一二二

螺青仁兄姻大人閣下：

前面懇海門案内牽涉之陳金寶，係敝師母孫文節夫人親戚，頃聞其人在押患病，且天時炎熱，可否施恩將此人移至外班房，庶其家屬可以看視，感德非淺。手肅，敬請台安。

姻愚弟俞樾頓首，五月十七日

一二三

螺青仁兄姻大人閣下：

前得復函，知《守湖雜記》承允排印，雖忠節有知，亦當感荷，非獨宋君拜德也。弟因畏酬應，今秋西湖之行竟不果矣，且待明歲春融再去。日前有《和惲太夫人落葉詩》四章，頗似爲衰朽寫照，因索觀者衆，刻以代鈔，附呈，以博一笑。又有《題故人孫蓮叔翦燭談詩圖》一詩，詩固不佳，而孫君一生可見梗概，弟擬假尊處活版排印一百紙分布同人，非欲傳此詩，實欲使人因此詩而知有此人也。瑣瑣奉瀆，惟公亮之。姚舍親前日過蘇，想已到館矣。手肅布懇，敬請勛安。

姻愚弟俞樾頓首，十月十三日

敬再啟者，孫君之孫名祖恩，字澤臣。來此謀館。其人自幼失學，文藝非所長也。據云略通書算，人頗循循謹飭，大約衙門中徵收號件硃墨等類尚可勝任。公居首臺，如能推薦一席，感德無涯。手此，載請升安。

弟樾再頓首

二四

鷺青仁兄姻大人閣下：

節近天中，神馳坐右，敬惟祥凝榴幄，政靜蒲鞭，遥企鶯遷，良深鶴望。弟還浙之行，往返五旬，均叨平順。途次有詩二首，附呈吟正。又《文昌生日歌》一篇，自謂獨得之見，亦呈訂定。

茲有慈谿女子張貞竹，能書盈丈大字，賣字養親。其意可嘉，其字亦有可觀。故代呈二字。手肅，敬請勛安，順賀午禧，不盡。

姻愚弟俞樾頓首，四月卅日

二五

螺青仁兄姻大人閣下：

頃奉惠函，并承賜張女潤筆洋蚨十圓，具見推愛之深。交其祗領，同深感荷，敬謝敬謝。弟此次由杭旋蘇，取道上河，於臨平小泊，釣游舊地，風景全非，大有丁令威化鶴歸來光景。偶得小詩數首，乃門下士張小雲明經即以災之棗梨，殊爲可笑。今附一紙，可同一笑也。再瀆，來示今年似有鶯遷喬木之意。但上之倚畀方隆，下之愛戴彌切，未必竟能如願乎？如果有此舉，周子雲閱文一席可否以告新令尹？此亦過臨平時家表姊八十老人所託也。草草布泐，敬請勛安，統惟惠鑒不宣。

姻愚弟俞樾頓首，初九薄暮

二六

鷺青仁兄姻大人閣下：

頃奉手書，敬悉清對冰壺，春回花縣，琴歌在邇，鼓舞同深。拙詩得大筆親書，賓友傳觀，無不歎美，并拙詩爲之生色矣。手肅布謝，敬請勛安，統惟惠照不宣。

姻愚弟俞樾頓首，初五日

二七

鷺青仁兄姻大人閣下：

弟於三月下旬自浙還蘇，欣聞執事不日榮逮首臺，從此器重上游，聲達朝聽，黄堂在望，快慰良深。俟琴鶴賁臨，再當走賀。兹有瀆者，舍親蔡芸庭爲吴中辦徵收老手，練達老成，人極可恃，用敢專函奉薦，務求推愛，爲留一席。請問之令親家張少渠，亦深悉其人也。手肅布懇，敬請台安，并賀大喜，不盡萬一。

姻愚弟俞樾頓首

二八

螺青仁兄姻大人閣下：

前日蔡芸庭奉訪未晤，曾留一函，定入台覽。伊信中所求，務望憐其老而許之。手此布達，即請勛安。

姻愚弟俞樾頓首，六月廿四

二九

鷺青仁兄姻大人閣下：

拜展還雲，如親光霽，兼聞琴從不日菑吴，吴下鶯花爲之生色矣。賓席久盈，所薦蔡君無從位置，亦事之不可如何者，非執事不推屋烏之愛也。乾餱之惠，恐未敢領，緣去歲於萬小庭兄處已繳還乾脩，未便自亂其例，且反對不住萬小翁也。手肅，復請台安，餘容面敘，不盡。

姻愚弟俞樾頓首

三〇

螺青仁兄姻大人閣下：

弟已還寓，遲日再當趨候。兹聞上海邵觀察之太夫人於本月内慶六十生日，是否六旬正壽？的係何日？尊處必有確聞，示知爲佩。手此，敬頌台安。

姻愚弟俞樾頓首

三一

螺青仁兄姻大人閣下：

昨承交到琴西敝同年書，兹有復函，乞飭寄江陰學使署中轉交。此書雖復琴西，實復漱蘭，望即從速寄達，免其盼望也。弟回蘇大病，今日始能起坐。力疾布託，即頌升安。

姻愚弟俞樾頓首，十二月二十一日

三二

螺青仁兄姻大人閣下：

久疏箋候，深切馳忱，敬惟春滿花封，恩承楓陛，飛雙鳧而鶯遷志喜，超五馬而豸繡騰輝。引睇遥企琴堂，良殷鼓舞。是月之吉，又逢尊夫人設帨良辰，梁案眉齊，謝階玉立，吉輝在望，引睇爲歡。弟因路遠，未克趨祝，手書楹聯表意，伏乞莞存。手肅，敬請勛安，虔祝千春百益。

姻愚弟俞樾頓首

三三

螺青仁兄姻大人閣下：

前日姚晉卿到館，曾託帶上拙詩一本，詩雖陋，而刻頗精，曾鑒入否？比惟政體綏和，禔躬佳勝，定如所頌。弟自浙還蘇，又閱月餘。天寒日短，碌碌鮮暇。昨得舍表弟姚少泉此弟母黨之親，與晉卿同姓不宗。來書，言今年洋賤米貴，卒歲不敷，屬弟薦一漕館。弟思所謂漕館者，不過抽豐之意。弟知交落落，無可吹噓，亦頗不願輕於干求。惟念與閣下素相契合，又叨附葭末，未知可許稍分廉潤，以拯儒酸否？恃愛瀆陳，恕其冒昧，如蒙惠允，并望於信局停班前擲付，庶可寄到浙西也。手肅布肊，敬請台安，不莊。

姻愚弟俞樾頓首，廿九日

三四

前閲省抄，今又得大訃，驚悉尊公遽歸道山，悽惋累日。然念尊公一生，文學政事，不愧循吏傳中人，年近古稀，全歸無憾，尚祈兄等援禮節哀，以肩大事。弟以蘇常之隔，未及親叩靈前，手書聯語，聊以達意。肅此布唁，即頌素安。

姻弟俞樾頓首

致金武祥（三通）

一[一]

頃奉手書，并賜《粟香室叢書》及《粟香隨筆》全帙，誦清詠駿，見家學之淵源；考獻徵文，示詞林之根柢。馬氏《瑣記》一卷，有裨經義；《江上孤忠》諸録，足補史闕。末附《江陰藝文》《赤溪雜志》，皆自著書也。《楚辭章句》終《九思》之篇；《玉臺新詠》存孝穆之作，古人固有此例矣。案頭得此，亦一偉觀，百朋之賜，殆未足喻。惟來書於鄙人推許過深，則非所望也。僕於經學全無師法，於詩文亦未克成家，徒以不知妄作，歲久益多，流播人間，旁及海外，遂致盜

[一] 此札輯自《春在堂尺牘》卷七，題作「與金淮生」。

竊虛名，爲鬼神所禍。老運屯邅，家門凋落，亟思謝去虛名，稍自懺悔。東坡所謂「過實之名，畏之如虎」，而足下又過爲揄揚，殊非鄙意。近作《亡孫婦傳》一篇，附詩四首，徧贈知交，謹以寄呈左右，覽之可知近懷矣。

二〔一〕

淮生仁兄大人吟席：

久隔芳塵，忽承雅教，更披瑶集，頓滌煩襟。率題一章，聊副來命。弟犬馬之齒，計閏八十，精神衰茶，學術荒蕪，不爲時棄，感荷注存，肅謝。敬請吟安，兼頌春祺，不盡萬一。

愚弟俞樾頓首

〔一〕此札輯自北京瀚海拍賣有限公司二〇〇四年十一月第一八二四號拍品。

三[一]

湝生仁兄大人閣下：

昨承惠顧，失迎爲歉。弟自二月廿二日送客一揖，閃腰挫氣，病臥經月。至今眠食如常，而腰腳軟弱，頭目昏花，竟不能出房一步也。大著刻本謹存，鈔本奉繳，已拜讀一過，率題六絶句，聊副來意，即希雅正。附去拙詩二十卷，又拙刻時文兩本，均與詩注有涉，故以奉呈，并求鑒定。手肅，敬請著安。

愚弟俞樾頓首，端六日力疾書

〔一〕此札輯自《上海圖書館藏歷代手稿精品選刊·俞曲園手札》，第二四三至二四四頁。

致金詠榴（三通）[一]

一

端生仁弟足下：

前屬撰《春融堂集序》，兹擬增益數句，另紙録上，乞照此增入爲荷。此頌文安，并候侍福。

曲園拜上，十一月初六日

會有閑款，言於邑侯錢怡甫大令，鳩剞劂之工而從事焉。此下加數句。

怡甫大令念先生爲其五世祖文端公門下之門生，而又與籜石侍郎同官十數年，時相唱和，

[一] 以下三札輯自《文藝雜誌》一九一四年第一二期。

有累世通家之誼，乃又捐廉俸以助其成。下仍接「缺者補之」云云。

此固先生之珠光劍氣，自不可掩，而諸君抱殘守缺之功。以下加數語。

與怡甫大令篤念故家、興廢舉墜之雅意，亦有不可没者矣。下仍接「先生之書」云云。

一一〔一〕

端生世兄大孝：

久不得尊大人書，正以爲念，欲俟拙刻《雜文》第五編八卷印釘齊全再作函奉寄，不料今日接令叔來書，驚悉尊大人已於本月十三日仙逝，痛哉！十〔交〕（載）神交，未謀一面，今秋得手書，知精力稍衰，猶以甫越六旬，尚可調理復原，不意遽作古人也。病中猶以桂實、寒虀寄惠，可感之至。明春相見之願，竟不克副，爲之泫然。世兄連丁大故，哀痛可知，然大事仔肩，先型負荷，皆在一身，尚祈勉抑哀情，以遂顯揚之大孝，幸甚禱甚。弟遠愧古人，不克躬致束芻，手

〔一〕此札蒙个厂兄見示圖片。

書聯額，希懸之靈前，博重泉一笑。拙著刻成，仍當寄上，藉邀冥鑒也。尊翁稱善一鄉，必多懿行，俟卒哭之後，尚求示我大略，當爲作小傳，以報知己，亦後死者之責也。手此布唁，敬問素履，惟自玉不一一。令叔處不另復，乞爲致候。

世弟俞樾頓首，臘二十一日

三[一]

端生世兄大孝：

客臘寄唁函，并呢幛布聯，未知照入否？想讀禮之餘，百凡清吉爲慰。弟新刻《雜文》第五編八卷，又《重游泮水試草》一篇，寄奉清覽。又詩三帋，亦近作。并請暫置靈前一夕，冀邀冥鑒也。手肅，敬問起居，不一一。

世弟俞樾頓首

[一] 本札「春甲子日」以上爲北京保利二〇一四年春季拍賣會「古籍文獻　名家翰墨」第四一五〇號拍品。

《試草》有餘，隨便分貽朋輩。春甲子日。

此信本於正月十七日交局，因局船遭水，封面損壞，又折回重寄也，故書本有潮濕處。并聞。

致景星（一通）[一]

月汀仁兄世大人閣下：

承又示詩四章，意義深長，詞旨高妙，人患才少，君患才多。鄙人如江郎才盡，不能屬和，愧愧。前呈第二次叠韻四律乃是初稿，句多未安，字亦補綴不堪，今另録呈覽。其前紙付之敬惜字紙可也。又弟去年曾有八律，偏貽吟好，未知曾就正一人方否。記憶不真，故再奉上，鑒人爲幸。手肅，敬請吟安。

世愚弟俞樾頓首

[一] 本札爲北京瀚海二〇〇七年春季拍賣會「中國近現代書畫Ⅱ」專場第〇二五四號拍品。

致蒯德模（一通）[一]

伻來，辱惠書，并賜讀大箸《四書義》，理法清真，格律遒上，猶見先正典型，非時下東塗西抹者比，亦名山一盛業矣。來書以劉蕡不第自謙，然韓昌黎《顔子不貳過論》、白香山《漢高祖斬蛇劍賦》，在當時皆是不第落卷，而至今傳誦。文之傳不傳，豈視名場得失乎？周、吕二君爲閣下徵六十壽言，於龔黄治行敘述頗詳。樾近來遇友朋生日，貧不能具禮，往往以一文爲壽，刻入《春在堂雜文》者，不下數十篇矣。閣下大壽，亦擬獻一小文。乃使者遠來，值鄙人外出，由蘇而杭，由杭而滬，由滬還蘇，則使者已將遄反矣。悤悤，不獲屬稿，當補譔奉寄，亦不過一紙之書，費「春在堂五禽箋」數幅而已，無所謂錦屏十二也。

[一] 此札輯自《春在堂尺牘》卷四，題作「與蒯子範太守」。

致勒方錡（三通）

一[一]

昨席上談及古時金價，因記憶不真，故未詳述。歸而考之《漢食貨志》，曰「黄金重一斤，直錢萬」，是金一兩直錢六百二十五也。按《管子·輕重戊》篇「桓公使人之楚買生鹿，楚生鹿當一而八萬」，當作「楚生鹿一而當八萬」。此八萬，蓋以錢計，言一鹿直八萬錢也。下文云「令中大夫王邑載錢二千萬，求生鹿於楚」，是其證也。又下文云「管子告楚之賈人曰：『子爲我致生鹿二十，賜子金百斤。』」是一鹿直金五斤。以上文證之，則黄金五斤直錢八萬，每金一斤直錢一萬

[一] 此札輯自《春在堂尺牘》卷二，題作「與勒少仲同年」。

六千，蓋金一兩而錢一千也，視漢時金價較貴矣。昔人未見及此，拙箸《諸子平議》始及之。又，古書言黄金，每以金計，高誘注《戰國齊策》曰「二十兩爲一金」，此説是也。趙岐注《孟子·公孫丑》篇曰「古者以一鎰爲一金」，而注《梁惠王》篇曰「二十兩爲鎰」，則一鎰爲一金，仍是二十兩爲一金耳。漢儒説鎰皆與趙氏同，惟《文選注》有「一鎰二十四兩」之説，恐誤衍「四」字，不足爲據。

二〔一〕

前辱手書，并佳墨佳茗之賜，即於病中草草復數行，定達左右矣。嗣又於平齋處交來大著《詞》一本，又屢承寄聲存問，甚感甚感。弟五月下旬在吴中大病，臥牀月餘，至今雖愈，而未復元。《禮》云「五十始衰」，樾今年五十，衰自此始矣。病之初起，起於瘧疾。平齋遣人來問，而寓中閽者是揚州人，其言瘧疾似乎熱癤，故由平齋處訛傳，有弟患外症之説，其實非也。春間

〔一〕 此札輯自《春在堂尺牘》卷三，題作「與勒少仲同年」。

承以宣紙索書，而弟已赴杭，其還也又病，是以竟未及書，而又重之以後命，屬書大字楹帖。伏念拙書至劣，閣下乃深嗜之，「心誠憐，白髮玄」，其信然乎？病後腕弱，小字尚可勉强，大字未能握管。然必有以報命，不敢虚雅意之拳拳也。拙著已刻者六種，謹寄求是正。内有《詞》二卷，於律未諧，聱牙不免，方之大作，是謂小巫，不足辱紫霞翁點定也。

三[一]

少仲仁兄年大人閣下：

今歲正月既望即作閩游，三月之末始由閩還浙，五月之初始由浙還蘇，是以久缺音敬，知愛者必不責其形迹之闊疏也。聞今年仍筦大通局務，持籌仰屋，定益賢勞，餐衛何如？伏惟萬福。世兄近日想所學日進，此自是君家千里駒，一範馳驅，吾輩瞠乎後矣。聞已爲授室，兄已有抱孫之樂否？入都展覲，能否成行，均所深念。弟今夏精力尚可，而案頭叢雜殊甚，問筱舫

[一] 此札輯自《清代名人信稿》第四三九至四四一頁。

兄當知其詳也。鐙下艸之布肊，敬請台安，惟鑒不一。

年愚弟功俞樾頓首

致雷浚（一通）[一]

深之先生尊兄大人閣下：

前奉手示，并賜讀《説文引經例辨》一書，體例秩然，辨論精細，具見經學、小學所得至深。吴中學者，自陳碩父先生後，斷推先生爲巨擘矣。瞻望靈光，無任欽仰。樾比年多病，意境積唐，學問荒落。讀先生書，殊有莫贊一辭之歎。重韋〔違〕來意，伏讀一過，勉綴數言，藉求清誨。手肅，敬請暑安，惟爲道自重，不盡萬一。

俞樾頓首

[一] 本札輯自《説文引經例辨》卷首。

致李濱（二通）

一[一]

手示讀悉，如樾之檮昧，何足議《禮》，乃承不棄，詢及芻蕘，慙媿慙媿。此事《禮》無明文，惟讀《穀梁傳》云：「作主、壞廟有時日，於練焉壞廟。」范寧解曰：「禮，親過高祖則毁其廟，以次而遷，將納新神，故示有所加。」但釋壞廟之義，不言壞廟之時。然《傳》曰「於練焉壞廟」，則是作主、壞廟同時矣。乃楊士勛疏則云：「作主在十三月，壞廟在三年喪終。而《傳》連言之者，此主終入廟，入廟即易檐，以事相繼，故連言之，非謂作主、壞廟同時也。或以爲練而作主

〔一〕此札輯自《春在堂尺牘》卷七，題作「與李古漁明府」。

之時，則易檜改塗……於《傳》文雖順，舊説不然，故不從之，直記異聞耳。」夫如或説，豈不順於《傳》文，而先儒皆不之從，存爲異説，可知自漢至唐，其奉練主入廟，皆在三年喪畢之後，三年内既未入廟，自然仍奉之於寢，於事爲便，於情爲安。輒貢所見，質之達者。

二[一]

承詢《昏禮》醮子，鄙意「醮子於寢」，鄭注《昏義》有明文。《儀禮》賈疏又極明白，但必以不言神位爲證，轉涉於泥耳。其上數言，塙不可易。《昏義》篇云：「納采、問名、納吉、納徵、請期，皆主人筵几於廟。」至父親醮子，不言於廟，則在寢可知。孔、賈皆無異説，近儒胡、黄，輒違鄭義。尊説正之，是也。惟據《荀子》正定醮位，竊有所疑。愚舊説《士昏禮》「夫婦對席」，引《唐禮樂志》爲證。今説「醮子」，請亦證之《唐志》。據《志》言皇太子納妃之儀云：「臨軒醮戒，有司設御座於太極殿阼階上，西向，尚舍設皇太子席位於户牖間，南向。」夫言臨軒醮戒，又言

[一] 此札輯自《春在堂尺牘》卷七，題作「與李古漁別駕」。

於太極殿，則不於太廟可知，唐以前固無在廟之説也。惟御座西向，皇太子位南向，則與《荀子》不同。下文言諸臣之子昏禮，亦云：「父公服坐於東序，西向，子升自西階，進，立於席西，南向，贊者酌酒，北面，授子。」竊以此言之，醮子之位仍與冠禮同。《士冠禮》：冠者南面，賓北面，而冠者之父則在阼階下，直東序西面，如故也。然則昏禮親醮，但無賓耳。子南面，父在阼階，西面，使贊者酌酒，北面，授子，此贊者即當冠禮之賓。冠禮有賓，故使賓北面授酒，昏禮無賓，故使贊者北面授酒耳。父子之位，自當不易。若《荀子》所云「南面而立，北面而跪」，與《孟子》所云「南面而立，北面而朝」相似，乃朝廷之位，非行禮之位也。古制必不如此，希更酌之。

致李超瓊（八通）

一[一]

紫瑚仁兄大人閣下：

自別以來，想花縣騰歡，藤窻獻瑞，年豐人壽，觴舉顔和，逖聽琴歌，良深鼓舞。弟精神衰茶，意興闌珊，無可陳述。惟月内恭逢太夫人八旬晉九大慶，非獨德門之慶，抑亦熙朝之瑞。謹獻楹聯，以秀才一紙之微忱，祝王母千齡之上壽。伏乞莞爾而存之。手肅，敬請侍安，匆匆不盡。

愚弟俞樾頓首，八月三日

[一] 本札輯自上海元貞拍賣有限公司二〇一八年春季藝術品拍賣會「醉墨研香——中國書法楹聯專場」第〇二一四號，个厂兄見示。

二[一]

紫璈仁兄大人閣下：

頃奉手書，知履任陽湖，百廢俱舉，雖荒象已成，然福曜照臨，自必和甘徧野，災而不害，爲貴部民幸也。承賜孫君關約、乾脩，具見久要不忘之意，當轉致之。同深感佩，但素餐可愧，將來或有所驅策，必當令其來前也。弟廿一日挈亡孫婦之柩歸葬杭州，日内俗塵栗栗，心緒可知。草率復謝，即請勛安，統惟惠鑒，倚裝，不一一。

愚弟功俞樾頓首，十九

[一] 本札爲私人藏品，个厂兄見示。

三[一]

紫璈仁兄大人閣下：

數百里之隔，音敬闊疏，頃奉來函，并承頒到孫君乾脯，久要不忘，君子人也。弟八月回杭爲孫婦營葬，往返五旬。内則家境屯邅，外則世運亦復肒硊，因之精神興會日就頽唐。冬寒杜門，仍以書籍自遣而已。偶解得《論語》「有婦人焉」及「瓜祭」兩條，自謂發千古所未發，附聞，一噱。手肅布謝，敬請升安，順賀年禧，惟鑒不宣。

愚弟俞樾頓首

[一] 本札輯自上海元貞拍賣有限公司二〇一八年春季藝術品拍賣會「醉墨研香——中國書法楹聯專場」第〇二一四號，个厂兄見示。

四〔一〕

雪後口占呈政

連朝愁抱鬱難開，更被殘年急景催。天末烏頭風未起，俗謂「黑雲多風，白雲多雨」，故有「烏頭風」「白頭雨」之諺。空中赤腳雪先來。俗以不雨而驟雪爲「赤腳雪」。消除兵氣無奇策，抵禦冬寒有濁醅。且喜客傳讕語好，行看泰運共陽回。有術者言，過冬至後，世運即通泰矣。

五〔二〕

紫璈仁兄大人閣下：

〔一〕此詩箋輯自上海元貞拍賣有限公司二〇一八年春季藝術品拍賣會「醉墨研香——中國書法楹聯專場」第〇二一四號，个厂兄見示。

〔二〕本札輯自上海元貞拍賣有限公司二〇一八年春季藝術品拍賣會「醉墨研香——中國書法楹聯專場」第〇二一四號，个厂兄見示。

拙詩再呈教，并去歲所作及今春在杭開課詩一併奉上，統希照入。此請台安。

愚弟期俞樾頓首

六[一]

紫璈仁兄大人閣下：

久疏趨候，伏惟起居萬福。弟連日爲柳門侍郎所嬲，頗多唱和之作，雖不成詩，未忍便棄，附刻《曲園雜纂·吳中唱和集》之後，敬呈清覽。張子苐兄近有信來否？相隔萬里，頗以爲念。再有瀆者，章式之孝廉鈺，吳中知名士也。書法頗佳，想公亦素聞之。如官場中有屏障等額，大可屬其一寫，既爲錦屏生色，且使寒士亦藉沾河潤，兩得之事也。手肅布泐，敬請台安。

愚弟期俞樾頓首

[一] 本札輯自上海元貞拍賣有限公司二〇一八年春季藝術品拍賣會「醉墨研香——中國書法楹聯專場」第〇二一四號，个厂兄見示。

七[一]

紫璈仁兄大人閣下：

昨承飭役導引，得展季碩之墓，感甚。弟有一詩，録呈青覽，詩雖不工，敘述頗詳，冀不泯其人也。手肅，敬請台安。

愚弟俞樾頓首，初九

八[二]

紫璈仁兄大人閣下：

[一] 本札輯自上海元貞拍賣有限公司二〇一八年春季藝術品拍賣會「醉墨研香——中國書法楹聯專場」第〇二一四號，个厂兄見示。

[二] 本札輯自上海元貞拍賣有限公司二〇一八年春季藝術品拍賣會「醉墨研香——中國書法楹聯專場」第〇二一四號，个厂兄見示。

前承賜《虔共集》，知季碩著述尚有此一卷之存。弟前詩小訛，今改正，刻入拙詩第二十一卷，謹刷一帋，奉呈清覽。餘一帋俟便中致胡燕生觀察書，可附之也。手此，敬請台安。

弟俞樾頓首

致李慈銘（一通）[一]

前承惠顧，尚未趨前，殊歉於懷，然月初必當上謁矣。承招雅集，理當趨赴。但弟自戊寅以來久不赴人嘉招，幾成一例，牢不可破。雖素仰斗山，深願趨陪者，亦不欲破此迂闊之例。繳還大柬，幸之見原。至浴佛日乃先人忌日，然區區辭謝者，則固不徒忌日然也。草草復謝，敬請台安。

蒓客先生大人。

樾拜上

[一] 此札輯自《咸同間名人書札》，國家圖書館藏。

致李瀚章（十七通）

一〔一〕

小荃大公祖年大人閣下：

日前晉謁，得接謙光，載深榮幸。兹有寄少荃前輩書及寄覆曾爵相書，均求加封寄去。寓樓雨坐，惟以筆墨自遣。拙作一首，聊奉一笑。手此，敬請台安，惟鑒不宣。

治年小弟俞樾敬上

〔一〕此札輯自《浙江圖書館藏名人手札選（二）》，第二〇頁。

二〔一〕

小荃大公祖年大人閣下：

揖别武林，瞚又星回歲轉矣。遥惟玉帳高搴，冰壺清對。寫便宜之表，天語温多；張吉利之旗，軍門春滿；引瞻轅戟，莫罄軒犨。令弟少荃相國，想頻有信來。聞正月中即赴任武昌，未知果否？樾度歲吴中，一無佳況，臘鐙如粟，凍筆不花，仍藉故書，以銷短晷。前得書局同人書，知《周官》業已告成，想今年《七經》可畢矣。金陵擬接刊《三國志》，蘇局謀開雕《明史》。吾浙《七經》畢工後，未知刊刻何書，已有定見否？或與金陵、吴門合成全史，或竟將《十三經注疏》刊行，經經緯史，各成巨觀，洵士林之幸也。率爾布及，未知尊意有當否？手肅，敬請台安，虔頌春祺，伏惟惠察不宣。

治年愚小弟俞樾頓首謹上，元旦試筆

〔一〕 此札輯自《浙江圖書館藏名人手札選(二)》，第二三三至二二五頁。

三[一]

元旦手肅一箋，奉賀春祺，定已照入矣。二月初吉，爲太夫人覽揆良辰。洪惟我國家中興伊始，應五百年名世之期，適當太夫人龐褫延洪，届七十載古稀之候，閣下與少荃相公任兼將相，威鎮東南，而哲弟觀察、都轉諸公，又皆鳳舉鴻軒，同佐熙朝景運，門望甲乎海内，歌頌徧乎人間。雖浙水東西，未得安輿戾止，而慈雲一片，覆露無垠。大君子景星福曜所照臨，即太夫人冬日春風所煦被。吾浙士女，瞻拜南陔，天竺燒香，不如軍門獻壽也。樾以小事，句留吴下，不克先期趨赴。歌《白華》三章，爲太夫人壽，輒撰楹帖一聯以獻，詞旨淺薄，不足揄揚萬一，甚媿甚媿。

〔一〕此札輯自《春在堂尺牘》卷二，題作「與李筱泉中丞」。

四〔一〕

筱泉大公祖年大人閣下：

越中之行，于月初返棹。連日霖雨，未克趨奉教言，悵甚。昨得馬穀翁書，言自晉至隋，尚有八百餘卷，不拘何局，剞劂先成，請分刻一二種，以冀早日畢工。此意聞已函達臺端，將來自可通融，此時亦無庸預計也。少荃前輩有信來否？刻史之舉，以爲何如？前所求一節，有無回音？敬求示悉。雨生中丞聞二十日出京，坐輪船南回，未知果否？雪琴侍郎是否尚在吴中？兹有一函，敬求加封遞去爲感。手肅，敬請台安，惟鑒不宣。

治年小弟俞樾頓首

〔一〕此札輯自《浙江圖書館藏名人手札選（二）》，第二一至二二頁。

五[一]

筱荃大公祖年大人閣下：

前奉還雲，具承眷注。昨胡子繼廣文來蘇，述知年嫂夫人仙逝之信。憶夏初奉謁，曾言病體已就平和，何期乍届九秋，遽歸三島？賢者多情，能勿愴懷。伏求上念朝廷倚畀之重，慈闈愛念之深，勉節哀情，順時攝養，是所切禱。旌旆出省，想需稍遲，已定啟行之日否？弟俟大小兒北上後即買棹西湖，大約總在二十邊也。手肅奉慰，敬請台安，伏希亮詧不宣。

治年小弟俞樾頓首上

[一] 此札輯自《浙江圖書館藏名人手札選（二）》，第五五至五六頁。

六〔一〕

筱泉大公祖年大人閣下：

日前得侍清游，甚暢甚幸！啟節之期，想準于十六日？一城遠隔，不及趨送，歉何如之！只好俟來歲春風，再陪游豫矣。命撰湘鄉師壽序，日内因監院校官屬選院課，未及撰擬，亦俟明春呈正，想一時亦非所急也。書局《七經》樣本，業已寫完，當即向吴曉翁處先借《舊唐書》揚州買岑氏版，想不果也。付局接寫。并以奉聞。手肅，敬請勛安，并送吉行，無任依馳。

治年小弟俞樾謹上

世兄已返棹否？一路想俱安吉也。又及。

〔一〕 此札輯自《浙江圖書館藏名人手札選(二)》，第一五至一六頁。

七[一]

筱泉大公祖大人閣下：

西湖一别，瞚又兼旬。想旌麾之所臨逮，即福曜之所照臨。敬想興居，伏惟萬福。命譔湘鄉師相壽言，謹代擬一首呈正。如有未妥之處，即求郢削爲幸。朔風洌洌，湖上先寒。大約出月上旬，仍當買棹還吴下寓廬矣。手肅，敬請勛安，惟鑒不宣。

治年小弟俞樾頓首拜上，十月廿八日

修箋未寄，適奉惠函并治痰方，感甚感甚。令弟少翁前輩書亦謹領到。此復，載請台安。

治年小弟俞樾頓首

蘇臺聞小有蠢動，近日何如？

内有要件，祈即遞至行轅，幸勿遺失爲託。十一月初一日詁經精舍封寄。

[一] 此札輯自《浙江圖書館藏名人手札選（二）》，第一七至一八頁。

八[一]

前得仲冬中浣温州來書，知旌麾所至，浙東山水爲之生色，甚善甚善。近聞又拜恩命，代令弟少荃相公節制全楚。惟幕府於國事家事無異視，故朝廷倚伯氏仲氏如一人，此曠世之遭逢，亦中興之盛事。昔人有東川西川對持虎節者，未足喻此恩榮矣。惟浙人方欣冬日之可親，又送春風而遠去，西湖花柳，當亦爲之黯然。而樾以部下編氓，謬承知遇，猶憶秋風湖舫，半日句留，登傑閣而看雲，步長橋而問水，此番一別，未卜何時再共清游。來歲徙倚湖樓，翹瞻鈴閣，《召南·甘棠》之愛，而重以渭北春樹之思，依依之情，當比壤叟轅童而更切也。節鉞何時過吴？樾明年正月擬附輪船至閩中省視老母，往返約須月餘，未識能于吴中祗候八騶否？少荃前輩聞有經略黔中之命，賢者多勞，自所不免，而偉業豐功，亦因之益遠矣。

〔一〕此札輯自《春在堂尺牘》卷三，題作「與李筱荃中丞」。

九[一]

筱泉大公祖年大人閣下：

客歲知拜兩湖之命，即肅賀函。嗣楊見山大令交到嘉惠食物兩種，又肅謝函，未知均登台覽否？頃聞騶從于十三日自浙首塗，極思于吴門迎謁清塵，藉圖良晤。而樾有閩中省親之行，期于二月底旋吴下寓廬，三月初至西湖精舍。必早去乃得早來，定于初十日赴上海候船，不得留待旌麾，甘棠之思與春樹暮雲而俱永矣。翹瞻節鉞，良用依依。或夏秋之交，滬上有輪船之便，尚擬附之而來，從公鄂渚，再續鬯歡也。手肅，敬請台安，并送行旌，統惟惠詧不宣。

年治愚小弟俞樾頓首上

浙局刻《舊唐書》之舉，台旌行後，想必仍如前議也。鄂局得大君子主持，妙甚矣。又及。

再啟者：去歲曾託致書小荃相國前輩，爲兒子紹萊求一保舉，相國復書，已承許可。嗣得

[一] 此札輯自《浙江圖書館藏名人手札選(二)》，第二六至二七頁。「再啟者」以下輯自《浙江圖書館藏名人手札選(二)》，第三二頁。

相國七月中書，知已于六月底出奏。伏求涖鄂後飭下一查。如已奉準，并求給予鈞札，行知本員，以便赴司注册。感荷玉成，實無既極。兒子紹萊是知府用北河候補同知，求歸先儘班前先用，并加道銜。謹以附陳，伏惟鑒察。

樾謹再啟

外附致相國前輩書，敬求附寄，爲感。

一〇[一]

謹再啟者：去歲曾奉求函致少荃相國，于保案内爲兒子紹萊附列微名，今春又再致名條。想素承關愛逾恒，無不在意。未知此案已入告否？伏求示悉。將來奉準後能給小兒鈞札飭知，尤所深感。樾五月中旬仍還吴寓，如賜書，遞吴中當事轉交，極便也。手此，載請勛安。

弟樾謹再啟

[一] 此札輯自《浙江圖書館藏名人手札選（二）》，第二八頁。

一一〔一〕

筱荃大公祖年大人閣下：

兩奉惠書，備承眷注，感荷良深。入庚伏來，想車前甘雨，扇底仁風，坐鎮從容，興復不淺。黄鶴樓頭，定遠勝金牛湖畔也。樾于五月十九日還吴下寓廬，廿二日即患大病，臥床月餘。至今尚未能出房，每日在房中扶杖而行。《禮》云「五十杖於家」，洵不虚矣。拙刻六種，遇便當寄呈清政。鄂局所刻《國語》及《經典釋文》甚佳，便中寄惠各一部爲感。浙局見刻《通鑑輯覽》，楊石翁云，俟畢工後再刻《唐書》《宋史》。蘇局見刻《明紀》，所派各史，亦俟畢工再刻。而丁雨翁又有津門之行，未知如何？伏思會刻全史之議發自臺端，未知何日觀成，以副嘉惠後學之盛心耳。手肅，敬請台安，惟鑒不宣。

治年愚小弟俞樾頓首謹上

〔一〕 此札輯自《浙江圖書館藏名人手札選（二）》，第二九至三一頁。「謹再啟者」以下輯自《浙江圖書館藏名人手札選（二）》，第三三頁。又收入《春在堂尺牘》卷三（不包括附函的内容），題作「與李筱荃中丞」。今據稿本整理。

外有致樊舍親一函，敬求加封寄咸寧縣，并求轉託咸寧令君專差送去爲感。

謹再啟者：兒子紹萊濫與保案，皆叨大德栽培，莫名感戴！惟前交銜條求保先儘班前。所謂「先儘班」者，河工有此名目，即地方之候補班也。頃都中友人書來，言摺中誤「先儘」爲「儘先」，河工並無儘先專班，將來只可作本班，儘先仍是試用班也。未知果否？俟相國咨到，前已有牘知照。求爲一查。恃愛布陳，幸恕其煩瀆，幸甚。

樾力疾謹再啟[一]

一二[二]

筱荃尊兄大公祖年大人閣下：

頃從何子永中翰交到惠書，發緘爛然，古香四溢，如誦神泉詩，如觀峿臺銘。初疑幕府中必有精于玉箸者，及讀手畢，乃知佳公子所爲。憶前在武林，甫逾幼學，今歲未知妙齡幾許，而

[一] 此札輯自《浙江圖書館藏名人手札選（二）》，第三三頁。

[二] 此札輯自《浙江圖書館藏名人手札選（二）》，第三四至三六頁。又收入《春在堂尺牘》卷三，題作「與李筱荃制府」，文字略有不同。今據原稿整理。

篆體工整乃爾，且皆《説文》正體，無一鄉壁虚造之字，知其致力於洨長書者深也。循誦再三，愛莫能釋。即悉騶從於夏初旋鄂，轄畺靜謐，軍府清閑。看佳兒問字而來，佐慈母含飴之樂。屈指中興名臣，勛名、福澤如公者稀矣。承賜鄂局所刻書四種，皆以善本而精刻之，允足嘉惠來學。樾今年又刻《第一樓叢書》卅卷，《雜文》二卷，《尺牘》三卷，《隨筆》四卷，俟刻成再呈大教。先坿去拙書木刻搨本兩種，字既不工，刻手稱是，不足供公子一笑也。手肅，敬問起居萬福，并頌世兄文吉，統惟雅詧不宣。

治年愚弟俞樾頓首謹上，九月廿有六日

一三〔一〕

筱荃大公祖年大人閣下：

山川修阻，音敬闊疏，勛望日隆，定如肊頌。幼洤六兄，文通武達，未竟厥施，遽歸道山，海

〔一〕此札輯自《浙江圖書館藏名人手札選（二）》，第三七至三九頁。

内咸惜。在閣下鴒原之痛，自不待言，尚祈勉抑悲懷，强自排解，以副聖眷而慰慈懷，幸甚。樾今歲三月間遭先兄之變，馳赴福寧，家兄官福寧知府。奉母而歸。以八十八歲之老親，走一千八百里之長道，水陸兼程，幸叨平順。然望雲之願雖酬，而聽雨之情難遣，不謂與閣下雲泥迥判，而景況略同也。世兄所學，計必日進。今歲應秋試否？鄂局各史，已否開雕？聞新刊諸子書，能寄賜數種否？手肅，敬問起居，并求代叩年伯母太夫人慈福。

治年小弟期俞樾頓首上

一四[一]

筱荃大公祖年大人閣下：

昨由杭州寄到惠書，知前肅寸緘已登台覽，并以先兄見背，慰問拳拳，又承寄賜薛、歐《五代史》各一部。拜登之下，感荷良深。伏念彙刻全史之議，發自台端。浙局兩《唐書》業已刊

[一] 此札輯自《浙江圖書館藏名人手札選（二）》，第四〇至四二頁。

成，從事《宋史》，明歲可望卒業。蘇局遼、金亦將告竣。金陵所未刻者宋、齊、梁、陳、北齊、周書及南北兩史，卷帙不多，次弟開雕，兩三年間亦可蕆事。鄂局已精刻兩《五代史》，請再飭籌經費，踵刻《明史》，以成鉅觀。想公必以爲然也。世兄學養愈深，造就益大，正不必爭一、二年之遲速。今年從縉雲縣經過，搨得阮客洞石刻，雖不盡合六書，而筆意殊勝。未識從前曾得之否，今寄奉一紙，聊備世兄臨摹。手肅布謝，即此敬問起居，惟鑒不宣。

治年小弟期俞樾頓首

一五[一]

筱荃大公祖年大人閣下：

年來碌碌無狀，未敢以寒暄常語輕瀆清嚴，以致有疏牋候。而暮雲春樹之思，無日不在黄鶴樓頭也。辰下敬惟軍府多閑，慈闈有慶并閑。鸞翔鳳翥，喜溢門楣，遥聽之餘，未得其審，而

[一] 此札輯自《浙江圖書館藏名人手札選(二)》，第四三至四七頁。

忭舞之忱，因之彌切矣。前聞公與薛覲唐同年爲姻家，未知近相見否。今歲承其延主蜀中受經書院，雖不能赴，心感之也。弟自去年五月奉老母至吴下寓廬，未敢遠離，雖西湖精舍，不過春秋佳日作兩月句留而已。吴下寓廬，又苦偪仄，今年於馬醫巷西頭買得隙地一區，築屋卅間，其旁餘地，雜蒔花木，以奉版輿。而年來硯入所贏，微嫌未足，不識公能少助我以草堂之資乎？恃愛瀆陳，幸勿罪也。浙局《唐書》已成，《宋史》則明年三、四月可畢。鄂局《明史》何時畢工？將來刻成後，仍求見惠一部爲感。然年來精力日減，學業日退，得之亦恐不能致力於是矣。手肅，敬頌台候，動靜萬福。

治年小弟俞樾頓首

再啟者：日前有成衣朱姓云來尊處服役，未知確否？其人舊常出入敝寓，人尚誠實，技亦尚精，用敢附聞。

樾謹再啟

一六[一]

筱荃大公祖年大人閣下：

頃奉還雲，知前函已登台照。即敬悉旌旗日暖，裘帶風和，迎來九陛恩光，播作兩湖春色，臚歡蔀屋，集慶萱堂，驤首五雲，載欣載忭。弟因故里無家，卜築吴中，暫謀棲息。承分鶴俸，以潤蝸居，發函展誦，赤芾三百，驚喜之情，不啻鄴騎至而寶玦來也。年内正屋可三十楹，已算粗成，衛公子荆以一「苟」字了之。其旁尚有隙地，自南至北十三丈，又自西至東六丈，地陜而曲，如曲尺形，於其中鑿池壘石，小築亭榭，雜蒔花木，即如其形，名曰「曲園」。一曲之士，聊以自娱，無當大方家數也。然土木之工，亦頗不少。初意不過二三百貫青蚨，兹則竟須倍之。若非嘉惠，不獲觀成。將來《曲園記》中，定當銘鐫盛德也。世兄篆法，與年俱進。覲唐同年來鄂相攸，未審即是世兄嘉禮否？覲翁尚在鄂否？抑回蜀度歲乎？見時乞代達拳拳。明年有便，

[一] 此札輯自《浙江圖書館藏名人手札選（二）》，第四八至五二頁。又收入《春在堂尺牘》卷四，題作「與李筱荃制府」，文字略有不同。今據原稿整理。

當以拙刻《全書》託寄覲翁，以報其在津沽時殷勤勸刻之雅意也。手肅奉復，敬問起居，即賀歲喜，并謹叩侍祺，不盡萬一。

治年小弟俞樾頓首

天寒筆凍，劣不成書。又因應敏齋同年招至大雲庵蔬食，悤悤欲往，草率至此，不足世兄一笑也。附筆，并問文福。今年未知英年幾許？并未知其表德何字？便中示知之。又及。

一七[一]

筱荃大公祖大人閣下：

客臘肅謝一箋，定塵青睞。嗣以紙色不便，稽牘久稽，曾託彭雪翁代致拳拳，亦未知其何時過鄂也？兹當節近天中，敬祝恩承日下，遥覘節鉞，神與俱馳。樾二月底赴杭，四月初由滬旋蘇，即於四月十九日移居新屋。苟完苟美，聊以自娱。有《曲園記》一篇，馮竹儒觀察用活字

[一] 此札輯自《浙江圖書館藏名人手札選（二）》，第五三至五四頁。

排印，輒寄呈，以發一笑，亦藉銘大德於弗諼也。手肅，敬頌起居，伏惟愛鑒不宣。

治年小弟俞樾頓首上

致李鴻藻（一通）[一]

前閲邸抄，知恭膺寵命，筦領樞廷。以公才公望之隆，任斯謀斯猷之寄，桓榮稽古，原是帝師，陸贄在朝，斯稱内相，儒臣勛業，自此遠矣。甲辰同年，内有閣下，外有少荃前輩，非皆所謂「天生李晟，以爲社稷」者乎？斯中興之盛事，亦同譜之美談，雖樾之不肖，與有榮施焉。樾僑寓天津，已逾三稔，今秋因二小兒在蘇大病，不得已浮海南旋。適蘇州紫陽書院主講乏人，當事者遂以鄙人承乏，借壇坫之清閑，養山林之枯槁，前塵昔夢，久付飄風。或爲樾誦白香山《聞李尚書拜相因寄賀微之》詩，曰：「憐君不久在通川，知已新提造化權。」樾亦誦香山《渭村退居寄崔侍郎》詩曰：「提攜勞氣力，吹播不飛揚。」千里寄知，以博老同年一笑。

[一] 此札輯自《春在堂尺牘》卷一，題作「與李蘭生同年」。

致李鴻章（二十二通）

一[一]

頃閱邸抄，知承恩命，攝篆兩江。朝廷以節鉞付重臣，東南顧而金湯萬里；幕府以詩書爲韜略，上下江之壁壘一新。不特鍾阜煙雲，有資管鑰，抑且珂鄉父老，都拜旌麾，逖聽之餘，增抃起舞矣。樾僑寓津門，又將三載。今年承崇地山同年延修《天津府志》，而苦無經費，未能設局，不過從故書中鈔撮，終朝伏案，勞而無功。因思金陵爲名勝之區，又得閣下主持其間，未識有一席之地可以位置散材否？近世以浙人而作白下寓公者，惟隨園老人，至今豔稱之。其人

[一] 此札輯自《春在堂尺牘》卷一，題作「與肅毅伯李少荃同年前輩」。

品、其學術，均非樾所心折，然其數十年山林之福，實爲文人所罕有；而非尹文端爲制府，則亦安能有此耶？樾之薄福，固不敢希冀隨園；而閣下勛名，則高出文端萬萬矣。企予之私，率爾布陳，伏惟惠詧。

二〔一〕

紫陽一席，辱承訂定，借講席之清閑，養山林之疏嬾，爲幸多矣。因適有旋浙之行，故未及以一箋陳謝。比來玉梅花下，將交三九，閣下以趙衰之冬日，擁羊祜之輕裘，樂可知也。樾自十月下旬買棹武林，住補帆署中旬有五日。適琴西同年主講杭州之紫陽，不期而遇，彼此歡然，一時遂有「兩紫陽」之目。老前輩聞之，得無詫庚榜之闊乎？見在自杭回蘇，舟窗姓色，頗宜筆硯，手書布謝，不盡萬一。

〔一〕此札輯自《春在堂尺牘》卷一，題作「與李少荃前輩」。

三[一]

正月下浣，接展惠書，猥承獎借之溢詞，彌媿皋比之虚擁。江南三月，草長鶯飛，老前輩順時布化，合三江之黎庶，而以春風披拂之，又以夏屋帡幪之，熙熙焉民氣和頌聲作矣。前聞議舉鄉試，嗣又不果。然令士子得多讀一二年書，人文自當益盛，未始不于大典有光也。樾承乏紫陽，已于三月七日補行二月望課，至本月望課亦即舉行。吴下爲人才淵藪，兵亂以來，不無荒廢，殊尠佳文，未識老前輩甄别正誼，得有績學能文之士否？昌黎有言，「文章豈不貴，經訓乃菑畬」。吾人作秀才時，或侈言時務，或空談心學，二者皆不無流弊，總以經史寔學爲主。省會書院，宜存貯《十三經》《廿四史》及周秦諸子之書，諸生中有篤學嗜古者，許其赴院讀書，師友講習，以求寔學，或亦造就人才之一助乎？興到妄言，老前輩以爲然否？

[一] 此札輯自《春在堂尺牘》卷一，題作「與李少荃同年前輩」。

四[一]

三月中曾布一箋，託松巖中丞官封郵寄，未知已達否？自交庚伏以來，想老前輩牙旂嚴肅，羽扇從容，招來天上薰風，播作人間甘雨，兩江黎庶，拜賜多矣。樾承乏紫陽，倏又半載，如期開課，裨益毫無。自慙絳帳之虚懸，莫副青衿之疑問。所著《群經平議》已刻于浙中，尚未畢工，比來又著《諸子平議》，得二十餘卷矣。章句陋儒，終朝伏案，劉歆謂楊子雲曰：「空自苦，恐後人用覆醬瓿。」每念斯言，時復自笑。樾非不知儒者讀書當務其大者，特以廢棄以來，既不敢妄談經濟以干時，又不欲空言心性以欺世，并不屑雕琢詞章以媚俗，從事樸學，積有歲年，聊賢于無所用心而已，固不直大人先生一笑也。中州捻勢，近日何如？聞海外又起微波，中原蛾賊，尚未掃除，能措意于鱗介乎？小詩二首，興到妄言，勿示他人，幸甚。

[一] 此札輯自《春在堂尺牘》卷一，題作「與李少荃前輩」。

五[一]

正月間得覆書，藻飾有加，甚媿甚媿。嗣聞恭承恩命，節制兩湖；又聞令兄小荃中丞移節三吴，攝臨全楚。蜀龍吴虎，並佐中興；金友玉昆，迭爲交代。歷觀載籍，無此遭逢，洵竹帛之美談，衣冠之盛事。前史所稱，大小馮君、前後夏侯，方此蔑如矣。捻勢近日如何？想旌麾所至，不難指日肅清也。樾承乏紫陽，皆出閣下之賜，遥瞻大樹，深用依依。惟望惠顧寒儒，不以在遠而遺之。曲賜久語、懷刷之恩，區區之心，無任延企。

六[二]

去秋以來，因萍梗浮蹤，遷流不定。而老前輩旌麾所指，亦轉戰靡常，是以久未通候，當不罪其闊疏也。比聞玉帳牙旗，馳驅畿甸，扼黄、運兩河之要，抒紫宸三輔之憂，偉烈豐功，隆隆

[一] 此札輯自《春在堂尺牘》卷一，題作「與李肅毅伯」。

[二] 此札輯自《春在堂尺牘》卷二，題作「與肅毅伯李少荃同年前輩」。

日上，想金甌名氏，不久儲以有待矣。軍書旁午，帷幄賢勞，餐衛奚如？伏惟萬福。樾自乙丑歲承延主紫陽書院，臯比絳帳，忝竊兩年。一從大樹遠移，便覺孤根難託，適馬穀山制府以西湖詁經精舍見訂，遂辭蘇而就浙。且喜令兄小荃中丞移撫是邦，甘棠兩樹，原是同根，初不異躬庇宇下也。今年以講席而兼書局，丁禹生中丞又推屋烏之愛，吴門書局，許挂虚名，筆墨生涯，比往年腴潤，頗擬稍稍積蓄，爲將來入山之計。又拙著各書，已刻者四十八卷，未刻者尚五十餘卷，倘槖中積有五百金，便可盡刻之。然二者恐不可得兼也。寓樓雨坐，寂寥寡懽，拉雜布陳，伏希照察。

七〔一〕

夏間曾肅寸牋，託小荃中丞寄達，未知入照否？頃閲邸抄，知捷書飛奏，優詔褒揚，以枚卜之金甌，作酬庸之鐵券。仰惟德望，允副具瞻。猶憶昔歲金陵，八騶下訪，小舟促膝，情話移

〔一〕此札輯自《春在堂尺牘》卷二，題作「與李少荃揆帥」。

時，深以早出玉堂爲憾。樾率爾言曰：他年以大學士還朝，則仍是本衙門也。三稔未逾，片言果驗，虎符絳節，新試沙堤。于介圭入覲之餘，重蒞芸香舊署，集庶僚之黻佩，瞻使相之威儀。此禮唐人於拜命後三日行之，故劉禹錫詩云：「猶有當時舊冠劍，待公三日拂埃塵。」惜樾跧伏草茅，不獲身逢其盛。然自此甲兵淨洗，吾儕得安耕鑿之常，拜賜多矣。手此布賀，惟爲時自重，不宣。

八[一]

九月廿六日得六月四日書，雅意拳拳，讀之增感。七月廿七日曾肅寸箋，奉賀金甌枚卜之喜，託禹生中丞作寄書郵，未知已達典籤否？比者恭聞玉節小駐金陵，軍府多閑，慈幃伊邇，于劍履趨朝之後，修槃匜適寢之儀。開戲綵之堂，衣披一品；住鳴珂之里，車擁八騶。韓魏公晝錦之榮，方斯蔑如矣，不勝欣羨之至。樾寓居湖上，仍以圖籍自娱，明歲承令兄筱泉中丞推愛，

[一] 此札輯自《春在堂尺牘》卷二，題作「與李少荃參知」。

一枝之借，仍許蟬聯，精舍數楹，聊以藏拙，借湖山之勝地，養蒲柳之衰姿，餔啜如常，足慰存注。仲冬中浣，擬還蘇寓，以後書札，仍託吴中當事諸公爲便。前者惠書，郵筒徑遞，鄙人江湖蹤跡，本是萍蓬，驛使一枝，無從持贈，以致日月久稽。白香山詩云：「何意使人猶識我，就田來送相公書。」戲爲相公誦之，以博一笑。

九〔一〕

前得手書，知玉節金符，聯翩西上，想韋臯所至，蜀道難化爲蜀道易矣。但長路迢遥，未識何時返旆武昌？西望旌麾，勞勞曷已。樾自六月初回吴下，以事久留，見在定于九月下浣買棹武林。于吴中爲雁户，于浙中爲雁臣，往來僕僕，可一笑也。兒子紹萊，材輕年幼，寸效豪無。在鄙人懷舐犢之私，都忘冒昧，乃大賢推屋烏之愛，曲予成全，猥以凡庸，濫邀奬敘，既感且慚。謹奉書陳謝，不盡萬一。

〔一〕 此札輯自《春在堂尺牘》卷三，題作「與李少荃相國」。

一〇[一]

前月得復書，知敏齋同年攜致一函已登記室矣。南中自庚伏以來炎歊特甚，未知津門何似。想諸葛君綸巾羽扇，自與下士蟣蝨不同也。聞於西沽新築一城，鐵關銅廓，扼要襟喉，洵足壯日畿而控月窟，較李贊皇之築禦侮城、柔遠城，規模當遠過之矣。從此角飛城外，風景一新，惜不克浮海北來，登高而賦之也。樾近狀如恒，畏暑杜門，經月不出。柳州云：「無能常閉閣，偶以靜見名。」殆鄙人之謂乎？惟爲衣食所累，不免癡擁皋比，外則毁譽交乘，内則心力坐秏，甚無謂耳。秋暑猶酷，幸自愛，不盡所懷。

[一] 此札輯自《春在堂尺牘》卷三，題作「與李少荃爵相」。

一一[一]

秋間，敏齋同年自津門南返，交到惠書，備承眷注。即由敏齋述知，來年正月五日，恭值崧生嶽降之辰，運佐中興，算符大衍。届五十服官之歲，而入相已及五年；應五百名世之期，故誕降適逢五日。此乃熙朝之盛事，豈惟同譜之美談。况畿畺之水患初除，知幕府之賢勞尤甚。富鄭公境内，屋廬衣服皆全；鄧仲華車前，斑白垂髫盡樂。以數百萬人帡幪之所託，卜二十四考福報之攸隆，請歌《鴻雁》三章，代《南山有臺》一什矣。樾因道阻且長，不獲躋堂介兕，謹獻楹帖一聯，詞旨淺陋，未足揄揚，伏求惠存，并賜是正。

[一] 此札輯自《春在堂尺牘》卷三，題作「與李少荃伯相」。

一二〔一〕

承惠書，并賜額「德清俞太史著書之廬」九字，䰟力沈厚，結體謹嚴，如對垂紳正笏氣象，從此銀鉤鐵畫，照耀蓬廬，不獨圭蓽之光，抑亦子孫之寶也。又以流覽拙著《春在堂全書》，嘉許殷殷。自惟閉户著書，徒費歲月，得大君子一言以自壯，醬瓿上物，價增十倍，雖奬借之情或過，而慰藉之意良深。伏而誦之，塼塼起舞矣。畿輔仍荒於水，而高原幸尚有秋，福曜所臨，自足迓和甘而消疹癘。然勞來安集，以奠民居，疏瀹決排，以除水害，又費一番經畫矣。昔禹抑洪水，周公兼夷狄，公以一身任之，天生李晟，豈偶然乎？樾吴中消夏，一住四月，紙勞墨瘁，無可言者。重陽後三日，買棹武林，西湖秋色，早又闌珊矣。回憶詁經承乏，於今五年，當事諸公，頗未厭棄，精舍生徒，亦無間言。而杭州一傖父，自恃其老，無理取鬧，肆口謾駡，殊覺咄咄逼人。意者鄙人湖山緣盡乎？今春於壬甫家兄福寧郡齋得先祖手批《四書》一部，雖止爲初學設，而逐章逐節逐句逐字，從白文注文一一擘求，可見老輩人讀書精細，無一字輕易放過，蓋不

〔一〕此札輯自《春在堂尺牘》卷四，題作「與李少荃相國」。

僅八股家指南鍼而已。然其書蠅頭小字，朱墨雜糅，猝不易讀。樾手自寫定，以意聯貫，粗有條理。恩竹樵、應敏齋、杜小舫三君子見而好之，集貲刊刻，已在吳下開雕，不揣冒昧，欲求椽筆題簽，以爲光寵。想表揚耆舊，嘉惠方來，大賢其必許我也。

一三〔一〕

客臘一箋，定照入矣。樾田間伏處，西清故事，久已茫然，竟不知黄閣尊嚴，不當復論玉堂行輩。年來奉致書函，仍稱年侍生，荒謬極矣。昨偶與補帆同年言及，始知之，謹貢寸牋，以贖前咎，想山林疏放者，必蒙海量包涵也。補帆又言，凡致書相國，并不當稱前輩。此説於翰林掌故未見明文，樾竊以爲，朝廷之宰相固尊矣，而本衙門之前輩亦未始不尊，義可竝行，理不相背。若必不稱前輩，轉似乎尊而不親，且何以别於不翰林而宰相者？區區愚見，是否有當，伏候裁示。

〔一〕此札輯自《春在堂尺牘》卷四，題作「與李少荃相國」。

一四〔一〕

得嘉平初七日手書，撫今感舊，略分言情，循誦再三，悵然曷已。雖然，閣下秉國之鈞，陶鎔萬類，春風所至，句萌茁達，豈當與山澤之癯同懷抱哉？兒子紹萊，駑鈍之材，謬承推愛，惟當令其勤慎服官，以冀無負培植。來示又云「敘補可期」，更深感荷。鄙人筆耕謀食，精力日衰，譬之其猶璅蛣乎？蟹如得食，蛣亦可以無飢矣。謹奉書陳謝，計郵筒遞到之時，正歲籥更新之候。伏惟勛名福履，與歲俱增，不盡萬一。

一五〔二〕

情通分隔，意密書稀，瞻望之誠，乃心北嚮。頃聞旌節遠指之罘，洞悉機宜，奠安中外。其出也，郭令公單騎以見回紇；其歸也，葉子高免胄以慰國人。想見謀國之忠，任事之勇，豈獨

〔一〕此札輯自《春在堂尺牘》卷四，題作「與李少荃相國」。
〔二〕此札輯自《春在堂尺牘》卷五，題作「與李少荃伯相」。

當代所希，求之古人，亦所罕覯者也。樾奉母寓吴，杜門無事，幸藉旋乾轉坤之力，海宇靜謐，仍以撰述自娱。近著《曲園雜纂》一書，已成者三十卷矣。蚓竅蠅聲，咿唔一室，視公之龍驤鳳舉，運量八荒，大小之不同蓋如此。

一六〔一〕

新歲得書，知勛猷福履，與歲俱新，遥望黄扉，無任欣慰。并承示知，晉豫奇荒，力籌拯濟，飢黎百萬，賴以安全，仁人之利溥矣。吴江沈𤋮生中堅，好義樂善，出於天性。去歲曾糾同志，集錢萬貫，託其友謝綏之嘉福、李秋亭金鏞、凌麗生淦齎赴豫省，於濟源縣設局拯飢，今歲又續籌二萬以往矣。惟晉省相距較遠，未能兼籌，是以又出己貲白金四千兩，屬樾加函，寄達臺端，或徑解晉省，或託清卿太史買米運晉，悉候尊裁。𤋮生陰行其善，初不求名，并屬勿以微名上達清聽，然樾既爲致書，自不容没其實也。

〔一〕此札輯自《春在堂尺牘》卷五，題作「與李少荃伯相」。

一七[一]

年前曾肅謝函，定塵記室矣。春日載陽，風和氣晼，恭值太夫人八旬設帨之期。斯時也，花濃鳥囀，觴舉顔和，桃三千年自西池獻到，餐十七物從北闕頒來，洵德門之慶，盛世之祥矣。憶從前，太夫人七十慶辰，樾曾獻小文以介大壽，備述閣下稟承慈訓，光輔中興，福緒祥源，方興未艾，迄今又滿十稘矣。閣下緯武經文，隆隆日上，太夫人翔禨集嘏，歲歲長春，此豈鞶帨之詞所能揄揚盛美哉？欲測高深之萬一，姑舉新近之一端。昔富鄭公自言，在青州全活數萬人，勝二十四考中書令。比歲晉豫大無，閣下上承恩命，下軫飢黎，仁粟義漿，待於四境，男錢女布，澤及萬家，遂使晉豫間之赤子都慶再生，以視富鄭公在青州更加百倍。閣下仁風所廣播，即太夫人慈蔭所周流，於以乘壽車而行福塗，豈有量歟？樾因在菲五五中，未敢以詩文爲壽，手肅蕪啟，敬祝太夫人千春，順候起居，不能宣備。

[一] 此札輯自《春在堂尺牘》卷五，題作「與李少荃伯相」。

一八[一]

正月中一牋，託仰蘧觀察郵達，未知已塵記室否？頃聞榮膺丹誥，寵錫紫轀。伏思唐宋以來朝服用紫，向不知其義，及讀王逵《蠡海集》云：「天垣稱紫微，紫乃赤與墨相合而成，水火相交，陰陽相應，而萬物生焉，故爲萬物之主宰。」然則尚紫大有意義。又劉熙《釋名》云：「轀，疆也。」以是言之，紫之爲色，表相臣燮理之功；轀之爲物，重節使封疆之任。上符異數，下副具瞻，海内輿情，同深欽仰。樾山中老矣，衰病益增，遥望黄扉，虔修赤牘，敬問起居，不盡萬一。

一九[二]

頃在西湖寓樓，由蘇寓寄到惠書，并李黼堂同年《耆獻類徵》全帙。此書卷帙之繁富，已足壯我書城。而我公議論之崇閎，尤足破人疑蔀。往年黼堂初創是書時，鄙人亦竊有所疑在。

[一] 此札輯自《春在堂尺牘》卷六，題作「與李少荃相國」。
[二] 此札輯自《春在堂尺牘》卷六，題作「與李少荃爵相」。

黼堂之意以爲，書名「類徵」，舍此更無可分之類。今讀公鈔示寄黼堂書，知於此事討論極精，非鄙見所能及也。因公高論，發我狂言。即以樾論，昔時曾忝玉堂，實則陸天隨之散人，元次山之聱叟耳。使黼堂異日更緝《續編》，必將我列入「詞臣類」矣。江湖而冒禁近之名，後世觀之，得無笑彼其之子之不稱乎？率筆及之，聊發軒渠。

一〇[一]

伏讀來書，承索觀《九九銷夏録》，此書至年底始剞劂告成，謹以一部呈覽。憶昔年侍曾文正公坐，公謂樾曰：「今日江湖好漢畢集於此，君其宋江乎？」樾應曰：「不然，時遷也。」公問故，樾曰：「無他，剽竊之學耳。」今《銷夏録》一書，無一非剽竊而來，真時遷手段矣。閣下覽之，定一笑也。外附《瓊英小録》一卷，雖創論，而自謂確論，未識然否，并求論定。

[一] 此札輯自《春在堂尺牘》卷七，題作「與李少荃伯相」。在稿本中被删去。

一一[一]

拙著《銷夏録》一書，不過逭暑杜門，藉以遣日，豪無足采。乃承不鄙，俯賜覽觀，兼且廣爲蒐羅，彌其罅漏，不特見茹古涵今之夙學，星宿羅胸，抑足徵旋乾轉坤之餘功，指揮如意。此則悦服之餘，尤深贊歎者也。樾所著書，幾及四百卷，流布海内，計左右亦必有之。然章句陋儒，訓詁末學，何足當公一覽。惟有《茶香室叢鈔》《續鈔》《三鈔》，此三種書連目録共八十卷，亦《銷夏録》之類，而隨見隨鈔，疏漏更甚。如鈞軸餘閑，偶然流覽，有所抨正，尤鄙人所幸也。本朝文治昌明，超踰前代，聞上海見在照印《古今圖書集成》，不日可蕆，洵足嘉惠無窮。惟念前明《永樂大典》一書，雖體例未爲盡善，而古籍實賴以倖存，如能照印流傳，亦藝林一盛事。明知此舉良難，然公以閣臣而總商務，故敢爲公言之，當勿笑其狂瞽耳。

[一] 此札輯自《春在堂尺牘》卷七，題作「與李少筌伯相」。

二二[一]

時局艱危，朝廷又倚重長城，郭令公真身繫安危者也。竊惟，今日事勢不早轉圜，中外將皆受其禍，何也？此時津沽一帶洋人與拳匪相持不下，然海外各國，全力注此一隅，拳匪雖衆，終有潰散之一日。洋人長驅直入，進逼京師，宗社震驚，乘輿播越，其事尚忍言乎？此中國之禍也。然在外國，亦未必是福。拳匪雖敗，直隸、山東兩省拳匪可盡乎？非獨此兩省也，各省伏莽之徒，所在皆是，不必拳匪，亦何莫非拳匪乎？中國果有此大禍，分崩離析，潰敗決裂，朝命不行，亂民四起，豪傑之士，奮臂一呼，聞者響應。遇教堂毁教堂，遇教士殺教士，甚而凡通商之地，無不焚燒劫掠，蕩爲白地。洋人雖船堅礮利，不與戰於水而與戰於陸，待其離船稍遠，民團大起，如蜂湧，如蟻附，悉不畏死之徒，冒死而進，死者自死，進者自進，滚舞而入，肉搏而攻，短刀在手，逢人斫人，逢馬斫馬。洋人鎗礮利於遠而不利於近，至此有束手而已。其船雖

[一] 此札輯自《春在堂尺牘》卷七，題作「與李傅相」。天頭處島田翰貼一簽條，謂爲寫字生所書。

布滿海口，譬猶鮫鱷之類，興風播浪，聽其自來自去，而洋人之技窮矣。非但瓜分癡願至此冰銷，即欲長如往日之通商沾其利益，亦不可得，故曰外國亦將受其禍也。上天以好生爲德，吾儒以博愛爲仁，亦何樂乎中外之皆受其禍乎？爲今日計，惟有和解而已。然外國既萬不甘心，拳匪亦勢難歇手，和解之説，竟不可行。竊謂：欲和洋人，須先散拳匪，而欲散拳匪，既不可以兵力制，又不可以空言解，將如此拳匪何哉？曰：拳匪之起，非以通商而起，乃以傳教而起也。外國之傳教於中國有年矣，在朝廷詔旨曰，是勸人爲善也，官府告示亦曰，是勸人爲善也，然而民間固不信也。其入外國之教者，又藉其勢力，把持官府，魚肉閭閻。小民懷疑既深，積憾更甚，遂群起而與教爲讎，致成今日之變。然則欲散拳匪，在不傳教而已。夫外國亦何爲必傳教哉？其意固勸人爲善也，勸之而不從，則亦可廢然而返矣。想彼國之教王，亦必將胥中國之人而屏之不屑教誨之列矣。方今，海外各國所信服者，莫如我公，宜剴切詳明，與各國熟商。自今以往，只通商，不傳教，所有教士，一概(撤)〔撤〕還，所有教堂，悉聽毁去。愚民之憤既平，則拳匪不解而自散。從此和輯邦交，振興商務，中國之財可流通於外國，外國之財亦可流通於中國，既庶且富，娱樂無疆。除通商口岸外，蚩蚩之民皆不與洋人相接，自不與洋人爲難。寰海鏡清，中外禔福，豈不美哉！樾老矣，恃其夙愛，進此瞽言，願明公實圖利之。

春在堂尺牘

貳

（清）俞樾 著

張燕嬰 整理

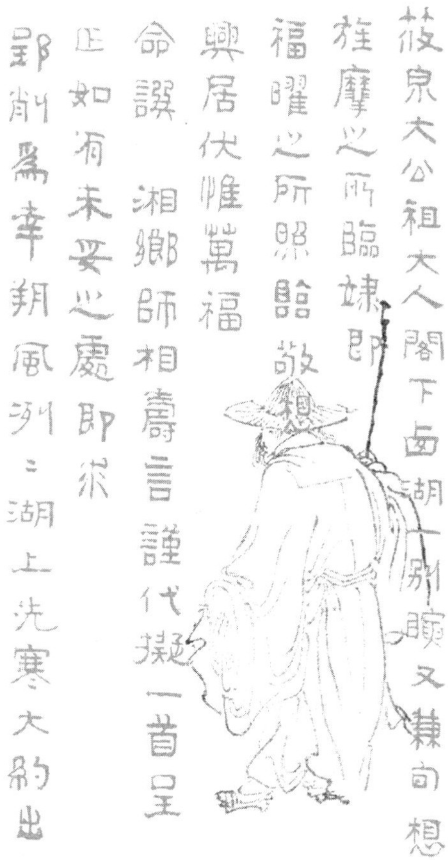
筱泉大公祖大人閣下西湖一別瞬又兼旬想
旌麾之所臨隸即
福曜之所照臨敬想
興居伏惟萬福
命譔 湘鄉師相壽言謹代擬一首呈
正如有未妥之處即求
郢削為幸翔風洲之湖上先寒大約出

鳳凰出版社

致李桓（八通）

一[一]

黼堂尊兄年大人閣下：

昨參訪未值爲悵。歸寓後承賜先集，當敬謹拜讀。大著自壽詩，抒寫胸臆，迥異恒蹊；悼亡詩，情文相生，讀之增伉儷之重。佩服之至。附上紀游詩五十八首，魚目之報，聊博一笑。手肅，敬請台安。

年小弟功俞樾頓首

[一] 本札輯自西泠印社二〇一三年秋季拍賣會「中國書畫古代作品專場」第〇三八〇號拍品。

二〔一〕

馥堂尊兄大人閣下：

西湖精舍，幸識荆州，入城趨答，未值爲悵。庚伏以來，天時凉爽，想嘯傲湖山，優游著述，司馬子長與隨清娱並臻安吉也。弟自回吴下，廌廬消夏，杜門經月，雖辭褦襶之譏，伏案終朝，殊鮮蕭閑之致。前承索觀拙作五十生日詩，頃又刷印得數十紙，聊寄奉一笑。自己巳來又得詩一卷，交手民刊刻，甫竟再當呈教也。手肅，敬請台安，不盡。

年愚弟俞樾頓首

〔一〕本札輯自北京中漢二〇一三年秋季拍賣會「古籍善本」專場第〇八七九號拍品。

二[一]

去歲湖隄講舍，深以臨況爲榮，嗣又辱書，并賜讀先集，具感惠愛之深。修復稽遲，非盡疏嬾，緣私心欲以拙著就正左右，而《全書》印訂需時，直至今年正月始竟厥功。僕即由蘇而滬而杭，又以家兄在福寧郡齋病故，由浙而閩，奉母北歸。舟車跋涉，筆墨倥偬，一紙之書，未遑布復，想知我者必不責此形迹之闊疏也。頃又奉手翰，并示我紀游詩百三十首，題名三紙，《三山歸櫂圖》石刻模本一幅，詩格清嚴，字體雄渾，想見煙霞雲水中，興到揮豪，洵天際真人也。僕從前避地舟山，頻年往返閩浙，於天台、雁蕩、普陀皆有可到之緣，而竟未一蠟游屐，清才清福，兩不如公，輒題七言古體詩一章，悔前事之蹉跎，冀後游之彌補，未知山靈許我否也。

[一] 此札輯自《春在堂尺牘》卷四，題作「與李黼堂中丞」。

四〔一〕

兩得手書，未及一復，不盡由疏嬾之咎，緣案頭筆墨頗亦叢雜。而今年八月又值老母九十正壽，以在國恤之中，乃借七月十二萬壽蟒服之期稱觴一日，雖止一日排當，頗費兼旬料理，故久而不及函也。金風玉露，按候而來，杖履清娱，定如所頌。弟因奉母寓吴，故湖上之游未能盡興，春初小住，只奉陪退省庵主一入山探九溪十八澗之勝而已，秋間必當再往。然須待槐花忙後，否則酬應煩也。江浙書局會刻全史已告成功，浙局見刻子書，蘇局刻《五禮通考》。承示何文安公所刊《宋元學案》原版燬於京寓，俟見江蘇諸當事者當縱臾之。此書自是講學家所必讀，然弟譾陋，實未之見；亦因素研經訓，於此事微分蹊徑也。將來從者重游蘇杭，如行篋中有此書，請借讀之。

〔一〕 此札輯自《春在堂尺牘》卷四，題作「與李黼堂中丞」。

五[一]

讀手書，知女公子曇華一見，良可悼傷。然香山念金鑾子詩，其終歸於理遣，想達人必能同之也。大箸《耆獻類徵目録》，披覽一過，蒐羅宏富，體例精嚴，洵必傳之書也。昨日與文卿中丞書，縱臾其以此書付梓，然時局方窘，未知能料理及此否。弟見聞甚陋，不足裨益高明，甚媿甚媿。惟録中如蔡文恭公新，似宜入《宰輔》，不宜入《儒林》。文襄公福康安既已入《宰輔》，不必更入《將帥》。徐文敬公潮，即花農之六世祖，官至吏部尚書，似宜入《九卿》，不宜入《疆臣》。又所謂「九卿」者，即《明史》之七卿，六部、都察院而益之以通政司、大理寺，然則沈端恪公近思官至左都御史，似宜入《九卿》，不宜入《臺諫》。所謂「臺諫」者，惟科道諸公而已。至於顧亭林、王船山兩先生，國史已入《儒林傳》，似不宜入《隱逸》。陸桴亭先生，近已從祀兩廡，亦宜移入《儒林傳》中。率書所見，惟公裁之。又如「孝友類」中黄洪元，此據《堯峰集》也，而《陸

[一] 此札輯自《春在堂尺牘》卷五，題作「與李黼堂方伯」。

桴亭先生集》中則作「王洪元」。「卓行類」中宋釋之，此據《劉紹攽集》也，而彭端淑《白鶴堂集》中則作「宋石芝」。如此之類，似可附録，以廣異聞。道光中，朱蘭坡先生所輯《國朝古文彙鈔》初、二編，未知案頭有此書否，其中可采者甚多。嘉興錢衎石先生有《徵獻録》，自將相大臣以至儒林文苑，凡八百餘人，此書今當在子密樞部處。又宗湘文太守有《碑傳録》之輯，聞馮竹儒觀察曾借鈔一通，用錢三十萬，其書亦必不少。能以此兩家之書補苴之，當更美備矣。柳門侍讀小有疾，久不見，尊書即送去。弟近日又續成《筆記》四卷付梓，賢者識大，不賢者識小，此之謂也。

六〔一〕

黼堂仁兄年大人閣下：

秋間從者悤悤南還，竟未及以一牋相送。嗣於花農處讀途次大作，以公之惓惓于故人，即

〔一〕本札輯自西泠印社二〇一三年秋季拍賣會「中國書畫古代作品專場」第〇三八〇號拍品。

可知弟與西泠諸子無日不引領南天也。計自還珂里數月矣，諸事已料理楚楚否？令弟佳城曾否卜築？閣下明歲何時來杭？念念。弟於九月廿九到西湖，湖樓山館，兩處句留，至十月十一日始登舟還吴下。詩僧笠雲已于十月九日送入惠堂，初意如東坡故事分韻賦詩，但是日會者不能十六人。弟意，與會諸人各用東坡韻作詩，而請笠公用參寥韻作詩。拙詩先成，録呈雅政，仍請同作，好在不拘十六人數，儘可以多爲貴也。手肅布泐，敬問起居，不盡萬一。

年愚弟俞樾頓首，十月十四日，平望舟中

七〔一〕

讀來書，知外觀雖杜，而内養自充，《説礬》一篇，真盲左以來未有之妙文也。至《明論》第十三篇，即《儀禮》經文兩虚字看出絶大義理，有宋諸大儒均未見及，此可謂善讀書矣。竊就尊説推之，《經》云「爲人後者」，《疏》云：「此文當云『爲人後者爲所後之父』，闕此五字者，以其所

〔一〕此札輯自《春在堂尺牘》卷六，題作「與李黼堂中丞」。

後之父或早卒，今所後其人不定，或後祖父，或後曾、高祖，故闕之，見所後不定故也。」賈公彦此疏，自謂補經文所未及，意義圓足，實則「爲人後者」，《經》文本無父名，何容增益。至所後者，則不必祖父及曾、高祖諸尊屬也。即爲兄弟後、爲兄弟之子後，亦無不可。《公羊傳》曰「爲人後者爲之子」，此語有病，而意則未始不是。蓋以服制言也，雖爲兄子後，而仍以子爲父服之服服之，故曰「爲人後者爲之子」，漢儒語質故耳。大抵名稱是一事，服制又是一事。如以明世宗論，考興獻，伯孝宗，兄武宗，此名稱也；爲武宗持三年之服，此服制也。此議一定，後世或有君薨無世子者，大臣議所立，不必拘拘於倫序之間，任擇賢且長者立之，在故君，無莫爲之後之慮，在新君，無謂他人父之嫌，斬斷無數葛藤矣。子夏傳曰：「同宗則可爲之後。」此亦周公制禮以後之言。若以上古公天下而言，則不必同宗也。堯禪舜，舜即爲堯後也；舜禪禹，禹即爲舜後也。舜、禹爲堯、舜行三年喪，此即持爲人後之服也。舜父瞽瞍而不父堯，禹父伯鯀而不父舜，此正名之義也。自後世私天下之心太重，漢高帝詔曰：「父有天下，傳歸於子，子有天下，尊歸於父。」於是視天下爲囊中私物，非父子不得授受，而議論自此多，事變自此滋矣。尊論一出，洵足掃千秋之浮議，定萬世之大經。不揣鄙陋，以意推闡，幸命侍史詳讀之。

八〔一〕

公在孤山所築芋禪並未摧頽，但西畔之牆，危欲傾圮。弟擬拆低一二尺，而牆外作小廊護之，便無風雨漂摇之患。所費無多，弟忝附芳鄰，自宜力任，且與敝樓亦有益也。至久長之計，未易爲謀。竊謂，佛門重一「無」字，最妙。有所有，即有所累矣。弟初到西湖，一無所有，一無所累；既而有俞樓，即受俞樓累；有右台仙館，即受右台仙館累，究竟一無善策也。去日已多，來日有限，無我即無有矣，無有即無累矣，然則受累或亦不久乎？

〔一〕此札輯自《春在堂尺牘》卷六，題作「其二」，緊接上札。

致李嘉樂（一通）[一]

去夏小孫南回，知在都下曾謁清塵，北闕覲光，東山養望，蒼生霖雨，企仰何窮。祇以衰病疏慵，未克裁牋布達，乃承不棄，遠道書來，大集一函，與書並至，發椷盥誦，則從前未刻之三卷補刻完全，得窺全璧，勝拜百朋。尊意謀再刻分體一集，與此編年者並行，甚善。但以詩多不欲盡刻，而命鄙人爲之斟酌去留。此非特力有不能，抑且理有不可。何者？文章千古事，得失寸心知。凡文類然，而詩尤甚，他文章如傳、記、辨、論之類，事之異同，人得而考正之也，理之是非，人得而駁正之也，此他人所能爲謀者也。至於詩，則其吟弄風月也，固人人同領之風月，而其抒寫性情也，實一人獨具之性情。吾輩之詩，抒寫性情者多，而吟弄風月者少，則非他人所能代謀矣。往往有寂寥短章，他人讀之，嚼蠟無味，而作者於存亡今昔之間，有往復流連之

[一] 此札輯自《春在堂尺牘》卷六，題作「與李憲之方伯」。

意，則一唱三歎，有不能割愛者矣，此非局中人深知甘苦不能爲是言也。使弟一日偶發高興，取年來友朋所贈之詩，以意去取，選爲一集，則大集必亦在所選之中，應選者選，應删者删，妄以筆削之權自任，此亦所謂當仁不讓者。然其成也，止自成爲曲園之一家言，而非復仿潛齋之本來面目矣。鄙見如此，故敢有方尊命，尚乞亮之。

致良揆（一通）[一]

奉和

席卿世仁兄見贈原韻，即正

吾年逾八十，兩鬢已星星。久掷江郎筆，虚談楊子經。客居留鶴市，鄉夢冷烏亭。豈比匡張輩，聲名動漢廷。

平生所學只虚車，辱荷推崇愧不如。舉世風雲新徑路，吾儕寢饋舊圖書。名山大澤今猶昔，雅詠投壺吏亦儒。見説中興求治急，看君天路振簪裾。

曲園俞樾初稿

[一] 本詩札輯自北京瀚海二〇〇八年迎春拍賣會「中國書畫（一）」第〇八〇七號拍品。

致廖世蔭（一通）[一]

越衢大兄姻世大人閣下：

日前得子原松江來書，述知尚書公偶示微疾，遽歸道山，良深驚悼。伏念公官登極品，齒近古稀，中秋佳節，含笑歸真，玉宇瓊樓，神游天上，洵推全福，遺憾豪無。閣下宜勉抑哀情，敬承大事，是所切禱。弟精神衰茶，意興闌珊，歎舊雨之無多，撫殘陽而自念，手書楹聯，副以呢幛，聊寓微忱，伏求鑒納。草此布唁，即請禮安，諸惟珍玉。令弟均此，不另。

姻世愚弟俞樾頓首

[一] 本札輯自《上海圖書館藏歷代手稿精品選刊·俞曲園手札》，第三一三至三一五頁。

致廖壽豐（四通）

一[一]

穀似大公祖姻大人閣下：

闈墨甫出，而拙作擬墨亦已刻成，謹以一册呈政。另四十本，每本賣洋錢一角，將來集有成數，寄上海助賑，刻《申報》爲憑，想公勿責其瑣瀆也。手此，敬請台安。

治姻小弟俞樾頓首，十五日

[一] 此札輯自《浙江圖書館館藏名人手札選（二）》上册，第八六頁。

二〔一〕

昨得浙友來書，知以變通書院章程飭各監院會議，所議云何，吴中未有聞也。方今之世，士子不可不知西學，晉撫變通書院一疏，誠爲當務之急。然驟議變通，頗非容易，竊恐虚被變法之名，而不能實收變法之效。以吾浙論，詁經精舍本不課時文，專課經義，而經義之中，天算等學無所不包，西人新法亦未始不出於此，似乎詁經精舍不必變易舊章，但請官師兩課於照常出題外兼出算法一二題，是亦通經致用之義。此外書院，專課時文，於西法頗難兼習，不知宜如何變通。愚謂：欲士子通曉西學，則江蘇見行之中西學堂其法甚善。挑選年輕聰敏子弟粗通中國文法者取入學堂，使之先學西人語言文字，然後次第授以西學，數年之後，可望有成。若夫書院肄業者，則皆已成之士也，年歲已長，心力難專，就使勉强爲之，亦不過襲其皮毛以爲欺人之具，斷不能入其奥窔而成自得之奇。即詁經諸人，亦必不免此病。方今之世，欲習西

〔一〕此札輯自《春在堂尺牘》卷七，題作「與廖穀士中丞書」。此札在稿本中被删去。

法，宜如晉撫所言：裁減書院經費。杭城中敷文、崇文、紫陽、詁經、學海暨東城講舍，書院凡六，自山長束脩至監院薪水、考生膏火，酌減一二成或二三成，即以節省之費設立中西學堂。少成若性，習慣爲常，久之而中國自多精通西學之士矣。如此則既不失中國舊有之規模，而可以收西學將來之效驗，未識公意以爲然否？然此非鄙人之自爲謀也。弟自承乏詁經，二十九年矣，私心初願，以爲若再忝一年滿三十年，便宜辭退。今變通之際，苟自揣力不能勝，即當引避賢路。所以陳此區區者，乃敬獻芻蕘，以助集思之益，非貪戀棧豆而爲自便之謀，想公亦必鑒之而諒之也。

三〔一〕

久疏箋候，馳想爲勞。見聞假期將滿，計已拜疏銷假，潞國精神與富韓勛業俱高矣。弟今年氣血驟衰，春夏間閃腰挫氣者三次，是以竟未一至杭州。伏念弟主講詁精精舍三十一年矣，

〔一〕此札輯自《春在堂尺牘》卷七，題作「與廖穀士中丞」。

精力衰頽，學業荒落。久思辭退，所以遲遲未決者，實欲爲精舍支撑門面耳。方今大勢所趨，似不必再費螳螂之力，伏望别訂高賢，主持斯席。弟愚不識時，老而求息，想必蒙見憐。秋間腰腳稍健，尚當重來湖上謁清塵，兼收殘局也。

四〔一〕

接展惠書，詁經一席，承雅意縶維。弟本寒儒，筆耕爲活，何敢固辭。惟念方今宏規大啟，功令一新，即治經亦宜别有門徑，斷非章句陋儒、訓詁末學所宜竊據臯比。仍望别訂高賢，主持斯席。從此抱遺經而究始終，鄙人仍守生平之舊；借經術以談世事，諸生别開風氣之新。浙士幸甚，弟亦幸甚！

〔一〕此札輯自《春在堂尺牘》卷七，緊接上札，題作「又」。

致淩霞（二通）[一]

一

子興先生大人閣下：

接手書，并贈佳聯，冰斯之後，筆法在公矣，佩甚。然詞意頗似祝壽，則非知我者也。弟生平不作生日，并諱言壽字。今年八十矣，有詩豫告親朋，先生殆未之見也，謹以一帋寄覽。大集何時刊成？先覩爲快。肅謝，即請頤安。

愚弟俞樾頓首，廿一日

[一] 以下兩札均輯自北京華辰二〇一一年秋季拍賣會「竹韻軒藏中國書畫及古美術文獻專場」第〇一四九號拍品。

二

麈遺先生侍史：

承手書，謹悉。自媿拙筆不稱佳圖，聊以報命，勿嫌污如寒具油也。率復，敬請道安。

愚弟俞樾頓首，十一月十六日

承惠《汪謝城遺詩》，謝謝。

致劉炳照（四通）

一[一]

【上缺】許附印拙著《叢鈔》，感感。計叢、續、三、四等四鈔，共一百十卷，連序目算。每部一千八百八十七頁，裝釘二十四本，用官惟紙未免太昂，擬用重毛太紙，但每部約計已須一元六角矣。敬以奉聞，見在正擬招集股分。方今風雅歇絶，此事殊不易謀，俟开印有期再奉白也。此復，敬頌吟安。

愚弟俞樾頓首，廿七

[一] 本札輯自上海朵雲軒一九九七年春季拍賣會「近代字畫（上）」專場第〇七五號拍品。

再者，拙著《全書》見已無存，尚宜續印。但有難者：去年每部取工料洋十四元，但所用是官惟紙，每三捆印二部，每一捆須洋八元，則一部紙價已十二元矣，尚餘兩元，刷印裝釘實有不敷。然此尚是小事，所難者，刷印之【下缺】

二〔一〕

語石先生吟席：

昨奉手書，敬悉台候萬福。朱公碑文既已定見，謹當即日撰擬，再録呈教。拙刻《叢鈔》承附印十部，洋錢十六元亦已領到。今因有宋澄之孝廉還滬之便，託其帶上，乞查收。至奉贈本擬兩部，奈此番止印三十部，而來購者頗不乏人，恐不敷分派，是以先奉一部，俟將來再印，當續以奉也。又《詩编》兩部，亦請照入，因为寓中無釘好者，乞恕其草草，計滬上裝釘亦不難也。【下缺】

〔一〕 本札輯自上海朵雲軒一九九七年春季拍賣會「近代字畫（上）」專場第〇七五號拍品。

三〔一〕

語石仁兄大人閣下：

頃由莊友交到惠書，并銀券二百兩。敬悉興居佳勝，觴詠优游，良用欣忭。弟病日增，而文字應酬則亦日逐增多，所謂「春蠶到死絲方盡也」。計自《雜文六編》刻成，至今未刻者又七十餘首矣。念陶觀察屬撰其祖墓志銘【下缺】

四〔二〕

語石先生侍右：

〔一〕本札輯自上海朵雲軒一九九七年春季拍賣會「近代字畫（上）」專場第〇七五號拍品。

〔二〕此札輯自《近代名人手札真跡》第九册，第四〇四六至四〇四七頁。

疊奉手書，知前寄書籍及文稿均已入鑒。至承寄聯紙三件、紈扇一柄，並未收到，未知何日所寄，或交信局，或託便人，求查其浮沈何處。如果查到，自當書奉，以副尊屬。「丙舍」二字出鍾太尉帖，所謂「墓田丙舍」者，「丙舍」未知何義，或即就其方位而言也。漏澤園起於宋時，乃是今之義冢，未可以指殯房。至「指歸」二字，未知所出。手肅布復，敬請吟安。

愚弟俞樾頓首，秋分節

致劉秉璋（一通）[一]

前者西湖小住，適逢大旆蒞臨，節署湖樓，兩瞻光霽。一别以後，兩月有餘，艾緑榴紅，又值天中令節，想薰風阜物，時雨宜民，兩浙東西，均在夏屋帡幪之下矣。樾自還蘇寓，宿疾日臻，累月杜門，無狀可述。自惟江湖病叟、章句陋儒，忝主皋比，謬兼書局，局中刊刻書籍，捔得與聞。見在議刻《續三通》，因原書尚須鈔補，未遽開雕，似宜先以他書一二種參之。鄙意，朱竹垞先生《經義考》，實爲六藝之鈐鍵，唐宋以來説經諸家於此可得其梗概。原版聞尚在禾中，殘缺過半，今未知存否？印存之本，日見其少，坊間偶一有之，索價亦昂。此本浙中鄉先輩之書，理宜於浙局重刊，未始非經學之一助。至《二十四史》，業已刊行，浙局新刊李氏《長編》，一時爲之紙貴。當時議并刻李心傳之《建炎以來繫年要録》，因循未果。此書久佚，國朝從《永樂

[一] 此札輯自《春在堂尺牘》卷六，題作「與劉仲良中丞」。

大典》録出，其敘述宋高宗一朝之事，實與《長編》相續，宋室南渡，事在臨安，南宋之史書，即西浙之掌故，此亦宜在浙局刊行者也。浙局所刻子書，外間頗稱善本。此外諸子，駁雜者多，不必一一刊刻。竊謂，諸子之中，其有益民生日用者莫切於醫家，宋元後，諸家師心自用，變更古義，立説愈多，流弊愈甚，宜多刻古本醫書，如《難經》《甲乙經》《巢氏諸病源候論》《聖濟總録》等書，俾學者得以略聞周秦以上之緒言，推求黄炎以來之遺法，或有一二名醫出於世間，於聖朝中和位育之功，未始無小補也。至集部浩如煙海，且或不甚有裨實學，似可緩刊。惟道光中仁和有王君文誥者，曾注《蘇東坡先生詩集》，遠出舊注之上，不特詩中故實略無遺漏，且於坡公一生事蹟考訂詳明，卷首載《年譜》數卷，幾於爲坡公作日記者。樾幼時讀其書，深爲歎服，今原版已燬，印本無存，似宜訪求其書而重刻之，不特讀蘇集者爲之一快，且使王君畢世苦心不致泯滅，亦盛德事也。拉雜布陳，統惟裁察。

致劉恭冕(一通)[一]

叔俛仁兄大人閣下：

去歲承寄示《論語正義》一卷，受而讀之，視邢《疏》詳備，視皇《疏》謹嚴，真不朽之盛事矣。而適有閩中之行，其還也，又如杭州，及杭州還，又臥病兩月有餘，是以遲遲未復，想不罪也。今病小間，輒粗述所見，以副下問之懷。方氏惟説「蕭牆」一事，引方氏觀旭之説，與鄙見未愜。方氏據《禮》「天子外屏，諸侯内屏，大夫以簾，士以帷」，謂「季氏之家，不得有蕭牆」，是也；因謂「蕭牆之内，隱斥魯哀公」。果然，則是夫子此言適以啟其君臣之猜嫌，而以危言悚之，使爲篡弑之事也。方氏亦意有未安，故自圓其説曰：「此夫子誅奸臣之心。」若曰「季孫非憂顓臾而伐顓臾，實憂魯君疑己而將爲不臣，所以伐顓臾耳」，然則經文「吾恐」當改作「吾知」，於文義始合。

[一] 此札輯自《上海圖書館藏歷代手稿精品選刊·俞曲園手札》，第九五至九七頁。又收入《春在堂尺牘》卷三，題作「與劉叔俛」。今據原稿整理。

是故方氏之説未足據也。按《國語》「自卿以下，合官職於外朝，合家事於内朝」，韋《注》曰：「外，外朝，君之公朝也；内朝，家朝也。」以《考工記》「外有九室，九卿朝焉」證之，鄭《注》曰：「外，路門之表也；九室，如今朝堂，諸曹治事處。」然則韋《注》以外朝爲君之公朝，其説自塙。陳氏《禮書》謂「卿大夫二朝皆在家」者，非也。蕭牆之内，所包者廣，卿大夫外朝亦即在此，不均不安，則内變將作，或同列謀之，或僚屬謀之，皆可發於蕭牆之内，不必定斥魯公也。鄙見如此，未知有當否？承拳拳之意，輒以奉聞，惟恕其狂言，幸甚。

愚弟俞樾頓首頓首

致劉汝璆（一通）〔一〕

前承招飲，得親言論丰采，雖古循吏，無以遠過，私心所饜飫者，固不徒在尊俎之牒嘉也。臨行又承厚賜，俾將拙著《群經平議》三十六卷，廣集鈔胥，寫成定本，以便付刻。而所賜實從借貸而來，令人感歎不已。伏念閣下，實心任事，清德傳家，所示琴莧一圖，允足千古，將來史傳中添一佳話，駕昔人一琴一鶴而上之矣。弟詩不過率直語，未足揄揚。采南聞作長調，惜未之見，琴西計必有佳搆也。兹因琴西以琉球國紙見贈，輒篆書「琴莧圖」三大字奉寄。筆力疲茶，不足觀也，慙媿慙媿。

〔一〕此札輯自《春在堂尺牘》卷一，題作「與杭州劉笏堂太守」。

致劉瑞芬（二通）

一〔一〕

前奉還雲，如親卿月，天中節届，敬惟芝田仁兄大人簪纓集慶，旌節延禧。艾劍高懸，鎮東溟之鯨浪；蒲觴滿泛，迎北闕之龍光。即拜真除，定符臆頌。弟奉母廑吳，杜門養拙。芸編坐對，愧益智之無功；榴幄初開，喜揚仁之不遠。手肅，敬請台安，順賀午禧，不盡。

愚弟俞樾頓首

〔一〕 本札輯自西泠印社二〇一八年秋季拍賣會「中外名人手蹟及戊戌變法一二〇週年紀念」專場第二三二四號拍品。

一一[一]

頃奉唁函，并頒輓幛，荷蘭言之遠注，撫葭溯而彌殷，敬維

芝田仁兄大人豸繡揚輝，鴻猷丕焕，勤宣六察，青驄騰海澨之歡；吉叶三遷，丹鳳捧日邊之詔。

柏薇即晉，葵藿允孚。弟讀禮未終，悼亡遽賦。遭家不造，覺百感之棼如；拜賜有嘉，益五中之篆結。肅復申謝，祗請台安，諸惟亮鑒不宣。

愚弟制期俞樾頓首

[一] 本札輯自上海敬華二〇一八年秋季拍賣會「鴻銘——中國書法藝術」專場第〇四六七號拍品。

致劉樹堂（三通）

一[一]

去年得復書，具見觀時之深識，經世之遠謨，誦之感歎不已。入新歲來，伏惟動定多福。弟年七十有六，衰齡冉冉，後路茫茫，撫兹時局之新，守我儒氈之舊。溯自道光丙申，初入縣學，至今光緒丙申，六十年矣。俗有重游泮水之説，功令無之，不敢以瑣事煩瀆官師，但取當年院試文詩題重作之，刻《重游泮水試草》，附以七言古詩一章，徧贈知交。今以十册寄奉左右，流覽之餘，分貽賓從可也。鐵路之議已定否？將來經由汴中，又費幕府一番經畫矣。愚意則

[一] 此札輯自《春在堂尺牘》卷七，題作「與劉景韓中丞」。

謂：鐵路不足興中國之利，而適足以擴外國之利也。他如紡紗、繅絲諸局，不足分外國之利，而適足以奪小民之利。所見如此，真腐儒哉！

二〔一〕

讀來書，敬悉近狀。弟年力衰頹，學問荒落，無可爲左右告，惟有一小事可以奉聞。今年，弟於西湖石屋嶺下覓得一小洞，曰「乾坤洞」，《西湖志》所不載。距洞數武，又有一洞，狹僅容人，深可三丈，不知何名，旁有明人霍韜題名，因爲賦一詩。偶以示丁松生，松生使人入山摹搨，則又得查應兆、李元陽二人題名，皆明人也。其名位雖不及霍之顯，然其人品純正，或有過之，弟因爲各賦一詩。松生欣然入山相度，擬就其地築屋三間。鄙意中間供佛，右間住僧，左間設一小龕，奉此三人之位，署曰「明三游客」，未知能成否。李元陽乃公鄉人也，故輒爲公述之。

〔一〕此札輯自《春在堂尺牘》卷七，題作「與劉景韓中丞」。

三[一]

曹孝廉來，得手書及關書、聘幣，公之拳拳，於弟可謂深矣。人非草木，豈不知感？自宜承命而來，然弟之下情，實有不能再就者。弟去歲辭館，以衰老也，今隔一年，豈老者轉少，衰者轉壯乎？不但今歲就之爲無名，轉覺去歲辭之爲別有他故矣。書院去就，誠不足言出處，然亦出處之一端，不可不一揆度也。且年來精力實亦頹唐，繙一葉書，不能終讀，寫數行字，必有誤筆，豈可再尸詁經之席？又，弟性卞急，計詁經每課一百餘卷，明知徐徐爲之，分數日閱看，萬無不給之理，而弟必以兩日了之。此兩日中，終朝伏案，手不停披，費心費目費手，三者皆疲。嘗戲語人曰：昔人言，人之元氣重十六兩，我此兩日中必耗去兩許矣。此雖戲言，實亦確論。公見愛有素，鑒此情形，亦必不欲弟再主斯席矣。至湖上山水之勝，又得公爲管領湖山之主，每一念及，逸興遄飛。秋間如腰腳稍健，必當買棹而來，以舊部民觀新德政，必不因不就詁經而自外於公也。

[一] 此札輯自《春在堂尺牘》卷七，題作「復劉景韓中丞」。

致柳商賢(一通)〔一〕

承示《横金志》二十四卷,詳明而有法,甚善甚善。惟弟四卷《鎮村志小序》引《姑蘇志》云:「商賈所集謂之鎮。」此非塙論也。鎮之名,實起于古之鎮將,雖大小不同,然名由此起,有可考也。宋談鑰《吴興志》曰:「鎮戍置將,起于後魏,唐高祖嘗爲金門鎮將是也。唐制:每五百人爲上鎮,三百人爲中,不及三百人者爲下。置將副,又置倉曹、兵曹參軍,掌倉庫、戎器之類。自藩鎮勢强,鎮將之權日重,以至五代,爲弊益甚,縣官雖掌民事,束手委聽而已。國朝平定諸國,收藩鎮權,諸鎮省罷略盡,所存者,特曰『監鎮』,主煙火,兼征商。至于離縣稍遠者,則有巡檢寨」云。以是言之,今所稱鎮者,本于宋之監鎮,而宋之監鎮,實元魏鎮將之餘波。談《志》此條最爲詳悉,《姑蘇志》云云,近于臆説矣。又按,今所稱鎮者,皆設官鎮防之地,横金非

〔一〕 此札輯自《春在堂尺牘》卷二,題作「與柳質卿」。

巡檢司治所，已不得稱鎮，其附屬諸村更可知矣，宜易其名曰「村聚」，于義爲合，名亦甚古。《史記·五帝本紀》：「一年而所居成聚。」注曰：「聚，謂村落也。」然則村聚連文，不嫌牽合矣。「村」字，《説文》所無，宜作「邨」。然《説文》曰：「邨，地名。」則亦非村落之謂也。蓋古字止作「屯」，《漢書·陳勝傳》注曰「人所聚曰屯」，是也。作「邨」者，假借字。《一切經音義》卷一引《字書》曰：「屯，亦邨也。」是其明證。今相沿既久，不必定從本字，惟村則俗字，不可從耳。

致陸潤庠（一通）〔一〕

鳳石仁弟大人閣下：

去歲承吉詞致賀，因知即有中州之行，因循怠緩，至今未克肅復，良所歉也。伏惟劍履歸朝，聲華益盛，黄扉在即，企望良深。兄年逾八十，雖眠食無恙，而精力殊衰，氣機易於阻滯。自去夏以來，杜門不出，聊以養痾。入新正來，惟與柳門輩時相唱和，得詩頗多，蓋著述之事業已輟筆，而吟詠之興猶未衰也。去歲有七律八首，述懷感遇，不足言詩，聊奉一笑。小孫到京奉謁，惟隨時教益之，幸甚感甚。手肅，敬請台安，伏惟雅照不宣。

館愚兄俞樾頓首

〔一〕此札輯自《上海圖書館藏歷代手稿精品選刊·俞曲園手札》，第二四一至二四二頁。

致陸樹藩（一通）[一]

純伯仁兄世大人閣下：

手示讀悉，論者以「是禩之」八字爲嫌，殊不可解。兄引《王居士塔銘》甚合，古人志銘等文，如此者亦甚多矣。如必以爲不可，則竟删去此八字，於文氣亦無不可也。再示諸姓入典學生，意須一保人，弟飭敝寓老家人朱喜作保，未知可否？該典是何寶號？能賜示悉，更感。手此，敬頌著安。

世愚弟俞樾頓首，六月六日

[一] 此札輯自《上海圖書館藏歷代手稿精品選刊·俞曲園手札》，第三〇二至三〇三頁。

致陸心源(五通)

一[一]

存齋仁兄大人閣下：

客臘在吴下得書，知旌旆有惠臨之意，而竟不果，甚爲悵悵。辰惟梓里優游，擁圖書金石之富，而極山水友朋之樂，神仙中人，良深羨慕。弟武林覓屋不成，遂于吴下用青蚨千貫典潘文恭故宅而居之。故里無家，蘇杭皆寓，原亦無所不可。不過就目前論，有館在杭，往來稍嫌僕僕耳。筱泉中丞糾合寧、蘇、鄂三書局刻《廿四史》，屬弟與江南諸公商量，頃已定議，浙局分

[一] 此札輯自《上海圖書館藏歷代手稿精品選刊・俞曲園手札》，第一三二至一三五頁。

刻新、舊《唐書》及《宋史》，數年之後，全史告成，亦一大觀也。局中諸友以刻史必得書籍校讎，開單請借；想尊處藏書極多，兹將書目鈔覽，如能借付數種，精校唐、宋三史，嘉惠士林，閣下之賜也。弟在杭開課，因患肺疾，是以即還吴下，出月下旬仍當來杭。兹有瀆者：拙著《諸子平議》在吴市開雕，已成十七卷，尚有十八卷未刻；然每卷刻資止須洋蚨八枚，若得洋泉一百五十，即可盡刻之，未知閣下能助我一臂之力否？弟詩集已承石泉方伯付梓，文集擬託杜小舫觀察刻之，外集久已災梨；若《諸子平議》再得刻成，生平之醜便已獻盡，此外零星各種，可刻可不刻矣。因辱知愛，故敢奉商，或不責其不情也。弟吴寓尚在胥門内大倉口，出月即須移居馬醫科巷所謂潘文恭舊居也。金衙莊因循不成，至今以爲惜，自問亦無此福耳。聞四間尚虚其一，欲借重左右，未知果否？手肅，虔請台安，惟詧不宣。

小弟樾力疾拜上，十五日燈下書

一二〔一〕

存齋仁兄大人閣下：

在蘇寓接奉手畢，知履道康娱，甚善甚善。拙著《諸子平議》年内總可畢工，允助剞劂，何感如之。大著《正紀》二卷，議論持平，考訂該洽，如摘盧本《大傳》之多訛，論北宋以前《史記集解》與《索隱》《正義》無合刊本，辨楊誠齋不以黨禁罷官，皆塙鑿有據。弟史學荒蕪，不能贊一詞，重違來意，聊識數語于簡端，不足以裨補高深也。惟鄙意竊有所未安者，《提要》雖紀文達手筆，而實是欽定之書，觀其《進簡明目録表》曰：「元元本本，總歸聖主之持衡；是是非非，盡掃迂儒之膠柱。」則固有以間執後人之口矣，非如楊氏《丹鉛録》，不過私家著述，陳氏耀文不妨有《正楊》之作也。世道多艱，人言可畏，吾輩生平又雅不爲俗人所喜，設有持其後者，何以應之，此弟彭祖觀井、蔡公過航之鄙見，未識高明以爲何如？因叨摯愛，不敢不以聞于左右也。外拙詩六卷，楊石泉方伯新刻于武林，寄呈大教。即請台安，并附繳大著一本，伏乞照入，不盡

〔一〕此札輯自《上海圖書館藏歷代手稿精品選刊·俞曲園手札》，第一二八至一三一頁。又收入《春在堂尺牘》卷三，題作「與陸存齋觀察」。今據原稿整理。

欲言。

小弟樾頓首上

三[一]

存齋仁兄大人閣下：

吴中一别，又數月矣，每念清暉，如何勿思。尊論莊子聖人之義，極有見解，以此讀古人書，然後古人不死，已採入《春在堂隨筆》矣。兹寄上拙集兩册求教，其末附有先人行述，并求史筆表揚，賜一傳文，壻之郡志，殁存均感，叩頭叩頭！湖上早寒，不堪久住，已于月之十九還吴下寓廬。明歲筆耕如舊，惟春間須如閩中省視老母，往返總須五六十日耳。正月中台旆來吴市否？尚可迎候清塵也。手肅，敬請大安，惟鑒不宣。

小弟俞樾頓首

[一] 此札輯自《上海圖書館藏歷代手稿精品選刊·俞曲園手札》，第一三六至一三七頁。

四[一]

存齋仁兄大人閣下：

自杭還蘇，聞台旆曾駐吴閶，各處詢問，或云如京師，或云還苕上，未詳也。兹忽拜奉手書，敬悉起居多福，惟行止仍未得其詳。北上乎？暫留南中乎？香山居士新失金鑾子，曇花一見，亦無庸過於悲哀也。大集曩曾賜讀，今又益於續刻之篇，根據詳明，筆力清老，在本朝集部中亦傑出者矣。晏、韓二子究以何本爲最善？弟從前所據者，《晏子》止孫淵如本，《韓非》止吴山尊本，未見宋元古本也。浙江書局近議彙刻諸子，弟意善本難得，得之亦未必能仿刻，莫如取法乎中，就孫刻、畢刻、盧刻諸子校刊。今乃并此不能，局中止以坊間所鬻《十子全書》爲藍本，弟貽書局中同人，删去圈點評語，改頭换面，稍異俗本而已，未知能從否。官局中書不過如是，不足當大雅一哂也。率復，敬請台安，不一。

愚小弟俞樾頓首

[一] 此札輯自《上海圖書館藏歷代手稿精品選刊·俞曲園手札》，第一二三至一二五頁。

大集《經典釋文跋三》謂《檀弓》「杜氏之葬」，「葬」當作「藏」，弟舊有一説，足以證明。按《説文》無「藏」字，愚謂即「葬」之或體也。古之葬者，厚衣之以薪，故字從「艸」，猶「葬」從「茻」也，「臧」其聲也。《檀弓》云「葬也者，藏也」，以「藏」釋「葬」，實止一字，亦猶《毛傳》「藺，藺也」，亦一字也。《列子·楊朱篇》云：「及其死也，無瘞埋之資。一國之人受其施者，相與賦而藏之。」古字古義，僅見於此。説詳拙著《湖樓筆談》。今得尊説，又於九經中得一明證矣。

五[一]

存齋仁兄大人閣下：

十月下旬自杭還蘇，旋即赴滬，其時適台旆在吴中而不知也，未及走訪爲歉。比想履蹈綏和，定如所頌。今年尚來吴下否？弟初三日由滬還蘇，諸叨平順。楊石泉中丞欲刻《皇朝三通》，如尊處有其書，尚求惠借，以憑寫刻。此書如流播士林，則朝章國典，可以人人通曉，亦盛

[一] 此札輯自《上海圖書館藏歷代手稿精品選刊·俞曲園手札》，第一二六至一二七頁。

舉也，閣下想必樂成之。手肅奉商，敬請台安，伏求示復爲盼。

愚弟俞樾頓首，初七

致陸元鼎（二通）

一[一]

【前缺】公宦吴，自上海縣累遷至方伯，遂大用。麾下健兒楊令寶，幕中名士李之才。此時滬瀆重經過，滿縣花猶憶舊栽。

富貴歸鄉自古難，六橋風月又重看。已欣花柳三春盛，更慶松楸一例安。書錦堂深深似海，女牀山好不知寒。營齊塋奠西湖上，夜夜來聽□曲彈。

桑梓人來雪印存，嘉湖最近遠台温。甫爲鄉里營□□，便逢旌麾入國門。俎豆千秋果公

[一] 此札輯自北京瀚海拍賣有限公司二〇〇四年一月第一五八一號拍品。

論，壺觴四座敘私恩。有宜堂額余親定，好向諸公侑一尊。落成之日，余以浙江名之江取《詩》「左之右之」之義題曰「有宜堂」。

衰病憐余春復春，客春一病，至今未愈。敢從開府闢清新。羸軀已介長扶杖，廢學難言老斲輪。何幸三吳來舊雨，尚煩一顧到陳人。龍門萬尺高難上，敬命吾孫拜後塵。余病，不能趨謁，命陛雲代往。

春江中丞以湘中留別詩見示，次韻奉酬，即呈雅正。

曲園弟俞樾

一二〔一〕

春江仁兄大人閣下：

弟衰病，有失趨前，小詩八首，謹奉吟正。前由朱叔梧觀察交上舍親姚縣丞名條，名祖

〔一〕此札輯自中國書店海王村拍賣公司二〇〇三年十一月第三〇號拍品。

順。未知其事如何，已定局否？聞因風阻，初一竟不及接印，未知改至何日也？手肅，敬請
勛安。

愚弟俞樾頓首，初六日

致羅豐禄(一通)〔一〕

稷臣尊兄侍右：

奉到惠書，備承獎借，并賜示圖書，大哉此著乎！弟常歎《圖書集成·職方典》不載江河及沿海形勝各圖，當時纂述諸公亦似小疏。近吴清卿中丞《黄河圖》頗核，而今又得公此書，足補前人所未備，爲籌海者不可不讀之書。惜老夫耄矣，出門一步便以爲遠，西湖咫尺，三年來屐齒不及，尚能望洋而向若乎？擬有人便寄小孫京師，或不虚公持贈之意也。屬書聯額，率爾塗呈，不足觀，不足觀。復謝，敬請勛安。

愚弟俞樾頓首

〔一〕此札輯自《名人手札真跡》。

致馬新貽（五通）

一〔一〕

小住武林，得瞻山斗。軍門深邃，因下士而晨開；賓席從容，共高朋而夜集。歸舟循省，爲幸良多。自别以來，想節鉞清嚴，帶裘輕緩，爲朝廷宣德意；人在春臺，與父老起瘡痍。民歌冬日，大賢臨蒞之地，即福星照耀之方。樾因故里無家，不得躬庇宇下。梅子真作吴門市卒，遠不如湖上林逋、江東羅隱矣。臨穎神馳，不盡萬一。

〔一〕此札輯自《春在堂尺牘》卷一，題作「與浙撫馬穀山中丞」。

二〔一〕

夏間自蘇旋浙，于石門水次望見旌旗，因時已昏黄，未遑奉謁。擬俟八騶南返，再叩龍門，而旋聞移節金陵，殊增戀戀。伏念兩江重地，爲朝廷注意之區，允賴大賢，用資坐鎮。湘鄉相公以旋乾轉坤之略規畫于前，閣下以經文緯武之才恢張于後，兩賢接踵，若羊叔子之繼元凱，李臨淮之代汾陽。後先焜耀，三江黎庶，拜賜良多。而浙水東西，亦仍是餘光所及照，雖借寇公而不可，然瞻召父其非遥，翹企清塵，又未始不私相慶幸也。樾今年承延主詁經講席，湖山壇坫，叨竊爲慙，惟是故里無家，故仍寄孥吴下，而以扁舟往返其間。倘還蘇寓後有金陵之便，尚可附之而來，以舊部民觀新德政也。

〔一〕此札輯自《春在堂尺牘》卷二，題作「與馬穀山制府」。

二[一]

辱手書，知春初有賜覆之函，迄未領到，不知浮沈何所矣。薰風南來，時有養日，大君子順時布化，令聞嘉暢。三江黎庶，既登熙熙之春臺，又庇渠渠之夏屋，何樂如之？遜聽頌聲，良用欣抃。刻史之舉，金陵書局直任至《隋書》而止，不特見嘉惠來學之盛心，抑且徵舉重若輕之大力。即攜尊函與筱泉中丞共讀之，同深歎服。計自《舊唐書》以下，尚餘九種，雨生中丞允刻《遼》《金》《明史》，則又去其三矣。見在與筱翁議定，浙江刻新、舊《唐書》及《宋史》，而以薛、歐兩《五代史》及《元史》請合肥相國於湖北刻之，三四年間，全史可以畢工，偉然大觀矣！樾去年承招致浙局，樂觀厥成，實喜且幸。尊意，全史格式宜求一律，請將金陵新刻前、後《漢書》樣本寄一二本來，俾各局知所法守，幸甚。

〔一〕 此札輯自《春在堂尺牘》卷二，題作「與馬穀山制府」。

四[一]

頃楊石泉方伯交到前、後《漢書》各一部，傳述尊意，嘉惠陋儒，拜受之餘，不啻鄴騎到而寶玦來也。昔人云，「寫得一部《漢書》，便是貧兒暴富」，今班、范兩家，雙雙俱至，寒窗坐擁，富可知矣。所惜年來精力就衰，著述都嬾，春蠶食葉，未必再吐新絲，雖感持贈之情，益增荒落之懼。略一展玩，其字體工整，格式大方，洵爲海内善本。即函告浙局諸同人，新、舊《唐書》照此刊刻，使成一律，亦藝苑之巨觀也。惟得隴望蜀，食熊思魚，人之常情。將來《史記》《三國》諸書告成，竊更有發棠之請，公其許我否？

[一] 此札輯自《春在堂尺牘》卷三，題作「與馬穀山制府」。

五[一]

轂山大公祖大人閣下：

嘉平廿七日接奉華函，知是月中浣曾有賜復之書，而未獲展讀，良用悵惘。獻歲以來，敬惟帷幄風和，節堂春滿，宣九天德意【下缺】

[一] 本札輯自嘉德二〇〇九年秋季拍賣會「古籍善本」專場第三〇三一號拍品。

致毛子雲（四十八通）

一〔一〕

子雲仁弟苫次：

接手書，驚悉尊翁於中元已歸淨土，不勝悽惋。伏念兄與尊翁相交二十年，承其關愛拳拳，一切事託其照料，無不周匝。去冬兄臨發西湖，承其遠來相送，孰意此一别竟永訣耶！小孫今春自杭歸，言尊翁有來蘇之意，兄欣然待之，不意其旋以事不果也。吾弟連遭大故，哀毁可知。然尊翁既撒手西歸，則諸事皆在賢昆仲矣，尚望勉抑哀思，仔肩大事，尤望勿墜先規，善

〔一〕此札輯自《浙江圖書館館藏名人手札選（二）》上册，第一一九至一二三頁。

繼善述，將來益自勉勵，大振家聲。此則尊翁在蓮界亦所深慰，而兄是老友，亦企予望之者也。兹附上呢幛布聯，乞縣之靈右，稍盡微忱。兄九月間如來杭，尚當薄陳芻奠也。手肅布唁，敬問素履。

愚兄俞樾頓首

令弟均此，不一。

二[一]

子雲仁弟惠覽：

接手書，知尊翁窀穸之事擇期正月，有定日否？其地想即在右台仙館之旁，明春來杭，當可一拜高阡也。承開示清帳，費神之至。今繳還英洋伍十陸元，請查收爲荷。明年湖樓、山館錢糧及右台看守之錢、紮笆之費，仍費吾弟之心，代爲應付，想率由舊章。吾弟大孝，亦斷所不

[一] 此札輯自《浙江圖書館館藏名人手札選（二）》上册，第一四三至一四四頁。

辭也。手此，敬頌禮祉。

尊慈前及令弟均此。生陽知在杭，爲候。

兄樾頓首

三[一]

子雲仁弟惠覽：

接手書，知尊翁大葬有期。二十年老友，不獲執紼一送，私心歉然。附上洋錢貳元，乞代買香燭，聊表微忱。湖樓又須修葺，深費清心，并知從省辦理，尤感相知之深。鄙意，如挑角等類，只須照尋常住屋之式，不必照亭臺之式，則工省而較結實，尊意以爲然否？五十但求好看，爲招致游客起見，不必盡聽其言也。手此布復，敬問近祉。

世愚兄俞樾頓首，二十一日

[一] 此札輯自《浙江圖書館館藏名人手札選（二）》上册，第一四七頁。

外附去拙詩三帋。

四[一]

子雲仁弟惠覽：

接手書，并承賜曾孫衣飾，皆精美之至，足徵愛我之深也。清恙想已全愈。大葬届期，諸凡料理，當悉臻妥洽。兄遠在蘇臺，不能躬與執紼，爲有負故人耳。賤體無恙，小孫亦頻有信來，足慰存注。率此布謝，即頌禮祺。

愚兄樾頓首，十一日

尊慈前請安，令弟均此。

[一] 此札輯自《浙江圖書館館藏名人手札選(二)》上册，第一五七至一五八頁。

五[一]

子雲仁弟惠覽：

久不得信，想興居佳勝，潭第平安爲慰。尊翁窀穸事，計早已畢工，已種植樹木否？兄寓蘇平順，但時事如此，心緒殊劣耳。小孫於七月初四出京，不知何時可到，心甚縣之。今歲湖樓、山館千萬不必修理，燕幕危巢，不必再費事也。入伏至今，酷暑已逾一月，較往年加甚。今寄去白痧藥及衍澤膏，以備施送。手此，敬頌素履，匆匆不盡。

愚兄俞樾頓首，十一日

六[二]

子雲世仁弟惠覽：

[一] 此札輯自《浙江圖書館館藏名人手札選（二）》上册，第一八三至一八四頁。

[二] 此札輯自《浙江圖書館館藏名人手札選（二）》上册，第一八五至一八六頁。

奉到手書，猥以賤辰，寵頒吉語，并壽以番佛八尊，深感厚意。但兄向來不作生日，不收壽禮，親故所同知也。是日扃門謝客，舉家蔬食，有賜禮者，一概璧還。尊處雖屬至交，未能破例，謹將來洋八元仍由局寄還，伏希照入。外附去拙作詩文，聊博一笑，藉見敝懷。手泐奉謝，敬頌文安，惟希惠照，不一。

世愚兄樾頓首，初五日

七[一]

子雲仁弟惠覽：

入新春來，想潭第清吉爲頌。兄寓蘇平順如常，惟時局未定，總不能無杞憂耳。兹附上年糕六斤、柚子四隻，皆素品也，乞代呈尊大人靈席，亦每年成例耳。此頌侍安。昆仲均此。

世愚兄俞樾頓首，臘廿二日

[一] 此札輯自《浙江圖書館館藏名人手札選(二)》上册，第一一八頁。

此信本擬十二月二十三交局，而信局已不收信，是以新正始寄。

新正五日

八[一]

子雲仁弟足下：

久失通候，想興居佳勝，潭第綏安，定如所頌。兄衰狀益增，今年不擬來杭，明春或當一至。所有本年錢糧及右台看守之費，紮籬笆之費，以至別項託買物件等，均望即行開單示悉，以便由局寄繳，遲則局寄恐有不便也。小孫已於十月初七日到京銷假，然明年有無鄉試，亦殊不可必耳。外附去《經義模範》一本，小孫所刻；又《經義塾鈔》一本，則前年兄所作也；又新憲書一本，均請查收。此頌文安。

愚兄樾頓首，十月廿一日

[一] 此札輯自《浙江圖書館館藏名人手札選(二)》上冊，第一二九至一三〇頁。

九[一]

子雲世仁弟足下：

前寄去痧藥等，未知已收到否？昨接手書，以小孫倖副蜀軺，殷殷致賀，不獨見吾兩家交誼之深，亦見足下仁孝之思至切也。循誦再三，爲之憮然。小孫已於六月初二日出京，長路迢遥，亦頗念之。兹託吾弟代買火腿膧三元、火腿腰峰三元、蘭溪豆豉即上次所買者。四斤、慶餘堂辟瘟丹一元，買就寄蘇爲感。又從前貢院修理時，必託尊大人於井中置放雄黄、明礬二物，每次用洋二元，未識吾弟亦能照辦否？如可辦，請照往年辦理，所用各洋，均請開列敝帳，俟兄秋冬到杭算繳也。手此，敬問文安。

世愚兄俞樾頓首，初六日

[一] 此札輯自《浙江圖書館館藏名人手札選（二）》上册，第一一五至一一七頁。

一〇〔一〕

子雲仁弟惠覽：

前接到火腿、豆豉、辟瘟丹等，均無失誤。兄近來煩冗善忘，以爲久已函復矣，今乃知未也，有勞記注，甚感甚愧。杭城疫氣未滌，自是深居簡出及薄滋味爲養生要義。兄自二月以來，竟未出門拜客，每膳只蔬食，久不肉食也。小孫於十八日行抵山西洪洞縣，有電報來，計山西省城必發信，則猶未到也。拙詩二首，一是上海西法摹印，一是杭州所刻，寄奉各一帋。此頌暑安。

世愚兄樾頓首，六月二十三

〔一〕此札輯自《浙江圖書館館藏名人手札選（二）》上册，第一四五頁。

一[一]

子雲世仁弟惠覽：

前日寄復一牋，并小詩兩首，已照入否？比惟台候佳勝爲慰。杭城時症，近日如何？飲食切宜小心，水果亦不可喫，即西瓜亦宜戒之也。附去痧藥等一包，聊備施送。此頌暑祺。

世愚兄樾頓首，廿六日

二[二]

子雲仁弟惠覽：

[一] 此札輯自《浙江圖書館館藏名人手札選（二）》上册，第一四六頁。

[二] 此札輯自《浙江圖書館館藏名人手札選（二）》上册，第一五五頁。

入秋來，想潭祉佳勝爲頌。兄亦尚平善。小孫已於八月初二抵成都，當可照常考試也。外，詩八首附覽，餘者分貽吟好。兹託買對開錫箔十四元，乞用蒲包裝好，持兄名片，送三角蕩汪考寓，十六、七送去爲妙。託其带還。其錢乞登帳，容冬月面繳也。此頌秋祺。

曲園拜上，初九日

一三〔一〕

子雲仁弟惠覽：

獻歲以來，伏惟潭第萬福。兄亦叨平順，小孫尚未入都，大約二月初動身也。兹託買慶餘堂萬應膏廿張，聞有數號，只消數十文一張者。請買就交局寄下，其錢歸敝帳總算可也。手此，敬頌春禧。

世愚兄樾頓首，十六

〔一〕此札輯自《浙江圖書館館藏名人手札選（二）》上册，第一二五頁。

一四[一]

子雲仁弟世講惠覽：

接手書，并代購膏藥，收到無誤，其錢懇開入敝帳可也。此藥聞治喘疾甚效，貼背梁第三脊上。故須買之耳。開河在即，小孫擬初六、七動身，兄上半年不擬來杭也。手復，敬頌文祉。

兄樾拜上，廿七

世兄入泮，賀賀。示知其號。

一五[二]

子雲仁弟足下：

久疏牋候，惟興居佳勝，潭第順平爲頌。去年世兄入泮大喜，兄無以爲賀，謹以先祖《四書

[一] 此札輯自《浙江圖書館館藏名人手札選（一）》上册，第一二六頁。

[二] 此札輯自《浙江圖書館館藏名人手札選（一）》上册，第一六〇頁。

評本》一部并手書紈扇一柄奉贈，聊以表意，勿哂爲幸。再附上洋錢五十元，請收入敝帳，備今年之用，秋冬再行算找可也。兹託買對開錫箔三十元，請作三包。又新笋乾一元，買就請持兄片并信送交汪柳門先生帶蘇爲幸。手此，敬頌文安。世兄均此。

世愚兄樾頓首，十三日

一六〔一〕

子雲仁弟惠覽：

汪柳門來，交到錫箔三包，費神爲感。新筍乾尚未上市，俟後再買可也。兄眠食如常，小孫亦頻有信來，足慰存注。此復，即頌潭安。

世愚兄樾頓首，初九

〔一〕此札輯自《浙江圖書館館藏名人手札選（二）》上册，第一五九頁。

一七[一]

子雲世仁弟惠覽：

接手書，并代購笋乾，甚佳，費神，謝謝。已託人帶至京師送人矣。兹再託買種德堂回生第一丹一劑，交局寄下爲感。向年科場前必買雄黄等置貢院井中，每届用洋二元。今年吾弟能照辦否？手肅，敬頌文祺。

世愚兄樾頓首，閏月朔

一八[二]

子雲仁弟惠覽：

接書知潭祉清平，甚慰。承寄回生第一丹，收到無誤。蘇寓近多時症，杭城如何？鄉試在

[一] 此札輯自《浙江圖書館館藏名人手札選(二)》上册，第一七九頁。

[二] 此札輯自《浙江圖書館館藏名人手札選(二)》上册，第一八〇頁。

即，兹寄去白痧藥兩匣、觀音救急丹一匣、正氣丸兩匣，均有折帋。以備分送。令子姪輩今年下場者幾人，惟祝聯翩得意，以慰尊翁也。手肅，敬頌元祉。

世愚兄樾頓首

一九〔一〕

子雲世仁弟足下：

久不通候，未知足下入闈應試否？子弟應試者幾人？場作想必得意，如有高捷者，庶足慰尊翁於九原也。兄老病無聊，日益頽廢，今年雖有重宴之舉，未必能來杭躬與其盛矣。手肅，布問起居，敬頌元祉。

令弟、令郎均此。

世愚兄樾頓首，廿六

〔一〕 此札輯自《浙江圖書館館藏名人手札選（二）》上册，第一六三頁。

一〇[一]

子雲世仁弟惠覽：

小孫回，詢悉潭第平安，欣慰欣慰！承購寄笋乾，亦收到矣。兹兄有一事奉託，良以時事至斯，吾道將廢，拙著《春在堂全書》幾及五百卷，計此後百年之内無人過問矣。竊有微意，願藏之名山，以待其人。俞樓後面山上，從前汪柳門、徐花農爲我鑿石藏書，題曰「書藏」，然彼時拙書尚少，今請吾弟暇時至俞樓，命五十導往一看，雇工鑿開，擴而大之，藏吾《全書》。日内正在刷印，俟印釘成功再行寄上，以便酌其大小，開工鑿造。應工料錢若干，老弟必能估計，示知即寄奉也。手此布託，敬頌文安，並賀節禧。

世愚兄樾頓首，四月廿九

[一] 此札輯自《浙江圖書館館藏名人手札選（二）》上册，第一三九至一四一頁。

一二一[一]

子雲世仁弟惠覽：

接手書，知親至西湖爲兄相度，甚感。拙書正在刷印，六月初印釘告成，其廣狹大小當可有數，容再奉聞。約略計之，大約將原藏擴充一半，必可容矣，未知工料錢約須幾何也。學使者按試杭州，尊處有人應試否？計應科考者必有數人，當在高等也。兄病只如舊，每日仍至外齋，但艱於步履耳。手肅布復，即頌潭祉。

世愚兄樾頓首，十一日

一二二[二]

子雲世仁弟足下：

[一] 此札輯自《浙江圖書館館藏名人手札選（二）》上册，第一二七至一二八頁。

[二] 此札輯自《浙江圖書館館藏名人手札選（二）》上册，第一八二頁。

得手書，知大世兄科試高列，二世兄及令姪均掇芹香，洵德門之慶也，賀之！二世兄、姪世兄未知何號，示知爲盼。兄病體如常，湖上書藏，得暇一看最妙，亦不必急急。見在刷印未齊，大約須六月中方可印釘俱成，每部一百六十本，謹以奉聞。手肅，祇請潭安，并賀大喜。

世愚兄楙頓首，廿三

一三三[一]

子雲世仁弟惠覽：

接手書，并屬書楹帖一聯、團扇、摺扇各一柄，均塗成奉繳，乞察入。世兄及姪世兄同掇芹香，德門盛事，從此以往，其科名蔚起乎！足以慰尊翁於九泉矣。謹手書紈扇各一柄，附以織畫及墨拓對聯，聊表賀意，即希哂存，勿哂輶褻。此賀大喜，并頌潭安。

世愚兄楙頓首，六月八日

[一] 此札輯自《浙江圖書館館藏名人手札選（二）》上册，第一三一至一三二頁。

附去白痧藥兩匣，聊備分送。又及。

二四[一]

子雲世仁弟惠覽：

前復一牋，已照入否？比惟潭第興居並吉爲頌。《春在全書》業已印釘齊全，計一百六十本，裝三洋鐵箱，不日可以寄杭。但洋鐵一經潮濕，容易鏽爛，紹興諸暨縣張大令爲我鑿書藏，於洋鐵之外再加甎槨，以期堅固，未識老弟能爲我别設法否？計三鐵箱共高三尺、廣二尺、深一尺餘，如能用石版製一小槨，未知所費幾何？倘不過十數元，不妨奉託一製也。右台書藏，曾往開看否？所藏書霉爛否？均望示復。此頌秋祺。

世愚兄樾頓首，十八日

〔一〕此札輯自《浙江圖書館館藏名人手札選（二）》上册，第一八九頁。

一二五[一]

子雲世仁弟惠覽：

接手書，知親勞文駕，至西湖啟視書藏，中有積水，書已成泥。然則洋鐵誠不足恃。兄見在印釘之書，雖已裝三洋鐵箱，寄到之日，仍望代製石板作槨，將鐵箱存貯其中，使抵禦潮氣，不致浸入，以期鞏固。然兄意孤山之麓，地本潮濕，可否乘游屐入山之便，爲兄於南山等處另覓一可鑿之石？記得法相亭子對面及六通寺後面均有岩石，請一相度。如有合式處，則量予和尚數元，此是廢地，想亦必無不肯。然後再命工開鑿，以成書藏，方不負此一舉。幸老弟爲我善計之。總之，此乃爲萬古千秋起見，務期堅固妥當，將來石穴必須深鑿，穴口封固，尤宜嚴緊，勿使雨水得以内侵，庶可耐久。即多用數十元，非所惜也。因叨世好，故敢奉商，幸千萬留意。先酌量示復爲盼。手此布託，敬頌秋祺，合潭均吉。

世愚兄俞樾頓首，廿二

[一] 此札輯自《浙江圖書館館藏名人手札選(二)》上册，第一六七至一六九頁，「書藏」以下見第一六二頁，「再者」以下見第一六一頁。

書藏：寬　一尺八寸
高　一尺五寸
深　一尺　約計如此，均裁尺也。

再者，所開尺寸，乃專指拙書而言，計一部共三鐵箱，其高廣約略如此。尚有先祖、先君及先舅氏著作，共十本，另裝一匣，只好臨時再酌定高廣之數矣。手此，再頌暑祺。

樾再頓首

二六[一]

子雲世仁弟惠覽：

廿二日布復一椷，已入青照否？今因曹小槎還杭之便，託其將《全書》帶上，計洋鐵箱三隻。伏祈查收。辦法已詳前函，務乞照前函所商製造石槨，并於南山等處另爲相擇高燥山巖，量予

[一] 此札輯自《浙江圖書館館藏名人手札選（二）》上册，第一七一頁。

地主數元，買地開鑿，是所深感。此乃千秋萬古之事，稍費數十元，非可惜也。手此布託，即頌秋祺。

世愚兄樾頓首，廿四日

前孤山所藏之書既已成泥，即棄之瓢池中可也。又及。

二七[一]

子雲世仁弟惠覽：

廿二日曾詳布一函，廿三日又交曹小槎帶上《全書》一部，計三洋鐵箱。想先後可邀青照矣。接二十三日手書，具承關注，感感。兄意孤山書藏所以霉爛者，孤山本水中之山，非陸地之山，山石之性自然潮濕，當日又只用洋鐵匣，洋鐵非鐵也，乃鉛錫之類，更易鏽壞。此番藏書，兄意欲請吾弟游屐入山，於南山覓一高燥之山巖，如法相寺亭子對面及六通寺後山均可。給予和尚數元，

〔一〕此札輯自《浙江圖書館館藏名人手札選（二）》上冊，第一七三至一七六頁。

想彼亦無所不肯。再將此三箇洋鐵箱竟行撤去，照依此三捆書大小，打一總鐵箱，如用黃銅更好，但恐太貴耳。然後鑿石成穴，藏貯其中，四面稍寬寸許，至封口石版，亦宜稍厚，封閉嚴固。尊意欲稍留石縫，以瀋内水，然兄意内水未必瀋出，而外間雨水轉將瀋入也，仍以固封爲是。鐵箱關好，仍宜鎔鐵汁封固，勿使透氣，如此辦理，庶可耐久。總之，數百年後誰人知得，不過我盡我心耳。重費清神，不安之至，叨在世好，自必樂爲。共費若干，開入敝帳，以便奉趙。手此，敬頌秋祺。

世愚兄樾，二十六日

二八〔一〕

子雲世仁弟惠覽：

得手書，知俟天晴爲我入山相地，甚感甚感！但亦不必拘定法相、六通兩處。總之，南高

〔一〕此札輯自《浙江圖書館館藏名人手札選（二）》上册，第一八一頁。

峰下如有高燥之地，皆可用也。想南山一帶，足下所熟悉，必有可用之地耳。手此布復，即頌秋祺。

世愚兄樾頓首，初三

二九[一]

子雲世仁弟惠覽：

接初八日手書，知入山爲我相度，已於南高峰下得一堅硬之石壁，甚善甚善！竟請就此地鑿書藏可也。法相寺僧不肯受值，未知當以何法酬之，能爲一籌否？鐵箱已承鑄造，將來一切工料，均開入敝帳，種種費神，謝謝。手此，布頌秋禧。

世愚兄樾頓首，初十

〔一〕 此札輯自《浙江圖書館館藏名人手札選（二）》上册，第一七〇頁。

三〇[一]

子雲仁弟世講惠覽：

昨復一牋，定廛青照。書藏已擇定南高峰下，甚善。亦飛昨有信來，堅不受值，兄有書謝之，乞便中交付。鐵匣已鑄好否？將來仍須鎔鐵封口，以免洩氣受潮。書藏外面須刻石標識，其字樣附覽。惟不知大小尺寸，乞示知，以便用黄紙寫寄刊刻也。右台本無書藏，并聞。此頌節禧。

世愚兄俞樾頓首

三一[二]

子雲世仁弟惠覽：

[一] 此札輯自《浙江圖書館館藏名人手札選（二）》上册，第一七七頁。

[二] 此札輯自《浙江圖書館館藏名人手札選（二）》上册，第一五一頁。

前日一箋，定入青照。今將書藏字樣寫奉，即用尊款。此乃金石文字，不用圖章。其字照諸暨書藏大小，兩藏大小，想不甚懸殊也，但須選光潔堅緻之石，命刻工深刻之，庶可經久。種種費神之至。手肅布託，敬頌節喜。

世愚兄樾頓首，中秋日

三二[一]

子雲仁弟世講惠覽：

前得手書，敬悉興居佳勝爲慰。敝寓平順，兄亦如常。書藏何日告成？連日天晴，想可開鑿也。小孫今歲未必來杭。今因傅曉淵之便，送上英洋伍十元，請收入敝帳。今年用款幾何？定再找上也。此頌台祉。

世愚兄樾頓首，二十日

[一] 此札輯自《浙江圖書館館藏名人手札選(二)》上册，第一七八頁。

三三二[一]

子雲世仁弟足下：

許久不得信，惟興居佳勝爲頌。兄寓均叨平順，勿念。書藏事已畢工否？用錢幾何？幸開示。吾弟所爲，諒無不堅固也。近日梟匪滋事，聞臨平等處皆有風鶴之驚，省垣能否安謐如常？便中示悉一二，以慰遠念。手此布達，即頌台綏，并瀛眷均福。

世愚兄樾頓首，十月七日

各處毀貢院，吾浙貢院尚無恙否？

[一] 此札輯自《浙江圖書館館藏名人手札選(二)》上册，第一六五至一六六頁。

三四[一]

子雲世仁弟足下：

得手書，知書藏只用五十七元，甚爲簡省，非吾弟辦理之善，不能如是，謝謝。法相飯錢，望游屐入山時早日從寬算付爲感。肅謝，敬頌冬祺。

曲園拜上，廿九

三五[二]

子雲世仁弟惠覽：

[一] 此札輯自《浙江圖書館館藏名人手札選（二）》上册，第一五六頁。

[二] 此札輯自《浙江圖書館館藏名人手札選（二）》上册，第一一三至一一四頁。

前知書藏告成，曾肅謝函，定邀青照。比惟冬祺佳勝，定如所頌。兄眠食如常，足紓雅注。小孫年内不能來杭，大約二月初必來掃墓，自當奉訪也。本年敝帳計不敷尚鉅，今寄上英洋五十元，伏祈查收登帳爲感。法相寺僧應算給飯貲，望從豐致送，并爲道謝。手此，布頌潭祺，即賀年祉。

世愚兄樾頓首，臘十三日

三六[一]

子雲世仁弟惠覽：

小孫回，述知興居佳勝，潭第平安，慰如所頌。并知去年經營書藏，深費清神，銜感無既。并承惠賜食物四種，拜登謹謝。右台墳前泥路一條，乃往來必由之道，必須早日買回，以免糾葛。兄是以手書此信，信到，望老弟即與湯名魁妥商，能止買路不買地固妙，即路與地必須兼

[一] 此札輯自《浙江圖書館館藏名人手札選（二）》上册，第一三三至一三四頁。

買亦無不可，老弟即與名魁議定價錢，寫契成交，不必再候蘇信。既買之後，即將此契赴縣過户，種種費心，叨在至交，不以虚言致謝也。日内許汲侯外孫即將來杭，兄即將洋錢壹百帶交尊處，俟用後再算可也。手此布託，即頌文安。

世愚兄樾頓首，三月朔

三七[一]

子雲世仁弟惠覽：

昨發一信，定照入矣。所云右台墳地事，兄已與汲侯商量一妥辦之法，吾弟不必急急與湯姓買地，俟汲侯到杭，伊自能與老弟妥商辦法也。前云託汲侯帶上洋百元，亦暫且從緩矣。手此，敬頌潭安。

世愚兄樾頓首，初二日

[一] 此札輯自《浙江圖書館館藏名人手札選（二）》上册，第一二三頁。

三八〔一〕

子雲世仁弟惠覽：

兩接手書，知承冒雨入山相度，何感如之！明奎妻之言既不足憑，則前所云云，竟作罷論。汲侯來杭，老弟與之言明，伊亦當了然矣，好在洋錢並未託伊帶來也。小孫回杭，親至書藏一看，甚爲堅固，可見吾弟經理之善。法相寺僧，亦復殷勤可感。兄意伊每年必到蘇收米，兄亦願寫助米若干或五或四斗在其簿子上，每年來取，以作長年功德，老弟以爲何如？手此，敬頌潭安。

世愚兄樾頓首，初九

前託買紡線，如買就，即交局寄下。

〔一〕此札輯自《浙江圖書館館藏名人手札選（二）》上册，第一五三至一五四頁。

三九[一]

子雲世仁弟惠覽：

承代購豆豉收到，又知尊疾已愈，甚慰。然尚宜節勞，勿遠行也。需用施送諸藥，今檢奉一匣，乞查收備送。兄雖愈而未能復原，則衰老之故耳。手此，敬頌文祺。

世愚兄樾頓首，五月十八日

四〇[二]

子雲世仁弟惠覽：

[一] 此札輯自《浙江圖書館館藏名人手札選（二）》上册，第一二四頁。

[二] 此札輯自《浙江圖書館館藏名人手札選（二）》上册，第一三五頁。

前託買錫箔、笋乾均收到，費神，謝謝。笋乾甚好，再託買三簍，買就即交局寄蘇爲感，其錢仍開在帳上可也。附去小詩一首，此頌文祺。

世愚兄樾頓首，初二日

四一〔一〕

子雲世仁弟惠覽：

接手書，并代購笋乾，價廉而味好，甚費清心。兹再託買三簍，仍如前樣，買就望即交信局寄蘇爲盼。二十邊有人進京，亦須帶京送人也。手此，敬頌潭祺。

世愚兄樾頓首，五月十三日

〔一〕　此札輯自《浙江圖書館館藏名人手札選（二）》上册，第一四二頁。

四二[一]

子雲世仁弟惠覽：

前復一函已照入否？比惟潭第清平爲頌。前託買筍乾者，如已有之，求即一買交局寄蘇。因旬日内有人進京，欲帶與小孫也。手此布託，即頌元祉。

兄樾頓首，十五日

四三[二]

子雲世仁弟惠覽：

久疏牋候，惟興居佳勝爲慰。兄病已愈而未能復元，幸眠食尚如常耳。五十來言，俞樓牆圮，請吾弟便中出城一看，如果要修，據云需洋十餘元。請酌量飭匠修理，其錢歸敝帳總算。聞西

[一] 此札輯自《浙江圖書館館藏名人手札選（二）》上册，第一三七頁。

[二] 此札輯自《浙江圖書館館藏名人手札選（二）》上册，第一四九至一五〇頁。

爽亭已將坍損，兄意此不必修，竟將此亭拆卸，木料等有可用者，存留一處，備用可也，尊意想亦以爲然。附上白痧藥一匣、正氣丸兩匣，計二十顆。以備隨時施送。此頌暑祺，并潭福百益。

世愚兄樾頓首，廿五

四四[一]

子雲世仁弟惠覽：

久稽書候，想暑祺安吉，潭第綏和，定如所頌。兄衰頹加甚，而眠食如常，差堪告慰廑注。月前陰雨太多，前兩日又炎歊特甚，杭地尚平安否？清和坊大火，尊處有租房否？均念。附去白痧藥兩匣、正氣丸兩匣，以備施送。手此，敬頌潭安。

世愚兄樾頓首，初九

[一] 此札輯自《浙江圖書館館藏名人手札選（二）》上册，第一三六頁。

四五[一]

子雲世仁弟惠覽：

久疏牋候，惟興居佳勝，潭第綏和爲頌。兄二月一病，至今遂成廢人，幸眠食如故，尚不廢我嘯歌耳。小孫碌碌，今年不克來杭。今託便人帶上英洋伍拾元，請將本年買物帳及湖樓、山館看守費以及應完錢糧一并算結，如有不敷，示知，再補奉也。叨在世好，恕不以空言致謝。附去新憲書，聊以伴函。此頌台綏，匆匆不盡。

世愚兄樾頓首，廿五日

四六[二]

子雲仁弟足下：

[一] 此札輯自《浙江圖書館館藏名人手札選(二)》上册，第一三八頁。

[二] 此札輯自《浙江圖書館館藏名人手札選(二)》上册，第一八七至一八八頁。

前日託汪柳門山長帶上信一函，洋五十元，參鬚一匣，未知已送到否？信内託買對開錫箔十二元，既又思，一年祭祀需用甚多，十二元尚覺不敷，請竟爲買對開錫箔廿元，交柳門帶蘇爲荷。手此，敬頌文安。

如此信到，前件已買就送到祝公館，則亦不必添買，以省周折，又及。

世愚兄樾頓首

四七[一]

子雲世仁弟惠覽：

久不通候，想入新歲來文祺潭祉，益臻佳勝也。兄病日益不支，幸眠食尚如常度。陛雲之妻妾子女出痧子者八人，且有甚重者，今雖就愈，然半月以來料理醫藥，憊亦甚矣，故一時不能來杭。兹有舍外孫許汲侯觀察引之來杭省墓，託其帶上此函，并託買各物，另單開覽。其價乞墊

[一] 此札輯自《浙江圖書館館藏名人手札選（二）》上册，第一九一至一九二頁。

付，俟小孫來再算奉也。許汲侯并擬到府奉訪，乞進而見之。兄所買各物，買就飭交横河橋許宅，即託汲侯帶蘇。伊三月上旬必回蘇，想伊自必與吾弟言也。手此布託，即問春祺。

世愚兄樾頓首

再附上兄去年所作詩一册，吾弟覽之，藉知兄病來情狀耳。頃有胡太守爲兄醫，尚未服其藥，且看服後何如？

兄再拜

四八[一]

子雲世仁兄惠覽：

前託舍外孫許汲侯帶上一函，定照入矣。汲侯曾晤見否？伊不知幾時回蘇。兄託買各件想已照單買齊。兹再託買筧橋麥冬兩瓶，一并交汲侯望開明各件帶蘇爲荷。小孫大約二十外必

[一] 此札輯自《浙江圖書館館藏名人手札選（二）》上册，第一九三頁。

回杭掃墓也，手此布託，即頌文祺潭祉，不一。

世愚兄樾頓首，三月朔

外附去賤名片一紙，將來可持此送物件至横河橋許宅，庶免其門口失誤也。

託買

對開錫箔　二十元

火腿腰峰　六元

紅壽眉茶葉　一斤

紅飯茶每兩十二文　六斤

致冒廣生（五通）

一[一]

鶴亭仁兄大人吟席：

辱手書，推許過分，非所克承。示讀《同人集》，仰見其時人文之盛。拙刻《全書》中有《袖中書》二卷，皆友朋書札，今若補續之，又可得三四卷，亦因循未果也。尊意謂宜刻同人集，竊謂袁氏之同人集已不及君家，若鄙人續爲之，恐又不如袁氏矣。此亦時運使然也。附去拙詩十五卷，求正。內有未釘者二卷，恕之。手此，敬頌文安。

愚弟期俞樾頓首

[一] 此札輯自《冒廣生友朋書札》，第二一頁。

再者，近作一詩呈覽，餘紙可分示吟好也。對聯寫就，劣不足觀。弟十八日赴杭，俟杭旋再奉候。《五先生集》序亦彼時呈上可也。

樾頓首

二[一]

鶴亭仁兄大人文席：

弟於二十日到杭，日内應酬，忙碌殊甚，數日後尚擬入山中小住也。承屬撰《五先生集》序，已擬一稿，乞轉呈令外祖季貺先生，未知有當否。手肅，敬頌文安，悤悤不盡。

季貺先生前請安。

愚弟期俞樾頓首，二月二十八日

[一] 此札輯自《冒廣生友朋書札》，第二一至二二頁。

三[一]

鶴亭仁兄世大人閣下：

得書，知從者閩還，承賜詩詞各種，謝謝。又示莽竟，率書數語候正。弟日内有甚拂意事，心煩慮亂，不盡欲言。即頌文安。

世愚弟期功俞樾頓首

四[二]

手示謹悉。大著留讀，命製序文，謹當撰擬。所賜晶盒奉璧。案頭塵積，不稱此精美之物

[一] 本札輯自西泠印社二〇一一年秋季拍賣會「近現代名人手蹟及紀念辛亥革命專場」第〇四四五號拍品。

[二] 本札輯自西泠印社二〇一一年秋季拍賣會「近現代名人手蹟及紀念辛亥革命專場」第〇四四五號拍品。西泠印社此件拍品説明稱同批信札均爲致冒廣生者。

也。拙詩一首附覽。手此，敬請台安，餘面晤，不一一。

弟樾頓首

貴大老爷

五[一]

鶴亭仁兄大人侍史：

承屬撰叢書序，率擬一通呈教。《年譜》未能卒讀，目眊故也。偶擷首數紙，略有贅言，固知無當耳。文節公書已爲署端，并跋數語，均劣不足觀。所惠《學廬叢書》謹留讀。本應遵書封面，奈第一字適是家諱，不能下筆，方命勿罪。手肅，敬請道安，并賀節釐。附繳各件，統希雅照。

愚弟俞樾頓首，五月四日

[一] 本札輯自西泠印社二〇一一年秋季拍賣會「近現代名人手蹟及紀念辛亥革命專場」第〇四四五號拍品。

致梅啟照（三通）

一[一]

小巖大公祖閣下：

前展復書，猥以歲時存問，即敬悉履端肇慶，晉錫承恩，翹企崇牙，快符知肊。客臘蒙示以《玉海》一書江寧藩庫版燬於兵火，理合重刊。具見【下缺】

[一] 本札輯自上海嘉泰第一屆拍賣會「古籍善本」第〇五七七號拍品。

二〔一〕

昨由滬上傳來邸報，知新有内召之命。伏思古大臣宣力，初無中外之殊，想執事必不以此介懷，將來三接龍光，重持虎節，不久出領兼圻，固在意計中也。惟樾以部民，謬充坐客，賓筵醴酒，湖舫清茶，略分言情，推襟送抱，兹當遠别，能勿依然。此則借寇之情，較浙東西壤叟轅童而倍切者也。樾疊遭變故，精力衰頽，未識異時節鉞重臨，尚能迎候道旁否。附去詩一本，乃黄門哀逝之辭，如賜覽觀，足知鄙人懷抱。想知愛有素者，必不嫌以荆布之私瀆陳清聽也。

〔一〕此札輯自《春在堂尺牘》卷五，題作「與梅小巖中丞」。

二[一]

小巖大公祖大人閣下：

前日曾上一書，定登記室。邇來薰風應候，想阜財解愠，上契虞絃，兩浙東西，和甘普被矣。樾逭暑吴中，粗叨平順。昨有敝同年趙忠節之子惠欽名濱彦水部仁栟忝充文案，深蒙推愛，倍感憐才。惟屬其勤慎當差，恪恭將事，謹守古人温樹不言之義，無負明公幕蓮栽植之恩。手肅布謝，敬請台安，悤悤不盡。

治小弟俞樾頓首

[一] 用「雁」「鵲」信箋各一紙。本札圖片爲个厂兄見示。

致孟沅（一通）[一]

課卷閱定，送還，乞即榜示。附去題名一紙，敬藉游屐入山之便爲我相度可刻之地，付石工深刻之。其地不妨稍僻，鄙意在數百年後，嗜奇愛古之人，洗苔剔蘚而得之，不在一時有目共見也。文士名心，可笑可笑。

[一] 此札輯自《春在堂尺牘》卷三，題作「與孟蘭艇」。

致繆荃孫（六通）[一]

一

筱珊仁兄館丈世大人閣下：

昨承惠顧，暢談爲快。前奉太夫人之訃，未及稍伸束芻之意，甚歉然。今聞大葬有期，敬呈番佛二尊，聊助執紼，伏乞鑒存。手此，敬頌禮安。再走談不壹。

世愚弟俞樾頓首，二十日

[一] 以下六札柳向春整理爲《俞曲園致繆筱珊手札六通考實》（《版本目録學研究》第四輯，第四六一至四六九頁），并見示圖片。

二

筱珊仁兄世大人閣下：

連日陰雨，弟明日即有杭州之行，未及趨候爲歉。附去《自述詩》一本，自道平生，只算預分行述耳。一䩕，手此，敬頌台安。

世愚弟俞樾頓首，初九日

三

筱珊仁兄世大人閣下：

昨承賜新刻各書，皆精絶，奉持把玩，欣喜無量。玆附上拙著《茶香室三鈔》一部，未知去年曾以呈教否？實則瑣瑣，不足登大雅之堂也。所刻《經説》十六卷，記已奉覽矣。手肅，布請開安。

世愚弟俞樾頓首，二月廿七日

四

筱珊仁兄館丈世大人閣下：

極擬走談，陰雨未果。弟今年重游泮水，戲取當日院試題再作一篇，刻《重游試草》，分貽知好，以爲笑噱，謹以一卷呈覽。又拙著《雜文》第五編八卷，文雖卑下，然近時名公頗有見於鄙文者。又《經課續編》第四卷，皆説經之作，近時所吐棄者。然「有婦人焉解」一首，自謂極確，並以呈教。從者留吴下尚有幾日？天色晴和，再當走候。先此，敬問起居。

世愚弟期俞樾頓首

五

筱珊仁兄世大人閣下：

去年承惠顧敝寓，老病未克倒屣，良用歉然。比聞清望日隆，雖以七品歸田，仍是中興霖雨，佩甚羨甚。弟病狀如前，杜門不出，既不敢談經濟，并不敢談學術，病中惟以吟詠自娱，每年可得詩一卷，今年自正月至六月已得半卷，附呈請正。所謂雖多奚爲者，不足通人一噱也。聞新刻有《中吴紀聞》，求賜一册。又聞尊處有鈔本《今古奇觀》，能寄借一看否？老不著書，惟以閑書消日也。手肅布泐，敬請著安。病筆草草，并希亮恕。

館世愚弟俞樾頓首，八月廿五日

六

筱珊世仁兄館丈惠鑒：

九月十七日曾由局布復一箋，未知得塵青睞否？頃承賜讀各書，無不精美，足徵嘉惠盛心，表尊美意，欽佩無量。弟龍鍾日甚，然每日飯後尚使人舁至外齋，小坐半日，如得暇惠然肯來，當可一圖良晤也。拙刻《全書》已無存者，今檢呈數種，聊以報復，並請鑒正。手肅，敬請台安。

館世愚弟俞樾頓首

致聶緝槼（二通）

一[一]

日前承惠顧暢談爲幸，比計已吉旋滬上矣。滬上新出一平話曰《萬年清》，演説高宗純皇帝私下江南之事，覽之不勝駭異。伏思小説傳奇，無非假設姓名，駕稱唐宋，未有於本朝祖宗肆詆諆視同兒戲者，小人無忌憚，一至於此。且聞其尚欲續成後部，不知其更將如何誣罔。俗語不實，流爲丹青，愚夫愚婦，信以爲真，互相傳述，不但上爲盛德之累，抑且下貽風俗之憂，此誠地方大吏所宜嚴禁者也。用敢陳之左右，乞飭該書坊以後不準照印，其照印已成之本，責令

〔一〕 此札輯自《春在堂尺牘》卷七，題作「與聶仲方觀察」。

繳出，當堂焚燬，以嚴上下之分，而杜後世之疑，幸甚幸甚。

一〔一〕

昨得杭友書，言敷文、詁經兩院生徒風聞有裁撤之説，籲懇暫留，稟由監院代達臺端，未知果有此事否？伏思功令雖停止科舉，未始不體卹寒微，是以展行優拔之説。如蒙推廣朝廷德意，略留寒士生涯，未始非杜厦白裘之雅意也。敷文弟未深悉，詁經每歲支領不過一千餘金，即使撥入學堂，亦屬鈎金杯水。聞江蘇、安徽、湖南、湖北各留片席，安頓老生，未知吾浙亦可倣行否？弟三十一年詁經老山長，不能忘情，冒昧瀆陳，伏求裁定。

〔一〕 此札輯自《春在堂尺牘》卷七，題作「與浙撫聶仲芳中丞」。

致潘大人（一通）〔一〕

潘大人：

令親班生公祖屬致方伯書，求代寄去。人微言輕，其實無裨於事，聊副諉諈而已，班翁前不及作復函，并求代達歉忱。手肅，敬請台安。

世小姪俞樾頓首

外浙信一函。

〔一〕　此札輯自《浙江圖書館館藏名人手札選（二）》上册，第五頁。

致潘衍桐（二通）

一[一]

嶧琴老夫子仁兄大人閣下：

七月廿九由局寄函，并附呈吴蔗農書，定照入矣。函中叙及王生正春事，乃竟有大謬不然者。樾前因陳生尚彬等公函，以章生梫守制家居，不再到省城，請以王生正春承其乏，已蒙俯允矣。乃昨日接章生梫来函，知仍欲在詁經肄業，初無告退之説。然則前此荐鶚之公言，實屬攘揄之私意，良可歎也。惟樾前此致臺端書本云，如章生梫仍來肄業，即無庸更張。今章生果來矣，請將該學申文批準，仍令章生肄業。至王生正春，只可諭令後有缺出再行補調。弟忠厚

[一] 本札輯自香港淳浩二〇一三年夏季拍賣會「中國近現代書畫」第〇〇五八號拍品。

待人，爲人播弄，屢瀆尊聽，深抱慙惶，伏乞恕之。手肅，恭請台安，統惟惠覽不宣。

通家愚弟俞樾頓首，八月初六日

二[一]

嶧琴老夫子仁兄大人閣下：

歲月緜邈，關河阻深，音問遂疏，緬懷殊切。聞以目疾未愈，致阻趨朝。昨得賜小孫訃函，又驚悉偏弦驟折，中饋俄空。遥想盅懷，不無少鬱，伏惟台候萬福。弟老懷索寞，家境屯邅。夏初亡孫婦彭病故，賢而不壽，深惻於懷，爲作小傳一篇，謹呈青鑒。又秋間在杭作《毛烈女詩》一篇，語雖率直，意在表章，亦附呈數紙，或亦輶軒舊使所樂觀也。自秋徂冬，海風大勁，不圖外患一至於斯，氣數乎？人事也？近聞和局可成，暫偷一時之安，亦復大佳。或曰如此則後患方長，弟則應之曰：後患方長，老夫後路則甚短也。想公聞之，應爲乾笑。手肅布慰，敬請

[一] 此札輯自《上海圖書館藏歷代手稿精品選刊·俞曲園手札》，第二三七至二四〇頁。

道安，統惟台鑒，不宣。

通家愚弟俞樾頓首

外，小孫陛雲附呈番佛六尊，聊佐齋奠。因弟等在杭爲亡孫婦營葬，接奉尊函甚遲，故修復稽緩，并祈原鑒。

致潘曾瑋（四通）

一〔一〕

承詢「卣」字，《説文》所無。議以「酉」字代之，然于經典無徵。近人有謂「卣」字即《説文》「鹵」字者，據「卤」字隸書作「逌」爲證。然隸體變易，多未足凴，卤字從鹵從乚，隸變從卣從辵。若謂卣是篆文鹵，豈辵是篆文乃乎？竊謂，鹵、酉二字，其形與音皆與卣相近，與叚借之例皆合，而求之經典則皆無據。《周官》「鬯人」職「廟用修」，鄭注曰：「修，讀曰卣。」又「司尊彝」職，鄭注引《爾雅》「彝、卣、罍，器也」之文，陸氏《釋文》曰：「卣，本亦作攸。」然則古人書「卣」字，有

〔一〕 此札輯自《春在堂尺牘》卷一，題作「與潘玉泉觀察」。

作「修」、作「攸」者，較之作西作鹵，或稍有據乎？

二一[一]

置身仕隱兩途間，天付優游歲月閑。小築園林聊寄興，全收風景不嫌慳。臨流瀟灑偏宜竹，疊石嶙峋便當山。領略濠梁莊惠意，一亭知樂妙題顔。小亭顔曰知樂。

手攜佳客此娱嬉，正是橙黄橘緑時。此日蕭疏宜野服，昔年颯爽見英姿。閑雲飛倦仍歸岫，老樹花開定滿枝。誦取一篇池上句，相從何減白公池。

敍閑主人小園落成，次銷英道人韻見示。時適有武林之行，即于舟窗和之。草草落筆，殊未推敲，惟方家是正。

巾山逋客俞樾録稿于由拳舟次

[一] 此札輯自《浙江圖書館館藏名人手札選(二)》上册，第四頁。

三[1]

七載旬宣，是坐鎮蘇臺，詩酒神仙。綺筵飛玉琖，正永晝如年。卻好松涼夏健，紫薇仙署樱櫚館。舊雨客來，願年年此日，共醉花前。　記否崎嶇兵間，似慷慨王章，辛勤陶侃。喜今蔗境甜，又翠幰朱軒。管領鶯花茂苑，乍交庚伏炎猶淺。一闋小詞，侑瑤觴，也算倡和詩篇。

竹樵翁曾譜此調壽西圃翁，故末句云然。

養閑翁正律

曲園録呈

[1] 此札輯自《浙江圖書館館藏名人手札選（二）》上册，第三頁。

四〔一〕

季玉老世叔大人閣下：

春融，伏惟台候增勝爲頌。姪於二月廿五日至西湖，牰叨平順，約有一月句留。兹有蘇城寶積寺僧真川，欲至京請藏經全部，但都下苦無熟人。聞前任江蘇織造錫公、德公均在内府用事，敢求長者惠賜一書，託其妥爲招呼，俾得早日領回，亦一善舉也。務求勿卻，并爲玉成是感。其書初十前即交敝㢆轉交可也。手肅，敬請台安。

世愚姪制俞樾頓首

再，錫公、德公，均僧人所説。德公名壽，錫公忘其名，似尚在德前也。如别有可招呼之意更妙。

〔一〕本札輯自西泠印社二〇一九年秋季拍賣會十五週年「中國書畫古代作品專場」第一〇三三號拍品。路偉先生見示圖片。

致潘祖同（十通）

一〔一〕

譜琴仁兄世大人史席：

承示讀陶公年譜，頗有見解。據《孟參軍傳》稱淵明，爲在晉名淵明之證；據對檀道濟語稱潛，爲入宋改名潛之證，陶公名字，從此定矣。惟《晉書》《宋書》《南史》、梁昭明太子所作傳，於陶公名字竟無一合者，殊可笑也。《晉書》作陶潛字元亮，名字尚皆不錯；惟止書其所改之名，不及其本名，稍疏耳。年譜先繳還，乞照入。承詢「擘窠」二字所出，宋朱長文《墨池編》云：「字體有擘窠書，

〔一〕此札輯自《上海圖書館藏歷代手稿精品選刊·俞曲園手札》，第一〇〇至一〇二頁。

今書家皆不解其義。」按《顔真卿集》有云：「點畫稍細，恐不堪久，臣今謹據石擘窠大書。」王惲《玉堂嘉話》云：「東坡《洗玉池銘》，擘窠大字，極佳。」又「韓魏公書杜少陵《畫鶻》詩，擘窠大字。」是「擘窠」乃唐宋時常語。然朱長文北宋時人，已云「今書家皆不解其義」，則其義云何，固不可知矣。宋人避「殷」字，一部《宋史》，無一殷姓者；至於尋常「殷勤」等字，則不知是何書法。計此等字，宋人詩文集中當必不少也。齊次風言是翼祖諱，此卻有誤。宋翼祖名敬不名殷，其名弘殷者乃宣祖，即宋太祖之父也。明陳禹謨《駢志》二十卷、國朝周亮工《同書》四卷，均收入《四庫全書》類書類中，案頭卻無其書。《孿史》四十八卷，近人王雪香希廉所著，《申報》館中排印本，如欲觀之，只消寫片帋交送《申報》人，三四日即可得，價亦不甚昂也。今日爲一同年生寫墓志銘，幾一千字，甚累。草草布復，即頌著安。惟承下問，多不能對，甚愧。

世愚弟俞樾頓首

翁叔平尚書忽以修墓南旋，不可解。尊處有所聞否？曲譜暫留，亦不得其要領。

二[一]

譜琴仁兄世大人閣下：

頃奉手示，適因亡婦忌辰，在内設祭，未及肅復。承詢「憲聖」，乃宋高宗之吴皇后，《宋史·后妃傳》所稱「憲聖慈烈吴皇后」是也。高宗既内禪，后與帝同居德壽宫，故《貴耳集》云「憲聖在南内」也。孫叔敖葬地名，疑以作白土爲是，然亦無的證。丁鶴年墓自在湖北，有烏斯道詩可證，在杭者恐係傳訛。檢《圖書集成·職方典》，杭州古蹟有丁高士鶴年墓，又不稱孝子也。手復，敬頌著安。

曲園拜上

〔一〕此札輯自《上海圖書館藏歷代手稿精品選刊·俞曲園手札》，第一〇六頁。

三[一]

譜琴仁兄世大人閣下：

頃承惠顧暢談爲幸。附去拙刻一部，但未及裝釘爲歉。《茶香室續鈔》俟印成再奉也。手此，敬請著安。

世愚弟俞樾頓首

四[二]

頃承檢示蘇詩，甚感。弟案頭止有《施注蘇詩》，此詩在第十六卷，詩云：「雲龍山下試春衣，放鶴亭前送落暉。一色杏花三十里，新郎君去馬如飛。」後二句與世所傳「一色杏花紅十里，狀元歸去馬如飛」不同。未知尊處所有馮注本如何也。又檢《古今圖書集成·山川典》載

[一] 此札輯自《上海圖書館藏歷代手稿精品選刊·俞曲園手札》，第一一三頁。

[二] 此札輯自《春在堂尺牘》卷六，題作「與潘譜琴庶常」。

文翔鳳《徐州登雲龍山記》中云：「有亭於山際，曰放鶴臺，足鐫坡老《雲龍絶句》，『新郎君』爲『狀元歸』。蓋坡老於彭城送人春試，遂爲壯游賞意之什」云云，以此證之，《坡集》自作「新郎君去馬如飛」，而石刻改作「狀元歸去馬如飛」。其上一句之異同，當亦如是。此石刻爲坡老筆乎？抑後人寫刻乎？未見其搨本，不可詳矣。竊謂題是《送蜀人張師厚赴殿試》，則當作「新郎君去」爲是。蓋送之赴試，非試畢送之還蜀也，何得云「狀元歸去」乎？

五[一]

考漢壽有二，考見《十七史商榷》第八本四十一之四。《前漢地理志》「武陵郡·索」下注引應劭曰：「順帝更名漢壽。」《後漢書》續志「武陵郡·漢壽」下注云：「故索，陽嘉三年更名。」是後漢之漢壽縣，即前漢之索縣。此一漢壽也，今湖南常德府龍陽縣即其地也。《晉書·地理志》云：「劉備據蜀，分廣漢之葭萌、涪城、梓潼、白水四縣，改葭萌爲漢壽，又立漢德縣，以爲梓潼

[一] 此札輯自《上海圖書館藏歷代手稿精品選刊·俞曲園手札》，第一〇八至一〇九頁。又收入《春在堂尺牘》卷六，緊接上札，題作「其二」。今據原稿整理。

郡。」是蜀漢之漢壽，即漢之葭萌。此又一漢壽也，今四川保寧府廣元縣即其地也。關公封漢壽亭侯，在建安五年，《商榷》作「四年」。其時昭烈未帝蜀，蜀尚未有漢壽縣，則公之所封，尚是武陵之漢壽。至《蜀志·費禕傳》「十四年夏，還成都，冬復北屯漢壽」，此則梓潼之漢壽矣。晉泰始二年又改爲晉壽者也。因承下問，拉雜書復，即頌著安。

譜琴仁兄大人史席。

弟樾拜上

六[一]

譜琴仁兄世大人史席：

前奉訪未晤爲悵。清恙已大安否？寒燠不時，祈珍攝爲幸。承示蘇慈碑，名慈，字孝慈，而《北史》及《隋書》止稱蘇孝慈，竟以其字爲名，是碑詳而史略也。《隋書》稱從武帝伐齊，賜爵文安

[一] 此札輯自《上海圖書館藏歷代手稿精品選刊·俞曲園手札》，第一〇三至一〇五頁。又收入《春在堂尺牘》卷六，題作「與潘譜琴庶常」。今據原稿整理。

縣公，尋改封臨水縣公，而碑只稱文安縣公，不言改封臨水，是史詳而碑略也。碑文有「天和七年」，而後周武帝天和止六年，無七年。考是年三月改元建德，當以事在三月以前，故仍稱「天和七年」耳。碑與史似異而不足爲異也。至葬同州蓮芍縣，尊意頗以爲疑，謂蓮勺自漢以來均屬馮翊，唐武德元年始改馮翊爲同州，碑文不云馮翊而曰同州，或武德以後補撰。則鄙意以爲不然。同州之名舊矣，《隋書·地理志·馮翊郡》注云：「後魏置華州，西魏改曰同州。」則自西魏至隋開皇時，其地正名同州也。所屬有下邽縣，注云：「大業初并蓮勺縣入焉。」則大業未并之前，同州有蓮勺縣可知矣。碑文所書，正得其實；尊跋謂武德元年始改馮翊爲同州，此考之未審。《唐書·地理志》大書「同州馮翊郡」，注云：「武德元年更諸郡爲州，天寶三載以州爲郡，乾元元年復以郡爲州。」然則武德元年盡改天下之郡爲州，故馮翊郡改爲同州，天寶三載又改同州爲馮翊郡，乾元元年又改馮翊郡爲同州。同州也，馮翊郡也，皆承其舊名。但州郡改易，以從一時之制而已，非武德元年始有同州之名也。史與碑均不誤。謹述所見，以質高明。即頌著安，匆匆不盡。

世愚弟俞樾頓首，二十二日

碑文附繳。

七〔一〕

彭子壽不知何人，張元恪亦未詳。昨少深兄以百鳥長卷索題，率書數語而歸之，竟未審及此，乃歎閣下實事求是之不可及也。《儀禮》孫適人者在《小功》章，賈公彦云：「以女孫在室，與男孫同大功，故出適小功也。」自是以後，《開元禮》《政和禮》《朱子家禮》《明會典》並同。而今制則無服，此不可解。惟《五禮通考》卷十三小注引律文，有《孫女出嫁小功圖》，豈禮、刑二律參差乎？手此布復，即頌

譜琴仁兄著安。

弟樾拜上

《經鉏堂雜志》無有，并復。

〔一〕此札輯自《上海圖書館藏歷代手稿精品選刊·俞曲園手札》，第一〇七頁。

八[一]

昨檢李斗《揚州畫舫録》卷五、黄文暘《曲海》所載國朝傳奇，知《一》《人》《永》《占》四種，皆吴縣李玄玉所作。李玄玉共有三十一種，不止此四種也，未知今尚有存者否？手此奉聞，其名録後：

《一捧雪》《人獸關》《永團圓》《占花魁》《麒麟閣》《風雲會》《牛頭山》《太平錢》《連城璧》《眉山秀》《昊天塔》《三生果》《千忠會》《五高風》《兩鬚眉》《長生像》《鳳雲翹》《禪真會》《雙龍珮》《千里舟》《洛陽橋》《虎邱山》《武當山》《清忠譜》《挂玉帶》《意中緣》《萬里緣》《萬民安》《麒麟種》《羅天醮》《秦樓月》。

譜琴世仁兄吟席。

曲園拜上

[一] 此札輯自《上海圖書館藏歷代手稿精品選刊・俞曲園手札》，第一一〇至一一一頁。

《風雲會》似是宋太祖事，《昊天塔》似是楊六郎事，餘皆未詳。吴中如尚有流傳，得一覽亦佳。

九[一]

譜琴仁兄世大人閣下：

聞清恙已瘳，幸甚慰甚！但須節勞自愛，天寒風烈，勿早出門，且亦不可過費心神也。弟亦發老病，日來稍愈矣。「四府」出《皇極經世書》，以《易》《書》《詩》《春秋》爲聖人之四府，宋人語耳，非有典則也。手此，復頌大安，順賀年禧。

世愚弟俞樾頓首

[一] 此札輯自《上海圖書館藏歷代手稿精品選刊・俞曲園手札》，第一一三至一一四頁。

一〇[一]

拙詩中有大不妥之句，流播非宜，昨暮思而得之，已將版本剜改矣。貴友持去之本，請函命寄還爲感。手此，敬請台安。

名心叩

[一] 本札輯自《著硯樓清人書札題記箋釋》第一二八頁，用「曲園製」信箋半紙，知爲俞氏手札。鳳凰出版社樊昕博士見示。

致潘祖蔭（七通）

一〔一〕

一别春明，五更寒燠，遥瞻槐棘，時用依依。前歲壽陽相國寄到安丘王氏《説文》，有閣下所製序。今年王子莊孝廉從京師來，攜贈金誠齋先生《求古録補遺》，亦閣下所刻。乃知近來垂意斯文，孳求實學，乾嘉一脈，庶幾未隊，甚善甚善。伏念數十年來斯事衰息，非在位之君子，安能振而起之？區區之心，竊爲左右望也。僕窮老著書，聊以自娱，于斯道絶續之交，無所裨益。兹奉上拙刻三種，其一種刻而未成。自公退食，俯賜覽觀，有所訂正，幸甚。

〔一〕此札輯自《春在堂尺牘》卷二，題作「與潘伯寅侍郎」。

二〔一〕

貴大人：

承賜字刻，謝謝。《叢鈔》已刻全，一二日修補好後即當以樣本求教也。復頌大安。

世愚弟功俞樾頓首

三〔二〕

鄭盦尚書

《丹泉海島録》，尊處有全部，乞借一閲。外，櫻花詩呈教。手此，敬頌台安。

樾拜上

〔一〕本札見於香港觀想二〇一六年春拍中國古代書畫專場第五三六號拍品《俞曲園手札》，蒙个厂兄賜示圖録。

〔二〕本札見於香港觀想二〇一六年春拍中國古代書畫專場第五三六號拍品《俞曲園手札》，蒙个厂兄賜示圖録。

四[一]

頃聞眉生言，去年從尊處假得《五義三俠》一書，甚佳。可否即交花農寄南，借弟一觀？三千里外遠致一癡之乞，而惟《五義三俠》是求，曲園之志荒矣，可博一笑。此上

鄭盦尚書

曲園俞樾拜白

五[二]

承示克鼎銘搨文，誠吉金中一鉅觀也。弟於金石考訂最爲疏陋，既未聞高明所論定，又未

[一] 本札見於香港觀想二〇一六年春拍中國古代書畫專場第五三六號拍品《俞曲園手札》，蒙个厂兄賜示圖録。

[二] 此札輯自《春在堂尺牘》卷六，題作「與潘伯寅尚書」。

見諸家所釋文，竟無從贊一詞。但不知諸家以克爲何人？《博古圖録》《鐘鼎款識》並載有「克尊」，因文有「高克」字，遂定爲鄭文公時之高克。按，《詩序》云：「高克好利，而不顧其君。」若此鼎亦出此人，則不光矣。竊謂古人名克者甚多，周有王子克，楚有鬬克。鼎文既無高字，不必亦以爲鄭之高克也。其文云「王若曰克」，又云「克拜稽首」，則克是其名，而文又兩稱「善夫克」，「善夫」疑是其字。古人名字並舉，或先名後字，如云橋庇子庸、馯臂子弓是也；或先字後名，如云弗父何、孔父嘉是也。善夫克，正先字後名之例。輒以私意斷之，此克爲邾子克，即隱元年《春秋》所書邾儀父也。邾儀父亦作邾儀甫，見《釋文》。古「儀」字止作「義」，義與善通，《禮記·緇衣》篇「章善癉惡」，《釋文》作「章義」，云「《尚書》作善皇」，云「義，善也」。是義、善通也。甫與夫通，《士冠禮》注曰：「甫是丈夫之美稱。」《詩·甫田》箋云：「甫之言丈夫也。」是甫、夫通也。以是言之，善夫即義甫，即《春秋》所書之邾儀甫，《左傳》所載之邾子克矣。邾儀甫以託王之始，首先朝魯，見美《春秋》。今歲爲天子親裁大政之年，公以朝廷重臣而得此鼎，殆非偶然，其爲瑞大矣，是亦金石家美談乎？率書所見，聊效一得，未知然否？

六[一]

【前缺】西法照印，附上一册。又《彭雪翁詩》，杭友所刊，亦附去，但字皆小，未知可寓目不。此上

鄭盦尚書

樾

七[二]

屬書之件，草草塗呈，不足糊壁。東坡報章子平書，其集中有之，原書則未得。此上

鄭盦尚書

樾

[一] 本札輯自中國嘉德一九九八年春季拍賣會「古籍善本」專場第一〇七三號拍品。

[二] 本札見於香港觀想二〇一六年春拍中國古代書畫專場第五三六號拍品《俞曲園手札》，蒙个厂兄賜示圖録。

致潘遵祁（二通）

一[一]

西圃世叔老前輩年大人閣下：

祈寒，伏惟台候萬福。兹先送呈詁經精舍戊辰至戊寅十一年課藝，以副尊諭。抛磚引玉之言，伏乞鑒入。外詩四首，博一粲，未知已見過否？手肅，敬請頤安。

年世小姪俞樾頓首，廿七日呵凍作

[一] 本札輯自嘉德二〇一八年秋季拍賣會「筆墨文章——信札寫本專場」第一九四〇號拍品。

二[一]

西圃老前輩年大人閣下：

承屬撰《艸堂記》，文、字俱陋，有玷佳園，謹呈教正，各件均繳還，乞詧入。大稿二本，拜讀一過，格律謹嚴，意義周匝，不勝佩服之至。前承面命，戒作諛詞，是以黏籤數條，毛舉細故，以副虚懷，其實一無當也，并望恕其狂瞽之罪。手肅，敬請台安。

年侍俞樾頓首

[一] 本札輯自西泠印社二〇一六年秋季拍賣會「中國書畫古代作品專場」第二七五七號拍品。

致彭見貞（三通）

一[1]

孫婦覽：

得十八日書，知令祖又病，甚以為念。昨命階青寄一函，我亦附數行，未知何時可到。今日得令祖廿四日手書，誦之垂淚。因思高年久病，氣血俱衰，雖臂瘍未愈，切不可服外科膏藥、散藥，此番復發舊疾，恐是外科藥所誤，即以外症論，亦宜服補藥方可收功。從前姚穀孫表叔十餘歲時生外症，服參朮而愈。去年娘娘生外症，日日吃參，汝所親見也。況令祖年高乎？汝

〔一〕此札藏於蘇州博物館，李軍博士見示。

宜勸服参耆，以令祖本原之好，當可挽回。至外科藥，切勿服也。蘇寓均好，勿念。

曲園翁，十一月初五日

二[一]

接廿八日手書，知出痧已愈，近日精神何如？阿膠及坤順丸仍喫否？令祖謚法，前所傳皆誤。浙江潘學臺書來，言得京信，知確是「剛直」二字，湖南已聞知否？昨得令弟佩芝書，託作墓銘，閲所寄《行狀》，王壬秋先生所作，自是名筆，但其中事實有可商者。如所載少年受知高螺舟先生入學一節，與令祖所自言者迥異，其事吾載入《春在堂隨筆》第六卷，倘令弟處有其書，可檢出觀之，便知與《行狀》所載大相反矣。此事雖細，而一生名節有關，今《行狀》中有此一節，吾意萬不可刻，刻之則冥漠中必有餘恫也。此外，所敘戰功，如沙口、沌口一事，與令祖所述亦有不同，至晚年赴粤東防俄，其心血所注，全在大角礮臺。大角在虎門外，同事諸君皆以爲散漫無可守，令祖親履其地，始知海水有清、黄之别。黄水浩渺無極，而清水則止一綫，曲

[一] 此札輯自《春在堂尺牘》卷六，題作「與孫婦彭書」。

折而來，無論帆船、輪船，必由此路，從大角山下經過，於此開礮，擊之必中，故力主扼守大角，劈石爲臺，藏礮其中。至甲申之冬，警報日至，言明年正月必犯廣東。令祖於除夕親駐大角，因疑似之間開放一礮，誤傷鹽務巡船，方悔鹵莽，而乙酉正月寂無警信。後閱外國新聞紙，有一條言，大角礮臺，深得形勢，不可輕犯。乃知此一擊之誤不爲無功，亦令祖與吾言之。此等事宜，細詢當日隨征將佐，務得其詳，傳示後世，勿使人言粤東之役但以虚聲脅人，僥倖無事也。又令祖在粤有一摺，極詆和議，有「五不可和」「五可戰」之説。當時朝議不甚許可，然實令祖一生大見識、大議論，安可不傳示千載乎？吾因此數端，未能動筆，亦未便函復令弟。而手書與汝，可與令弟及親黨曉事者同看也。吾衰且病，此等大題目，恐不勝任。竊意，王益吾祭酒，本令祖舊友，又是同鄉，何不託渠作之？如必欲吾作，當更博考參稽，非可率爾操觚也。

三[一]

孫婦覽：

接來書，知九月初四日始抵衡州，沿路不辛苦否？身子好否？白木耳等長喫否？深以爲念。我及汝姑帶同珉珉於九月初七動身，初九到杭，十八日入山，擬十月初二出山，初六動身還蘇。俱各健好，勿念。汝家兩件喜事，今年皆不能辦，則汝萬不能在彼等候，務必早日回家，早則十月底，遲則十一月初必須到蘇，以慰我等之望，切勿遲延，至囑至囑。惟長路迢遥，乏人伴送，我已函商震青五親家，或請常蓮舅送來，或蔣八夫婦送來。如彩雲有小孩不能遠來，則蔣八一人亦可，一到漢口，定有輪船，即速發電報到蘇通知爲要。我於五親家信中亦託之矣。娘娘處至今杳無信來，未知何故，或者先來亦未可知。汝到漢口如不相遇，亦不必等待，

[一] 本札爲俞氏後人家藏。

好在娘娘自有李世耀相送也。手此布知，即問好，不一一。

九月廿四日，曲園書

佩芝昆仲等均代候。昨得汝信，即告知程宅矣。

致彭生甫（二通）

一〔一〕

前年得手書，并賜和章，去年又于金陵節署得書，知杖履優游，起居佳勝。并承降達尊齒德之重，訂異姓昆弟之歡，且喜且幸！吴楚暌隔，無從寄復，雙魚尺素，遲滯至今，良用媿恧。屬篆墓表額，弟翰墨頹唐，姓名微末，不足增先德之光，重違來意。輒已書就，適貴同宗雪琴侍郎來游西湖，一見如舊，即託其攜致左右，然恐緩不及事矣。弟自去年春從蘇州紫陽書院移主杭州詁經精舍，其地在孤山之麓，有樓三楹，足攬全湖之勝，風晨月夕，倚欄俯瞰，不減賀季真

〔一〕此札輯自《春在堂尺牘》卷二，題作「與彭麗崧孝廉」。

之在鑑湖矣。老兄倘不遠千里惠然肯來，頗可於此中作十日飲也。

二〔一〕

去年在西湖寓樓託貴同宗雪琴侍郎攜致一函，未知得達左右否？千里而遥，企望清暉，如何弗思？今年正月八日，與李質堂軍門會飲于友人所，始知去歲有賢女之變，然不得其詳。翌日軍門招飲，出示賢郎所撰《行狀》，一再讀之，不禁廢書而歎曰：賢女之死，極激烈，極宛轉，所謂「慷慨赴死」「從容就義」兼而有之，雖古烈丈夫，何以加兹？然此《狀》也出，輶軒之使不能據以聞于朝，柱下之臣不能據以登于史，而賢女于是爲徒死矣。夫賢女，所以千古不朽、萬代瞻仰者，全在三月二十七夜一事。此一夜，狂且入室，肆行無狀，賢女必有握拳透爪、齧齒穿齦、勃勃不可磨滅之氣，必有大聲疾呼、動天地、泣鬼神之言，載筆者宜謹書而備録之。今按《狀》，止云「妹侍姑湯藥，以寒疾歸寢室。嗣遠是日適以問疾至，假宿外厢，而變作矣」，又曰

〔一〕此札輯自《春在堂尺牘》卷三，題作「與彭麗崧孝廉」。

「久之始得其顛末」。然所謂「變作」者，既不詳敘于前；所謂「始得顛末」者，又不補敘于後。徒載賢女之言曰「若有一豪生理，我當不死」，又曰「我當夜求死不得」，使讀者不知此夜情事如何，以意縣揣，反至失真而過實。夫嗣遠既闌入寢室，或以言語調戲，或以威力逼脅，皆所必有之事。即或不幸而至于失身，而既以一死自明，則仍不失爲完人。朝廷功令，初不因此而奪其旌表，秉筆者何所用其忌諱歟？況賢女當夜未必不幸而至此，乃《狀》中不用據事而書之直筆，反用諱莫如深之曲筆，如畫龍然，東雲見鱗，西雲見爪，卒莫知龍爲何狀。設大吏以此事入告，其能以「變作」二字鶻突上聞乎？設史館爲賢女立傳，海内士大夫爲賢女作碑碣，其能以「得其顛末」一言爲包括之辭乎？夫死者爲賢女，狀其死者爲賢郎，賢郎胸中自不免有爲親者諱之意，然此事實不必諱，且不可諱，諱之是諱賢女之烈也。嗣遠以功服夫兄爲禽獸之行，法當竿首，今聽其自死，倖逃顯戮。賢父子已不免深負賢女，惟有籲告朝廷，表揚泉壤，及徧求當代名人文字垂信千秋，而此《狀》又不可據。烏呼，賢女爲徒死矣！弟承兄不棄，有異姓昆弟之誼，故不敢以煩瀆辭，伏求惠我數行，詳示賢女死事狀，弟雖不才，請執筆以待。

致彭玉麟（十四通）

一〔一〕

西湖講舍，得識荆州，飫之以清尊，寵之以妙墨，何幸如之！比想旌斾，已在越中，探禹穴之幽深，攬蘭亭之清朗，較西子湖頭，風景又勝矣。樾登舟後，于二十日抵蘇，肺疾已愈。出月下浣，又可放棹武林。望從者于湖樓從容小住，再當追陪觴詠，接續墜歡也。兹有湘鄉相公一書，代爲寄奉，乞察入。

〔一〕此札輯自《春在堂尺牘》卷二，題作「與彭雪琴侍郎」。

二[1]

舟中别後，即作越中之游，五月朔始還西湖講舍。使人入城偵視，則台旌發矣。瞻望不及，我勞如何。吴門未知有幾日句留，若能遲至月底，尚可於銷夏灣頭奉陪觴詠也。越中山水殊勝，大賢游覽於前，賤子登涉於後，相距不過旬日，而稽山鏡水間，籬鷃雲鵬，後先翔集，亦一奇也。所游如禹陵、南鎮、蘭亭，皆擬作一詩，而力不勝題，大有秦武王舉鼎之懼。因别尋題目，避重就輕，庶幾齊王用三石弓便自稱十石也。其《蘭亭》一章，即以奉懷，輒録博一笑。

三[2]

前歲西湖講舍，得接英姿，不勝執鞭之慕。嗣得途中所寄書，并賜讀佳章，樾亦嘗寄上七言古詩一首，乃是年游會稽蘭亭有懷左右而作者，想已入青睞矣。兩載以來，未通音問，不知

[1] 此札輯自《春在堂尺牘》卷二，題作「與彭雪琴侍郎」。

[2] 此札輯自《春在堂尺牘》卷三，題作「與彭雪琴侍郎」。

在緑野堂中優游歲月乎？抑或從赤松子輩笑傲煙霞乎？功成不居，長揖歸山，真英雄也！求之古人中且不易得，況今人乎？樾詁經主講，仍借湖山養拙，無足言者。去歲貴同鄉徐壽蘅侍郎畫蛇添足，殊屬多事，然在樾亦無所損益耳。本無出門西笑之心，何有留滯周南之歎？但得饘粥粗給，伏臘有資，豈獨前塵昔夢，概付飄風，并山長頭銜，亦謝勿受矣。樾今歲行年五十有一，精力頹唐，意興消耗，蒲柳早衰，天所賦也。湘鄉師言，本朝經生，多享大年者。然樾則學問既不逮昔賢，精神又不如遠甚，殆無能爲役矣。湘鄉師重涖江南，矍鑠更甚於前，龍馬精神，固自不同乎！閣下有興，何不來作秣陵游，并再探西湖之勝。樾仍當于弟一樓頭迎候清塵也。

四〔一〕

四月二日，在西湖精舍接惠書，知去年所致之函由曾文正師五百里火票飛遞，一十四日而達左右。羽書星火，送到山人詩瓢，是亦千秋佳話，而不意瓊瑶報我之時，已在文正師箕尾歸

〔一〕此札輯自《春在堂尺牘》卷四，題作「與彭雪琴侍郎」。

天之後。緬懷知遇，曷勝泫然！伏讀來書，語長心重，旨遠詞文，令人有雲中白鶴、天半朱霞之想。所鈐小印有曰「兒女心腸，英雄肝膽」，樾請益以二語，曰「書生面目，神僊骨相」，便足盡君之爲人矣。和章如行雲流水，隨筆抒寫，風韻神味，無一不勝，真天才也！惟揄揚之過，在所不免，然亦見賢者之多情矣。樾正月之末至閩中省視老母起居，在家兄福寧郡齋小住一月，於三月廿八日仍還西湖，補行課事。文正師之喪，不克躬與執紼之役，於心歉然。聞素車白馬，飛逮金陵，閣下風義甚高，篤於師友，古之人，古之人也！未識能便道至蘇杭一游，訪名山兼尋舊雨乎？此間當事諸君皆言，已有詔書趣公出山，不知此信果否？伏念功成身退，長揖歸田，自是大丈夫行徑，然近者朝廷雖號治平，而西北軍事猶亟，東南伏莽未清，吾師柱石忽摧，未免廑聖明南顧之慮。閣下上念朝廷倚畀之隆，下念蒼生屬望之切，綸巾羽扇，再出東山，以成文正師未竟之志。至海内晏然，中外無事，然後歸從赤松子游，度天下後世，必不以馮婦笑公也。閣下儻有意乎？

五[一]

前覆一函，并紀行小詩五十八首，定入照矣。比聞綸巾羽扇，橫大江而揚舲，以整暇治兵，以德威馭將，文正師騎箕之後，有此替人，不特紓朝廷南顧之憂，且以繼文正東山之志，翹瞻大樹，良用欣然。惟未識虎節朝天之後，何日南來？須知望軍門而企踵者，將佐、蒼生而外，更有漫郎㨗叟也。樾於五月中還吳下寓廬，杜門經月，幸辭褦襶之譏，伏案終朝，殊乏蕭閑之致。八月後，擬仍至西湖講舍。前年賜書聯額，尚縣第一樓中，每瞻妙墨，如挹英風也。

六[二]

臘八前一日，承惠顧吳下春在草堂，敍數年契闊，甚善。而鄙人竟未嘗登艫一送，知游於人外者，必不責形迹之往來也。日內想雲裝煙駕，已至西湖六橋風雪中，氈笠芒鞋，倘徉自得，

[一] 此札輯自《春在堂尺牘》卷四，緊接上札，題作「又」。

[二] 此札輯自《春在堂尺牘》卷四，題作「與彭雪琴侍郎」。

韓蘄王後，五百年無此樂矣。嘗讀左太沖詩曰：「功成不受爵，長揖歸田廬。」此二句，誦之似口頭恒語，而一部《廿四史》中，克副此語者，實難其人，乃今於閣下見之。以兩宫眷念之篤，舉朝仰望之隆，敝車羸馬，翩然南歸，一僕兩僮，寄居煙水之鄉，非所謂「連蹇耀前廷，視之如浮雲」者乎？以當代第一流，居西湖第一樓，是謂人地兩宜。而僕忝爲第一樓主人，因得冒爲第一流主人，私自循省，實爲萬幸。湖上嚴寒，風景蕭索，而冷淡中自有佳趣，非公不足領略。吴下寄奴，不獲與孤山梅鶴同侍清游，思之又自惘惘也。小詩二首，即用春間見贈韻，聊博一笑。

七〔一〕

前致一函，并小詩二首，已照入否？聞吴中别後，旌旆又作吴興之行，而後至武林。蒼弁山邊，碧浪湖畔，得謝屐經臨，山川生色矣！西湖歲晚，風景何如？孤山梅花，南枝開未？三潭印月是前年從者去浙後新修，平橋九曲，精舍三楹，視平湖秋月更爲有致，其東北隅尚餘隙地，

〔一〕此札輯自《春在堂尺牘》卷四，題作「又與彭雪琴侍郎」。

似可仿邵康節先生安樂行窩之例築屋數掾〔椽〕，題曰「西湖退省庵」，爲巡視長江兩年一往來鸞裝鶴轡暫駐之所，則西湖又增一名蹟矣。公以爲何如？秋間有客自中州來，以高廟御筆梅花小幅搨本見詒，敬以轉贈。前所惠梅花横幅，如行篋中尚有存者，求更賜數紙，以便分詒同好也。僕二月中有五湖之游，公如有興，可鼓棹而來，同探莫釐、縹渺兩峰之勝，或視南北兩峰所見更空闊乎？

八[一]

獲讀手書，并《大婚恭紀》七律十章，音節諧和，注釋詳備，如設交杯宴，唱交祝歌，用團欒膳，進子孫餑餑，服龍鳳同和袍，以及奉迎時置如意於輿中，親題「龍」字，入宫時安蘋果於檻下，上覆馬鞍，皆足考見典章，傳爲故事。又如奩中大鏡一方，進乾清門不得入，去架乃入，亦足見天家富貴，使山澤之癯眼界一開也。元旦以來，風日晴和，恭逢親政之年，喜睹昇平之兆，

〔一〕 此札輯自《春在堂尺牘》卷四，題作「與彭雪琴侍郎」。

雖耕鑿野人，亦爲鼓舞，況閣下爲國股肱者乎！湖樓嘯傲，意興何如？登眺雖佳，春寒猶勁，積病之餘，千萬珍重。

九〔一〕

西湖一别，寒暑環周，昔柳而今雪矣。讀致石泉中丞書，知已旋節衡陽，宿痾有瘳，舊廬無恙，惟三徑松菊，小需修葺，想竹頭木屑，又費陶公一番運甓精神矣。誦至末幅，垂念鄙人，寄聲存問，感在遠之不遺，愧無狀之可述。自與公别後，即遭先兄福寧太守之變，馳赴福寧，奉母北歸，以八十八歲之高年，行千八百里之長路，水陸舟輿，幸叨平順，曾有句云：「回首長途心轉悸，二千里路九旬人。」想閣下爲我動色也。歸來仍寓吴中。自惟向來山野之服，可以傲公卿，不可以奉老母，適兒子紹萊去年在大名署任内由道銜爲請二品封，遂靦然受之。六月初三，山妻生日，即服其服，戲爲小詩云：「頻年韋布謝簪纓，忽荷推恩意轉驚。此日承歡當綵

〔一〕此札輯自《春在堂尺牘》卷四，題作「與彭雪琴侍郎」。

服，將來借重到銘旌。蓬瀛舊籍三朝遠，雲水閑身二品榮。聊與山妻作生日，笄珈重爲換釵荆。」千里寄知，博故人撫掌。「蓬瀛舊籍」二句，頗可作楹聯，得暇能爲書之以輝蓬壁乎？西湖退省庵尚未落成，遲至明年，必可畢工。記文已寫一通，交黎喬松太守。此記皆記實語，文尚不甚劣，而書頗不工，未足張此名蹟也。庵成後，尚須製一小舟，往來雲水間，亦宜先事謀之。

一〇[一]

别後久不得信，正以爲念，昨由蘭舫寄到十二日書，并書畫各一幅。清恙甫瘳，即煩濡染，感荷良深。日來起居何似？想已安善如常。湖上天寒，朔風凜冽，游覽非宜，且俟春融，再蠟阮公之屐可也。岐黄一道，久已失傳，藥餌不宜輕試，總以養氣爲主。弟杜撰有三字訣曰：塑，鎖，梳。所謂「塑」者，力制此身如泥塑然，勿使有豪髮之動，此制外養中之要道也；所謂「鎖」者，謹閉其口，如以鎖鎖之，勿使氣從口出，不從口出，則其從鼻出者，亦自微乎其微，有繇

[一] 此札輯自《春在堂尺牘》卷五，題作「與彭雪琴侍郎」。

緜若存之妙矣；所謂「梳」者，存想此氣，自上而下，若以梳梳髮然，不通者使之通，不順者使之順，徐而至於丹田，又徐而至於湧泉穴，則自然水火濟而心腎交矣。此三字，至粗至淺，然當寒夜漏長，展轉反側，不能成寐，行此三字，俄頃之間，自入黑甜。若無論日夜，得暇輒行之，其功效當不止此。不敢自秘，謹布之左右，以爲湖樓養疴之一助。

一一[一]

吴弁回，奉一箋陳謝，定照入矣。昨又得五月十九日書，愛我拳拳，有逾骨肉，誦之感泣。弟自問能達觀而不能忘情。能達觀，故早歲罷官，終身無介懷之日；不能忘情，故晚年喪耦，終身無忘懷之時矣。承勸我作西湖之游，然回憶春間與内人同舟泛水，聯步看花，再到俞樓，徒增悽悼耳。又大兒百日滿後仍須至直隸當差，未便以家事付之。内人亡後，米鹽瑣屑，均託一老友王濟川料理，而銀錢出入，弟總其成，如此則諸事井井，仍與内人在日無殊也。日内天

[一] 此札輯自《春在堂尺牘》卷五，題作「與彭雪琴親家」。

時酷暑，既不欲出門作襏襫客，而入内則繐帷相對，殊覺傷心，是以終日在書房坐起。每念湖樓卜築，深費門下諸君子之力，而又得大力成之，故於《曲園雜纂》之後又撰《俞樓雜纂》，大約亦可五十卷，已成其半，絡續付梓，庶藉著述流傳，使海内外知有此樓，不負吾兄及諸君子一番雅意耳。此後敬當勉抑哀情，以副良朋至愛。亦望吾兄善自保重，一切視如行雲流水，萬勿激於忠愛，過涉焦勞。行旌所至，節宣寒暑，謹慎風波，爲國家保此柱石，支楮東南，但願江海無波。明歲秋風，早來湖上，以續湖樓清話。興之所至，或芒鞋竹杖，從吾兄作天台、雁蕩之游，當可豁開眼界，消釋牢愁也。書至此一笑，讀至此亦當一笑。

一二〔一〕

五月中詳復一箋，未知得達青覽否？比想大旆已安抵退省庵中，今年夏秋間暑熱殊酷，舟行不勞頓否？舊疾不發否？甚以爲念。弟素性能達觀而不能忘情，雖承勸慰殷殷，終覺心胸

〔一〕此札輯自《春在堂尺牘》卷五，題作「與彭雪琴親家」。

鬱鬱。附去詩一卷，覽之可知鄙懷。伏念去歲老母見背，今年内人繼之，似乎鄙人行期亦當不遠。弟視死生，不過如蘇杭之往返，此亦何足挂懷。但思年來與閣下同住西湖，湖樓對宇，湖舫連橈，未知此樂尚能爲繼否。此亦弟能達觀不能忘情之一驗也。所最念者，小孫陛雲，荷蒙雅意，許訂朱陳，而吴楚迢遥，弟又日形衰老，初議壬午歲閣下巡江東下，攜令孫女俱來，癸未春再成大禮。然至今日，情事又殊，不識弟尚及相待否。伏念内人在湖樓時，尚癡望得與令孫女相見，今則泉臺永隔矣。昔人云：「既痛逝者，行自念也。」以弟自問，必不永年，即以老親家積勞久病之身，此等事亦宜早了爲是。不揣冒昧，輒敢瀆商，可否於明年巡江東下時即攜令孫女同至西湖，在退省庵度歲，至辛巳之春，擇吉過門，是年令孫女妙齡十六矣。憶二小女完姻，亦止十六歲，是亦不爲過早。惟小孫則止十四，擬先完花燭大禮，俟一二年再擇吉圓房。如此辦理，雖似局促，然使弟目中得見令孫女過門，此後時至即行，一無遺恨矣。惟老親翁矜許焉。内人臨卒，留有金釧、翡翠釧各一事，遺言冢孫婦入門時答其拜見之禮。弟謹藏篋笥，俟見令孫女交付，以副内人九泉之意。書至此，又不勝泫然矣。

一三[一]

得十月二十四日書，又承勸慰殷殷。自非頑石，無不點頭，弟亦非全不知此理者，自應善保餘齡，以副雅愛。況内人一生亦算全福，弟與爲四十年夫婦，無小虧負之處，異時相見黄泉，可無愧色，原不必過爲奉倩之神傷。乃自到湖樓，飲食減少，胸膈隱隱作痛，精力日見衰頹，非坐情癡，良由數盡。數盡之故，厥有二端：其一則戊辰之春，内人在吴下，大病幾危，弟自西湖飛棹而歸，爲疏以禱於神，願將己壽與内人平分，此一事也。其一則癸酉夏間，奉老母自福寧北歸，甫出郡城，將入山徑，老母即在輿中歐吐，是午便不能飯，弟惶遽萬分，每過高山大水及道旁小小叢祠，默禱於神，願減己十年之壽，保老母平安到蘇，一日之後，老母果臻康健，登山涉水，了不知勞，此又一事也。此二事者，從前自内人外，雖兒女不使知之。今老母見背，内人又長逝，言之亦復無傷。老親家愛我有逾骨肉，故偶一及之。匹夫一念之微，未必能感動幽

[一] 此札輯自《春在堂尺牘》卷五，緊接上札，題作「又」。

明，然實是弟之至願。以此減算，心所安也，是以衣衾棺槨，一一預備，今來爲内子營葬，即自營生壙，自題墓碣，并自撰輓聯，其上聯云：「生無補于時，死無損于數，辛辛苦苦著成二百五十卷書，流布四方，是亦足矣」；其下聯云：「仰不媿於天，俯不怍於人，浩浩落落歷數半生三十年事，放懷一笑，吾其歸乎」。今録奉老親家，同一笑也。自念生固不惡，死亦大佳，委心任運，時至即行，了無戀戀。惟區區之意，尚思一見孫婦，雖死亦瞑。而前書所請，未蒙許行，爲之悵惘。夫妝奩何足道，吾輩人家，不宜計校及此。弟從前遣嫁兩女，亦無妝奩也。即女功未習，亦是細事，蘇杭間婦女最逸，老親翁亦素知之，但須自製鞋耳，或年幼，并鞋未能製，亦所諒也。此二者，毋勞介意。惟少夫人母女之愛，未忍遽離，此則人之至情，最宜體貼。弟偶思得一妙策，明年老親翁巡江東下，竟請挈令孫女同來，擇吉先完花燭大禮，及從者自浙啟行，仍請偕還，只算嫁後歸寧，本是禮之所有。下届巡江，又請挈令孫女同來，若少夫人未能恝然，不妨再隨旌麾歸去，如此兩往返，令孫女與小孫年皆長成，便可擇吉圓房。此則女大須嫁，人事之常，少夫人亦可弗戀戀矣。此策也，有三善焉：少夫人母女以漸分離，相忘不覺，一也；令孫女往來吴楚，於寒家眷屬，日形浹洽，二也；老親翁高年多病，跋涉長江，得令孫女隨行，則軍旅之間，有家庭之樂，三也。思之狂喜，輒布陳之，幸力言於少夫人，曲從鄙意。

一四[一]

二月間，承口授侍者，寄我一函，裁覆猶稽，訃音遽至。回思客秋，鴛湖一別，遂成永訣，痛何可言！以吴楚迢遥，未克白馬素車，敬赴靈前，凭棺一慟，負疚多矣。山中以歌代哭，成一百六十韻，命令孫女焚寄泉臺，又有《西湖雜詩》八首，一并焚寄。湖山不異，風景頓殊，公追念前游，當亦憮然乎？西湖退省庵之右，貴同鄉諸君子已爲搆建崇祠，落成在即矣。弟言於崧鎮青中丞，并邀集敝同鄉諸人，稟請爲公建祠，將來即以貴同鄉所私建者作爲浙省專祠。湖山俎豆，從此千秋，想良辰美景，明月清風，笙鶴來游，仍與生平不異也。小孫又薦而不售，有負期望。在小孫甫逾弱冠，何貴速成。但弟老矣，不久將從公游，恐不能待耳。每念古人交誼，不以生死而殊，敢援庾元規追報孔坦、劉孝標重答劉沼之例，敬書一紙，遠寄九京，靈而有知，尚其淩雲一笑。

[一] 此札輯自《春在堂尺牘》卷六，題作「焚寄彭雪琴親家」。

致祁寯藻（三通）

一[一]

受業俞樾謹啟

中堂老夫子函丈：

樾自庚戌歲得附門下士之末，以爲光榮。乙卯秋出使中州，敂謁門牆，備聞榘訓。而乃奉職無狀，孤負師恩。嗣後跧伏艸茅，瞻望龍門，如在天上矣。竊聞東山嘯詠，德望益高。姚崇救時，是稱賢相；桓榮稽古，親爲帝師。海内學者莫不依附聲光，得一言以自壯。而樾廢棄之

〔一〕此札輯自華寧《俞樾「門下士」、「群經」二札考釋》，《故宫博物院院刊》二〇〇四年第二期。又收入《春在堂尺牘》卷一，題作「上祁春圃相國」。今據原稿整理。

餘，自問不足當大君子一顧，故景仰雖殷，未敢率投箋素。惟己未歲曾呈詩稿一部，與孫琴西詩稿同寄，亦未知果登記室否。比年來妄事譔述，以遣窮愁。所著八十卷，惟《群經平議》三十六卷粗有成書。其中第十四卷專論《考工記》世室重屋明堂制度，津門有好事者取以付梓。伏念吾師以經學提撕後進，當代治經者，舍函丈無所折衷。古人有一面未交而負書車前不恥自獻者，況出大賢之門，得在弟子之列，而鰓鰓焉懼于譴責，不敢布露于左右，是亦自棄之尤者矣。用敢不揣冒昧，寄呈鑒定。倘蒙俯賜覽觀，有以教之，是所望也，非敢請也。肅此，恭請鈞安，伏求垂鑒。

樾謹啟

外附呈所著書目一紙，并求賜覽。

《賓萌集》二十卷。《外集》四卷。

《群經平議》三十六卷。《周易》二卷、《尚書》四卷、《逸周書》一卷、《毛詩》四卷、《周官》二卷、《考工記世室重屋明堂考》一卷、《儀禮》二卷、《大小戴禮記》六卷、《春秋三傳》五卷、《外傳國語》二卷、《論語》二卷、《孟子》二卷、《爾雅》二卷、《序》一卷。

《諸子平議》十卷。《管子》二卷、《老子》一卷、《晏子春秋》一卷、《荀子》一卷、《呂氏春秋》二卷、《太玄》一卷。

《字義載疑》四卷。《金石瑣談》一卷。《春秋名字解詁補正》二卷。《讀史漢隨筆》三卷。

一一〔一〕

敬啟者：樾自寄呈《群經平議》第十四卷，私衷惴惴，惟恐學術淺薄，文義粗疏，不足當大君子之一顧。乃於閏月廿七日接奉鈞函，猥以小子之斐然，上博夫子之莞爾，殷殷獎借，情見乎詞。伏讀再三，感而且媿。又承垂問其餘各種，樾此書已算粗成，惟家貧，乏人鈔寫，止有稿本。今年宋雪帆前輩來津，見其一二，頗加許可，小助刻資。見在已將《儀禮平議》二卷寄京，交舊徒汪儀卿水部校栞，俟戭工後即當寄求鈞誨。此外各卷，尚在篋中，竊恐將來徒飽蠹腹，頗擬集眾擎之力，次第災梨。而時方多故，當道諸公未遑留意於此；且此道好之者希，扣寂求音，未必即有同聲之應。儻將來得如癡願，一律刊成，尚當叩求寵賜弁言，借元晏一言，爲《三都》增重，想吾師以裁成後進爲心，不嫌妝嫫費黱乎。至詩稿，舊曾刊于吳門，兵亂以來，原版

〔一〕　此札輯自華寧《俞樾「門下士」、「群經」二札考釋》，《故宮博物院院刊》二〇〇四年第二期。又收入《春在堂尺牘》卷一，題作「再上春圃相國」。今據原稿整理。

久毁，印本亦無存者。去年删舊增新，訂爲十卷，聞京師鮑小山觀察家有活字版一副，已託人向其世兄告借。若得此板排印成書，便可寄呈函丈，但未知能得否。如師門有與鮑氏熟悉者，可否爲樾轉詢？外，寄上《平議》二本，閻夢巖農部處即求代致其一。肅此，恭請鈞安，伏求垂察。

再者，自出承明，久不作楷，字體醜劣，統望鑒原。

受業俞樾謹啟

二[一]

樾自去年八月間，因二小兒在吴下大病，不得已航海南歸視之，其時倉卒啟行，未及以一箋聞之左右也。今年二月二十九日，由津門寄到賜書，奬借溢詞，讀之顔汗。雖吾師誘掖之盛心，寔非樾所敢當也。入春來，南中雨水頻仍，春寒殊劇，未知都下如何？想平泉花木，造化甄

[一] 此札輯自《春在堂尺牘》卷一，題作「上祁春圃相國」。

陶，元老起居，璽書存問，無邊春色，都歸杖履間矣。樾南歸後，因二兒痁疾，積久不痊，坐是因循，未能他去。適蘇州紫陽書院主講乏人，當事者遂以樾承其乏，皋比虛擁，無狀可言。所著《群經平議》，浙江蔣薌泉方伯許爲付梓，因寫副本寄去，而至今尚未開雕，未識何時可以蕆事。比來又從事周秦諸子之書，將舊著《諸子平議》再爲寫定，然卷袠亦頗煩重，今年能否卒業，未可知也。伏念聖人之道，具在于經，而周秦諸子，亦各有所得，雖申、韓之刻薄，莊、列之虛誕，要皆本其心之所獨得者而著之書，非後人剽竊陳言、一倡百和、若應聲蟲者也。國朝經術昌明，掃虛浮而歸之寔學，諸老先生發明古訓，是正文字，寔有因文見道之功。數十年來，此事衰息，獨吾師以經學受主知，倡後進，海内治經者奉爲圭臬，乾嘉一脈，庶幾未隊。今又引疾去位，然則登高而提唱之者誰乎？樾以不才，爲時所棄，窮年兀兀，不過聊以自娱，其無與於斯道也宜矣，其不足振而起之也審矣。率意直陳，勿罪其狂言，幸甚。承寄賜王氏篆友書二種，尚在天津大小兒處，秋間王補帆南還，必可帶到，先此陳謝，不宣。

致錢應溥（一通）〔一〕

接手書，承不遺在遠，慰問拳拳，而詞意超然，尤令人想見天懷清曠。然以閣下之才，輔政樞廷，海内方爲聖朝得人賀。今雖衆正盈廷，而於外面情形或未盡深悉，公則閲歷深矣。江海形勢、地方利弊、將佐賢愚、兵力厚薄，無不了然於胸中，以之贊襄皇極、匡濟時艱，真輕車熟路也。若林下優游之樂，恐不能不讓尊先文端之專美於前矣。兄行年七十五，夕陽光景，不久人間，且素守「隱居放言」包注「放置不言世事」之戒，故於時事，從未儳言，即有所言，亦從不示人。乃今則爲時勢所迫，竊有不能自已者，因將舊作數篇刻成一卷，名曰《賓萌集補篇》，又作《迂議》一篇，三千餘言。嗟乎，九河横溢，而欲以一甴之土塞之，多見其不知量耳。以承知愛，

〔一〕此札輯自《春在堂尺牘》卷七，題作「與錢子密侍郎」。

不敢自祕，未識覽之以爲何如？〔一〕

〔一〕稿本原有「《補篇》中有《補宴鹿鳴》一議，此則兄之妄想，能爲玉成之否？如晤翁大農，不妨一談，亦嘗以此示之也」一句，後圈去。

致喬松年（一通）〔一〕

昨由少仲處交到惠書，知前年因奉題《含飴授經圖》，有寄復之函，而未獲拜讀，不知浮沈何所矣。兹當小園梅信初回，想謝傅東山，興復不淺，披一品仙衣而踏雪，攜上尊御酒以尋春，較吾輩竹屋紙窗，得少佳趣者，迥不侔矣。然而四海蒼生，正思霖雨，恐司馬君實不能久留獨樂園中。明年旌麾北上，定在何時？但願虎符玉節，翩然南來，俾野鶴閑雲，亦得飛傍軍門，藉親君子之光，以慰生平之願，區區之心，實所企望。樾于十一月底回吴下寓廬度歲，臘鐙如豆，凍筆無花，仍藉故書，以消短晷。前爲少仲捉刀，代書齋額，乃承見愛，授簡命書，草草報命，殊無足觀，勿罪爲幸。

〔一〕此札輯自《春在堂尺牘》卷二，題作「與喬鶴儕中丞」。

致秦緗業(一通)[一]

淡如大公祖老姻叔大人閣下:

辱書,并賜讀佳章,情味並勝,自是名人吐屬。前呈之詩乃眉老索和,殊不成詩。其原用「宜」字韻句未之見,所見者「江上數峰影,潭間千尺漪」,似切錢、李二公著筆也。承示欲繪圖,鄙人亦得孴於其間,何幸如之,得暇當再和尊作求教也。補帆於十一日拜摺請假,雖聞有就醫孟河之説,然不回竇應,有函仍寄程公祠可也。大著《平浙紀略》如有印本,求賜一本,因杜筱翁以先覩爲快也。肅復,敬請大安。

治姻愚姪樾頓首

《蘇祠圖》敬當展觀,得列名此中,豈非大幸。但艸艸筆墨,恐似寒具油,未敢輕污耳。

[一] 本札輯自《同光名人手簡真蹟》。

致瞿鴻機（七通）

一[一]

子玖學使仁兄大人閣下：

別將兩月，如隔三秋。前由監院寄到公牘一函，敬悉軺車所至，延攬人材，浙東西喁然嚮風矣。弟前書以阮文達相況，兹閲《雷塘弟子記》，知文達於三十五歲浙江學政報滿；而閣下適以三十五歲蒞浙，豈非文達之替人乎？爲吾浙幸，尤爲斯文喜也。弟於仲冬四日始還蘇寓，碌碌昕宵，夙學荒廢，無以爲知己告。手肅，敬問起居，伏惟爲道珍重。

愚弟俞樾頓首

[一] 此札輯自《上海圖書館藏歷代手稿精品選刊·俞曲園手札》，第二九〇至二九一頁。

二[一]

子玖尊兄大人閣下：

弟明日辰初即可成行，不及走辭，秋間到杭，再領教言也。承賜佳菌拜登，感感。尊夫人書略一展閲，樸茂之氣，迥非時流所能辨，容俟細閲再繳。青餘同年在中州時相往還，中郎有女，殊可喜也。盧舍庵極承佽助，功德無量。去年所作詩，即寫奉青覽。又拙詩第十卷，未知案頭有否？因有《哀王張顧》詩，一并附呈一笑。倚裝布謝，即請台安。

愚弟俞樾頓首

三[二]

子玖仁兄大人閣下：

[一] 此札輯自《上海圖書館藏歷代手稿精品選刊·俞曲園手札》，第二九二至二九三頁。

[二] 此札輯自《上海圖書館藏歷代手稿精品選刊·俞曲園手札》，第二九四至二九九頁。

日前接奉復函，知局寄一椷已達典籤矣。尊夫人墨寶已交舍親姚茂才帶杭，計端節前後可送到也。《説文五翼》一書，未知上虞廣文如何申復？聞蔡臞客言，此書都門有刊版，未知曾見否？然外間流播絶少，卷帙幸而不多，或發書局刻行，以廣其傳，未始不可。《小爾雅疏證》則書局已有版在，即「邵武叢書」之一也。前呈《文昌生日歌》，謬承許可，今又作碑記一首求教。鄙意如請尊夫人隸書一通，刻石貴署文昌宫中，未始非一名蹟，尊意以爲何如？鄭集久佚，盧氏見曾刻《周易鄭注》，即附刻鄭集，向在舍親戴子高處見之；《相風賦》誤入，亦子高爲弟説也。復見太倉張《百三名家集・傅鶉觚集》果有此賦，子高所説良是。今子高已殁，其遺書散佚，弟案頭卻無盧刻《易注》也。至嚴氏全上古至南北朝文目，則弟處有之，今將其所載鄭文開奉訂正。聞此書已在粵東開雕，則亦可不刻，刻之亦寥寥不成卷帙耳。前序所云，姑作爲文章波瀾可也，一笑。手此布泐，敬請台安，順賀午禧，不盡萬一。

愚弟俞樾頓首，五月二日

四[一]

山居即事

右台小住已兼旬，山館清閑迥絶塵。古佛分貽錫杖水，錫杖泉乃定光佛遺跡，山中飲水皆取給此泉。老僧翦贈玉樓春。法相寺僧醒機，屢以牡丹花贈。朝朝陶墅挑來筍，由錫杖泉而上有留餘山居，乃陶氏別墅也，地産筍，山僧每日來售。日日彭庵採到蒓。彭雪琴退省庵守者，頻以湖蒓相餉。一事草堂難免俗，通宵鼓鼙鬧比鄰。山居荒僻，不能不以健兒護守。

畢竟村居迥不同，有時譁語起兒童。亂飛樹隙黄頭雀，突入窗櫺鐵線蟲。鐵線蟲，有六足，形與枯枝無異。夜靜野狐鳴最苦。其聲呱呱然。朝晴山鳥語徧工。鳥聲甚多，不可辨。惟欣一樹薔薇好，枝北枝南白間紅。

〔一〕此詩札輯自嘉德二〇一八年春季拍賣會「筆墨文章——信札寫本專場」第一九三八號拍品。

朋舊爭來此欵扉，清談有味可忘饑。紅堆斐几鶯桃熟，綠滿筠籠蠶豆】〔一〕肥。連日適飽食此二物。略具茶盤僧有例，僧舍客至，皆以盤盛餅餌佐茶，余山居，亦仿此例。雜陳草具客休譏。今朝一雨無人至，山徑苔痕屐齒稀。

老夫天性本疏慵，久住山中興轉濃。箸料收來千个竹，山中出細竹，可以爲箸。杖材削得一枝蓉。屋邊芙蓉甚高，余曾取其老榦一枝爲杖。嬾觀東岳祠邊社，時值三月廿八日，鄰近有東岳廟，香火頗盛。願作南高峰下農。擬買山田數畝，爲山館之糧，然力尚未逮也。戲唱村歌傳父老，好教樵牧和喁喁。

子玖先生吟正

曲園俞樾燈下手録

五〔二〕

子玖仁兄老夫子大人閣下：

〔一〕【 】中文字原缺，據《春在堂詩編》補全於此。

〔二〕此札輯自《上海圖書館藏歷代手稿精品選刊·俞曲園手札》第二八〇至二八五頁。

日前旌旆蒞蘇，紆尊枉顧，草堂促膝，快慰渴衷。比聞太倉試畢，想文旌又在峰泖間矣。行部賢勞，伏惟台候萬福。弟去歲與人談論，嘗妄言「庚」者「更」也，「辛」者「新」也，恐庚子、辛丑鄉、會試將有更新之事，今果見其端於武童小試矣，曷勝吾道之憂！然即以武童小試而論，似亦不無窒礙，何也？民間嫻習弓馬，其事甚便；今改用鎗礮，此豈民間所有！而火藥又豈民間所宜私蓄耶？果使家有此具，則從此小而械鬬，大而作亂，其害不勝言。且如民教不和，以火器從事，傷人必多，搆釁益大矣。或謂宜設武備學堂，使皆就堂學習，民間不得私習，然鄉僻小縣中，欲試一教八比時文之書院力尚不足，其能徧設武備學堂乎？當事者於此殆未之深思也。方今沿海要隘，盡付他人；東南利權，非復我有，而搜刮及於閭閻，新奇見於學校，閣下深識遠慮，職任文衡，何以興起斯文、保全元氣乎？跂予望之矣！小孫於廿九日始抵都門，蓋以在滬待船，故遲滯至此。今日放總裁，明日或可得信也。前面呈章、董兩生著作，今兩生各認專門，另單開覽。章炳麟素以經學見長，乃詁經高材生；董祖壽則閣下視學浙中以第一名取入學者也。弟向來自恃短視，不患昏花，乃今亦花矣，多寫數字，遂致模糊。草草布達，即敬請台安，惟爲時爲道自重，不盡萬一。

館世愚弟俞樾頓首

去年詁經開課，有詩一首，附呈雅正。

六〔一〕

子玖仁兄大人閣下：

久疏執訊，時切馳思。敬惟入伏來絳帳論文，碧筩銷夏，興居佳勝，定協頌忱。秋後何時啟節，按試維揚？功令一新，時文遂廢，初不料如此之速。改試策論，與八股塗徑稍殊，幕府中須添一二友否？康熙中亦嘗有此事，不久而復，今則恐未必復矣。八股與策論，同是以文取士，亦無甚軒輊；乃閲禮部所定學堂章程，似乎科舉亦不久將廢，此則所關頗不小也。弟感年齡之將暮，驚時局之驟新，誦《兔爰》之詩，爲之太息。已於六月朔致書廖穀翁，辭詁經講席矣。小孫久困禮闈，濫登上第。然如此時勢，一第亦何足爲重。弟有詩三首，姑從世俗之見，附博一笑。特科限期舉辦，朝廷志在必行，未知夾袋人材已儲幾許？前所説章、董、趙三士，似皆可

〔一〕此札輯自《上海圖書館藏歷代手稿精品選刊·俞曲園手札》，第二八六至二八九頁。

登薦禰之章，公意何如？手肅，敬請台安，統惟惠鑒，不宣。

館愚弟期俞樾頓首

七[一]

子玖老夫子仁兄大人閣下：

奉到手書，以小孫倖捷，厚錫賀錢，愧甚，感甚。金風應候，玉節渡江，想首指緑楊城郭矣。功令方新，風氣一變，冰壺玉尺，又當別具清裁，未識果能得一二閎通之士否？近來新政如麻，鄙意，香帥併武試於武營，最爲有利無弊。高見以爲何如？數千年典籍，皆將別裁於梁氏一人，彼所詆爲新學者，今則又將爲康學，未知誰得誰失也。本朝經學，超越元明，蓋有三派：毘陵一派，主微言大義，流弊最多，康氏之學亦出於此；新安一派，主名物制度，此其用力最勤，而實無益於當世，即如戴東原考古時車制，豈能製一車以行陸乎？高郵一派，主聲音訓詁，其

[一] 此札輯自《上海圖書館藏歷代手稿精品選刊・俞曲園手札》，第二七二至二七九頁。又收入《春在堂尺牘》卷七，題作「與瞿子玖學使」。今據原稿整理。

事至纖細，然正句讀、辨文字，實有前人所未發者。阮文達序《經傳釋詞》曰：「使古人復生，當喜曰：吾言本如是。」〔一〕此雖戲言，實確論也。鄙人生平致力於此，雖無能爲役，亦有數十條愜心貴當者，使古人見之，亦當把臂一笑。乃亦時時旁溢於彼二派。然如詳考玉佩之制，新安派也，未知於古佩究有合否？即使果合，亦何用於今之世乎？又如以《王制》一篇爲孔子將作《春秋》，先自定素王之制，門弟子掇其緒論而爲此篇。蜀士廖季平見而喜之，采入其書，遂爲康氏學之權輿。雖康學非淵源於此，然高談異論，終自悔失言也。此事從未向人談及，偶因知愛，聊一傾吐，幸勿示人。特科保舉，理宜鄭重。承示章、董二生均從割愛。章生所持往往多非常異義，至董生，則本不足充上駟也。夾袋人才，究儲幾許？弟所知又有章式之孝廉鈺，此君實是美才，學問淹博，見識閎通，向因其入都會試，故未及之，今特補聞。如公有意，乞問之趙君宏，伊亦深識之也。手此布復，敬展謝忱，即請台安。揮汗率書，恕其不莊。

通家館愚弟期俞樾頓首

〔一〕按：此語實出阮元《王伯申經義述聞序》。

致如山（一通）〔一〕

冠九老前輩大人閣下：

前日光顧，暢領清談，幸甚。兹有瀆者：王君廷鼎，才而隱於下位者也，略通繪事，兼善詩歌，又精醫理。而駢文尤所擅長，古雅秀逸，六朝遺音，老前輩見之，必所賞識。而其人窮甚，曾託秦澹翁奉上名條，未知照入否？如有相當差使，酌量一委，亦大君子憐才之雅意也。手肅，敬請台安。

侍俞樾頓首

〔一〕此札輯自《上海圖書館藏歷代手稿精品選刊·俞曲園手札》，第一五至一六頁。

致三多（二通）

一〔一〕

九月十六日，舟泊石門，薄暮雨雪，積寸許，時距霜降未旬日也，詩以誌異

纔看節序過重陽，六出飛來太覺狂。青女司霜兼及雪，《淮南子》云：青女乃出，以降霜雪。黄花傲雪甚於霜。觀時已悟堅冰至，卜歲還愁晚稻傷。薄暮石門城外泊，禦寒賴有酒盈觴。

六橋仁弟吟正　　曲園

〔一〕此詩札輯自嘉德四季第四九期拍賣會「中國書畫（二）」第一三三八號拍品。

二[一]

時艱正藉濟時才，李郭勛名盼後來。健者宜存千里心，老夫聊復一編開。已愁書札遲遲報，且取吟箋草草裁。爲語故人休悵望，擬來湖上掃青苔。

六柳都尉正　曲園奉和

[一] 此詩札輯自嘉德四季第四九期拍賣會「中國書畫(二)」第一三三八號拍品。

致沈秉成（一通）〔一〕

閲邸抄，知拜移節之命。伏念滬上一隅，爲中興來旋乾轉坤之樞紐，比年轉漕南北，貫串華夷，皆賴觀察之得人，以維中外之大局，乃朝廷第一注意之區。今得閣下臨涖是邦，文章動蠻貊，忠信格豚魚，儒臣勛業，從此遠矣。樾精力頹唐，學植荒落，迂闊之見，不知其他。惟望既樹英略，益振文教。鄙人雖衰病，尚將來游來歌，與觀其盛也。

〔一〕此札輯自《春在堂尺牘》卷三，題作「與沈仲復觀察」。

致沈鳳士(一通)[一]

尊論申生事，謂六日之胙雖旨甘，亦必色變臭變，此不待言而可釋然者。乃倉皇一奔，予父以可疑之迹，冒昧一縊，堅父以可信之心，晉國之亂，申生爲之，因誅其心爲忍人，斥其行爲孝之賊，此自是獨得之見。然鄙意不敢以爲然也。夫胙至六日色臭必變，固事理之常。然其事在冬日，非盛夏鬱蒸之候，其地在晉國，非吴越炎燠之鄉，則至六日而不變，容或有之。且予犬，犬斃，予小臣，小臣斃，則非特魚餒肉敗已也。《國語》云：「置酖於酒，置堇於肉。」《左傳》不備載耳。胙之必有毒，雖申生亦不能辨其無。而毒之由申生歟？由驪姬歟？申生辨，驪姬亦必辨，徒費口舌，誰與證明？晉獻昏憒，未必信申生而不信驪姬也，則辨亦徒辨而已。不得已而出奔，不得已而自縊，大是可憐。尊論或尚宜斟酌乎？

[一] 此札輯自《春在堂尺牘》卷七，題作「與沈鳳士廣文」。

致沈光訓（一通）[一]

芷卿仁兄世大人閣下：

客臘奉手書，并茗盌十隻，偶爾詢及，便煩製贈，何愛我之深。柄有左右之分，以從賓主之便，客坐傳觀，皆詫奇絶，感謝之至。護院一見之後有無消息？吴學使雖與小孫在京過從，亦不過泛泛世交，人微言輕，恐不足爲足下重。既承切屬，姑草一函，想寄到猶未出棚也。手此，敬問升安。附片奉賀春禧。

世愚弟俞樾頓首，正月初四

[一] 本札爲浙江麗澤二〇一四年春季拍賣會「中國書畫（近現代部分）」第〇〇〇一號拍品。

致沈夢巖（二通）

一[一]

訂交文字，二十五年矣；雖未謀一面，然未嘗一日忘也。朱采蓀來，忽奉手書，知著述名山，自有千古，春華秋實，學與時增，甚善甚善。苕上至吴中，郵筩甚便，大著能寄示一二否？僕自幼不學，溺于詞章，罷官以後，無所事事，既不敢高談經濟以干時，又不敢虚言心性以欺世，杜門怠輸，惟日讀書，不自揣量，妄有譔述。《群經平議》三十五卷，已鏤版武林，《諸子平議》亦三十五卷，擬開雕吴下，未知果否。僕所譔述，此二種最用力，卷袠亦較繁，其外尚有《字義載疑》四卷，去歲曾録副本寄京師，就正祁春圃相國，適相國薨逝，今未知在何所矣。又有

[一] 此札輯自《春在堂尺牘》卷二，題作「與沈吉齋」。

《金石瑣談》一卷、《春秋名字解詁》二卷、《史漢雜志》二卷，其《易貫》一書，未定卷數，不知能卒業否？《賓萌集》亦未定卷數，隨時尚有增益，《外集》四卷，皆駢體文，已刻於吴市，今寄去一部，博賢郎一笑而已。古今體詩十一卷，舊作居多，近作寥寥，自同治建元以來，未盈一卷也。古人詩文無異集者，惟合編爲《賓萌集》，則嫌文少而詩多，不甚相稱，或别編爲《春在堂詩録》。然拙詩無家法，亦不足傳也。他若《春在堂隨筆》《金鵝山人尺牘》，皆其瑣瑣者，因承垂問，故縱筆及之。春寒，惟自愛。

二[一]

去歲辱惠書，并賜讀《尚書彙解》六卷。樾於經學至爲粗疏，雖有撰述，真所謂不知而妄作者，視閣下綜貫群書，斷以卓見，迥不侔矣。乃拳拳下問如此，所謂問道於盲者與？適其時旋里營先人窀穸，躬親畚挶，未遑披覽。至歲底始還吴寓，新正又至武林，正月下旬又還吴。僕

[一] 此札輯自《春在堂尺牘》卷二，題作「與沈吉齋」。

僕往返，無一日之暇。然而雅意未敢久虚也，是以此次來杭，攜之舟中，窮日之力，伏讀一過。以蹄涔之力，而欲測學海之津厓，有望洋向若而已。且舟窗無書籍，未由獻一得之愚，甚媿甚媿。惟「君牙」或作「君惟」一條，恐是據誤本爲説。考《尚書釋文》曰：「君牙，或作君雅。」而《禮記·緇衣》篇引《君牙》，正作「君雅」。鄭注曰：「雅，《書序》作『牙』，假借字也。」蓋「雅」本從「牙」聲，故古書「牙」「雅」通用。《吕氏春秋·本味》篇「伯牙」，高誘《注》曰「牙或作雅」，即其證也。「君惟」當是「君雅」之誤，刻本麻沙，不足爲據。此條雖無關要義，然是錯誤之顯然者，當删去之，免爲全書之累。至因《書疏》引「由也喭」證「叛諺」之義，而痛詆孔穎達，此自爲聖門高弟效捍衛侯遮之力，然實亦可以不必。叛諺也，畔喭也，即吸喭也。豈獨如此而已，《皇矣》篇之「畔援」、《卷阿》篇之「伴奐」、《訪落》篇之「判涣」、《君子偕老》篇《毛傳》之「伴延」，雖美惡異詞，而意義皆同。蓋古書中雙聲、疊韻、形況之言都無定字，宜依聲以求之，勿泥形以求之。閣下因其字偶作「叛」、作「畔」，遂謂孔穎達坐吾子路以大逆無道之名，大聲疾呼，義形於色，而古人或不受也。請於治經之暇，略及周秦古書，必自得之。又因晁以道責侍子之説，而以御案從之爲非，私家著述，原不必拘然，何敢昌言非之，宜删此句爲是。恃愛妄言，幸勿罪其狂瞽。

致沈能虎（一通）[一]

子梅仁兄世大人閣下：

久疏牋候，惟於味似令兄處詢悉勛祺佳勝爲慰。昨由味翁交到楚寶觀察致閣下書，弟與楚兄未謀一面，承其推許殷殷，致爲可感。所屬題之《竹居圖》《三石圖》及《濟南十二勝》，又屬書堂幅一張、屏條四張、楹帖一聯，均草草寫成，仍託味翁寄至尊處轉交。又弟有枕上三字訣，頗爲楚寶所信，今將此三字寫一小幅，亦乞轉呈，或藉此廣其傳也。又弢樓石刻二種，已拜領，具見懸解超超，迥非恒流所能望及，見時乞致欽慕之忱。厚潤亦已拜領，并爲致謝。手肅，敬請勛安。

世愚弟俞樾頓首，初四

[一] 此札輯自《上海圖書館藏歷代手稿精品選刊·俞曲園手札》，第三一七至三一八頁。

致沈三三（一通）〔一〕

接手書，始知尊公已於前年歸道山。憶是年之夏曾致一函，并附還《尚書管見》二册，小有獻替，久而不得復書，以爲區區之愚，未蒙採納，不意已作古人也！訂交文字，垂三十年，不獲一面，而今已矣！遺書手澤，想必什襲珍藏。伏願足下勉承先志，努力顯揚，使數十載寒窗心血大顯於時。不獨九京之下爲之一慰，抑亦神交老友之所大快也。

〔一〕此札輯自《春在堂尺牘》卷三，題作「與沈三三」。

致沈善登（二通）

一[一]

承示《東家雜記》二卷，敘述井然，頗有條理。惟卷首載《杏壇圖説》及《夫子琴歌》，頗爲全書之玷。此歌鄙俚，疑出《衝波傳》等書，與「南枝窈窕北枝長」四句相似，其僞不足辨。且「杏壇」之名，見於《莊子·漁父》篇，所謂孔子游於緇帷之林，休坐乎杏壇之上，本屬寓言，未必實有其地。《東家雜記》下卷有「杏壇」一條，云：「先聖殿前有壇一所，即先聖教授堂之遺址……本朝乾興間……因增廣殿廷，移大殿於後，講堂舊基不欲毁拆，即以瓴甓爲壇，環植以杏，魯人

[一] 此札輯自《春在堂尺牘》卷六，題作「與沈穀人庶常」。

因名曰『杏壇』。」然則自《莊子》寓言之後，至宋乾興間始實有杏壇。孔世文言之鑿鑿，何得於卷首乃載此《杏壇圖説》，且述夫子之言，謂是臧文仲誓盟之壇乎？此必非孔世文原書所有，其爲後人竄入無疑。其下又載《北山移文》，甚無謂；又載石岨崃《擊蛇笏銘》及《元祐黨籍》，更無謂。愚謂，卷首四條均可删也。影鈔舊籍，宜仍其舊，固不當有所删削，然此説則不可不知。尊意以爲然否？

二[一]

昨面論那吒事。按，那吒乃毗沙門天王之子，見《開天傳信記》，似出梵書。而《夷堅志》載「程法師持那吒火毬呪」，則尊意疑出道家之書，不爲無見矣。那吒有火毬呪，則世傳那吒風火輪，疑非無因。國朝方氏濬頤《夢園雜説》載：伊犁某大臣遇異人，以三千金爲贄，傳得兩奇術，一爲風火輪，其法覓千年古瓦當，雕作兩小車輪，裝入鞋底，揑訣諷呪，其行如飛，日可八百

[一] 此札輯自《春在堂尺牘》卷六，題作「與沈穀人庶常」。

里。則風火輪之術，今尚有傳也。又世傳那吒爲托塔天王之子，《宣和畫譜》有陸探微《托塔天王圖》，是托塔天王六朝時已見圖畫矣。又有展子虔《授塔天王圖》、吴道元《請塔天王圖》、范瓊《降塔天王圖》，此類甚多，其名義不知何取，佛家之説乎？道家之説乎？老而失學，惟怪欲聞。幸有以教我。

昨又談地藏王事，未畢其説。《圖書集成》所載地藏事，即引《地藏本願經》也。地藏王一世爲大長者子，又一世爲婆羅門女，是地藏之爲男、爲女固不定矣。蓮社高僧《曇翼傳》云「感普賢大士化女子身，披采服，攜筠籠，至前相試」，是普賢大士亦見女子身矣。觀音大士爲男、爲女更無定論，《金剛經疏記》云，「羅漢性剛直，表爲善男子；菩薩性柔和，表爲善女人」，然則諸菩薩摩訶薩其皆女子乎？拉雜書布，聊資一噱。

致沈樹鏞（一通）〔一〕

韻初中翰孝廉足下：

前日奉訪未晤爲悵。屬書之件，在湖樓艸艸塗寫，不足觀，不足觀。所假漢隸亦即壏還。衰病之餘，精力非昔，亦不能有所發明，可媿也。杭州醫局，聞是高宰平廣文筦理。有舍表弟姚少泉鉞，精于岐黄，欲求函薦，未知可否？如可，則請給函，由樾寄舍親面投也。此頌文安。

友人樾頓首

〔一〕此札輯自《上海圖書館藏歷代手稿精品選刊·俞曲園手札》，第一一五頁。

致沈玉麟（十通）

一〔一〕

旭初仁兄世大人閣下：

昨承交到花農信件，費神，感感。花農并有寄陳六笙書，弟記得六笙已放某省臬台，未知其現在何處？已赴新任耶？抑尚權湘臬耶？乞爲探示。所詢衛夫人事，不在《左傳》，乃見於劉向《列女傳》，蓋三家詩説也，别紙録覽。未婚而守貞，此大難事。從前彭剛直有女公子，欲其過門守節，弟力阻之而後已，今此女已歸他族，頗得所也。若其女必欲來守，則亦禮之所許。

〔一〕此札輯自《上海圖書館藏歷代手稿精品選刊·俞曲園手札》，第二一至二四頁。該書整理者將收信人定爲毛昶熙（一八一七至一八八二，字煦初，一作旭初，河南武陟人）。然從所録諸札寫作時間來看，已晚於毛氏卒年，則收信人必非毛昶熙。

弟曾有《書張貞女事後》一篇，刻《賓萌集》第五卷，必如明歸太僕之痛詆爲非禮，亦非弟之所敢言也。但其事極難，總在夫家處之得法，恩禮兼盡，勿使失所，鬱鬱而死耳。尊意以爲然否？屺懷家事如此，吾儕宜往弔耶？往賀耶？且俟其訃來再計矣。手此，敬請台安。

世愚弟俞樾頓首

二[一]

李世兄函，情意殷殷，未便再辭，致蹈頑固之咎，只好拜領。李世兄何號？是否已襲侯爵？乞示知，以便函復，并謝也。手此，敬請

旭初仁兄世大人台安。

世愚弟樾頓首

[一] 本札輯自西泠印社二〇一七秋季拍賣會中國書畫古代作品專場第二四七五號拍品。

三[一]

昨示商一節，查文武正一品内均不列公侯伯子男，蓋五等之封，超出一品之上也。《會典》有《勳爵表》，但載一等公襲幾世，二等公襲幾世，不載品級。《圖書集成·官常典·勳爵部》載國初舊制，一二三等公、一二三等侯、一二三等伯皆正一品，然只有公侯伯三等，無公侯伯子男五等，未知與今制有無異同。弟譾陋，又跧伏林下，不與諸朝貴接，此等事，實所不知，或見郎亭，再一問之，何如？弟意，或但書「清故承襲一等肅毅侯李公墓志銘」亦無不可。因承下問，率尔言之，不足爲典要也。手此布復，敬頌暑安，諸希惠照。

旭翁坐右

弟樾拜上，六月廿九日

[一] 本札輯自西泠印社二〇一七秋季拍賣會中國書畫古代作品專場第二四七五號拍品。

四[一]

昨閱新聞報，有星使過浙一條。朝鮮使許子衡未届期滿，何忽改派？此使者名劉秉觀，係外務部協理，世襲忠祖都尉，官、職均可疑。其舟泊拱辰橋，將由蘇而往耶？未見其人。由滬而往耶？未聞其事。又云銜命出京，由江西至浙、再由浙而閩，赴韓京就任，取道亦復紆回。公能知其詳否？手肅敬詢，即請

旭翁台安。

弟樾頓首，十八

[一] 此札輯自《上海圖書館藏歷代手稿精品選刊·俞曲園手札》，第二七頁。

五[一]

賜荔鮮美，謹謝。命篆率呈。弟不能刻印，故不能篆印，恐以拙篆轉有累於佳刻也。特科江蘇最多，湖南次之，吾浙又次之，已爲注明省分，奉覽。正場所取第一人竟落孫山，全不照應，可見彌封嚴密，竟是憑文。然正場一等四十八人，存者十七人；二等八十七人，存者止十人，不得云文字無憑也。手肅，祇請

旭翁午安。

樾頓首

六[二]

刻印古謂之繆篆，古文二篆結體皆圓，刻印則變而爲方。分朱布白，屈曲密慎，有綢繆之

[一] 此札輯自《上海圖書館藏歷代手稿精品選刊·俞曲園手札》，第二八至二九頁。

[二] 此札輯自《明清名家書法大成》第六卷，第一五頁。

象焉。弟不能刻印，故亦不能篆印，承遵命，勉爲之，不免爲奏刀人所笑矣。「憞」字古只作「敦」，有《爾雅》郭注可證。此頌台安。

旭翁。

樾

七〔一〕

《白雲集》甚佳。其人以徐渭、盧柟自命，而我輩不能舉其名，可愧，然亦可歎也。頃問之丁修甫，覆書附覽。弟又問其府縣志有傳否，俟覆到再聞。李文忠函稿奉繳。其論鐵路事，彼亦一是非，此亦一是非也。小說字小，不能即讀，容再繳；彈詞奉還。此請

旭翁台安。

樾頓首

〔一〕此札輯自《上海圖書館藏歷代手稿精品選刊・俞曲園手札》，第二六頁。

八[一]

承假小説，奉繳。弟有不識之字，稽之字典，未定其音；徵之時俗語，亦未聞其説。公如知之，乞惠示。此頌台安。

樾

旭翁。

踸：踸到外邊去。

戤：戤在一旁。

九[二]

《宋史·儀衛志三》載大駕鹵簿，有拱宸管二十四，此詩所用玉琯，或即本此。至「二九」

[一] 此札輯自《上海圖書館藏歷代手稿精品選刊·俞曲園手札》，第三〇至三一頁。

[二] 此札輯自《上海圖書館藏歷代手稿精品選刊·俞曲園手札》，第二五頁。

「初九」句不可解。古樂府云：「初七及下九，嬉戲莫相忘。」所用當即此典，殆謂九加七即十六也。古詩所云「下九」者，古以二十九日爲上九、初九爲中九、十九爲下九，並女子嬉戲之期，見伊世珍《瑯環志》；初七則未詳也。手肅敬復，即請勛安。

旭初仁兄世大人閣下。

弟樾拜上，十一日

一〇[一]

味似仁兄世大人閣下：

前承交下戠樓屬書各件，均已塗成。並有致令弟子梅兄，乞一併寄滬爲感。手肅，敬請勛安。

世愚弟俞樾頓首

〔一〕此札輯自《清代名人墨蹟》。

致盛康（八通）

一[一]

旭翁仁兄大人閣下：

頃有敝相好歙縣吳載之兄，萬。老成練達，人極可恃，向在當鋪管錢，因亂後失業，頻歲賦閑，敢求吾兄大人於各當中酌量位置一席，感德無涯。樾因尚在百日之中，未便登堂面懇，謹以手書奉懇，伏求鑒納。手此，敬請台安，統惟惠督不盡。

俞樾稽顙

[一] 此札輯自《近代名人手札真跡》第九册，第四〇二四至四〇二五頁。

再，吴載兄係貴相好汪昆友兄親串，如閣下欲知其爲人，請問之昆翁，自知其詳也。樾又啟。

二[一]

旭人仁兄世大人閣下：

前日趨謝，未克登堂爲歉。辰惟台候勝常，定符肊頌。敝相好吴載之萬久厲蘇垣，弟曾瀆求栽植，未知有可位置？伊家況甚艱，而人甚誠實可恃，想杜陵廣厦萬間，定有庇寒之處也。手肅，敬請台安，伏希諒鑒不宣。

世小弟制俞樾頓首

再，聞尊處新刻有《通鑑》一部，未知何本，可見惠一部否？弟再頓首。

[一] 此札輯自《近代名人手札真跡》第九册，第四〇二二至四〇二三頁。

三〔一〕

旭人大公祖世大人閣下：

別後敬惟台候萬福。弟於二月廿三日還吳下寓廬，觕叨平順，足慰注存。局事得公主持，想必日有起色矣。茲有瀆者，聞浙中新設電報局，一切由世兄杏孫觀察爲政，有王貳尹廷鼎，能詩文，能繪事，能篆隸書，亦美才也。以細故去官，尚留寓之江，將游涸轍，敢求言於杏孫世兄，於電局籌一位置，聊謀糊口，無多求也。手肅布懇，敬請台安。

治世小弟功俞樾頓首，三月初十

四〔二〕

旭人尊兄大公祖世大人閣下：

〔一〕此札輯自上海圖書館藏盛宣懷檔案第〇八六九五〇號。

〔二〕此札輯自上海圖書館藏盛宣懷檔案第〇八六九五五號。

昨讀還章，並由貴號交到英洋陸百圓，費神之至。惟書局二月分薪水已寄至蘇州，應俟三月爲始，自三月至十月而止，共八箇月薪水，均託陳謌兄交至尊處，以清此款，非六箇月所能了也。兹有致謌士一函，敬求飭交書局爲感。電報事前閲《申報》，始知其詳，恐亦未易位置。承函致世兄杏孫觀察，具見推愛之意。手肅布謝，敬頌台安。

治世小弟功俞樾頓首，立夏后一日

再啟者，弟頃爲亡次女刻遺稿一卷，雖詩詞均不足傳，聊塞悲思。附呈二本，伏希清鑒。

弟再頓首

五[一]

留園主人侍史：

前日惠顧暢談，並命撰《留園義莊記》。昨日即擬得一稿，未知可用否。敬呈鑒定。外拙

〔一〕此札輯自上海圖書館藏盛宣懷檔案第〇四四四五一—二號。

詩十二卷，附呈吟正。《俞氏義莊記》容稍緩寫奉。手肅，敬請壽安。

曲園居士拜上

六[一]

旭翁大公祖世大人閣下：

承屬撰《俞氏義莊記》，謹録稿呈政，並原來節略繳還。即請飭交爲感。弟初十由滬赴杭，俟還蘇走叩壽安。

治世愚弟樾頓首，二月朔

〔一〕 此札輯自上海圖書館藏盛宣懷檔案第〇四四四五一—一號。

七[一]

《冠雲峰贊》草草撰擬，未知有當尊意否。南皮相國所題五字記憶不真，如有錯誤，乞爲更正。此上

留園主人青照。

曲園再拜，初二日

八[二]

旭人大公祖世大人閣下：

[一] 此札輯自上海圖書館藏盛宣懷檔案第〇四四四五一—二號。

[二] 此札輯自《近代名人手札真跡》第九册，第四〇二六至四〇二七頁。

二月間曾布一牋，并以拙撰《俞氏義莊記》奉託轉交。此函因從者回毘陵，託貴帳房收存，未知已照入否。弟於初三日自杭旋蘇，再當趨候。新刻《彭剛直公奏稿》《詩稿》及拙詩第十三卷均呈台覽。手肅，敬請頤安。

治世小弟俞樾頓首，四月十四日

致盛宣懷(三十三通)

一〔一〕

杏孫仁兄世大人閣下：

承手書並賜賻，叨在世好，不敢固辭，謹拜登。另具柬謝，附去拙刻筆記十六卷，聊博一粲。手此，敬頌勛安。

世愚弟期俞樾頓首

〔一〕 此札輯自上海圖書館藏盛宣懷檔案第一〇六九五三號。有信封一枚，題「貴大人台啟」(用「曲園尺牘」信箋)，「蔭甫，十一月望日到，外書八本」(信封上題)。

二[一]

杏孫仁兄世大人閣下：

頃奉訪未晤，承惠顧小舟，又失迎候，歉仄良深。貴局著名之輪船，已皆開赴北洋，未識尚有穩妥可坐之舟否？如其不然，竟以靜待海晏爲是，尊意以爲然否？弟一行人衆，内外上下共八人，須得大菜艙房三間。如能如去年尊諭，出散倉之錢而坐大菜之艙，固屬甚妙，如或不能，則照例出錢，弟亦非所吝也。羅少翁云：每艙包銀卌兩，連家人下艙則四十兩，然否？務求代弟酌定是感。手肅，布請台安。

世愚弟俞樾頓首，初五日

[一] 此札輯自《近代名人手札真跡》第九册，第四〇三六至四〇三七頁。

三[一]

杏蓀仁兄世大人閣下：

頃奉訪未晤爲悵。託搭輪船，承允爲搭海晏官艙，未知已可算定否？應出銀如干，如已可算定，弟當函致邵筱村觀察，請給免單也。手此，敬請台安。

世愚弟俞樾頓首，二月初七日

四[二]

杏蓀仁兄世大人閣下：

[一] 此札輯自《近代名人手札真跡》第九册，第四〇三三頁。

[二] 此札輯自《近代名人手札真跡》第九册，第四〇二八至四〇二九頁。

滬上諸叨雅教，深費清神，比惟勛望兼隆，起居益勝，定如所頌。弟於二月望至津，所坐官艙，寬舒而又清静，較大餐殊勝也。到京後寓居潘家河沿，小屋數椽，杜門不出，非門外入刺、巷側過車落落然，不知其在日下也。四月望後當可南旋。手肅展謝，敬請台安。

世愚弟俞樾頓首，三月朔

五〔一〕

杏孫仁兄世大人閣下：

在京曾布謝一函，定入台照。比聞大旆已駐津門，連日賢勞，伏惟萬福。弟已於今日到津，聞海定〔二〕明後日即開，望爲弟搭定。弟帶有家眷，能稍清静不混雜最妙。近後之艙，未免骯髒，亦所不願，幸酌之。如全艙難包，則占住一邊亦可也。統候知愛者爲我酌定。手此布瀆，敬請

〔一〕此札輯自上海圖書館藏盛宣懷檔案第〇九四二七二號。附有信封一枚，題「即補道台盛大人勳啟」（用「曲園居士俞樓過客右台仙館主人尺牘」信箋），并有「廿四復」字樣。

〔二〕「海定」二字填寫在旁，原作「豐順」。

勛安。

世愚弟俞樾頓首，廿三日

六〔一〕

杏蓀仁兄世大人閣下：

道出津沽，諸荷關垂，兼叨厚惠，私衷循省，感佩無涯。登艫後，沿途平穩，順抵吴松。承致許承兄書已飭投遞，當即可買棹還蘇也。幸歸艎之無滯，載德音以俱流。舟次草草，肅函布達，聊鳴謝悃。敬請勛安，統惟惠照，不盡所云。

世愚弟俞樾頓首，初六日海晏舟中

〔一〕此札輯自《近代名人手札真跡》第九册，第四〇六二至四〇六三頁。

七[一]

杏蓀仁兄世大人閣下：

前讀環章，方歎浮沈於津吏，今披邸報，欣看觀察乎海邦。從此以一道之福星，承九霄之湛露，即超柏薇而晉秩，實偕葵藿以輸忱。遥企豸輝，莫名燕賀。弟吴中銷夏，碌碌如恒，西湖之游，俟之秋半。日内杜門息轍，仍對蠹簡一編。臺端舊有續編《經世文》之議，此後之罘坐對，幕府多閑，未識尚有意及此否。手肅，敬請勛安，順賀大喜，統惟青照不宣。

世愚弟俞樾頓首

八[二]

杏孫仁兄世大人閣下：

[一] 此札輯自《近代名人手札真跡》第九册，第四〇五〇至四〇五二頁。

[二] 此札輯自《近代名人手札真跡》第九册，第四〇四八至四〇四九頁。

遠隔光儀，久疏箋候，企予之望，時繫懷來。敬惟勛望清崇，興居佳勝，即超柏薇而晉秩，實偕葵藿以輸忱。轅戟遥瞻，軒甍曷罄。弟寓居吴下，一切如常，惟是衰病有加，頹唐無狀，唐人云：「白髮悲花落，青雲羡鳥飛。」此則遥望之罘，載欣載忭者也。手肅布達，敬請勛安，統惟惠鑒不宣。

世愚弟俞樾頓首

九〔一〕

敬再啟者，弟舊著《茶香室叢鈔》《續鈔》，并目録共五十卷，已刻入《全書》中矣。近來又成《茶香室三鈔》三十卷，叢殘薈萃，不足登大雅之堂，然其中多小掌故、小考據，則亦未始非不賢識小之意。亦思付之剞劂，而核計非洋蚨叁百不能集事，叨附同聲之末，竊爲將伯之呼，如蒙惠助如干，俾資集腋，得以災梨，感荷高情，實無既極。又有瀆者，拙著《春在堂全書》三百卌二

〔一〕此札輯自《近代名人手札真跡》第九册，第四〇五八至四〇六一頁。

卷，雖已流布人間，然弟實未食其絲豪之利，袁子才所謂「左思悔作三都賦，枉自便宜賣紙人」也。今春在杭州，承尊大人垂憐，謂：寒士有一卷書，子孫猶食其利，君胡獨否？乃屬刷印數十部，於僚友中代爲銷售，每部釘壹百本，裝六夾版，定價十二洋錢。月前甫印釘寄杭，未定能銷否？因思閣下太邱道廣，呼應尤靈，擬以數十部奉託代銷，有輪船帶費，擬每部十金。未知可否？恃愛瀆商，伏求裁復，載請台安。

弟再啟，六月朔，揮汗書

一〇[一]

杏孫仁兄世大人閣下：

頃奉環章，備承綺注，并悉以譸張之小故，煩威德之兼施。賢者多勞，可以想見，而勛望自此益遠矣。弟吳下寓居，百凡如昨，惟精力日衰，學問日退，比來又刻《茶香室經説》十六卷，數年心

[一] 此札輯自《近代名人手札真跡》第九册，第四〇六八至四〇七三頁。

血，姑以一刻了之，實不足傳也。拙著蒙允代銷售，詅癡衒醜，顔汗良多。兹遵由招商局寄呈十部，雖不足云結緑青萍，而一登薛卞之門，或亦可爲之長價乎？到乞檢收爲幸。尊輯《經世續編》，不朽大業，深以先覩爲快。滬上聞亦有輯此書，想必不及大纂之美富也。去歲惲太夫人以《落葉》詩索和，率成四律，頗似爲衰朽寫照，寄博一笑。手肅，敬請勛安，順賀春祺，統惟惠照不盡。

世愚弟俞樾頓首，元宵日

一一〔一〕

杏孫仁兄館丈史席：

昨由張廉訪函示電報，知青來已得試差，即爲説項，而已遲一著矣。謹將中丞復函寄覽，并道歉忱，容再留意。手此，敬頌暑安。

館愚弟俞樾頓首，六月廿五日

〔一〕 本札爲上海明軒國際藝術品拍賣有限公司二〇一九年春季拍賣會「一間屋」專場第〇〇九四號拍品，華東師大丁小明老師見示。

一二[一]

杏孫仁兄世大人閣下：

春間曾肅寸箋，并拙書十部，由文報局寄呈，未知已登記室否？比惟榴紅艾緑，福集天中，虎武龍文，威揚海外，即超柏薇而晉秩，實偕葵藿以輸忱。弟吴下閑居，諸凡如昨，春夏間作西湖之行，往返五旬，塗中有詩二首，附博一笑。又《文昌生日歌》一首，自謂獨得之見，亦寄請訂正。尊翁聞已來署，優游杖履，其樂可知。弟日前曾至留園奉訪，則於三日前啟行，未及晤談，望於趨庭時道及。手肅，敬請勛安，統惟愛鑒。

世愚弟俞樾頓首，重五日

[一] 此札輯自《近代名人手札真跡》第九册，第四〇五三至四〇五五頁。

一三[一]

杏孫仁兄世大人閣下：

陸世兄來，交到手書并番餅百枚。拙書滯銷，致煩墊付，尤感垂愛之深。即敬悉勛福並隆，快符遠頌。弟吳中銷夏，畏暑杜門，無善可告。承屬書條幅，草草塗鴉，醜態百出，聊以報命，不足糊壁。彭雪翁風病日甚，言不成聲，行不成步，兩手拘攣，不能執匕箸，至握管，更無論矣。屬書之紙，謹即繳還，大約此翁寫字、畫梅今生未必有此樂矣。手肅布復，敬展謝忱，即請勛安，統惟惠照不宣。

世愚弟俞樾頓首，六月初八日

舍姪事仍望隨時留意。

[一] 此札輯自《近代名人手札真跡》第九册，第四〇八八至四〇九一頁。

一四[一]

杏孫館丈大人惠覽：

接手書，知勷校澄江，近日計吉旋滬瀆矣。益吾學使書已加函寄，星臺方伯并從旁擊催花之鼓，弟九月初旬必到杭州，見面時再當一言説項也。手此，復頌禮安，不一。

館愚弟俞樾頓首，八月十八日

一五[二]

杏孫館丈世仁兄惠覽：

[一] 本札爲上海明軒國際藝術品拍賣有限公司二〇一九年春季拍賣會「一間屋」專場第〇〇九四號拍品，華東師大丁小明老師見示圖片。

[二] 本札爲上海明軒國際藝術品拍賣有限公司二〇一九年春季拍賣會「一間屋」專場第〇〇九四號拍品，華東師大丁小明老師見示圖片。

接手書，知春祺佳勝爲慰。所屬一節，極應遵辦，而弟有爲難者。崧帥撫吴時雖與往還熟識，不過官場應酬，無甚交情。而浙人不知，以爲莫逆之交。自其移節後，武則提鎮、文則守令，無不以事諉諈，此豈弟所能爲力？是以盡行回絶，概不致書。此番若爲尊事作函，何以對前此諸友，只好俟到浙後遇便進言。然書局事難，亦未必遽能報命也。手布求諒，即請留安。

館世愚弟俞樾頓首，二月十七日

一六〔一〕

杏孫仁兄世大人閣下：

久疏尺牘，彌感分襟，每企公才，時殷私望，敬惟爵隨年晉，勛共春長，即啟藩封，允符臆頌。弟一事無成，七旬已届，無可爲知愛者告。小孫今歲仍逐隊春闈，然學植毫無，未必有望也。兹有舍姪祖福，乃先兄壬甫之次子，向以鹽大使需次閩中，當一小差，聊可餬口。去歲差滿賦閑，勢難久占家食。尊處電報局需人頗廣，敢求推愛，遇有缺出，爲位置一席，無論江浙等

〔一〕 此札輯自《近代名人手札真跡》第九册，第四〇七四至四〇七六頁。

省皆可，不必定在閩中也。手肅布悃，敬請勛安，統惟淵鑒不莊。

世愚弟俞樾頓首，閏月十七日

一七[一]

杏孫仁兄世大人閣下：

頃聞大旆還蘇，適弟在杭，未得把晤爲歉。聞金陵返滬，即赴煙臺，勛望愈崇，封圻即晉，定如所頌。弟西湖之行，句留四十餘日，有小詩八律，聊附《香山集》中「閑適詩」之體。因索觀者衆，以刻代鈔，謹寄奉一贓。惲季文言，尊意索觀拙注《金剛經》，亦呈一册，并求印可。舍姪祖福欲求電局一差，季文言承允隨時留意，感甚。如有相當之處，務求札委，不必定在閩中也。手肅布達，敬請勛安，統惟惠鑒不宣。

世愚弟俞樾頓首

[一] 此札輯自《近代名人手札真跡》第九册，第四〇七七至四〇八〇頁。

一八[一]

杏蓀仁兄世大人閣下：

春間台旆來蘇，適弟還浙，未得一見。乃由惲季文閣書傳述尊意，垂問拳拳，曷勝感荷。金風應候，玉節延釐，勛望愈隆，封疆在即，定如所頌。弟近狀如恒，衰病加甚，遠不如尊翁之矍鑠，蒲柳松柏，固自不同也。春間在杭，得詩數首，後因彭剛直騎箕之耗，又有所作，索觀者多，以刻代鈔，寄呈數紙，敬求吟正。尊纂《經世文續編》，未知已告成否？弟前寄呈拙作數種，未知尚存否？内有《服制私議》一卷，似尚可采，恐已失之，今附上《雜纂》一册，内有此卷，求賜覽爲幸。又近作一篇，似有關係，亦呈鑒定，未知可附入否？手肅，敬請勛安，統惟惠察不宣。

世愚弟俞樾頓首

再啟者，去年爲舍姪祖福求電報局差，允爲留意，感感。兹聞福州電報分局陳司馬同書已

[一] 此札輯自《近代名人手札真跡》第九册，第四〇八一至四〇八四頁。

保知府，年内必須辭差，可否就近賞派舍姪接充？謹附上名條，伏求裁復爲感。弟再啟。

一九[一]

杏孫仁兄世大人閣下：

頃展覆函，謹悉一切，即諗勛望益崇，起居增勝，爲慰無量。弟蒲柳之資，犬馬之齒，何足言壽。夏間有寧波友人方君豫以壽聯見贈，謹即璧還，并致謝函，言明俟來歲再自行備紙恭求法書，以免開罪，周折甚矣。閣下雖有金玉，幸勿見投，省兩邊費事，或亦有當於大君子「老者安之」之雅意也。手肅布謝，敬請勛安，惟鑒不宣。

世愚弟俞樾頓首，九月五日

再啟者，如尊意必欲有賜，滬上《圖書集成》局有《二十四史》股票出售，全股洋蚨五十，如作兩次，則先二十。公能買一紙寄賜乎？弟再頓首。

[一] 此札輯自《近代名人手札真跡》第九册，第四〇八六至四〇八七頁。「再啟者」以下輯自《近代名人手札真跡》第九册，第四〇八五頁。

一〇[一]

再，川省電報局未知尚須添人否？有震澤人王夢薇廷鼎，亦居弟門下，其人頗多材藝，寫作俱佳，與該局吴君亦屬舊好。如可資驅策，請爲羅致。手此，再請勛安。

弟樾再頓首

一一[二]

杏蓀仁兄世大人閣下：

頃奉惠書，敬悉從公滬上，懋著賢勞。招商一局，所關頗鉅，非長才八面，孰克仔肩？雖雅抱謙沖，恐有所不能辭也。前所薦謝從九，既無可位置，只可聽之。惟其人耐於勤勞而又練於

[一] 此札輯自《近代名人手札真跡》第九册，第四〇三四頁。

[二] 此札輯自《近代名人手札真跡》第九册，第四〇三〇至四〇三二頁。

事務，於貴局頗相宜耳。中外議和，稍可無事，《經世文編》續刻，尚望得暇即爲之。弟從前曾有續刻《皇清經解》之意，然近今説經之文，未必能出阮氏範圍。若經世之文，則自通商以來諸君子高掌遠蹠，崇論閎議，若輯成一集，必有突過原書者，此弟所以深爲賢者望也。手肅，復頌勛安，統惟惠照不盡。

世愚弟俞樾頓首，七月二十

一三一[一]

敬再啟者，舍姪祖綬，丙子科舉人，歷年充浙江書院監院。今年以年分太久，不能蟬聯，閑居無事，厥況頗艱。聞尊處所轄電報局用人頗多，如蒙於江浙兩省酌賜位置一局，則感荷玉成，實無既極。手肅布懇，載請台安。

弟樾謹再啟

[一] 此札輯自《近代名人手札真跡》第九冊，第四〇五六至四〇五七頁。

一二三[一]

杏蓀仁兄世大人閣下：

正初承枉顧寓廬，失迎爲歉。辰惟政體綏和，勛猷卓越，遥瞻景曜，定協頌忱。弟於二月底到杭，四月初又將還蘇，湖樓山館，兩處勾留，亦尚不惡，足慰注存。兹有瀆者，錢唐錢君英甫茂才係蘇省試用府經歷，因乏貲驗看，故未到省。其人才具開張，應酬周到，書畫兼工，亦一美才。現在寓居上海，苦無機會。弟意此人於輪船帳房頗屬相宜，雖非熟手，而□應固其所長也。其妻張氏，□名弟門下，能寫盈丈大字。弟因其夫婦貧困，恐其失所，故敢奉上名條。無論何項輪船，派其一席，感荷逾恒。如公冗，無暇及此，轉交子梅兄亦可。肅請勛安，統惟青鑒不莊。

世愚弟俞樾頓首

[一] 此札輯自上海圖書館藏盛宣懷檔案第〇一六七五八號。附信封一枚，題「天津海關道台盛大人勳啟」（用「曲園居士俞樓過客右台仙館主人尺牘」信箋一張作封，背鈐「曲園拜上」朱方）。又附名條，題「藍翎指分江蘇試用府經歷兼襲騎都尉廩貢生錢清顯」（紅紙一張）。

一二四[一]

杏蓀仁兄世大人閣下：

前閲邸鈔，敬悉榮拜奉常，典司鐵路，軼前賢之軌轍，效皇路之馳驅，即晉封圻，允孚輿頌。弟趑趄陋儒，頹唐暮境，惝怳平順，無善可陳。春間爲錢英甫茂才清顯説項，定廛青照。聞年終輪船執事者頗多更换，未識能爲籌一位置否？其妻即善書大字之張貞竹，想公亦嘗聞之也。手肅布託，敬請勛安，匆匆不盡。

世愚弟期俞樾頓首

一二五[二]

杏孫仁兄世大人閣下：

正初旌麾晉省，承惠顧敝閭，翼日報謁，則已返旆滬濱矣。辰下敬惟祉共春長，勛隨年晉，

[一] 此札輯自《近代名人手札真跡》第九册，第四〇四〇至四〇四一頁。

[二] 此札輯自《近代名人手札真跡》第九册，第四〇六六至四〇六七頁。

遥瞻轅戟，彌切軒虆。弟僑寓吴門，㑳叨平順。舍姪孫箴墀，乃先兄壬甫之孫，年齡尚幼，學業豪無。聞天津中西學堂招考學生，不自揣量，亦來應試，未知得容厠於其間否？手肅布瀆，敬請勛安，順賀春祺，伏惟惠照不宣。

世愚弟俞樾頓首

二六〔一〕

杏蓀仁兄世大人閣下：

頃承嘉招，感感，奈弟無此口福何？兹遵雅教，奉上硃卷二十本，謹求代爲分送，廣賜吹嘘爲感。手此布託，敬請台安。

世愚弟俞樾頓首，廿三日

馬眉翁前并求致意申謝。稱謂謙抑，殊不敢當也。

〔一〕此札輯自《近代名人手札真跡》第九册，第四〇三五頁。

二七[一]

杏孫仁兄館丈世大人閣下：

在滬快接清談，又賜以珍味，感感。比還吴寓，又辱手書，敬悉慈侍萬安，慰慰。太夫人大慶，本擬書一聯爲壽，承以佳紙命書，謹即寫奉，但字既醜劣，撰句又不足揄揚萬一，恐不足博慈顔一笑耳。率復，敬請韬安，并頌侍祺，不盡萬一。

館世愚弟期俞樾頓首

[一] 本札爲上海明軒國際藝術品拍賣有限公司二〇一九年春季拍賣會「一間屋」專場第〇〇九四號拍品，華東師大丁小明老師見示圖片。

一八[一]

杏孫館丈仁兄世大人閣下：

元宵節前恭逢太夫人帨辰，未克躋堂介壽，屬書楹聯又極醜劣，不足揄揚。乃承獎以諛詞，賜以珍品。日前於各日報中得讀大著《燕精贊》，不勝見麴流涎之慕，兹承嘉貺，何幸如之。即敬悉氣清天朗，觴舉顔和，曷勝欣慰。弟年垂八十，營衛兩虧，内症未痊，外症又作，今年竟未出門一步，西湖之游亦遂不果命。小孫還浙掃墓，而已力疾布謝，敬請著安，并叩賀太夫人婆婆老福，統希青鑒。

館世愚弟期俞樾頓首，上巳後一日

[一] 本札爲上海明軒國際藝術品拍賣有限公司二〇一九年春季拍賣會「一間屋」專場第〇〇九四號拍品，華東師大丁小明老師見示圖片。

一一九[一]

杏孫仁兄世大人閣下：

久違光霽，時切溯洄，時局益艱，想勳猷愈壯矣。弟景迫桑榆，又以小孫在京，日夜懸懸，心緒惡劣之至。茲有瀆者，舍姪孫箴墀於戊戌年蒙取入天津大學堂肄業，人尚謹飭，學業亦贏堪造就，頗爲教習諸公所賞。今聞大學堂已散，據同學回南者言，箴墀因無盤費，不能同行，已寫信與小孫商議。伏思京津路阻，小孫何能爲力，勢必轉於溝壑。求公哀憐，設法使之回南，則感猶再造矣。手肅布懇，敬請勛安。

世愚弟俞樾頓上，五月三十

[一] 本札輯自西泠印社二〇一一年春季拍賣會「中國書畫古代專場」第一一七〇號拍品。

三〇[一]

杏孫仁兄世大人閣下：

去年託轉寄小壻許子原信，半月而達，深費清神，同深感荷。入新歲，想勛望益隆，四海瞻仰，乾坤䤈𩙪之時，計尚需大力轉旋也。弟僑寓如昨，桑榆待盡，無可言者。惟小壻及花農來信均以不得弟信爲念，致煩電問，諒由郵局稽遲之故。茲有一函，仍求飭寄京城，幸勿以瑣瀆爲罪。手肅布託，敬請勛安，順賀春禧，并恕不莊。

世愚弟俞樾頓首

三一[二]

杏孫宮保仁兄世大人閣下：

[一] 此札輯自《近代名人手札真跡》第九册，第四〇六四至四〇六五頁。

[二] 此札輯自《近代名人手札真跡》第九册，第四〇四二至四〇四五頁。

睽隔鈞輝，闊疏箋啟。比聞旌旆已自鄂歸，想主持全局，宏濟時艱，爲國理財，爲民請命，壇坫折衝，其功不下中興李郭矣。弟自二月以來頽唐加甚，病久不瘳，幸飲啖如故，尚可勉强支持。小孫倖副蜀軺，深恐不勝其任，已於六月二日出京。長路暑行，亦殊念之。兹有惲司馬福麟，乃季文長子也，季文因奉母不能出山，困於家食，故命其長子筮仕浙中。然宦海浮沈，亦復出頭無日。聞公處隨帶人員甚多，用敢附上名條，如蒙垂愛，俾得蝨於其間，則戴德無既矣。公與季文交好有年，而此子材具亦尚有可造，當亦樂以玉成也。季文不乞當途有力者之書，而屬先容於衰病之一叟，可見季文於公知之者深而重之者至矣。揮汗布濆，敬請勛安。統惟惠鑒不宣。

世愚弟俞樾頓首

三二一[一]

杏蓀星使仁兄世大人閣下：

[一] 此札輯自《近代名人手札真跡》第九册，第四〇三八至四〇三九頁。

日前旌麾晉省，適弟在西湖，未克趨候爲歉。比惟勛望日隆，壯猷雲上，即膺疆寄，允協輿情。弟衰老益增，無狀可述。舍表弟蔡縣丞鏡瑩事，前由蔡二源轉達，已邀鈞鑒。其光景甚窘，不能久賦閑居，務求於和甫觀察前鼎力一言，隨便派給一差，戴德無量。手肅布瀆，敬請勛安，統惟霽照不盡。

世愚弟俞樾頓首

三三二〔一〕

貴大人：

承賜食品，鄙人喜甜喜軟，深愜下懷。手肅布謝，敬請開安。尊夫人亦乞致謝。

館世愚弟期俞樾頓首

茶二角。

〔一〕本札爲上海明軒國際藝術品拍賣有限公司二〇一九年春季拍賣會「一間屋」專場第〇〇九四號拍品。

致施則敬（二通）

一[一]

子英仁兄大人閣下：

初十日一函，交舍外孫許汲侯比部帶呈，而汲候遲遲，須至十三日赴滬，故未達也。昨日由局寄到手書，知託墊匯徐花農貴同年百金業已交到，弟遵即將規銀壹百零三兩交仁和莊寄繳臺端，想不日即可寄到，幸示復數行爲盼。瑣瑣瀆神，想不嫌煩擾也。拙作詩文，知爲任逢辛觀察取去，謹補奉四册，聊發一噱。自輪舶通行，北信頗不遲緩，惟自南而北，則信局、郵局

[一] 此札輯自《上海圖書館藏歷代手稿精品選刊·俞曲園手札》，第三二六至三二八頁。

均不能必達，但恃貴會友之流通耳。傳聞合肥公欠安，想必不確，尊處當時通信息也。手此布達，敬請勛安，惟鑒不宣。

世愚弟俞樾頓首，十月十二日

二〔一〕

子英仁兄世大人閣下：

前承枉顧暢談爲幸。老嬾未克趨答，歉如也。談次曾及募貲自設驗疫所，此亦一大善舉，鄙處有人願助洋叁拾元，以資集腋，伏乞鑒收示復爲盼。手此，敬請勛安。

世愚弟俞樾頓首，閏初九

〔一〕 此札輯自《上海圖書館藏歷代手稿精品選刊·俞曲園手札》，第三二九頁。

致壽錫恭（一通）〔一〕

壽氏，以春秋時考之，固吴人也。《襄五年》有壽越，《哀十三年》有壽於姚，並吴大夫，則其爲吴人無疑。惟以爲吴子壽夢之後，則吴子壽夢於襄十二年始卒，而襄五年已有壽越見於《傳》，其非壽夢之後明矣。尊譜謂帝堯之後，封於祝，據鄭注「祝或爲鑄」，壽氏即出於鑄，省去金旁耳。然《廣韻》十遇「鑄」字下云：「又姓，堯後，以國爲氏。」則堯後自有鑄氏。至四十四有「壽」字下但云：「又姓，王莽兖州牧壽良。」似不得謂壽即鑄省，并作一姓也。古事難明，聊書所見以質。

〔一〕此札輯自《春在堂尺牘》卷七，題作「與壽梅契」。

致崧駿（二通）

一[一]

鎮青尊兄大人閣下：

寒燠不恒，伏惟台候萬福。拙詩近作三首，奉博一笑。其《文昌生日歌》，自謂獨得之見，公以爲何如？手肅，敬請勛安。

愚弟俞樾頓首，廿六日

[一] 本札見於香港觀想二〇一六年春拍中國古代書畫專場第〇五三六號拍品《俞曲園手札》，蒙个厂兄賜示圖録。

二[一]

鎮帥大公祖大人閣下：

昨承惠賜佳肴，合寓飽德，感荷無厓。兹有致李傅伯及德曉翁中丞信各一函，敬求加封飭遞爲感。手肅，敬請勛安。

治小弟俞樾頓首，三月初八日

外附完器具。

[一] 本札輯自西泠印社二〇一四年春季拍賣會「中國書畫古代作品專場」第〇四四九號拍品。有信封（鈐「曲園居士俞樓過客右台仙館主任尺牘」印），面題「崧大人台啟」「俞樓椷」「外信二件」。

致宋仁壽（一通）〔一〕

樹之仁兄世大人閣下：

前奉到瑶函，敬悉侍奉萬安，起居百福，慰甚。令弟澄之計早已安抵金陵，今年極盼其一捷也。尊慈太夫人八旬榮壽，謹撰一聯，聊寓祝意，廿外到杭，再登堂補祝。然計舞綵稱觴，亦須待澄之歸也。尊屬云云，謹當在意，亦俟到杭面致矣。手此，敬頌勛安。

世愚弟功俞樾頓首，八月四日

太夫人前叱名叩祝，恕不具柬。

〔一〕此札輯自《上海圖書館藏歷代手稿精品選刊·俞曲園手札》，第一五三至一五四頁。

致宋恕（五通）

一[一]

題奇賦更奇，議論縱橫，意義周匝。

《中庸》云：「能盡其性，則能盡人之性；能盡人之性，則能盡物之性；能盡物之性，則可以贊天地之化育。」愚嘗謂：子思子少説了一字，當云：「能盡人、物之性，則可以贊天地之化育。」雙承而下，方無語病。否則盡人之性尚不足以贊化育，必盡物之性始足以贊化育，此近乎西之人學，非吾中國聖賢之學也。今讀此賦，實能發揮「盡物性」「贊化育」之理，周公之制，子

[一] 此札輯自《宋恕師友手札》上册，第二一頁。

思之言，或者意本如此乎？

曲園識

二[一]

燕生仁弟惠覽：

正深馳念，欣逢來書，知仍從事水師學堂，瀛眷亦已安抵丁沽，從此折桂徵蘭，喜疊其室，可豫賀也。承示《卑議》一册，議論卓然，文氣尤極樸茂，可與《昌言》《潛夫論》抗衡，非王氏《黄書》、黄氏《明夷》所能比也。屬爲弁言，兄非元晏先生，不足爲《三都》生色。竊書數語於後，然亦未必有當尊意，不必存神。又示知擬赴北闈，自較南闈爲便。然以足下排山倒海之才，絶後空前之識，在南中已難必有賞音，北闈尋行數墨，久成痼疾，況今歲又新有釐正文體之命，恐更無人相賞於牝牡驪黄之外，似仍以南闈爲宜。況北試又須捐頁或捐監，移此費作南來之資，所

[一] 此札及以下兩文均輯自《宋恕師友手札》上册，第九至二〇頁。

費不多。七月初十外發天津，八月二十外可抵天津，爲時亦不甚久，尊意以爲何如？琴西同年已登八十，不可無詩，然泛泛壽言，固非所宜，而數十年交情，垂老殊爲著筆耳。兄年力益衰，學術益退，今年刻有《瓊英小録》一册，附奉一笑。手肅，布頌元祉。

愚兄俞樾頓首，六月十六日

附上《卑議書後》一篇，又《嫁娶説》一篇，又《瓊英小録》一册。

《卑議》書後

嘗讀《後漢書·王符仲長統傳》所載《潛夫論》《昌言》諸篇，輒歎誦不置，以爲唐宋以後無此作也。不圖今日乃得之於宋子燕生。蓋燕生所爲《卑議》，實《潛夫論》《昌言》之流亞也。其意義閎深，而文氣樸茂，異時史家采輯，登之國史，亦可謂「寧固根柢，革易時弊」者矣。惟《變通篇》三十七章，鄙意以爲宜緩出之，其造端閎大者，固未必即能見之施行；瑣屑諸端，不知者且謂妨於政體。而嫁娶停旌之説，尤不免見嫉於禮法之士。竊謂君子之論，論其大綱而已。孔子「富之」「教之」兩言，千古不易。三代以上，聖人治天下以此，即漢唐以來，凡治天下亦以此。然何以富之，何以教之，則孔子不言也。一國有一國之富、教，不能通於他國；一時有一時之富、教，不能概於他時。至孟子屑屑然論之，即如「方里而井，井九百畝」，此或可施於七十里之滕耳，齊梁大國，能用之乎？而況後世乎？《易》曰「窮則變，變則通」，不變固不能通，而變之實難，是以君子慎言之也。燕生屬序其端，餘謝不敢，竊書其後云爾。癸巳長夏，曲園俞樾。

嫁娶説〔一〕與尊説别，或可各存其説。

古禮，男子三十而娶，女子二十而嫁，此示人以極至之時，明逾三十無不娶之男，逾二十無不嫁之女，非以此爲定期也。《傳》曰：「國君十五而生子。」則男子之娶，有不待三十者矣。《禮》曰：「女子雖未許嫁，二十而笄。」則女子有逾二十而未嫁者矣。嫁娶之故，情事萬端，聖人不能預定，姑示以極至之期而已。然愚謂：聖人於此，殆未之深思也。夫婦人内夫家，外父母家，此惟婦人之賢明者知之，愚婦人不知也。女子出嫁，則爲異姓，而子婦自異姓來歸，轉爲至親，此舅姑之賢明者知之，不賢明者不知也。舅之知者，或十而六七，姑之知者，不過十而二三，而家庭之變，自此繁矣。竊謂：上古聖人既定嫁娶之禮，即當定嫁娶之期，大夫以上，不自乳其子者，所生女子三月而嫁；士以下，必自乳其子者，所生女子三歲而嫁。依此行之，有六利焉。無愆期之男女，一利也。無嫁娶之浮費，二利也。女子自幼即居夫家，所見尊卑長幼，

〔一〕此文又見於《賓萌集》卷六，文字小有不同。

皆夫家之人，則於夫家不期内而自無不内矣；兄弟、伯叔、諸姑、姊妹可以覿面不識，則於父母家不期外而自無不外矣，三利也。女子自幼依舅姑以生以長，自無不孝；舅姑自其婦幼時保抱攜持，自無不慈；其夫與之自幼相習，飲食同焉，嬉戲同焉，自無不憐愛，四利也。先後築里，易啟猜嫌，兄弟之不和，半由娣姒之不睦。此法行，則兄弟之妻皆由一舅姑撫育，自幼至老，何異同胞，無不睦之娣姒，即無不和之兄弟矣，五利也。父母遣嫁其女，未有不衋然傷心者，故《禮》有「三夜不息燭」之文，念其後之不得時時相見，而夜以繼日，冀緩須臾，亦可悲矣。此法行，則三月之女未解笑啼，三歲之女甫離襁褓，時日不久，恩愛未深，率然抱持而去，初亦未能忘情，久之竟如未有，父母之悲思可以銷釋，爲女子者，雖罔極之恩一無所報，而不至以此身重父母悲思，則心亦可以稍安，六利也。或曰：今世童養之婦，往往爲舅姑虐遇而死，此法一行，死者益衆矣。余謂不然。今世惟不行此法，故童養婦惟小家有之。小家婦女，姿性愚蠢，故多此弊。若詩書仕宦之家，必不至此。且愛女甚男，亦人情所常有，膝下既無女子，則必以愛女子者愛其子婦，錦綳繡被中，其珍護可知也。小家化之，亦當不復肆其虐矣。此事理之常也。若仍虐遇之者，此事理之變也，凡事論其常而已。天下婦女，豈無不得於舅姑與夫而抑鬱以死者？然則女子將不嫁乎？請陳六利，釋此一慮，聖人復起，不易吾言。

三[一]

頻年占望文星，不知照臨何處？今奉手書，乃知翩然南飛，戢影滬上，懷抱利器，鬱不得試，意緒可知矣。承見和拙作《重游泮水詩》，上下五千年，奇詭至此，惜題目小，不足副之耳。方今天下，乃大戰國也，每讀《孟子》書，無一語不如意中所欲出。其曰「平治天下，舍我其誰」，似乎言大而夸，實則確有此理。如云「以齊王，猶反手也」，又云「舉此心加諸彼而已矣」。當日如此，今日何嘗不如此？然孟子在當日已不能行，況我輩在今日乎？爲我輩計，惟有仍守孟子兩言，曰「守先王之道，以待後之學者」，但不知待至何年。兄去年除夕有詩云「行當再見唐虞盛，屈指天元九十年」，未識讖言有驗否？

〔一〕 此札輯自《春在堂尺牘》卷七，題作「與宋燕生」。

四[一]

燕生老弟臺賜覽：

久不得書，未知萍蹤所寄。今奉手畢，乃知去年近在杭州，旋又辭去，閑雲舒卷，明月去來，令人欽仰不已。乃誦至末幅，又知新丁大艱，煢然苫塊，大孝哀慕，如何如何！承以令外舅止庵先生墓銘見屬。伏念止庵先生爲昆弟同年，實翰林前輩，其學問粹然，出處大節，亦殊落落，爲生平最所敬服。後死之責，本不敢辭。乃讀尊撰《行狀》，洋洋萬言，敘學術之得失，人材之盛衰，幾令人怖若河漢。兄年老廢學，即在壯盛之時，亦止於訓詁章句稍有微長，實不足以見其大者。至於近日，無三日不病，扶病起坐，取閑書消遣而已。若勉强下筆，不特無以表揚令外舅之盛德，亦斷不足以副足下之來意。知難而退，用敢謹辭。想哀憐其老，亦必諒之也。兄本甲辰舉人，因是恩科，例於癸卯正科重赴鹿鳴之宴。而疆臣於今夏即行陳請，遂奉恩命，

〔一〕此札輯自《宋恕師友手札》上册，第二三至二四頁。

有詩紀之，輒陳雅覽。覽其詩，知其人，即知前所誘誣者爲未得其人矣。又一紙，請轉致仲容。手此，復請禮安，匆匆不盡。

愚兄樾頓首，九月十日

五〔一〕

詮「倦」字，獨具至理。愚前年亦曾有擬作，未見及此。然天下事無論曲藝雜技，苟出其所心得，而非由摹擬剽竊而來，則竟可終身不倦。「其間必有名世者」，解「其間」二字，與鄙見合。

曲園識

〔一〕此札輯自《宋恕師友手札》上册，第二二頁。

致孫殿齡（八通）

一[一]

蓮叔仁兄大人閣下：

昨日匆匆握手，旋即别去，不及多談，並不及待吾序之成。馬蹄隆隆，未知尊體安善否？序已艸就，即送呈記室，如欲付紫翁抄在卷首，乞示知也。並代吾兄作數語，老僧饒舌，未知當否耳。延陵家事，談之慨然。昔聞曾子耘瓜，今見吴生種藕，始知巾山之門，果與尼山爭勝，不獨嫖賭吃著，適與愚魯喭辟相當也。昨來一相面者，補雲借弟面目以試其驗否，已屬可笑；而

[一] 本札現藏黄山市徽州文化博物館，爲第一二〇四號藏品《俞越書札》。姚國文、陳琪《中國徽州文化博物館藏俞樾書札考述》（《書畫世界》二〇一六年七月號）一文已公布釋文并作簡要考證。

其人夢夢，又借弟之面目爲不知誰何之人談相，則又可笑。因附書之，以博閣下一笑。然渠謂弟當作刑曹官，或亦未始無見耳。次梅詩册，今特附上，乞照入。前托刻圖章，如得暇，乞鋉筆一揮也。此請吟安。

弟樾頓首

二[一]

蓮叔仁兄大人閣下：

補雲來，得手書并詩六篇。暮四朝三之感，翻雲覆雨之悲，君自分金，人猶下石，何言之憤也！中年多故，來日大難，易逢白眼之人，苦憶黄泉之弟，何言之悲也！夫憤能忘食，憂可傷人，請獻愚公之一言，以當枚乘之《七發》。伏念閣下，家傳陶白之書，世擅程羅之富，雖牡丹開

[一] 本札並附詩現藏黄山市徽州文化博物館，爲第一二一〇四號藏品《俞越書札》。姚國文、陳琪《中國徽州文化博物館藏俞樾書札考述》（《書畫世界》二〇一六年七月號）一文已公布釋文并作簡要考證。本札改本已收入《賓萌外集》卷二，題作「報孫蓮叔書」，以下簡稱「集本」。文字小有差异，可見俞氏改動之跡，故再録於此。

過，或非昔日之春；而大樹陰多，尚有無邊之蔭。門前之客，少亦兩三；席上之錢，儉猶十萬。飛金鑿落，吹玉參差，有名士之風流，無詩人之寒瘦，其可樂一也。堂前壽母，長奉桃枝；膝下佳兒，可名迦葉。而且劉綱佳偶，共作神仙；高柔賢妻，雅宜愛玩。曲成子夜，詩仿丁娘，除封臂之紗，從郎學字；把畫眉之筆，代婦鈔詩。此一事之尋常，已三公之不易，其可樂二也。竹馬鳩車之歲，便露才華；肥酒大肉之場，別饒風味。齒猶未也，集已裒然，柳三變兼善詞章，顧八分還工篆刻，多材多藝，有本有原，仙家之酒逡巡，菩薩之輪如意，其可樂三也。若乃世態炎涼，人情輕薄，則宜學莊生之齊物，發賈子之養空。樹上軥輈之鳥，與之辨論則已煩；水中孑孓之蟲，聽彼浮沉而自去。況乎缺陷乃成世界，煩惱亦是佛根，何足置輕重於懷抱哉？弟未消平子之四愁，虛擬啟期之三樂。輒依原韻，奉和六篇，既以解君，亦借自遣。伏惟鑒納不宣。

愚弟俞樾頓首謹啟

不到中年不覺難，千愁一夕上眉端。飽嘗世味身將老，才出歡場影已單。名士青衫容易濕，佳人翠袖本來寒。勸君莫問升沉事，且寫梅花獨自看。

造物于人總有情，如君已算不虛生。有親正要兒行樂，無弟何妨我喚兒。君感哲弟丹叔早逝，故及之。席上酒隨人自飲，燈前詩與婦俱成。群兒輕薄何須問，自有閑鷗共結盟。

要知萬事本如雲，但到艱難便解紛。有缺方能成世界，雖貧猶足傲封君。休嫌酒債尋常有，且博詩名到處聞。紅葉一廛書萬卷，此中況味勝微醺。

悠悠世態幻無形，蛾逐燈光蟻附腥。花事繁時多客到，戲場散後少人經。交情一任雲翻手，心境終如水在瓶。手抱雲和知己少，會須江上遇湘靈。

好向堂前進兕觥，不須辛苦感勞生。胸中傀儡何難化，眼底鶯花總是情。妻子團欒皆雅集，文章氣焰勝浮榮。炎涼本是尋常事，我勸君家莫太明。

蠻觸輸贏未易爭，北窗高臥學淵明。讀書便覺耳清淨，作字能令心太平。于世無求真自在，隨人相負或前生。憐余亦是工愁客，不學蟲鳴學鳳鳴。

蓮叔仁兄大人見示六律，若有不釋然于胸者，因走筆和之，兼釋其意，未知有當否，尚祈垂教。

巾山逋客弟樾書並識

三[一]

銕琴仁兄大人閣下：

前託鏡軒附上一書并五古一章，聞故鄉大水而作。據鏡翁云已爲代致，乞即飭下記室一查爲要。孫叔敖斷蛇一事，不圖復見，勇哉勇哉！此蛇似有意來窺宋玉，竟罹碎首之酷，弟甚惜之。《説薈》極佳，吾兄所已閲者，可借一覽否？此請吟安。

弟樾頓首

四[二]

蓮叔仁兄閣下：

久不得書，吟祉奚似？弟前兩日徧游身熱頭痛諸國，委頓殊甚，日内則嗽聲咯咯不已，鼻

[一] 本札輯自《小莽蒼蒼齋藏清代學者手札》，第七六四頁。

[二] 本札輯自《小莽蒼蒼齋藏清代學者手札》，第七六三頁。

涕一尺長，又似傷風矣。未疾之前偶得詞兩闋，附博一笑。即請秋安。

弟樾力疾頓首啟事

五[一]

銕琴仁兄大人閣下：

展讀惠書，始知閣下亦爲病魔所累，未知已得霍然否？念甚。弟已全愈，足紓錦注。來詩極佳，弟則久不作此，手生荆棘矣。此覆，即請痊安。

弟俞樾頓首啟，七月十二日

客中何以報瓊琚，或者詞章略有餘。交密初無難達語，堂深怕有未通書。狂奴眼底從來闊，名士心中最是虚。慚愧孫陽矜寵甚，誰知伎倆只黔驢。

[一] 本札現藏黄山市徽州文化博物館，爲第一二〇四號藏品《俞越書札》。姚國文、陳琪《中國徽州文化博物館藏俞樾書札考述》(《書畫世界》二〇一六年七月號)一文已公布釋文并作簡要考證。

書後輒成一律，求政。

巾山草

六〔一〕

銕翁惠覽：

前日伻回，附上一札，并大作兩帋，計已照入，近想貴恙痊可，吟興有加，定如所禱。弟亦無恙，足紓錦注。《唐人説薈》已經全閱，因樵翁借觀，故未送還。聞閣下處另有書四本，縷述嘆夷之事，未識可賜觀以廣見聞否？如蒙許可，閱後當與《説薈》一總繳呈記室也。耑此布瀆，即請秋安。

巾山俞樾頓首啟事

〔一〕本札輯自《小莽蒼蒼齋藏清代學者手札》，第七六五頁。

七〔一〕

蓮叔仁兄大人閣下：

兩奉華翰，再讀佳章，雖隔兩旬，恍聞謦欬。尊作屬弟酌定，切人不媚，想在原亮也。小册二本已收到，俟暇録寄，但不堪覆醬，殊自笑耳。此請吟安。

補翁均候。

巾山頓首

八〔二〕

大台山人尚書郎閣下：

〔一〕本札現藏黄山市徽州文化博物館，爲第一二〇四號藏品《俞越書札》。姚國文、陳琪《中國徽州文化博物館藏俞樾書札考述》（《書畫世界》二〇一六年七月號）一文已公布釋文并作簡要考證。

〔二〕本札輯自《小莽蒼蒼齋藏清代學者手札》，第七六二頁。

接手翰，知前日兩紙書均照入矣，但未識弟前附補雲書并拙作究竟不浮沉否？便中示知。官封及紅單帖儘可待便付來，非所急急。如有佳書可供消暑者，蹔告借一觀乃妙耳。此覆，即請暑安，不盡乙乙。

半生樾頓首，六月十六日申

致孫同康（一通）〔一〕

師鄭仁弟足下：

承惠書，并大著一册，篤守鄭義，學有本原。每謂乾嘉學派至今未墜，必有篤信好學之士出而紹述之，足下即其人矣。拜讀數過，如《論公羊禮疏》篇及《黑水考》《浟水辨》尤極精審，《四皓論》《鼂錯論》諸篇所見者大，更徵論古之識，佩服之至。僕學術粗疏，近以衰病，日益荒落，自問於斯道無與。徒以拙書流布，謬得虚名。東坡云「畏過實之名如虎」，鄙意同之。足下又過相推許，愧弗敢當。附去近刻《經説》十六卷，聊酬雅意，兼求是正。肅復，即頌文安。

愚兄俞樾頓首

〔一〕本札爲孫同康《師鄭堂集》卷首《贈言》。北京大學李科告示。

致孫憙（一通）[一]

秋風起矣，正有蒹葭伊人之思，而天外郇雲，飛來吴會，發緘循誦，蘭藻紛綸，無泛問之寒暄，有過情之推許，老杜所謂「來書語絶妙，遠客驚深眷」者也。僕頻年閩中往返，徧歷浙東，地主之賢，無逾公者，不特維縶之私情，實亦循良之公論。漢世於賢二千石之久於其任者，璽書褒美，增秩賜金，公卿有缺，即以補之，求之今世，公即其人矣。黄堂在望，無任欣盼。僕自五月下旬還吴下寓廬，畏暑杜門，又逾庚伏。承惠野朮，真扶衰之妙品也。古諺云：「必欲長生，當服山精。」僕何修而得此？請誦庾肩吾《謝賚朮啟》之辭，曰「味重金漿，芳逾玉液」，謹以爲謝。外附去《春在堂全書》二部，一以奉贈，一請留存九峰書院中，妄借名山，希圖不朽，儻許我乎？

[一] 此札輯自《春在堂尺牘》卷四，題作「與孫歡伯」。

致孫衣言（六通）

一[一]

頃由譚君克仁交到手書，書無月日，然云：到杭後補行二課，則作此書當在六七月間，遠哉遥遥矣。天下事多有名無寔，而山長必看文章，誠哉怪事！雖然，其名山長，其寔止看文章，是亦有名而無寔也。樾在此已舉六課，每課卷約計三百左右，率以六日了之，一月之中，尚有二十四日可以讀我書也。承示《紫陽十六詠》，洵足爲浙紫陽生色，然蘇紫陽竟無一可詠者，不太減色乎？昔元、白以州宅相誇，今孫、俞講舍則縣絶矣，如何如何！拙著《群經平議》，究已刻

〔一〕此札輯自《春在堂尺牘》卷一，題作「與孫琴西同年」。

成幾卷，笏堂調嚴州，伯平臥病，無人經理其事。若將未刻者寄吴下刊刻，有三便焉：省刻貲，一也，速時日，二也，便校讎，三也。有此三便，老兄何不爲吾力言之？

二〔一〕

昨少仲同年言，兄已抵金陵，東山復出，爲同譜光，幸甚。吾榜雖落寞，然頗多盛事，湘吟以中允得學士，補帆以編修得臬使，樞元以候補道得巡撫，皆近來所罕見，繼之者，其在老兄乎？龍生九子，應龍好飛，鴟吻好望，各成一種。諸君子飛，而鄙人望焉可也。弟今年主講浙中，而仍寄孥吴下，頗擬于武林覓屋數椽，爲移居之計，而不可得。吴下有潘文恭公舊居，玉泉觀察屬弟修葺而居之，果從其議，竟作吴下阿蒙矣，兄以爲何如？拙詩删存六卷，楊石泉方伯刻之于杭州，明春可以畢工。《諸子平議》已刻成小半，明年得二百金便可全付剞劂矣。此外零星各種，尚頗不乏，區區醬瓿上物，豈亦吾榜之盛事乎？書至此，啞其笑矣。子高在金陵書

〔一〕此札輯自《春在堂尺牘》卷二，題作「與孫琴西」。

局，想常見。聞伊近患末疾，頗念之。金陵近年來名流翕集，得老兄爲敦槃長，是亦一盛事也。隨筆書布，天寒，幸自愛。

三[一]

客臘致一書，而不得復函，忙歟？忘歟？頃得吴中信，知攝行方伯事。因思樞元同年亦先攝藩條而旋拜節鉞，閣下必與同之，弟前言爲有驗矣。夫人魚軒聞適於前三日戾止，慰農山長因以爲戲。弟謂，行中書省止是先爲之兆耳，他日右丞大拜，其亦由夫人裙帶乎？此善頌善禱之詞，勿以戲言爲罪。弟四月中來杭，即作山陰之游，旬日而返。日内仍寓湖上，或乘籃輿，或棹扁舟，放浪於西湖山水間，以自娱樂，此月之末，仍回蘇州。西湖雖好，銷夏灣固在吴中耳。

[一] 此札輯自《春在堂尺牘》卷二，題作「與孫琴西」。

四[一]

自湖上歸，始知拜皖臬之命。此時陳臬之邦，即昔年領郡之地，皖公山色，青蒼如故，回憶十五年前之事，可以掀髯一笑矣。平生讀書不讀律，驟居刑名總會之區，似乎耳目一新。然大才宜無所不可，且臬事藩條，亦皆借徑耳。異日坐鎮封疆，主持運會，宏獎風流，此兄之所優爲，而鄙人所望於兄者也。入覲何時首塗？雨雪北轅，幸自愛。

五[二]

日前知内擢閣卿，即擬函賀，而以旌旆不日當還過吴門，故未函也。嗣知航海而歸，不覺

[一] 此札輯自《春在堂尺牘》卷四，題作「與孫琴西廉訪同年」。

[二] 此札輯自《春在堂尺牘》卷五，題作「與孫琴西太僕」。

失望。比來計已安抵珂鄉，北上之期，想在來歲矣。從前吾兄在京師，注《易》至《明夷》，而出守安慶。《明夷·象傳》曰：「君子以蒞衆，厥後蒔歷藩垣。」此其兆矣。其六二爻辭曰：「用拯馬壯，吉。」或即以太僕還朝之兆乎？既有吉象，此行必利，可預賀也。弟疊遭變故，精力衰頽，自問不復永年。弟視死生，不過如蘇杭之往返，初不以此挂懷，惟至好弟兄，多年睽隔，追惟疇曩，能弗悽然？明年如道出吴中，務必小住十日，弟新近於屋之西南隅築屋三間，種竹栽花，小有風景，即可於此中下榻也。外附去新刻詩一卷，乃哀逝悼亡之作，如賜覽觀，可算弟一本行述矣。

六[一]

楊性農同年重宴鹿鳴，賦五絶句索和，即次原韻

莫惜山川兩地懸，文章作合有淅權。只慚鶂鶴難相稱，敢附科名六六緣。君以曾文正及君與

[一] 本詩札藏於瑞安市博物館。

余登鄉榜皆三十六名，名次相同，謂非偶然。

傳來詩句小春天，老健知蒙造物憐。愛鼎堂前芝數本，與君麗藻鬬芊眠。君家舊有移芝瑞，前年，愛鼎堂前又産芝數本。

笙簧一曲奏官娥，迎到涪翁合號皤。白面秀眉衆年少，驚看老鳳尾娑娑。

愧我真成雌甲辰，至今落拓白綸巾。迢迢一十三年後，未必猶存土木身。余與君爲進士同年，而領鄉薦以甲辰，則遲君十二年矣。計重赴鹿鳴宴當在癸卯歲，自今年辛卯計，尚有十三年。衰老多病，恐不能待矣。

試向熙朝問昔賢，幾人重預鹿鳴筵。乾嘉多少知名士，名輩和君較後前。余詢之會典館，重宴鹿鳴者，乾隆以前無聞焉。乾隆朝二人，嘉慶朝十八人，道光朝三十九人，咸豐朝十三人，同治朝十一人，光緒元年至十一年二十六人。若阮文達、湯文瑞、王懷祖先生、翁覃溪先生，皆與焉。

光緒十有七年，歲在辛卯十月之望，曲園居士。年愚弟俞樾初稿。

此紙本擬寄付性農，因又爲作序一篇，遂寫一長卷寄之，而以此紙寄政琴西同年

曲園又記

致孫詒讓（一通）[一]

久不通問，想讀禮之餘，著述益富矣。時勢至此，幾有斯文將喪之虞，而實不然。愚意，百年後必當復見唐虞，或且復古封建，一洗秦以來郡縣上下相蒙之積習，亦未可知。使孟子生於今日，亦無他説，惟曰「守先王之道，以待後之學者」，如是而已。老夫耄矣，無能爲也，吾子勉之！

[一] 此札輯自《春在堂尺牘》卷七，題作「與孫仲容孝廉」。

致譚獻（二通）

一〔一〕

前在武林，得讀大集，欽遲之心，怦怦曷已，時從子高詢悉近狀，用慰饑渴。今歲子高回浙，屬其轉借章氏《文史通議》。子高報稱，足下此書，時置按頭，晨夕相對，車裘可共，而此或難。不揣冒昧，竊有所請，倘集鈔胥，寫本見賜，百朋之錫，殆未足喻，寫書之費，即當寄奉，可否裁覆，引領以冀。外拙書《文廟祀典記》一篇，文既疲苶，字更醜惡，無足觀覽，聊以將意。爲道自重，不盡萬一。

〔一〕此札輯自《春在堂尺牘》卷一，題作「與談仲修」。

一一[一]

仲修先生尊右：

去歲至杭，未謁一客，但于廉訪署中小住四日，至西湖一游而已。德暉在望，而不奉謁，疏嬾之罪，如何可言。乃辱賜書，不遺在遠，且有願學之稱，不敢當，不敢當。樾自幼失學，于治經不識涂徑，中年無事，惟曰讀書，先儒舊義，有所未安，竊不自量，妄有論説，歲月既久，云云遂多，既已作之，不忍自棄，《群經平議》已畢工于杭州，《諸子平議》謀續栞于吴下，詒癡四方，貽笑大雅，甚無謂也。黄君元同，和甫同年極所激賞，昔歲書來，曾述及之。所著《經禮通詁》，先覩爲快。其先德薇香先生《論語後案》，如尚存有印本，亦望寄示。局船寄蘇，甚妥且速，如尊處不便，交臬署亦可。子高仍館金陵礮局，今歲曾兼書局，李少翁移節，書局中輟，甚望曾侯來復興之也。鐙下覆候起居，不盡萬一。

愚弟俞樾頓首

[一] 此札輯自《復堂師友手札菁華》，第一二八至一三〇頁。又收入《春在堂尺牘》卷二，題作「與談仲修」。今據手稿整理。

致譚鍾麟（一通）[一]

昨由夢薇寄到惠書，知此月上旬即將臨涖嘉湖，舉蒐乘補卒之經，寓察吏安民之意，旌麾所至，景慶同瞻矣。承示中秋節後渡江巡閱浙東，弟擬八月初來西湖，尚可於行前一接清談也。文瀾落成，即派沈廣文管理書籍，甚善甚善。此後到湖上，可以縱觀未見書矣。吴下坊間所有《圖書集成》聞亦不全，且索價甚昂，亦無過問者，容再探聞。李黼堂方伯《耆獻類徵》多採官書，誠如尊論。然京官如詞臣、臺諫，外官如監司、守令，初不盡采自官書。惟所分門類，間有可議者耳。鄙意，國史自爲金匱石室所尊藏，不必私家爲之刊布。吾人閉户著書，若欲網羅放失，以補柱下之缺遺，但宜從諸家文集中刺取其碑表紀傳，録爲一書，字句悉依原文，不加增減，編纂概從時代，不別部居，庶可備後人之考鏡，而不貽外人以口實。然亦頗非易易也。

[一] 此札輯自《春在堂尺牘》卷五，題作「與譚文卿中丞」。

致談文烜（十一通）[一]

一[二]

鳳威仁兄大人閣下：

前寄呈題件，并繳還小説數種，定塵青照。聞新出有《花世畍出現》一書，不知何書，能寄惠敵。弟新刻有《惠耆録》一卷，附近詩三首，附呈清政，即頌吟安。

愚弟樾頓首，廿九

[一] 以下各札，如未注明出處，則輯自廣東崇正二〇一六年春季拍賣會「九藤書屋藏明清書畫」專場第〇四九二號拍品。

[二] 本札圖片爲上海博物館柳向春先生見示。

二

鳳威仁兄大人閣下：

承屬書件，率書額一、聯一、冊頁一，不足一笑。承假小説四種，謹留其一，餘均奉還。此請吟安。

愚弟俞樾頓首，四月□

未書紙三頁，奉繳。

三

鳳威先生吟席：

昨上一箋并拙書三件，定照入矣。託買《官場見形記》及《子虛》，均已由友人購到，可無須矣。如必蒙見贈，或《新小説》，或《繡像小説》，均每月一冊者，隨便寄惠數冊可也。此頌著安。

愚弟樾頓首，廿五

四[一]

鳳威先生侍史：

奉手書，知興居清吉。屬書楹帖，塗呈雅鑒。惟年衰多病，如有託代索者，幸告以此人本不工書，無多費佳楮也。復頌秋安。

弟俞樾頓首，中元

《元旦疊韻詩》已刻入二十一卷中，無另本。小孫試卷，久無存者。

五

鳳威仁兄大人閣下：

[一] 本札圖片爲上海博物館柳向春先生見示。

接手書，適弟於十三日大病，至今未能出房，有稽修復，勿罪爲幸。銅章甚佳，顔帖亦旧拓本，仍繳，備清玩。詩一幅謹存，以誌雅愛。楹聯俟病愈出外齋再行塗奉。《花世界》似無足觀，請弗購寄。《賽金花》一書，頗足爲士夫鑒誡。俟出書，能寄一部否？力疾布復并謝，即頌吟安。

愚弟樾頓首，廿四日

屺懷處已函託之，未知其何日報命也？又及。

六

鳳威先生左右：

昨上一箋，并附去銅章及顔帖，定照入矣。发信後，適屺懷太史交來題尊册四字，甚佳，特爲寄奉，并希賜復。此頌文安。

愚弟樾頓首，廿五日

任筱沅中丞住蘇城鐵瓶巷，承詢并及。

七

鳳威仁兄大人閣下：

書來，伏承台候萬福。所示扇面乃舍姪孫桐園所塗。惠書共二册，《試帖論》無可觀，《孽海花》則已有之矣，一并奉繳，即希照入。手肅布謝，即請暑安，統希惠照。

愚弟俞樾頓首

後學橋稱摹繳。

八〔一〕

鳳威先生左右：

〔一〕本札圖片爲上海博物館柳向春先生見示。

得初七日手書，并前次所寄墨水二瓶、小説一部，想寄此兩件，必有一書，而至今未到，不知何以浮沈也。辱承不棄，又索拙書，并有貴友楹聯。弟病腕日益積唐，不敢下筆，謹即繳還墨水二瓶，小説一本并以附繳，統乞見原。《塵天影》已託友人在滬購買，俟信局交到再行寄還。手此，敬頌台安。

愚弟樾頓首，臘九

九〔一〕

鳳威先生左右：

昨布寸牋，并繳還命書之件，定照入矣。頃又從信局交來小説一部，啟視，即《塵天影》也。弟已託滬友購買，不日可到，謹將此書繳還鄴架，費神并謝，即請道安。

愚弟樾頓首，臘十一日

〔一〕本札圖片爲上海博物館柳向春先生見示。

一〇[一]

承示大著《圜圈詩》，工妙絶倫，《石印翁詩》亦精絶，拜登，謝謝。小説已看過，謹繳。弟何敢拒君，直以衰朽，行將就木，不敢再與英俊游耳。手此道歉，即請

鳳威先生道安。

樾頓首

一一

鳳威仁兄吟席：

承惠蘭幅，敬謝。題字未知有當否？屬書楹帖，錯寫一字，如須寫，請再寄紙來，否則竟可

〔一〕本札圖片爲上海博物館柳向春先生見示。

不必矣。復謝，即請吟安。
陳太守楹帖仍繳。
愚弟樾頓首

致唐翰題（一通）〔一〕

蕉盦仁兄大人閣下：

自浙江回，碌碌，有疏趨候。兹有瀆者：弟從前曾奏請以子産從祀兩廡，孟皮配享崇聖祠，均蒙俞允。曾作《奏定文廟禩典記》一篇，久思一刻，因無刻手，且亦無刻貲。前見尊處刻《夏承碑》，刻手極佳，閣下風雅好事，爲冠蓋中不可多得之人，當亦不吝刻貲，計共五百九十五字。倘蒙飭付手民，刻一木本，俾得搨印，分贈知好。雖其文淺薄，其字惡劣，而其事頗有關典禮，得閣下此舉而傳，則爲感無厓矣。手此瀆求，敬請台安，再面謝，不盡欲言。

愚弟俞樾頓首

〔一〕此札輯自《上海圖書館藏歷代手稿精品選刊·俞曲園手札》，第一九至二〇頁。

致唐樹森（八通）

一[一]

藝農大公祖大人閣下：

昨自閩還，知移節鼇局，未及趨賀爲歉。弟因家兄逝世，奉老母北旋，於西湖小住兩三日即買棹吴中，不及再入城闉，容俟秋間走領大教。兹有舍親蔣巡檢廷弼，需次武林四年，未得差使，光景甚窘。欲求推愛，酌派差委，感荷高情，無殊身受。其人誠實，必不有負栽培也。倚裝草草布託，敬請大安，惟鑒不宣。

治愚弟期俞樾頓首

[一] 本札爲青島中藝二〇一六年五週年藝術品拍賣會「魚雁留痕——信札手稿專場」第〇二三五號拍品。

二[一]

得手書，知元宵以後即將駐節南田，于疆于理，偉哉！日闢百里，公其今之召公乎？此山封閉垂二百年，風會所開，得大賢爲理，謝屐所臨，山川生色矣。來書云，山多鶴鹿，足爲好友。然鄙人則不敢因公而與之交。何者？曲園地窄，固不足以容之，賓萌力薄，更不足以養之也。此外，如有奇花異草，珍禽怪石，小而易致者，乞爲物色一二，幸甚。

三[二]

藝農仁兄大公祖大人閣下：

[一] 此札輯自《春在堂尺牘》卷四，題作「與唐藝農觀察」。

[二] 此札輯自《上海圖書館藏歷代手稿精品選刊·俞曲園手札》，第九三至九四頁。

頃承惠顧暢談，甚慰。弟今年曾以敝同年張厚甫參戎培基奉託栽培，荷蒙首肯。今其來言，外間風聞湖州協有將及瓜期之説，未知確否？然未必無因。張君人固諳練誠實，且從前曾任此缺，人地相宜；惟此時湖州協一缺未有更動明文，未便函託中丞。用敢恃愛，函達臺端，屆時方便一言，則感德無既也。手肅，敬請台安，惟鑒不宣。

治小弟禫俞樾頓首

四〔一〕

藝農大公祖大人閣下：

昨世大兄來，快接英標，今日又交到手書，并頒賜珍物，謹登。笋脯及管城中書令託由竹報陳謝，定爲轉達矣。首夏清和，興居暢豫，吉暉在望，欣尉良殷。弟自還吴下，又發肝胃夙疾，頻有歐吐，彌見衰羸，日内稍已痊可，亦勿藥也。彭雪翁已由瓜步上駛，行次頻有書來。垂

〔一〕此札輯自《上海圖書館藏歷代手稿精品選刊·俞曲園手札》，第八七至八九頁。

老多病，彼此同情，互相勸勉，亦無益耳。前在山中，汪柳門學使、徐花農庶常偶於僧舍壞垣得福壽殘甎，置之右台仙館，弟實不足當之。三和坡詩，乃黼堂中丞高興，聊復效顰，遂塵大雅之覽，得毋顏汗。弟今年又將詩稿第九卷續刊，此三詩皆入其内，俟刊成刷印，再當寄奉。弟近來又續成《右台仙館筆記》二卷，俟有四卷，即當續付手民，并前成十六卷。所苦見聞不多，如公有所聞所見，能命記室録示一二否？手肅申謝，敬請午安，不盡。

治小弟俞樾頓首，四月廿有六日

五〔一〕

藝農大公祖大人閣下：

久疏牋候，前由花農寄讀大製兩章，以興會之有加，卜起居之增勝，爲慰良多。黼翁悤悤旋里，未及以一函送之，良深悵惘；訂於明春復來，不知果否？退省翁兩江之命，已於閏月十

〔一〕此札輯自《上海圖書館藏歷代手稿精品選刊·俞曲園手札》，第九〇至九二頁。

三日疏辭，聞薦黎中丞攝兩江，未知如何？想此月初十前必見分曉也。文卿中丞浙東之行何時啟節？弟初意到浙相送，而以俗事牽絆，到浙總須月底，只好在湖上守候其回轅再見矣。手此，敬請台安，順頌秋祺。

治小弟樾頓首上，初三日

再啟者，有唐參將連勝，貴省人也，頗諳韜略；王武舉金元，則杭人也，嫻習弓馬。兹當浙東多事之時，可否言于中丞，俾隨鞭鐙，得以自效乎？曲園文士，而爲武夫説項，得無不稱？若青蓮之於汾陽，固不敢妄爲竊比矣，一咲。

弟曲園再啟

六〔二〕

農道人侍史：

〔二〕此札輯自《上海圖書館藏歷代手稿精品選刊·俞曲園手札》，第八三至八五頁。

頃接手書，并雪老秋興詩。弟處亦曾録副，以供同好傳觀，然不如公付之剞劂，流傳尤廣也。昨雪老專弁來書，言合滇、粤、桂三省之兵，出關直擣法鬼西貢老巢，使之回顧，以解臺洋之警，此策殊妙。其兵共十八營，以前提督馮子材及右江鎮王公總統其衆，亦允稱得人。乃外間傳言又有朝命楊宫保至粤接辦防務，雪老出關督師。然以衰老之軀，涉瘴癘之地，殊非所宜。國有重臣，猶家有重寳，用之不可輕也，此信不確乃妙。弟舟中静攝，感冒已愈，到蘇後正幸頑健如初，乃近日嚴寒，宿疴又有發動之意。衰年善病，意興索然。許星翁已奉來見之諭，然敀行尚早，聞此月初十日交卸臬篆，月底爲其孫世兄畢姻，即在蘇臺度歲，正初再料理此行，然則到浙須在春末矣。德曉翁不過吴中，想取道滬上而至金陵，即溯江而上至九江也。手肅布復，即請台安。

曲園居士奉狀，冬至前一夕

七[一]

藝農大公祖大人閣下：

前展手頒，并寄到孫澤臣關書，尚未修復。小孫旋蘇，述知枉駕臨問，及趨謁請安，未得晉謁，歉悚交縈。連日朔風戒寒，想圍鑪把酒，意興益豪也。退省翁臂瘍未愈，卻無大恙。此十月初三日小孫婦來稟所述，想宿疾雖發，信中未言及。到家即平也。仁和高君意甚可感，弟未知其號，未能函謝，便中仍求示知，以便函謝。孫澤臣在敝寓一無所事，如能到館學習更佳耳。仲冬下浣，大兒婦回蘇，彼時天寒日短，且恐有冰，意欲告假小輪船一拖，未知可否？亦求便中示知也。昨閲《申報》，歐陽軍門創立詩社，爲風雅主盟，可敬之至，亦未知其號，曩或知之，今不記也。想此公必素好吟詠也。手肅布肊，敬請台安。

治小弟俞樾頓首，廿九日

[一] 本札爲上海嘉泰二〇〇八年春季拍賣會「古籍善本」專場第〇三四八號拍品。

八〔一〕

藝農大公祖大人閣下：

弟擬初八日由上河走臨平返蘇，因小有應酬。欲求借給炮船一艘護送，并求飭該船管帶之弁於初七日到湖上敝寓訂定開船之所，以便同行。費神之至，愧愧。外詩呈政，肅請勛安。

治小弟俞樾頓首

〔一〕此札輯自《上海圖書館藏歷代手稿精品選刊·俞曲園手札》，第八六頁。

致陶然（一通）[一]

承詢方響之制，坐間記憶不真，未及奉答。及求之載籍，則《樂府雜録》所言最不足據，直以擊甌當「方響」，疑有脱文。其云：「武宗朝郭道源，後爲鳳翔府天興寺丞，充太常寺調音律官，亦善擊甌。」玩「亦」之一言，其有上文無疑，殆「方響」條本缺，「擊甌」自爲一條，而文不全，後人鈔合之，遂成此誤耳。《舊唐書·音樂志二》載立、坐二部所用樂，有大方響一架，後又載其制云：「方響，以鐵爲之，修八寸，廣二寸，圓上方下，架如磬而不設業，倚於架上，以代鐘磬，人間所用者纔三四寸。」然則大方響者，别於三四寸者而言也，惟方響一架，其數如干，《志》未詳載。《文獻通考》云：「方響編縣之次，下格以左爲首，一黄鐘，二太蔟[二]，四中吕，五蕤賓，六林鐘，七南吕，八無射；上格以右爲首，一應鐘，二黄鐘之清，三太蔟之清，四姑洗之清，五中吕

[一] 此札輯自《春在堂尺牘》卷四，題作「與陶芑孫」。

[二] 「蔟」下，《文獻通考》多「三姑洗」三字。

之清，六大吕，七夷則，八夾鐘。」始知方響一架分上下兩格，每格各八，共十有六，乃十二律外加四清聲也。考《朱子大全集》載「宋十六字譜」，合黄鐘四下、大吕四上、太蔟一下、夾鐘一上、姑洗上、仲吕句、蕤賓尺、林鐘工下、夷則工上、南吕下凡[一]、無射凡[二]、應鐘六、黄鐘清下五、大吕清上五、太蔟清緊五、夾鐘清，正於十二律外加四清聲，與「方響」同，而四清聲用黄、大、太、夾，則《通考》所云姑、仲二清，或傳寫誤也。

[一] 南吕下凡，《書蔡傳旁通》引《朱子大全集》作「南吕凡下」。
[二] 無射凡，《書蔡傳旁通》引《朱子大全集》作「無射凡上」。

致陶甄（一通）[一]

得手書，知閑官無事，壹意讀書，所學必日進矣。賈公彦《儀禮疏》，文法尤長，殊不易讀，然其精處實足抗衡孔疏，補苴其間，恐亦未易言也。唐宋以來，小學荒蕪，僕近讀毛居正《六經正誤》，其書號爲「正誤」，而誤處甚多，僕又正其誤者數十事，存《曲園雜纂》中。《字原正譌》等書，其誤必不少，但縣許書爲鵠，則得失自見矣。完白山人書頗爲時尚，足下臨之數十過，以應求書者，必門限穿矣。其以爲不可學者，實正論也。雖然，吾儕皆八股時文出身，請以時文喻完白山人書，猶之乎周犢山、陳句山諸君時文也。推而上之，則有國初大家文，此神泉詩、峿臺銘也；又推而上之，爲前明之啟、禎，此石鼓文也；又推而上之，爲成、弘、隆、萬，此鐘鼎文字也。爲時文者，固宜取法乎上，然必謂周犢山、陳句山諸家之文當屏而不觀，得無持論過高乎？辱陳下問，拉雜布復，無以禆益高明，殊用慙愧。

[一] 此札輯自《春在堂尺牘》卷五，題作「與陶柳門州同」。

致童寶善（五通）

一〔一〕

米生仁弟惠覽：

前復一牋，定照入矣。茲惲季文明經來言，有費君潄芳，向在崇明鳌局，情形熟悉，人亦誠實，且吾弟向曾見過，如有可位置，乞酌量録用，於公事或亦不無裨益。如實在人滿，則亦不敢相强也。此君自有事到崇明，便道求見之。一書爲介，即草付之。統希裁奪，即頌升吉。

愚兄樾頓首，五月十七

〔一〕此札輯自西泠印社二〇一九年秋季拍賣會「中國書畫古代作品專場」第〇六四三號拍品。

二[一]

米生仁弟惠覽：

今有寄劍孫一信，想尊處必有印存之馬封，仍可附遞也。吴公見過否？有回信否？廣庵雖允見面必説，然素不相識，如或有成，仍以足下之言爲重也。外日記二册，杭友取付石印，聊奉一笑。此頌升安。

曲園拜上，六月十八

三[二]

米生仁弟惠覽：

接手書，知上侍平安，差委稠疊，想明歲春風，必花滿河陽矣。兄在山中，諸叨平順，還蘇

[一] 此札現藏德清博物館，圖見《德清博物館藏俞樾札記考釋》。

[二] 此札現藏德清博物館，圖見《德清博物館藏俞樾札記考釋》。

總在十月初十邊也。唐崧甫乃敝同年，姑作一函薦篆玉書，但此缺不甚佳，恐其未必受。老弟酌量而行。蒯君亦有世誼，不記其號，如可相商，則舍唐而謀蒯亦佳，此則須吾弟一言也。手此，即頌升安。

愚兄樾頓首，九月廿七日

四〔一〕

米生仁弟賜覽：

別後正深馳系，欣奉手書，知已清明日到皖，三月朔稟到，即將出省辦賑。想賢者多勞，又是一番展布矣。公館中聞均安好，想頻有竹報。兄内症未痊，外症又作，殊形委頓。今年竟未出門一步，西湖之游，亦遂不果，已命小孫回去掃墓，尚未還蘇也。蓉曙太守處已作謝函，寄杭，未知其人在杭否。此間如常平靜，羅少耕接糧篆，丁蘭生未免怏怏，朱修庭闕道轉可悠久

〔一〕 此札現藏德清博物館，圖見《德清博物館藏俞樾札記考釋》。

也。皖賑何日可了？災黎尚不至溝壑否？手此，敬頌勛安。

世愚兄期俞樾頓首，廿四日

五[一]

昨閲賜小孫書，知近體小有不適。送去正氣丸四顆、普濟丸十顆，請試服之。敝寓及家舍親處皆服此兩種丸，皆得速效，殊勝於延醫服藥也。外，屬寫之件均送呈。此頌米生老弟升祉。

曲園拜上，七月二日

[一] 此札現藏德清博物館，圖見《德清博物館藏俞樾札記考釋》。

致汪丙照(一通)[一]

至好弟兄，久不相見，又久不得書，離索之感，可勝言乎？聞年來謝事家居，優游桑梓，亦足自娱。但未審精力何如，步履飲食均如前乎？《禮》云「五十始衰」，弟今年適届五十，乃信「始」之一字。攬鏡自照，鬚髪未蒼，而只覺精神不能，運其肢體，舉動皆累，讀書未終卷早已厭煩。有生客來，與坐談良久，輒忘其姓名，客去又索閲其刺。老母在，固不敢言老，然衰則從此始矣。所著之書，已刻成者八十七卷，曾賦《高陽臺》詞，首云：「早歲詩歌，中年箋注，句銷鐘鼎旂常。」言之亦可笑也。今年至閩，省視八十五歲老母，起居康健，可冀期頤。吾兄篤念師門，定亦聞而色喜。惟家兄壬甫，貧而且病，一官落拓，後路茫茫，竊爲慮之。弟此行輪船往返，頗爲順速。然大險即伏乎其中，信乎子夏之言「死生有命，富貴在天」也。眷屬仍寄吴中，

[一] 此札輯自《春在堂尺牘》卷三，題作「與汪蓮府」。

弟則自來西湖精舍，小樓高踞，平視湖山，時復棹一葉扁舟，放浪六橋内外。昨乘籃輿入山，至天竺、靈隱禮佛，徧探紫雲、金鼓諸洞，又踰棋盤嶺，於山頂佛廬試龍井雨前新茗，亦一樂也。兄能來此同游乎？

致汪芙青（七通）

一〔一〕

芙青仁弟足下：

前在湖樓，因内人有病，是以早歸，未及走別。兹承手書，并以鄙人初度吉詞賁飾，嘉惠斐頒。伏念樾五十無聞，不殖將落，無慶可言，何祝之有，重違雅意，再拜受之，恧顏多矣。樾還吴寓，氣體粗安，内人病亦愈，但不免氣急耳。則之明府履任後想頻有信來，吾弟獨住會垣，旅費較巨，鹺務差使，年内恐難謀也。如有機緣，隨時示知，遇可函託之處，自當竭力耳。此布并

〔一〕本札爲北京海王村拍賣公司二〇一七年春季拍賣會「故紙留聲——書札手稿專場」第〇〇九五號拍品。

謝，即頌升吉。

十一月十七日，樾頓首

二〔二〕

芙青足下：囑致淡翁書奉上，乞察存。昨承借兩元，亦附還，乞照入。蘭溪船到，望即示知。此頌台升。

同學友功樾頓首

〔二〕本札輯自嘉德四季第五四期仲夏拍賣會「中國古代書畫」專場第一四九九號拍品。

三〔一〕

手示讀悉，蘭溪船既至，僕擬明日即上船，大約今日託沈蘭舫入城雇定夫轎，囑其在湧金門候。僕明日坐船并行李俱至湧金門，即可到江干矣。此復，敬頌台綏。

尊大老爺。

友人樾頓首

四〔二〕

芙青屬致：

〔一〕本札輯自嘉德四季第五四期仲夏拍賣會「中國古代書畫」專場第一四九九號拍品。

〔二〕本札爲上海工美二〇〇二年秋季拍賣會「中国古代书画專場」第〇四七三號拍品。

今日託李勇金入城，行李俱至船舫矣。隨函附一千元，還需致函。當即送察存知。此復

教頌。

同學友功㰖頓首

五〔一〕

芙青足下：

屬致赴京奉書而不必同行也，借尊意轉送如何？或需隨時致函一閱？約今日託沈兄照料

入蘭溪爲幸。

同學友功㰖頓首

〔一〕 本札輯自嘉德四季第五四期仲夏拍賣會「中國古代書畫」專場第一四九九號拍品。

六〔一〕

芙青賢弟足下：

在省諸費清神，感感。仆於初三日至蘭溪，初六日至永康，即雇定轎夫，踰桃花嶺而南矣。布帆無恙，足以告慰，如見沈蘭舫，亦望告知之。焕卿事已切實與談，想即函致胡雪翁及京友矣。靈都轉計已履任，周觀察書諒必送去，未知何如。兹有家書一函，求即由局寄蘇爲感。此頌升祺。

同學友功俞樾頓首

〔一〕本札爲上海工美二〇〇二年秋季拍賣會「中国古代书画專場」第〇四七三號拍品。

七[一]

芙青賢弟足下：

接手書，并承惠筆，謝謝。前寄福寧之函亦由家兄折回，昨得拜讀矣。令兄之病，令人懸懸，但醫者皆肯包治，或尚無虞。足下進京，自是友于之誼，但亦頗不易，此時且等候徽信，如蘇振聲兄肯赴京照料，則亦不必足下自行也。尊意何如？令兄之函當即送柳門兄一閱，都轉處或需致函，隨時惠示爲幸。復頌升吉。

愚兄功樾頓首

[一] 本札輯自嘉德四季第五四期仲夏拍賣會「中國古代書畫」專場第一四九九號拍品。

致汪鳴鑾（三十通）

一〔一〕

柳門大兄世大人閣下：

廿九日晤石泉中丞，詢知文旆即日發矣，不及一送，良用悵惘。惟望今歲軺車北去，明年即使節南來，相别亦非久也。乾嘉學派，衰息已久，他日主掌文衡，轉移風氣，幸留意於此，振而起之。臨别贈言，想蒙嘉納。縉雲阮客洞詩所謂李萫者，《新唐書·宰相世系表》有其人，在「漢中李氏表」内，高宗朝宰相李安期之元孫，其父名泳，有兄名嵒，但不言其爲縉雲令。石墨

〔一〕本札輯自《小莽蒼蒼齋藏清代學者手札》，第七五九至七六一頁。又收入《春在堂尺牘》卷四，題作「與汪柳門太史」。今據原稿整理。

流傳，足補史闕，昨偶檢得之，因大著有《阮客洞詩考》，故以奉聞。行色怱怱，尚及釐正乎？手肅，敬頌行安，不盡萬一。尊大人前請安。

世愚弟期俞樾頓首

令叔母鏡軒夫人處，擬奉贈洋泉四十，聊助集腋，由焕卿大令寄達，以副尊屬，并聞。

二〔一〕

柳門仁兄世大人閣下：

去年承寄示疏稿，即布復一函，定照入矣。比惟興居佳勝，聲望清高，定如所頌。鄒君從祀事，部中已議準否？鄙意尚有一説。孔子弟子有孔忠，爲孔子兄子，則子思子之從伯叔父也。子思配食殿上，而孔忠祀于廡，理有未安。或宜移孔忠於崇聖祠，尊意何如？雨窗無事，聊復及之。弟自三月末由杭還蘇，諸叨平順，足慰存注。京師夾紙膏甚佳，其肆在貴署西首王

〔一〕本札爲泰和嘉成二〇一八年秋拍「中國書畫」專場第一〇七三號拍品，蒙國家圖書館馬學良見示圖録。

家胡同中，其地頗遠，買之不易。敬求從者入署之便，代買十餘張寄惠爲感。手肅，敬請大安，惟鑑不宣。

世愚弟俞樾頓首

三[一]

昨承言及大行慈安皇太后之喪，丁憂人員不當與哭臨之列。彼時弟意中止有三年之喪不弔一義，頗以尊説爲然；既而思之，三年之喪不弔，其義在《禮記·曾子問》篇，蓋只爲族姻朋友而言，若君親並重，分屬三綱，恐非可以尋常弔問爲例。因考《曾子問》本篇，其下文曰：「曾子問曰：『君薨既殯，而臣有父母之喪，則如之何？』孔子曰：『歸居于家，有殷事，則之君所，朝夕否。』曰：『君既啟，而臣有父母之喪，則如之何？』孔子曰：『歸哭而返送君。』曰：『君未殯，而臣有父母之喪，則如之何？』孔子曰：『歸殯，反于君所，有殷事則歸，朝夕否。』」以此三

〔一〕本札輯自《春在堂尺牘》卷五，題作「與汪柳門侍講」。

條言之，知臣子並遭君、父之喪，未可竟因私而廢公。經文雖止就先遭君喪後遭父母喪者立論，然其理自可推知。是以孔氏作《正義》則申其説曰：「若臣有父母之喪，既殯而後有君喪，則歸君所。若父母之喪有殷事之時，則來歸家，平常朝夕則不來，恒在君所。」又曰：「父母之喪既啟，而有君之喪，則亦往哭於君所，而反送父母。父母葬畢，而居君所。」又曰：「臣有父母之喪，未殯，而有君喪，去君殯日雖遠，祇得待君殯訖而還殯父母，以其君尊故也。」以上三條，孔氏因經文而推闡之，至爲詳備。是人臣遭遇君喪，雖在未殯以前，尚宜奔赴。今足下居親之喪，已在既葬之後，小祥之外，以古禮論，仍宜與於哭臨。雖今之哭臨，朝夕兩集，似近乎古所謂朝夕哭者，不妨援「朝夕否」之例以自解。然人臣在外，於所謂殷事者皆不得與，則除朝夕哭臨之外，更何所盡心乎？《禮》曰「門外之治義斷恩」，《正義》謂：「既仕公朝，當以公義斷絶私恩，若〔二〕『父母之喪，既卒哭，金革之事無辟』是也。」國家遭逢大故，視金革之事，殆有過之。但弟處無《會典》諸書，古今異宜，未知本朝掌故如何，姑陳經義，以答下問。

〔二〕「若」字之下，《禮記正義》多「《曾子問》」三字。

四〔一〕

承示大著，引功令，「列聖大事，凡有父母喪者，免其成服，無庸給予孝布」，又引雍正七年上諭，「内外官員，有奉旨在任守制者，遇朝賀、宴會、祭祀、典禮齊集之處，委屬員代行」，援證詳明，比附精切，此論可以定矣。惟此乃古今事理之異，弟前説泥古而不通今，不可用也。尊説與今制合，而於古制微有不符，蓋《曾子問》所言，正普指在廷之臣，擬以今之恭理喪儀者，未必果得禮意。至三年之喪不弔，雖有明文，止可施之朋友之間。《雜記》云：「三年之喪，雖功衰，不弔，如有服而往哭之，則服其服而往。」《正義》謂：「有五服之喪，則往哭，不著己功衰，而依彼親之節以服之。」可知三年不弔之説，止可施之五服以外之人。君、父並尊，萬不宜援引此禮。至「君子不奪人之喪」，《注》謂：「重喪禮。」味其語意，蓋如王子母死，而其傅爲請數月之喪，是謂奪人之喪。若王子從其傅之請，即爲自奪其喪。試以《注》《疏》反復玩之，其義自見。若以服君之服釋親之服，謂之「奪喪」，然則父母相繼而喪，鄭君謂「虞祔練祥，各以其服」，豈得

〔一〕 本札輯自《春在堂尺牘》卷五，題作「又與汪柳門」，接上札。

謂以父喪奪母喪，以母喪奪父喪乎？足下引《禮》諸條，宜更酌之。惟《曾子問》篇「朝夕否」三字，則可援爲不哭臨之確據。鄙人前函云云，固不足以破之也，請更援《穀梁》之説，爲足下證成其義。定元年《穀梁傳》云：「周人有喪，魯人有喪，周人弔，魯人不弔。」是周、魯並有喪，天子可使人弔魯，而魯君不得奔天子之喪，此與所謂「待君殯訖而還殯父母」義已不同，信如足下所云《曾子問》三條爲親臣、近臣言也。竊願足下執「朝夕否」三字爲據，又援引《穀梁》之説以成之，而斷以功令明文，則要言不煩，可無疑義。鄙人將此函與前函之稿，並刻《春在堂尺牘》中，亦禮家一重公案也。

五[一]

承惠烏程嚴氏《上古至南北朝全文編目》一百三卷，甚善。但有録無書，殊令人有眼飽腹飢之歎，安得取《全文》而刻之，恐須待吾兄建節矣。承詢私家譜牒所自始，鄙意《隋書·經籍

[一] 本札輯自《春在堂尺牘》卷五，題作「又與汪柳門」，接上札。

志》所載，如《京兆韋氏譜》二卷、《北地傅氏譜》一卷，此即私家譜牒之權輿。又如《楊氏血脈譜》二卷、《楊氏家譜狀并墓記》一卷，則其爲私譜而非官譜，更不待問矣。《舊唐書·經籍志》載《韋氏譜》十卷，韋鼎等撰；《新唐書·藝文志》載《吴郡陸氏宗系譜》一卷，陸景獻撰，《徐氏譜》一卷，徐商撰，諸如此類，皆纂修家譜人之姓名見于史志者也。

六[一]

柳門仁兄大人閣下：

自賦詩贈别後，疏嬾成性，音問遂稀。即聞拜視學山東之寵命，亦未克以一牋陳賀，想知我有素者必見諒也。聞軺車已出，而行部此行也，登太山、觀於海、游聖人之門，可謂極天下之大觀。而齊魯之秀民，得使者以經術文章振起之，當亦蒸蒸日上。但聞近日洪流横溢，四野哀嗸，未知幨帷所至，風景何如也？弟衰病如前，無狀可述，去年臘月又有二小女之喪，想見子

[一] 本札輯自《上海圖書館藏歷代手稿精品選刊·俞曲園手札》，第二〇〇至二〇三頁。

原，必已言及之。弟前年喪子，去年又喪女，老懷如是，不問可知也。前承爲先君《印雪軒文鈔》署檢，兹已刻成，謹寄呈一部。又今年爲亡女刻詩詞一卷，聊以塞悲，亦附博一咲。弟新刻《茶香室叢鈔》廿三卷，并目一卷，爲廿四。此書皆極僻之典故、極小之考據，固不足登大雅之堂也。九月間可以刷印，而建霞行急，恐不能待，俟有便再寄請教益矣。建霞留心小學，好學深思，自是後來之秀。兹乘其便，作書敬問起居，伏惟惠察，不宣。

世愚弟功俞樾頓首，秋分日

沈仲復言其夫人所繪《耦園餞别圖》已交洪文卿帶京矣，未知收到否？如未到，可詒書文卿取之也。又及。

七[一]

柳門仁兄世大人閣下：

[一] 本札輯自《篤齋藏清代百家書札》，第一九〇至一九五頁。南京大學徐雁平老師見示圖片。

前奉惠函，并寄賜阿膠，敬詢使者，知瀛眷南旋，越二日即踵門問訊起居，欣知輶軒所至，壹是平安，至琪草瑶花，苗而不秀，則當付之氣運之偶然者而已。弟前函已微及奉慰之意，兹不復再瀆清聽也。龍頭及大魁字甚佳，大可增輝蓬壁，至以爲小孫發兆，則恐不免有負長者之意。弟今年於二月初到西湖，本擬即送小孫由杭至湖應童子試，乃劉叔濤學使因病未愈，出棚無期，弟仍於二月中旬返棹吳門矣。一衿之難如此，敢妄冀其他乎？《金剛經注》竟未遞到，此由封函過厚，驛使見疑，發而竊視，遂不復封入。此亦恒有之事，不足異也。今再寄一本，改由信局，或轉不致浮沈。又附拙作櫻花詩十帋，雖無佳句，卻是新題，聊發千里一笑。手此布謝，敬請台安，諸惟愛照不宣。

世愚弟俞樾頓首，二月廿八日

再有瀆者，前年《申報》館有排印《圖書集成》之舉，每股一百五十金，分三年交清，即得書一部。弟思此事可謂便宜之至，已於前年交與銀五十兩矣。今年應交第二次銀五十兩，無如今年因朝廷有開源節流之舉，我輩涓滴之流亦有在所節者，是以手頭頗不從容。可否求閣下於便中惠寄五十金助成此舉？因叨摯愛，故敢瀆商，并求裁示爲感。弟再頓首。

八[一]

久疏音問，忽奉手書，開緘三復，真老杜所謂「來書語絶妙，遠客驚深眷」者也。乃以去歲鄙人七十生日，賜以壽聯，則思之至再，不敢拜受，受之，無以對許星叔矣。謹由信局奉璧。此聯留存尊處，一無所用，未免可惜，然弟早見及此，有以處之，請問花農，自得其法也。右台山館舊懸大筆所書一聯，其句云：「曾聞古有歸真室，已視身如不繫船。」即鄙人舊句也。歲月既久，館人又不善收藏，竟至爛脱。如有暇，能爲補書之乎？

九[二]

柳門仁兄世大人閣下：

前日曾肅一箋，附詩一首，聊申賀意，已鑒入否？昨得手書，知桃花潭水，芹藻繽紛，小大

[一] 本札輯自《春在堂尺牘》卷六，題作「與汪柳門侍郎」。

[二] 本札爲上海東方二〇一八年秋季拍賣會「對撞——中國書畫專場」第〇〇六三號拍品。

從公，數逾五鳳，真一時之盛事也。雖有向隅者一，然明歲游庠，至庚子科仍可同登桂籍，亦不争此一年遲早也。從者何日還蘇？惲季文來言，定海廳趙君四參將屆，意求調缺保全，而新選台府丞姚君亦思調是缺，以是缺稍優也，欲求閣下於撫藩一言。弟以此事非吾輩所與聞，屢辭卻之，而季文數數言之不已，且云趙君乃中丞之人，姚君則方伯之人，言之必見允也。弟不得已，爲陳其略。閣下酌之，可言則言，不可言則以「匆匆一見，在坐有他客，未便進言」覆之亦無不可也。弟日内信札頗忙，又有各處書院卷，甚苦精力之不繼矣。手此，敬請台安。

世兄輩均賀并候。

世愚弟期俞樾頓首

一〇〔一〕

郎亭仁兄世大人閣下：

〔一〕本札輯自西泠印社二〇一〇年秋拍第九四號拍品。

頃有海州才女劉古香名清韻，能詩能畫，兼能製傳奇。共廿四種。今年海州大水，其夫婦挈其二子逃荒到蘇。弟恐其久而流落，擬代爲集腋，資送北歸。糾合知好十餘人，每人出五元，各酬以女史畫一幅，若得十二人，便得六十元，弟自出十元，又親串三家各出十元，合成百數，以資其歸。因閣下高義，故敢瀆求。附女史畫一幅，即希鑒入。手肅，敬請台安。

世愚弟俞樾頓首

一一〔一〕

貴大人：

承交下五元，容即匯交。女史所著《傳奇》共廿四種，有十種在杭州一友人處，有二種在弟處，今送台覽。餘十二種在其家鄉，付之洪水矣。手此，敬頌冬安。

世愚弟俞樾頓首

〔一〕本札輯自嘉德二〇一五年秋拍「筆墨文章——信札寫本專場」第二三一九號拍品。同一拍品的其他信札均爲致汪鳴鑾者，則此上款「貴大人」或亦爲汪氏。

杭州之十種，弟亦擬函索之來。

一二〔一〕

郎亭先生侍史：

《茶香室四鈔》封面，大筆所書，今始刻成，奉呈一舟。又，包纘甫兄求法篆一聯，勿吝珠玉。又一聯託轉求建霞書，未知可否。手此，敬頌吟安，天暖再走叩起居，不一一。

弟樾頓首，初九

一三〔二〕

來件奉繳。脩脯六百，乃老式也。從前孫琴西及弟初主書局，亦是六百，今則止二百七十

〔一〕本札輯自西泠印社二〇一〇年秋拍第九四號拍品。

〔二〕本札輯自西泠印社二〇一〇年秋拍第九四號拍品。

矣。花農事俟晤教再議。此頌晨安。

郎翁先生。

樾頓首，初八日

一四〔一〕

北信阻滯，諸事不得其詳矣。華侍郎事，昨旭初來信所說，乃歿於常州舟中者。頃聞蔚若已由滬還蘇，即由蘇赴常，此則奴輩所説，然理固宜然。大約料理華公身後事也。浙江衢州匪亂甚熾，頃聞常山、江山、龍游三縣已失，衢州閉城，浙撫止派兵五百，想杯水車薪，恐不濟事。順流而下，即蘭溪、嚴州矣，嚴警則杭亦震動，而浙西皆皇皇矣。此股由九龍山來，即《明史·王守仁傳》之九連山。本大盜淵藪，今託名髪賊之裔，其志不小，其勢不輕，又杞人一大憂也。醉夢諸公，昏

〔一〕本札輯自嘉德二〇一五年秋季拍賣會「筆墨文章——信札寫本專場」第二三一九號拍品。本札無上款，而有「汪大人台啟」，「外詩一束」，「俞緘」函封一枚（鈐「曲園居士俞樓過客右台仙館主人尺牘」印）。且札中提及之「李門先生」爲汪鳴鑾弟，則此「汪大人」即汪鳴鑾。

昏不醒，即小孫之尚戀軟紅亦殊無謂，未可奉李門先生之説爲蓍蔡也。天時酷暑，心緒又惡劣，尚寐無吪，爲賦《兔爰》之詩。手此，復頌午安。

名心叩

一五〔一〕

二月十一日，郎亭侍郎招集楊定甫、費屺懷、喻志韶、曹石如、潘酉生、蔣季和及吾孫陛雲同飲於其寓廬，主賓八人，皆翰林也，亦吴下一盛事。以詩紀之，即索郎亭和，并希吟正。

春水桃潭千尺深，招邀勝侣共題襟。百花未過三生日，二月十二、十五、十八，世傳皆百花生日。蓋八月十五爲月夕，則二月十五爲花朝亦自有理。其兼十二、十八言之者，用宋時三大節前三後四例也。一席先羅八翰林。仙桂自然無襆木，新苔此外幾同岑。時翰林在吴下者，除官場外尚有潘譜琴、朱硯生、吴清卿、沈穀

〔一〕此詩札輯自西泠印社二〇一五年秋季拍賣會「中國書畫古代作品專場」第〇五三六號拍品。

臣、鄒詠春、鄧孝先。憐余二十三科客，老耄何緣與盍簪。

曲園俞樾

一六〔一〕

今日勉出至外齋，竟未能久坐，甚矣衰也！明月二分，彭舍親失之，許舍親得之，亦殊非偶然。但小孫在京又須還寓耳。肅復，敬請

郎亭先生頤安。

樾拜上

〔一〕 本札輯自《清代名人手札選》，第三〇頁。

一七[一]

手示謹悉。弟今歲不特得一曾孫，又得一曾孫女。小孫雖不得差，然亦不謂無所獲也，一笑。同甫乃同姓不宗，然向來却認本家，乃龔芸太史之子也。此番伊得吳淞差，弟已薦二人矣。已赴滬矣，明日接手。手肅布復，敬請

郎亭仁兄世大人安。

樾頓首

同甫乃撫署文案，認識者必多，原條奉還，或可另託人也。

[一] 本札輯自西泠印社二〇一〇年秋拍第九四號拍品。

一八〔一〕

久疏牋候，惟起居曼福爲頌。前小槎言公患腹疾，果否？想早全癒矣。令弟李門先生幾品封典，乞示知。其世兄在法國，曾否還來？手肅，敬請

郎亭先生暑安。

弟樾頓首，十七日

一九〔二〕

五疊元旦韻，呈郎亭先生

西小橋邊草色暄，君家在西小橋。賓朋滿坐聽高言。君客甚多。笑將乃淯請去聲。嘲王導，「何

〔一〕本札爲上海朵雲軒躲雲四季十三期（二〇一六秋）拍賣會「中國書畫（一）」第〇三〇九號拍品。

〔二〕此詩札輯自西泠印社二〇一五年秋季拍賣會「中國書畫古代作品專場」第〇五三六號拍品。

乃洵」之「洵」相承讀平聲，然劉孝標注曰「吴人以冷爲洵」，而《集韻》四十三映有「洵」字，楚慶切，冷也。亦云吴語。則此字可讀去聲矣。君善吴語，故云。戲以于思詑華元。君多髯。宛轉嬌鶯啼恰恰，君新納姬人。婆娑老鶴舞蹇蹇。萬宜樓迴藏書富，君藏書處曰萬宜樓。在上高高未許援。

樾

大作奉繳，拙詩呈正，即希轉致

郎翁

樾

二一〇〔一〕

承示大作，風骨開張，意義周匝，自是傑作。有拙作之率易，不可無大作之雄奇也。略有獻替，别幅録呈。知小感冒，想不日即愈，敬念。此頌

〔一〕　本札輯自《清代名人手札選》，第二九頁。

郋亭先生頤安！

弟樾頓首，廿六

二一[一]

承惠茶栗，均佳品也。拜嘉謝謝。今日小孫信來，乃知貴門生王主政崇論閎議，實有三說，小孫忘其一。一說請二聖游歷海外，自東而西，不設警蹕；一說改從西國衣冠。并以奉聞。想老師必爲莞爾也。肅謝，敬請台安。

樾拜上

二二[二]

手示讀悉。海寧麪實不知是何粉，其云豆粉者，亦偶聞此一說，不知確否也。弟處食之已

[一] 本札輯自《清代名人手札選》，第二七至二八頁。
[二] 本札輯自西泠印社二〇一〇年秋拍第九四號拍品。

數年矣，亦並不覺其有流弊。惟此次之麪較陳，須出湯再煮乃可耳。外小詩二首，發一噱。此頌

郎翁頤安。

弟樾拜上

二三[一]

頃有人寄來檇李，味似尚可，未必真道地也。請試一嘗。手此，敬頌

郎翁秋安。

弟樾頓首

外檇李十六枚。

〔一〕本札輯自西泠印社二〇一〇年秋拍第九四號拍品。

一二四[一]

珍惠拜嘉，貴體又微有不適，豈前日出門感冒耶？温通自佳，表散非宜矣。貴門生徐錫疇脈理頗好，或命其參酌乎？肅謝，敬請

郎翁大安。

弟樾頓首

一二五[二]

承賜小孫多珍，感謝之至。小孫本擬再趨叩辭行，因遵尊命，不再叩矣。二兒婦近日已能

[一] 本札輯自西泠印社二〇一〇年秋拍第九四號拍品。

[二] 本札輯自西泠印社二〇一〇年秋拍第九四號拍品。

出至外房，知念并及。肅謝，敬請
郘亭先生頤安，諸希珍攝。
世愚弟樾頓首

二六[一]

郘亭先生侍史：
昨惠顧暢談爲快。聞吾兄與紡紗廠祝少英兄相熟，有敝友胡小樓茂才祖蔭在紗廠當揀花司事，出息甚微。聞近有日報帳房王君辭退一缺，敢求鼎言切託祝少英兄，將揀花司事胡小樓調派日報帳房，光景稍佳，感戴無既。手此布瀆，即頌大安。
世愚弟期樾頓首，三十

[一] 本札輯自西泠印社二〇一〇年秋拍第九四號拍品。

一二七[一]

郎亭仁兄世大人閣下：

頃有同鄉敝年姪沈大使自江西奉差到此，意欲求閣下致翁方伯一書，春風嘘拂。其人在江西多年，老成歷練，翁方伯亦深知其人，但欲得鼎言爲重耳。如尊處説項人多，不妨説此人是弟所託，亦無不可也。手此布瀆，即頌台安。

世愚弟樾頓首

一二八[二]

汪大人：

痔疾已大愈否？吃白木耳亦佳也。手此附候，并附呈粗點兩包，請試嘗之。即頌年安

[一] 本札輯自西泠印社二〇一〇年秋拍第九四號拍品。

[二] 本札輯自嘉德二〇一五年秋拍「筆墨文章——信札寫本專場」第二三一九號拍品。

百益。

世愚弟俞樾頓首

二九[一]

昨入内詢泡菜之法，甚易，但用好紹興酒或好燒酒及鹽水泡之耳，非有他滷。陛雲謂市上可賣者，瞎說也。但其器殊不易得，泡菜壜子，其口有一邊，如煖帽之簷，注水其中而以蓋蓋之。蓋或破碎，以空椀蓋之亦可。此壜子江浙及江西、安徽均無有，湖北方有。敝處亦只有兩个小壜耳。菜貯壜中，歷久不壞，易置他器，便不耐久。如尊處喫完，示知，當製奉也。然有辣椒，其性不免過熱，常喫亦非宜也。手布，即頌

郎翁台安。

樾頓首，末伏日

[一] 本札爲西泠印社二〇一六年秋季拍賣會「中外名人手蹟專場」第〇一九二號拍品。

三〇[一]

前承賜讀佳章，詩甚渾成，韻亦工穩，此本鑄就精金，不待再加鎔範。適中丞亦以和章見示，弟意花農詩本由弟處傳觀，並未親筆函致，似兩公均可不必作答，是以弟致花農書即將公詩與中丞詩一并寄去。專輒之咎，萬無可辭。其實此詩已不必推敲也。承惠珍物，拜登謹謝。此請

郎翁大安。

弟樾頓首

[一] 本札爲上海國際二〇〇一年春季藝術品拍賣會「古籍善本」第〇〇〇八號拍品。

致汪日楨（一通）〔一〕

越中一别半年矣，爲學日益，諒如所祝。尊著《廿四史月日考》已有成書否？今有一二事，輒求教于左右。直隸永年縣婁山有石刻云：「趙廿二年八月丙寅，群臣上酹此石北。」沈西雍觀察謂是石虎建武六年所刻，上溯石勒之年而并記之，故云「趙廿二年」。此殊不足據。劉寬夫侍御謂，「漢侯國得自紀年，此趙王遂之廿二年也」，較沈説爲得之。然考兩《漢書》，前漢有趙敬肅王彭祖、共王充，後漢有趙節王栩、頃王商、惠王乾，竝享國長久，得有廿二年。侍御只據魯卅四年石刻上冠以「五鳳二年」，謂此不冠以漢年，明是文帝時未有年號之故，遂斷以爲趙王遂，此亦未必然。漢侯國得自紀年，初不必冠以王朝之年，魯卅四年石刻未可執爲定例。鄙見以爲，欲知趙廿二年之爲何王，當求八月丙寅之在何年。足下講求有素，請詳考兩《漢書》趙

〔一〕此札輯自《春在堂尺牘》卷三，題作「與汪謝城廣文」。

諸王之廿二年，何年八月有丙寅日，則此碑庶可定矣。又餘姚客星山有漢碑新出土，所稱「三老碑」是也。其文有云：「建武十七年歲在辛丑四月五日辛卯。」據《光武紀》，是年二月晦乙亥，四月有乙卯，則四月不得有辛卯，亦祈一核之，明以教我。

致汪宗沂（三通）[一]

一

仲伊先生經席：前承葆山兄傳述大名，仰如山斗，即以拙著《經説》呈正。乃蒙不棄，手書下逮，並頒示大著《周易學統》一書。此書體大思精，洞陰陽消長之原，洩乾坤苞符之秘，君子小人之進退，中國夷狄之盛衰，具見於斯。鄙人章句陋儒，何足讀先生此書哉？惟有一事，素所蓄疑云。竊謂，漢初以上下經十翼分十二篇，正如今本，但經傳未合耳，非《説卦》有三篇也。河内女子得

[一] 以下三通藏黄山市徽州文化博物館。

《泰誓》，世皆疑之，其所得《説卦傳》獨可信乎？揚子「易損其一」句，見《問神》篇，蓋或人之意，議《書序》之不如《易》耳。《易·序卦傳》，每卦聯絡，各有意義，苟有闕失，可以推求，故曰「《易》損其一，雖惷知闕焉」。《書序》則直云爲某事作某篇，不相連屬，故曰「《書》之不備過半矣」。而習者不知其下文，云：惜乎《書序》之不如《易》也，則其論序可知矣，未可引以爲《易》有闕篇之證。先秦古書多引《易》説，《禮記·經解》篇引「君子慎始」之三句，鄭君不言所出，孔疏則曰《繫辭》文也。《繫辭》安有此文？抑何鹵莽可笑？不如陳氏之斷爲《易緯》矣。蓋差若豪厘，繆以千里，固見於《通卦驗》也。博采此等《易》説以發明《易》義，未始不可，若竟以補《説卦傳》，似乎未易質言。愚昧之見，非敢故樹異同，聊質所疑而已，恕之，諒之，教之，幸甚。《説劍》《説醫》兩種，亦見先生餘技足了十人，無任欽佩。手肅布謝，敬請著安，爲道自重，不盡萬一。

愚弟俞越頓首拜上

二

仲伊先生經席：

正殷跂企，欣奉手書，著述千秋，起居有福，景仰之餘，彌深抃慰。弟衰病經年，學術荒廢。前讀大著，輒頁謦言，極知無當。幸荷有容，尋繹來函，益增愧恧。粗疏舊學，深慙窺管之拘墟；采輯新書，更望餘膏之津逮。肅復，敬請著安。拙詩一章，附奉吟正。

愚弟俞越頓首

三

敬再啟者：承賜楹聯，備蒙奬飾，柱銘體古，章草書工，妙墨輝煌，敝廬焜耀。惟弟衰年待盡，舊學都荒，既無衛武九十之高年，又何葛洪六百之可望？懸兩楹而竊喜，味二語而兹慚。手此鳴謝，載請道安，統惟惠照。

弟樾謹再啟

致王棻（二通）

一[一]

頃由陳桂舟茂才交到惠書，詞旨貶抑，稱謂謙卑，不敢當，不敢當！辱以先德行狀屬爲志銘，夫表微闡幽，必待道德文章之士，僕非其人也。重違來意，輒撰一篇，未知可用否。如須刻石，請示知廣狹修短之度。按狀有云，長不滿六尺，此本《晏子傳》語，然古尺今尺不同，今人而不滿六尺亦云長矣，非所以言短也，故虛其字，以待酌定。又有「四書六經」語，自《樂經》亡而六藝止存五矣。若以今列學官之「十三經」而論，則除《論語》《孟子》入《四書》外，尚有十一，不

[一] 此札輯自《春在堂尺牘》卷四，題作「與王子莊孝廉」。

知此「六經」何指？鄙意，漢武立五經博士後，相沿至今，場屋命題，經亦止五，不如竟云「四書五經」較無語病。蓋《四書》既實舉今制，則「六經」不宜虛設古名也。迂拙之見，高明裁度。

二[一]

承示《祖制不可變論》，至哉言乎！《詩序》云：「《車攻》，宣王復古也。」夫以復古而中興，則知變古之必至於中衰矣。竊謂當今之世，必復三代之古而後可以言治，何也？郡縣之天下，不能制四夷，封建之天下，乃可以制四夷。封建不可以驟復，則宜稍復唐藩鎮之制，以馴至乎復古封建之制。嘗論三代下有二大變：秦始皇罷侯置守，一變也；宋太祖杯酒釋兵權，二變也。自宋而明，以至本朝，皆受制於敵國，宋太祖一杯酒之爲禍烈矣！四夷之横，至今日而極，物極必反，將來必有復封建之一日，但吾儕不及見耳。中國必不至於亡，黄農之遺種，必不至於滅，無庸爲之惴惴也。

〔一〕 此札輯自《春在堂尺牘》卷七，題作「與王子莊山長」。

致王繼香（十通）

一[一]

子獻孝廉仁兄大人閣下：

詩癡炫醜，正深慙怍。尺書遠賁，褒寵有加，發函爛然，珠零錦燦。並示五言詩四章，指麾曹劉，塵埃徐庾。感頹流之諠雜，冀樸學之光昌，施之下走，固非其人，清藻芳風，良可玩味。弟自謝塵輭，妄研經訓，蜚聲無實，貽笑翰音。不圖吾賢，聆聲響附，雖感見愛之深，實悉過情之譽。乃更重之以嘉貺，錫之以珍藥，合浦之桂，灊山之朮，金漿玉液，有苾其香，冀度頹齡，永

[一] 此札輯自《浙江圖書館館藏名人手札選（二）》上册，第五九至六一頁。又收入《春在堂尺牘》卷五，題作「與王子獻孝廉」。今據手稿整理。

銘雅意。手肅布謝，敬頌起居，不能宣備。

愚弟俞樾頓首，四月廿有四日

二[一]

子獻仁兄大人閣下：

展讀惠書，敬悉侍奉康娱，文祺清吉，爲慰良多。承賜墨搨二種，感感。跳山字迹，雖多曼漶，然匡石樵揚，甚不易易。此與餘姚「三老碑」，同爲浙東漢墨，可寶也。吕祠石刻，所惜楊跋不全，似失中幅者，豈石已失其一歟？樾九月中回德營葬，事畢仍還吴寓，杜門謝客，惋託順平。當兹讀禮之時，仍有孳經之意。手肅復謝，即頌侍祺，并問台候，不盡一一。

愚弟制俞樾頓首

[一] 此札輯自《浙江圖書館館藏名人手札選（二）》上册，第五七至五八頁。

三[一]

敬啟者，秋間家慈棄養，猥承慰藉之殷拳，又辱賻施之厚錫，私衷感激，莫可名言，敬維

子獻仁兄大人文祉清佳，潭祺康善，奪侍中之席，承色笑於庭闈，下博士之帷，篤躬修於黌舍，令名卓著，殷盼實深。弟苦塊餘生，倚廬讀禮。光陰易逝，倏踰百日之居諸；高誼難酬，曷勝五中之銘泐。肅函佈謝，祇請文安，伏祈朗鑒不宣。尊翁前請安道謝。

愚弟制俞樾稽首

四[二]

子獻仁兄大人閣下：

[一] 此札輯自《浙江圖書館館藏名人手札選(二)》上册，第六六至六七頁。

[二] 此札輯自《浙江圖書館館藏名人手札選(二)》上册，第六二至六三頁。

前復寸牋，定照入矣。兹因内人溘逝，復承尊公賜賻，感甚。弟日來心緒闌珊，屬跋《蘭亭》，隨筆書數語，又不知大小合式不？聊以報命，不刻可也，外具柬謝。手此，敬請侍安。

愚弟制期俞樾頓首

此爲定武真本，經何蝯叟論定矣，王杏泉廣文得此石，因三晉大無，精搨數百本售於人，即以其直助振，真仁者之用心也。光緒五年俞樾記。

五〔一〕

子獻仁兄大人苫次：

客臘十六日始由杭返棹吴中，方得展誦大訃。驚悉尊公遽歸道山，即欲以一書奉慰，而適當歲杪，信局停班，入新正來，又碌碌罕暇，箋牘久稽，未知已安奉靈輀還歸梓里，抑尚留滯甬東也。弟以道遠，不克親詣奠醊，歉悚良深。敬具楮敬一函，伏祈循世俗之説，買紙錢焚化靈

〔一〕此札輯自《浙江圖書館館藏名人手札選（二）》上册，第六八至六九頁。

前，稍伸微意。手肅，布問起居，伏惟援禮節哀，不盡萬一。

愚弟制期俞樾頓首

此函仍寄由宗湘翁轉交，未知何時得達。以後書來，示知梓鄉住址爲幸。

六〔一〕

子獻仁兄大人閣下：

夏間得手書，因病久未奉復，頃又得書，注意拳拳。弟衰病頽唐，不殖將落。何意賢者猶不見棄，以令弟佳傳屬之下走，重違來意，輒擬一稿。因表揚奇孝，故亦不循常格，其體例竊從《伯夷傳》來，然筆力庸劣，不足副雅意也。録呈是正。弟於九月既望至湖上俞樓，十月朔至山中右台仙館。小住兼旬，仍將還湖樓，由湖樓而還吴下曲園，計在十一月之初矣。蹤跡如是，聊以布聞。小詩四律，借博一笑。手肅，敬頌文安，不盡。

愚弟禫俞樾頓首，十月二十日

〔一〕此札輯自《浙江圖書館館藏名人手札選（二）》上册，第六四至六五頁。

七〔一〕

子獻仁兄大人閣下：

展讀大訃，驚悉萱幃之變，創深痛巨，如何可言！惟念令弟業已成神，則太夫人依然就養，九原含咲，亦可稍減悲思矣。弟自月初臥病，今日始扶杖出至外齋，乃始知此事，即馳書布慰，并手書楹帖，聊寓微忱，乞代縣靈右，然已緩不及事矣，罪甚，歉甚！敬問素履，統希鑒亮。不一一。

愚弟俞樾頓首，九月二十二日

八〔二〕

子獻仁兄大人閣下：

〔一〕此札輯自《浙江圖書館館藏名人手札選（二）》上冊，第七〇至七一頁。

〔二〕此札輯自《浙江圖書館館藏名人手札選（二）》上冊，第七二至七六頁。

去歲得惠書，記曾奉復，今似未達典籤。其付之浮沈邪，抑鄙人衰病多忘，竟未修復也？示讀太夫人志、傳，皆名作也，已足表揚。如弟之文，何足爲重？又自前歲以來，輟筆已久，若勉副尊命，恐無以對諸君。有小詩二首，寄呈請覽，或將來有暇，隨意作一文、作一詩，以誌景仰之忱。然近來不能久用心，能否如願，卻未敢必也。賜和小孫入學詩，工穩之至，但語意則非所克任，徒增慙媿耳。至此次小孫倖獲一衿，不足言喜，在吴下初不領賀，亦不刻試草。承以隆儀寵錫，謹心領而已，仍由信局寄繳，伏乞照入。櫻花在東國有高出屋者，且或數里皆是，自是大觀；至移來中土者，乃是小株，亦不甚足觀。或云即櫻桃花之千葉者，其説可信。讀大著，殊足爲此花生色，當即録寄陳君子德。將來傳誦海外，亦佳話也。拙著亦無好句，不過得此新題，聊弄筆墨耳。附去數帋，藉博一哄。手此，敬請文安。

愚弟俞樾頓首，五月廿九

九〔一〕

子獻仁兄大人文席：

廿五日曾布復一牋，并有小詩奉和，未知照入否？昨又得手書，并馬君漚堂櫻花佳作，氣體深穩，意味深長，自是名流吐屬，誦之不勝欽佩。乃承馬君雅意，下問芻蕘，若徒以浮詞奉復，殊失直諒之道；而三復原詩，又實無可摘之瑕，不得已妄言一二：「邁種」句用意稍迂；「嬴秦」之與「禹域」，屬對稍欠工，此句意亦略似未豁；若云「流傳佳種」，或「嬴秦」似較明白矣；結句「得半成名」，未詳其意，殆弟一時粗忽，未細細領略也。所言實無一是，或不必與馬君觀之。惟馬君既喜内典，弟所注《金剛經》未知見過否？請代呈教。手此，敬頌吟安。

愚弟俞樾頓首，六月廿九

〔一〕此札輯自《浙江圖書館館藏名人手札選（二）》上册，第七七至八〇頁。

再，弟新刻第十卷，想未經寓目，今亦附去一卷求教。漚堂兄如有嗜痂之癖，不妨同正之也。

弟再頓首

一〇[一]

子獻仁兄大人閣下：

頻年占望德星，未知臨莅何方，致疏音敬。頃奉惠書，始知驅五馬而至大梁，爲之欣抃。出承明而典郡，亦儒者之至榮。從此循聲大起，東馬嚴徐，與龔黄同傳矣。承示《清芬録》，一門文獻，百世典型，而紙墨精良，尤可愛玩，謹什襲藏之。往年所惠，竟未奉到，不知爲誰氏所珍藏矣。弟今年八十有二，老病時作，精力益衰，猥以年例，濫被恩施，良用愧悚。乃承以萬年紅大牋書楹聯見贈，詞意之美，非所克當，翰墨之工，允堪爲法，縣之楹間，敝廬爲之生色矣，感

[一] 此札輯自《浙江圖書館館藏名人手札選（二）》上册，第八一至八五頁。

謝，感謝！拙詩八首，感遇述懷，呈博一笑，餘紙可分貽同好也。小孫倖副蜀軺，幸而平安蕆事，已請假歸省，九月盡行抵重慶，大約此月内必可到家也。弟病卧經旬，今始出至外齋，腕力固疲，目眊亦甚，寫此等字，如隔煙霧，甚矣吾衰！率復并謝，即請勛安，統惟雅鑒。

館愚弟俞樾頓首

致王凱泰（十四通）

一[一]

補帆老弟親家同年大人閣下：

正月三日接十一月廿二日信，廿六日又接十八日信，手書稠疊，眷注有加。然十一月十八至正月廿六，遼乎闊哉，遠道之思，良用惘然。協成乾會兑局所寄之信，至今未到，不知何也？所謂前函縷陳者，迄未得奉讀。津門自封河後南北不通，南闈題名録至今未見，兩郎君得意否，亦無從探悉，更悵悵也。江南今歲開科，曾否定議？尊處吉期已擇定否？若未有定期，則

[一] 此札輯自《香書軒秘藏名人書翰》中册，第三〇〇至三〇四頁。

遲之冬日，似稍從容。親家以爲何如？茲遵將衣裙尺寸開具清單，附呈台覽，不過擇其要者爲之，以後隨時添補，無須一時趕辦也。兄去歲一無進款，而春間遣嫁二小女，夏間爲二小兒捐官，又爲置辦行裝，秋間又爲大小兒授室，以及一年澆裹，約計千二百金矣。而二小兒娶婦是南中舊存之款，尚不在此數。兄之滿頭大汗，亦可知矣。所以大小女裙布釵荆，一無豫辦。若今冬畢姻，此氣稍寬，尚可略盡爲人父者之事，倘在春間則難矣，恐不免爲老親翁、親母所笑，奈何！兄今年爲天津當軸者請修府志，地翁之力也。雖所入無多，而地翁又爲轉借張秀巖屋一所，聊足棲息，免出屋租，地翁之於我，不爲薄矣。惜北方局面褊小，故所能爲者不過如此耳。志書自乾隆以來舊志成于乾隆四年。文殘獻杳，苦于無徵，而採訪又無可恃之人，現擬先就官書所有者摘録備用，成書尚無期也。《經訓》一書已寫定卅二卷，已算觕成。惟舊名《經訓弼鼔》，「弼鼔」二字，近于與人爭論。擬用伏生《尚書大傳略説》之名，改爲《群經略説》，然亦未定也。兄此書頗費數年心血，雖未敢謂盡得經旨，然頗有發明，視貴鄉先達《經義述聞》，博洽不及，細緻或過之。因其成之也不易，遂不免妄冀流傳，且欲於吾身親見之，萬一先狗馬填溝壑，則私恨無窮矣。此事成後，更有一鄙願：中興以來，諸名臣名將頗不乏人，倘得蒐羅其行事，薈萃一編，以補國史之萬一，是亦一大題目。但訪求更不易矣。閣下數載來頗有所得否？尊制將閫，作何行止？二小兒承照拂，兼承佽助，且感且謝。伊年幼資淺，且一無材具，誠不宜驟得優差。惟娶婦後不無家用，餬口之資亦不可少，想自當念及，無煩瀆告也。手此，布請近安。

正月廿八日，姻年愚兄俞樾頓首

二〔一〕

來示有歸里種桑之意，古人稱「千畝桑與萬户侯等」，然則老弟勛名，可以方駕湘鄉矣，一笑。寒家蠶事，惟先祖母最擅其長，家母杭人，已不能嗣音，内人姪從其姑，更可知矣，又何論乎小女輩？承問甚媿。抑兄有一説，蓄之已久，請因閣下種桑之意而發之。夫蠶桑之利，興自西陵，由來久矣。然蠶之作繭，本以自藏，必糜爛之於鼎鑊而繅取其絲，無乃不仁之甚！自唐以來，木棉之利，日盛一日，又變木本爲草本，而其種益蕃，衣被天下，駕蠶絲而上之，豈造物者有意以彼易此乎？吾湖蠶事，甲于海内。而兵興以來，受害最酷，菱湖、荻港等處，向稱蠶桑淵

〔一〕此札輯自《春在堂尺牘》卷一，題作「與王補帆親家」。

藪，而村落化爲邱墟，人民轉于溝壑，幾乎靡有孑遺焉。意者積數百年養蠶之孽而發之一旦乎？不然，吾湖風俗循良，諺云「湖州人，苦腦子」，有何獲罪于天而酷烈至此？是故廣種桑樹，不如多植木棉。天地之間，生命至重，凡蠕蠕者，無非與我竝生之物。兄近來雖食瓜果，中得一蟲，必捉置青草間，明知未必能生，要使吾不見其死也。迂闊如此，老弟以爲何如？

三〔一〕

游子歸故鄉，適老親翁駐節是邦。適館焉，授餐焉，臨行又饋贐焉。朝廷爲吾浙置一賢大夫，實則造物爲巾山設一賢居停耳，何幸如之！兄雖于望日登舟，然是日仍泊大關，至次日始解維而去。舟行甚遲，私計若繞道亭子村，竟須二十外方可到蘇。雖癡兒不解候門，然老妻望眼穿矣，是以亭子之行迄不果也。今日略有順風，明日或可望到。舟中將致謝諸當事書寫好寄去，乞爲分送。因亦作一書，布謝老弟，不敢遲滯尊公祖也。歸寓後若别有説，當續寄。

〔一〕此札輯自《春在堂尺牘》卷一，題作「與補帆」。

四[一]

三月初在武林兩得手書，適因肺疾還吴下寓廬，未及奉復，想不罪也。粤事故不易爲，非閣下分風劈流之手，不能董而理之。能者多勞，自所不免。然計閣下不久節鉞矣，或者總其大綱，優而游之，以節賢勞而養威重乎？兄肺疾已愈，去年以青蚨千貫典得馬醫科巷潘文恭舊宅，今年四月中遷入居之，屋不甚多，而聽事、便坐，頗亦具體，内屋五間，尤爲軒廠，鷦鷯巢林，暫焉棲息。天地吾逆旅也，又何擇蘇杭乎？從前蹤跡，宛若浮萍，屈指生平，居然與宣尼相似，蓋未嘗有所終三年淹也。此屋潘玉泉觀察本以五年爲約，兄請從小國之例，期以七年。然趙孟視蔭，不能待五，何論七乎？姑存此説而已。寓中均平善，惟山妻多病，日形衰老，兄亦自覺精力不支，人事牽挽，未能休息，而著述之興衰矣。《諸子平議》集資刊刻，未竟厥功，《詩集》已爲梨棗災，乃楊石泉方伯一人之力。秋間擬至滬上，用西法聚珍版排印《文集》，未知果否。廨

[一] 此札輯自《春在堂尺牘》卷二，題作「與王補帆」。

護其臍，犀藏其角，在達人聞之，奚足一笑乎？

五[一]

補帆親家老同年閣下：

前月在吴江舟次奉布一牋，到杭託高滋翁作寄書郵，定照入矣。比惟台候勝常爲頌。兄到杭後又作越中一行，爲先舅母料理葬事，于五月朔回西湖精舍。湖樓雖好，銷夏非宜，月之下浣仍當放棹吴中也。越中之行，徧探禹陵、南鎮、蘭亭之勝，日内又擬作雲棲游，補去年所未及。閑雲一片，隨處句留，以目前論，亦頗不惡，但後路則不堪一顧耳。外孫女聞已物故，此亦不足介懷，惟願早得外孫，供老親翁、母含飴之樂而已。兹因高滋翁又將發信，鐙下悤悤作此數行，祇請勛安。餘詳前書，不一一也。

年姻如兄樾拜上，時五月十有一日

[一] 本札輯自北京保利第三四期精品拍賣會「煙雲——海外藏畫專場」第四〇八一號拍品。

是日適得樞元黔中書，數千里得書，殊不易，故附及之。琴西署江寧藩篆，想知之也。越中之行，惜不見蓮衢耳。

六[一]

六月中得手書，并《皇清經解》全部，感甚。惜年來精力衰頽，得之不能讀，讀之不能有悟入處，有負盛意，爲可惜耳。西法活字版，兄親至滬上訪之，惟金山錢氏文富樓書坊，其值較廉，然止有小字耳，大字尚未全，以明春爲期，未知果否？所費亦殊非細也。拙著《賓萌集》，承許爲刊刻，感何可言！前聞馮景庭前輩言，粤中每刻百字止須錢七八十，拙集〔約〕較五萬字，然則刻費約計在四五萬錢之數矣。兹將草稿寄上，并求明眼人視之果可刻否？敝帚千金，文人習氣，兄近來并此勘破，不過既已作之，不得不以一刻了事。自入世來，百齡將半矣，來日無多，宜早爲出世之計。所以寫定著作、刊刻詩文者，亦猶人久客思歸，預先料理貲財、清釐薄

[一] 此札輯自《春在堂尺牘》卷二，題作「與王補帆」。

籍也。

七[一]

得手書，知今年三度執訊，皆達左右矣。賢郎歸應鄉試，即奉夫人魚軒，暫還珂里，於計亦得，而老弟遂與鄙人有西湖浮梅檻之約。粵事故不易爲，賢者多勞，倦而求息，此亦人情。但浮梅檻尚未成，盍稍待之乎？昔郗嘉賓好聞棲隱，然招隱與反招隱各成一説，閣下懷抱利器，未竟所施，善刀藏之，似乎可惜。想造物者必有以位置之，或仍來浙中，與巾山作賢居停，未必竟令作浮梅檻中之客也。率筆布復，幸勿疑吾有王荆公一壑自專之意。

八[二]

承示《應元書院章程》，措置周詳，規模宏遠，即此一端，而閣下之嘉惠粵士者無量矣！惟

[一] 此札輯自《春在堂尺牘》卷三，題作「與王補帆」。

[二] 此札輯自《春在堂尺牘》卷三，題作「與王補帆中丞同年」。

每月膏火以官課爲定，則鄙人竊有不能無言者。夫以區區膏火之資，爲鼓舞人才之具，其意固已末矣。然今日而設立書院，其勢不得不出於此，是故立法不可以不詳，要使盡一日之長，即獲一日之利，然後操觚之士有所勸誘，而不致鹵莽滅裂以從事。向來書院章程，每月膏火之資以内外課爲差等，而所謂内外課者，以春初甄别爲定，則是終歲所得，取決於甄别之一日也。後人知其法之未善，於是有改，而以每月官課爲定者，視舊章稍密矣。然一取決於官課，則士子於師課必至於敷衍成文，苟且完卷而後已，何者？利所不在也。是故，中興以來江浙興復書院，率皆隨課升降，官師一律，譬如每月膏火銀三兩，則官課、師課各得一兩五錢。如此，則盡一日之長，必獲一日之利，而鹵莽滅裂以從事者寡矣。聞直隸蓮池書院亦以官課爲定，其師課不到者扣除之，故師課人數不下於官課，而文則黄茅白葦，無一可觀，山長徒費目力，不見佳文，勞而且厭，恣意塗抹，甚或付子弟句讀之，若曰「吾課非所重也」。夫自校官之職不修，其略存學校遺意者，惟有書院，乃使爲弟子者率爾而出之，爲師者率爾而應之，豈非立法之未善乎？閣下旌節所至，剏設書院必多，故敬陳所見，幸裁督焉。

九[一]

辱手書，并以李次青廉訪所撰《國朝先正事略》見贈。其書考核詳明，敘次有法，李君此作，爲不朽盛業矣。兄從前在天津時，亦思訪求中興以來名臣名將事蹟纂成一書，彼時精力猶可也，今則無能爲矣，讀書未終卷輒厭倦，今日置一物，明日便忘之，有生客來，與久坐遂忘其姓名，憒憒如此，尚可言著述乎？乃信宣尼假年之歎爲不虚也。承詢近事，兄亦不自知開罪之由，大約此老爲人捉刀，兄偶失照，未置前茅耳。昔年視學中州，爲曹薌溪前輩一劾而罷，今主講西泠，又得罪於魏武之子孫，豈鄙人前身是禰正平乎？浙中當事諸公，頗未厭棄，院中生徒，亦無間言，兄亦不必急急求去西湖也。

[一] 此札輯自《春在堂尺牘》卷三，題作「與王補帆同年」。

一〇[二]

七月之望，杭州詁經監院寄到惠書，即從貢甫大令交來者。讀之，知前所陳《書院章程》已見之行事矣。區區芻蕘之獻，何補高深？閣下從善如流，邇言必察，即此一端，而他事之集思廣益、舍己從人概可見矣。又承示，於書院常課外别設一課，專考經濟有用之學，美哉斯舉也。夫通經而不足致用，何貴通經？經義治事，固胡安定之成法也，使士子知上之所求，不徒在八股試帖，而孜孜講求於其大者遠者，洵爲國儲才之要務矣。然鄙人竊有所過慮者。賈、董之才，曠世間出，豈易責之？尋行數墨之陋儒，恐亦不過掇拾陳言、敷衍了事而已。其甚者，浮浪之子，巧以行其嘗試之端，健訟之夫，陰以佐其攻訐之術，處士横議，由此而起，於治道無益，而轉於政體有妨，此亦不可不防者也。兄嘗謂，師儒之教，總以經史實學爲主，苟於經史並通，即於體用兼備。今於書院增此一課，鄙意請以史事命題，凡政治得失之由，形勢成敗之迹，理財

[一] 此札輯自《春在堂尺牘》卷三，題作「又與補帆」，接上札。

治兵之策，建官取士之規，或統籌全局，或試論一事，觀其斷制乎古者不謬，則其施設於今者可知。數年以後，父子兄弟，互相犟究，人材輩出，必由此塗矣。迂拙之見，高明以爲何如？

一一〔一〕

得惠書，并和詩二章，乍抛節鉞，便事嘯歌，自兹以往，山水方滋，令人豔羨不已。至辭氣之瀟灑出塵，自是君身有仙骨，宜乎碧幢紅旆間不足久溷公也。聞十二日又須拜疏，想一月假滿，即請開缺矣。彼芃芃黍苗，欲沾郇伯之膏雨者，無不意在攀留，而兄則久在山中，方喜林泉添一佳伴，必不以世俗之言來相勸勉。然亦有一説，不能無詞。竊聞，數月以來巖廊之上深以臺灣爲意，在江南諸君子尚且勞心敝舌，冀紓朝廷南顧之憂，而閣下適於其時抗疏歸田，彼不諒者，或以爲知難而退，或以爲見機而作，轉與執事引疾之初意不甚相符，此事得無尚宜一斟酌乎？出處事大，不厭詳求，聊布區區，伏惟裁度。兄望後必歸吴下寓廬，當可相見。承索近

〔一〕此札輯自《春在堂尺牘》卷四，題作「與王補帆同年」。

作，無以報命。吾弟初入山，故喜作詩，兄久在山中，轉不甚作詩也。率筆及之，聊發一笑。

一二[一]

得手書，并詩數章，想見一路停橈覓句，策杖尋僧，興復不淺也。惟誦别紙所示，乃知申屠因樹之屋尚未經營，陸生使粤之裝已將悉索，山中一枕，似亦未甚相安，而朝命又賞假兩月調理，則可見平時治蹟上結主知，以朝廷注意之厚，或未便翻然歸去，高卧邱園。竊謂，天之所助者順也，流行坎止，總宜聽之自然，有意求進，不可也，有意求退，亦不可也。聖人絶四，第一在毋意，然則此必欲求退之意，儻亦非所宜有乎？以鄙人愚見，似乎兩月假滿仍宜束裝北上。至閩垣清苦，輦下諸君子諒亦深知，此時求退不得，勉强出山，與南宫敬叔載寶而朝者光景迥别，人事應酬，損之又損，未必不見諒於人。朱修伯所謂「江東子弟足以了之」者，或亦確有所見乎？閣下歸興方濃，而鄙人以此言進，得毋格格不入。然田園清況如此，而又有慰留温詔，出

[一] 此札輯自《春在堂尺牘》卷四，題作「與王補帆同年」。

處事大，或者尚宜三思；非山林中人不欲以風月分貽也。

一三[一]

差弁來，得手教，并棗糕、桂元膏之賜，謝謝。兄在湖上句留未及一月，因老母病悤悤還吳下寓廬。幸老母之病日就平復，今已行動如常矣，謹以告慰。康侯頻有信來，拳拳下問。兄所得本粗疏，今又荒落，不足爲師，已復一書，聊述一二。大意謂：《說文》不過字書，讀經固貴識字，而讀經要不徒在識字，若欲講求典禮，則宜就孔、賈《正義》中擇其成片段者，先逐段鈔撮，如《王制正義》，可鈔者便不少，久久會通，自能貫串。若欲討論聲音訓詁，則莫妙於先熟讀高郵王氏《述聞》《雜志》二書，門徑既正，自能深入。苟徒讀《說文》，恐九千餘字如滿屋散錢，無收拾處也。尊意以爲何如？焦君事極可笑，兄止據其所自述，行篋中無同年録，冬烘頭腦，錯認顏標。然不奇於兄之誤焦君爲同年，而奇於焦君之子誤其父爲庚戌進士，豈焦君之子，亦諺

[一] 此札輯自《春在堂尺牘》卷四，題作「與王補帆同年」。

所謂瓜皮搭李皮者乎？來書剿襲云云，未知其詳，大約欲就兄所作《自强論》中采擇數言，後知不果用，甚善。兄此論，乃下第落卷，非當行闈墨，不可鈔也。且鄙論亦近一偏。兄嘗言，當今不宜用兵，如有病不宜服藥，而病後卻宜多服補藥，此是確論。然所謂補者，有食補，有藥補，食補則兄所作《自强論》是也，藥補則當路諸君子所孜孜講求製造火輪船、鐵甲船及洋鎗洋礮是也，二者不可偏廢。然二者亦各有似是而非之處：大約食補則如《鄉黨》所云「食不厭精，膾不厭細」，推而至於「失飪不食，不時不食」，萬不可以塵羹土飯，聊且塞責，甚而至療飢於附子，止渴於酖毒，非徒無益，而反害之；藥補則宜訪求真正道地藥材，參必遼參，朮必於朮，近來藥肆中工於作僞，花草子僞沙苑，蒺藜、香欒僞枳實，枳殼，此類甚多，不可不慎。兄非岐黄家，不能處方，閣下醫國妙手，請裁度之。

一四[一]

讀手書，具見謀國之忠，任事之勇，欽佩無已。臺洋之事，非閣下之精心果力，不克當其

〔一〕 此札輯自《春在堂尺牘》卷四，題作「與王補帆同年」。

任。海外風氣，待公而開，良非偶然。三代下，東南運會日闢，吴越蠻夷之地，今日居然鄒魯。赤嵌城邊，紅毛樓下，得閣下一番經理，安知他日不媲美蘇杭乎？惟是江浙膏腴腹地，尚有棄之不毛、未盡開墾者，而必力闢此海外之荒島，此則諸巨公高掌遠蹠，度越尋常，而非趢趗小儒所能識也。兄奉母寓吴，幸叨平順。承詢曲園風景，日來柳陰藤蔓，青翠高低，亦小有景致。惟望閣下，功成身退，早賦歸來，爲小園評量花木，妝點林泉也。

致王韜甫(一通)〔一〕

久不相晤，忽奉手畢，兼錫箴言，善哉言乎，皆俞樓諸子所未聞也。俞樓之築，本是諸君子借老夫以妝點湖山，華而不樸。職此之由，欲識山中真面目，請至右台仙館觀之，否則，登吴中春在堂，亦可見鄙人之質樸，古人風也。至以夢爲妄，似乎所見未達。人生皆夢也，僕與諸君子皆在夢中，安見此夢爲真而彼夢爲妄乎？蛙降於樹，尊意不信。昔人云，未到老夫地位耳！聊發一噱。若夫隨園居士，其人品，其詩文，不免失之流蕩，然其大節實無可指摘。以僕自問，經術既不足名學，詩文亦未足成家，徒以小有聰明，妄事撰述，虛名過實，海外皆知，遂使外人謬以隨園相比，方深慙愧。乃如足下云云，轉似以鄙人下伍隨園爲恥者，得無相待過高，與滿壁腴詞分謗乎？

〔一〕此札輯自《春在堂尺牘》卷六，題作「復王韜甫比部」。

致王廷鼎（十六通）

一〔一〕

夢薇老弟覽：

《綱目發明》序已草一篇，乞轉致吳康甫先生爲荷。其書既已印行，想印本尚多，此書即可見惠也。肅頌升吉。

樾頓首

〔一〕本札輯自廣東崇正拍賣有限公司二〇一七年春季拍賣會「古歡·中國古代書畫」第〇六二三號拍品。

二〔二〕

夢薇仁弟父臺足下：

得手書，并以拙書辱承奬飾，甚愧。弟於四月十九移居新屋，諸叨平順。屬致秦淡翁書，閱後封口。日内始克握管，乞飭致之。惟又附及一人，亦不得已者，然自以尊事爲主也。曲園中需牕心四幅，借重大手筆，極知輶褻，幸隨便爲之，不必求工也。手此奉求，敬頌升安。

治愚弟樾頓首

外四紙，皆直幅，求法繪山水，并賜單款。天地頭各去一寸寬，兩旁各去半寸。

〔二〕本札輯自廣東崇正拍賣有限公司二〇一七年春季拍賣會「古歡·中國古代書畫」第〇六二二號拍品。

三[一]

夢薇仁弟足下：

承惠法繪四幅，頓使几席間羅諸名勝，大可臥游矣。附上先君詩一部，又拙作一本、《曲園記》一紙，求照入。此謝，并頌升安，即賀午禧，不一。

治愚弟樾頓首

四[二]

夢薇老弟臺足下：

[一] 本札輯自廣東崇正拍賣有限公司二〇一七年春季拍賣會「古歡·中國古代書畫」第〇六二二號拍品。

[二] 本札輯自廣東崇正拍賣有限公司二〇一七年春季拍賣會「古歡·中國古代書畫」第〇六二三號拍品。

接兩度手書，知奉檄滬局，聊勝於無。所惜禾中之事不能兼魚熊耳。又賜曲園圖、詩，鄭公三絕，藏以爲珍。僕還杭後又作滬行，因老母倚閭，未旬而返。澤山孝廉昨亦來蘇矣。肅謝，敬頌升吉。

俞樾叩頭叩頭，初十日

五[一]

夢薇老弟惠覽：

昨復寸牋，并託寄眉仙信，定收到矣。承手書并團扇一柄，内人極爲欣幸，屬筆致謝。轉餉之行，何日啟行？富藺翁業已啟行，到京必見，或再屬子原一説亦可。張家口路亦不甚遠，然須出居庸關，寒燠與内地迴殊。此行也，頗可壯游覽、助吟興也。《含薰室集》收到，乞爲轉謝。《説文外編》昨檢案頭尚有二部，僕留其一，以一奉贈。甘老書不必送去，仍附還。此頌升

[一] 本札輯自《上海圖書館藏歷代手稿精品選刊·俞曲園手札》，第二二七至二二八頁。

祉并侍福，不宣。

五月二日，樾頓首

六[一]

夢薇老弟惠覽：

頃接手書，敬悉行旆已達滬上。想日內由滬返杭，慈侍吉康，定如所頌。承惠食物拜嘉，謝謝。僕厲吴如恒，惟老母精力日衰，不免喜少而懼多耳。今年又刻《曲園雜纂》五十卷，尚未告成，舊刻之書，日内正在刷印，俟印就即寄一部至尊處。來洋已收到矣。《校官碑》俟撿出再寄。匆匆布謝，即頌升吉。

樾頓首，六月廿日

[一] 本札輯自廣東崇正拍賣有限公司二〇一七年春季拍賣會「古歡·中國古代書畫」第〇六二三號拍品。

七〔一〕

夢薇老弟惠覽：

前布復一箋，定照入矣。《校官碑》檢出寄奉。僕處尚有一本，此本即留充清玩，不必寄還。手此，敬頌侍祺。

樾頓首，六月廿六

八〔二〕

余自幼喜爲駢儷之文，中歲研經，遂輟不作，然見有工是體者未嘗不欣賞之也。王君夢薇

〔一〕本札輯自廣東崇正拍賣有限公司二〇一七年春季拍賣會「古歡·中國古代書畫」第〇六二二號拍品。

〔二〕本札輯自廣東崇正拍賣有限公司二〇一七年春季拍賣會「古歡·中國古代書畫」第〇六二二號拍品。

以末僚需次吾浙，詩才清絶，余嘗歎爲衙官中之屈宋。今又見示此編，則駢體文居其半，筆意幽秀，詞藻古艷，如六朝及初唐人手筆，宋以後人不能辨也。至論古諸作，卓然有見，不詭於正，足徵學養之深。君年少志盛，所造固未可量，而即此一編，亦自足傳矣。余年未六十，江淹才盡，三復斯文，慨焉大息。光緒三年季秋月朔，曲園居士俞樾書于西湖精舍。

大集中《先德傳略》有「花開酒熱必拉至花前」，此「拉」字欠典重，宜易。

九〔一〕

夢薇老弟惠覽：

昨布復一緘，定照入矣。澹翁回杭，曾否相見？所事能託伊一言否？拙刻《曲園雜纂》告成，奉上一部，然此書實不足觀，即在僕所著書中亦下駟也。手此，敬頌升吉。

樾頓首，十九

〔一〕本札輯自《上海圖書館藏歷代手稿精品選刊·俞曲園手札》，第二二九頁。

一〇[一]

夢薇老弟惠覽：

前承惠寄糕棗，謝謝。頃聞於臘八日爲太夫人稱七秩之觥，爲此春酒，以介眉壽，樂可知也。樾道遠，不及登堂介壽，謨寄一聯，適有寄花農之件，初一日發。即託其轉呈，想必照入。謹手肅此牋，恭祝堂上千春，附候侍祺，不盡萬一。

愚兄制俞樾頓首，初三日

〔一〕本札爲廣東崇正拍賣有限公司二〇一七年春季拍賣會「古歡·中國古代書畫」第〇六二二號拍品。

一一〔一〕

讀手書，知雲帆轉海，未獲同游。爲貧而仕，抱關擊柝，亦何傷於大雅乎？曩者湖樓小集，乃承諸君子播之丹青，形之歌詠，可謂妝嫫費黛矣，慙愧慙愧。雖然，繪圖題句可也，若以「俞樓」二字榜之精舍則大不可。僕偶承詁經之乏，爲第一樓暫作主人，雁爪雪泥，十年寄跡。爾來學業日就荒疏，行且謀引去，數年後，樓猶是也，樓中人不知張王李趙矣，豈可妄據爲己有乎？此榜一縣，外間必有議論，務望轉致子喬，勿重吾咎。或者諸君妙繪妙詠，翰墨流傳，異時更有好事如諸君者補作小樓，以存舊蹟，則子喬所題之榜，頗可焜耀楹楣。然其事未必有，即有之，亦當在五百年後矣。聊發一大噱焉。

〔一〕本札輯自《春在堂尺牘》卷五，題作「與王夢薇」。

一二[一]

夢薇仁弟惠覽：

昨布一牋，定收到矣。兄處得德清門斗信，言劉學使於正月廿五日取齊湖州，而今接舍姪孫信，又言未奉明文，因此函託吾弟即日向院房一問，問知實信，即日寄信到蘇，至要至要。此託，即頌春祺百益。

愚兄樾頓首，正月十五日

一三[二]

夢薇仁弟惠覽：

前承寄示《字義鏡新》，尚未修復，昨又得手書，知清恙又發，肝胃痛變成膨漲。鄙人近日

[一] 本札輯自南京圖書館藏《曲園手札》（館藏號一二〇一六五）。感謝白雲嬌女史代爲覆核本藏品所收各札之録文。

[二] 本札爲廣東崇正拍賣有限公司二〇一七年春季拍賣會「古歡・中國古代書畫」第〇六二三號拍品。

亦同病相憐，但似差輕耳。閱訃狀，知令郎又抱鼓盆之戚，吾弟年來家運真不佳也。附去佛餅一枚，請買紙錢一陌，焚之靈前，殊媿不成意思也。手肅，復候文安。

世兄均慰。

愚兄樾頓首，廿四日

一四〔一〕

夢薇老弟惠覽：

兄於四月三日到蘇，杜門不出，至五月初二因有應酬勉一出門，而又感冒，委頓至今，甚矣衰也。蔣杉亭先生《孟子音義考正》今日始讀一過，走筆成一序，以副子貞兄見委之意，乞轉致之。惟兄邇來嬾於作文，此後如有乞文者，請老弟爲我力謝之也。手此，布候近祺。

曲園拜上，五月十日

〔一〕 本札爲嘉德二〇一四年春季拍賣會「名人書札 簽名收藏」第二三〇七號拍品。

原來各件均繳。

一五〔一〕

夢薇老弟惠覽：

得手書，知仍事鄦氏之學，尊説如「犢犙牭」一條，極見會意之巧也。子原久無信來，不知所患何疾，近已愈否？深念之，望即示悉。蘭舫則昨有信來矣。方子安處如有書，必述及。吾浙藩司出缺，未知方公能庖代否。浙東已沛甘霖，而吳下依然杲杲，如何如何。手肅，敬頌台祺，不一。

七月十二日，曲園手肅

〔一〕本札輯自廣東崇正拍賣有限公司二〇一七年春季拍賣會「古歡・中國古代書畫」第〇六二二號拍品。

一六[一]

承寄贈骨牌草一小筐，青蔥如新擷者，已栽之瓦缶矣。惟骨牌草即七星草，乃鴨腳金星草之小者，其葉如鴨腳，薄而大，背有點，似骨牌形，但缺五六一扇耳，其氣香烈，雖枯不變，功用極廣，亦謂之辟瘟草，真藥籠中佳品也。詳見錢唐趙恕軒氏所著《本草綱目拾遺》。今所寄來者，乃魚鱉金星草也。其葉一長而尖，一短而團，長者爲魚，短者爲鱉，魚葉老則背有金星，鱉葉無之，亦見趙氏《拾遺》。兄細驗此草，實與之合，故決爲魚鱉金星草。功用不如鴨腳金星，然亦能治鼓漲瘰癧，消痞塊，葉背之星，不能竟與骨牌同，可知非骨牌草。案頭如有趙氏書，請一檢閱，自悉也。兄前書所言横河橋許氏老桂樹忽生骨牌葉，此乃草木之異，不可以常論。其葉實肖骨牌，三四、三六、么六最多，上下斜正，與牌無異，雖三十二扇亦不能全，然可湊成不同一副，惜此桂不久即枯死，今不可得矣。拉雜書布，聊當葉子戲，消遣永日。

[一] 本札輯自《春在堂尺牘》卷六，題作「與王夢薇」。

致王同（二十九通）

一[一]

同伯仁弟惠覽：

接手書，知興居佳勝。蘇州已得雪，未知杭州如何？湖上風冷，想未必能至小蓬萊吟眺也。十二月花客有一兩月不甚的確者，不知丁松兄所定如何？兄吴下度年，亦無佳況，記爲兒童時以度年爲最樂，老則徒增傷感耳。兹有寄撫藩書，求飭去。手此，敬頌年禧，并叩侍福。

愚兄樾頓首，廿日

〔一〕此札輯自《上海圖書館藏歷代手稿精品選刊·俞曲園手札》，第一八五至一八六頁。

二[一]

同伯仁弟惠覽：

十六日寄還課卷，已照入否？今日接手書，并洋券一帋，收到無誤。惟所示云云，斷不可行。果如此，是吾弟擯鄙人於交游之外，而以市儈相待也。兄素行不足取信於老弟，甚爲媿悚。惟夏脩膹款既已寄來，若必仍繳寄尊處，殊多周折。兄將此項收入以清夏季束脩之數，前託寄吴叔和之八十元，在秋季扣除，千萬千萬不可再施。手此，布頌文綏。

愚兄功俞樾頓首，六月廿一日

三[二]

同伯仁弟惠覽：

[一] 此札輯自《上海圖書館藏歷代手稿精品選刊·俞曲園手札》，第一七五至一七六頁。

[二] 此札輯自《上海圖書館藏歷代手稿精品選刊·俞曲園手札》，第一六九至一七〇頁。

接手書并課卷，即草草閲定奉還。閏月無課，六月夾課，可偷兩月之閑矣。劉宗師聞于五月廿五接印，有忌州忌口之俗例，出棚必先金華矣。如閏月出棚考金華，則考畢回省歇夏，七八月可按試嘉、湖；若七月中考金華，則必順道及温、台、處三郡，而嘉、湖恐今年不及矣，幸爲探示。再有瀆者：兄得杭州葉宅訃一函，書名者葉君葆元，甲辰鄉榜。查同年録有葉德元字春伯，想即其人也。兄寄一輓聯，而來函竟無住處，不能由局寄，未識尊處有來往否？其人乃廣西知府，官成而歸，想必可問也，乞爲探投，費神之至。即頌台祉，不一一。

兄樾頓首，閏端六日

四〔一〕

同伯仁弟惠覽：

接手書，并夏季脩羊，費神，謝謝。入庚伏來，梅雨未收，鬱蒸殊甚，尊候想必安善。兄宿

〔一〕此札輯自《上海圖書館藏歷代手稿精品選刊·俞曲園手札》第一七三至一七四頁。

痾亦間或小發，而不加劇，較秋冬殊勝也。劉宗師有金華試畢即試浙西之説，果爾則大妙，未知的否？尚望隨時探示。其金華試題，能探知寄覽更妙也。法事聞昨日由曾九帥在上海會商，未知如何？雪翁處亦久無信，諒山之捷，伊頗以爲快，至和局反覆後則未得伊信，不知如何扼腕也。手此布復，即頌暑祺，不一。

愚兄樾頓首，六月初八日

五〔一〕

同伯仁弟惠覽：

前寄還課卷，定照入矣。頃又望課將來，寄去題目，乞留存。兄來杭未定日期，夢薇所言廿四動身，不知其説之所自來，然約略亦在此時也。屆期仍託招呼燒飯者一人，容再函布。海外殊未定風波，昨聞劉省帥拜閩撫，未知果否？臺灣無援，則殊可慮。左相有駐延平之説，果

〔一〕此札輯自《上海圖書館藏歷代手稿精品選刊·俞曲園手札》，第一九一至一九二頁。

如此，亦鞭長莫及也。外子原一書，飭致之。此頌台佳。

愚兄樾頓首

六[一]

同伯仁弟惠覽：

疊接手書，并承探示學使者試題，欣悉興居佳勝爲慰。學使者題，大約非虛縮即有情搭題，亦可略見一斑矣。以後如上府有録寄者，隨時寄示，否則亦不必費心探聽也。兄宿疾如故，日内每晨服山藥粉一盌，頗覺其佳，因亦不喫藥也。中秋陰晦如此，外觀時局，内顧孱軀，彌覺情懷之落寞也。前日得鄒鏡堂書，言俞樓門外有服毒而斃者，其言似涉惝恍，不知究竟如何？吾弟有所聞否？兄到西湖，當在九月望後，因兒婦輩或有隨侍同來者，而小孫婦於昨夜小産，須待其滿月也。手此，布頌台佳，并賀秋祺，不一一。

愚兄樾頓首，中秋夜

[一] 此札輯自《上海圖書館藏歷代手稿精品選刊·俞曲園手札》，第一八九至一九〇頁。

七[一]

同伯仁弟惠覽：

前日得手書，知所奉楹聯已承青睞，此秀才人情，尚煩齒及，殊增我顏汗矣。所託探杭郡小試題目，不須全單，只須童生正場及覆試題，并童經古題足矣，此外不必探示也。場規嚴否？搜檢否？均乞寄示。兄寓蘇平順，宿疴亦不發，足以告慰。彭雪翁昨有信來，憂時感事，溢於言表，讀之爲喚奈何！惟臘雪應時，或可卜豐年，一飽無憂，亦可喜耳。兹有寄中丞一書，乃賀年例信，無緊要語，乞飭价一投。手此，敬頌春禧百益。

愚兄樾頓首，立春日

[一] 此札輯自《上海圖書館藏歷代手稿精品選刊·俞曲園手札》，第一六一至一六二頁。

八[一]

同伯仁弟惠覽：

承電知學使起馬之期，費神，謝謝。但廿六起馬，廿九到湖，行程何遲滯如此？或傳電稍訛乎？兄已雇定船隻，廿四發行李，廿五上船，廿七必可到湖矣。此次課卷，可交全盛信局寄湖州館驛河頭舟次探投，較寄蘇省一周折，兄一到湖即遣人至全盛局招呼，告以泊船所在也。計湖郡考試十三四日可畢，大約出月望後又可返棹金閶矣。手此，布頌台佳。

愚兄樾頓首，三月廿四日

九[二]

同伯仁弟惠覽：

〔一〕此札輯自《上海圖書館藏歷代手稿精品選刊·俞曲園手札》，第一六三至一六四頁。

〔二〕此札輯自《上海圖書館藏歷代手稿精品選刊·俞曲園手札》，第一七一至一七二頁。

接手書，并課卷，夾課人多，而額仍止此，未免遺珠。惜當年未定章程，凡夾課定兩内課、兩外課，開銷一樣，而取額較寬也。瞿子久宗師已於廿四日請訓，計七月初必可到浙矣。久雨新晴，想農事必有起色。和事大定，而昨閲《申報》，有劉淵亭之説，想未必確也。茲有寄復葉、過兩君書，乞交去。臞客想已返里門，故不作復。手此，布頌台祺。

愚兄樾頓首，六月五日

一〇〔一〕

同伯仁弟惠覽：

連日不晤，想太夫人所患日見康復矣，深以爲念。八月課卷閲定繳還，本月望課題一并送上，乞照入。兄欲爲小孫領旗匾及牌坊銀，請飭書辦爲寫領紙，正、副各二張，二張旗匾，二張牌坊。即以「浙江乙酉科中式第二名舉人俞陛雲」書名具領；借用監院鈐記，寫明遵例借印；至銀兩

〔一〕此札輯自《上海圖書館藏歷代手稿精品選刊·俞曲園手札》，第一八二至一八三頁。

若干，且空其數勿填，兄送至藩署，請其填寫可也。領凭格式，書辦寫慣，自當不誤耳。手此布託，即頌侍奉萬安。

愚兄俞樾頓首，十五日

二[一]

同伯仁弟惠覽：

兩接手書，知興居佳勝爲慰。兄於十九日出京，因在津待海晏輪船，恐須月初展輪，計到蘇在端午後矣。二月望課，在京寓即已閲定，因其時適有同鄉朱虎臣文炳回杭，即託其帶交；不料此君在津門留滯，至今未回，已命人前赴其舟索還課卷，親自帶歸。然煩諸君久待，甚不安矣。三、四月卷，想均在蘇寓，俟到蘇再閲寄。子原暫留京，七八月間回南。手此，布頌台安。

愚兄樾頓首，四月廿五日

[一] 此札輯自《上海圖書館藏歷代手稿精品選刊·俞曲園手札》，第一六五至一六六頁。

一一〔一〕

同伯仁弟惠覽：

初二日一函，未知曾照入否？是晚即接惠書及課卷，并承搨印小唐碑二分見貽，費神之至。課卷即閲定寄繳，并下届課題寄奉，此課照往年之例提前也。製造局之災，可危之至，此與詁經事迴不同。學使未知何日回省，相見時諒必須提及也。此番課卷中無臞客字跡，未知其在省城否？所託查之《小蓬萊謡》，望查明示覆。拙作雜詩十七首，澄之取付手民，頗精工，未知曾見過否？手此，布頌冬祺。

愚兄樾頓首，初四日

〔一〕此札輯自《上海圖書館藏歷代手稿精品選刊·俞曲園手札》，第一七七至一七八頁。

一三[一]

同伯仁弟惠覽：

前得手書，知明年又得同事湖樓，甚以爲幸。又接到課卷，閲畢寄還，乞照入。承問「魁星颸」出處，此出王漁洋《香祖筆記》，鄙人《茶香室叢鈔》卷十二曾引及之也。頃又撰《茶香室續鈔》二十五卷付刻，未知年内能成否。時方多故，而吾儕乃窺陳編以盗竊，可笑之至。此頌文綏。

愚兄樾頓首，重九前二

一四[二]

同伯仁弟惠覽：

[一] 此札輯自《上海圖書館藏歷代手稿精品選刊·俞曲園手札》，第一八七至一八八頁。

[二] 此札輯自《上海圖書館藏歷代手稿精品選刊·俞曲園手札》，第一六七至一六八頁。

得手書，知兩世兄均列前茅，德門家學，良深豔羡。轉瞬子、丑兩科，郊、祁同捷矣。兄聞夏以來宿痾頻發，精神興會，日益闌珊。詁經詁事，想仍舊貫，兹寄上五月題，乞留存，届期行課可也。花農要上届課藝，刻有伊所作《錢唐懷古賦》者，未知在幾集。未知有可尋覓否？兹有寄中丞賀函，敬希飭送。手此，布頌節禧，即候台祉，並賀兩世兄文福。

愚兄樾頓首，五月二日

一五[一]

同伯仁弟大人講席：

奉到手書，敬悉獻歲以來起居、潭第並臻安吉，欣慰頌忱；并知文旆未即渡江，計二月下旬到杭，尚可相見，甚幸。兄今歲重游泮水，戲刻試草，分貽交好，謹以呈鑒。又《經課續編》第五卷亦於年下刻成，一并附呈；其第六卷亦將付刻，觀成尚早也。時事至此，吾儕尚抱遺經而

[一] 此札輯自《上海圖書館藏歷代手稿精品選刊·俞曲園手札》，第一八四頁。

究終始，可發大噱矣。外詩三紙，皆近作也，均希察入。此頌道安，并賀春禧。

愚兄俞（俞）〔樾〕頓首，十六日

一六〔一〕

同伯仁弟惠覽：

辱手書，承眷注之深，并承寄到秋季束脩，費神，謝謝。兄日内總算全愈，但到杭多應酬，殊畏之。見在擬於初八日動身，由德清一轉，到湖上總在初十外也。課卷想不日可到，容再寄繳。手此布復，即頌侍福，不一。

愚兄樾頓首，十月二日

〔一〕此札輯自《上海圖書館藏歷代手稿精品選刊·俞曲園手札》，第一九三至一九四頁。

一七[一]

同伯仁弟惠覽：

前寄繳課卷，并附去本月課題，定照入矣。子原已到杭否？兄來杭之期未能確定。聞杭州書坊有《串學》一書，載有各種秘方，乞代買一部寄下爲荷。其書聞藩台前書坊即有之也。手此，敬頌台佳。

愚兄樾頓首，十月初七日

一八[二]

同伯老弟臺講席：

世兄來，接手書，疏懶未復，今又得惠函，欣悉起居清勝，良慰遠懷。世兄英儁自是不凡，

[一] 此札輯自南京圖書館藏《曲園手札》。

[二] 此札輯自《上海圖書館藏歷代手稿精品選刊·俞曲園手札》，第一七九至一八一頁。

惜吴下格於新章，未能遽試其鍘也。老弟紫陽一席，來年仍舊最妙；如此時勢，得守舊即佳矣。兄今年與任筱翁言，鄙人三十一年老山長，至戊戌而力辭者，非囊中有錢也，非生徒有違言也，非賓東不協也，其時現任爲廖穀士，親串也；繼之者爲劉景韓，世好也；所以決意告退者，實見天下之變局，必自書院開端。從俗浮沉，既所不欲；固執不變，又所不能；故不得不先避其鋒。承老弟有先見之譽，故聊復言之耳。兄年逾八十，精力益衰，著述之事，業已輟筆，惟興到或作小詩。今年詩頗多，絡續付刻，已將一卷，明正此卷刻成，當寄呈教。手復，敬頌道安。目眊草之，恕之。

愚兄俞樾頓首，十一日

一九[一]

同伯仁弟大人閣下：

[一] 此札輯自南京圖書館藏《曲園手札》。

頃奉惠書，猥以小孫倖副蜀軺，殷殷致賀，深感盛情。小孫年輕學輕，川中乃文物之邦，今科乃更章之始，未知能勝其任否。即長路暑行，亦殊念之。小詩志喜，敬呈一笑。有相好索觀，請傳示之。手肅復謝，敬頌暑安，統惟惠照不宣。

愚兄樾頓首，初六

二〇〔一〕

同伯仁弟臺賜覽：

昨奉手書，殷殷致賀。兄以年例，濫被恩施，承賁飾之有加，彌慙惶之無地。即悉起居佳勝，潭第康綏，慰如私頌。兄今年多病，精力愈衰，又新遭歸王氏長女之變，老懷愈鬱。小孫于八月初二抵成都，有電報來，想試事尚能如常也。拙詩八首呈覽，兼分貽吟好。楊春翁佳章拜讀，謝謝。詩八紙，求餉致之。肅謝，即請道安。

愚兄功俞樾頓首

〔一〕此札輯自南京圖書館藏《曲園手札》。

二一[一]

同伯仁弟大人閣下：

承屬書之件，率塗，殊不足觀，聊以報命。今日有僧燈裕字定能者來見，兄未及見，小孫見之。自言在俗家時名王克家，其兄未知其名字。刑部主事，與老弟同年，能示知其詳否？此頌冬禧。

愚兄樾頓首

二二[二]

同伯仁弟大人講席：

久疏牋候，郎亭歸，詢悉興居佳勝爲慰。兄清明日一病，至今兩月，未能復原，甚矣衰也。

[一] 此札輯自南京圖書館藏《曲園手札》。

[二] 此札輯自南京圖書館藏《曲園手札》。

小孫頻有信來，十五考差，平平而已，今年非比往年，無可出色，殊無把握也。子原歸，已見過否？茲有舍親衛茂才光慶，唐西人，向充本鎮嬰堂義塾師，數年以來尚屬認真。嬰堂董事夏蓉伯作古，深恐更易堂董，而義塾一席亦與之俱换。衛生光景甚窘，倚此糊口，伏求老弟言于蕭藴齋公祖，諭知新董，其義塾一席仍請衛君，俾不失館，感德無涯。附去名條，伏乞轉致。手肅布託，敬頌台安，并賀午禧，不一一。

愚兄俞樾頓首，初四日

一三二[一]

同伯仁弟大人講席：

接手書，知台候綏和爲慰。陳孝子詩自應遵撰，但原啟止駢文一篇，未得其詳，礙難下筆。如能將縣志中孝子本傳開示，庶有發揮也。務祈轉致爲荷。兄近來容易閃腰挫氣，自廿五日

[一] 此札輯自南京圖書館藏《曲園手札》。

閔挫後，至今未能出房，甚矣衰也！來杭擬在二十邊，未知果否。拙擬無理取鬧，大有野哉由也之態。附去四篇，聊供一噱，然不久即出榜，此亦芻狗矣。手肅，敬頌道安。

愚兄俞樾頓首，初八日

二四[一]

同伯老弟大人講席：

久疏牋候，惟興居佳勝，潭第綏愉爲頌。世兄輩應鄉試者幾人？想摩厲以須矣。茲有汪柳門侍郎之世兄，名原恒，錢唐監生，還杭應試，惟故鄉如客，人地生疏。監生應試似須由縣備文納卷，申送學使録遺，宜如何辦理，望于門下諸生中擇一妥友，託其照料，是所深感。柳門乃貴同年，想必自有函奉託也。兄近來心緒不佳，老境愈進，無可告述。手此，敬頌台安。

愚兄期功俞樾頓首

[一] 此札輯自南京圖書館藏《曲園手札》。

二五[一]

同伯仁弟大人講席：

前復一牋，定塵青照。秋暑猶盛，惟興居佳勝爲頌。尊事已函達中峰，但鄙言殊不足爲重耳。好在老弟臺本有講席，此事成否，亦不妨聽之也。手肅，復請秋安。

愚兄樾頓首，十一日

二六[二]

同伯仁弟惠覽：

[一] 此札輯自南京圖書館藏《曲園手札》。

[二] 此札輯自南京圖書館藏《曲園手札》。

昨晤吴仲英兄，始知尊體近患外症，計已十日，當可全愈矣。如尚未愈，兄處有紅毛膏，治外症極驗，今寄去四張，可試用之。如買犀黄少許滲在膏藥上，爲效尤捷也。手此，敬頌痊安。

愚兄俞樾頓首，十一月初七日

二七〔一〕

同伯仁弟大人閣下：

久不通候，汪郎亭來，詢知起居佳勝爲慰。頃滿舟和尚來，言以事獲罪臺端，將見驅逐。其事本末，兄未得其詳，惟聞釁起爭桑，爲事甚細。而此僧在聖因多年，尚是彭剛直當年所送進者。兄在湖上，亦相識多年，用敢函懇推情，免其驅逐，以後令其一切小心，勿再多事。想老弟亦能容其改過也。手肅布懇，敬請頤安。

愚兄俞樾頓首，廿二日

〔一〕此札輯自南京圖書館藏《曲園手札》。

二一八〔一〕

同伯仁弟大人惠覽：

兩奉手書，敬悉興居曼福爲慰。前日晤修甫，乃知滿舟事，竟由其自發難端，其不曉事一至於此，所謂「自作孽不可逭」也。兄已面懇修甫，姑念其年將七十，度亦不久人世，留三潭一席以養其老。兄亦何愛于滿舟，但追念剛直之遺意，愛屋及烏。請諸公不看僧面看佛面也。烏至可憎，因屋而愛及之。此僧亦一烏耳。手肅布復，敬請道安。

愚兄俞樾頓首，四月十一

再啟者，滿舟本三潭印月之僧，彭剛直送之而後入聖因寺，若以聖因之故而并失其三潭，恐剛直有知，必深悔當年之多此一送矣。可否奪其聖因，留其潭月，希酌之。兄何愛于滿舟，無非不忘剛直而已。手此再布，鑒之亮之。

兄又頓首

〔一〕此札輯自南京圖書館藏《曲園手札》。

二九[一]

同伯仁弟足下：

拙詩兩絶，附呈一笑。其和詩之女史，望示知其姓氏名字，并希將詩寄讀爲幸。手此，敬頌道安。

愚兄樾頓首

[一] 此札輯自《上海圖書館藏歷代手稿精品選刊·俞曲園手札》，第一九五頁。

致王同、許祐身、俞祖綏（一通）〔一〕

同伯賢弟、子原賢倩暨劍孫吾姪同覽：

八月初接鄒鏡堂來書，言有茅姓事，其辭氣已覺可怪；嗣接同伯賢弟書，極言此事不過尋常路斃，遠在水濱，與俞樓無涉，因亦不復措意矣。乃今日又得鏡堂書，乃知此事與俞樓大有關涉，總由和林以俞樓爲客寓，留宿多人，致有茅姓身死之事。此人之死，究竟不明，雖未必和林致死，然和林之萬分不妥，致惹事端，幾釀大釁，則和林實係萬不可用之人。因此函致吾弟、婿及吾姪，即日會同至俞樓，將和林攆逐，務令當日搬出，不得刻留。至俞樓，不可無人看守，如吾弟、壻及吾姪意中有妥人，不妨竟與議定；如一時無其人，鄙意，湧金門外管船之宣連生，總算小有身家之人，竟屬其派人來管。小浮梅即歸其經手，如仍照和林之例，不給工值，即以

〔一〕此札輯自《上海圖書館藏歷代手稿精品選刊·俞曲園手札》，第一九六至一九九頁。

小浮梅爲津帖之資，大妙。但亦須寫一承攬，載明禁約，俾有遵守。如或略須給予工值，亦由諸君妥議可也。手此布達，即頌台佳，并希寄復。

九月十四日，曲園頓首

再，看守人如需略予工值，竟請議定，每歲敝處自當給付；即如右台仙館看守人，亦每歲有工值也。不過俞樓有小浮梅，若歸宣連生管，必大得法，想即議工值，亦不得多耳。

曲園再白

致王文韶（一通）[一]

夔石制府大人閣下：

前由朱道福春帶呈一函，未知已塵台照否？辰惟雄鎮日畿，風清海表，宇内銷干戈之氣，朝端銘柱石之功，遥企龍門，良深鶴望。弟於四月中旬到杭，湖樓山館，兩處勾留，旬有八日。湖上風景如前，士女進香，尚不寂寞，足慰遠懷。兹有鄧孝廉應潢，貴州人，會闈報罷，家遠難歸，欲就近覓一枝棲，以待下屆會試。其人誠篤，筆墨亦尚佳，用敢函瀆清聽。或賜留幕府，或賞薦屬僚，棲息有資，感戴無既。手肅，敬請勛安，伏惟惠鑒不宣。

愚小弟俞樾頓首

[一] 此札輯自中國嘉德國際拍賣有限公司第二一期拍賣會第四五二四號拍品。

致王修植（一通）〔一〕

苑生仁弟館丈賜覽：

天地荆棘中聞從者間關南下，安抵河鄉，良深欣慰。近者有人自滬來，知旌旆仍臨黄埔，想振興西學，仍須大力主持也。兄老病頽唐，無可言者，去年八十生日，有詩有文，附呈一笑。兹有舍姪孫箴墀，自滬還蘇，述知有派學生赴西洋學習之舉，而又有程士傑等五人求赴東洋學習，共稟臺端，未知批準否。伏思經費雖非充裕，然東洋學習省於西洋，如減西洋之一，即可供東洋之五，未始非推廣造就之一法。若能别籌經費，則每歲不過洋餅一千，在大力亦非所難也。因此五人中箴墀與焉，此人素承栽培，故敢瀆陳。手肅，敬頌勛安。

館愚兄俞樾頓首，十三日

〔一〕 本札輯自《文史月刊》一九四五年復刊第二期。蒙南京大學徐雁平教授告知。

致王豫卿（七通）

一〔一〕

康侯足下：

接惠書，知所寄微物已收到。足下依前下帷，吾女亦健好，甚善。明年西席已請定否？抑到粵再作計較也？僕時文止存十九首，亦付之剞劂，可笑可笑。《紫陽課藝》衙坊友之請亦選出數十篇刻之，以存雪泥之迹而已。此布，即問靜好。

樾頓首

十月初八日曾寄去鷄蛋六十枚，京麪乙匣，未知到否，來書從未言及，乞示知。

〔一〕本札輯自中貿聖佳二〇一八年秋季拍賣會「萬卷——古籍善本專場」第一〇三七號拍品。蒙中華書局朱兆虎先生示知。

二[一]

辱手書，以八股文字爲問。僕於此事，入之不深，又吐棄已久，不足副來意。且輪扁不云乎，「斲輪徐則甘而不固，疾則苦而不入；不徐不疾，得之於手而應之於心。口不能言[二]，臣不能以喻臣之子，臣之子亦不能受之於臣」，斯言真實不虚，非英雄欺人也。然則僕又何以爲足下告乎？雖然，竊有一淺近之説，凡人欲立言傳後，不必作八股文字，凡作八股文字，不過鄉、會兩試借作敲門磚耳。僕從前治舉業時，每代閲文者設想：夫闈中閲文，猶走馬看花，想其夜闌人倦之後，燭光摇蕩，朱字麻茶，且又同此題目，同此文字，千篇一律，其昏昏欲睡久矣。故作文者，須有呼寐者而使覺之法，使一展卷，眼目一醒，精神一提，覺此卷文字與千百卷不同，自不覺手之舞之矣。其法，第一在命意，同一題目，而我之所見深人一層，高人一籌，讀者自歡欣鼓舞而不自知；次之在立局，雖意思猶人，而局陣縱横，有五花八門之妙；又次之在造句，

[一] 此札輯自《春在堂尺牘》卷三，題作「與王康侯女婿」。
[二] 「言」下，《莊子·天道》篇多「有數存焉於其間」。

雖格局猶人，而字句精卓，有千錘百煉之功，亦足以逐去睡魔，引之入勝。凡此皆是代閲者設想，所謂「古之學者爲己，今之學者爲人」，雖非聖賢之道，而作八股文字，不得不爾。若徒向紙上捉摸，不向闈中揣摩，此是「古者爲己，不求人知」之學，竟不如閉户著書爲妙也。近來時文家爭言「揣摩」。夫揣摩，自以蘇秦爲鼻祖，觀蘇秦，揣摩成而曰「此可以説當世之君矣」，然則蘇秦當時亦是揣摩人主之意，如何可以動聽。今作文，不揣摩閲者之意，如何可以動目，而徒自揣而自摩，則何益之有乎？率書所見，爲足下揣摩之一助，幸勿示人，恐爲高明笑也。

三[一]

康侯賢倩足下：

在湖上接手書，頃又得書并大作五篇，文氣綿密，筆意光昌，頗近命中之技。再一加功，破壁而飛，不遠矣。僕于此道久疏，勉承來意，加墨而已。明歲何時回來？小女在粤，計必健好。

[一] 本札輯自北京泰和嘉成拍賣有限公司二〇一六年秋季藝術品拍賣會「影像・手蹟・檔案文獻專場」第二一七四號拍品。

子原入京後已有信來，年内當可分部。大兒在保定客店中，只好靜候機會而已。愚夫婦于十一月十三日自湖樓回抵蘇厲，厲中平順，足以告慰。二兒之病如故，亦無增減，其子阿龍頗似聰慧也。手此布頌，不一。

樾頓首，冬至日

四[一]

康侯賢倩足下：

得手書，知與吾女俱平安爲慰。建宫明春種花最好，吾鄉種花總在早春也。安嫣之子未知在何處，乞託人覓之，俟其來，當照辦也。大兒尚在大名任，今年無缺可補，有一信，可照收。

〔一〕本札輯自北京保利第三四期精品拍賣會「煙雲——海外藏畫專場」第四〇八一號拍品。

僕因有曾相之約，尚未赴杭，大約仲冬初十前必到西湖矣。寓中均好，弗念。此頌潭福。

樾拜言

五月□□□茶葉菊花，八月初寄上台蓋，來信未言及，未知收到否？

五〔一〕

康侯賢倩足下：

闈後連得兩書，知已於廿三日順抵維揚，近狀安好。場作想必得意。今年官監可中三人，足下必其一也。蘇寓均好，惟老母日内艱於大便，頗形委頓，能日内即解乃妙。僕擬九月初六日赴滬，由滬而杭，然必須老親康健乃放心前去也。大兒計已交卸，久無信來，甚念之。雲裳母子平安，屬早日妥覓乳媽爲要。安媽亦已辭去矣，現用一人，不能同還寶應。然此事尚可徐

〔一〕本札輯自北京保利二〇一六年春季拍賣會「古錦——近現代名人書札手蹟」第一三六一號拍品。

圖，乳媽則要緊也。福建久不信，想監臨事忙之故。舍婦輩尚未到。此頌即元。

八月廿八日，樾頓首

六[一]

康侯賢壻足下：

十一月廿五日曾寄一信，已收到否？接廿五日手書，知近狀安好，吾女及外孫輩均吉爲慰。明年科場有無，總須待元旦明降，方有的信。足下如常用功，甚善。尊翁諭令，赴闈用功，此計極是。即吾女亦宜同去爲是。惟昨得閩信，知已發請覲之摺，則宜在家待之。鄙意，若無科場，則俟尊翁南旋，隨侍還署，自是正理。且案頭功課及房中小兒女輩皆有堂上照應，所謂蔭庇之下，較在家更好也。延師不必，想足下下帷自力之故，至阿堵一説，不知所指，書來曷明言之？海鹽信已寄去，收條存愚處。前屬交江小雲觀察之件，因在杭面交，故無回片。此復，示知。

〔一〕本札爲北京泰和嘉成拍賣有限公司二〇一七年春季藝術品拍賣會「中國書畫」第一一六二號拍品，个厂兄

即頌年喜。

十二月望日，樾頓首

七〔二〕

康侯賢倩足下：
得手書，知前件已達。近狀安吉爲慰。二十八日惠書亦收到矣。蘇厲均平善。子原伉儷南回，已至武林，未知何時能來一敘耳。夏日正長，想功候必日進。今年會墨竟未之見，聞不甚佳。至雲南謝孝廉不列等之作，轉傳誦至吴中，其文極佳，但稿泒不入時耳。手此，布頌侍福。

樾頓首

〔二〕本札輯自北京保利二〇一六年春季拍賣會「古錦——近現代名人書札手蹟」第一三六二號拍品。

致王原讓（一通）〔一〕

一江睽隔，廿載馳思。大令姪廉泉來，奉到手書，知小恙已瘳，大年未艾，甚慰甚慰。二令姪康侯挈眷來吴，相依十稔，雖久抱沈疴，而去秋之變，實出意外，老懷爲之蠹然。承命廉泉遠來，撫慰其孤，且謀挈之歸里，推猶子之愛，垂注拳拳，小女與外孫輩同爲感泣。惟小女云：「依理自以北歸爲是，而逝者遺言，不願北歸，言猶在耳，何忍負之？」一時未能定見，只好待兒曹成立，聽彼主張，想長者當亦鑒此苦情也。至來書又有承繼一議，足見曠懷遠識，思慮周詳，弟即向小女言及。據小女云，先姑曾有遺命，以五叔承繼二房，叔舅、叔姑皆與聞之。此説弟未知其審，但閣下立嗣，本應屬康侯，康侯未嗣而没，則應屬五令姪薇閣矣。康侯生前既未正名定分，忽於身後强爲之名，非所以安逝者於九原。閣下無子立嗣，乃不立見在之子，而立一

〔一〕此札輯自《春在堂尺牘》卷六，題作「與王遜之親家」。

已逝之子，又何以承歡膝下乎？徧考史傳，無身後出繼爲人後者。《晉書·荀顗傳》，顗無子，以從孫徽嗣，不追立徽之父爲子也；《魏書·王叡傳》，叡次子椿無子，以兄孫叔明爲後，不追立叔明之父爲子也；《宋史·禮志》，國子博士孟開請以姪孫宗顔爲孫，不追立宗顔之父爲子也；《元史·魏初傳》，初從祖璠無子，以初爲後，不追立初之父爲子也。蓋逝者已無可繼，故寧虚一代而不敢空立此名。今康侯已逝，芸閣年力富强，學問深邃，將來宦學兩途，未可限量，亢宗禦侮，有此佳兒，深爲閣下賀也。此事本非弟所敢僥言，叨在至戚，又承雅意咨詢，故輒貢其一得之愚，幸恕狂瞽。

再讀來書，有族衆覬覦之説。貴本家素不相安，弟所深悉。如果覬覦者衆，則宜豫立本根，以杜窺伺，不特閣下宜急以薇閣爲嗣，即廉泉，年近五旬，石麟未降，亦宜早爲之計矣。謹按，《儀禮·喪服》傳曰：「何如而可以爲人後？支子可也。」又曰：「適子不得後大宗。」國朝秦氏蕙田著《五禮通考》發明此義，引《晉書·安平王孚傳》《魏書·于忠傳》《唐書·崔祐甫傳》《舊唐書·王正雅傳》《宋史·宗室傳》，皆以支子後大宗爲得禮之正，而申論其後曰：「古人立後之法，專爲大宗。而後之人必以支子，乃習俗成訛。動謂：長房無子，當以次房長子爲嗣。此無稽之説。夫大宗百世不遷，猶不敢奪人嫡子爲後，況區區繼祖繼禰者乎？知禮之士，慎無奪人之嫡，亦不可爲人奪嫡也。」以上並秦氏之説。又考，嫡子不爲後，在貴族自有故事，《白田先生集》有《立後辨》一篇，云：「同寰公生四子：重甫、純甫、和甫、玉甫。純甫無子，以和甫之次子宗武爲嗣，不以和甫之長子祖武爲嗣。」此一證也。「重甫生繩武，繩武生二子，長子天擎，次子楚材。天擎無子，而楚材止一子，於是天擎臨没遺言，且不立嗣，以待楚材次子之生，及楚材生次子，立爲天擎嗣。」此又一證也。以此論之，則廉泉立嗣，自應屬康侯之子，而康侯長子念曾，在「嫡子不爲後」之例，不獨禮法難違，抑且家規當守。則廉泉立嗣，宜在康侯次子念植矣。弟不揣冒昧，因承垂詢，敢陳所見，願閣下即立薇閣爲嗣，而廉泉亦立念植爲嗣，早日定見，則本支百世，固於金湯，又何族衆覬覦之足患乎？非分妄言，惶悚惶悚。

致魏錫曾（一通）[一]

閩中小住，得接清談，兼讀《非見齋金石文字》，考訂之勤，蒐羅之富，一時無兩矣。僕此次來閩，除敬問老母起居外，不過冠蓋往還，酒食徵逐，真成一俗客。幸足下時相過從，一雅可醫百俗也。《金石萃編補正》寫定幾卷？書名及體例，想已有定見矣。王氏原版見在滬上，僕言之吴中當事，擬補刻完全，移置書局，未知果否。尊慈兩太孺人傳謹已譔就，詞旨淺薄，名位卑微，不足表章潛德，聊副仁孝之意而已。兩母自以合傳爲宜，將來附入《家乘》，或分録之，亦無不可也。

[一] 此札輯自《春在堂尺牘》卷三，題作「與魏稼孫」。

致翁同龢（一通）[一]

夏間曾以拙著《賓萌集》第六卷屬貴同宗少畦大令轉呈左右，未知已鑒入否？閣下以傅説啟沃之臣，居皋陶贊襄之任，輔成主德，匡濟時艱，身繫安危，望隆中外。方今海内，人人言自强，人人思變法。竊謂：自强貴有强其强也，孟子「反本」一言，乃自强之上策，壽陵學步，施家效顰，徒以見笑，未足爲强。至變法，尤未易言。中國自有制度，但能持以實心，則亦足以爲國。即如以時文取士，明季已極言其弊，亭林先生至比之探籌，然本朝循用之二百餘年，文治武功，儒林詞苑，超踰唐宋，可知人材盛衰，初不由此，亭林探籌之喻，殊未允協。若果行探籌之法，則市井、屠酤、輿臺、隸卒皆將攘臂而一探矣，時文取士，何至於此？詩賦止尚浮華，策論徒資剿襲，實未見有勝於時文者。議者或謂宜改用西法，竊恐數十年後【中缺】[二]本圖變法，實

[一] 此札輯自《春在堂尺牘》卷七，題作「與翁叔平尚書」。在稿本中被删去。

[二] 此處文意不相連屬。原稿中「本」字以下屬下葉，因疑其間脱落文字。

非容易。每念傾側擾攘之時世，必有惇厖純固之大臣，當今之世，舍公而誰？雖繁言朋興，而秉國之鈞者必有一定之權衡，不奪之赤石也。拙著《迂議》一篇，附呈尊覽，公得無笑其一肚皮不合時宜乎！

致鄔銓（二通）

一[一]

梅仙仁弟惠覽：

讀手書，慰藉有加，讀楹帖，情詞曲至，感何如之。即諗以算術受知，賢勞茂著，甚慰。兄讀禮未終，悼亡遽賦，所遭如此，懷抱尚可問耶？内人遺意，願葬西湖，秋間仍當與之偕來，同住俞樓也。手肅，奉柬謝，并頌台佳，不一。

愚兄制期俞樾頓首

[一] 此札輯自南京圖書館藏《曲園手札》。感謝浙江古籍出版社路偉先生告知此人姓名。

二〔一〕

梅仙老弟惠覽：

得手書并佳章，誦之甚感且愧。并承惠我天生朮，已種之盆中矣。即悉動定佳勝爲慰。夢薇與足下，并抱清才，而光景落寞，爲之歎息。秦澹翁長見否？僕厲吴亦殊匙佳懷。拙詩再附上，各四帋，乞照入。如有好事者，不妨代爲分致也。此復，并謝，即頌台佳。

二月二日，曲園手肅

〔一〕此札輯自南京圖書館藏《曲園手札》。

致吴昌碩（一通）[一]

俊卿世仁弟惠覽：

前肅復函，曾照入否？比惟興居佳勝爲頌。局聞開雕《通鑑後編》，叔衡太守屬夢香赴局校對，但夢香適患濕氣，兩腳腫痛，不能舉步，一時未能來杭。屬兄轉達，請吾弟與衡翁一言，或即攜兄此書轉告之，亦無不可。兄病亦只如常，腰腳軟弱，頭目昏花，每日午後使人舁至外齋一坐，恐亦與夢香一樣矣。手肅布泐，即頌秋祺。

世愚兄樾頓首

再者，局中刻《繹史》即夢香校對，由刻字匠寄越中，夢香即在家校對，并可取徐氏藏書樓書籍考證異同，轉似較在杭爲勝。未識刻《通鑑後編》可仿照否？

樾又拜

[一] 此札輯自《浙江圖書館館藏名人手札選（二）》上册，第八七至八九頁。

致吴承潞（十一通）

一〔一〕

記得尊齋有《七修類稿》，乞假一閲，如一時不在案頭，有費檢尋，則亦可不必也。此頌

禮安。

弟樾頓首

〔一〕 本札爲北京泰和嘉成二〇一五年秋季拍賣會第〇八三三號拍品。本札無收信人名，附有一函封，題「吴大人／金太史场」。吴雲家在金太史場。然俞樾稱吴雲爲「吴老大人」（第十三通），而此處僅稱「吴大人」，故本札或爲致吴雲之子吴承潞者。

二〔一〕

廣庵仁兄世大人閣下：

前讀復函，具承眷注，連日大風，人頗清爽，想巾扇間定多佳況也。弟日來右大腿骱忽患一外症，已潰而出膿，雖不甚痛，而行坐皆所不便，頗以爲累。弟飲食清淡，起居謹慎，所以有此者，殆由平時脾胃宿痾，服附、桂等藥太多，積毒於中，致有斯患，甚矣。拙著《廢醫論》之未可非也，言之而不能行之，如何如何。昨由杭州寄到新樣錢，今以二枚奉覽，機鑄、鑪鑄各一，然遠不如蘇局所鑄也。姚舍親差事承允詳院請示，感荷無量。此事得閣下主持，上游亦斷無異議，未知何日可以具詳。中丞處弟亦已説，到允即照辦也。手肅布謝，敬頌台安。

世愚弟俞樾頓首

陶、朱兩君子想均無恙，見時致意。

〔一〕 本札輯自廣東崇正拍賣有限公司二〇一七年春季拍賣會「古歡・中國古代書畫」第〇六二三號拍品。

三[一]

廣庵仁兄世大人閣下：

得覆函，敬悉一切。日來暑又甚酷，想起居必臻康健也。弟患瘍就愈，尚未收口，行坐仍有未便，已月餘不出門矣。來示言局事似有爲難之處，未知何故。弟意竟須透徹言之，方有着手處，未可顧情面而含糊，尊意然否？震局文書竟未到局，大奇。此事相距已久，中丞已知，似乎久祕非宜，可否函知震局，或屬幕府函致更妥。令其早日稟出乎？彭雪翁想今明日可到，未知吴中有幾日躭延也。手肅，敬請台安。

世愚弟俞樾頓首，十九

[一] 此札輯自《上海圖書館藏歷代手稿精品選刊·俞曲園手札》，第一四〇至一四一頁。

四[一]

頃承談及合婚之術，因檢查拙著《游藝録·相宅》篇所載「人與居宅相宜相忌」，亦即此術也。今姑依上元男命戊辰六，女命己巳一推之，則六一與一六並爲游魂，尚屬中婚，未知與尊説合否？惟坊間所刻小本《萬年書》，則多錯誤，誤天醫爲福德，誤絶體爲五鬼，吉凶尚不甚懸殊；誤福德爲絶體，誤五鬼爲天醫，則大謬不然矣。未知尊處所有《萬年書》誤否？如其亦誤，則宜留意。總之，坎一、坤二、震三、巽四、坤艮五、乾六、兑七、艮八、離九，凡數皆出於八卦九宫，而八卦以坎、離、震、巽爲東四宫，乾、坤、艮、兑爲西四宫，凡兩數同宫者吉，生氣、福德大吉，天醫、歸魂次吉；兩數異宫者凶，絶命、五鬼大凶，絶體、游魂次凶。以此校正《萬年書》，其誤否自見矣。

〔一〕此札輯自《春在堂尺牘》卷六，題作「與吴廣安觀察」。

五[一]

廣庵仁兄世大人閣下：

前承惠顧暢談，越數日，正擬走候，而有人來，言台旆已發矣。雖增遲滯之愆，適見脱略之美。比想興居佳勝，定如所頌。弟春間還浙，途中得詩二首，附奉一笑。又舊作一小册，亦請吟正。小册本蘋華兄所代印，想已見之，故不寄。兹有慈谿十五齡女子張貞竹，能書盈丈大字，賣字養親，其意可嘉，其字亦有可觀；代呈二字，伏求賜覽，或稍予潤資，更感，亦不必多也。舍親姚祖順在震澤局充幫辦，欲求賞調一小卡，弟早以難復之，今因便附聞，如將來或可挪移，更妙也。手肅，敬請勛安，統惟青照不宣。

世愚弟俞樾頓首，初六日

[一] 此札輯自《上海圖書館藏歷代手稿精品選刊·俞曲園手札》，第一四二至一四三頁。

六[一]

手示敬悉，如將來開單人多，請將姚舍親先行列入，蔡則姑緩可也。此懇，敬請勛安。

廣庵仁兄世大人閣下

愚弟樾拜上，除夕前一日

七[二]

廣庵仁兄世大人閣下：

日前託米生帶上一函，聞其遲遲未行，尚滯蘇垣。今日有同鄉來，言震澤絲捐小委員王君已作古人，不日即當報出。此差乃小班中微薄之差，舍親姚縣丞祖順可否即賞派此差，隨同大

[一] 本札輯自廣東崇正拍賣有限公司二〇一七年春季拍賣會「古歡·中國古代書畫」第〇六二三號拍品。

[二] 此札輯自《上海圖書館藏歷代手稿精品選刊·俞曲園手札》第一三八至一三九頁。

委員辦事，當不至隕越也。聞米生初一動身，故又草此奉達，伏希鑒納。米生觸暑而來，無非爲差使起見，能如其意，俾不虛此行，尤感。手肅，即頌勛安。

世愚弟俞樾頓首，二十八日揮汗作

八〔一〕

廣庵仁兄世大人閣下：

兹有同鄉蔡敏孫之妻米氏，自去年敏孫作古，攜其七齡幼女寓居蘇垣，以針黹自給，衣食不周，債負交迫，時有書來，縷述孤苦之狀，爲之惻然。弟勉竭綿薄，允每月助以番餅一枚，用敢函懇吾兄，請酌量佽助之，如能於同鄉諸公廣賜嘘拂，集腋成裘，俾窮嫠母女不致擠於溝壑，亦盛德事也。敬此奉商，即請台安，不一。

世愚弟俞樾頓首，廿二日

蔡舍原書附覽。

〔一〕此札輯自嘉德二〇一〇春拍第八二三二號。

九[一]

廣庵仁兄世大人閣下：

頃有湯伯繁茂才鞠榮，乃雨生都督之族孫，經學、詞章皆有門徑，可稱後來之秀，因與宗湘文觀察有連，故弟得識之。知其才富而家貧，年來又失館，伏思寒士謀生，全在大人先生齒頰間，敢爲代陳，遇有可以推薦之處，幸勿吝齒芬也。手肅，敬頌台安。

世愚弟俞樾頓首

一〇[二]

廣庵仁兄世大人閣下：

〔一〕此札輯自嘉德二〇一〇春拍第八二三二號。

〔二〕此札輯自嘉德二〇一〇春拍第八二三一號。

年前曾以謝從九爲託，知尚蒙記憶，甚感。惟弟則又有瀆者，舍親姚祖頊乃姚祖順之兄，亦小孫胞母舅也。乃兄糊塗，而此君精明，勝乃兄遠甚。去年曾蒙轉託朱竹翁派釐局司員差，旋以新章未滿二年繳札銷差，想公亦尚記憶也。見在兩年滿矣，昨交來一條，欲求賞委外縣保甲差。弟本不敢屢瀆，然實是至親，去年又曾承培植，故敢呈達臺端，遇有外縣保甲差，敬求賞派。此外，弟無他至親，亦不再瀆，即或有求，亦必泛泛之交，公可不應也。前賜滇肘已煮而嘗之，甚佳。殘牙零落，正喜其肥也。今日已換補服否？弟十七日有一處道喜，應何服？山野不諳，求示悉。手此，敬請台安，并賀佳節。

世愚弟俞樾頓首，元夕

一一〔一〕

廣庵仁兄世大人閣下：

〔一〕此札輯自嘉德二〇一〇春拍第八二三三二號。

頃有海州才女劉古香名韻清，能詩能畫，兼能製傳奇，共廿四種。今年海州水災，其夫婦挈二子逃荒來蘇。弟恐其久而流落，擬代爲集腋，資送北歸，糾合知好十餘人，每人出五元，各酬以女史所畫一幅，若得十二人，便得六十元，弟自出十元，又親串三家各出十元，合成百數，便可潤其歸裝，免其流落。因公高義，故敢瀆求。附女史畫一幅，即請鑒收，手肅，敬請台安。

世愚弟俞樾頓首

致吴承志（一通）[一]

前在湖樓，辱承枉顧，未及暢談。本擬以一樽相訂小聚，疲於應酬，遂復不果。昨接手書，并示我行卷，甚善甚善。計偕之期，想在明春。頻年同事研經，與足下有鍼芥之合，此一别也，去而爲金華殿中人，非復精舍中人矣，欣慰之餘，又覺憮然。仲冬望課，仍以大名置第一，敬爲明歲狀頭佳兆耳。

[一] 此札輯自《春在堂尺牘》卷五，題作「與吴祁甫孝廉」。

致吴存義（二通）

一[一]

辱手書，知輶軒所至，以經術倡導後進。因定海諸生黄以周解《考工記》「世室」與樾説合，遂詢所自來，而得其先德薇香先生《明堂步筵説》一篇録寄，甚善甚善。樾受而讀之，其據《宇文愷傳》證《記》文是「堂修七」，非「堂修二七」，洵與樾合。惟解「廣四修一」及「三四步四三尺」，似皆不及鄙見之塙。且如其説，夏后氏堂室全基廣如干步，究未明白；説周制，較明白矣。然《記》文明言：「五室，凡室二筵。」乃謂「止説四隅之室」，義亦未安。老前輩以爲何如？

[一] 此札輯自《春在堂尺牘》卷一，題作「與吴和甫前輩」。

此外各種，想必流覽一周，未知都若干卷、卷若干言？定海，海外一島耳，乃有此通經之士，殊不易得，宜老前輩惓惓欲刻其書也。李少翁重刻段《説文》未成，不知其能料理及此否？竊謂，薇香先生之書，如果卓卓可傳，可否先爲設法，令其子孫寫副本寄存尊處，將來或集貲刊刻，或假活字版排印，似較僻在海外易爲力也。其《論語後案》，聞有印本，能覓寄尤感。

二[一]

春初布復一箋，託補帆作寄書郵，計已早達。自春徂夏，軺車行部，延攬人材，未識得有一二經明行修之士否？伏思乾隆間，文治武功，震鑠千古，而士大夫亦皆鑽聟樸學，實事求是，無虚浮之習。數十年來，老成凋謝，後生小子，又厭實學而喜空談，而海内亦適多故，群盜如毛，至今未靖。意者學業之盛衰，關乎世運歟？方今中興伊始，在位之大人君子，宜如何振起之歟？樾學識淺薄，無所發明，所著《群經平議》雖已刻于浙中，而告成尚杳無時日，見在又草《諸

[一] 此札輯自《春在堂尺牘》卷一，題作「與吴和甫前輩」。

子平議》，已寫定者，《管子》六卷、《晏子》一卷、《老子》一卷、《郇子》四卷、《商子》一卷、《韓非子》一卷、《吕氏春秋》三卷、《賈子》二卷、《董子春秋繁露》二卷、楊子《法言》二卷、《太玄》一卷，因乏人傳寫，故無副墨，不克寄呈大教。日來擬治《墨子》書，而莊、列之書亦思以次及之，惜未得善本，不知老前輩處有其書否？德清戴子高茂才望，好學深思，治經具有家法，後來之秀，斷推此生。其先德琴莊孝廉，丁酉同年也。向因執事尚將按試湖郡，引嫌未敢謁見，兹湖郡試畢，故以此書爲之先。

致吴大澂（二通）〔一〕

一〔二〕

清卿仁弟大人惠覽：

前在湖樓，曾泐一牋，定登青睞矣。春信初回，朔風猶勁，惟帶裘輕緩，動定綏和。以承明著作之才，暫勷戎幕，它日房謀杜斷，悉基之此矣，羡羡。樾吴中度歲，無所事事，將舊時零星殘稿鈔撮成書，分爲九種，總名之曰《第一樓叢書》。第一樓者，西湖精舍所厲樓名也。明年將付之剞劂，未知能如願否。小兒紹莱，蒙方伯委署漳河同知，極所心感。但候補之員總望得補一官，庶幾立定脚跟。聞來春頗有缺出，伏求鼎力言之調翁方伯，遇有相當之缺早賜一補，則

〔一〕此札輯自《上海圖書館藏歷代手稿精品選刊·俞曲園手札》，第一四四至一四五頁。

〔二〕本札爲上海朵雲軒一九九五年秋季拍賣會「近代書畫」第一六七號拍品。

感荷非淺也。見在少荃相國是否駐節津門？文旆入都，約在何時？金殿揮豪，花磚曝直，叨在愛末，敬聽佳音。手肅，虔頌開安，順賀新祺不盡。

愚兄俞樾頓首，立春后三日

二

清卿仁弟太史閣下：

夏間韻初帶到惠書，碌碌未復，想不罪也。際歲律之將新，知仙曹之多暇，張暖寒之會，聯文字之交，紙閣氈爐，豐貂坐擁，樂可知也。樾筆耕爲活，無狀可陳，明歲又欲至閩中省視老母，往返必須兩月餘，舟車僕僕，著述之興益闌珊矣。拙書至劣，無足觀覽，謬承嗜痂之愛，聊奉二聯，用博一哂。拙著絡繹付刻，今年剞劂告成者一百廿有六卷，欲求大筆賜題封面，以爲光榮；謹寄呈字樣格紙，得暇能早日寫寄，尤爲深感。俟交手民雕刻後即印訂成書，遇有妥便，寄求雅正也。手肅，敬頌台綏，順賀年祺不僞。

館愚兄功俞樾頓首

對聯先寄呈小者，其七言聯有便再寄。又及。

致吴大廷（一通）[一]

彤雲仁兄大人閣下：

吴門一别，自夏徂秋矣。頃聞兼筦鰲局，總攬餉源，從此展布益宏，勛名愈遠矣。弟奉母寓吴，循陔之外，仍以撰述自娱而已。兹有敝友謝敏齋廣文步瀛，向充鰲局司事，諸凡諳練，人亦樸誠可恃，用敢給函，令其晉謁階前。無論總局分卡，有可位置，推情酌派爲感。手肅，敬賀大喜，即頌勛安不宣。

愚小弟俞樾頓首

[一] 此札輯自《上海圖書館藏歷代手稿精品選刊·俞曲園手札》，第九八至九九頁。

致吴康壽(一通)[一]

又樂仁兄大人閣下：

昨承惠顧暢談甚快。今日適有小事，未遑報謁，想所諒也。前寄示史忠正公與薛韓城牘，本擬題跋數語奉還，而衰病頹唐，因循未果。今日取而審視之，則疑義實多。牘中並未署名，不知何所據而定爲忠正公之筆。按忠正本傳，爲崇禎元年進士，授西安府推官，遷户部主事，歷員外郎、郎中，八年遷右參議，分守池州、太平，其秋改副使，分巡安慶、池州，監江北諸軍，自此以往，皆居封疆之任。是公生平未嘗一日讀書東觀。而牘中云「濫厠東觀，事繫職掌」，則與公歷官不合也。且薛韓城於崇禎十年拜禮部左侍郎，兼東閣大學士，入參機務，而是年公已擢右僉都御史，巡撫安慶等處，不在朝中。安得如牘中所云「約同諸詞臣面爲剖陳」乎？聞此書

〔一〕此札今藏浙江省博物館。又收入《春在堂尺牘》卷六，題作「與吴又樂大令」。今據原札整理。

舊有王良常、翁覃溪諸公跋，今未得見，不知其説如何。弟意以爲，此必非史公書也。未敢附會題跋，謹封還左右，并乞轉致沈君伯雲更審定之。此書要是明季人之遺墨，歷二百餘年而尚在，且味其語氣，亦必出於端人正士，雖非史公書，亦可寶貴，仍宜什襲藏之，倘能考定其人，則大妙矣。率書布達，未知尊意以爲何如？外附去續刻筆記二本，乞查入。如從者明日尚未成行，再當趨前。手此，布頌台安。

愚弟俞樾頓首，八月廿五日

致吴慶坻（四通）

一〔一〕

子修仁弟惠覽：

接奉惠書，殷殷慰問，并賜以聯語，寵及泉臺，何感如之。兄以虚名，折除薄福，惟有勉付達觀，以副雅愛。亡兒之柩，暫停僧舍，已卜於來年四月六日附葬右台山之緻塋，知念并聞。馬春翁處因事冗未及函謝，并附謝柬，伏祈轉達。手此，復頌文祺，另具柬陳謝，統惟惠照，不一一。

〔一〕本札爲北京海王村（中國書店）二〇一七年秋季拍賣會「故紙留聲——書札・簽名本專場」第一二六七號拍品。

愚兄期俞樾頓首

二〔一〕

子修仁弟館丈惠覽：

武林一别，自夏徂秋。接奉蘭言，如親芝宇。敬悉興居佳勝，文字吉祥，幸甚。兄吴中銷夏，畏暑杜門，精神興會，日益衰頹。九月初來杭小住，當可快圖良晤也。筱宋前輩竟作古人，在朝廷又失一耆壽俊矣。兄無以將意，撰寄輓聯，以表秀才人情而已。伏求便中附寄廣東爲感。手此布復，敬頌留安，并賀秋祺百益。

館愚兄俞樾頓首，八月朔

〔一〕本札爲北京海王村（中國書店）二〇一七年秋季拍賣會「故紙留聲——書札·簽名本專場」第一二六八號拍品。

三[一]

子修仁弟館丈閣下：

風雨懷思，雲泥睽隔。去歲世兄高捷，亦未克以一函馳賀，疏慵甚矣。瓌頭同朝，衣冠盛事，今歲軺車並駕，玉尺分操，可預爲賢橋梓賀矣。兄謬竊虛名，徒增暮景，學問衰退，無可言者。客冬刻《九九銷夏録》十四卷，子原處有之，或可取觀。然不足觀也。今年有《瓊英小録》之刻，此則頗可備武林故事，敬呈青覽。手肅布復，即頌楼安，不盡一一。

世愚兄俞樾頓首

世兄均候。大柬敬繳，恕不循例具柬。

[一] 本札爲北京海王村（中國書店）二〇一九年春季拍賣會「近現代名人書札手稿專場」第〇九一〇號拍品。

四〔一〕

子修館丈仁弟大人閣下：

自别以來，瞚逾數載，忽於數千里外奉到手書，欣慰無量。蜀中本人文淵藪，文翁之遺化猶存，楊馬之流風未歇，執事振而起之，扶持正學，杜絶莠言，想南皮不得專美於前矣。兄年垂八十，精力益衰，學問益退，不足副海内虚名。去年已力辭詁經講席，今歲劉景韓中丞又再三敦請，因薦柳門侍郎自代。而精舍諸生忽有設立生位之舉，殊非鄙懷，有小詩四首，附博一笑。别有一首，亦由衷之言，并呈雅鑒。小孫陛雲已於十月廿七日入都銷假，承賜膏秣之資，具見栽培後輩之心，代領謹謝。并荷戲言以替人相屬，此則萬不敢望，竊謂明歲替人當屬絅齋太史。南橋北梓，相繼而掌東西川文衡，洵玉堂佳話也，請存此書，以觀後驗。手肅布謝，敬請台安，統希雅照不宣。

世愚兄俞樾頓首

〔一〕　此札輯自《上海圖書館藏歷代手稿精品選刊·俞曲園手札》，第二五六至二五九頁。

致吴紹正（三通）

一[一]

焕卿老公祖惠覽：

久不得書，頃晤高滋翁，知履任後升祺多福，公私均極平順，甚慰甚慰。弟因待敝親家王補帆到蘇一見，至此月廿四日始由吴下束裝，廿八日到西湖精舍，今日入城，酬應一日，亦不勝疲乏矣。芙青聞已回，而未之見，想不日可把晤也。去年科場甚不平安，磨勘之嚴，近年所無，而吾浙尚無事，甚以爲幸。然聞亦有小疵，未知其詳。中丞有初十啟節之説，想蘭溪又費一番

[一] 本札現藏黄山市徽州文化博物館，爲第一二四八號藏品《名人手札》。姚國文、陳琪《中國徽州文化博物館藏俞樾書札考述》（《書畫世界》二〇一六年七月號）一文已公布釋文并作簡要考證。

酬應矣。燈下匆匆，布請升安，不盡萬一。

便中望寄金腿數條來，内人欲得之，有用處，非弟老饕也。

治愚弟期俞樾頓首

廿九日

二[一]

得手書，知已謝事還省垣，甚善甚善。惟如足下者，古所稱學道愛人之君子也。雖於時下官場不甚合宜，然仕途中實不可無此一二人，於熱鬧戲場，存書生本色。遽聞解組，鄙意惜之。雖欽知足之高風，實乖期望之夙願，幸未開缺，尚是藕斷絲連。果得闈差，且至闈後徐定行止，彼時僕亦必來杭，湖樓小飲，再商出處可也。嘗謂，讀書人出而作官，惟上而督撫、下而州縣，實能有所建樹，行其所學；此外若觀察、太守，官秩雖崇，皆因人成事者也。足下撫字有餘，肆

[一] 此札輯自《春在堂尺牘》卷四，題作「與吴煥卿」。

應不足，蘭溪繇冗，或非所宜。若得一邑，政簡民良，可以弦歌而治，爲之導揚風化，勸課農桑，數年以後，必有可觀者。吏民愛戴，即是生徒，官廨清閑，便同講舍，正不必歸三家邨作邨夫子，或染指苜蓿槃中，然後謂之秀才風味也。

三〔一〕

煥卿仁弟惠覽：

久不通問，積念殊深。味齋明府來，得手書，知謝赤緊之雷封，主碧陽之講席，山林笑傲，杖履清閑，真平地神仙也。惟未知世兄輩崢嶸頭角，近更何如？膝下孫枝森立者有幾，均以爲念。兄年來家運不佳，頻有天倫之戚，以故衰病日增，意興都減，著述之事，殆將輟筆。然先後【中缺】外有致復露塘孫世兄書，便中請飭人送去，亦不亟亟也。

樾又託

〔一〕本札爲北京海王村二〇一八年春季拍賣會「故紙留聲——名人書札專場」第〇七〇九號拍品。

致吴棠（一通）〔一〕

雲泥阻隔，音敬闊疏。然西望峨岷，輒有但願一識韓荆州之意，不謂瑶椷瓊藻，從錦江玉壘而來，以微末之姓名，蒙高明之甄録，發函莊誦，且感且慚。閣下龍文虎武，光輔中興，春羽秋干，宏開講舍，俾多士沈潛乎經義，爲朝廷振起其人文，文翁雅化，復見今兹，想梁益間喁喁嚮風矣。樾章句陋儒，無能爲役，乃承不棄，延主皋比。當韋皋坐鎮之年，蜀道之易，易於平地，原不難躡屩西游，以舊部民觀新德政。惟老母今年八十有九，晨昏奉侍，未敢遠離，不得不賦張司業還君明珠之句。臨穎惘然，伏惟垂察。

〔一〕此札輯自《春在堂尺牘》卷四，題作「與吴仲宣制府」。

致吴雲（十三通）

一〔一〕

承示《古私印人名》一册，幾及二百人，無一相識者，亦可云落落寡交矣，慙媿慙媿。謹録副本，置案頭，以待采獲。其「王紹」一印，雖《魏書》有其人，然篆文明是「䋏」字，《説文》糸部：「䋏，治敝絲也。從糸，音聲。」此印是王䋏，非王紹，不知何許人也。又「徐奡」一印，當是「奡」字之省。「奡」與「傲」同，《説文》夰部：「奡，嫚也。從自，從夰。夰，亦聲。《虞書》曰：『若丹朱奡』。」今《虞書》作「傲」。《釋文》曰：「字又作『奡』。」是「傲」「奡」同字。《漢書·儒林傳》有

〔一〕此札輯自《春在堂尺牘》卷三，題作「與吴平齋觀察」。

徐傲，號人，爲右扶風掾，傳《古文尚書》者，豈即其人乎？「李調」一印，《禮記・檀弓》篇恰有李調，侍晉平公飲酒者，然年代太遠矣。「任福」一印，宋時有任福，又嫌太近，想皆非也。其莊宣等八印，漢時避明帝諱，凡遇「莊」字，多追改爲「嚴」。如《漢書・古今人表》魯嚴公即魯莊公、楚嚴王即楚莊王，而《儒林傳》之嚴彭祖，《公羊疏》作「莊彭祖」，蓋本是莊姓，而《漢書》改爲嚴也。倘漢時有嚴姓之人，與此八印同名者，即可引之爲證。拉雜書布，惟裁察之。

二〔一〕

平齋尊兄大人閣下：

四月之望，曾寄一書，想照入矣。曉翁交到惠書，知壽序已收，公分豁免，感甚，媿甚。比惟順時頤養，觴詠優游，定如所禱。浙局刻《通鑑輯覽》，已得五六卷，昨交來樣本一卷，今特寄呈清覽。似刻成後尚有可觀也。惟局中諸同事必欲得善本校讎，尊處善本，務望即日寄杭爲

〔一〕此札輯自《上海圖書館藏歷代手稿精品選刊・俞曲園手札》，第一三至一四頁。

感。或徑寄小營巷書局，或仍由吴曉翁處轉交。弟已切屬諸友，此書到後，珍藏一處，遇有疑義，專歸一人檢閲，不許衆手傳觀，以免寒具油污。將來刻好，全賴玉成，必以佳紙刷印一部，并原借之書同歸鄴架也。書局書價亦寄呈清單一紙，如有需，乞示悉。手肅，虔請吟安。

愚小弟樾頓首上

舫老已全愈否？見時乞爲候之。弟還蘇當在五月中旬也。

三[一]

退樓吾兄大人閣下：

前日得復函，大費清神，感感。弟初意止託緑蔭銷金陵一路，尊函有「無論江浙」之語，竊意江浙分銷十部，似乎尚覺其少，可否再益十部？以十部寄金陵，以十部寄武林，兩江人多，浙江人熟，即不能全銷，七八部總可售也。店費請店友自酌，弟意在詅癡，初非牟利耳。從者今

[一] 此札輯自《上海圖書館藏歷代手稿精品選刊·俞曲園手札》，第九至十頁。

日是否回寓?綢師風景,領略何如?荷花盛否?弟疾小間,沈羲民言尚有濕熱蘊于下焦,非再十數日不能霍然也。手此,布請道安。

小弟樾頓首

拙刻已交書店裝訂,訂就即呈政。

正在修函,知世兄調太倉牧,附此致賀。安車未識就養否?

四〔一〕

承示古器銘,第一字[illegible]不可識,《説文》[illegible]篆下有籀文[illegible],豈即此字乎?「日工」二字,亦未知何義。《堯典》「允釐百工」,《史記·五帝紀》作「信飭百官」,是「官」與「工」義同。《左傳》稱天子有日官,此日工或即日官也。末一字[illegible],更不可識,橫看則成[illegible]字,頗與「四」字相似,《説文》:四,象四分之形,是其中止取象分形,橫豎皆可,四者紀其數也。漢器銘多記第幾,如好

〔一〕此札輯自《春在堂尺牘》卷四,題作「與吴平齋」。

時鼎第十、孝成鼎第一之類，其取法於古乎？三者皆臆説，聊以質之高明。

五〔一〕

題簽二紙，率爾涂雅，不足一笑。銘詞容思之。日内清釐案牘，殊冗也。「」字尊意是「員」字，然「員」下从貝不从人，非見也，宜更思之。復頌

退樓老兄著安。

弟樾上

益濟又有減息之説，確不？

〔一〕此札輯自《上海圖書館藏歷代手稿精品選刊・俞曲園手札》，第一一頁。

六[一]

昨承惠顧草堂，徘徊曲園。蟻垤之山，蹄涔之水，皆蒙欣賞，甚幸，甚愧。方今吴下諸君子大治園林，花木泉石，極一時之盛。竊願以「廣大」二字歸之諸君子，而吾兩家分取「精微」二字，公得「精」字，鄙人則得「微」字而已，一笑。

七[二]

退樓尊兄大人閣下：

前日往返均不值，一茗之談亦有緣乎？小壻今年主崇明講席，務求世兄廣安觀察轉託崇明君，明歲蟬聯爲感。《皇朝三通》，未知鄴架有此否？石泉中丞擬刻之於淛局，如他所有之，

〔一〕此札輯自《春在堂尺牘》卷四，題作「與吴平齋」。

〔二〕此札輯自《上海圖書館藏歷代手稿精品選刊·俞曲園手札》，第八頁。

亦乞示悉。手肅，敬請頤安。

小弟樾頓首

八[一]

退樓尊兄大人閣下：

別後伏惟台候萬福。弟於廿九日至杭，初三日偕小雲、琳粟、仲泉諸君湖舫修禊，頗極一日之歡。雪琴侍郎尚在西湖，其所堆假山玲瓏可觀，歎此老胸中有五嶽也。杭郡傳聞宫中又有大長秋之變，據云已確。蘇州有所聞否？前託轉致潘玉泉世叔一節，想已達到，能早日籌付最妙。緣春初無束脩可支，藩運庫均開放遲延。而匠人必須絡繹付錢，否則不能催其完工也。手此續布，敬請道安。

愚小弟俞樾頓首，初四

[一] 此札輯自《清代民國名人手札》，第七九至八〇頁。

九〔一〕

承示漢建安弩機刻本，剞劂精工，考證明備，具見好古之誠。惟「市」字之義不可解。古兵器不粥于市，則「市」非市買，不待言矣。諸家或以爲弟字，或以爲制之半文，皆似是而非。尊説近之，而亦有所未盡。竊因尊説而推論之。「市」本「韍」之古文，韍者，韠也，而古文韍韠之「韍」與黼黻之「黻」，以聲近而通用，《禮記·明堂位》篇「有虞氏服韍」，注曰：「韍或作黻。」桓二年《左傳》「衮冕黻珽」，孔《正義》曰：「經傳作黻，或作韍，或作芾，音義同也。」「芾」即「市」之後出字。此器「市」字，疑當讀爲「黻」。阮文達説黼黻之義曰：「黼與黻，同爲畫繪之形。黼形象斧，明矣，黻象兩己相背。己何物邪？蓋黻形作亞，乃兩弓相背之形。言兩己者，譌也。《漢書·韋賢傳》師古《注》曰：紱，畫爲亞文，亞，古弗字。《説文》『弗』字從韋省。」阮文達以爲從弓。以此言之，黻形作亞，亞象兩弓相背，古即以爲弗字。弗通拂，亦通弼。《荀子·臣道》篇「謂之輔，謂之拂」，楊《注》曰：「拂讀爲弼。弼，所以輔正弓弩者也。」然則此器云「建安廿二年

〔一〕此札輯自《春在堂尺牘》卷五，題作「與吳平齋」。

四月十三日所市」，市讀爲黻，實爲弗，亦爲拂，其義爲弼，弼之言弼正也。凡弓弩初成，必弼而正之。《淮南子·修務》篇所謂「弓待檄而後能調也」。故於弓弩之成，記其年月日而云「某年某月某日所市」，讀市爲弗，而以爲弼正之義，殆其時工匠之恒言，後世古語日亡，故不能通曉耳。鄙見如此，大雅以爲何如。

一〇[一]

昨得手書，適杭州許氏壻、女偕至，故有稽修復。燈下展讀，理曠而情真，何愛我之深也。《皇朝三通》一書，乃鄙人言於楊石泉中丞而刻之者，此書未成而浙撫屢易，每易一撫，必有所急之書，故遲遲至今，尚未告成。今歲如能畢工，必當代購一函也。赴浙之期亦未定，見西湖雖佳，而鄙意頗厭倦矣。近來精力日衰，意興日減，海內諸君子亦似知其不久人間，故乘其猶在，以筆墨諉諈者無日無之，極思逃入右台山中耳。來函有沈香刻像語，俞樓卻無此刻，惟去

[一] 此札輯自《春在堂尺牘》卷五，緊接上札，題作「又」。

歲門下諸君爲設一位，曰「曲園姚夫人之位」。鄙人今歲擬於右台山中築屋三間，名曰右台仙館，并鄙人木主亦預立其中，左曰曲園先生，右曰曲園夫人，安知數百年後不即成爲右台山中土地公婆乎？一笑。

一一〔一〕

愉庭仁兄大人閣下：

日前接手書，并承惠白花百合，甚佳，感謝，感謝。即望安車就養，已至婁東疁城，風景未識何如，所謂弇山園者，尚有遺址否？杖履優游，計必安善。以弟望吾兄，不異神仙中人也。屬書楹聯，即塗奉，但不足入方家一顧耳。外去小詩四首，聊發一咲。弟擬十二日到西湖，計必有月餘躭延也。但弟秋後必多病，未卜今年何如。手此，敬頌頤安。

小弟制俞樾頓首，九月二日

〔一〕此札輯自嘉德二〇一〇春拍第八二三三二號。

廣庵觀察均候。

一二[一]

愉庭仁兄大人閣下：

昨承交到悟九書，計尊處必發回書，弟一函，乞附去。時偶得一聯，爲吾兄大人壽，先録奉一咲，俟弟十一月五五既闕再補寫上也。手肅，敬請台安。

弟制樾頓首

合千古之壽壽公，永保用，永保享，左鼎右彝，坐兩罍軒，居然三代上；
以十年之長長我，六十耆，七十老，望衡對宇，隔一條巷，有此二閑人。

愉翁一咲。

曲園録稿

[一] 此札輯自嘉德二〇一〇春拍第八二三三二號。

一三〔一〕

頃因詁經卷《七十二候考》有引唐删定《月令》者，故欲得嚴氏《石經考》一核之，而不知嚴氏之考定者，僅在與鄭注本字體小異之處，而《唐石經月令通證》則别有專書，在其所著《類稿》中也，故仍以奉還，乞歸之鄴架。如有《鐵橋類稿》，仍望一借，不在手頭，則亦可不必也。天暑屢瀆，甚於襬褦造門矣，惶悚惶悚！

吴老大人。

小弟樾頓首

〔一〕此札輯自《上海圖書館藏歷代手稿精品選刊·俞曲園手札》，第一二頁。

致謝增（一通）[一]

去年由費芸舫庶常寄到手書，知養望兵垣，優游清吉，太夫人在堂，侍奉康娱，甚善甚善。至於官之落託，有不足言者。閣下嘗言，學問與科名，各是一事，科名與官禄，又各是一事，既達斯旨，復何憾乎？弟窮愁著書，聊藉自遣，先後災之棃棗者八十七卷，承閣下有嗜痂之愛，謹寄上全函，都凡廿有六册，伏求惠存。弟今年五十一歲，精力早衰，著述之興，亦復闌珊，惟將匧中舊稿鈔撮成書，又得九種，名之曰《第一樓叢書》。第一樓者，弟主講西湖詁經精舍所寓樓名也。今年擬付之剞劂，未知果否。家兄新遷福寧太守，然亦多病，後路茫然。家母年已八十有六矣，去歲至閩省視起居，精力雖尚康强，究竟年高，未免喜少而懼多耳。兒子紹莱奉檄署大名府同知，惟望其今年得補一官，鄙人甘心爲子叔疑矣。頃閲邸鈔，乃知有徐壽蘅侍郎之

[一] 此札輯自《春在堂尺牘》卷三，題作「與謝夢漁同年」。

疏，雖承其拳拳之愛，然多事極矣。弟著述足以自娛，筆耕足以自食，雖無當時之榮，或有没世之名，豈復作再入軟紅之想哉？倘不知者謂壽翁此疏鄙人實慫臾之，則冤矣冤矣！閣下知我，想不以此言爲讆也。

春在堂尺牘

叁

（清）俞樾 著

張燕嬰 整理

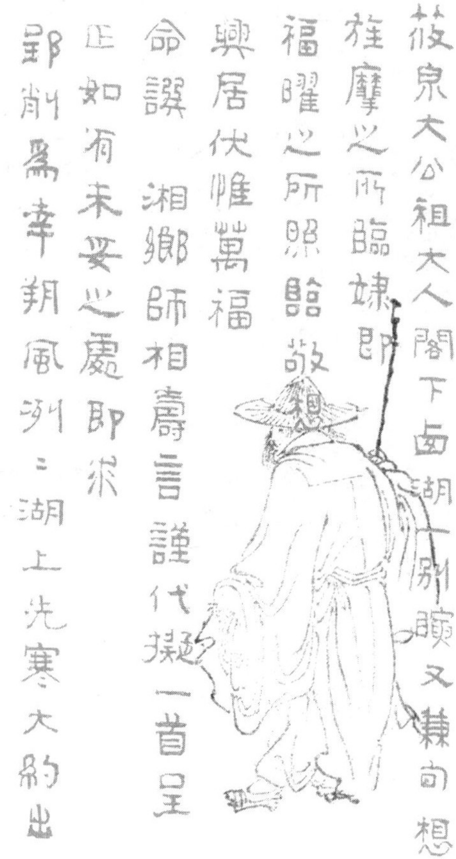

鳳凰出版社

致徐琪（一五五通）[一]

一[二]

得手書，知於中元得子，喜甚！又承述及夢中所聞姜白石「三生定是陸天隨」句，乃知天上玉麐，海中仙果，生有自來，良非偶然。甫里先生，亮節高風，自不可及。然際右文之世，生通德之門，此子必當以文學顯，昌大門閭，非徒筆牀茶竈，稱江湖散人而已。屬代擬佳名，鄙意竟取詞語，名以「定陸」二字，乳名則曰「隨元」，亦從「天隨」取義。《易》曰「隨，元亨利貞」，故配以「元」字，并爲足下發解之兆也。輒布陳之，俟咳名時酌用。

[一] 以下各札，如未注明出處，則出自臺灣圖書館藏《俞曲園手札》。唐宸博士見示圖片。

[二] 本札輯自《春在堂尺牘》卷四，題作「與徐花農」。

二[一]

前日一書，定收到矣。書中略言樓工宜停，未盡其説，今更詳之。夫露臺百金之産，漢文所惜也，况我輩蠛蠓乎？宜停者一。如果時局從容，則借此裝點湖山，未始不可；今西北奇荒，議者至欲捐諸生膏火以賑之，而鄙人忝擁臯比，乃於艱難之日，興此不急之工，是重吾不德也，宜停者二。所醵之資，並未齊全，而先取之錢肆，此日雖有取攜之便，異時恐成賠累之端，宜停者三。且物忌太盛，鄙人何德何能，而可據此湖山勝地，薛廬成而慰農去矣，恐俞樓成而鄙人亦將不來也，宜停者四。鄙意，牆垣業經築就，則已籠有其地，請俟數年之後，足下大得意之時，爾時鄙人海山兜率，或已別有歸宿，足下抒懷舊之情，修踐言之信，再謀卜築，重起樓臺，則諸君子風義，與樓俱高，而鄙人之姓名，亦庶幾與樓並永，較之此時，勉强圖成，以諸君子見愛之盛情，而或適以爲速謗招尤之地者，相去萬萬也。足下以爲何如？并請持商蘭舫、子喬諸君子，以爲何如？

〔一〕　本札輯自《春在堂尺牘》卷五，題作「與徐花農孝廉」。

二[一]

連接十六、十七日手書，并承示以醫理，錫以靈符，惠以甘露，而内人已不及見矣。小人德薄，福過災生，回憶湖樓風景，昔日之歡腸，皆此時之愁料矣。然内人來去亦頗似分明。往年冬春間必病，病或五、六日，或旬日，未嘗欲招大兒歸也。今年正月間，亦只如常小病，而力請鄙人作書，命大兒南返，此已可異。及其自浙旋蘇，雖面目浮腫，氣息急促，然一切如常；乃數日後即謂僕曰「吾病不起矣」，頻頻作永訣語、處分家務語，當時猶不之信，孰知其真不起邪。臨危前數日，病容殊不可看；及小殮以後，面色腴白，轉勝於生，且口角微有笑容，或者已歸善地乎？平時自言，願再作西湖一游，今已如願。而子婦、女壻、内外諸孫無不咸集，劍孫亦以前一日至，送行可謂熱鬧，在逝者亦無遺恨矣。惟追念四十年夫婦，其始也，僕一年止有三十洋蚨館穀，内人赤手支持，以至今日。富貴、貧賤、患難，更迭嘗之，心血耗盡。年來小治生計，粗

[一] 本札輯自《春在堂尺牘》卷五，題作「與徐花農」。

立園亭，皆其累年節省以成之也。僕拙於謀生，每事必咨之，今則已矣。手書二十八字，懸其繐帷，云：「四十年赤手持家，君死料難如往日」，「六旬人白頭永訣，我生諒亦不多時」。吾弟讀之，可知吾懷抱也。前者拆毁湖亭之議，乃無聊之思，不得已之策，於無如何中冀有挽回，亦古人請禱之意。事已至此，毁又何爲，如其未毁，則竟聽之，已毁則移置下面亦得，但恐又多費耳。内人戀戀西湖，病中有欲卜葬之意，吾弟若有熟識之堪輿家，託其爲吾相度，不求發財發秀，但願借湖山勝地，爲我兩夫婦埋骨之鄉。或數百年後，死士之隴，尚爲樵夫牧豎所識，亦可喜也。然入山太深，將來營葬不易，則亦非所宜耳。心緒惡劣，草草布泐。如晤蘭舫諸君問僕近狀，即以此告之。

四[一]

花農仁弟館丈惠覽：

[一] 本札輯自北京傳是二〇〇九年秋季拍賣會「中國書畫」第〇〇一五號拍品。

時布一牋，并坿上食物二種，聊佐春盘，定照入矣。頃得手翰，知已安抵珂鄉，五百名世，亦足以豪。想臘鼓聲中不致鼓衰而力竭矣。來春北上之資未知尚易設措否？甚以爲念。又承以賤誕惠賜珍品，侑以佳章，感謝無既。惟誦之既覺汗顔，和之又豈能應手，只好什襲藏之，以銘厚意而已。兄近體平善，寓中亦均好。惟因二小女産後得病，至今未愈，殊切懸懸。子原又久無信來，幸吾弟便中爲我一探之。以後郵局停班，只好馬封遞寄也。雪翁見過否？德曉翁護院亦大好，惜未得即真耳。任筱翁到任，計在明春，然吾弟則未必相值矣。近來尊體何如？舊時所患能不發否？諸凡節勞自玉，深以爲祝。手此，敬頌雙佳，并賀春祺，匆匆不盡。

愚兄曲園頓首，嘉平廿日

外各信，求飭去。

五[一]

花農老弟館丈足下：

[一] 本札輯自《浙江圖書館館藏名人手札選（二）》上册，第一〇七至一〇八頁。

承惠春筍，竹胎初長，其美可知，洋漆布亦光滑可愛，皆珍賜也，謝謝。昨日今朝，天時寒燠不同，竟有白袷重裘之别，想杭城亦復同之。起居如何？伏惟加意珍攝。雪老紅症已止，而不思飲食，故未能復原，兹有回信，可察入。渠於人日爲蘭舫致書中丞，而未得復信，未知如何。清風故址，闌入圍牆之内，此事於志乘當必有徵，未知能執卷而與爭否？手肅，敬頌春祺不一。

正月廿六日，曲園頓首

六

聞説雲帆已日邊，余在吴下，聞君於二十五日啟行。尚留一面亦前緣。碧霞舍内三杯酒，緑水洋中萬里船。事業無窮期後日，兒孫有託慰衰年。老夫自顧崦嵫景，未免臨歧倍黯然。

正月二十九日，招花農館丈小飲於俞樓之碧霞西舍，即送其北上，口占一律

曲園

七

承明著作卜君堪，十五年前有是談。余從前曾與楊石泉中丞言，君必入翰林。天上傳來風廿四，君散館列一等二十四名。人間恰好月初三。余得君留館信，時五月朔也。即函報君家，限初三日到。佳音遠遞金壺電，君兩次由電報寄知喜信。喜氣先騰玉可庵。君里第齋名。看取畫書詩並妙，御齋儤直最宜南。余謂君異時必直南書房，亦嘗與楊石翁言之。

五月一日得

花農館丈留館佳音，仍用「堪」字韵寄賀，奉博一咲

曲園

八

日下聯吟我不堪，且將近事與君談。那知浮世屐幾兩，又定叢鈔卷廿三。時余新編定《茶香室叢鈔》廿三卷付梓。海外流傳青鏤管，時日本國人來乞書者甚多。山中料理白雲庵。時新於右台仙館添築

一厢，移爨室於外。最憐退省樓頭客，一片雄心到越南。時彭雪翁在坐，縱談時事。

如我頹唐非所堪，聊將風月助閑談。寥寥同調千中一，忽忽流年六十三。浮世久居真似客，閑門常杜竟如庵。狂吟寄與諸君子，又費詩筒遞北南。

曲園

花農仁弟又次「堪」字韻見贈，亦成二律寄之

九

險覓狂搜已不堪，偶逢瑣事又須談。曾披海國詩千百，同鬬詞鋒覃十三。佳話頗宜揮客麈，新編早已寄僧庵。時將所編《東瀛詩選目録》寄日本僧心泉。不其山下康成老，老去翻教吾道南。

余選定日本國詩，有尾池世璜字玉民者，集中有用十三覃韻疊至十七次者，與我輩所用「堪」字韻大略相同，但少「庵」字韻耳。因復成此以告青來、輔臣、桂卿、花農諸君子，以見中外雖異，而書生結習未始不同也

曲園

一〇

何物偏於養病堪，敢矜枚藻與鄒談。海東移到虬枝一，時日本詩僧心泉以其國松樹一株寄贈。關外郵來麈尾三。花農所寄贈自然柄之麈尾，皆自山海關外來，已得三柄矣。舊築書城環堵室，新添梵課臥雲庵。近來每日晨起必至艮宧誦《金剛經》一卷。金經日日清晨誦，誦畢晨曦度卯南。

名論原非殷仲堪，故人虛勸作詩談。彭雪翁屢勸作詩話，未果。《宋史·藝文志》有「詩談」，茲借用之。殘牙已瘞右車一，余前年以右車所墮齒合内子姚夫人遺齒埋之俞樓文在亭前。病脈稍平左腕三。醫家謂余病在右三部脈，左尚平和無病也。笭箵止宜游退谷，丹鉛何敢望升庵。偶編海外紅閨集，聊爲東瀛譜二南。時《東瀛詩選》將次刻成，其第四十卷皆閨秀詩，余先印十餘本，即以一本寄花農。

老境如余更不堪，且和知己試深談。故交又失同年一，謂邵汴生少宰。舊感仍縈六月三。是日亡婦生日也，爲之設祭，不能無喟。自覺病軀宜嬾版，余臥必高枕，將來恐不免如東坡先生之終於嬾版也。不將游具製行庵。黄魯直有《行庵銘》云：駕樓作庵，駕於人肩。余游山則藤倚子而已。彈丸脱手新詩到，驚見熊僚在市南。

謂我詞鋒門尚堪，豈知廢學只游談。曲園地小分爲二，有南北曲園之名。皕卷書多今又三。

時余所刻書逾三百卷矣。何意諸君住蓬島，未忘此老在茅庵。令人却憶長安陌，宅子曾尋柳巷南。余從前在京師時住南柳巷。宋王銍《默記》載：王荆公先使其子雱來京尋宅子。則京官所居曰宅子，自宋然矣。

桂卿、花農、輔臣諸館丈日下倡疇甚樂，鄙人技癢，復有「堪」字韻賦寄諸君子一咲

曲園吟草

尚有餘紙，再作一首。

封付郵筒寄已堪，譬如臨别又長談。編詩未滿壬篇十，余所編第九卷詩曰「己辛篇」，第十卷則應以「壬」字起矣。銷夏剛交庚伏三。荏苒已過小暑節，衰闌未到大雲庵。大雲庵近滄浪亭，爲吴中勝地。余倦於游，久不往也。閑來只自推窗望，詩自北來花自南。詩自北來謂諸君有詩見寄也。花自南來者，余向日本國心泉和尚乞彼地櫻花一株，因大暑，未可致，先以松來，花則暫待也。

一一

緑牡丹

今年，許星臺廉訪署中有牡丹一本，開花純緑，與葉同色，星臺賦詩紀之，吴下和者甚多。

顧子山觀察得十六章。余度無以勝之，乃爲禁體，詩中不得見「緑」字，而每句必用一「緑」字故典，不得以「青」「碧」等字代。成詩四首。每首用子山之例，自注所援引。

引來幽步不嫌賒，驚見神仙降萼華。宫女巧呈雲髻樣，皇孫新試玉人車。芳春直欲爭平仲，名酒還如出廖家。寄語掃苔須著意，要分嬌影上窻紗。

錢起詩「香緑引幽步」。《真誥》萼緑華。自云南山人女子。杜牧之《阿房宫賦》「緑雲擾擾梳曉鬟也」。蔡邕《獨斷》「緑車名曰皇孫車，天子有孫，乘之以從」。沈佺期詩「芳春平仲緑，清夜子規啼」。黄庭堅詩「王公權家荔枝緑，廖致平家緑荔枝」。據注皆酒名。王禹偁詩「掃苔留嫩緑」。楊萬里詩「芭蕉分緑上窗紗」。

葵甲蔥秧比總非，舞衫萱草認依稀。榮施漢代三公綬，秀奪唐時七品衣。肯與妖紅同爛漫，不勞接翠自芳菲。爲君試掃南軒看，愛此檀欒一簇肥。

黄庭堅詩「蔥秧青青葵甲緑」。温庭筠詩「舞衫萱草緑」。《漢書·百官公卿表》「高帝置丞相緑綬」，《續漢志》注云：「公加殊禮皆服之。」《唐書·馬周傳》「三品服紫，四五品朱，六七品緑，八九品青」。韓退之詩「慢緑妖紅半不存」。皇甫湜《枝江縣南亭記》「接翠裁緑」。東坡詩「歸掃南軒緑」。白香山詩「一簇緑檀欒」。

隄畔春蕪掃乍開，最憐輕淺映樓臺。裱衣合作花王配，騄耳真從瑶圃來。官様枝條何足擬，山中芳杜豈堪陪。尚愁柳色分張去，切勿輕將黄竹栽。

陸放翁詩「平隄漸放春蕪緑」。劉禹錫詩「淺黄輕緑映樓臺」。《毛詩》「《緑衣》」，衛莊姜傷己也」，鄭箋云：「緑當爲褖。」《列子・周穆王篇》「左緑耳」，《玉篇》作「騄耳」。《輟耕録》云：「官緑即枝條緑。」謝朓詩「山中芳杜緑」。温庭筠詩「尚愁柳色分張緑」。白香山詩「厭緑栽黄竹」。

朝朝甘露自涵濡，一掬寒溪漫灌輸。宋國從來多美玉，梁家又見出明珠。鸚哥宿釀杯中小，螺子新痕筆底腴。春草有情還解事，翻翻初葉展風蒲。

李賀詩「甘露洗空緑」。李彌遜詩「何時延溪掬寒緑」。《史記・范雎傳》「周有砥砨宋有結緑」。《嶺表録異》緑珠梁氏女。張昱詩「畫閣小杯鸚武緑」。《大業拾遺》煬帝宫女爭畫長蛾，司宫日給螺子黛五斛，號蛾子緑。李白詩「春草如有情，山中尚含緑」。放翁詩「風經蒲葉翻翻緑」。

花農館丈一咲。　　曲園

一二

繞屋扶疏樹轉濃，晝長無事頗從容。每扶磊砢天台杖，去看支離日本松。時日本僧心泉以松一株見贈，栽之曲園。窗下課孫娱老病，門前謝客託衰慵。閑來略悟金經理，掃卻虚空幛一重。《金剛經》未經六朝文人潤色，乃西土傳來之本文，惟有彼中愚僧羼入者，致失佛旨。余近爲删去之，頗覺藉然。

長夏即事口占，録似

花農館丈暨日下諸同人

曲園居士

一三

中秋日小病，孤負明月。次日得花農館丈書，即用其書中語賦詩卻寄

三五良宵病裏看，翻勞吉語出長安。每年此夜中秋易，花好月圓人壽難。來書云：喜清輝之

不改，每年此夜中秋；願景福之常新，花好月圓人壽。以虛對實，極佳也。月與每年同入室，人於此夜欠憑欄。何如粉署迎涼客，「粉署迎涼」，亦來書語。玉宇瓊樓不覺寒。

曲園叟

一四

小詩寄懷

花農太史

秋風閩海羽書聞，宵旰誰分聖主勤。舉世平戎無善策，書生報國有雄文。魚龍曼衍空千變，鵝鸛森嚴自一軍。老我頹唐無壯志，好憑房魏重河汾。

樾

一五

沈肖巖廣文又以一福壽塼見贈，并考定爲仙姑山宋嘉定年佛光福壽院舊物，賸之以詩，即次韵奉酬

殘塼留自宋時年，歷歲於今過半千。雙福壽曾傳盛事，三台山定有前緣。來詩有「三台福壽永綿綿」之句。摩挲豈是尋常物，培植還憑方寸田。多感良朋持贈意，不辭吉語賦連綿。

一六

日本人井上陳政字子德，以岸田吟香書來，願留而受業於門。辭之不可，乃居之於俞樓，賦詩贈之

豈果天涯若比鄰，乘桴遠訪太無因。憐君雅意殊非淺，愧我虚名本不真。幸有湖樓堪下榻，敢云學海略知津。自慙不及蕭夫子，竟受東倭請業人。唐劉太真《送蕭穎士序》云：東倭之人，踰海來賓。舉其國俗，願師於夫子。夫子辭以疾而不之從也。

一七

井上子德言往年彼國有奉使中華之田邊參贊，曾畫俞樓圖以歸，如其圖而建樓焉。田邊君亦可謂好事者矣。因賦一詩

虛名浪竊亦堪羞，竟使流傳遍十洲。試向日東問徐市，居然海外有俞樓。是誰畫筆描摹細，亦見輶車閱歷周。聞説櫻花開最好，可容攬勝墨江頭。

曲園居士録於右台仙館

一八

福禄壽甎

舊臘於吳中得斷甎，有「福禄壽」三字，乙酉元旦，賦此試筆。

昔得福壽甎，右台山之麓。今又得此甎，福壽益以禄。借問所從來，初非意所屬。吴下有荒墟，偶此事畚掮。土中露殘甓，有文人共矚。奴輩頗好事，不辭手親劚。剔蘚視其文，三字尚可讀。攜歸獻主人，吉語頗不俗。歲朝無一事，手搨帋數幅。名山福壽編，得此儻可續。

新正五日録奉

花農館丈，願與同之。

曲園并識

一九〔一〕

花農太史因吴下有福禄壽詩筒摹本，用庚辰年「堪」字韻作詩寄示。而余又有一磚，「福」字下有壽星騎鹿像，更奇也，製箋，次韻奉酬

食雖太少睡猶堪，余近狀如此。姑借殘磚作美談。意與形聲合爲一，壽星象形，鹿諧聲，合福禄壽

〔一〕本札輯自國家圖書館藏《八家詩翰書札》（館藏號一七七三四）。

爲一字，又可爲會意。壽兼福禄得其三。已忘舊句墨池集，且寄新詩盧舍庵。君屬書題《墨池倡和》詩二首已失記矣，先録寄《盧舍庵詩》。附去此牋君一笑，何須蜀紙假山南。蜀紙譜紙有四色，其一曰假山南。時頗望君得蜀軺，而竟不得，故有此句。

曲園初稿

二〇〔一〕

花農仁弟館丈惠覽：

還蘇後即寄一函，并兒婦輩附寄零物，定照入矣。記在通州、天津亦各有書，想必皆登覽，而未得惠書，深以爲念。想興居佳勝，闔寓俱各平安，定如所頌。兄到家後適逢梅雨，亦不甚出門，而精神轉覺不如在京時，亦不可解。二兒婦及孫兒女均好，惟大兒婦以外症而兼内症，臥床兩月，至今未起。前日以來，小孫婦又動胎見紅，因之心緒亦不甚佳耳。西湖之行，待之

〔一〕本札輯自《鄭逸梅收藏名人手札百通》第一至三頁。

秋仲。許星翁護院似乎爲日尚長，將來衛靜翁到浙，必别有一番布置矣。柳門何日出京？兹有賀函，乞爲飭去。南皮公曾否見過？光景何如？手此，即頌開安。

愚兄樾頓首，五月廿八日

又，致顧孝廉書，飭送爲荷。

二一[一]

花農仁弟館丈惠覽：

五月廿四日曾寄一箋，并尊公家傳及題册各種，定照入矣。南中梅雨兼旬，六月下旬晴霽，則酷暑異常，而日來又發風，早晚甚凉。未識北方何如？想尊寓定皆清吉。兄已踰月不出門，編纂《茶香室三鈔》，約可三十卷，然不即付梓也。蔡矅客有《皇清經解編目》之刻，屬寄上五部，分致諸同人，乞查入。郭太守已服闋回浙，小孫女姻事，恐不免有高辛先我之憾，如京中

[一] 本札輯自《上海圖書館藏歷代手稿精品選刊·俞曲園手札》，第二六四至二六八頁。

有相當姻事，望吾弟隨時留意，至屬至屬。近聞有人爲子原令妹説親，係兵部主事陳夔龍，兄力勸成之。蓋其人雖貴州籍貫，實則江西人，大兒婦知之甚詳。兄已函告子原，爲其令妹竭力贊成，未知果成否也。舍間均平順。大兒婦已愈，尚未復元，然其所患實有餘而非不足也。小孫婦尚無喜信，因其久離其母，秋間擬令暫一歸寧，須待雪翁來商之。雪翁病狀龍鍾，一切不能如從前之周到矣。外附去東洋玩雀一匣，洋鸚哥有架可懸。又小扇一柄，物雖微而尚精緻，聊供令郎之玩。許榴仙兄尚在江陰，前信已寄去，未知有回信到京否？手肅布泐，敬頌開韶并瀛寓清吉。

愚兄樾頓首

又有洋蝴蝶、洋闌干，寄令愛小姐收。

二二一〔一〕

洗蕉老人以《除夕述懷詩》见示，即次原韻洗蕉老人乃惲次山中丞之夫人戴氏。

春信初回爆竹中，又看太簇律將終。時已在正月末。廿年只卧茂陵雨，萬里誰乘宗慤風。銅柱勳名傳久遠，吴清卿中丞以銅柱榻本屬題。玉堂詞翰鬥精工。徐花農太史寄詩來甚多。兩君皆門下也。门牆諸子飛騰去，老我穨唐不諱窮。

賓戲纔聞又客嘲，一樽且復剖霜匏。浮生似磨勞難息，世事如棋嬾更敲。坐上衣冠從脱略，案頭筆墨總紹淆。虚名浪竊真堪笑，從使悠悠歲月抛。

花農館丈正　　曲園叟

〔一〕本詩札輯自廣東崇正拍賣有限公司二〇一七年春季拍賣會「古歡・中國古代書畫」第〇六二二號拍品。

一三二[一]

花農仁弟館丈惠覽：

七月廿五日由子原處寄上一函，未識已入青照否？接七月廿四日手書，知子衡所带上諸件已到，辱及齒及，又附耳封，具見精神之周匝也。彭雪翁於八月初五卯刻到蘇，在敝寓匆匆一微而去。小孫婦亦即於是日登舟隨之回楚，期於明年二月仍由此老親送而來。僕僕往返，實非得已，其少夫人艱於步履，在家亦兩人扶掖而行，實不能作江浙游也。雪花龍鍾，近來又右臂生瘍，倍形委頓。渠有湘平實銀弍百兩，交兄寄贈吾弟。兄因寄京平色殊難核準，因託姚穀孫至閶門銀號言明，到京付京平松銀，取其無可再低，以免喫虧。然亦止申出銀四兩而已。因去年去色有拆秏故也。公使票付轉。其銀仍由蔚盛長號滙京，俟其将信送來，可照信面兑收京松弍百零四兩，并望即行【下缺】

[一] 本札輯自中貿佳勝國際拍賣有限公司二〇一九年春季拍賣會「萬卷——名人信札古籍善本專場」第八〇一二號拍品。柳向春兄告示。

二四〔一〕

花農仁弟館丈惠覽：

在杭時曾寄數行，并詩數帋，交儒粟帶京，未知其何日成行，計日内亦不久可到也。考差後正深懸念，欣得十六日手書，知寫作俱得意，示詩亦佳，想在必得之列也。大考之説，恐考差後未必即行，然既有此説，則又爲引領北望矣。兄自四月十二還蘇，亦碌碌鮮暇，精神亦不如在杭時，然日間總可支撑耳。小孫女姻事仍未有定，夢香所説宗宅，似尚相宜，已由夢香寄一草八字去，且看如何。今因寄子原書，草草附此數行。彭雪翁聞五月底可到，其病則年甚一年矣。敬頌

軺祉。

曲園頓首，四月廿六日

夫人何日還京？郎、媛想均安好。

〔一〕本札輯自北京保利國際拍賣有限公司二〇〇七年秋季拍賣會「古籍善本」第二三五九號拍品。

二五〔一〕

花農仁弟館丈惠覽：

八月廿六日曾寄一椷，并附去令姊家傳，已照入否？陛雲於八月廿二由蘇赴滬趁輪船，於三十日抵漢口，即坐長龍船乘風南駛，計日内可抵衡陽。其歸則總在十月十一月間也。兄定於九月十七日赴杭約，有月餘躭擱，然湖上事繁，亦無甚意興。兄近來老而畏事，一剌入輒驚，一函入又驚，可笑也。有小詩一首録博一粲。手此，敬頌開韶。

愚兄樾頓首，九月十一日

〔一〕本札輯自上海嘉泰二〇〇六年春季拍賣會「古籍善本」專場第一三一四號拍品。

二一六[一]

辱手書，并以鄙人七十生辰，賜以壽禮、屏幅、楹聯，並皆佳妙。甚矣，老弟之愛我也；甚矣，老弟之不知我也。以老弟而猶有此賜，何責夫悠悠者乎？仍由信局寄璧。明知此件璧還尊處竟無所用，鄙意請老弟代爲收存，俟兄死後滿二十七箇月再請寄至我家，俾我家子子孫孫世世懸挂，以見我兩人當日交誼如此其厚也，豈不美哉？

二一七[二]

花農仁弟館丈惠覽：

七月中一椷，附致子原信，已收到否？初一日戌刻接到喜電，知拜廣東學政之命。伏念此差乃朝廷最所注意者，非得其人，不輕付畀，吾弟此行，已邀簡在，不獨副從前文望之隆，即可

[一] 本札輯自《春在堂尺牘》卷六，題作「與徐花農太史」。

[二] 本札現藏俞氏後人處。

卜此後大用之兆，欣幸之至。未知何日謝恩，奉何温諭，尚求録示，俾故人色舞也。兄於七月廿三日起偶患感冒，今已愈矣，而又發肝胃宿疾，時時嘔吐，已九日不至書齋矣。昨日即復電賀喜，亮已照入。枕上又倒疊從前「堪」字韻奉賀，附奉一笑。計啟程尚早，行前尚可通書。先此布賀，即頌軺安。夫人及郎、愛均此。

愚兄樾頓首

兒婦及孫兒、婦均侍筆。

一八[一]

花農仁弟館丈惠覽：

前復二電，寄二函，示知已先後入照否？久不得信，想因大忙，且須俟召對後傳述天語，使山中人聞而起舞也。日内部署已有就緒否？行期已定否？幕中得有妥人否？深以爲念。廣

[一] 本札現藏俞氏後人處。

東材藪，亦弊藪也。童米生言及：劉庸齋前輩視學廣東時，正弊竇叢生之日。一夕，燈下閱卷，已取定某縣某縣卷，忽燈燭驟滅，心知有變，即以兩手護持其卷，大呼取燈。燈未至，而暗中摸索，竟有數手來攫其卷，幸力護得免。及燈至，則杳無形迹矣。又一夕，以所取卷鎖置枕頭匣中而自枕之，夜半竟有人來竊其枕。此等事，殊駭聽聞。吾弟器宇恢宏，性情豁達，蒞任後幸格外留心。鄙意，慎延幕友，少用家人，自然弊絶風清矣。家人尤宜少用，供吾驅策者，本無多人，此外無所事事，多一人，多一弊耳。至愛，故貢其愚想，尊意必不河漢斯言也。兄因感冒發宿疴，幾及一月，尚未出房，甚矣衰也。使者行程，不能繞道，俟三年任滿後始可請假還珂里一行，未知鄙人尚能於湖隄迎候否。有一言豫先奉告：從前尊意有擴充俞樓之舉，千萬不必。吾身已矣，此樓亦張王李趙之樓耳，非俞樓矣，歸并入孤山寺，最爲乾淨，勿再議更張也。手此，布頌韜安，瀛眷均福。

愚兄樾頓首，八月十九日

再者，行篋中不可不多帶書籍，如《十三經注疏》及上海同文館之《廿四史》同文館好，點石齋不好，取其小，尚易帶。及浙局所刻之子書，均不可不備。如我無書，即我不能爲政矣。尊見同否？樾又啟。

再者，廣東乃人文淵藪，而亦弊藪也。老弟以全副精神照料之，事事親裁，不假手左右，近習自然弊絶風清，頌聲翕然矣。幕僚勷校者宜多，尤宜精，不可不慎。兄未得其人，不敢妄薦一友，先以奉聞。兄再頓首。

二九[一]

花農仁弟館丈學使惠覽：

昨一牋交朱伯華觀察帶津轉寄，今日適接到初七日惠書，知佳瑞重重，靈芝瑞蜨，並集一時，又知此番粵東寵任，實由山右清名，兄前書云，已邀簡在，洵不虛矣。所約夢香、小雲，均不克赴，兄已電復，又函復矣，想已䜭入。兄處實無可薦之人，至帳房一席，關係亦重，敝内姪姚穀孫，才欠開展，非其人也。且穀孫以巡檢到江蘇省已五六年，曾當上海貨捐差，差不甚佳，而督辦者頗器之，今年又接派無錫絲捐差，差亦不甚佳，然其意總在此也，一時亦不能舍之就粵

[一] 本札現藏俞氏後人處。

也。兄一病，一月未能出房，吾弟任滿假旋，未知尚能相見否。曲園、俞樓、右台均無庸開拓，千萬千萬。重刻春在書，或老弟有餘力，亦佳耳。手此布復，即頌軺安，瀛眷均此。

兄樾拜上

觀風告示，兄力亦不能辦矣，歉歉。此書仍交伯華轉寄。八月廿日。

三〇[一]

花農仁弟館丈惠覽：

前得初七日手書，適朱伯華欲赴津門，即草復一函交其帶津寄京，定照入矣。覆閲來函，殷殷下問。如兄者，但可借鑒以爲覆轍之車，非可倚重以爲識塗之馬也。既承問及，輒貢其愚。粤東爲人文淵藪，人人畏之，然兄以爲不必畏也，仍以我爲主而已。衡文一道，老弟所優，此不必論，所難者考經。古時粤東向來積習由考生自請，其人自言某習於某，某善於某，則須

[一] 本札現藏俞氏後人處。

如其所請，各出數題。出題愈多，閲卷愈難，天下之學問無窮，幕府之人材有限，事事求精，勢必不及矣。然而仍有我在，我所重者重之，我所不重者不重。如考生自言我知兵，則姑就《孫子》《吴子》中出數論題與之；考生自言我知醫，則姑就《素問》《難經》中出數論題與之，他途倣此。惟算學爲近時風會所尚，宜專請一人，所請之人，有學尤宜有品，如不得其人，則亦用我法。經書中言算學者多矣，《皇清經解》中即有一種。出題不難也；注疏具在，可以覆按，閲卷不難也。總之，我自有所重者在，其餘不過以應酬其人，則何難之有。粤東材藪，亦弊藪，尤人人畏之。兄謂，弊亦防其在我者而已，如幕友、家丁，皆在我之人也，關防宜密，稽察宜周，聽言宜慎，家丁尤宜少用，少一人自可少一弊矣。至於代槍頂替，乃在人之弊也。我場規嚴肅，彼自無所施其技，即察出一二，亦不必嚴辦，蓋嚴辦而求其淨絶根株，此必不可得之數也，徒使其人播散蜚語壞我清名而已。介軒在粤，兢兢業業，而外間仍有議論者，坐此也。兄足跡未至粤東，所説皆以意遥度，未必有當。姑陳所見，備高明采擇而已。兄疾仍未全愈，臥榻之側，力疾布奉，即頌韜安。

愚兄俞樾頓首，八月二十二

三一〔一〕

花農仁弟館丈惠覽：

得中秋日手書，知召對日天顔有喜，垂問甚詳，大用之徵即在此矣。知初四請訓、十五啟節，想到粵在仲冬矣。新詩兩章拜讀，甚佳，并眷注殷殷，曲意推獎，甚愧也。兄感冒雖愈，而總未復原，覺得頭重腳輕，胸膈又不舒暢，大約此番一病，已報歸期，任滿假還，不及見矣。俞樓切勿增添。兄意近有兩議，閑曲園，一也，毁俞樓，二也，與尊意適相左矣。家人亦無可薦，不必虛以有待，如垂念奴輩寒苦，歲暮薄有以犒之，亦無不同聲感戴矣。手此，復頌軺安。尊夫人以下均候。

愚兄樾頓首，兒婦輩均侍叩

讀《召對恭紀》一篇，知殿廷召對，亦與咸豐初年迥不同矣。物换星移，三十年爲一世，况不止三十年乎？殊自歎陳人老物也。

〔一〕 本札現藏俞氏後人處。

三三一[一]

前書殷殷下問，已詳復一牋，定照入矣。再繹來函，有匡其所短之意，愚意以爲，使者當用其所長，不必用其所短也。吾弟所長，自在詞章，放開眼孔，以此取士，自能得大雅閎達之才，備承明著作之選，是亦文章報國之一道，不必逐時尚、博虚名，講求樸學、小學，舍己所長，授人以柄，大不可也。鄙意如此，尊意何如？再倒疊「堪」字韻，求教。

三三二[二]

新正三日，由電局交來賀歲電音。數千里外，不啻遣一介持柬到門，真奇情勝事也。年前

[一] 本札現藏俞氏後人處。

[二] 本札輯自《春在堂尺牘》卷六，題作「與徐花農學使」。

錢君自粵還，得嘉平十八書，知履新以來，百凡皆吉。初擬縮刻拙著《茶香室經説》分貽士子，今則改縮刻爲翻刻，此意良是。袖珍之本，非使者所宜持贈也。惟兄則又有一説：學使者當堂給發，必須官樣文章，近時有奉發之世祖御製《勸善要言》。若以此等書給發多士，庶幾正大得體，人無異言；若私家著述，大非所宜。拙著《茶香室經説》成書較後，王逸吾學使纂《皇清經解續編》不及著録，得老弟爲我張之，大妙。然不過攜數十部於行篋中，考試經古，遇有佳士，以此贈之，或可示以塗畛，濬其心源，此則於理可行，於事亦或有益。若人人給以一函，則徒費紙札之資，而適以啟揣摩迎合之私，且或以成口舌異同之辨，萬萬不可也。兄意如此，幸老弟從之。近來時局多艱，人心不古，蹈常習故，可以無咎無譽，稍涉新奇，議論滋多，高明定以爲然耳。

三四〔一〕

花農仁弟館丈惠覽：

得八月下旬及九月初兩次手書，以節届秋中，吉詞賁飾，感感。讀另牋，知南雄回省，舟中感受瘴氣，以致違和數日。兄因從者晉省後三發電音而無一手畢，正以此爲慮，今乃知果然。竊思勞勩之餘又受瘴癘之氣，起居頗難調護。吾弟雖精力素强，亦不可過恃其强，以後稍節賢勞，善自頤衛，是所深禱。普洱茶可以辟瘴，既服之有驗，敝寓頗蓄有雲南真普洱茶，俟回蘇當寄奉也。尊賜各珍，多不勝書，有已至蘇而未寄杭者，有在途者，有未寄者，兄手書一册，以便點收。至業經奉到者，則惟尊太夫人墓志及文公《釣臺碑》而已；此外諸珍，恐須還蘇方得，即石丈人亦須彼時方受米顛一拜也。所惠二兒夫婦壽禮，本不敢當，且係吾弟記憶之錯，俟還蘇收到，再行寄璧，爾時説明就理，吾弟亦必首肯也。兄於八月二十八日自蘇動身，九月初二日

〔一〕 本札輯自《上海圖書館藏歷代手稿精品選刊·俞曲園手札》，第二六〇至二六三頁。

到杭，十六日移居山館，兩兒婦及陛雲與其長女琟寶皆從山中，頗不寂寞，但酬應仍復紛如，精力亦殊苦不繼耳。新近有小詩二律，附奉一笑。《九九銷夏録》雖已付梓，而成書尚早，承書封面極佳，當命工精刻之。至於改編雜文，則姑從緩，業已刻以行世，亦不必急急乎改頭換面也。王夢薇竟於八月廿九日作古，兄到已不及見矣，惟繐帳桐棺，令人傷感耳。吾弟已匯付佛番一百，而此次又有三十之贈，足見多情。兄惟勸其家及其門下士早日辦葬而已。前次百番已取，有王世兄收條。附覽。此次三十，尚未將尊函送去。聞其世兄不甚曉事，擬招其門生三多來，託其轉交，并力勸其早營窀穸也。前託俞君差事，能爲方伯一言否？首府試畢，何時啟節？兄在山中，惟有白雲，無可持贈，適有以東洋帋餽者，亦不甚佳，聊以伴函。手肅布復，敬頌台安。

愚兄樾頓首，九月二十一日

尊夫人及郎、愛均候。兒婦率孫兒、女侍叩。

三五

花農仁弟館丈惠覽：

十五日曾詳覆一函，并繳還所賜緞幛，又附去普洱茶一鑵，仍由源豐潤寄粤，未知照入否？昨得電，示知大旆又乘輪至惠、嘉矣。使節賢勞，諸祈珍攝。惠州聞處處有坡公古蹟，想亦多後人附會，未必盡真也。兄浙行往返四十五日，於十月十二日還蘇，在杭在蘇均無事而忙，無一刻之暇，可笑也。屬書楹帖，草草寫奉，聊以報命，不足傳示後人。又另書二聯，更劣也。兄所刻《九九銷夏録》未成，刻成第六卷《尺牘》及第九第十卷《隨筆》，剞劂甫成，恐錯誤尚不少。今附呈青覽。承惠授經奇石，擬賦一詩，亦竟未遑下筆也。使者此行何時旋節？此兩郡約考幾時？年内還省否？均求示悉，以慰懸懸。日來吴下頗冷，兄已重綿重裘矣。天南風景，想仍和煦如春也。手肅布泐，即頌軺安，諸惟珍重，不盡一一。

愚兄樾頓首，十月廿五日

三六[一]

【前缺】此間不得而知，究竟省中何日覆陳，奉有温綸否？如能將老弟在粤廉明勤慎據實臚陳，從此得邀簡在亦未可知，但恐省中諸公無此膽識耳。幸詳示爲荷。兄病雖愈，未能復元，此衰老使然，不足怪也。《石花》及《峩嵋小松》二詩附奉青覽。手肅陳謝，再頌台安。

兄樾頓首

石花

琢玉彫瓊出化工，是花是石總玲瓏。天邊霴霼雲分白，海底珊瑚樹未紅。芝菌叢生形略似，柏梅變化質難同。石柏、石梅均見《桂海虞衡志》。遥知使者搜羅富，多少珍奇鐵網中。

[一] 本札輯自北京保利國際拍賣有限公司二〇〇七年秋季拍賣會「古籍善本」第二三五九號拍品。附詩輯自香港淳浩拍賣有限公司二〇一九夏季藝術品拍賣會「守拙齋藏書畫」第〇二一〇號拍品。

峩眉小松

㶁活乾枯萬卉同，天生異質細如絨。山厓蘊蓄千年緑，紙裹封題一寸紅。久閉筐箱無灌溉，偶沾泥土便葱蘢。已從蜀道來吴下，又寄燕臺與粤東。時并寄子原也。

花農仁弟吟正。　曲園稿

三七[一]

花農仁弟館丈惠覽：

律轉青陽，音傳紫電，吉人之語，迅於青鳥飛來；遠道之思，敬藉金蛇還報。比惟祥凝檠戟，春滿輶軒。即晉芝坊，良深葭溯。兄一病兩月，彌益衰頽。撫暮齒而自憐，望高牙而遥拜。肅賀新禧，敬請軺安。諸惟青照不宣。

〔一〕本札輯自香港淳浩拍賣有限公司二〇一九夏季藝術品拍賣會「守拙齋藏書畫」第〇二一〇號拍品。

愚兄俞樾頓首，兒孫侍叩，正初四日

三八[一]

花農仁弟館丈賜覽：

五月十七日一函已照入否？接初十日惠書，知暫寓僧廬，八月中再遷還舊寓。日内軺車甫卸，諸務倥傯，乃承於百忙中購賜參枝，甚感，餘物俟便中購之，不必亟之也。仲衮在滬，並未來蘇，尊函先由滬寄蘇，參亦未到，想不日可到也，仲衮如見訪，自當倒屣迎之。杏文家孫屬薦令娣甥鄭子文，兄已薦至上游釐局翁少畦大令處矣。子原姻事已允，纏紅當在六月間，由敝處備名帖、求帖、庚帖，寄尊處轉送子原，子原將敝處代備之名帖、允帖寫好，并填寫女庚，即寄交童米孫，由米孫交兄，則纏紅之禮成矣。蓋執柯兩位，一則吾弟，一則米孫也。先此奉聞，即頌開軺。

愚兄樾頓首，廿一日

[一] 本札現藏俞氏後人處。

三九

花農仁弟館丈賜覽：

前由子原處兩寄候函，想必次第入照。承電問起居，甚感。因計前函即日可達，故未電復。比惟清華養望，榮問益崇，定如所頌。兄寓吴平順，奉託執柯，總在六月中也。京華風景，近來想日好一日，但翰苑仍未見疏通。吾弟名次爲去年大考諸公所壓，據鳳石云：開坊尚早也。學政打補，頗不易逢，逢之亦未必即得。陸賈之使橐，既不甚豐，潘岳之閑居，恐難久賦。鄙意，樞、譯兩處，吾弟既各有浹洽之人，則將來惟有出使一層可爲出路。且以老弟文采風流，足以照耀海外，而肆應之才，實亦不負皇華之選，遇有機緣，務宜努力。鄙見如此，故附及之。見在稍從收縮，以待時來。寒燠不時，飲食起居，尤宜加意。此頌開韶，匆匆不盡。

兄樾頓首，閏初九日

四〇

花農仁弟館丈惠覽：

前由子原處附致兩函，閏月初九日又特致一函，想次第入照矣。比惟疏篁清簾，興居佳勝爲頌。兄如常頑健，勿念。兹有瀆者，舍姪祖綏自煙臺歸，一無機會，而難於家食。因思廣東譚制軍與有交誼，擬作書，令其往投，冀覓一枝之棲。然其地亦必士多於鯽，吾弟又已不在粵，無人幫襯。因思都轉英公與吾弟交情甚厚，兄意欲求惠賜一書，如鹽務中有可位置，或較尋常館地較勝也。尊意以爲何如？倘粵中別有可謀，亦望酌示。舍姪劍孫，見在蘇寓待信，如賜書，竟寄兄處可也。手此布託，即頌台安，餘詳前函，不一一。

愚兄樾頓首，閏十六日

舍姪祖綏字劍孫，丙子舉人，候選知縣。如致書，可照此開寫名條也。又及。

四一

花農仁弟館丈賜覽：

月之廿四由趙中丞交到惠函，有參枝及團扇，謝謝。兄六月初六日曾致一書，并附致翁司農書，未知收到否？詔舉人材，未知人材如吾弟，有人力爲推轂否？深盼之也。前寄禮帖，奉求執柯。頃得子原書，知擇於七月初二送往最妙，一切費神，感感。計回帖到蘇必在七月望邊，亦當擇吉請米孫送來也。伊處出名，想必是子衡矣。榴仙西歸，都下諒已得電也。吴下自六月初四後酣暑異常，病者頗衆，敝寓尚叨平順。兄亦不甚出門，初三日往拜趙中丞，未值，初四日中丞來言暑甚，不請見，改日再細談。是以竟未謀面也。尊處屋事，鄙意以爲，可止則止，如老弟者，必非久居京中之人，似乎不必買此一屋。尊意何如？前託寄英都轉信，承電言即寄，至今未到，豈徑寄廣東耶？舍姪待此而行，現尚未去也，望示知爲盼。兹又有瀆者，兄每年買藥施送，所買廣東各丸散亦復不少，大約或十餘元，或七八元，由信局寄去，開明何店號、何丸散，即由原局寄來。此事行之已久，甚屬便當，故雖以吾弟在粤，而兄從未託買一藥者，以局寄甚便也。不圖至今歲有一次買藥十元，竟爲洋關攫去，與鄧方伯商量，亦無方可想，乃託招商局會辦鄭陶齋觀察代購，雖亦可行，然託人究屬不便。因思吾弟在粵，未知與現任海關監督有交否，如有交情，可否爲致一書，言明敝處買藥施送，歲以爲常，且零星購買，爲數決不甚多，以後摠以兄一名刺爲憑，即黏貼藥之包封上，請監督飭知關上各先生，見此名刺，萬勿留難。名刺上或打一圖（書）（章）亦可。如此則信局敢以購寄，爲事較便矣。未知可否，敬求示復爲感。軍機大更動，未知何故，小雲侍郎退直，與吾弟稍不方便，然計亦無大關係也。翁大農能相見否？日來時局已定，都下能否有起色乎？瀛眷究竟入都否？或稍緩亦似無不可。英甫吉期已定十月初三，兄已與商定，大約送女至杭也。手此，敬頌開安。

愚兄樾頓首，廿七日

四二[一]

【前缺】以請帖相訂，憶從前二小女許嫁時亦如此也。子原不記其令愛八字，故爲附去，即在帖中，照此書之。新娘八字由男宅開付，此則頗新鮮耳。舍姪劍孫尚在敝寓，前求致廣東都轉公一書，爲之説項，覓一噉飯處，未知已寫否？手此，載頌台安。

兄樾又頓首

四三

花農仁弟館丈惠覽：

六月二十七日接十七日惠書，并致英都轉書，費神，謹謝。七月十三日接十二惠書并吉

[一] 本札輯自北京保利二〇一二年春季拍賣會「古籍文獻名家翰墨」專場第一一五二號拍品。

帖，則尚在米孫處，擬於二十一日請其齋來敝寓也。深賴冰言，得聯玉媿，感紉雅意，藉慰老懷。兄寓蘇㸬叨平順，杭州之行，恐須在菊花時節矣。翁大農與貴同宗侍郎似有齟齬，兄前函以不投爲是。既不投再啟，則正啟亦可不投，乃尊意以其稍有一二句議論，未忍竟棄，然兄所欲言者尚不止此也。近有《迂議》一篇，似乎較前函爲詳，因另作翁大農書，而將此議手鈔附入，書未封口，請吾弟閱之，以爲可投否。可則投之，不可則棄之耳。又有致子密侍郎一械，亦附此議，此則不妨徑投，毋煩斟酌也。時事至此，未知稅駕。詠《兔爰》之詩以爲太息，「尚寐無訛」，似爲我詠矣。外致子原書，亦望飭去。手此布謝，即頌開安。

愚兄樾頓首

七月望

仲可令弟來蘇，持尊函見鄧方伯，允作緩圖，恐亦不足恃也。江右謡言，究竟確否？又及。

四四〔一〕

花農仁弟館丈賜覽：

前承疊次惠賜參條、蠅拂、佳果、名牋，於六月十一日、十七日、廿三日先後致函陳謝，想次第得塵青覽也。七月十一日又得荷花生日手書，知寓館又有産芝之瑞，不久必得闊差，可操左券，預賀預賀。大作著手成春，頭頭是道，此境頗不易到，足見詩筆之熟極也。兄理應奉和，但近來心緒恶劣，意興闌珊，大有與世長辭之想。偶爾作詩，亦所謂長歌之哀甚於痛哭者，於此等雍容揄揚、矞皇典麗之題，一時竟無從著筆，只好稍緩再和矣。補宴一議，兄偶作痴想，尚是發於癸巳年，距丁酉猶遠，乃爲普天下副榜計，非爲自己一人計也。今如密老所言，竟欲專爲道光丁酉科浙江副榜俞樾陳請，此何道理？顯是朋比，輕則申飭，重則交議，在言者固不利，在鄙人尤大不利，聲名、性命盡送於此矣。密老此議真可謂小事糊塗。馮□翁欲進此説，未知其

〔一〕本札輯自廣東崇正拍賣有限公司二〇一七年春季拍賣會「古歡・中國古代書畫」第〇六二二號拍品。

立説如何。若仍如前説專爲俞樾計，千萬力阻之，所謂免我於□也。舍間尚叨平順，吴中大熱只十日，餘頗凉爽。兄眠食亦尚如常，請勿垂念。尊夫人小恙計已大安，杏文好否？甚念之。前所惠之廣東石蟹，點目疾頗效，如尚有之，求再惠一枚也。圖章記已寄奉矣。趙中丞亦久不見，尊函當即飭去。江浙事亂如麻，可爲浩歎，書不盡言。即頌開韶，并瀛眷均吉。

兄樾頓首，七月十二日

四五

花農館丈仁弟賜覽：

前交王少侯舍外孫及包纘甫世兄託帶信件，未知何時可達。兄於二十日到西湖，精神甚憊，而酬應仍忙，無如何也。大作芝詩，勉和四首，有江大令之便，寄由子原轉交，即希鑒入。手肅，敬頌開韶。

愚兄期俞樾頓首，二月廿六日

四六[一]

花農仁弟館丈惠覽：

二月十一日託鄧芝軒帶上信件，廿一日又發一信，未知均照入否？陛雲信言，老弟供奉内廷之暇，仍用考差工夫，高駕軺車，指顧間矣，日内又當辦理喜事。兄命小孫薄具花粉之資，想已敬致矣。四月内欣逢尊夫人設帨良辰，際四月清和之候，舉五旬大衍之觴，斆佩百年，檀欒一室，何樂如之？兄不克登堂，謹手書楹帖一聯，佐以聚頭團圞扇一柄，杭製也，京中有否？又天青寧綢披風料、大紅湖縐裙料，聊盡祝忱，勿哂菲薄。又針線八色，乃小孫婦寄呈者也，亦乞鑒存。手肅布祝，敬頌雙安，并賀軺福。

愚兄俞樾頓首

小雲侍郎詩尚未奉和，連日頗碌碌也。幸眠食尚如常耳。兒婦輩均於尊夫人請安、祝壽，

[一] 本札輯自《名人手札真蹟》。

附筆及之。

四七

花農仁弟館丈賜覽：

前寄去壽禮，定照入矣。比想華堂介兕，佳壻乘龍，熱鬧非常，令人艷羡。而軺車又即將發軔矣，考差想必得意。此間不特題目不知，并閲卷大臣銜名亦未悉也。愚眠食如常，人之見之者皆以爲矍鑠如昔，然自揣則究衰於往年矣。所謂飲水自知冷煖，非他人所能知也。兹因便人，附去便物，聊以伴函。又微物，請飭送絳霞。兄無事而忙，實無暇晷，不及作書也。草草布泐，即頌台安。

愚兄樾頓首，四月廿三日

夫人以次均候。

前和小雲尚書詩定收到矣。又及。

四八[一]

花農仁弟館丈賜覽：

陛雲回，接手書并示佳章，意興仍佳，足徵胸次之不凡也。兄自八月十二日起，一病兼旬，今雖已愈，而胃口未開，精神殊弱，不出房者半月有餘矣。寓中亦多病者。今歲吴中比户皆然，雖無大患，然頗淹纏也。西湖之行大約在九月中旬，兄已力辭詁經，實緣精力衰積，意興銷歇，非矯情也。時文已復，則書院亦必照舊，詁經亦自然不廢。尊款長留，以資津逮，不必再計矣。慕陶拜户侍，兄得電深爲吉又喜。兹有復慕陶一函，敬求飭送。手肅布謝，敬頌開安。尊夫人及郎、愛均候。

愚兄期俞樾頓首，八月廿七日

[一] 本札輯自《名人手札真蹟》。

四九

花農仁弟館丈惠覽：陛雲回，接手書并珍賜，即於廿九日復謝一函，定照入矣。許汲侯外孫進京，愚亦託帶一函，收到否？昨接廿九日來函，知尊體患外症，此症頗不輕，幸吉人天相，且所服補藥尤爲得力，不數日即愈，真萬千之喜也。吾弟此後名位之日隆，即此卜之矣。惟幸而速愈，則愈後尤不可輕視。第一節勞，尋常應酬，儘可謝却。次之節口，蓋此症於飲食頗多宜忌，不可大意。愚親串中有愈後喫雄鷄湯而大發者，幸慎之又慎，如内廷賜膳及飯莊酒館中食品，均宜留心也。兄八月十二日一病，至今始小愈，出坐外齋，然胃口未開，精神亦憊，興致索然盡矣。初十外有杭州之行，亦不多耽擱。手肅，敬頌開韶。

愚兄期樾頓首，初七日

尊夫人以下均吉。

慕陶處已致復書，定交去矣。

致徐琪

五〇

花農仁弟以全家照像寄示，率題一詩

的皪銀光一幅鋪，鬚眉如鑑不模糊。人從福慧雙修到，數與乾坤六子符。君與夫人及三子三女均在。眷屬神仙都不俗，精神松柏本非臞。君自言近狀較照像更腴。紫宸黃閣他年事，再畫朝天比翼圖。

花農又以乾隆窑茶甌寄贈，賦詩謝之

內府茶甌製最工，百年故物認乾隆。一箋寄自蓬萊客，十詠添來桑苧翁。大好色如蘋果綠，剛教花映石榴紅。瓶中適插榴花。茗餘追話升平事，不數深杯到日東。同日有日本人以其國茶杯來餽，杯甚深。

樾

五一

花農仁弟館丈賜覽：

前有書布賀講官之喜，未知照入否。昨由澍生觀察從上海寄到手書，并賜以椶拂及玻璃盆，均佳品也，以一詩陳謝，另紙録覽。惟此信發於五月朔，而六月初九始到，便人遲滯，類如此也。尊體時患小瘝，陽和膏不效，蓋患其熱也。紫花地丁，鮮者難得，即敝寓近日亦無矣。鄙意，於藥肆中覓乾者研末，麻油調敷，或亦見效也。伯夫人有妊，大喜大喜，屬其小心保重爲要。敝寓均如常，惟二兒婦患濕熱病，近亦稍愈，服鄭小彭方頗投。兄日來亦咳嗽，畏暑杜門，無所事事。黄漱翁作古，劉景翁力勸兄復暖舊席，然今歲就之，則去歲何必辭之乎？薦郎亭自代，未知何如。徐壽老昨有書來，憂時感事，今之有心人也。蘇地天時尚好，然人事殊多，鹿滋軒來此，恐不如德靜山之靜矣。手肅，布頌台安。

尊夫人及郎、愛均此。

愚兄樾頓首，初九

壓倒歐公翡翠罌，爭傳内府製來精。光從太乙燃藜借，聲比羲和敲日輕。佳果宜盛紅玳璮，荔枝有名玳瑁紅者。名茶卻稱緑昌明。相從更有無塵子，佐以椶拂子一枚。頓使炎歊一掃清。

花農仁弟館丈以緑玻璃盆兩具見贈，賦詩寄謝，即正。

曲園俞樾

五二

花農仁弟館丈賜覽：

前日由上海寄來椶拂、琉璃盌，即寄謝一牋，并附小詩，未知照入否。昨得喜電，知榮遷右庶子，此後風利不泊，年内必閣學矣，賀賀。兄昨得子原書，知老弟又生一外症，來電有「疾愈」二字，想指此也。諸惟珍攝。兄亦咳嗽，數日未愈。二兒婦患濕熱之症頗重，今已有轉機。陛雲日侍湯藥，亦甚累，湖南之行未必能果。如玉堂銷假，必須親到，不能通融，秋冬間自當入都耳。手肅布賀，即頌大安。

尊夫人、郎、愛均此。

愚兄樾頓首，六月望

花農館丈升右庶子，寄詩奉賀

玉署冰銜一再加，又聞恩命出天家。夏涼正起初庚伏，六月十四日接電報，是日交初伏，甚凉。春好先開庶子華。溫諭纔聞三殿接，前數日召對稱旨。祥光行試八塼斜。容臺綸閣知非遠，次第佳音走電蛇。

曲園居士樾拜稾

五三

花農仁弟館丈賜覽：

前日得喜電，知升宮庶，即賀以詩，定照入矣。昨又得初六日手書，共六十紙，他日裱成一册，傳之數十年，賣之收藏家，可數百金也。惟枕上書此，未免太勞，以後諸祈稍節。電音雖已有「病愈」二字，然鄙心終懸懸也。去歲生癰，好得太快，故有餘毒。即如二兒婦，於今年二月間患一大癰，不十日而愈，亦是好得太快，濕熱所蒸，竟成黄病，服鄭肖彭方甚投，近已清熱而兼養陰，然恐非一月有餘不能出房也。陛雲日侍湯藥，亦頗累，銷假一層，得老弟大力斡旋，計冰泮入都亦可，然在南無事，自以年内到京爲是，不特諸師友可稍接洽，且理亦宜然也。問答語無一不合，大約深契聖心，大用在即矣。惟用顯微鏡看蠶子，此實無用，浙人亦未有遵行者。金沙港之局，不久將撤矣，學西法者徒爲美談，往往如此。内治外治，未知有何高見，若問及芻蕘，則鄙人一肚皮不合時宜，與時論冰炭也。漱蘭先生作古，劉中丞一再來請，兄一再辭謝，固由衰老，不能勝任，亦念三十年前初主詁經時風同道一，若此時再往，則事雜言龐矣，是以有所不願也。外詩一首奉贈，即希正之。手肅，敬問大安。

尊夫人、郎、愛均此。

愚兄樾頓首

惲季文託問：今年曾致一書，并附有詩稿，收到否？

「敬空」，此二字懷素帖已有之，由來久矣。「沖」字竟不知所出，國朝毛西河、汪堯峰均有「沖」字，然究是近人也。

花農館丈五月三十日召對儀鸞殿，備録問答語見示，敬賦一律贈之

儀鸞宫闕啟重重，親上雲階拜衮龍。金殿平明天咫尺，玉音問答語從容。兵農籌度時方亟，書畫評量職所供。日旰君勤微示意，徘徊尤見聖恩濃。問答至四刻之久，皇太后始從容曰「那没你……」語止半句。蓋欲遣之出而不忍言出，待近臣者如此其厚也。

樾

五四

花農仁弟館丈賜覽：

連致三函，均附小詩，一賀庶子，一謝珍貺，一恭題玉音問答，想必次第入照矣。老弟自去歲生外症，有失調理，時有小恙，深以爲念。得十四日來電，有「病愈」二字，深喜之。乃閱邸鈔，知廿三日又請假，未知何恙，懸念殊深。手此奉問，敬求諸凡珍攝，勿過勞神，至禱。兄近日因二兒婦病，心境亦甚不佳。草草布泐，即頌大安。

尊夫人以下均此。

愚兄樾頓首，廿六

五五

詁經精舍講席又虚，劉景韓中丞兩次來書，請復主斯席，精舍諸生亦稟請中丞，再爲延訂。率賦一律謝之

衰翁八十太積唐，明年八十矣。壇坫湖山卅載長。世上原無不散席，人生難得好收場。二句皆據俗諺。蛇成畫足功徒費，豹死留皮願或償。他日講堂香一瓣，可容末坐附孫王。講堂奉孫淵如、王蘭泉兩先生木主，皆始掌教者也。余主詁經三十一年，不爲不久，異日倘容附祀，此則事在君等矣。子原如來，亦示之，舊監院也。

樾

五六

花農宫庶仁弟賜覽：

接七月初十手書，知前函均達，嗣又附吴文卿大令之便帶呈函件，未知何日到京也。清恙大愈否？曾否續假？兄寓平順，二兒婦一病五旬，今雖曰愈，然調理恐亦須月餘方好，陰陽均虧而不能過補，補陽惟人参一味，補陰惟麥冬、五味子，如黄耆，如熟地，皆不能進也。陛雲夫婦侍奉亦只在日間，至晚上則有代之者，其伺候之殷勤，體貼之周到，勝於子若婦，非二兒婦之福不能有此人，非其賢亦不能致此人也。家中諸事棼如，待其愈而久不愈，甚爲焦灼。今秋西湖之行恐又畫餅矣。澂園尚書詩意義深長，未能屬和，僅和「堪」字韻，共得六首，已寄呈澂園，嬾於重録，如老弟過澂園，當可一讀也。郎亭得詁經，大高興，七月十三開課，經學、詞章，題各四道，大有步我前軌之意，一笑。手肅，敬請台安。

尊夫人以下均候。

杏文已毓麟否？甚念。

愚兄樾頓首，二十

五七

花農仁弟館丈賜覽：

接初十日惠書，以鄙人得一曾孫賜書致賀，洋洋灑灑，垂數百言，無意不搜，無語不妙，君才何可以八斗計，宜其在南齋中雄視一時矣。但老夫年將八十始得一曾孫，亦何足道？若使家運好，長曾孫女是男，則此時元孫在抱矣。大筆揚厲鋪張，又何以加於此乎？幸産婦健旺，小孩亦甚好，聊可報慰。兄眠食亦如常，惟腰酸背痛，殊增老態。昨今兩日，大雪積至尺餘，爲歷年所未有，竟不能至小園一賞，衰可知也。家事幸尚順平，時局則未知所届。廿三日之大會，君亦在否？此事究竟如何？殊令人心旌摇曳也。歲闌無事，仍弄筆自娱。前寄《銷寒吟》定已入鑒。吴下見此詩者頗以爲難，因又作二律，再寄奉一笑。宫中銷寒圖九字甚妙。惟據《康熙字典》，「庭」字實十筆，當時不知出何人之手，似不若用「亭」字之無遺議也。柳門病已愈，尚未能出門，來函已送去。致鄭大令書，兄不知其現官何所，因交舍姪孫壻洪鷺汀别駕探明遞去。鷺汀每日到郡齋，想必用首府官封，當不有誤也。三六橋見否？

如見之，爲致候。前承其電賀，而其名譯錯，竟作「姪」字，兄不知爲何人所發，故未復謝。至詁經釀錢之舉已作罷論，杭州諸君，兄已以楚歌吹散，況都下乎？見時亦乞告之。手此，敬頌台安。

尊夫人以次均此。

愚兄樾頓首，臘二十八日

今日禮拜，如明日郵局亦停，則留待新正矣。

五八[一]

花農仁弟館丈惠覽：

自臘月十六以後，五次寄箋，想均照入。春風和畇，起居當益佳勝。兄眠食無恙，但了無興會，只好以筆墨銷遣而已。《銷寒吟》已得九首，又作九言詩一首，昨又成七律一首，并付郵

[一] 本札輯自嘉德二〇一〇春拍第八二三二號。

筒，聊塵吟几。匆匆，不及多寫，即頌台安。尊夫人以下均候。

愚兄樾頓首，二十日

五九

花農仁弟館丈賜覽：

客臘拜筆硯之惠，記曾肅謝。以後謹辭羅牋。春來，惟宸春益隆，清班疊晉，定如所頌。惟閲邸鈔，知臘月又曾請假，未知何故，惟以興居安吉爲頌。杏文想必常來，兄正初曾寄謝一書，逕投其寓，未知收到否。兄自臘月病後，至今未能出房。劉景翁來，勉强一見之，坐椅橋而出，甚可笑也。擬自題一聯於春在堂，云：「小圃如弓，竹林前一曲，柳陰後一曲」；「浮生若夢，登第五十年，成婚六十年」。仔細回思，真黄粱大夢也。今年無慶科，而小孫客臘已銷假，仍宜請假爲妥。幸早爲一辦，否則挂名朝籍而身在江湖，甚不妥也。手此，布賀春禧。

尊夫人、郎、愛均吉。

愚兄樾頓首，廿二

六〇

庚子正月，恭讀初六日上諭「端學術以正人心」，謹紀以詩

自從異説恣洸洋，識者深憂吾道亡。幸有詔書頒學校，遂教士習返康莊。詖邪距息人心正，經行修明國祚昌。更願飛廉海隅戮，豈容簧鼓到膠庠。

樾

六一〔一〕

花農仁弟館丈惠覽：

前得電音，知已安抵固安。想瀛眷同行，福星載道，定如所祝。但固安亦非久住之所，近

〔一〕 本札輯自《名人手札真蹟》。

來已回京乎？抑赴行在乎？瀛眷仍同行乎？抑分道回南乎？魚雁杳然，萬分懸念。閱各報，知慕陶在京，綺霞同在京否？如有便，務望賜知爲盼。兄近狀平順，然心緒則可知矣。小孫已於八月初五到蘇，知念并及。手此，敬頌台安。尊夫人以下均此。

兄樾頓首，八月廿八

六二〔一〕

花農館丈仁弟惠覽：

二十四日燈下閱新聞報，恭讀二十一日上諭，知吾弟超升閣學，爲之狂喜，但不知由庶子超升耶？抑已先轉一階而邸報漏載未見耶？秦君綬章得正詹，或即吾弟升任所遺之缺也，未知能億中否？有小詩奉賀，郎亭及小孫各有詩，又陸春江一書，均希照入。吾弟所發信均到，惟華俄洋行信未到。兄持贈區區，乃承屢屢言之，頗以爲愧。今收信收條均到，此後不煩齒及

〔一〕本札輯自《名人手札真蹟》。附詩見於臺圖藏本。

矣。正在修函，又由施子英交來九月十二日信，讀悉一切。郎亭信即裁下封好送交，致徐觀察亦當裁寄杭州也。倪儒粟已作古人，未知已悉否？前來朱、陸、羅信已送去，鄭信仍交濮寄，陳鹿笙書當加函寄去也。手肅布復，敬頌台安，并賀大喜。尊夫人均賀，郎、愛并吉。

館愚兄俞樾頓首，十月廿六日

花農仁弟以五色菊郵寄吴中，并媵以詩，不能悉和，率賦二絶句奉酬，即正

秋光又是一年新，寄到江南即是春。看取繽紛開五色，兆君五色掌絲綸。

幾番玉露幾金風，都是丹青渲染功。却笑頭銜君未備，條冰一轉便成紅。

曲園初稿

六三

花農仁弟館丈惠覽：

十月廿四日閱新聞報，知超升閣學，次日郎亭即以賀詩託寄，兄與小孫亦各作一詩奉賀，由上海日本局郵寄，計日内已到矣。十一月初七日又接來電，知倚霞得子，此與老弟升官同爲大喜。倚霞産後計必健好。兄三寄臨産良方，想亦無所用之也。尊處所寄十月初一及初六信均到，陸、朱、羅、費信即送去，鄭信交濮，趙信由杭寄，此君仍守處州也。六笙信，兄加函寄去矣。郎亭小病旬餘，未見，見當致尊意。桓士處即將原電寄之。桓士聞續寄百金，計已收到。又有存善寄百金，到否？此何人也？聞杭州同鄉寄《毛詩》，廣東門生寄羅漢，未知確否。果爾，無憂卒歲矣。和議想不日可定，但此後不成局面也。兄今年八十，不作生日，不受壽禮，仍如七十之例。馮夢香寫《金剛經》十六幅爲壽，兄轉施淨慈寺矣。有《八十自悼》詩十八首，《老而不死》文一篇，遠不能寄。昨日一書，附《秋懷》詩四首，計共四題，《輟筆》《斷葷》《傳家》《祈死》。交蘇州日本郵局寄而未取其回單，恐不能到，故今日又寄此函，適值禮拜，明日再寄矣。此頌台安。

尊夫人以下均賀。慕陶伉儷亦致賀。

曲園拜上，十一月初九日

六四

花農仁弟館丈惠覽：

自十月廿四日得升閣學喜信，即與小孫及郎亭作詩奉賀，未知到否？十一月初八日、初十日又寄兩械，亦未知到否？三信均由日本郵局寄也。自接十月初六日廿五到。信後未得信，惟興居佳勝，瀛寓清平，定如所頌。見在法駕未回，想内閣亦無公事也。都門風景，近日如何？和議能否定局？外間亦無所聞，不過各報館所説而已，未必審實也。子原及少侯常見否？小石京尹聞外人頗有擬議之詞，然無動靜，想未必確也。杭州及廣東寄助尊處之款未知到否？有名存善者，何人也？施子英云近來寄尊處之款頗多，想年内外均可寬裕矣。許筠庵來書，亦言有百金之寄，想已到京也。慕陶處諒亦安好。綺霞産後自必平安，所生英物亦必甚佳也。見時均爲致候。敝寓平順，兄亦眠食如常，但意興闌珊耳。有詩文寄覽，可見近懷。又有《仿船山寶雞題壁十八首》，多感事之言，未敢輕出示人也。小孫到家，無所事事，惟同年親故酬應往還，亦復無味。兹有託者，伊出京時於六月廿三日蒙兩掌院接見，見後於次日請省親假南還，本無不合，惟院署已毁，案牘無存，而掌院已易其一，未知此等告假尚算數否？眼前想亦無人問及，如和議有成，大駕將回，恐須逐一查明，小孫宜如何措詞方好？幸吾弟在京，奉託留神照應，擇善行之，想關愛有素者，定爲妥籌也。外有鄧漢青一書寄覽，其外封因太大，故拆去之矣。子原處兹不作信，所寄詩文，便中與聞可也。日下諸故舊見時均爲致候。手此，敬頌台安。

尊夫人、郎、愛均此。

兄樾拜上，十一月十八日

六五〔一〕

花農仁弟館丈賜覽：

十一月初八、初十、十八日均有候箋，交日本郵局寄，未知收到否？自得十月初六信後未得信，正深縣系，乃於十一月廿四日接到十月初十日信，此信何遲也！發視，得菊花五朵，尚有微馨，而詩句清新，不獨見才思之優長，亦足見胸懷之鎮定。將來名位，定可追配敬、穆二公也。拙詩二首，别紙録覽。内閣公事，想此時必極清簡可養。相度閣中有存書否？皇史宬所儲《永樂大典》，雖非内閣所掌，未識能一稽察否？兄興會雖衰，而眠食如故，年内未必即歸，勿

〔一〕本札輯自《名人手札真蹟》。

念。小孫於六月廿三日請假出京，此等公事，未知尚可靠否？聞各衙門有書到簿之誤，翰林亦有之否？如届回鑾，必須查明在京人員實數，小孫宜如何申説？想吾弟在京，必能妥爲照料也。慕陶伉儷想均安好，慕陶能補一缺否？畢勛閣信已爲寄杭，其寓在佑聖觀巷也。手此，敬頌台安。尊夫人、郎、愛均此。

兄樾頓首，十一月廿六日

六六〔一〕

花農仁弟館丈賜覽：

十二月十八日接十一月初七日書。自接十月初十信後始得此信，爲之欣慰。然此信甚遲矣。讀知由宫庶超遷閣學，異數也。兄於十一月初八日寄去賀詩，郎亭及小孫均有詩，到否？倚霞幸有前年藥裹，得誕麟兒，真吉人天相也。兄今秋已將此方鈔寄三分，而竟未到，何也？

〔一〕 本札輯自《名人手札真蹟》。

計自十一月初八日後，初十日、十八日、廿六日，臘月初三日均有書奉寄，并附去詩文，均未知到否？近來寄信究不比從前也。并因小孫雖告假，然衙署焚毁，案牘無存，未知算得數否？而留京大臣又須查京官實數，宜如何申明，想有吾弟，必能爲之照料妥協也。和局未定，回鑾無期，北望觚棱，曷勝憤懣。蘇寓均平順，勿念。南邊光景亦尚帖然。尊處寄來鄭信、陳信，均即發去。倪茹粟則已作古人，前函曾言及，想未達也。尊集楹聯尚未收到。致雪舟書未知何語，俟到亦即寄也。拙詩四絶，臘八日所作，附呈一笑。如晤子原亦示之。外信飭交爲荷。此詩郎亭六疊韻，兄七疊韻，均鼓衰力竭矣。手肅，布復，即頌台安。尊夫人、郎、愛均此。

兄樾頓首，臘廿一日

紫泉開印交卸，繼之者張子虞。產方再寄一本，能在京中一刻，更妙也。

六七

花農仁弟館丈賜覽：

接三電，并十月初十日、十三日、十八日、十一月初九日、十二月十五日疊次所發手書，并承賜集字聯，已裝裱而懸之春在堂矣。惟兄所發信竟無一到者。以前所寄臨産方亦有三次，此後十月廿六日有信有詩，并郎亭信。十一月初八日又有信有詩，初十日、十八日，有詩有文。廿六日，有詩。正月初三日，疊次發信，何竟無一到？諸信均交日本郵局，且取有回條，似乎不應遺失也。千萬逐封批示到否，如不到，可詢問該局也。入新歲，想起居佳勝爲頌。單口之局，究竟如何？回京有無的期？外間均無確信，以兄觀之，似皆渺茫耳。尊寓及曾宅想均安好，均以爲念。敝寓亦好，兄亦健適。但小孫行止難定，既不能如杜少陵之芒鞋奔赴，又不能如馬少游之下澤逍遥，老師何以教之乎？兄心緒不佳，只以詩歌消遣，有詩奉贈，即附此函寄上，餘詩尚多，如有北來者當寄奉也。去歲所寄賀詩及五色菊詩，均收到否？手此，敬頌台祺，并賀春祉。

尊夫人、郎、愛均此。

兄樾頓首

正月二十

去年接到承屬轉寄之信，均即日分別轉寄，有回信否？陳六笙信來，知接信即寄二百金到京，曾否收到？并及。

六八〔一〕

花農仁弟館丈惠覽：

尊處所發三電及十月初十日、十三日，十一月初七、初九、十六、十八日，十二月十五日信均收到。惟兄所發信，自十月廿六日，十一月初八日、初十日、十八日、廿六，正月初三日共發六信，乃接正月元宵信，知惟十月廿二日信收到，餘均不到。此數信皆交日本郵政局寄，均取有收條，乃竟致浮沈。持收條向局問之，只云俟寄京查問，而亦不見復，外國人作事亦不足恃如此。正月廿一日又發一信，交中國郵政局寄，未知到否？去年十月二十六日之信并有賀詩及郎亭詩、小孫詩，如竟未到，當補録奉。又有五色菊詩兩絶句，未存稿，則不記憶矣。又有《八十自悼》詩及《老而不死》文一篇，想亦未到。今有便人，補去二册。吾弟自升官遷居後，想諸凡得意，兄則老病日增矣。小孫隨侍，無所事事。都中各部院人員正月中有晝到之舉。小孫實係告假人員，想不過銷資而已。吾弟在京，一切均求妥爲照料。和議成否？回鑾有期

〔一〕 本札輯自《名人手札真蹟》。

否？外間所聞似尚無成説也。手此，布頌台安。尊夫人及郎、愛，及慕陶伉儷均候。

兄樾頓首，正月廿七日

六九[一]

花農仁弟館丈賜覽：

自客冬以來，爲日本郵局所誤，寄書不達，乃經查問，一日間驟得之，似亦鬱極而通之兆也。亂後初得手書，不過寸許一條紙，每語人曰：花農書如此，時事之窘可知矣。乃近得二月廿三日來書，則二十紙，今日伻來，又得書十二紙，即此一端，足徵承平氣象，況又惠我都中食物，如蘋脯、薊乾、杏仁、冬菜等。兄初意將來蒐羅入《夢粱録》矣，竟儼然羅列我前，真可爲中興賀也。惟世衰可以復興，年衰不能再盛。兄二月間又暈厥一次，今雖幸而無恙，然精力大遜從前，偶一動作，便覺虛陽上升，光景似不久矣。先舅氏姚平泉老人，有學有行，君子人也，年

[一] 本札輯自《名人手札真蹟》。

八十二而終，庶幾步其後塵。吾弟此後書來，幸勿以壽字見諛也。小孫株守其間，飽食無事，都下一切，自有老師照料，無須鄙言相託也。今年不鄉試，確否？果爾，恐士心渙散耳。老弟此後，青雲遠到，黄扉在望，桃瑞自非偶然，惟時勢至此，兄意不欲侈陳瑞應，佳章容遲再和。去年寄來上方佳絹，久不書寫，今即寫一聯，爲尊府紀盛。附拙詩十七卷四本，便貽同人一笑。復頌台安，匆匆不盡。微物伴函：火腿二隻、桂花膏一匣、蝦子魚二匣、瓜子四瓶。又，火腿一隻送少侯，乞飭去。

兄樾拜上，三月初九日

再，手寫一聯，交使者帶呈，即老弟新刻圖章之十二字也。兄今年詩隨作隨刻，老矣，爲收拾動身計也。刻成六頁，隨呈一噱，但多謬悠之詞，秘之，勿示人也。又及。

七〇[一]

花農仁弟館丈賜覽：

[一] 本札輯自《名人手札真蹟》。

初十日使者回京，託帶一信，附去火腿二肘、蝦子魚二匣、桂元膏二瓶、西瓜子四瓶，又附致絳霞茶葉兩瓶、香紙一大束。但尊使自蘇至杭、自杭至滬赴京，轉折甚多，未知何時可到。嗣又於中國郵政局寄一信，廿一日發。或此信到在使者之前也。三月廿四日得十五日信，并承鈔示謝稿，衣冠盛事，海内所希，可補入熙朝嘉話也。比想興居佳勝，擇日到任矣。開得馬館差，此亦小足救窮也。金壇信即由信局去，桓士信加函寄之，謝稿亦附去。兄眠食尚如常，今年鄉試想不果舉行，以待來年，未始非計。小孫到京亦無所事，暫爾優游，不遑後顧。兹因汲侯回京，附去茶葉兩瓶、東洋櫻花一匣，聊以伴函。即頌台安。尊夫人以次均候。

兄樾拜上

七一

花農仁弟館丈惠覽：

疊接手書，三月廿八日所寄有宣鑪及葠枝、山藥杏仁粉，四月初二日所寄有畫一長卷、大筆寫詩一卷，四月十二日所寄有葠四枝，何厚惠之稠疊，知盛意之殷拳矣。惟託沈宅管家所寄信件至今未到，昨函問沈旭初，據復云，未知到否，即函致上海問其弟子梅觀察也。兄疊次所寄書亦經達覽，即此郵筒之迅利，足徵天路之亨通，亦可喜也。舍外孫許汲侯進京，又附一信，并託帶微物，恐其行李爲累，不敢多帶。前日已得其十一日到京安電，計此函亦入青照矣。尊紀已到京否？託帶之信何日收到？比想勛名隆盛，動定綏和，定如所頌。尊夫人以下計均健好。綺霞暫還膝下，亦大佳。慕陶何日還京？若欲於襄溪迎鑾，恐不相值也。六部九卿公請之摺何日可奉批回？如有明發，則南中必先見矣。和議想不日可成，但如此局面，如何過去？外間傳聞有回鑾於中州小作停頓之説，亦未必確也。小孫姑且偷安家衖，好在今年停試，則到京亦無所事。即有試事，而告假之員亦輪不著。如果有開封暫駐之舉，則赴中州一行，借筱石作居停，亦未始不可耳。兄近來精力大遜，嘗夢中語人云：吾起居一切無恙，而日日有可以死之道。醒而思之，此言誠是也。每日仍以筆墨自遣，亦時時静坐。從前題右台仙館一聯云「七十老翁，已知死之爲歸，生之爲寄」「半日静坐，不識此是何地，我是何人」。蓋静坐久之，真有此光景也。宣鑪已作一詩，附覽，至陸包山畫，未敢率題，蓋彼内府之物，流落人間，公是近臣，得之似宜呈進，持贈友朋，或非所宜。且措詞亦頗有爲難者，是以未敢率爾命筆也。春詩廿四首，詩筆清新，而老弟所寫尤入佳境，轉是可傳之件，已付小孫，命其裝裱。但令兄生平，兄所不知，能略示其概否？郎亭常見，屺懷不常見。南中亦尚安靜。任筱翁撫浙，當亦浙中之福也。手肅，復請台安。

尊夫人、郎、愛均候。

兄樾頓首，四月十三日

外函求飭送。

七二[一]

花農仁弟館丈惠覽：

吳宅家人及許圃翁帶來信件，均有葠。昨由旭初送來伊家人所帶信，又承惠葠，極佳。雖感扶衰之雅意，然亂後得此非易，得無重費乎？幸勿頻施也。食物均收到。尊管曾否到京？何處耽延？兄託信件頗多，收到即望示悉。李忠肅本朝所賜謚。手卷甚可玩，此與陸包山畫册，均三希所藏，

[一] 本札輯自《名人手札真蹟》。

未敢率爾題句。前寄宣爐詩想已照入矣。今年鄉試，此時未奉停止，想仍須舉行。小孫告假之員，固不在放差之列也。昨又見有經濟特科之旨，此與戊戌章程想必小異，未識如何。回鑾已定七月十九日，想京中亦必聞之矣。武英又災，圖籍恐不可保，爲之太息。因沈處信件交來，故草此函，以慰懸系。尊詩已鈔送桓士，如此宏篇，鄙人何從屬和。郎亭謂「鄭箋孔疏，無此詳贍」，洵不虛也。陳六笙已升晉臬，見在尚署湘臬，來信已加一函，由胡萬昌信局去，想必不誤。吴下撫、藩、臬三君書均已送交，取有回片。雪舟和尚已入涅槃矣。屺懷不常見，今年伊家事頗欠順當也。式之斷弦待續，郎亭屬小孫作媒，未知成否。拉雜布復，即請台安。

愚兄樾頓首，四月二十四

尊夫人以次均此。

再啟者，包山畫似前半尚有裁缺之處，以畫似不應如此截然而起也。然内府所藏，已是如此，其缺也久矣。此畫亦不知何名，所謂群仙祝壽，想吾弟爲之名耳。群仙中兄除八仙外只認四人：太乙乘蓮也，博望乘槎也，曼倩偷桃也，琴高騎鯉也，或是太白騎鯨？餘皆不識。李忠文書有褃錯之處，一札實無首張也。拉雜再布。

樾

七二[一]

花農仁弟館丈閣下：

疊承手書，并寄惠參枝等珍件，均即函謝，定塵青照。兹有臨海黄蒸雲寄尊處信一函、洋錢二百，兄交仁和錢莊寄上海貴同年施子英匯京，想可速達，是以先草此函，報知左右，俟匯到幸即惠復也。兄前託尊管帶京信件究竟到否？何以遲遲，曾否函致珂鄉一問？手此，敬問

台安。

愚兄樾頓首

尊夫人以下均此。

[一] 本札輯自《名人手札真蹟》。

七四

花農仁弟館丈閣下：

五月十六日曾發一信，并附去臨海黄蒸雲所寄洋蚨二百，託貴同年施子英轉寄，諒可速達。兄前託尊紀綱所帶信件究已到否？自五月初八日接四月廿八手書以後未接信，雖曾得電示，未慰馳忱。今日由郵局送到五月【中殘】啟視，乃止有《誦芬編》七册，並未有信，深以爲異。再觀信面，止題「内書七册」，不云有信，是元無信也。豈因匆匆不及耶？抑有信另封，不與書本同封，而郵局失之也？因即草此布問，伏求示悉，以釋疑抱。兄寓蘇平順，足慰注存。此月内舍外孫王少侯出京，想必有信寄我矣。手此，敬頌台安，即復爲盼。

尊夫人以次均此。

兄樾頓首，六月朔

七五〔一〕

承示續纂《誦芬詠烈編》，而以宋時命婦封典爲問。檢《宋史·職官志》「敘封」一條，略及命婦封典，止有國夫人、郡夫人、郡君、縣君四等。而注則云：「觀文殿學士、資政、保和殿大學士，並淑人。」然正文已云「觀文殿學士、資政保和殿大學士母、妻，郡夫人」，不知何以又有「淑人」之封也。《志》又云：「文臣通直郎以上，武臣修武郎以上母、妻，孺人。」是宋命婦有六等：國夫人、郡夫人、郡君、縣君、淑人、孺人也。惟宋無名氏《楓窗小牘》言：「宋婦人封號，侍郎以上封碩人，大中大夫以上封令人，通直郎以上封孺人。」是又有此碩人、令人名號，《宋史》不載也。今依此説之，尊録中志行公贈通奉大夫，按《宋志》紹興以後階官，通奉大夫、通議大夫皆在大中大夫之上，是其妻宜封令人也。若繩祖公官止江陵府司户參軍，按《宋志》合班之制，諸府、諸曹參軍事，皆宣教、宣義郎，其階在通直郎之下，未知得封孺人否？事遠無稽，史文又缺

〔一〕本札輯自《春在堂尺牘》卷七，題作「與徐花農」。

略不備，竊謂此等處不能質言，不如渾之爲妥也。

七六[一]

花農仁弟館丈閣下：

前託施子英寄洋二百元，黄君所贈。嗣又寄二函，一録寄宋封典，一寄王大夫人墓表，未知收到否？管家已到京否？均念。吴邦佐必有其人，但不可考耳。今又作一歌，寄正。任筱翁昨日到蘇，接印未定日，早則月底，遲則月初。書至此，有客至，率頌台綏。瀛寓均此。

兄樾頓首，六月十日

再，吴邦輔乃吴冕曾孫，已在崇禎時矣。并以奉聞，又頓首。

一□三紙，而紙各不同，草率可笑。勿罪。

〔一〕 本札輯自《名人手札真蹟》。

七七[一]

花農仁弟館丈閣下：

疊接手書，并珍惠各物，及絳霞所惠葠枝、蘋果，一一領到，均有書復謝，定鑒入矣。嗣又奉到並蔕蓮房及西苑蓮蓬十六枚，兼拜讀佳章。昨又從滬上寄到妙繪齊紈一握，珍施稠疊，無非見愛深情。又承示疏草，真經國宏猷也，爲郎亭取去未歸，故未能録寄桓士。聞桓士中秋後須晉省，或可攜與共讀也。醇邸小照竟得拜觀，幸甚！至賜小孫詩，未免擬不以倫也。前者拜讀大作長歌，不勝心折。此人服善之公心，不足見心地之厚薄。惟來書所言，實是洞見本原。竊謂時世至此，無一可爲子孫之貽，只此方寸之由，尚可留遺後世。即欲求世外桃源，苟全性命，亦不可得，不如只守此方寸地也。高見以爲何如？小孫科名已竊佔其盛，則官職不必再求其足，寒家所以稍能振起者，皆先祖南莊府君一「留」字之力。然所留幾何？可過求其足乎？

[一] 本札輯自《名人手札真蹟》。

小孫人材無補於世，處此時世，本可不出，然苦無山資，又不能不一出，果能天從人願，得一學差，將來餔啜有資，則歸而養親課子、種花讀書，亦大福分矣。名保固不敢妄邀，特科亦無可應詔。且由此進身，必做外官，上有重親，家無昆弟，能容其宦海飄零乎？想老弟亦必以爲然也。然此聞大駕回鑾，必取道夷門，如小石彼時已赴汴藩任，或令其先赴中州，圖有居停、有照應。然此時亦未定也。恃愛布陳，幸秘之。兄春間頗勇於作詩，甫及半年，已刻成半卷。入夏來，詩興亦衰矣，眼目昏花，如隔煙霞，腰胯酸疼，入夜更甚，想不久人間也。肅謝并復，即頌台安。尊夫人以下均此。

愚兄樾頓首，七月廿六

外，子原一信求飭去。

七八

花農仁弟館丈閣下：

八月廿七、九月十一兩肅候牋，已照入否？比想台候萬福爲慰。今日寅時小孫婦得一男，寅初發動，寅正即生，順利之至，均叨福庇也。小孫過二十後亦擬令其入京銷假。時局變遷，一至於此。自唐宋以來之翰林院，一旦掃盡巢痕，可爲太息。此輩蝨官，作何安頓，明歲臨軒策士，何以處三鼎甲。欲爲將來計，則舊人亦宜一籌畫，不得概置之額外，主事也。順筆偶及，勿笑。手肅，敬請台安。

夫人以下均此致候。

兄樾頓首，十七日

七九

許氏第二外曾孫女來，喜賦

已是吾家婦，豫定爲源竇婦。纔當厥月彌。生五十四日矣。柔荑舒小手，肥瓠潤豐肌。兒頗肥。良夜三秋望，生於九月十五。嘉名一字頤。小名頤。可容留老眼，看汝執笄時。

小詩録奉

子原賢倩

花農仁弟

一笑。

樾

八〇〔一〕

花農仁弟館丈閣下：

臘十一日一書曾照入否？昨閱報大驚，事已至此，無可言者。吾弟官至二品，曾直内廷，未始不極詞臣之榮遇。今以微罪行，亦何所憾。宜善自排解，以保千金之軀，勿發勞騷，以杜意外之釁。俟冰泮後挈眷南歸，優游湖山，未始非福也。兄日内目疾甚劇，草草布慰，即頌儷安。

愚兄樾頓首，臘廿日

〔一〕本札輯自《名人手札真蹟》。

慕陶回京，二小姐想回曾宅矣。甚念。

八一

花農仁弟館丈閣下：

久不得書，忽奉長箋，洋洋數千言，足見精力如故，興會益高，異日出而爲國家棟梁，光輔中興，於此徵之矣。在此日則宜暫作歸計。聞擬於初夏首塗，幸甚。惟歸來亦不可無事。兄爲謀之浙中，浙中不得，又代謀之滬上，且屬陸春江助力，未知如何也。茲因舍姪孫同奎來京，率布此函，并附呈微物及寄曾宅、寄孫女之物，匆匆，不另函。另單開覽，乞分别惠收并飭致。此請台安。

兄樾頓首

應太守帶來□杯亦收到，甚精美，謝謝。

二月初七日

八一〔一〕

花農仁弟館丈賜覽：

接正月十八日手書，甚詳。即布復一函，并附去食物，交舍姪孫同奎帶京。而聞其到上海尚有耽擱，未知何日可到也。四月間旌旆想必南旋，上海有龍門書院一席，歲入千金，本吴清卿中丞主講。清卿作古，兄函致袁海觀觀察，爲老弟謀之。又屬陸春江方伯加函，未知成否。此席在南中已算至優，恐兄與春江之言尚不甚得力。老弟在京如能得有力者一書，當無不成，然宜早圖之，遲則成中原之鹿矣。尊意如以爲然，幸即一謀。兄今春不至杭州，意興亦頗索寞。郎亭則興致頗佳。吾弟如歸，亦一郎亭也。手肅，敬頌台安。尊夫人、郎、愛均此。

兄樾頓首，十三

〔一〕本札輯自嘉德二〇一〇春拍第八二三三二號。

八三

花農仁弟館丈惠覽：

接手書，并謝君所書條幅，甚佳。又仙書數幅，亦磊落可喜。前承書「春在堂」三字，已爲作長歌，且刻入集中。然此等只可偶一爲之，若層見疊出，則不覺其名貴矣，是以此次無詩也。吾弟移寓後不擬南歸。江湖魏闕，足見忠忱，城市山林，亦徵高雅，非恒情所能測也。前與陸春江、朱竹石兩君共薦上海龍門一席，惜我等致書之日，正袁觀察赴白下之時，峴帥一見，即以張季直殿撰薦，而我等三書皆無用矣。此機會誠可惜也。然朱、陸兩公拳拳之意，吾弟似宜以一函謝之，尊意何如？郎亭已自杭回，意興甚佳，到處逢迎，山林而臺閣也。兄近狀頹唐，無可言者。率復，即頌台祺。

尊夫人及郎、愛均候。

兄樾頓首，十七

八四

花農仁弟館丈賜覽：

接三月十一日手書，知移寓後琴書修潔，花木駢蕃，仍是往年氣象。想不久即光復舊物也。屬題石谷手卷，率題二截句，交少侯帶還，聊發一噱。《招隱》《反招隱》本是兩樣筆墨，兄山中人，只合作是言耳。自三月以來，兄時小不適，精力日衰，意興亦日頹矣。郎亭興高采烈，三月十九日爲其夫人慶五十生辰，闊哉，自云用去五百元，而外面傳聞謂，所收壽禮實數倍之，未知其審。兄只送一對聯，轉破費其茶敬一元也。南中前苦旱乾，今又水潦，天時殊不甚正。敝寓幸尚平順，足慰注懷。今因少侯之便，附去火腿兩肘，茶葉四瓶，香荿兩罐，笋乾四簍，聊以伴函，哂存爲荷。絳霞近體如何？想必安好，寄去□香六罐，瓜子四瓶，希轉致之。此請吟安。

尊夫人及郎、愛均候。

愚兄樾頓首，三月廿八日

八五

【前缺】以然論者則皆以爲心營虧傷之故，是以近來專務養心，詩文不敢多作，每日惟以閑書消遣而已。老弟適又命作先像贊及《粤中勝蹟記序》，吾弟所屬，斷不容辭，必當撰擬寄正，但恐一二月内未必有以報命，想所原也。兄明年例得重宴鹿鳴，本應於今年秋冬間呈辦，而敝縣諸戚友見湖南已有奏者，即爲兄在縣呈請轉詳，未免太早，或亦知風燭殘年，不能久待乎？此等事，兄不甚措意也。小孫考差，亦只平平，得不得則有命存，不係乎此。子原已返浙，但聞有回避漕帥之説，陸春江言之鑿鑿，究未知如何也。手肅布謝，敬請台安。

尊夫人、郎、愛均候。

愚兄俞樾頓首，五月朔

八六[一]

花農仁弟館丈賜覽：

接手書，并新製集喜箋，即事多欣，良用慰藉。并承屬賜小曾孫女，惜渠即不寫信又不作詩，未免孤負盛意耳。兄自清明以來，時有小病，醫者皆言不宜用心，因此益增疏嬾，客來既不答拜，書卷亦倦於相對，終日惟以簡書消遣。昨日從周季貺處借來外國小説數種，頗耳目一新也。屬鈔《偃王碑跋》，此在《春在堂隨筆》中，本非文字，故無題目，另紙鈔奉，乞檢入。先像贊，容稍遲報命。手肅，敬頌台祺，并尊夫人及郎、愛均吉。

兄樾頓首

午節又承致語，然究涉客套，請并此免之何如？附謝，并及。

[一] 本札輯自《名人手札真蹟》。

八七

花農仁弟館丈賜覽：

家人余德等到京，帶呈信件，定塵青照。接廿二日手書，并詩四律，意思深穩，音律諧和，不特見興會之高，亦見福澤之厚，理宜奉和，而病有未能。兄因恐小孫懸念，故病狀從未提及，今不得不爲老弟言之。兄每因虛陽上升，頭面出汗，遂致暈厥，八年以來，至今六次矣。自去冬至今春，起居甚健，舉動一切與少壯無殊。乃清明日，晨起亦尚無恙，在静室誦《金剛經》一卷畢，閉目静坐，忽覺煩躁，頭面間汗出如漿，自知將病，即起入内，登時暈厥，顛仆於地，一跌之後即又蘇醒，並不頭眩，腹中亦安適如常，但不能起立。僕輩旋至，扶掖而起，亦不能舉步，用藤椅子擡回寢室。汗出逾時始止，七八日不能出房。嗣是三堪兩好，或出或不出，或坐或臥，直至四月初旬始出來見客如常。所異者，一病百餘日，飲啖如常，而精神不能復原。每檢書籍，頭目昏昏，作字稍久，津津汗出，此身摇摇，似未曾落筍者。即作此書，亦屢經擱筆也。尊詩未和，職此之由，亦以小孫得差後已作兩詩，今附覽，若再多作，亦殊少味，故不作也。尊意當亦以爲然。屬撰先像贊，亦只好俟秋凉後矣。連日酷暑，郎亭不來，兄則不出門者三月餘矣。尊詩詩字均佳，永以爲寶。俟其來再與讀也。小孫初六到保定，有電來。觸暑遠行，亦殊念之。手肅布謝，敬頌吟安。

尊夫人、郎、愛均候。

愚兄樾頓首，六月十日

八八

花農仁弟館丈惠覽：

接初六日手書，知興居佳勝爲慰。兄以年例，濫與盛典，本無足言，乃承飛電傳賀，具感關垂之意。兄自清明一病，至今未能復原，醫者戒勿用心，是以終日不事一事，惟以閑書消遣，真重宴鹿鳴之人矣。本朝重宴鹿鳴，始於乾隆甲午科孟琇，見於《會典》，未知自乾隆至今共有幾人？《吾學編》所載止二十七人，然吾湖歸安有乾隆丙子科吴大煒而不及焉，則遺漏多矣。老弟博通故事，能一考否？新修《會典》中當有之，能查示更感。陛雲七月初二始抵西安，何行道之遲遲也！知念并及。肅謝，敬請著安。

尊夫人、郎、愛均此。

愚兄樾頓首，初六日

八九[一]

花農仁弟館丈賜覽：

疊奉手書，并拜詩章詩箋之賜，以及鮮合桃、乾蘋果及棕拂等物，燦爛滿前，何愛我之深也。賢郎墨妙，咄咄逼人，大有跨竈之意。長公子大梁就試，想頻有信來，頗盼其秋風一捷，一啟阿翁笑口也。涪翁手卷收到，率筆題耑，并附一絶句。但一時乏便難寄耳。所歎者，吴君一夔帶此件來，兄因病未見，又送禮來，亦謝不收，以此後爲日方長，可圖一見。不意其竟於月初在客中長逝也。蜉蝣身世，如是如是！兄今年多病，精力益衰，菁華竭矣，殆將搴裳去之。新

[一] 本札輯自《名人手札真蹟》。

近又遭歸王氏長女之變，彌覺黯然。內人年六十而終，二子二女皆在。鄙人八十二未死，而子女殞其三矣，人生高壽，真非福也。又以各報紙所言，蜀事頗涉張皇，爲之惴惴。幸於八月三日得成都電，知小孫已於初二日抵成都，想考試自必照常。但望三場平靜，出闈後假還相見，則老夫便可含笑而去矣。重宴一事亦年例使然，其實事在明年，不能待也。小詩八首，感遇述懷，寄呈清正，并貽吟好。手肅，敬頌台安。

愚兄樾頓首，八月五日

九〇

花農仁弟賜覽：

疊奉手頒，并詩篇詩箋及珍品珍味、仙方名蹟等，一一領到。八月初五日曾肅一箋，由六橋轉達，想必照入。昨又奉到長歌一篇，此乃神來之作，青蓮庶幾能之，自是君身有仙骨也。但魏武子孫，久已烏有，舊事重題，鄙意轉似不必。兄於前事，附之浮雲，久已若有若無矣。誥軸蒙代領出，不知需費如干，且待小孫回京再說。所惜者，三軸皆是贈字，此三人皆在也。兄將于氏一軸稍稍洗刷，改作封字而付之。二兒夫婦軸祕而未出，亦待小孫回再爲料理。且小孫爲其本生父母請，竟稱「父母」，無「本生」字，亦非。而不爲其嗣父母請，亦似非宜。此乃小孫之疏忽也。小孫於八月初二抵成都，大約仍可照常考試，老懷稍慰。然近來日益衰眊，恐非久象也。近詩八律，想已入覽，以後無事，亦不復再作矣。郎亭數日未來，俟其來，當以尊作與之共賞也。手此，敬頌秋禧。

此信到，令郎試畢回京矣，預賀捷喜。

兄樾頓首，初八

九一

花農仁弟館丈賜覽：

前奉一牋，并附上拙詩，未知收到否？拙詩又小易數字，再奉數紙，請賜覽。比惟起居佳勝，即事多欣，定如所頌。世兄赴試，曾否還京，計必得意。今年人少而額多，高捷可必也，預賀預賀。兄自歸王氏長女之變，精神興會益衰，無三日不病，幸即愈，尚不爲患。譬之如時辰表，表本老表，而又久不加油，容易停擺，一摇動之，仍軋軋然走矣；若不去摇動則竟不走，不走即死也。故自謂終日無病，而實則無一刻不可以病，無一病不可以死，如何如何！故自三月以來，竟不出門拜客，誠畏之也。幸八月十七日接四川學政吴蔚若來電，言三場完竣，主考平安，老懷爲之稍慰。吾浙十三出榜，計蜀中出榜必在初八九，榜後假旋，十月底可望其到矣。承示涪翁手卷，率題奉歸，不足生色，適足爲玷耳。先像贊竟未動筆，固由多病，亦由少暇，外人不諒，以筆墨見諉者日見其多，無奈何也。兹因鄒詠春兄入都，託帶此函，并繳黄卷。附頭油六筒，乃絳霞所需者，乞交付之。詠春不能多帶物件，故不帶他物也。手肅，布問起居。

尊夫人旋吉，令郎元吉。

愚兄樾頓首，八月廿八日

九一

花農仁弟館丈惠覽：

前日一函，并附寄絳霞頭油，寄還涪翁手卷，交鄒詠春侍講帶京，而聞其又有數日耽擱，未知何時得達青覽。託人往往如是也。兄無三日不病，即病即愈，尚不爲患。然亦自厭之矣。近來竟不出門，客來一概不答，頗有飾巾待終之意。川中三場平安，已得監臨吴學使電報，出榜想亦不遠矣，極望其回來相見也。頃照得小像一張，尚有幾分意思，手攜者即小曾孫也，謹寄奉一張。老弟一時不能南來，兄又未必能久待，留此泡影，《左傳》所謂「他日請念」者也。手此，敬頌台安。并夫人旋吉，令郎元吉。

兄樾頓首，九月一日

九三

花農仁弟館丈惠覽：

疊奉珍貺，均肅謝箋。昨又由上海寄來白菜十顆，尤爲鄙人所嗜，每飯不可無者也。不特愛我，且知我矣，感謝感謝。小孫於十月二十抵蘇，乃其師毓紹岑學士在重慶分手后，本約月底可到蘇相見，而待至今日，仍未見來，爲之懸懸。又因此耽延，不能赴德清掃墓。兄初意亦擬與之同到杭州，湖樓山館，小作句留，俗語所謂「收腳跡」也。乃待到如今，將交大雪，以後日冷一日，將不能去；至明年小孫北上之後，兄又怕入城應酬，憚於獨往。此行遂已矣。湖山緣盡，信然。日内眠食亦尚如常，而疲嬾則甚，惟看閑書，以消短晷。客來不見，見亦不報矣。小孫回來後，終日碌碌，無事而忙，稍暇當有書奉致也。承賜喜箋，極佳，珍藏之而不敢用。陳六笙自蜀中寄我薛牋之極佳者八匣，亦珍藏之而不敢用。兄率筆亂塗，不配佳紙。且願得之者拉雜摧燒，勿留一字爲幸。兄近來日覩時局，并身後之名亦不願有，回思四十年來勞勞著述，真虚費精神矣，一嘆。手肅，敬頌台安。

尊夫人、郎、愛均候。

兄樾頓首，十一月初九日

九四

花農仁弟惠覽：

前接手書，并賜大小女賻儀，當即飭交其家，而未取有謝柬，或少俟事畢當有函謝也。來詩及《片雲歌》皆仙筆也，兄不足任之。屬鈔寄桓士詩，適聞其行部中刺客傷，甚爲駭然，已函問之，詩則未寄，須待其康復也。今日惲世兄至，送來手書，并海棠果、白菜，甚感甚感。兄於十一月十三日挈小孫回浙掃墓，旬有五日而返，湖上住六日，山中住五日，亦頗有詩，然多噍殺之音，必非老弟所樂聞也，故不録寄。命作先像贊之，昨今兩日努力爲之，聊以報命。原紙遺失，另録他紙，然兄近日目力鋭減，竟不能寫字，如須刻入，仍請老弟大筆一揮也。兄目内則水虧，外則風熱，恐將成瞽矣。如何如何！手肅布謝，敬頌台安，即賀年喜。

尊夫人、郎、愛均候。

愚兄樾頓首，十二月初四日

九五

花農仁弟館丈大人閣下：

正月中曾致一書，定塵青照。又承以新歲寄賀，徧及全家，尤所感也。即悉春祺增勝，雅興有加，遥望吉雲，載欣載抃。兄年力益衰，意興殊減，不免仍以詩筆自遣，新正數詩，另紙録奉清覽。不必示人。吾弟詩，字字空靈，著紙欲飛，自是君身有仙骨。兄詩則字字實砌，如老嫗語，則由積世鈍根也。桓士有正初來省之説，故尊詩遲遲未寄，今不來矣，已寄去矣，未得其覆音也。郎亭則意興飛揚，精神周到，兄萬不能及。兄入新歲來未出大門一步也，一切近狀，問小孫自知。小孫到京，諸事教益之，想不煩言託。兹寄上微物，別帋録呈，聊以伴函，即希照入。長公子聞春間完姻，已定期否？便中示悉。手此，敬頌台安，并頌儷福。

郎、愛均候。

愚兄樾頓首

九六

花農仁弟館丈大人惠覽：

老耄善忘，書來忘答，其意固以爲已答也。久疏箋候，職此之由，殊有「甚矣吾衰」之歎。陛雲入京，率布一牋，并呈微物，定入照矣。所惠牙梨、蘋果均佳，色香味未改。伏惟台候勝常，幸甚。兄眠食亦尚如常，寓中亦均好，足以告慰。惟吳下自二月以來雨水連緜，春寒特甚，至今尚服狐裘。百花消息，亦皆遲滯，田間豆麥，難望有秋，處此時艱，不勝浩歎。兄杜門不出，謝絶應酬。明日潘譜老開吊，廿餘年老相好，本擬一往，如此淫雨，恐亦不能矣。郎老尚時相過從，今年詩興甚好，兄亦不免爲渠伊所牽率也。去年之詩，竟得一卷，至今未刻成，手民亦怠緩至此，無如何也。承惠櫻人，一詩博笑。此頌台安。

兄樾頓首，二月廿六日

尊夫人以下均此。

桓士已來相見，尊詩伊已録存。傷痕已愈。

詠自行櫻人

剪櫻爲足紙爲衣，蹀躞而行不用機。巧似棚中牽鮑老，輕於盤内舞楊妃。鴛鴦對對皆成耦，螻蟻團團大合圍。每二枚爲一耦，然并置盤中，亦復可觀。博得兒曹都聚看，終朝鼟鼛閙房幃。

花農仁弟一笑。

樾

九七

花農仁弟館丈賜覽：

前承寄示蘇詞，但詞意不甚可曉，不如大著詩詞之清麗可誦也。續奉手書，并寄示唐碣拓本，甚精，較王居士塼塔銘更勝，亦一名蹟也。胡中丞所考亦明，但於愚意有未愜處，輒作長歌一篇正之。吾弟以爲然否？近來疲於筆墨，不能多寫字，寫字多則臂腕皆酸疼矣，故此歌不能親寫，付鈔胥寫奉。又二歌一律，并鈔寄，均請吟正。兄精神殊減，不似往時，可嘆。老弟想優游如故，幸自愛。率頌台祺。

尊夫人、郎、愛均候。

愚兄樾頓首，四月朔

九八

花農仁弟館丈閣下：

前寄上王處士碣詩，未知已塵青照否？得陛雲書，知曾在尊齋賞牡丹，想詩酒逍遥，甚自得也。兄益衰邁，杜門不出者一年矣，本月十八日偶思一出，爲任筱沅、汪郎亭得孫、章式之道喜，竟不果往，真可謂門外即天涯也。惟得詩頗多，無聊之極，聊以自遣耳。眼昏臂痛，竟不能多寫字、多看書矣。兹因式之之便，附去魚肚四片、玉蘭片兩匣，乞哂入。又瓜子四瓶，頭油四瓶，均乞轉交絳霞。手此，敬頌台安。

尊夫人及郎、愛均候。

兄樾頓首，十一日

九九

花農仁弟館丈賜覽：

久未接信，於陛雲信中知興居佳勝，甚慰遠懷。兄杜門養疴，豪無佳況。四月十八日已準備出門而仍不果，看來此車長懸、此門長杜矣。老嬾遂以成例，可笑亦可憫也。無事則以閑書消遣，連日看《海上繁華夢》一書，頗佳，從前有句云「拼將暮史朝經業，都付南花北夢間」，今日允蹈斯言也。郎亭常來，興高采烈。王居士碣尚在伊所，未索歸也。兄今年作詩頗多，有《王處士壽詩册》一詩，附呈一覽。慕陶有信來否？絳霞安好否？念念。章式之已到京，想託帶信件早到矣。茲因王少侯之便，附去薰魚子二匣、藕粉二匣。敬頌台安。

尊夫人、郎、愛均此。

兄樾頓首，五月十九

一〇〇

花農仁弟館丈閣下：

前託王少侯帶致一函，并附微物，奈渠從陳筱帥北行，直至閏月五日始附安平船去，計日內方可到京也。司徒伯譓來見，交到手書，并惠賜食物，謝謝。大作亦即拜讀。前承示《萍蹤初印集》，正如初日芙蓉，及讀《花塼重影集》，又如天上碧桃、日邊紅杏，自然名貴。君身仙骨，非凡俗所能望也。兄自六十八歲後不赴人筵席，然亦不廢應酬，至八十二歲後并此而廢之，老嬾成例，可笑亦可歎也。既已莫往，遂亦莫來，終日蕭然，惟以閑書遣日而已。今秋雖有重宴之舉，恐亦未必能往也。率復數行，即請台安。

尊夫人、郎、愛均吉。

愚兄樾頓首

一〇一

花農仁弟館丈閣下：

司徒君及鍾君南來，帶到惠函，并承賜食物，足徵雅愛之深。疊頒大集，亦皆領到，校刊精美，不獨見境地之從容，抑可見精神之淵著，爲之欣慰。并知園中芍藥去歲新栽，今歲即開至四十餘朵，何其盛也！曲園牡丹，只開兩朵，花事盛衰，何啻霄壤。又承封寄並蒂者，雖已萎謝，猶約略可以想見也。兄杜門不出，興致豪無。郎亭既有胞弟之戚，又殤其孫，亦許久不見矣。春天兄吟詠頗多，入夏則匙，蓋精神衰則詩興益減矣。小孫豪無學識，謬列特科，適足爲愧。後日引見，未知何如也。率復并謝，敬頌台安。

尊夫人以下均候。

愚兄樾頓首，六月八日

六橋已到滬，而所帶信件未來，大約到杭再寄耳。

一〇二

花農仁弟館丈：

疊奉手書，并惠珍品，六橋來，司徒君亦到。又寄來果脯等，深感盛情。居士碣又得朱拓本，亟思標飾，張之坐右。其墨拓本久爲郎亭取去不歸，即以贈之矣。又知有絳帖及十七帖考，想必精詳，亟思一讀。日來盛夏，園林花木扶疏，想益饒清趣。令郎計必仍赴汴應京兆試，渴盼捷音。兄杜門不出，郎亭喪其弟，字李門，行四。又殤其孫，意興不佳，亦久不來矣。小孫濫列特科，亦無甚實際，然已僥倖。肅復，即請台安。

尊夫人、郎、愛均候。

愚兄樾頓首，六月廿一

一〇三[1]

花農仁弟賜覽：

連接手書，并疊拜蘋果、鮮合桃及食物之賜，又屢示喜箋、序目及萍蹤、花影諸大集，具徵摯愛逾恒，并悉興居佳勝。花瑞又呈，此賢郎今年高捷之兆，及老弟不久光復之徵也，賀之。兄才盡江郎，欲作一詩而不得，姑書此以俟後驗。又承綺霞製贈大兒婦金杖一枝，當即交付，歡喜奉持，再三稱謝，請爲轉達。承示重宴鹿鳴人員，喜添得王其衡一人，惜不知何省何科，大約是癸卯同年，檢《甲辰齒録》無此公也。查係禮部據咨奏，不知所據之咨由某督某撫，如知之，即得其省分矣。兄衰老頽唐，杜門不出，日前忽有歸安同鄉自山西貽書大罵，謂：公之議論著述，足以死亡中國人士而有餘。覽之悚然，誤天下蒼生者，竟是老夫乎？憶丁酉年兄與廖穀似中丞書云：弟主講詁經三十年，將來必有兩種議論，一謂曲園在此造就人材不少，一謂兩

[1] 本札輯自嘉德二〇一〇春拍第八二三三二號。

浙人材皆敗壞於曲園一人之手。不圖今日果有此言，則亦不敢辭也。附聞之，博一笑。子原調守吴郡，履新尚早，大集即當寄與之。郎亭不甚得意，又患時感，久不見矣。吴下多病，乃天時使然，幸尚輕，服正氣丸、蘇合丸即愈也。手此，布頌台祺。

尊夫人、郎、愛均候，并候綺霞，乞轉致。

愚兄樾頓首

一〇四

花農仁弟館丈清覽：

疊承嘉貺，均經拜領，蘋果等色香味皆佳，口福也。昨接廿一日手書，敬悉興居佳勝。大世兄赴試汴梁，尊夫人親送，計此次必奪標而還矣。尊集已分惠郎亭、季文，同屬致謝。恩中丞既向無交情，似可不送也。陛雲雖得記名，然今昔情形，恐不能追步芳塵耳。承探示重宴人數，較兄所聞者多王其衡一人，惜不知何省人。檢《甲辰同年録》，無此公，則必癸卯同年也。兄近刻《惠耆録》一册，去年同請諸人亦刊入之，如刻成，當奉贈一册也。日來杜門不出，已經年矣。頽唐益甚，惟看閑書銷遣，可咲也。手肅，敬請吟安。

愚兄樾頓首，乞巧日

一〇五

花農仁弟館丈惠覽：

昨拜手書，并承以兄又抱曾孫頒賜衣飾。發函之次，爛焉溢目，婦豎傳觀，驚喜讚歎。此子生時，兄只告知其外祖許子原而已，此外概不使聞，亦不分送喜蛋，吴下雖汪郎亭、沈旭初、惲季文、潘濟之均不之知，蓋深恐其費心耳。乃承遠道餽遺，良增愧恧。大世兄何日還京？試作想必得意。二世兄以郎官到部，亦甚望其仕學兼優也。小孫得無益之特科，而考差轉不能得，未免失望。老懷爲之鬱鬱。近來意興益衰，并吟詠亦將輟筆矣。肅謝，敬請台安。

尊夫人、郎、愛均賀。

愚兄樾頓首，中秋

一〇六

花農仁弟館丈惠覽：

前日由唐君寄到手書，并玩器一匣，賚及兒曹，同深歡抃，即老夫亦取泥屋二所，瓦塗以墨，牆塗以硃，仿佛如山廟然，置之小木假山中，極可觀也。謝謝。順天想不久揭曉，公澤試作，想必得意。《汴中題名録》傳至吴下總在九月望後，再當函賀。觀山分何部，計已掣定矣。近日部中印結如何，想尚可觀也。兄寓蘇意興闌珊，精神亦覺疲茶。重宴之舉，决計不赴，孤負盛典，亦説不得矣。有詩一首，在小孫處當可見也。小孫擬令小春乞假南歸，明春再入京，只算處館，且放年館回家度歲耳。手肅，敬請吟安。

尊夫人、郎、愛均候。

愚兄樾頓首，九月八日

一〇七

花農仁弟館丈惠覽：

辱手書，并寄示先像四册。拙書本劣，刻之愈劣，不足傳示後人也。至其中尚有二葉刻錯，必宜修補，今特裁出寄覽，可命手民再一奏刀也。兄意興豪無，前一詩知已照入，續又有一詩，亦呈一笑。小孫計已出京矣，故不作函也。手此，敬請吟安。

尊夫人及郎、愛均吉。

兄樾頓首，廿六

一〇八

花農仁弟館丈閣下：

陛雲南回，得手書，并承惠白菜百斤。鄙人最喜喫菜，不特見垂愛之深，抑且見相知之雅也。聞大世兄嘉禮即在此月，於十月小春行百年大禮，今歲盈門有爛，明歲此時充閭有喜矣，賀賀。憶從前兄成婚時先大夫有詩云：「但使登堂得佳婦，何妨攀桂緩今年。」敬爲誦之，想兩新人定亦爲之莞爾也。兄意興闌珊，鹿鳴盛典亦不能赴，有詩呈覽。王其衡，未知何省何科？承又查出一人，但兄刻《惠耆録》未及增入，只好再設法挖補矣。吳莆卿司馬已到，承屬自當留意。但以閑人説閑話，未足動當途之聽耳。東事未知若何了結，吾人徒抱杞憂，真無謂也。手肅，布賀大喜，并頌台安。

尊夫人、郎、愛均賀。

愚兄樾頓首，十月十日

浙撫聶仲芳中丞、浙藩翁小山方伯又傳電音來，請赴宴，亦以電覆之，再賦一詩

吳下經年閉户居，巾箱綬笥總生疏。余在吳下，杜門不出，一年有餘矣。客至，概以便服見。青雲未合陪新進，紫電徒勞到敝廬。衮衮諸公虚勸進，皤皤此老久懸車。惠耆小録聊編纂，也算名山一卷書。時輯《惠耆録》，紀重宴之事。

樾

鹿鳴之宴，以衰病不能赴。又由布政司行湖州府委員齎送銀花兩枝、銀爵杯一具，祗領敬賦

八十衰翁老柏塗，宅加切。偶因年例拜休嘉。黄封許飲上尊酒，白首叨簪御賜花。鄭重官符行郡國，便蕃恩禮到山家。他時尚有瓊林宴，能否重邀異數加。

樾

一〇九

花農仁弟館丈賜覽：

客臘盈門大喜，曾肅賀牋，定塵青照。新正接到兩函，一是仲冬下浣所發，有「群經始明」四字，筆力奇偉，大可勒石名山，摩崖深刻，留千秋一名蹟，若施之春在堂，則鄙人殊不足當此四字，奈何！又一書，乃臘月中旬所發，附有《絳帖考》一本，知于此帖用功深矣。兄於此素未講究，未免茫然，近來又精力不佳，嬾於探索，對之增愧。兄近來意興益衰，去年臘八爲恩中丞所嬲，熱鬧一日，有詩紀之，附奉一笑。今年元旦又有一詩，一并附覽，亦庸筆也。然此詩和者

頗衆，郇亭至十二疊韻。處此時勢，無可如何，姑借此排憂銷日耳。小孫一時未能進京，在家中又一無所事，如何如何。尊齋中有緑牡丹之瑞，洵不易得。憶從前曾爲許星臺賦此，每句皆用「緑」字典故，不得以「翠」「碧」等字替代，亦詩中禁體，惜彼時録詩謹嚴，此詩不存於集，遂不復記憶。今欲再作而不能，亦江郎才盡之徵。手復，敬請吟安，另片奉賀。

愚兄樾頓首，元夕前一日

一一〇

花農仁弟館丈賜覽：

元宵由郵局遞一函，曾收到否？承寄賜大篆字，已經函謝，大著《絳帖攷》亦收到，素未致力於此帖，竟不能贊一詞，甚愧。新年承賜柬致賀，具見老弟多情又多禮。實則多年老弟兄，可不事此繁文也。新春以來，伏惟台候多福，瀛眷均安，定如所頌。兄則頽然老矣，時事又如此，殊有不如無生之嘆。小孫暫棲家衖，以觀大局之定。尊册題首奉還，不足以穢佛頂。拙著《惠耆録》并有詩附政。外食物二種，燕窩糖二匣，茶葉四瓶。聊以伴函。星樞舍姪孫已習洋派，行李無多，故不能多帶。又二件，玫瑰醬一罐，笋乾兩簍。乞轉致綺霞爲荷。慕陶有信來否？手此，布頌春禧。

尊夫人、郎、愛均福。

愚兄樾頓首，正月廿四日

再者，去年任筱翁見過，勸余勿作詩，勿寫字，雖不能盡從其教，亦當節之，惟以閑書消日而已。章式之爲借到一彈詞，乃敷衍《北史》魏、齊、周、隋四朝之事，詞句俚俗，在彈詞中爲下乘，然竟是胸羅一部《北史》及《北齊》《周》《隋書》者，且尚是明嘉靖十一年寫本，無一殘缺，亦一奇也。附及之。樾又頓首。

一一

昨日一函，并有微物，託六橋帶京。乃發信後又得惠函，并詩及序文一篇。敬悉台候萬福。詩非衰朽所敢望，序則又似尊著之序，而轉爲寒宅異日家乘增光，不禁喜笑。兄病益不支，陛雲爲兒女輩醫藥所累，憊甚矣，想六橋能面述也。手此，再頌春祺，匆匆不一。

花農仁弟館丈

樾拜上，二月十三日

一一二[一]

【上缺】刻亦趙孟視蔭之意，今以七紙，寄奉一笑。另有長歌一首，付刻未成，即以鈔本寄覽。詞氣平弱，亦見其衰也。寓中均平順，小孫一時未能進京，然在家亦無謂，徒多應酬而已。尊夫人留寓數日，簡褻之至，今因其北歸，附此奉候，即頌台安。聞少夫人有夢蘭佳兆，抱孫在即矣。先此豫賀，惟鑒不宣。

館愚兄樾頓首，初九

[一] 此札輯自嘉德二〇一〇春拍第八二三三二號拍品。

一一三

花農仁弟館丈惠覽：

前接手書，知尊夫人到京平安，兩郎君均以郎官供職，二少君已聯姻，喜事即當辦理，大少奶奶夢蘭佳兆，想不久玉燕投懷矣。喜氣重重，均可爲老弟賀。兄病已一百廿日，而頭目昏花，腰腳軟弱，只能在房中起坐，每日午後坐藤椅子，使人舁至外齋消遣兩時許。如此光景，萬不能復元。檢拙著碑傳中，得此病者頗不乏人，丁君松生即其一也，又宣化太守鄭君亦其一也。彼等皆病三四年而終，然其年皆比我少，若兄之耄老者，恐不能如此之久也。小孫因此不能北來。恩藝棠中丞臨行奉留江蘇考察商務，免扣資俸，計亦良得。但聞近來此等人員亦復不少，未知所謂不扣資俸者究竟可靠否。如吾弟清閟堂有極熟之人，能爲一問否？敝寓均好，勿念。兩曾孫女年長，均未許嫁，亦頗關懷。長安有佳子弟，能一物色否？即膠續亦無不可也。絳霞到湖南，時有信來否？想必安健，彩郎計亦聰吉也。手此，敬頌吟安。

尊夫人、郎、愛均此。

兄樾頓首，六月廿五

一一四

花農仁弟館丈惠覽：

尊价至滬，寄到手書，并果脯、白菜等，感謝之至。先德墨寶，敬謹展觀，嘆爲希有，謹題一詩，并署端數字。又前示臨米一長卷，亦題一詩，但一時乏便，未克寄京耳。兄病體如常，仍艱步履，每日舁至外齋，雖尚不廢嘯歌，然人事一切皆廢，真所謂廢人矣。小孫在蘇，徒多應酬，甚無謂也。恐煩懸念。匆此布復，即頌台安。

尊夫人、郎、愛均候。

愚兄樾頓首，廿日

一一五

花農仁弟館丈賜覽：

許宅紀綱還，奉到手書，并惠寄白菜，甚佳，較此間市上所購者風味迥殊也。又承示大作六章，清詞麗句，美不勝收，真仙才矣。頹唐筆墨，枯澀無花，不能屬和爲愧。萬壽恭祝，自有照例之恩施，或云五品以下復原銜、五品以下降二等，但未知三品以上大員則當如何，想禮部於事後必當照例辦理，但無明降，即部中亦未必一一知會本員。想老弟聞見最廣，自能探知，幸示知爲盼。兄病體如常，或尚能過此殘冬，亦未可知。小孫終日應酬，碌碌於學術事功，恐從此坐廢，亦無謂也。老師何以教之？所示臨米及先德手摹吉金文字，均各題一詩，聊以報命，但已届封河，恐年内未必能寄矣。兩郎君計從公平順，兩令愛想亦頻有信來也。手此，布頌台安。

尊夫人、郎、愛均候。

兄樾頓首，小孫侍叩，初五

一一六

花農仁弟惠覽：

前日一牋，布謝白菜之惠，并告收到手書長軸，定塵青照。入新歲來，想吉事有祥，定如所頌。兄無他病，惟精氣神三者俱盡，萬不能久。身後事已詰誡詳明，函封以待。茲有一事，聞於左右。閱小孫致尊處書，有父子之稱，此乃通家之誼，暱愛之辭，原無不可。然施之尺牘，則非所宜。兄從前於仁和孫竹孫先生亦有此稱，然致書則仍稱表姑丈也。近來如姚穀孫，乃内人胞姪，姚魯卿，乃二兒婦胞弟，見面時亦呼我乾爹，然致書時則穀孫仍稱姑丈，魯卿仍稱姻伯也。即尊處與小孫書，亦止稱仁弟。兄已面命小孫，以後致書仍稱世伯夫子大人，庶爲得體。想高見亦必爲然也。力疾布泐，未知此後尚能作書否。如開春後託芘平安，再當詳布。此頌春祺。

尊夫人以下均此。

兄樾頓首，臘二十四

一一七

每日午後坐藤倚子，使人舁至外齋，然亦苦人力之勞，因於藤椅下施四輪焉，遇平坦處則以輪行，稍省人力

爲憐辛苦舁籃輿，小運圓機試疾徐。道上不馳五花馬，家中翻坐四輪車。雖愁户限高難越，且喜堂塗寬有餘。若遇少游應笑我，逍遥下澤願終虚。

書奉一笑。

樾

一一八

花農仁弟館丈：

新正一牋，定照入矣。胡葆生庶常進京，又託帶一函，奉上令孫彌月微禮手卷二箇。及拙詩《甲辰編》一卷，未知何時達覽也。春來，伏惟興居多福爲頌。兄頭目昏花，肢體軟弱，益復不支，百事廢矣。法書手卷二軸，率題數語，聊以報命。兄《元旦詩》《立春詩》等，滬友以鋼版摹印，寄呈數十紙，又續刻《楹聯》一本。不足當輦下詩君子一笑也。率布，即頌台安。

尊夫人、郎、愛均此。

附呈食物四種。

愚兄樾頓首，二月七

一一九

花農仁弟館丈閣下：

疊接手書，悉一切。六橋交來既只一函，則鄙人亦必止此一函，老耄之言，不足爲準也。比惟興居佳勝，潭第綏和，定如所頌。南中陰雨連緜，入夏而春寒猶在。小孫昨回浙掃墓，湖上大水平隄，響水閘聲如怒雷，蒓菜均没水中，求一莖而不可得。小孫因借中丞輪船，匆匆往返，湖樓山館，均未勾留。湖上甚興旺，香港一富翁在高莊左近造一大莊，用銀十萬，然寶石山前洋房如蜂窠。兄幸而不往，若往則惟有向湖山一慟而已。尊祠及彭庵均無恙，城中則未謁一客也。彭詩石刻，大約不久可成，前改良之件，「改良」等字殊觸目，然用之此却合。計亦當照改矣。兄今年亦仍作詩，仍絡續付刻，但未成耳。兹因許宅之便，寄去火腿兩肘，瓜子四瓶，蕙香紙一包，枇杷葉露四瓶，聊以將意，均希哂入。許宅動身忽促，率筆布泐，即頌台安。

尊夫人、郎、愛均候，令孫聰吉。

愚兄樾頓首，四月初六日

一二〇

花農第二郎君策雲駕部乘輪船南下，至黑水洋，觸俄國所伏水雷，全船炸裂。躍登小舟，舟小人多，登時覆没。策雲力扳船舷，探頭海面，與海水浮沈者一時許，遇救得生。諺云：「大難之後，必有大福。」輒以詩賀之

天將奇險鍊奇材，黑水洋中異境開。滚滚頭邊走鯨浪，轟轟脚底起魚雷。水雷亦稱魚雷。若非忠孝傳家在，那得波濤奪命來。我亦曾經覆舟者，坳堂小水僅如杯。余庚戌年覆舟青楊浦，其地水面僅數丈耳，然此行也，成進士，入翰林。今策雲之險，萬倍於余，異日所至，其可量乎？

曲園俞樾初稿

一二一[一]

花農仁弟館丈惠覽：

許紀還及郵局遞到之函均收到無誤，承惠大參及果脯等，具徵垂愛之深。又示臨會稽碑及香山記，偉人偉筆，皆足千古。屬題記，一時未敢草草下筆，且亦笨重難寄，好在從者秋冬間必回南，當可面致也。尊寓想均安善，世兄輩且在部當差，每月印結，亦不無小補，暫緩請外，亦無不可。時事日難，外間亦紛如亂絲矣。兄近來頭目昏花，日益加甚，步履更咫尺難行，每日坐籐椅出至外齋，只好算作泥菩薩矣。小孫前兩日亦患重感，幸服藥即愈，不至成大病耳。數日來暑熱頗劇，總有清涼，仍苦鬱悶也。郎亭常見，前信及書均交到矣。兄仍時時作詩，然詩格益卑下矣。今年所作詩曾刻十四紙，記已呈覽，以後續刻當續寄也。《春在全書》近亦刷印，擬將數部分貯名山，爲五百年後計，蓋逆料一二百年必無披覽吾書者耳。手肅布謝，即請

[一] 本札現藏俞氏後人處。

頤安。尊夫人及郎、愛、孫世兄均候。

愚兄樾頓首，六月七日

一一二〔一〕

花農仁弟臺館丈：

曉淵來，接奉手書，并承惠參枝。此貴重之物，何堪屢賜，雖感扶衰之雅意，殊涉傷惠之微嫌，拜領之餘，感悚感悚。又示法書《岳陽樓記》，與前會稽、香山，得三大手卷，真奇觀也。兄均已題數語於末幅，如許汲侯舍外孫月初入都，當令其帶呈，如或遲至八月初旬，恐汲侯北去而台旆或適將南來，反致相左，不敢託帶也。東瀛小牙章精絶，率成一絶，聊奉一笑，不足示金君也。昨又從三六橋自杭州寄來手翰，内有令孫照片一張，奉覽之下，婠妠可喜，真英物也，文敬、文穆兩公之後得此寧馨，九世其昌，可爲君家卜矣。亦擬作一詩，未敢率爾。小曾孫慶實

〔一〕本札現藏俞氏後人處。

見之，曰：「比寶寶好。」嘉其甫周二歲，已知禮讓，故以附及。吴下天時，忽而大熱，忽而大凉，前日葛衣摇扇，今日三夾衫矣，殊亦新法乎？兄及二兒婦皆感冒數日，幸皆痊愈，然如此天時，難保無繼之者也。子原喪明，請期服假，實亦可以不必。子已出繼，則服已降矣。若因胞姪而請期服假，是疏之也。吴下多事，姑借此偷閑，亦無不可。郎亭比來亦較往年稍衰，不見逾旬矣。薄感初愈，率筆布謝，即頌秋釐。尊夫人及郎、愛、少奶奶、令孫均候。

愚兄樾頓首，廿一日

一一二三[一]

貞盦老弟惠覽：

許宅紀綱還，及疊奉由郵局書，承惠參枝、果脯及手卷、屏幅及《長生録詞》以及《日邊續唱》等，均收到無誤。柳門處信件亦即交去矣。就諗興居佳勝，翰墨清娱，真大福也。較之航

〔一〕本札現藏俞氏後人處。

尊卷香山記業海萬里，考察政務諸大老，何啻天淵耶？兄頭目昏花，腰腳軟弱，殆不久人世矣。光緒三十已題二絶句，又會稽秦石大字，擬作一詩，云：「海内奇觀六十字，前無斯朋後無繼。光緒三十有一年，琪也作之樾也記。」此二十八字，質樸無文，頗與相稱。但未寫上，因未定寫隸書、寫行書耳，至篆書則不寫，有美在前也。《長生錄》自是奇作，兄老耄，未能統閲一過，擬定功課，每日讀四首，作六日了之，但未知有無作輟耳。已命小孫細核一通，計得一百九十一人，未知不誤否，恐尚有遺漏。兄頗亦思作數首，然非如老弟之腹笥便便，又得筆精墨妙，必不能成。且「長生」二字，雅非兄所樂聞，何也？「壽」之一字，殆有兩等，昔周之盛也，其詩曰：「樂只君子，萬壽無期。」此壽之可以爲福者也；及其衰也，詩曰：「知我如此，不如無生。」此壽之不足爲福也，豈可一例而論乎？今文《尚書·洪範》一曰富，然則必作二曰貴，是今文家言五福，無壽，壽非福也。偶發此論，老弟必不以爲然。尊處吉期定於何月，已檢定否？文旌何日南來？渴盼，渴盼。湖南、貴州均有安信來否？手肅布泐，敬頌暑祺。尊夫人、郎、愛、孫世兄均候。

愚兄樾頓首，六月二十

一二四[一]

貞盦老弟如晤：

二十日曾布一牋，未知收到否。昨又奉來書，知大世兄派有佳事，則京寓自足優游，不必急急圖南也。二舍外孫人太忠厚，且多疑易怒，已有痰疾根荄，得世兄挈之到部，隨時提挈之，大妙。昨子原來，已告知之矣。吴下比來酷暑，爲數十年所未有，衰年逢此，頗覺爲難，《長生籙詞》略讀一過，率題四絶，嬾於謄寫，命鈔胥録奉一笑。揮汗泐布，即頌暑安。尊夫人、郎、愛、孫世兄均候。

愚兄樾頓首

[一] 本札現藏俞氏後人處。

一二五[一]

花農仁弟館丈惠覽：

前承寄各件并參枝及令孫照片，曾詳復一函，定塵青照。吉期伊邇，未識大旆何時南來？盼之。會稽、香山、岳陽各大筆，均題數語，以誌傾仰。玆因許汲侯外孫北來，先將會稽一件寄上，以此件最重大也。汲侯八月望前必可到京，想吉旌想未南下也。外附去枇杷葉露四瓶，茶葉兩瓶，蝦子兩瓶，頭油四瓶，聊以伴函。率布，即請秋安。尊夫人、郎、愛、少奶奶及令孫均候。

愚兄樾頓首，八月二日

[一] 本札現藏俞氏後人處。

一二六

花農仁弟臺館丈：

前日接復書，知初八日一書已塵青覽，戔戔微敬，聊伸友助之忱，叨在通家，自慙菲薄，乃承齒及，顔汗多矣。惟兄此款是專人送交，子原百朋則由莊家匯寄，因計匯到已在吉期之後，故匯交坤宅，轉致新郎，乃至今已二十日，尚無回信。子原昨有事至滬，想必可詢悉也。柳門處謝函并梅叟詩二册，均即送去，未有復信，伊事頗忙也。桓士處已將尊電送閲，而桓士適不在寓，故至今未得其消息。聞桓士近在滬，未知策雲與之相見否。兄昨致策雲信，勸其趁小春風日晴和，早作北旋之計。過此以往，則朔風多厲，航海較難矣。若吴下之行，倘無他事，專爲老夫，則此情雖可感，此行殊可已也。未知策雲果從吾言否。尊意以爲何如？先敬穆手蹟及董書《金經》，均爲龍宫取去，亦藝林中千古一憾事，殆亦佛家所謂劫數，無如何也。安甫、潤甫詩均收到。陛雲有覆潤師書，兄有和作，即附其内，便中飭送爲荷。潤甫两集，兄爲小序，亦乞轉致之，未知有當其意否。兄近来又刻得近詩十二紙，與前所寄者相接，故將散片奉上。如前寄者尚在，可釘成一册也。另二册，乞分致安甫、潤甫两君，并告以尚未成卷，故未裝釘，但用帋封黏而已，勿嫌草草也。手此，敬颂台安。

尊夫人以次均候。

愚兄樾頓首，九月廿七日

一一七

花農仁弟館丈：

日前曾肅一箋，并詩一首，又附去梅叟詩序及陛雲上安甫師書，未知已入台照否？比惟興居佳勝，瀛第吉祥。令孫想益長成，試周在即，提戈取印，真英物也。兄不克親賀，謹奉上衣飾數物，聊致微忱。適有舍親至滬，即託其帶交策雲世講收置行篋，歸日帶呈，以免郵寄之煩，幸哂存之，所謂不以菲廢禮也。兄近狀如常，不足稱述。人行怱促，率筆布賀大喜，即頌台安。

嫂夫人以次均賀。

愚兄樾頓首，十月十日

一一八

花農仁弟館丈賜覽：

前疊次寄函，并附有安甫、和甫兩公信件，未知曾否入照？令孫彌月，兄略備微禮，託便人帶滬，交策雲帶京，未知策雲何日北旋，已有定期否？兄因封河日近，勸其早整歸裝，而聞策雲有鑒於前，擬改由陸路，然聞陸路亦頗費周折，於挈眷又不甚相宜，究未知其何塗之從。兄適遣余德至滬，命其親見策雲，想其回來必有實信也。陳桓士前日來寓與小孫相見，言尊電已接到，即由敝處轉交。而目前無錢，不能相助，俟得有差缺，再圖報命。其言如此。想伊自必有函達尊前也。京師時局日新，得之新聞，翰林有概令改外之議，未知果否。小孫株守玉堂，亦屬鷄肋，如能改外，未始非計，然候補人員在外省亦多於鯽魚，終究乏味耳。此時此勢，但得稍充饘粥，竟以不出爲是，惜乎不能也。兄卅年來筆耕尚可，所惜者不節即嗟，至今轉無良策矣。幸眠食尚好，惟頭目昏花日益甚矣。手肅，敬頌台安。

尊夫人以次均候。

愚兄樾頓首，十八日

致徐琪

一一九

花農仁弟館丈：

前接手書，拜讀耳封，知惠白菜，誤付洪喬，其信則由郵局寄到無誤。子原處亦收到也。寄來書籍，遵即轉致郎亭、子原。嗣又兩奉惠書，并和拙作「材」字韻一首，又《菊樹》《繡毬花》詩，并《日邊酬唱》、粤中楹帖，亦即分致汪、許兩君。曉淵回家，俟其來再付之。此君已委署太倉州同，明年海運不預矣。策雲聞於廿八日趁輪北上，計日來可抵都門。華堂喜氣盈門，高朋滿坐，想又有一番盛事。今年花瑞疊見，良不虚也。大作絶佳，一時未能屬和，容俟續寄。汲侯聞初一日乘景星船南下，計亦不日可到。子原適因秋勘，便道赴滬就醫，橋梓當可同回。所惠白菜，必可拜領，三十顆變爲四顆，此則老夫口福之慳耳。承示翰林三年保府，九年保道，此説不見明文，究未知確否。小孫資俸甚，三年則有餘，九年則尚遠，見在亦未知究竟歷俸幾年。老弟如有清祕堂相好，乞爲覓玉堂譜一分，不必新者，即春夏間舊本可也。幸爲圖之，如得，即由局寄下爲荷。手此布託，即請冬安，并賀大喜。

館愚兄樾頓首，小孫侍叩，十一月四日

尊夫人、世兄輩均好，不一一。

正在修函，適謅得《繡毬花》詩一首，率録呈正。

花農以盆中繡毬花有二朵，自二月開至十月，賦詩紀之。輒同作一首

曾向春風鬥豔陽，至今十月尚餘芳。花神大洩圖球祕，香國長開蹋踘場。五彩彰施留得粉，一團和氣不知霜。移將三友圖中去，莫被金哥抛打忙。元人《梧桐葉》襍劇，有唐宰相牛僧孺女金哥抛繡毬打中武狀元事。

樾初稾

一三〇

花農仁弟館丈：

汲侯來，兩接手書，并承惠白菜四顆，此足供老夫十日之餐矣，豈止兩頓哉？菜味甚好，較上海買來者殊勝也。又示照片二紙，美哉髯乎，勝未鬚時萬倍。據此像，雍容華貴，不日三台矣。然時局如此，又疑而未定，姑留此言，以待後驗。又承以二兒夫婦雙壽，頒賜畫幅，不特見著色之工，而且見會意諧聲之妙，可傳爲家寶矣。二兒三月二日生，兒婦九月九日生，同庚六十，寒家不作生日，而有人漏言於司道官廳，於是中丞以下無不光臨，然以不發請帖、不上差條，是以此外知者仍廖廖也。九月九日則以兒婦茹素，豪無舉動，一二親戚外，惟柳門及沈旭翁而已，雖季文不知也。今得大筆照耀，蓬廬增光多矣。接來電，知策雲夫婦於初七日到京，喜可知也。拙書賀聯，想必入鑒，得無笑此老筆墨陋劣至此乎？子原及郎亭處遵即傳知。紫芾不知何人。子原云，當是芾卿，策雲聯襟也。當由子原傳告之。知念瑣及。手復，敬頌台安。

館愚兄樾頓首，初十

尊夫人以次均此。

花農侍郎以盆中繡毬花自二月開，至十月猶有存者，賦詩紀之。余亦爲賦此

曾向春風鬥豔陽，小春已過尚餘芳。花天久聚神仙隊，朱長文《繡毬花詩》云「八仙瓊萼並含羞」，其實瓊花、聚八仙花，與繡毬並同類也。香國長開蹋踘場。二女同居元是玉，花存兩朵。一團和氣不知霜。移將三友圖中去，莫被金哥拋打忙。元人《梧桐葉》襍劇，有唐宰相牛僧孺女金哥拋繡毬打中武狀元事。

樾初稾

菊樹歌

昔聞江陰太倉菊，其高可至一丈許。我客吳中亦有年，未見日精如此鉅。江陰、上海、太倉，菊有高丈許者，見明太倉人所著《學圃雜疏》。徐子花農善藝花，菊花隔歲先抽芽。三尺短籬遮不住，尚留二尺枝橫斜。連日金風吹玉露，枝頭爛漫開無數。遂使陶令徑畔花，變成謝傅庭前樹。寄語君家好護持，明年更茁最高枝。試將鈿尺裁量看，壓倒人間金絞絲。菊有名金絞絲者，其高一丈，見《彙苑》。

樾

一三二

花農仁弟館丈：

前接來電，知策雲伉儷到京，即行函賀，并附去《繡毬花》《菊樹》詩，未知已照入否？前策雲在滬時，兄曾將伊託寫楹聯五副寄許令親處轉交，想必收到也。見在德門聚順，其樂可知，無任欣抃。兄老病如常，意興衰落，日惟以閑書消遣而已，不久人世也。時局如棋，日新不已，玉堂天上，已化雲煙，計改入文部者，大小不過八十餘員。此外裁汰之員作何位置，將來仍令其在京候補耶？有俸乎？無俸乎？抑概令請外耶？計必有詳細章程。此則外間所不及周知者，務望吾弟隨時探示，至要！小孫見在玉堂譜中，究竟名次第幾，伊本遇缺題奏之員，將來補缺有望否？亦不能不籌及也。自唐以來，翰林科第，吾儕及見其廢，亦不可謂非倖矣。手此，布請台安。

尊夫人以次均吉。

館愚兄樾頓首，十九日

一三二

花農仁弟館丈：

昨日電復，諒已照入矣。拙作奉題玉照詩，深愧不工，豪無新意，過承獎借，非所安也。貴親家使者南歸，知有寄惠之件，至今未到，繞道秦島，或不無遲延耶？然聞貴親家諸事不甚措意，如致書時，便中問及之，當一提其神也。蘇寓均好，天氣不甚冷。今年拙詩可得一卷，刻成再奉寄。此頌台安。尊夫人以下均此。

兄樾頓首，臘七

一一三三

花農仁弟臺館丈：

臘鼓聲中，春韻將轉，遥惟光依日下，福自天來，膝前則郎署交輝，孫枝迭茁，吉輝在望，抃賀良深。兄眠食如常，而精力日益衰頽，意興亦日形闌散。初二賤辰，舉家持齋，杜門謝客，惟汪郎亭、沈旭初兩君闖入門庭，各喫素麪一椀而去。乃承馳函致祝，非所敢當，計年内崧辰在即，敬以尊言還祝而已。前次惠件，令親家許君已寄來吴下，感謝不盡。近日絳霞有安信到否？念念。此賀年禧，并祝大慶。

夫人及郎君、少奶奶、令孫同慶。

愚兄俞樾頓首

致徐琪

一三四

花農老弟臺館丈：

疊奉手書，并累次所惠寄各物，一一收到。小孫薄俸幾斷，深荷玉成，戲倣來書語云：吏部阻力，不如花農先生運動之力也。感謝感謝。兩李君謝函，小孫已繕寄矣，想日内可到也。臘鼓迎春，春旗送喜，想花事益饒，吟懷益暢矣。茶塼拜領，并率賦一歌。又另一歌，并呈雅正。今年詩可一卷，正月間刻成再寄。梅叟復函，并乞轉致。郵局將停，艸布數行，敬頌台安，順賀年禧。

尊夫人、郎君、少夫人、女公子、孫少君均賀。絳霞有信來否？念念。

館愚兄樾頓首，辭司命日

陳蘭洲書言，今年杭州有人見我於南高峯下，賦此一笑(一)

以尻爲輪神爲馬，飛行直到南峯下。路人邂逅見鬚眉，驚曰曲園翁來也。惜我游跡無能

(一)　附詩輯自西泠印社二〇一九年秋季拍賣會十五週年「中國書畫古代作品專場」第一〇三四號拍品。丁小明先生見示圖片。

窮，我更徧游東岱、西華、北恒、南霍、中央嵩。濛汜以西扶桑東。下周地軸，上摩蒼窮。一瞬千里又萬里，歸來病榻臥未起。起來蹣跚行室中，右手扶杖左扶婢。

樾

一三五[一]

昨呈一函，定照入矣，《茶甎歌》大誤，乃由臥榻口占，未檢《説文》也。毛西河每使一事，必檢出處，殊愧之矣，今改正再録呈教，其意則猶前説耳。尊作佛語詩已讀一過，其語則佛也，其筆則仍仙也。手此，再頌新年百福。

花農侍郎館丈

樾拜上

[一] 本札現藏俞氏後人處。

一三六〔一〕

花農仁弟館丈：

去歲承惠各書件，無不收到，臘底又接到手函，并《攬勝圖》，精妙之至。事固佳，而圖亦佳，妙在無畫報習氣。兄從前曾欲繪《雲萍録》，而畫手不佳，揔有似乎畫報，故不果也。入新歲來，想光依日下，福共春來，遥企福門，莫名欣抃。兄眠食如常，而精神興致日漸衰茶，陸放翁終於八十六歲，兄殆將步其後塵乎？有元旦詩，録博一粲，如晤梅叟，亦傳視之。兄去年有復梅叟書，曾收到否？想老弟與之圍鑪覓句，踏雪尋春，清興均不淺也。陛雲如常，酬應碌碌，無謂之至，行止亦殊未定。順天學政，至今未放，此事或竟作罷論，然則北行何益？幸不作六品編修，且圖在家食俸而已。吾弟籌之以爲何如？手肅，布賀春祺，即頌台安。

館愚兄樾頓首，小孫侍叩，新正五日

尊夫人及愛、郎、媳、令孫均賀。絳霞有安報否？

〔一〕本札輯自香港淳浩拍賣有限公司二〇一九夏季藝術品拍賣會「守拙齋藏書畫」第〇二一〇號拍品。

再者，茶甎詩曾寄兩紙，均收到否？因前箋用典有誤，故又作後箋，均年底所發也。其前一箋仍寄還爲幸。兄去歲詩已刻一卷，共四十三葉，然元宵前刻工不動手，揔須二月初再寄奉矣。再頌吟福。樾又頓首。

丙午元旦 曲園試筆

平明爆竹振門牆，命陛雲於卯初祀門。喜氣迎來東北方。佳讖難符鄭高密，前年甲辰、去年乙巳，余非康成，不足應龍蛇之讖。耄齡已過郭汾陽。紅箋仍寫新年吉，仍依年例，寫「元旦舉筆，百事大吉」。緑菊還留去歲香。瓶中尚存菊花二朵。我是山陰陸務觀，不知更醉幾春光。放翁有詩云：「嘉定三年正月後，不知更醉幾春風。」時年八十六。

一三七

花農老弟臺館丈：

承和元旦詩，即肅報箋，并附和章，已照入否？入新歲來兩奉書矣，一親筆，一命小孫代筆也。春氣轉融，想平原花木有佳氣矣。兄自正初觸發宿疴，今始小愈，時臥時起，總在房中，未能出房也。去年詩尚未刻成，今年詩亦循去年之例絡續付刻，可笑也。時局日新，舊塵盡掃，詁經精舍及敷文、學海均一例掃除矣。昨詁經監院周子雲有信來，言及尊款，附奉清覽。兄意，如能提出最佳，但如何設法，如何措詞，頗爲難耳。請裁度之。前託查小孫實歷資俸，有可查否？學差是否裁撤，抑或改爲學道？能探一確實消息否？岳陽碑是何題跋？兄已不記，能録示大略否？梅叟想時晤之，爲道候。手此，布頌春祺，并頌潭福。

尊夫人及郎、愛輩均此。

館愚兄樾頓首

策雲信收到，病未能復，并及。

二月五日

一三八

花農老弟臺館丈：

接正月廿七及二月初七書，并示佳章，又承代請仙方，非垂愛之深，有逾骨肉，何以得此？感泐之忱，自不待言。但此等事，諺所謂「誠則靈」也。兄自問不能辦此，一片誠心，奈何！兄月初曾布一函，并附去周子雲監院書，述及詁經已廢，尊助之款宜如何交代，乞籌示，以便與郎老商酌。外録奉《精舍歌》，想亦有同歎，并請便中交章一山庶常一看。兄有信與之，亦求飭送爲感。外小詩二首，一奉和，一奉謝，均呈清正。梅叟來，亦可同閲也。兄日來只於房中坐臥，未能出房。至兄之腰痛並非腰痛，乃是發舊病。憶庚寅歲春間，在德清坐小舟掃墓，兄俯首而入，尚無所苦，及出則俯首而出，一出即昂頭起立，而不知背脊尚爲船蓬所壓，閃腰挫氣，遂始於此。以後逢春輒發，或輕或重，亦或不發，由來十七年矣，似不足爲大患，但以天時人事而論。兄今年必死矣，八十年後再來與公等相見耳，一笑。肅復，即頌台安。

尊夫人、愛、郎、媳及令孫均此。

愚兄樾頓首，二月望

十七年來病已深，並非二豎故來侵。莊周未悟養生旨，仲路翻殷請禱心。欲爲蜉蝣延短晷，致勞鸞鳳下遥岑。只愁時至終當去，空費仙方肘後金。

花農仁弟代請仙方，小詩奉謝

一三九〔一〕

花農仁弟臺館丈：

前日一箋，并附去章一山書及拙作《詁經精舍歌》，未知收到否？又以前寄一書，并附去周子雲書，而言詁經已廢，尊處捐助二千應作何交代，未蒙示復，亦未知收到否？春色融和，名園花木想益佳勝，嘯詠其中，更優游自得矣。兄病已算小愈，但容易虛陽上升耳，幸眠食尚如常，再隔一二日即當出至外齋矣。然老憊，不復能撰述，即作詩亦無佳意。枯坐何趣，自宜早謀歸計也。去年所作詩已刻成一卷。兄從前作詩不輕易存稿，近來則無稿不存，以致白葦黄茅，滿紙討厭，蓋年衰而詩亦衰矣。今寄奉四本，請存其一，而以餘三本分致闊和甫、何梅叟、章一山三君。我詩近多憂時感事，勿輕示人也。兹因曹小槎海運進京之便，附去南腿二肘，茶葉四

樾

〔一〕本札輯自香港淳浩拍賣有限公司二〇一九夏季藝術品拍賣會「守拙齋藏書畫」第〇二一〇號拍品。

瓶，肉鬆四罐，香冰酒六瓶，聊伴空函，即希哂納。手此，敬頌春祺百益。

愚兄樾頓首，二月二十二日

尊夫人、令郎、令愛、少奶奶、孫世兄均候。

前寄誉（榮）寶齋箋紙，望再惠少許。

一四〇[一]

花農老弟臺館丈：

許宅老姬來，接到白菜、蜜餞等，已肅謝函。又承領到春俸，此款向歸清祕諸公，今乃領到，非大力不辦也。麗參亦已向令弟處取來，費心，并謝。昨又接來書，并《湖天嘯詠》六册，信箋亦領到，謝謝。遵即分送諸處，餘二册則與小孫共讀之矣。浙撫處信乃三月十二所發，而至今未得回信，未知何故，殆當與司道商量耶？惟前此兄辭書局，亦二十餘日始得復，則亦不足怪

〔一〕 本札輯自香港淳浩拍賣有限公司二〇一九夏季藝術品拍賣會「守拙齋藏書畫」第〇二一〇號拍品。

也。桓士下游釐局，在鎮江府西門外，徑交郵局寄去，不必官封。如下次致書，由京師郵局徑寄鎮江，亦無不達也。子原已交卸，但未知調任何處，見在尚住郡齋，日内即擬回杭州掃墓也。大作《白牡丹詩》，丰韻天然，頗不易和。手此復謝，敬請台安。

館愚兄樾頓首，四月三日

夫人以下均此。

一四一

花農老弟臺館丈：

疊奉手書，并承惠白菜及《湖天嘯咏》六本，又魁和麗參，均收到無誤。兄已一一函復矣。昨得四月初五日來函，并修甫信及鈔來公牘。此事誤於兄之發信太遲，所以遲遲者，因前有致浙撫書，必待其復到始發也。然浙撫照會發於三月初七，而兄信則發於三月十二，如果前説已一定不移，則竟以「業已充公」四字函復兄處可耳，乃遲至今日仍未得其回信。并兄再辭書局之事亦未函復，何也？據周子雲四月初七日來信，似中丞之意又有活動，未知究竟如何，只好等其回信來再行奉聞矣。丁信及鈔件，一并奉繳，乞察入。兄病體亦只如此，承賜方，當試服之。然自計未必有效。古人云「當生而生，福也；當死而死，福也」。如兄者，亦何樂乎生耶？手復，敬頌台安。

尊夫人以次均候。

館愚兄樾頓首，十二

再啟者：揣中丞之意，照會業已發行，兄信續到，礙難轉圜，故有聽其自主之語。可否由老弟函致中丞？若不知有此照會也者，但云：聞精舍已廢，則前項無用，可否發還云云。庶中丞執此一函可以反行也。祈酌。

再，楚中大水，兄處得彭佩芝回電，知水已退，房屋無恙，人口平安，未識絳霞處亦有安電來否？甚念甚念。并希示悉。兄樾再頓首。

一四二

花農仁弟臺館丈：

兄四月十三日一書，未知已照入否？昨接十七日來書，知吴耳似南來，又承嘉惠，謝謝，然未到也。讀另箋，知前助之款慨然助入學堂，具徵高誼，轉覺鄙言之瑣瑣矣。且使中丞疑兄强爲干預，於意何居？是以接到尊函即草一書寄中丞，并將來書再啟一紙附去，以了此事。數月葛藤，一刀斬斷，殊快人心也。藩臬兩函，遵即分致。其公牘未知何日可以到院，敝處未必知，知之必爲力言也。紫泉病體恐不久引退耳。時事變遷，令人慨歎，老夫亦將歸去矣。肅復，即頌台安。

尊夫人以次均候。

兄樾頓首，廿六日

附致中丞信稿：

前商花農捐款一節，知蒙俯采鄙言，屬介軒翰講轉詢本人，具徵大君子虚懷若谷之意。但本人自不能别有他説，謹將其復弟信呈覽，請即閲看照辦可也。云云。

一四三[一]

花農仁弟臺館丈：

接廿二日手書，具見所見之高、所慮之深，非老成深識不辦，敬佩敬佩。丁信已交郵局寄杭矣。承寄太平詩翰，令人讀之有傷今思古之思。郎老處即送去，紫泉處病體未愈，事體亦未定，俟其定再送去也。奏銷已辦，行止亦不日可決矣。又承代領到春季俸米，可見神獅搏兔，亦用全力矣，感謝感謝。但爲數戔戔，必易銀備用，未免瑣屑，似不值得費此清心。竟請收入尊厨，作爲門房中人食米。如秋季再能領出，即照此辦理，亦不必再函知矣。至瀆神之處，無不心感也。承以賞全俸相況，此等諛詞似不宜出於長者之口。此何時乎？我輩萬難再謀生活。兄意，如陛雲能以本色編修終老此身，大幸之事，必不能已，則俟數年後或以知府截取，或以道員保送，聊借以餬其口，亦無聊之極思、不得已之下策也。提學使既到任之後須受督撫節

[一] 本札輯自香港淳浩拍賣有限公司二〇一九夏季藝術品拍賣會「守拙齋藏書畫」第〇二一〇號拍品。「再者」以下爲臺圖藏品。

制，未到任又須先受外國人之教訓，亦無謂極矣。手肅復謝，敬頌台安。

愚兄樾頓首

尊夫人以下均候。

再者，尊紀如有便至内城，望飭於國子監左近方家胡同買夾紙膏十數張寄下爲感。樾再頓首。

湖南水已退，彭宅幸無恙。絳霞有安信來否？甚念。又及。

一四四〔一〕

花農老弟臺館丈：

接廿二日手書，知小有清恙，非天時之故，乃地氣使然，今已全愈，一家亦皆康復，爲慰無量。小孫倖米，乃承齒及，寵之以詩，至與相倖並提，未免不倫矣。兄頭目昏花，日甚一日，殆

〔一〕本札現藏俞氏後人處。

將不支。而筆墨之累，仍不能擺脱，如何？尊處舊助詁經一款，已奉中丞提出發還，兄廿五日書中已詳布一切，今將中丞照會、介軒公牘寄閲，便知其細。此項兄已函介翁，不必由蘇轉往，由介軒從蔚長厚匯尊處矣。然匯寄銀兩不如寄信之捷速，恐非一月不達，匯到後宜函謝中丞，即由介軒處轉，介軒亦即藉此復中函之命也。至於一切葛藤，都已斬斷，尊處前兩次函達與不達均無要係，若所云京師學堂等語，丁函緻。亦不必説矣。尊贈翁事，無不竭力贊成，想陳中丞亦斷不作難也。兄一時未必即與相見，當先命小孫往見，説知此事也。濮子泉久病不瘳，進退惟谷；朱竹石又有大不得意之事；陸申甫賠墊過多；子原量移，幾同貶謫。吴下官場，無不垂頭喪氣也。京師滴雨皆無，吴下則愁霖不止，甚非佳象。肅復，即頌台安，尊夫人及令郎、令愛、令媳、令孫均候。

館愚兄樾頓首，五月四日

一四五

花農老弟臺館丈：

日前連布兩箋，告知尊助詁經之款已由中丞提出發還。兄即託介軒由蔚長厚匯京，未知何日可到。到後，望即作書謝中丞，由介軒轉達。并函知兄處也。曹小槎閏月底有信來，知在京尚有耽延，然則老弟託帶之函計到南尚早矣。節後想興居佳勝，觴詠逍遥，欣慰無似。兄病日增，而筆墨之累仍不能少。春蠶到死絲方盡，無如何也。小孫在南，亦無佳狀。子原大不得意，然不能不往也。以鄙人觀之，此行殊無謂耳。大曾孫女於六月初纏紅，年已長矣，亦不能再擇矣。曾孫仍讀中國書，略與參習中國史事，至如近日所行蒙學諸書，讀之恐無益也。時局變遷，正未有已，亦不能拘定目前格式耳。兹因外孫汲侯之便，寄上茶葉四瓶，碧羅春也。筍乾一簍，香蘭頭兩罐，蕙香紙一包，均請查收。再洋糖兩瓶，烘豆一罐，交付令孫，想近來益長成矣。手此，敬頌暑安。

尊夫人以下均候。

愚兄樾頓首，五月十日

一四六

花農老弟臺館丈：

陳中丞書已送去，頃得回信，未封口，即加數行奉寄。□電已悉，遵即寄與修甫，并託向介老催尊款，并屬其即扣去八百洋錢。歸款未知何日催到。此事兄一致樊函，兩致丁函，均極力催取，而至今未到，甚矣事之難也。小孫因家食不敷，欲於上海謀一事以裨益之，初四日赴滬見端午橋矣。觸熱謁貴，亦可憐也。兄從前若每年省得一千金，則卅餘年來可得三萬金，每月可有二百金自然之利，亦足開門喫飯。如此時勢，祖孫皆以編修終，豈不大妙，何事僕僕爲？亦深自歎也。手此，布頌暑安。

尊夫人以下均候。

館愚兄樾頓首

一四七

花農仁弟臺館丈：

前寄一牋，并附去修甫書，已到否？昨得初五日惠書，并致修甫、藍洲書，均即轉寄。其前寄修甫兩信則未寄也。中丞信亦未發。尊款至今未到，兄於此事已迭次函催，而竟無效，奈何奈何。好在八百元則業已到手也。勉齋太守南回，知帶有信件，先此致謝，其函件均未到。陛雲日内適在上海，未必相遇也。前託飭送王少侯信，未知有處送否？茲又有一信，費心飭投。此頌台安。

夫人已全愈否？念念。膝下均候。

兄樾頓首，六月十日

一四八

花農仁弟臺館丈：

前布各牋，知已照入。接廿四日手書，并郋老信，當即送去。前寄謝筱帥書，亦即送交矣。比諗即事怡情，天懷暢適，無任欣慰。吴中天氣亦極不正，乍葛乍綿，竟無一定，此殆有使之然者，兼之荒象已成，米價昂貴，不但窮民度日艱辛，即我輩亦不知若何過□也。思至此，但願早歸右台長臥耳。吴廉州已行，尊函當交其家。收到奠儀，共三分，計十八元，郋亭十二、季文四，又蔣世兄二。均託摺差帶上，請查入。又前有老弟致修甫書，今亦無用，一并封繳。兄上半年六月前所作詩已付刻，刻成再寄。哲學詩有石印本，宋澄之所爲也。因摺便可不嫌信厚，故再寄數帋。如梅叟等不□□之，一山亦可分與一帋，餘亦勿輕出也。屬撰大文三篇，徐圖報命，日來頗昏昏然也。肅頌秋安。

郎輩均此。

館愚兄俞樾頓首，八月二日

致徐琪

再奉託買橘井堂礵砂膏兩罐，有便寄來爲感。或即交此次摺弁帶歸更妙。再此奉託，即頌吟安。樾再頓首。

一四九

花農老弟臺館丈：

前日由滬上寄來南華菇等食物四種，深感注存。昨又得初七日惠書，并寄謝修甫及中丞、稼軒書，當即寄付修甫，託其分别轉交。至中丞處赴告之件，且遲數日再由兄寄也。趙宅又益以百數，此是修甫（徧）〔偏〕袒，然亦只可如此矣。并知此項一到即匯六百至杭，自是要需，而又以百十番買得石墨五塊，於極窘之時有此高情逸致，老弟真天人也。承惠麈尾，豐美可喜，然前此所賜者具在，今又得此，不得云生平無長物矣。前交撫院摺弁寄去各處奠分十八元，開有清單。定已收到。兹又得周子雲二元、姚魯卿六元，尊夫人四、少夫人二。暫存兄處，有便再寄。周子雲有唁信一封，先行寄覽。又承寄示修甫信及各件，一并寄繳，其實可不必寄示鄙人也。棋局日新，不可思議，滬上各報具言之，我輩陳人，聞之厭矣。近來并報亦不欲觀也。肅復，敬

館愚兄樾頓首，中秋

郎輩均此。

頌台祺。

一五〇

花農老弟臺館丈：

疊奉手書，并觀音一幅，一字之訛，務爲改正，足見慮周藻密也。敝寓偪仄，無可懸挂，雖有小室奉佛，然舊有墨畫觀音像，供之已廿餘年，不欲易之，故至未裝褫也。尊園菊事頗盛，菊爲壽客，自是佳徵。兄上半年詩已刻，寄奉清覽矣。七月以來，心緒惡劣，意興闌珊，詩亦不多作也。尊處所收奠分，子原十、米生十、姚魯卿六、周子雲二，計續收廿八元，今仍由撫院摺弁帶呈。姚、周二處已有謝函，由兄轉交矣。子原、米生處仍望作一信寄下也。兹又有寄王少侯外孫信，并洋五十元，望爲飭送，因其住内城，甚遠，不欲重勞差弁，故寄尊處轉交，費神，謝謝。此頌台安。

令愛、郎、媳、孫均候。

館愚兄樾頓首，十月朔

一五一

花農老弟臺館丈：

接手書，知前寄對聯已到，惟摺弁所帶洋信未到，想不久即到也。敬悉台祺萬福，小恙即瘳，無任欣忭。翰林津貼，此在京供職者分所宜得，若在外不扣資俸者未便染指，且近來在外不扣俸者頗不乏人，應有則有，應無則無，清秘諸公，必有定見。鄙意則以不領爲是。倘欲得此區區，將來犯衆所忌，或并不扣資俸一門而概杜之矣。尊意以爲然否？兄今年賣字助振，得五百餘元，以一百寄湖州，以二百寄德清，小助平糶，又以一百交施子英彙振江北，餘則分贈所識貧乏者。一杯之水，不過如此，擬即停止矣。明年如續有所爲，再當照來示辦理。然兄生平詩文差堪自信，字則最劣，每寫，無一當意者。故賣字之舉揔不免自疑自阻也。德清平糶，本擬即辦，而官吏以碍於收漕，請待來年。地方事大率如此。肅復，敬請台安。

膝前均候。

館愚兄樾頓首，廿一

一五二

花農老弟臺館丈：

屢接手書，并芷汀太守由滬寄來之杏乾、果脯，及策雲所送之大參查糕等，均已拜領。賢橋梓如此費心，受之有愧。延子澄對聯，今日亦可收到矣，已專人去取。見時先爲致謝。兄前上中丞及柳門和詩，已照入否？比惟煖寒高會，興致益佳，定如所頌。兄病體如常，自八月中秋後賣字助振，得洋蚨七百餘枚。以二百寄江北，二百寄德清，一百寄湖州，稍效綿薄，餘則分贈寒族及所識窮乏之者。一杯之水，不足言善舉也。然因此筆墨轉冗，吟興稍減，下半年作詩殊不多也。坡公題名，儼如初拓本，真不易得。然此數人，兄皆不知，未知有可考否？手肅布泐，敬請著安。

膝前均吉。

館愚兄樾頓首，十八日

致徐琪

承寄信封極佳。然兄於信封最不爲意。嘗謂：古人尺牘，儘有留傳者。至於信封，則雖蘇、黄、米、蔡之筆無一存矣。況兄之筆墨草草，其中之牘且不足存，況外函乎？只消將舊封翻轉用之足矣。附聞，一笑。

一五三

花農老弟臺館丈：

摺弁還，奉手書，并惠白菜四顆，謝謝。至託淑源比部帶南之件未到。魯卿見在上海，想交到必即寄蘇也。即悉台候多福，慰慰。蕙詩勉和一首，另紙録覽，遵即傳觀筱石、郎亭，未知有和章否。郎亭亦多病，迥不如前矣。承示長安棋譜、誦杜陵詩，爲之三歎。小孫適赴白下，俟其歸示之。蕙詩亦令讀也。翰林津貼，鄙意在京供職者宜受之，若在外不扣資俸者，萬不可與爭此區區，恐將來觸犯衆忌，并不扣俸一層而杜絶之也。高明以爲然否？陛雲與午橋，二十年車笠，不能不往一見，然亦恐所謂白下也。芷汀太守極荷盛情，見時先爲道謝。謙版乞爲代璧。尊處先塋又有驚動，如此時勢，做人不安，做鬼亦不安。兄頗思歸去，然又不無顧慮矣，一笑。肅復，敬問冬安。

膝前均吉。

館愚兄樾頓首，十月廿八日

一五四

昔日昌黎作令來，陽巖勝境自公開。若非使者持英蕩，誰爲名區掃蘚苔。築就精廬存古蹟，勒回生氣聚英才。龍公行雨時經過，不必龍臺亦是臺。

流珠噴玉偪人寒，九派飛流兩度看。自是胸中納雲夢，故能腕底走波瀾。運轉鳳翥龍蟠筆，壓倒羊腸虎首灘。膚使美名南海徧，蜉蝣擾擾莫相干。

奉和

花農仁弟館丈龍湫精舍原韻，即正

曲園俞樾

一五五[一]

花農老弟惠覽：

昨入城，本擬午前奉訪，乃見尊輿駐於道旁，知已外出，是以不果，及午後，則悤悤出城矣。小詩二首和原韻，即希吟正。此頌留祉。

曲園頓首，廿六日

[一] 本札輯自《浙江圖書館館藏名人手札選（二）》上册，第一〇九頁。

致許庚身（二通）

一[一]

頃得手書，知贊襄幾務，倚畀日隆，甚善甚善。僕于五月下旬還吴下寓廬，一病月餘，至今未愈。《禮》云「五十始衰」，今其時矣。屬擬表文二道，極感知愛之深，但駢儷之文久已輟筆，况此等大文章，自宜大手筆爲之，臺閣中不少造五鳳樓手，乃問之江湖之野老，不亦左歟？病中未能握管，口占，授舍姪奉復，不盡一一。

[一] 此札輯自《春在堂尺牘》卷三，題作「與許星叔京卿」。

二[一]

頃由令弟子原寄到楹帖一聯，猥以鄙人七十生辰，遠頒吉語，光耀軒楹。在遠不遺，固爲可感，而江湖衰朽，得蒙華衮褒揚，亦未始不足爲榮。然犬馬之齒，何足言壽，今歲誓於先人影堂，壽言壽禮，概不敢受，雖承公賜，未敢渝之。仍寄由子原令弟璧還，伏求俯鑒硜硜，勿以爲罪。他日鄙人死後，如蒙賜以輓聯，則九原銘感也。

[一] 此札輯自《春在堂尺牘》卷六，題作「與許星叔尚書」。

致許國瑞（一通）〔一〕

承示張樗寮所書《金剛經》石刻搨本，佳甚。輒用別紙題數語，戲仿趙凡夫跋語筆意書之，即所謂草篆也，聊發一笑而已。諸家跋語中，弟最喜董香光語，不但深得書法，抑且深得佛法，離合二字，即無實無虛之旨，亦即非法非非法之旨。其云「右軍靈和、大令奇縱、虞褚妍麗、顔柳剛方」，即所謂一切法皆是佛法也。又云「以靈和還右軍，以奇縱還大令，以妍麗還虞褚，以剛方還顔柳，而自有靈和，自有奇縱，自有妍麗，自有剛方」，此即所謂一切法即非一切法，是名一切法也，亦即所謂我於然燈佛所乃至無有少法可得也，亦即如來所以滅度一切衆生而無一衆生得滅度也。書法如是，佛法亦如是，一切有爲法，無不如是。大善知識，以爲何如？

〔一〕此札輯自《春在堂尺牘》卷六，題作「與許榴仙」。

致許景澄（一通）[一]

竹篔星使仁兄大人閣下：

曩以帶水之睽，空切斗山之慕；今以重洋之隔，彌深望若之思。伏惟博望仙槎，騶虞使節，遠播天家之雨露，周游地軸之山川。身繫重輕，望隆中外，古之膚使，何以加兹！弟章句腐儒，見聞俱陋，桑榆暮景，疾病交乘，仰企使星，如籬鷃之望雲鵬矣。病中見獵心喜，於江南江【中缺】[二]德無既矣。手肅，載請台安，伏求亮詧。

弟樾謹再啟

外附呈舍姪名條一紙。

[一] 此札輯自《上海圖書館藏歷代手稿精品選刊·俞曲園手札》，第二五一至二五三頁。

[二] 此處文意不相連屬。原札中「德」字以下屬下葉，因疑其間脱落文字。

致許引之（三通）[一]

一

汲侯外孫惠覽：

接來書，知在仁川，公私平順，深慰老懷。吾近狀如恒，尊寓亦時往時來，悉臻安好，勿念。惟我家新添之小曾孫未百日而殤，曇華一現，殊蠹然耳。前詩吾已盡焚燬之，不存此迹，已函告汝父知也。來書言：眷屬動身，須辦免單。此易事，屆時自當照辦。外致善侯及丹石信，望分别寄交爲要。吾日來目疾殊劇，寫此等字，如隔煙霧，不能多寫。即此問好。令伯處不及

[一] 以下三札今藏杭州市園文局岳廟管理處。趙一生先生見示。

另函矣。

曲園書，臘廿三日

二

汲侯外孫惠覽：

去臘廿三日一箋，未知收到否？入新正來，惟公私平順爲慰。汝眷屬來韓，想須在二三月間，避過二月風暴亦佳也。寓中均好，想時有安報，但時或浮沈耳。吾家亦好，大哥在京，頻有信來，汝父家書所言南書房事則畫餅也。吾家運遠不如汝家運耳。源寳不百日而殤，前事不必再題。前詩亦即毁棄，已告汝父知之矣。汝家眷動身時所需免單，此易易事，屆時自當照辦。元旦，羅觀察來拜年，已與之言矣。外，元旦詩一首，附覽。此問近好。

曲園翁書，正十一日

三

汲侯外孫覽：

汝婦來，詢知在外安好爲慰。日兵已渡鴨緑，想韓境日就平安矣。承寄我參枝及畫片等，收到，謝謝。吾自二月廿二日送客一揖，閃腰挫氣，臥床不起者旬有餘日。今始勉强起坐，未能出至外齋也。汝父常來晤談，頗覺可喜。龍哥一時未能入都，然在家閑蕩，亦無謂也。兹因便附去火腿兩隻，茶葉兩簋件，菊花兩簍，冬蟲夏草一匣，即檢入爲尉。此問近好。

曲園老人手泐，四月初四日

令伯前并望道候。

致許應鏴（二通）

一〔一〕

奉賀

星臺同年大公祖自蘇臬遷浙藩，即呈吟正

廉車六載駐姑蘇，正幸相從契不孤。忽見除書來北闕，又移宧轍到西湖。金符玉節行開府，綠轤朱旛欲就途。吴郡送君杭郡見，臨歧我與衆人殊。

海畺羽檄正怱忙，談笑從容不改常。劇盗追回黄鐵脚，有二盗踰獄去，旋捕得之。真經傳誦赤

〔一〕本詩札爲中國嘉德二〇〇〇年春季拍賣會「古籍善本」專場第〇六五三號拍品。

金剛。知余《金剛經注》刻成，爲印五百本。新圖笠屐來瀛海，君以所繪小像寄海外摹印數百本，分貽朋輩。舊物尊彝列畫堂。君便堂陣列古鐘鼎數十事。試問吴中諸父老，由來鎮静勝張皇。

頌聲久已滿蘇臺，管領騷壇別有才。酒國狂衝白波去，有《酒令覆編》之刻。花神笑著緑衣來。署中開緑牡丹花，君賦詩紀瑞，和者甚衆。閑中掃地焚香坐，君每日必静坐良久。游罷吟風弄月回。借問清娱何處好，瞿園荷芰顧園梅。

宣平風度望如仙，我幸深聯翰墨緣。今日蓬茅一編户，舊時花萼兩同年。籃輿安穩堂前駐，故事：客于大堂降輿。君必延至二堂降輿，以優賓客。野服蕭疏坐上便，君與余輩約，皆以便服見。來歲俞樓春信早，陪君選勝到文泉。余湖上俞樓在孤山之麓，山上有泉，余名之曰文泉。

曲園居士俞樾録稿

二〔一〕

星臺大公祖年大人閣下：

新年將届，吉語飛來，敬悉春滿西湖，恩承北闕，即拜封畺之命，允符頌禱之忱。弟養拙吴中，一無足述。臘鐙坐對，徒吟守歲之詩；春旆遥瞻，敬上延齡之頌。肅復，敬請台安，順賀歲禧百益。

治年小弟俞樾頓首，新春日

委致各函當即飭投，又及。

〔一〕本札輯自張之望、張嵋珥《過雲樓秘藏俞樾信札的發現》，《文物鑒定與鑒賞》二〇一五年十月，第四一至四三頁。

致許祐身（二十五通）

一[一]

得嘉平望日手書，知侍奉康娛，閨房清吉，慰甚。二令兄、四令弟已回京否？山東事行查原籍，作何了結？念之念之。僕今年主講蘇州之紫陽書院，歲入四百金，不敷所出。全家已遷居書院，其地在閶門内梵門橋，以後書來，竟寄此處可也。二小兒癡頑如故，不知是病是魔，醫巫並進，迄未見功。固由吾德薄，或亦由彼孽重，付之浩歎而已。其婦于去歲舉一女，門衰祚薄，又何得雄之敢望？尊處西席是否仍舊？惟望足下，努力下帷，明歲文場，一戰而霸，庶鄙人

[一] 此札輯自《春在堂尺牘》卷一，題作「與女壻許子原」。

得開口一笑乎？

二[一]

子原賢壻足下：

久不得書，想起居安善，場作亮必得意。此次到杭，可聽捷音也。康侯場作，聞亦甚佳，而未之見，未知能售否。舍姪止黼堂一人入場，文字平平。然浙闈題亦難于出色也。僕夏間一病，精力遂衰，幸眠食尚無恙。十五後擬偕内子至湖樓領略秋色。手此，布問元吉。

九月九日，樾頓首

[一] 以下二十四札均爲趙一生先生見示。

三

子原賢倩足下：

閏月廿二日曾致一函，并與小女書，又附去尊慈書，此信寄汪瘦梅，託其面交，未知收到否？十一月十三日得手書及小女書，知前寄銀函已收到，并知寓中清吉，甚慰。僕自還吴寓，亦無事事，眠食無恙，足以告慰。徐曉芙明經已請到否？此人僕與同縣，知其學問優長也。拙刻各書，尚須刷印，俟印後當寄數部來，然亦須有便耳。外附去烏腊及加香腿，乞照入。此頌近好。

樾拜手，十一月十六日

四

子原賢倩足下：

閏月廿二日曾致一書，并附去尊慈太夫人書，由汪儀卿水部轉交，未知收到否？如未到，可向儀卿一問也。十一月廿六又寄一書，并寄去鳥腊、加香腿二種，交英茂文觀察轉託委員帶京，未知何時可到。十一月廿三日得手書，知興居平善，甚慰。徐曉芙兄已到館否？切磋之益，想必日進。外間傳聞有明年開慶科之説，未知信否？都下當必有準消息也。惟望努力下帷，不患不破壁飛去。康侯今科亦十分可惜，房批、堂批皆十二分飽滿，乃以首、次藝均逾八百字見遺。此則不能不謂之自誤矣。僕廑蘇如舊，精力尚可支持。内人亦無恙，但不免氣喘，此亦老病也。寅兒奉檄署大名府同知，缺亦瘠苦，較勝閑住耳。惠書言都中有索觀拙刻《群經平議》者，寄上二部，聊應索者之求。《諸子平議》及此外各種，因印本所存無多，俟明年印就再寄。此頌文吉。

十二月十二日，樾頓首

五

子原賢倩足下：

十二月十六日託潘鳳洲帶上一函，并《群經平議》二部，未知收到否？越三日由顧子山觀詧交到手書，并乾麪一簍，藉悉興居佳勝爲慰。徐曉芙明經聞就舊居停江宅之館，即小雲觀察之子。未識尊處延請何人？抑或遥從？想早定見矣。吾女及外孫女想俱安善。僕寓吴度歲，諸事如常，精力較去年病後已稍勝矣。内人亦尚健好，惟痰喘及發肝氣，此則老病也。大兒奉委署大名府同知，已于十二月十八日到任接印。此缺亦清苦，開銷外未必能有贏餘，其婦歸寧湖北，至今未還。二兒去年至鳳口請神，亦無效也。牛、龍兩孫頗茁壯，可喜耳。吾仍館詁經，二月中必到杭州，仍擬至福寧省視，但水陸兼程，亦頗以跋涉爲苦耳。外附上食物二種，又庫紋弍十兩，聊佐旅費，乞照入示復。此頌文吉。

正月元宵，樾頓首

吾女均此一覽，怱怱不及作函矣。去歲閏月中書并寄上竹報，收到否？此函託汪儀卿轉交。

六

子原賢壻足下：

前書封後，適從刻工處交到去歲五十述懷之作，特附呈數紙，聊博一笑。餘詳前書，不又及。

樾頓首

吾女同覽。

七

子原賢倩足下：

接三月中手書，知託沈韻初所帶信件已照入矣。并知廣中清吉，足慰遠懷。僕于三月八日到杭，因湖樓風大，肺疾未痊，即于四月十二日還蘇，還蘇後身子較好，眠食如常，請勿記念。前事久付煙雲，何足挂意，惟病而又病，精力日衰，著述之興，亦復闌珊，惟盼寅兒能得一缺，便安心作子叔疑矣。内人氣急時作時止，此月來亦較好也。手書布肊，即頌旅吉。

四月廿三日，樾頓首

竹報想時接，在杭時見太夫人精神康健，尊公窀穸大事擇吉舉行，月内想可蕆事矣。

八

子原賢倩足下：

接五月十一日書，并承惠果脯二匣，謝謝。五月十九日一信，交京餉委員帶京，未知何日可到。即諗近狀安善，甚慰遠懷。僕入夏來雖時有小不適，而精力尚可支持。内人亦無恙。惟阿龍患病月餘，今始就愈矣。大兒頻有信來，官封往返，不一月可到。在京中寄信自較外間不便耳。承示課文，極有進境，别紙批數語，聊副下問之懷。手此，布頌文吉，不一。

六月廿一日，樾頓首

外寄瘦梅一書，求飭去。

首作三大比，筆機流動，意亦周匝，是北闈中投時利器。次作末路未能如題，似于虚縮題不甚得手，好在此等題場中究少也。小講均欠凝鍊，凡遇合之文，尤重前八行，而一講更動人眼目，總須氣機洋溢，字句凝鍊，斬關奪隘，全在乎此，未可率爾操觚。

九

子原賢倩足下：

十月初四日曾寄去南腿、薰豆花、布等物，交恩方伯託委員帶京，未知收到否？久不得書，想近狀安善。吾女何日分娩？殊深念之，想産後平安也。引兒好否？望頻寄書，以慰遠念。僕仲冬下浣還吴中度歲，廌中均好。内人亦無恙，惟氣喘日甚，未知春融後能稍愈否。年前得閩信，知家嫂病故。僕今年必得至閩中省視老母，擬正月十八日在吴下起身，由温州一路而至福寧，在彼盤桓壹月，於三四月間仍回杭州行詁經之課也。大兒仍在大名度歲，年前聞有信寄京，想必收到，但願伊今年能補一官方妙。其婦尚在湖北未回。二兒之病，亦無增減，龍、牛均健好，且俟明年再與阿龍延師上學也。手此，布頌春祺，不盡。

新正二日，功樾頓首

一〇

子原賢倩足下：

接手書，知小女舉一女，産後平安。雖不得雄，亦甚慰也。惟屬其諸事小心保重爲要。僕正月十八日在蘇動身，廿二日至湖樓小住，即由錢唐江溯流而上，從嚴州、金華、處州、温州而至福寧省視老母起居，大約回杭須在三月末矣。蘇厲平順，惟内人氣急之病日甚耳。僕此行水陸勞頓，往返須七十日，亦頗不易也。前閲小女信，知長安不易居，有逭回眷屬之意。今日見尊慈，知已俯如所請，但不知何時可以首塗。或水或陸，川資見成否？愚意，如小女回南，四月間有汪瘦梅眷屬出京之便，似可同行。彼處有香兒在，乃僕家舊人，塗中可以託其幫同福兒照料，則王媽即可不帶，以省川費。但未知瘦梅果否成行？伊與僕書，言早則四月，遲則七月，必南下也。便中見彼，可以一問。至川貲倘不敷用，僕處亦當略助綿力。小女南歸後如尊府人稠屋窄，則蘇厲亦可暫住。此在南歸後斟酌可也。倚裝悤促，且心事煩雜，草草，布頌文吉。

正月廿三日，功樾頓首

外朱伯華書一函，求便中致之。

一一

子原賢倩覽：

接手書，知興居佳勝。吾女目疾近復何如？出京之計依然不果，但其心緒抑結，深恐其或成疾病，惟吾壻隨時排解之，至要至要。僕福寧之行於三月底返杭，一路順平，足慰存注。此頌文吉。

四月初十日，樾頓首

一二

子原賢壻足下：

四月初十日曾詳布一箋，定照入矣。小女南旋計仍不果，且至明年再議。惟恐其胸襟鬱鬱，吾壻隨時慰解爲要。比想伉儷均吉，兩外孫亦必健好，隨時寄示數行爲望。僕於三月廿八日還杭，五月初一日還蘇，幸尚平善，足慰注存。惟終朝碌碌，殊苦精力之不支耳。兹寄去庫紋弍十兩，聊資旅費，又火腿兩隻，乃僕在蘭溪携歸者，又手巾兩條，牙刷兩根，痧藥兩瓶，花洋布如干尺，均查收賜復是盼。匆此，布頌文吉。

五月初八日，樾頓首

因筆墨忙迫，小女處不作札，乞即以此示之，又及。

一三

子原賢倩足下：

日前沈書森太守入都，託帶上信件、銀兩，計必照入。兹得手書，知在京清吉爲慰。眷屬一時不能出都，只好暫緩。所望努力下帷，春秋連聯，再作錦旋之計耳。僕于五月初一還吴下，寓中均好。大兒仍在大名，未經交卸。都門想暘雨順時，便中時惠書爲盼。此布，即頌升吉。

五月十六日，樾頓首

一四

子原賢倩足下：

連接手書，知在京清吉爲慰。來歲廣額之説亮必的確，所望努力下帷，副此盛遇。僕在吳中度夏，均各平善，西湖之游，當在中秋後矣。五月間沈書森太守入都，託帶銀信并零件，嗣後又附摺便帶去零物，想必先後收到。信來望提及。手此，即頌文吉。

六月廿三日，樾頓首

一五

子原賢壻足下：

五月九日曾附沈書森太守之便寄上銀二十兩及食物，至十八日又附恩中丞摺弁附去布匹等物。計沈太守五月底必到，摺差六月中亦必到，而至今未得回信，深以爲念，未知在京安否，吾女及外孫輩諒必平善也。愚厲蘇平順，内人日來小有不適，亦就痊可。大兒頻有信來，尚在大名，未知何日交卸，但望其能補一官乃妙，否則終懸而無薄也。手此，布問近好，并望即復，以慰懸懸，不一。

七月三十日，樾拜上

一六

子原賢壻足下：

七月三十日曾致一函，并與吾女一書，定收到矣。得七月初三日書，知前寄各件均收明無誤，惟以後又久不得信，未知近狀何如。吾女嗽疾已全愈否？外孫輩計各平安也。輪船信局，寄信甚速，望頻寄信來，并屬小女自寫信來。以慰懸懸。内人夏來多病，服趙明府方頗效，今已痊可。僕眠食如常，蘇寓均好。大兒尚在大名，未卸事，頻有信來也。大小女於七月中又舉一女，身子健好。愚西湖之行約在重陽前後，十月底仍須還蘇也。兹因殷譜翁前輩之便，寄去橄欖一鐵罐，又枇杷露兩斤，但磁瓶遠寄，未知不破否？手此，布問文吉。吾女同覽。

八月廿三日，樾拜手

一七

子原賢倩足下：

得九月廿三日信後未得信，想必安好也。僕於十月十六日曾寄一書，并附去京平紋銀廿兩，由阜康寄京，未知何日可到，到日即示復爲盼。僕在西湖，因内人小病，於十月廿三還蘇。内人之病已愈，寓中均好。僕亦好，但終日碌碌無謂耳。拙刻頗煩重，明年再寄。先祖《四書評本》未畢工也。手此，布問近祉。

樾頓首，十一月十五日

一八

子原賢倩足下：

得十一月二十九日書，知近狀安善，并知努力下帷，寫作均進，甚慰。愚寓蘇平順，惟聞家兄在閩臥病，深以爲憂，恐不免前去一省視。但此時亦未定行期也。因即有上海之行，到杭開課計在三月初矣。怱怱布泐，順頌元吉。

樾頓首，二月二日

又復謝夢漁敝同年書，亦求飭交。

一九

子原賢壻足下：

前日寄小女一函，并附去牙牌二張，定照入矣。僕還吴下，小住數日，月初即須赴杭開課。廌中平善。康侯在廌亦頗用功，每月三六九作文，甚望今年足下與康侯並捷也。福建昨有信來，家兄所患小愈，諒可無虞，可告小女知之。寅兒亦有信來，并知寄銀進京，託辦封典，想爲照辦矣。伊必有三代履歷，恐其不甚清晰，特寫一清單寄上，以免參差也。此頌元吉。

樾頓首，二月廿九日

二〇

子原賢倩足下：

客臘得書，因輪船停，未及復。入新歲來，惟寓居多福爲祝。僕寓吳下，自老母以次均平順，勿念。二月中當至杭滬一行，或先杭，或先滬，猶未定也。尊府亦各安善。門商事恐一時未有眉目，採訪局未必遽停，極少亦尚有半年光景。足下高捷南歸，自當有一番生色也。大兒尚寓保定，未得一缺，亦殊無謂。僕硯入如舊，但精力日衰，用度日多，亦殊不無後慮耳。外附去食物二種，聊見家鄉風味，未知不餒敗否。手此，布頌春元。

正月二十二日，樾頓首

二一

子原賢壻足下：

新正五日曾寄去橘子、栗子等物，未得復書。嗣接初七日信，當即修復言，照入無？比惟侍奉萬福爲頌。小女計將臨盆，身子平安否？久無信來，殊以爲念。蘇㢊均平善，足慰注存。信到，幸即復一書，以慰懸系。手此，布問近好，不一。

十九日，樾頓首

二三

子原賢壻足下：

久不得信，正作書奉問，適接十七日手書，知吾女於十七巳刻免身得男，喜甚。産婦健旺，更宜小心保重，至要至屬。蘇㢊平善，足以告慰。到杭之期未定，因日内陰雨，築屋稍遲，須待小有眉目方動身也。足下月初來，當可在㢊相候，中丞須二月初八日後方見客耳。外，附去火腿一只，鷄子一百枚，醬鴨一只，合桃肉一匣，乞交付小女。手此，布賀大喜，即頌文祺不一。

十九日，樾頓首

太夫人前求爲請安賀喜，不另柬。

二三

頃有人餽鰣魚，因塗以醬而蒸之，邯鄲學步，東家效顰，恐未必佳也。請試嘗之。此致子原賢倩，即頌台安。

樾頓首

附詩一首。

二四

再者，中丞屬題鶴銘，如一邊題跋一邊落款，相距太遠，似不好看。鄙意，兩邊紙幅亦太長，可否分由四五人題跋，而落款即書其下，以省閱者兩邊閱看，未識可否，乞請示爲幸。

曲園又泐

二五

來信讀悉，承中丞厚意，可感之至。茲將文勤官位名謚開呈，并沈文肅護札一并送上，乞呈中丞一閱。鄙意，函致則是私函，而非公牘，能得札飭，自覺益增鄭重，即寶應縣奉行，亦必切實。可否再與中丞一商？手此，復頌

子原賢倩午安。

樾頓首

致嚴辰（一通）〔一〕

芝僧先生仁兄年大人閣下：

承示大著《桐鄉縣志》，體大而義精，文詳而事核，洵必傳之書也。近來各郡縣志皆設局纂修，麢集多人，獺祭成事，遂同官書，競尟佳構。先生此志由一人閉户仰屋而成，宜其與他志不同矣。世之言志者，輒推重康氏《武功》、韓氏《朝邑》。鄙意不然，此二志，乃子桑伯子，止一簡字耳。古「志」字與「識」通，志即識也。孔子曰：「多見而識之。」此志之所以名也。然則志豈以少爲貴者乎？先生積十數年之力，聚百數十種之書，旁徵博引，去非求是，於同時人中求之，汪謝城之《南潯志》差可伯仲，然彼止一鎮之書，有此精詳，無此博大也。古書從無兩序，近今各志，皆屬官修，故開卷必有各官之序，連篇累牘，隔靴搔癢，一望而知非名筆。此志爲一人獨

〔一〕此札輯自［光緒］《桐鄉縣志》卷首。又收入《春在堂尺牘》卷六，題作「與嚴芝僧庶常」。

修，則有先生前後兩序足矣，鄙人何容著糞佛頭。乃先生殷殷之意，更欲鄙人於序中指摘其疵，以示後世。無論鄙人才淺學疏，無以仰贊高深，且亦無此序文體例。惟既承不棄芻蕘，輒欲少盡愚瞽。竊見《職官表》中張如戴一人兩見，此即詳之得者也，苟求其簡，則轉失之矣。惟弘光元年，實本朝順治元年，存「弘光」偏安之號，而轉失載順治開國之元，於義未安。《欽定通鑑輯覽》亦止附注弘光，未嘗竟以是年爲弘光元年也。愚謂，此處更不厭其詳，宜於甲申年大書「國朝順治元年」，而以小字附注「明弘光元年」，從《輯覽》之例，張如戴下則書「明授」二字，至乙酉年爲順治二年，則又書張如戴之名，而注其下曰「明亡，入國朝」，仍舊如此，庶不貽後人以口實矣。至入主出奴，講學家積習，秉《春秋》之筆，不必徇門户之私。先生意在獨尊張楊園，故施約庵不爲立傳。然此人實亦一大儒，當日能使夏峰先生千里貽書叩問，其人可知也，乃止於《藝文志》中《姚江淵源録》下一見姓名，粗敘崖略，則著書講學之施博，與督學納賕之朱荃一律待之矣。後人讀之，得無有未饜乎？鄙意，宜於邱雲之下補入施博，但加按語云：「施約庵宗主姚江，所學未純，然亦楊園之友也，故附列之。」如此，則與尊意不背，而後人亦帖然矣。〔一〕因承下問，率書管見，以副虚懷，死罪死罪。

年愚弟俞樾書

〔一〕「矣」下，《尺牘》本多「首卷恭録詔諭，鄙意亦私有所疑。開國典謨，豈專一邑，此何異志書之首載分野乎？且國朝二百年來，列聖詔諭通行天下者何止此數？有載有不載，則似乎以如綍如綸之天語，視爲可筆可削之藝文矣。同治年間有《收復桐鄉上諭》一道，此正是專屬桐鄉者，何以又不載入首卷乎？可見此例之未可通也」一段。

致延清（一通）[一]

子澄仁兄館丈大人閣下：

久欽雅望，未接芳塵。春間由效山觀察示讀大著，欣然有作，率爾成章，乃蒙陽春白雪下和巴人，興往情來，不一而再，發函雒誦，齒頰皆芬。伏惟閣下久播英名，潛居郎署，竟因夙望，榮列清班。昔漢公孫弘年六十舉賢良，官博士，其後大開東閣，相業巍然，先生其同之乎？弟浪竊虛名，近益衰廢，無以副海内之望，乃承索觀近作，時局日新，吾道將廢，著述之事，久已輟筆，謹呈詩兩卷，聊以見近狀而已。其二十三卷，皆今年所作，猶未畢也。又《録要》一卷，乃拙著《全書》之目録，附呈清鑒。天寒，呵凍草草布陳，即請台安，統惟雅照。

館愚弟俞樾頓首，小孫侍叩，十一月初九

〔一〕 此札輯自嘉德二〇一〇春拍第八二三二號。

致楊昌濬（八通）

一[一]

前月得覆書，承眷注殷殷，甚感甚感。日來九九圖中，寒消大半，閣下承流宣化，抱德煬和。坐上春風，播朝廷德意；境中瑞雪，聽父老謳歌。樂何如也！樾虚擁皋比，又將卒歲，一鐙靜對，況味蕭然，治經之外，兼及諸子。梁江總詩云：「聊以著書情，暫遣他鄉日。」如是而已。惟鑒察不宣。

[一] 此札輯自《春在堂尺牘》卷一，題作「與楊石泉方伯」。

二[一]

辱手書，猥蒙不遺在遠，存問殷殷，感甚。又承示，知明歲擬選刻《叢書》，不特嘉惠方來，抑亦表章前哲，甚盛舉也。惟既稱「叢書」，體大物博，宜乎無美不收，如經學、史學，以及天文、地理之書，兵家、法家之言，六書、九數、醫卜、雜技，上而朝章典故、名臣言行，下而草木蟲魚之名、琴棋書畫之譜，蒐羅宜廣，選擇宜精，不可執一己之見，自狹其門户，又不可徇友朋之請，濫費夫棗梨，庶幾美而且富，傳播藝林，成一鉅觀。每種之後，宜仿提要之例，撮其大指，刊附簡末，亦或考證異同，辨別得失。如樾謭陋，不足以任斯役，謬承垂愛，許援古人書局自隨之例，殊增媿恧。或當從諸賢之後，稍參末議，助成盛事耳。

〔一〕此札輯自《春在堂尺牘》卷四，題作「與楊石泉中丞」。

三[一]

石泉大公祖大人閣下：

自返蘇臯，有稽候牋，敬惟台候萬福爲頌。詁經人數，視往年加倍，精舍用款，已無贏餘。今年益以鄉試考費，向章一百二十金。兩監院深以不敷開銷爲慮。聞三書院考費向係别領，不在經費開銷，精舍可否亦援此例别給考費？亦大君子栽培寒士之盛意也。如蒙惠允，應由監院稟請。因不敢冒昧，屬專函奉商。手肅，敬請勛安，伏惟惠鑒，并賜復爲幸。

治小弟期俞樾頓首

四[二]

湖船一别，又將兩月，昨得詁經監院書，知大旆已回浙右，而良辰恰近天中，旌節花紅，菖

[一] 此札輯自《明清名人尺牘墨寶二集》。

[二] 此札輯自《春在堂尺牘》卷四，題作「與楊石泉中丞」。

蒲酒緑，薰風南來，比春臺更上一層矣。前承示及，唐、宋三史刻成將刻諸子，此誠經史後不可不刻之書，具見嘉惠來學之盛意。惟諸子之書，訛脱較甚，議者或謂宜訪求宋本影寫而精刻之。然亦有難者，影寫之功，既非容易，雕刻之費，亦必倍常。且宋本疏密大小，每不一例，宜於單行，不宜於彙刻。又其存者，今亦無多。局中既欲彙刻諸子，不精固不足言善本，不博亦不足成巨編。竊謂宜博求周秦兩漢之書，汰除其僞託者，尚可二十餘種，如《管子》《晏子》《老子》《列子》《莊子》《墨子》《商子》《韓非子》《荀子》《孫子》《吴子》《吕氏春秋》、陸賈《新語》、賈誼《新書》、董子《春秋繁露》《淮南内篇》、桓寬《鹽鐵論》、劉向《新序》《説苑》、揚雄《法言》《太玄》、班固《白虎通義》、王充《論衡》、王符《潛夫論》、荀悦《申鑒》、應劭《風俗通義》、徐幹《中論》、蔡邕《獨斷》之類，購覓家藏舊本，寫樣校刊，亦藝林一盛舉矣。尊意以爲何如？都下榜後，不第諸君子即可南旋，如黄以周、潘鴻，皆局中知名士，想可蟬聯，將來校勘子書，亦必得力。此外如尚須羅致，則馮一梅、徐琪均其人也。孫瑛才氣殊佳，或傳其灌夫駡坐，然實不飲酒，并以附陳。

五〔一〕

日前得惠書，知引疾之疏，天語慰留，想疆吏精神，即朝廷元氣，不日自可復常也。承屬訪求子書善本，以備續刻。伏念《四庫全書》子部，首列儒家《孔子家語》外，有宋薛據之《孔子集語》，今湖北已刊行矣。惟薛氏之書止有二卷，本朝孫淵如先生又續輯至十七卷之多，古書中所載孔子之言，無句不搜，一一注明出處，視薛氏之書，奚啻倍蓰，允宜刊刻，以廣其傳。又按，《四庫全書》中，子書莫古於《黄帝内經》，而外間所有，不過馬元臺注本，於古義未通，故於經旨多謬。此書以王冰注爲最古，而宋林億、孫奇、高保衡等校正者爲最善，鄂局未刻。竊思醫學不明，爲日已久，江浙間往往執不服藥爲中醫之説，以免於庸醫之刃，亦無如何之下策也。若刊刻此書，使群士得以研求醫理，或可出一二名醫，補敝扶偏，銷除疹癘，亦調燮之一助乎。兵家之書，首推《孫子》，鄂局雖刻之，而未刻其注。此書有魏武以下十家注，似宜刻之，以補鄂局

〔一〕此札輯自《春在堂尺牘》卷五，題作「與楊石泉中丞」。

所未及，使佔畢之儒略窺兵法，庶知節制之師亦足制勝，不必規規焉以學於羿者殺羿，雖刻古書，而未始不切於時用也。率布所見，以副下問。

六〔一〕

杭城有張烈文侯祠，即岳忠武之將張憲也。不知何時强以忠武幼女銀瓶爲之配，塑像其傍，并題名氏焉。考《宋史·張憲傳》，但云「飛愛將也」，不言爲其壻。嘉泰中，忠武之孫名珂者著《忠武行實》二卷，末言「先臣女安娘適高祚，隆興元年詔補祚承信郎」，亦不及憲，然則憲非王壻明矣。銀瓶之名，《行實》不載，據杭州志書及諸書所載，皆言是王幼女，而紹興二年，張憲已從王討曹成，據《行實》，王是年三十歲，距王之薨尚十年，則銀瓶此時當在繈緥也，與憲年齒縣殊，豈可以爲配乎？杭人多知此事非實，而流俗相沿，竟難釐正群思，得公一言，以發聾振聵，庶不至誣古而瀆神。輒布陳之，惟裁察焉。

〔一〕 此札輯自《春在堂尺牘》卷五，緊接上札，題作「又」。

七〔一〕

石泉大公祖大人閣下：

日前代呈黄明經遺書十二册，定塵台覽矣。試院添蓋號舍，已轉告諸同鄉，無不踴躍，想即日具呈臺下也。弟因天冷，且須回德掃墓，已于十三日自湖上啟行，不及走辭。明春再趨敂節堂也。留此奉别，敬請勛安。

治愚小弟俞樾頓首上

八〔二〕

去歲得復書，不遺在遠，慰問拳拳，甚可感也。伏念樾自乙丑冬與公相見於武林，至今三十一年矣；丁丑别後，不奉光儀，亦已一十九年。星移物换，今昔有殊，鳳舉龍驤，勛名日盛，

〔一〕此札輯自《昭代名人尺牘小傳續集》卷十七。

〔二〕此札輯自《春在堂尺牘》卷七，題作「與楊石泉制軍」。

白香山已開第八秩，而裴晉公風采仍如初破蔡州時。往者海氛不靖，軍事方殷，天子聽鼓鼙而思將帥，湘中宿將，落落晨星，惟公屹然，雄鎮邊陲，朝廷恃以無西顧之憂，海內亦莫不倚之如長城，望之如山斗。蓋龍馬之精神，即鳳麟之符瑞。天祐聖清，而公之福壽亦與俱長矣。樾蒲柳衰姿，不足仰攀松柏，犬馬之齒，又長於公者五歲，神明衰耗，意興頹唐。回憶西湖煙水，屢從公游，明月三潭，清波一棹，追惟昔款，恍隔前生，瞻望龍門，如在天上。貴同鄉屬爲壽言，輒貢一篇，附呈楹帖，聊展微忱，伏希鑒察。

致楊以貞（一通）〔一〕

承示《湖樓史話》，内有《史漢優劣》一則，引晉張輔之言，曰「馬遷敘三千年事用五十萬言，班固敘二百年事用八十萬言」，以爲不深辨其優劣而優劣自見。此説也，鄙人不甚以爲然。史文古略今詳，亦由事勢使然，《史記》五十萬言，其敘漢以前事大約不過十餘萬言，敘漢事者，可得三十餘萬言，而所敘漢事，止於武帝之世，設使史公一手敘至王莽時，恐亦須八十萬言矣，未可以此定《史》《漢》之優劣也。假使以三千年五十萬言核算，則一百年止須一萬六千言有奇，而《左傳》紀二百四十年之事，幾及二十萬言，將謂《左傳》劣於《史記》乎？

〔一〕此札輯自《春在堂尺牘》卷五，題作「與楊鐵山」。

致楊子玉（一通）〔一〕

連日流覽大著，體大物博，文繁事富，洵世間有用之書，爲之望洋向若而歎！昔温公《通鑑》，能讀一偏者惟王勝之而已。僕章句陋儒，安能盡讀足下之書乎？惟博采諸書，宜有次第，大著則如隨見隨録，不加編次者，於體例稍有未善。抑或不以先後爲次第，而别有深意存其間乎？其中微疵，如《經部舉例》内謂《尚書》之「尚」，陸德明讀如「常」，然《經典釋文》但云：「以其上古之書，謂之《尚書》。」並不音常。又引《老學庵筆記》謂「《易·大傳》之名，蓋古人已有之，不始於歐公」。所謂古人已有者，宜申明其説。史公《論六家要旨》引「天下同歸而殊塗，一致而百慮」，謂之《易·大傳》，此其所本也。今不引此文，於義未備。如此之類，恐尚不乏，悤悤一覽，未足盡之也。足下積半生精力，成此大書，自當精益求精，庶足垂示後世，非我輩草草

〔一〕此札輯自《春在堂尺牘》卷五，題作「與楊子玉」。

著述，供人覆瓿之用者可比也。《農桑月令表》有關民食，而所采輯不及《齊民要術》，然所采《農桑輯要》諸書實自《齊民要術》來，未可數典而忘之。僕學問麤觕，不足裨益高明，聊貢狂瞽，用答雅意。

致姚文玉（一通）[一]

一别之後，五月有餘，惓惓之情，不以生死有殊，想夫人亦同之也。自夫人之亡，吾爲作七言絶句一百首，備述夫人艱難辛苦助我成家，而吾兩人情好亦略見於斯，已刻入《俞樓雜纂》，流布人間矣。兹焚寄一本，可收覽之。葬地已定於杭州之右台山，葬期已定於十月二十五日，今擇於十月九日發引，先一二日在蘇寓受弔，即奉夫人靈輀同至湖上，仍住俞樓，屆期躬送山邱，永安窀穸。吾即營生壙於夫人之左，同穴之期當不遠矣。日前曾夢與夫人同在一處，外面風聲獵獵，而居處甚煖，有吾篆書小額曰「温愛世界」，斯何地也？豈即預示我墓隧中風景乎？蘇寓大小平安，勿念，西南隅隙地已造屋三間，屋外竹籬茅舍，亦楚楚有致。俟落成後夫人可來，與吾夢中同往觀之。

[一] 此札輯自《春在堂尺牘》卷五，題作「與亡室姚夫人」。

致易佩紳(二通)

一[一]

承示大作。因論公私，申論君子、小人，推闡至極精極細之處，而持論又極平正，洵關係學術與世道之文也。鄙意以爲，君子以偏心誤天下，小人以私心誤天下。然小人以私心誤天下，人人得而攻之；君子以偏心誤天下，則雖賢者，或從而附和之矣。是故爲天下人説法，則務在去其私；爲吾人自己立法，則尤在救其偏。孔子之教弟子，皆救偏之意居多，如「求也退，故進之；由也兼人，故退之」是也。「克伐怨欲不行焉」，此則主乎去私矣，孔子以爲難，而不許其

[一] 此札輯自《春在堂尺牘》卷六，題作「與易笏山方伯」。

仁，可知聖門重在救偏，不在去私。以聖門諸弟子，固皆賢者也。推之，以「非禮勿視」四語告顏淵，亦是救偏。蓋古聖人制禮如射鵠然，無不大中而至正，有一豪之偏，即有一豪之不合於禮矣，故必復禮而後爲仁也。宋儒以克己爲「克去己私」，鄙意以爲不然。「己復禮」三字連讀，己者，身也；克者，能也；克己復禮者，能身復禮也。故下文即曰：「爲仁由己，而由人乎哉？」「爲仁由己」之「己」，即「克己復禮」之「己」，上下兩「己」字正相應，功在於己而效在天下。下「己」字對人言，上「己」字對天下言，皆謂己身也。不然，上文方使顏子克去其己，下文又告以爲仁由己，一時之語，不成兩橛乎？因論公私，縱言及此，高明以爲何如？

二〔一〕

前日談及考試正誼書院，以孔明自比管、樂命題，弟歸途於輿中思之，孟子以管、晏並稱，太史公亦以管、晏合傳，樂毅與管仲，人本不倫，從古無以並論者，孔明獨於春秋時取一管仲、

〔一〕 此札輯自《春在堂尺牘》卷六，緊接上札，題作「其二」。

戰國時取一樂毅，以之自比，此必當有説。蓋孔明生當漢季，草廬中自揣其才：若漢室未亡，群公中有能用我者，則我必爲管仲，尊漢室以匡天下，計當時惟曹孟德可輔，而惜其不能爲齊桓公也，荀文若一誤，我不可再誤，則管仲已矣。又思：若漢室淪亡，則擇可輔者而輔之，興復漢室，還於舊都，我其爲樂毅乎？蓋爲管仲是一番事業，爲樂毅又是一番事業也。其後受知昭烈，輔相後主，拳拳以討賊爲事，蓋此時意中惟有一樂毅矣。觀其《出師》兩表，與昌國君《報惠王書》異曲同工，可知其瓣香有在。乃秋風五丈原，大星遽隕，不能爲管，又不能爲樂，而其自比管、樂之意，千古遂無知者，可歎也！閣下尚論古人，眼大如箕，未識以此説爲然否？

致應寶時（五十通）

一[一]

再啟者，舍表姪戴子高茂才望，爲長洲陳碩甫先生高弟，年甫二十九，績學能文。新自閩中歸，被亂以後，孑然一身。過杭州日，孫琴西同年屬其帶書至滬求見，而伊因附便舟先至吳門，弟因歲晚，留其在寓度歲，兹先將琴西所寄書及詩册寄呈。子高寒士，以得館爲急務，祈閣下推愛，相其所宜，爲之吹噓，使伊不至謀食廢學，亦裁成後進之雅意也。子高與顧訪翁亦極相識，如問訪翁，自當悉其人品也。伊於書啟雖非所擅長，然較時下庸俗雜湊者或勝一籌，但不能向紅紙

[一] 此札輯自《歷史文獻》第十二輯，第一三二頁。整理者原將此札附於第六通之後，今據其寫作時次移至此。

上謄清，此其所短耳。手此，再請台安。外，劍人書乞轉致之。

樾再頓首

二[一]

敏齋仁兄老同年大人閣下：

正初承騶從惠臨，榮幸良深。旋節以來，想拜真除之命，膺不次之遷，同譜中與有光榮焉。樾僑寓吴下，無狀可述。《群經平議》已寫寄浙中，未審果能開雕否。滬上張羅，有無就緒，鮑子知我，無待多言。甬東一席，是否可圖，乞即與彼中人商之。手此，敬請台安。鐙下艸艸，恕其不莊。

年小弟俞樾頓首，十七日

顧訪翁已到滬否？書院章程，計已立定。河汾之學，將相兼儲，爲益不淺矣。弟承乏紫

[一] 此札輯自《上海圖書館藏歷代手稿精品選刊·俞曲園手札》，第七七至七八頁。

陽，尚未開課，大約在二月中，然所課止八股時文，亦乏味也。滬上書價廉于蘇州，去年在劍老處見阮《十三經》，止索洋泉十二，惜未之買，今春問價于吴市，則需十六洋泉矣。未審閣下能買一部見惠否？此則近于虞卞之無厭，亦恃鮑卞之知我也。

二十一日又書

三[一]

敏齋仁兄同年大人閣下：

得手書，惓惓以士習文風爲念。方今大吏中，安得盡如閣下者以主持正學、光輔中興乎？蔣薌翁粵東之行未知果否，彼處既已肅清，而浙人又多臥轍，似亦不妨少留，但未知朝議何如耳。拙著承其付梓，已交付高君伯平校刊，開雕早晚未定，亦甚願薌翁留浙料理此事，是則弟一人之私心矣。《高氏祠堂記》已脱稿，附呈鑒定，尚求老同年斧以斯之。此君不歸宗而祠所

[一] 此札輯自《歷史文獻》第十二輯，第一三三頁。

自生，難於措詞，弟尋出郭偃即高偃一層，天然玉合子，未識頗當此君之意否。紫陽尚未開課，未便支修，而小女吉期在即，頗費踌躇，郭君倘有所贈，早日惠寄是幸。寧波之事，承屢次函催，感感，閣下之爲我謀，勝於弟之自爲謀也。手此，敬請勛安，不宣。

年小弟俞樾頓首

四〔一〕

敏齋仁兄同年大人閣下：

十六日由局寄一箋並《高氏祠堂記》一首，未知已登青照否？頃有戚潤如孝廉，乃弟門下士，其先德英甫太史，又弟同年至好也，今來滬上，懼孺悲之無介，屬以一言爲之先，尚求推愛，略垂青盼，是幸。蔣劍人去歲有手書索題，今交潤如帶滬，乞轉交之，未識此君今年尚在幕府否。手此，敬請勛安。

年小弟俞樾頓首

〔一〕此札輯自《歷史文獻》第十二輯，第一三四頁。

再者，振甫入都後允將所坐之轎留贈與弟，即屬其寄存尊處，有便船來省，交其帶付，是所深感。瑣瀆台嚴，不安之至。

樾再啟

五[一]

敏翁仁兄同年大人閣下：

十四日曾寄一牋，并拙刻駢文兩部，未知已照入否？比惟興居佳勝，展布咸宜爲頌。弟于二十日開課紫陽，日内批閱試卷，尚未蕆事。寓次尚叨平順，足以告慰雅懷。捻蹤竄突不常，外間謡傳不一，尊處堉有所聞否？萬清翁曾否來滬？龍門甄别卷計已閲定，有無佳構？都下大開同文之館，招致西賢，使海内士大夫摳衣受業。吾儕獨抱遺經，窮年兀兀，竊自笑矣，微知己，無以發我狂言。手此，布請台安。

年小弟樾頓首

[一] 此札輯自《上海圖書館藏歷代手稿精品選刊·俞曲園手札》，第七五至七六頁。

外，小兒致王筤圃兄一函，乞轉致之。前薦田升，承派充船頭，不致作羊公鶴否？又及。

六〔一〕

敏齋仁兄同年大人閣下：

日前在潘玉翁處悤悤一晤，未及暢談，次日想即揚帆。金陵之行，未知幾日躭延，日内想已旋滬。旌麾所至，吉曜照臨，定符私頌。弟寓吴平順，日來爲遣嫁長女，不無碌碌，然向平之願，從此畢矣。郭君厚貺，藉潤枯豪，要皆出良朋之賜也，曷勝感荷。如續有此種文字，勿惜吹噓，又及。振甫已北行否？其轎望便中帶付是幸。前接大小兒稟，知春圃相國以安邱王菉友《説文釋例》及《句讀》二書見贈，尚在津寓，海運局中可有妥便南旋，爲弟將此二書帶歸否？手此，布請台安，餘惟心照不宣。

年小弟樾頓首

〔一〕此札輯自《上海圖書館藏歷代手稿精品選刊·俞曲園手札》，第七九至八〇頁。

七[一]

敏翁尊兄同年大人閣下：

頃承枉駕，有失迎門，良用悵然，即擬趨答，而又恐騶從未旋，徒虚往返。閣下有幾日躭延，每日何時在舟，乞示悉，以便敬詣鵠首，借聆塵教也。外附去復劍老書，旋節時致之。此請勛安。

年小弟樾頓首

再者，樾今年因嫁女事，不無所費，殊苦支拙，前所求務乞在意。倘滬上修志有成，得與大賢共事，不獨救貧，且可增長學識，尤所盼也。因有餘紙，附及之，再容走談，不一。

謹再啟者：頃有致蔣薌泉中丞一信，如尚在滬，乞即飭送，如已赴鄂，乞加封寄去爲感。

弟樾再頓首

[一] 此札輯自《歷史文獻》第十二輯，第一一五至一一六頁。

八〔一〕

敏翁仁兄同年大人閣下：

　　辱手書，承拳拳，感甚。并知偶患喀嗽，深以爲念。有人傳一方，用梨汁、藕汁、萊菔汁、薑汁、人乳、童便、白糖、紅糖各四兩，共重二斤，置磁器中，炭火煎至一斤爲度，每日清晨開水調服四錢，此法未知可用否。内人亦患此病，幾及一月，推度其原，似亦肝火上衝肺金，未識尊處有何良劑否？癡兒之病，至今如故，近服吴仲山方，亦如水投石，或言奉賢城隍神最著靈異，去年實寓其廟而得病，謀犇禱焉，亦未知有益否，因承垂念，故坿及。上海志局荷蒙寵招，感感。但史家三長，鄙人不得其一，奈何。所定章程俱極妥善。聞近時志書《揚州府志》《廣東通志》均經阮文達鑒定，有《史》《漢》筆意，滬上有其書否，能得一二佳本作爲楷式，或較易見長也。至與外夷交涉事，似以少敘爲宜，不特國體所關，難于下筆，且以一時權宜之計而垂之志乘，使

〔一〕　此札輯自《上海圖書館藏歷代手稿精品選刊·俞曲園手札》，第三五至三七頁。

彼中人永遠執爲口實，更有所不可也，高見以爲何如？吴下謡傳蔣薌翁至粤後夷局大變，想未必然，能略示一二否？手此，覆請勛安。

年小弟樾頓首，六月十九日

九[一]

敏翁仁兄同年大人閣下：

十七日接覆函，知嗽疾全愈，惟刻無暇晷，然賢勞益甚，即倚畀益隆矣。弟病足兼旬，日來始能出門，寓中亦尚平順，惟癡兒之病，冥頑如故，諸醫或投以祛痰之劑，或加以鎮心之品，如水投石，迄無效也。郭遠翁言此病當以温化，然吴中無精于醫者，誰與商此，如何如何。志局開已月餘，採訪計略有端倪。承招月内趨赴，自當如約。惟數日内適閲課卷，而王補帆舍親月内過蘇，尚是新親，不得不在蘇待之。弟意，九月初準可到滬暢敘契闊矣。先此布達，順請勛

[一] 此札輯自《上海圖書館藏歷代手稿精品選刊·俞曲園手札》，第三三至三四頁。

安，惟鑒不一。

年小弟俞樾頓首，十八日

一〇〔一〕

敏翁仁兄同年大人閣下：

接手書，承定以十月初旬赴滬，敬當如約。見在採訪有無眉目？但得采訪齊全，動手當不難也。弟寓吴平順，補帆不日可到，壻及女當隨之俱去，寓中益寂寥。江總云：「聊以著書情，暫遣它鄉日。」如此而已。《群經平議》已刻者十之四，然訛字尚多，足見讎校之難。兹有閔司馬寶梁，是甲辰同年閔逸雲之姪，伊求瀏河一差。據云逸雲有函奉託，未知收到否，代致名條，伏求酌定。又有瀆者，志局中有無小委員，閱舊志銜名，分校、監理頗亦多人。弟有相識高君清嚴，亦浙江人。是江蘇候補巡檢，人甚誠實，且能小楷，去年二小兒病中，弟尚未還，深賴其照

〔一〕此札輯自《歷史文獻》第十二輯，第一二四頁。

應，若能於局中派一小差使，其人亦無多求，不過略予薪水，或留其局中便飯，伊只算坐一小館，免於旅食，受賜多矣。如荷許可，此時先賞一札，俟弟到滬時與之同來，未識尊意以爲何如？手此奉商，敬請台安，不盡萬一。

年小弟俞樾頓首

一一〔一〕

昨由潘玉翁交到惠書，拳拳之意，溢于言表，何愛我之深也！弟自廢棄後頗承海内諸巨公垂念窮交，不以盛衰有異，然真摯如閣下者，亦不可多得矣，感甚感甚！又承示龍門書院章程，及顧訪翁所定功課，洵體用兼備之學。以閣下之樂育人材，而又得訪翁以躬行爲之倡導，賢嘉相遇，良非偶然。他日文經武緯，光輔中興，不獨爲東南多士幸也。弟章句陋儒，所主紫陽講席又專課時文，虚擁臯比，一無裨益，視閣下與訪翁之以道自任者，不啻走且僵矣。課程已細

〔一〕此札輯自《春在堂尺牘》卷一，題作「與應敏齋同年」。

閱一過，學術粗疏，無所獻替。惟有一事，特其小小者，于私心竊有所疑。按，課程第五條：每月朔望，師長西南面立，諸生以次東北面揖，師長答揖。此師、弟子之位，未知所據何典？古之君子，席不正不坐，推之於立，何獨不然？今朔望相見，師、弟子各據一隅，此何義也？考古師、弟子之位，經無明文。惟《大戴記》載：師尚父進丹書，武王東面立，師尚父西面，道丹書之言。《禮記·學記》《正義》引皇氏之説，以此爲王廷之位。若尋常師徒之教，則師東面，弟子西面，與此異也。執是以言，師、弟子宜東西相鄉矣。然東西相鄉，或疑非所以尊師，《戰國燕策》載郭隗之言，曰：「詘指而事之，北面而受學。」是古禮，弟子北面。《漢書·鄭康成傳》，汝南應劭自贊曰：「故太山太守應中遠北面稱弟子。」是漢時弟子亦北面。今若用皇氏說，師長東面；又依古禮，弟子北面，較之各據一隅，或少勝乎？夫一揖之位，其時甚暫，其故亦甚微，然閣下㧾立此書院，四方學者將于是乎觀禮，禮得則無思不服，禮失則退有後言。觀瞻所繫，不可不慎，乞與訪翁更詳之。

一二二[一]

《夏小正》一書，唐以前自有專行本，不僅附見于《大戴記》也，宋傅崧卿得其外兄關澮所藏《小正》，即隋唐以來相承單行之舊本，與《大戴》本頗有異同，足資稽考，是傅氏于此書不爲無功。滬上諸君子，請照前温州府教授金衍宗詳定章程入祀經師祠，自爲允當。《孝經》在秦時爲河間顔芝所藏，漢初，其子貞出之，凡一十八章，是爲今文；而其後又有古文《孝經》出自孔氏屋壁，凡二十二章，安國爲之作傳。然唐開元時，國子博士司馬貞疑古文《閨門章》文句凡鄙，又譏孔傳淺僞，是古文《孝經》真僞難明。言《孝經》者，當以今文爲正，明皇據以作注，宋邢昺據以作疏，迄今列于學官，士林誦習，皆今文也，顔氏之功，洵不小矣。至劉向、鄭眾、盧植、服虔，唐貞觀時從祀孔子廟廷，明嘉靖時始罷，顧氏《日知録》深以爲非。諸君子請與顔芝竝祀經師祠，自是公論，閣下宜從其請，以報先儒抱殘守闕之功。若夫《孔叢子》，則僞書也，雖託名孔鮒，而《漢志》初不著録。近孔顨軒氏疑是孔子二十二代孫名猛者僞造，猛從王肅學，承肅意

[一] 此札輯自《春在堂尺牘》卷一，題作「與應敏齋」。

而爲之。然而《孔叢子》一書，雖孔氏之裔亦未能篤信矣。至孔壁之書，初不知爲何人所藏，無從塙證其爲孔鮒，未敢因其爲孔子九世孫稍從遷就也。滬人請以孔鮒祀經師祠，似可無庸置議。辱承垂問，故縷縷言之，閣下以爲何如？

一三〔一〕

敏齋仁兄同年大人閣下：

小兒昨已登舟，費神照拂，感何可言。書院各額均已塗就，即呈鑒正，但字醜劣，恐不足用，或擇取一二可耳。縣志擬俟諸公稿本略定再行動手。見在紫陽試卷亦須批發，弟擬于廿一日束裝回吴，乞飭代雇一舟，示知官價，由弟給之。主僕三人，無須過大也。明日午後再走別。手此，肅請勛安。

年小弟樾頓首

〔一〕此札輯自《上海圖書館藏歷代手稿精品選刊·俞曲園手札》，第六二頁。

一四[一]

敏齋仁兄同年大人閣下：

南園小住，辱承惠愛拳拳，感甚。頃得手書，知勛猷日茂爲忭。弟廿一日返蘇，兩課卷堆積案頭，手不停披，至廿九日始克了事。日内天時炎熱，神識昏昏，只好暫圖静攝矣。志稿于彼事過涉鋪張，宜爲侯相所不取，示令動手時以數語了之。然數語亦須有附麗之處。鄙意，外國人冢墓即可附見「冢墓」一門之末；其教堂由武廟、書院改還者，即于「武廟」「書院」後附及之，如此方免另立專條。然不知外國人以爲何如？尊見同否？乞示悉。至爵相飭查修志緣起，鄙意，此不必再由局繕申，只消貴衙門將去年紳士公稟裝頭，報明修志緣由及開局日期；至全書體例，聲明此時不過采訪，應俟纂輯諸人悉心議定再行申報，如此亦足搪塞過去。而樾之意更有欲白者，去年若不立分纂之名，概作采訪，則譬如治庖然，雞鴨魚肉，一一買來，聽庖

〔一〕此札輯自《上海圖書館藏歷代手稿精品選刊·俞曲園手札》，第五五至六〇頁。

人之自爲割烹，雖手段平常，尚是一色；今既使各人分纂矣，所分纂者誰不自以爲定本，此如館子中見成之菜，整碗盛來，雖有易牙，不能取而改作之，況手段平常者乎？故推閣下見愛之盛意，則以爲局中諸公所擬者皆料也，鄙人删之改之無不可也；而局中諸公則未必然矣，故尚有稿本數卷未及交來。賈雲翁云：隨時尚須添補，且此數卷無須動筆。然則由蘇寫本之説，不過閣下與弟之私言，局中諸公所不樂聞矣。即勉强爲之，而其嘖有煩言，從可知矣。此番所奉督批，又因有所避忌，不可宣布，然則與局中立異者，直是鄙人一人之見，有不身爲怨府乎？弟承閣下厚愛，而于上海本地人，則自來未受其一絲一粟之惠，即爲怨府，亦復何害？然此書也成，人人歡欣歌舞方妙，若衆口同聲，吹毛而求其疵，不幾負閣下一番美意乎？揮汗書此，幸有以教之。此請勛安。

年小弟樾頓首

一五〔一〕

敏齋仁兄同年大人閣下：

初七日奉覆一牋並閩信一件託寄，定已照入矣。弟本擬二十外來滬，並約陳子莊兄同赴金陵，乃本月課卷較多，二十日收齊，月底方能出案榜，然則滬上之游，索性待之節後矣。有勞局中諸公久待，心甚不安。兹有《藝文》《金石志》須查者數事，乞轉交局中查示。外有致曾相書並書十本，託子莊帶去，或子莊不去，由閣下附便人帶去可也。務求妥爲寄達，是感。手此，敬請台安。

年小弟樾頓，四月廿一日

〔一〕 此札輯自《歷史文獻》第十二輯，第一三四至一三五頁。

一六〔一〕

敏翁仁兄同年大人閣下：

廿一日曾布寸牋，并書一包，未知照入否？節近天中，想順暘布化，益增佳勝。弟伏案閲文，殊無意味。兹有瀆者，敝門下士俞勁叔剛，見在廣方言館爲王夢仙兄權館，夢仙回去後聞不復出來，可否即延訂勁叔以補其缺。勁叔學問優長，人亦沈静，若膺此席，必能愉快也。手此奉商，即請台安。俟面晤，不盡欲言。

年小弟樾頓首

一七〔二〕

敏翁吾兄同年大人閣下：

〔一〕此札輯自《上海圖書館藏歷代手稿精品選刊·俞曲園手札》，第六九頁。

〔二〕此札輯自《歷史文獻》第十二輯，第一三〇頁。

前得手書，如聆面談，即念興居萬安，尉甚。弟杜門息轍，終日埋頭，大約今年秋試諸君未必如此，真可一笑。然志書竟未能動手，慚愧慚愧，自計總須五月間方可計日程功也。拙著《文廟祀典記》，唐鶚安大令取而刻之，其文其字俱不足觀，存其事而已，附呈求教。楊君處有回信否？前與郭君面談，伊頗欣然，重以鼎言，益當踴躍，但須待其友，不知爲何人、在何地耳。區區詅癡之意，頗望此事之有成也。手此，布請勛安。

年小弟樾頓首

一八〔一〕

敏翁仁兄同年大人閣下：

昨接三十日手書，知展布咸宜，幸甚。鄭志已收，劍老竟作古人，可歎。其書籍得閣下經理，可謂所託得人矣。此老著述所最得意者，爲《英志》一書，然必爲彼國人作史記，亦殊無謂。

〔一〕此札輯自《上海圖書館藏歷代手稿精品選刊·俞曲園手札》，第六六至六八頁。

此外未知尚有何書，《兵鑑》想未必成也。何子貞前輩亦有歸道山之説，聞之潘玉翁。何今年老成凋謝乃爾！所尤慟者，壽陽相國，乾嘉一派，從此廣陵楸矣。爲吾道惜，非止門下士之私情也。西人屢屢要求，聞之氣結不揚，此鄙人議修志所云「彼事從略」者，先有鑒于此也。二小兒之病，自服保心石、虎精丸後似覺稍可，二者皆弟從滬上攜歸，未知何者得力。惟虎精丸須服三料，而尚止服一料，伏求老同年再爲乞二服來。此丸是同仁扶元堂之物，頗所珍惜，重以鼎言，想必得也，早日寄到爲盼。大小兒計已抵粤，尊處香港之信有回信否？手此，敬請台安。

年小弟樾頓首

一九〔一〕

敏齋仁兄同年大人閣下：

月之六日回浙掃墓，至廿二日始還蘇寓，展讀兩次惠書，承拳拳之意，感何可言。虎精丸

〔一〕此札輯自《歷史文獻》第十二輯，第一二六頁。

已收到，二小兒服之，亦無大效。頃又覓得白龜殼服之，人言其效如神，亦不知竟如何也。大小兒空費往返，頗出意外，然渠不自樹立，浮沉薄宦，所如輒左，又何怪乎？又作書與李少翁謀之，姑盡人事而已。樾日内正閲望課卷，月初當來滬一轉，然已迫歲莫矣。晤局中諸君子，乞爲致意。匆匆布請勛安，惟鑒不一。

年小弟樾頓首

一〇[一]

敏齋仁兄同年大人閣下：

日前奉布一牋，定入青照。比惟勛望益隆爲頌。弟自二十二日由浙旋蘇，即將望課卷趕緊看定，本擬即來滬上，乃廿六日内人忽感受冬温之症，頗形其劇，日内雖小愈，尚未起床。屈指年内，爲日無多，同事諸公未免各有歲事，不如待元宵後再至南園，較爲從容矣。諸公稿本

〔一〕 此札輯自《歷史文獻》第十二輯，第一三五頁。

固極精詳，然鄙人之意，每條總須覆核一過，以副執事者實事求是之意，故必須諸公稿本定後，所有書籍均送歸弟處審閱，方可按日程功，不然如前次之來，亦不過領略南園風景，無裨實在也，閣下以爲何如？前承示葉貞節婦事，因國家旌表於未昏者止稱貞女，故文稱貞女，但未知究合何如也。於武林歸舟作《書後》一篇，别紙録呈大教。又有王子言屬書小册，俟繼寄。亦於舟中草草塗成，殊不足【下缺】

二一〔一〕

敏齋仁兄同年大人閣下：

昨布一牋，并志稿一本，定照入矣。今日取《建置志》動筆，查原開子目，有郵鋪、善堂、會館、義冢諸項，而原稿均無之，是否遺漏，抑或悉照《嘉慶志》無更改歟？查舊志無會館。乞飭查局中諸公，如果遺漏，迅即補來是盼。局中倘有陳府志，亦望寄示。國朝史、李二縣志如有之，亦求寄

〔一〕此札輯自《上海圖書館藏歷代手稿精品選刊·俞曲園手札》，第六三頁。

下。此布，再賀節喜，敬請台安。

年小弟樾頓首

二二[一]

敏齋仁兄同年大人閣下：

十六日接十四日手頒並書籍，讀悉興居萬福爲慰。志書在蘇發鈔，以便校讎，惟每卷脱稿終須寄呈雅校方安，至原稿中有删節者自當存留，以便繳還，其餘已訂入新稿中，不能分别矣。范志十六本，弟處止十四本，存田賦門四本在局，有局中條紙可據，附粘於後。乞仍屬局中諸公一查，其史、李二志，局中既有其書，乞全寄下，多一書檢查，自然倍形詳慎，將來書成後一併封還，斷無遺失也。《建置志》中子目有郵鋪、善堂、會館、義冢等，而原稿均無之，望即補録寄下，日内正從事於此也。補帆、振甫信，弟處均未知。浙臬放何人，已知之否？覆請台安。

年小弟樾頓首

[一] 此札輯自《歷史文獻》第十二輯，第一二五頁。

外紙一束，乃李總戎威林密屬書者，乞飭致。李總戎處因匆匆不及作書，並爲道會。

一三一〔一〕

敏齋仁兄同年大人閣下：

初三日曾寄一函，并志稿三本，計已照入。是日奉到惠函，并減賦全案，略一繙閱。前呈之稿，弟二卷《賦額》尚有宜酌改之處，即弟三卷《漕運》内附「裁除津貼」一摺，有「酌提蘇糧道庫四分漕項」一節，已經部駁，亦宜登明是前稿，尚非定本。閣下閱後，乞仍寄還，弟再向方伯借道光年間全書，參互考訂，以期無誤。或將來即由弟處寫一清本呈政，何如？惟無鈔胥，不知雇人鈔寫其價若何。此請台安。

年小弟樾頓首

連日閱《疆域志》，惟原稿不全，沿革表想即用蔣劍老之稿，然弟意尚宜酌改，至界至、道

〔一〕此札輯自《上海圖書館藏歷代手稿精品選刊·俞曲園手札》，第七〇至七一頁。

里、村鎮、鄉保，原稿均無有，意者與《嘉慶志》無異同歟？草草泐布，不盡所言。

二四[一]

敏齋仁兄同年大人閣下：

昨接手書并志書等，知尊體偶爾違和，甚以爲念，未知近已霍然否？賈雲翁書讀悉，局中諸事猝難齊集，令人悶悶。閣下旌節，容易超遷，即補帆可見。鄙人琴劍，亦殊無定，官場講舍，彼此萍蹤，非如土著諸公可與持久也。隨時飭催，得早日蕆事，幸甚。連日從事《水道志》，其五年間開吴松江一案已鈔得否？從速爲荷。稿中夾有一紙，是元二年開吴松江事，未知即此否。又云有俞塘案，亦須查明，務祈轉致局中，即行鈔示，以便纂録也。王補帆交卸未有日期，渠不航海，如無庸進京，即自浙赴粤矣。小壻即補帆之郎金陵應試，至今未還，亦頗念之。令愛忽得癡疾，亦奇，近來此病頗多，何也？二小兒至今未愈，而夏間忽有旬日稍差，鄙人可望抱孫

[一] 此札輯自《上海圖書館藏歷代手稿精品選刊·俞曲園手札》，第四六至五〇頁。

矣，亦一奇也。手此，布請台安。

年小弟樾頓首，八月廿八日

再者，去歲有以白龜殼見贈者，云專治痰迷之疾，小兒服之則確然無效，然吳下一婦人亦痰迷，分少許與之，又居然有效，意者疾之所由起者不同也。貴千金之症近日何如，倘欲少試之，乞示知，可以奉寄。

弟再頓首

再者，弟見將移寓，尚須置辦家具，因弟寓一無所有也，需用之處頗多，可否再惠我二百金？感佩厚施，非可言諭。再請台安。

弟樾再頓首

二五[一]

敏齋仁兄同年大人閣下：

昨接手書，知前寄《嘯古堂集》業已照入，即諗動定咸宜爲慰。弟已決計移席詁經，因由馬中丞敦請，亦緣紫陽一席須讓程輪香之故。否則一動不如一静也。若此間開書局，禹翁留弟照料，則尚在吴下作寓公，否則竟歸杭矣。惟詁經精舍在西湖上，不能住眷屬，而城中又無屋。至此間書局經費無出，未必能開，以此亦甚費峙嵋耳。年前爲日無多，諸務碌碌，又擬回德作墳。志書已寫定八卷而未校，不知年内能再成二卷否。大著「利利歟利害歟」，不知何人批其上曰「疑是利耶害耶」，雖意亦相同，而不如原本之奥衍有味。弟書其旁曰「此不誤」，謂原本不誤，非謂改本不誤也，竊謂此無庸改。至「報可」，「可」字一經拈出，未免授人以口實。弟思前代公牘，凡上司之于所屬，每報以「諾」字，故有「畫諾」之語，篇中「報可」二字擬改作「報曰諾」，下文「仍報可」

[一] 此札輯自《上海圖書館藏歷代手稿精品選刊·俞曲園手札》，第五一至五三頁。

作「仍報曰諾」，如此則字面仍古雅，而意可無嫌矣。尊意以爲何如？手此，布請台安。

年小弟樾頓首，初二日

再者，寫清本一事，此間總須百字十文，亦頗不匪，若百萬字便須錢百千矣。亦未必有此，姑以計算。弟稿本雖涂改補綴，而行款清楚，若將來由弟付刊，此項竟在可省之例，否則清本萬不可少，伏求示知。如寫，則並望略寄寫貲，即可雇人寫本寄奉也。

弟樾又頓首

一六〔一〕

敏齋仁兄同年大人閣下：

前日覆一書，度入青照矣。「報可」字擬易以「諾」字，雖屬古雅，然在近今久不見用，恐違俗尚，不如竟改作「報允」，老實而無弊，尊意何如？晤莫子偲，知畢《通鑑》已印刷矣，便中見惠

〔一〕此札輯自《歷史文獻》第十二輯，第一二三頁。

一部爲感。連日從事《學校志》，俟脱稿即集胥鈔寫也，并以奉聞。即請台安。

年小弟樾頓首，十一月初六日

二七[一]

敏齋仁兄同年大人閣下：

前得手書，承眷注爲感。此間書局，迄無成議，禁書發端，無其事也。聞禹翁擬先刻牧令書，亦未必果也。弟日前得子密書，湘鄉公擬以周縵翁之尊經易弟之詁經，弟已婉覆。明歲大都回杭之局居多，稍近鄉里，漸謀歸休，惟杭州無屋，或不得已先于吴下小住，亦步步爲營之法也。《學校志》已脱稿，集人鈔寫未畢。弟明日即回德營葬，約有二十日躭延。前鈔各卷攜至舟中細校，歸蘇即可寄閲，然年内所就者止此矣，約計已得其半。甚媿。兹有寄閩要信一件，敬求并弟片一併飭送豐興棧爲感。手此，布請台安，惟鑒不宣。

年小弟樾頓首，廿二日

〔一〕此札輯自《上海圖書館藏歷代手稿精品選刊·俞曲園手札》，第三八至四〇頁。

再者，朱璞山司馬守和在滬謁見，深感栽培，伊欲得松海防一缺，未知可否，朱君託轉詢，故及。如有惠書，仍寄紫陽，又及。

一一八〔一〕

敏齋仁兄同年大人閣下：

前得書並洋泉百，久未修覆，比惟起居佳勝爲頌。志稿已集抄胥在書院寫定，尚無需此數，將來倘有盈餘，能再寫一份，當更清楚矣。惟此月餘以來，酬應較煩，且心亦不定，又間以院課，竟至輟筆月餘。日來又伏案從事，然年前恐難告蕆矣。須查數事，別紙開覽，求飭查示。弟明年改就詁經，或留蘇，或回浙，未定。此請台安。

年小弟樾頓首

外兩信求飭致。

〔一〕此札輯自《歷史文獻》第十二輯，第一二八至一二九頁。

一一九〔一〕

敏齋仁兄同年大人閣下：

新正惠顧，未及暢談，次日趨前，又未晤。計金陵之行早已旋節，勛猷日盛，是所私頌。樾初四日赴杭，廿三日始旋蘇寓，見仍寓紫陽，花朝後又須還浙。草草勞人，乏味之至，安得稍蓄山資，粗給饘鬻，杜門謝客，不與外事乎？志稿曾否寓目，應增應減，其應改之處，伏求惠示。兹又寫定《學校》一卷，伏乞鑒定。外福建信一件，祈飭交豐興李君處妥寄爲感。燈下草草布肊，即請台安。

年小弟樾頓首

劉庸翁前承惠顧，失迎，見時致意。又及。

〔一〕 此札輯自《歷史文獻》第十二輯，第一一八至一一九頁。

三〇〔一〕

敏齋仁兄同年大人閣下：

前布一函，定入青盼矣。大著碑文二篇，遵爲點竄數語，未知有當否，仍乞核定。局中未竟之稿何時可有？前求將寄呈之《兵防志》寄還一閱，頃又查得《建置志》中須附入義冢，因原稿是續送，故須增入。乞將前呈之《建置志》一併附還。再，局中分纂諸公姓名，某志係某人纂，乞開示，以便裁入卷末序録也，其卷首圖説，亦望定稿寄覽。此請台安。

年小弟樾頓首

再者，將來付梓，需用手民甚衆，弟處有熟識者，如可分任其役，届時當令其來滬也，并望酌示。

〔一〕此札輯自《上海圖書館藏歷代手稿精品選刊·俞曲園手札》，第四一頁。

三一〔一〕

敏翁仁兄同年大人閣下：

三月廿六日、廿八日兩次致書，未知已登青覽否？今日始接二月二十日惠書，未知託何人所帶，遲滯至此。書中言琴西有自崖而返之意，此必尚是彼時之説，今想已久入國門矣。弟初決意旋杭，乃今因内人病體，未能即行，而書院又難久住，是以仍定大倉口之屋，且在吴下度夏再説，見在俟二兒婦彌月後即行移居，大約總在二十外也。志書已寫好呈政，並乞付校，其未就之稿，望爲催致。前呈之《建置志》《兵防志》並求仍寄還，以尚須增添也。其原稿及存弟處書籍俟便寄繳，如滬上有便船來蘇，示知更妙。法書積功額已交該董祇領，費神，謝謝。此請台安。

年小弟樾頓首

〔一〕此札輯自《歷史文獻》第十二輯，第一一七頁。

三二一〔一〕

敏翁仁兄同年大人閣下：

疊上蕪函，知已照入。前日由志局徑寄到志稿二本，已將應加者加入，寄還，祈飭交局。內人病體漸愈，弟又擬移家，旋浙矣。大約不出此月。手此布聞，即請台安。

年小弟樾頓首

湘鄉公究竟來滬否，想必有准信矣。

三二二〔二〕

敏齋仁兄同年大人閣下：

自還蘇寓，連布三函，定俱照入矣。弟回蘇又匝一月，內子病已愈，而賤體又不佳，同請沈

〔一〕此札輯自《歷史文獻》第十二輯，第一一九頁。

〔二〕此札輯自《上海圖書館藏歷代手稿精品選刊·俞曲園手札》，第六一頁。

義民診治，日與藥罏相守，真無味也。二十外擬移居大倉口，前從志局攜歸各書，今特附信局寄滬，乞交局中收去，外附清單，可以照點。弟處所存者，止《嘉慶志》一部矣。力疾，布請台安，惟照不宣。

年小弟樾頓首

減賦新案尚存，再寄。

三四〔一〕

敏翁仁兄同年大人閣下：

前接手書，并兼金厚惠，感荷無量。《選舉表》已料理一過，今將原稿一本、《選舉表》下。新定稿三本《選舉表》上、中、下一并寄呈，伏求照入。其《列女傳》二本且存弟處。斟酌原稿，雙行夾寫自爲節省紙張起見，亦無所不可，惟體例未愜鄙懷。所標「一門幾節」及「姑嫂雙節」「妯娌雙

〔一〕此札輯自《上海圖書館藏歷代手稿精品選刊·俞曲園手札》，第四二至四五頁。

節」等類，殊欠大方，且俟酌定後再鈔本呈政。手民陶升甫在弟處刻書兩年，頗無誤事，兹特令其來滬聽候局中指揮，一切俱照滬上章程，伊不過分任其役，自當遵辦，無須别議也。手此，布請台安。

年小弟樾頓首

再，樾于二十二日移寓大倉口，出月仍當至杭也，并聞。尊記二篇，定後乞交局，附本條之後。

再者，《列女傳》上册有「國朝未旌節婦」一百十九人，《列女傳》下册又有「國朝合例已故詳候題旌節婦」八百五十一人，下又有「未經彙入詳册已故合例節婦」二人，此三者實則皆未旌者也。所稱「詳候題旌」，不知何時可以奉復，若數月内即可奉復，則不妨稍待之，俟復到後一并歸入已旌之内。如其一時未能奉復，則縣志指日告成，不能久懸以待，宜歸并入未旌節婦内，但注明此下八百五十一人已詳候題旌，如此則門類較省，且亦羅羅清疏，只消分已旌、額旌、未旌三項名目足矣，未知尊意何如，乞酌復。又，原稿小注有「專旌節婦合傳内幾人」「彙旌節婦合傳内幾人」字樣，而原稿所分門類止有已旌節婦、額旌節婦、未旌節婦、詳候題旌節婦、未入詳册合例節婦五項名目，並無專旌、彙旌之名，不知何謂專，何謂彙，乞明示爲幸。

弟再頓首

三五[一]

敏翁仁兄同年大人閣下：

節相來蘇，拉作木瀆之游，今日方回。接讀手書並局中信件，敬悉都凡。弟小住數日，將筆墨應酬逐一清楚，即行赴浙。然湖樓甚熱，且多蟲，難以消夏，擬五月底仍回吴下。往返僕僕，殊乏味之至也。《列女傳》已斟酌妥當，發抄胥謄寫，寫畢即寄呈。將來刊刻時，其實亦無須樾到局商量。且俟回蘇後，如果天氣清涼，或可來滬一轉，以續墜歡，亦妙也。外附呈致湘鄉公一書，乞面致之。此布，即請台安。

年小弟樾頓首

□字板在常州刻，每字不過三文，已是極好者，然排印則頗不易也。

[一] 此札輯自《歷史文獻》第十二輯，第一二九頁。

三六〔一〕

敏齋仁兄同年大人閣下：

初九日奉上一函，并託上湘鄉相公一書，又附上白龜殼少許，未知照入否？連日將《列女傳》料理妥洽，《志餘》一卷亦收拾如式，付鈔胥寫定呈政，即飭交局詳校，其校定之本似即可付刻矣。陶手民來，言局中尚未定議，是以仍回蘇聽候，俟局議定後，何時開工，請賜示知，當令其來滬，遵照局章分工辦理可也。樾過二十即赴武林矣。外有寄閩信件，求飭交李自西兄爲感。此請台安。

年小弟樾頓首

再者，樾有一小女自杭回蘇，伊未嘗荔枝之味，乞將來寄惠二三十枚，是所深感，不必多也，又及。

〔一〕此札輯自《上海圖書館藏歷代手稿精品選刊·俞曲園手札》，第七二至七三頁。

三七[一]

敏翁仁兄同年大人閣下：

前奉一箋，並志稿新舊八本、《嘉慶志》一部，又託寄閩信一件，想均入台照。兹尚有《近人傳》一册、《補義》一册，前次忘寄，特再寄呈，乞交局。又字數清單亦繳還，全書約有七十萬字，弟所送呈之清本每紙均計有字數也。手此，布請台安。

年小弟樾頓首

三八[二]

【上缺】摒擋，興之所至，輒有擬作，都是説經者，至詞章則荒廢已久，只好藏拙矣。書局本擬刻《通鑑》，因經費不敷，是以暫緩。仍刻《欽定七經》，《易》《詩》已告成矣。志書有宜商定者，乞

[一] 此札輯自《歷史文獻》第十二輯，第一二九頁。

[二] 此札輯自《歷史文獻》第十二輯，第一三六頁。

示知，以便酌改。陶手民因局中諸公言寫本未定，刊刻尚早，是以回蘇聽候，以並省旅費，初無它意，且伊本不煩與議，竢滬上諸事議定，命伊到滬，遵照局章分任其役可也。白龜殼服之不效，想不對症。蘇寓尚有一方，名七七丹，前署奉賢葛大令之子服之而愈，此方即其所傳，並力勸服之，因循未試，不知其效如何。兹命大小兒録寄，乞酌之。手此布謝，敬請勛安，惟鑒不宣。

年小弟樾頓首

馬穀翁到滬住幾日？想早附輪船北上矣。琴西有信否，聞擬捐分發也。又及。

三九〔一〕

敏齋仁兄同年大人閣下：

久不得書，伏惟台候萬福。日前鄭蓮君、王子言兩兄來，言《志餘》一卷局中未見發出。弟憶此卷兩本，一是局中原本，一是吴下寫本。已於閏月九日寄呈，或尚在尊齋而未發出，或已交局而

〔一〕此札輯自《歷史文獻》第十二輯，第一二六頁。

鄭、王兩君未之見，希一檢查是幸，弟處則已無一未繳之稿本矣。弟在吴中度夏，八月初即擬還浙。小女病愈，尚未復原，又繼以大兒寓中藥鐺不斷，運氣之壞極矣，安得謝絶人事，枯坐深山，涵養性真也。頃有朱璞山司馬來寓，交一名條，有所干求，未知有以應之否。又有汪芷荷日誠，向分上海差委，今因署事期滿交卸，回滬當差，其乃翁汪春生，是壬辰庶常，□江西州縣，樾與有連，又嘗就其教讀館，芷荷即彼時執經受業者，幸隸仁帡，欲求推愛垂青。弟方欲謝絶人事，而此等事又繚繞筆端，未免爲有道者所笑，然亦不得已也。朱司馬事可否，並求酌示，以便覆之。捻跡肅清，升平共慶，如弟等輩得以鼓腹遨游，亦幸矣。手此，敬請台安。

年小弟樾頓首

四〇[一]

敏齋仁兄同年大人閣下：

[一] 此札輯自《歷史文獻》第十二輯，第一二八頁。

初十日曾肅一箋，由局寄呈，未知照入否。在武林晤惲少薇兄，知閣下有賦遂初之意，伏念吾榜自蓮衢侍郎引疾後，惟望閣下振而起之，雖欽恬退之高風，實違企望之宿願，未識尚能少留否？弟尚寓湖樓，城中覓屋，已看定小福祐巷一所，惟諧價未定，前書所求，能俯如所請否？兹因汪瘦槑孝廉工部鴻逵至滬之便，附布數行，敬請台安。汪君是弟舊徒，亦佳士也，祈進而教之，幸甚。

年小弟樾頓首

四一〔一〕

敏齋仁兄同年大人閣下：

在湖樓曾布一函，仍由蘇寓寄呈，定登青覽。日來暑雨不時，伏惟台候萬福。弟寓西湖月餘，天竺、韜光、靈隱，皆蠟屐一游。因眷屬留蘇，于月之三日仍回蘇寓視之，僕僕往返，自覺無

〔一〕此札輯自《上海圖書館藏歷代手稿精品選刊·俞曲園手札》，第六四至六五頁。

謂。杭有一屋，可以暫典，價尚不過昂，託一友代謀之，未知成否。志書已否寫定，其未合處尚求開示爲幸。日本國人有至滬上者否？去歲託以拙著《經議》轉贈彼中人，未知有可贈否？彼中有《佚存叢書》一種，未知可爲轉購否？前寄七七丹方曾否配合，有無效驗？兹有閩信一件，敬求飭交豐興棧爲感。手此，布請台安。

年小弟樾頓首

四二〔一〕

敏齋仁兄同年大人閣下：

在西湖精舍接奉惠書，並鷹揚壹百，即草草付一收條，未及致書，今日又得二十七日書，知自金陵旋節，壹是咸宜，幸甚。弟在杭看小塔兒巷胡存齋司馬之屋，屋雖不多，小有園林之勝，頗愜鄙懷，初意千五之數可以典得，乃經手人措詞不協，致啟參商，事垂成而復罷，甚爲惜之。

〔一〕此札輯自《歷史文獻》第十二輯，第一一七至一一八頁。

見將典屋之錢交存吴曉帆方伯處，而自於十一月廿七日仍歸吴寓，而潘季翁言其老屋在馬醫科巷，止須修理即可居之，其修理之費大約洋泉一千此數即爲典價。可以蔵事，若此議果成，仍作吴下阿蒙矣。閣下爲我計之，宜歸浙乎，抑仍留蘇乎？今年在杭，爲屋事頗費經營，而書生作事，五角六張，迄無成就，大約伯鸞夫婦，止宜廡下賃春也。來書有偕隱之約，無此福分，如何如何。手肅布謝，即敬請台安，不一。

年小弟樾頓首，初二日

再者，惲少薇兄至武林張羅而無所得，仍回毘陵，云年内即須入都，葬事恐須待明年也。小琴同年索拙刻，而拙刻已就者止駢文四卷，容當寄奉，至《群經平議》未知要否。拙詩在武林開雕，明年春可畢，此石泉方伯之力。散文杜小舫兄欲爲梓行，今恐不果矣。弟精力日就衰頽，著述之興，亦復闌珊，零星各種，付之醬瓿可也。因少琴索及，故拉雜書此。

弟再頓首

李中堂有正月間至滬之説，未知果否。

四三[一]

敏齋仁兄同年大人閣下：

聞榮綰藩條，因病未克走賀，爲歉。前求張舍親豫立關差，未知有所位置否？杜舫翁已來省否？弟有復李筱荃制府書，敬求即賜加封遞去爲感。日内有金陵便人否？如有之，望示知，弟又致馬穀翁書並書一部，託帶去也。手此，敬賀大喜，即請台安。俟稍痊奉謁，不盡欲言。

年小弟樾頓首

四四[二]

頃持牋細玩，乃知□□□式即在八行紙中，謹書三紙，乞擇用其一，但字甚小不易作，且恐不易刻也。承問賤恙，已全愈，但四肢乏力，步履甚難，而溲尚赤，又未敢服補劑，且靜養而已。

[一] 此札輯自《歷史文獻》第十二輯，第一三三至一三四頁。

[二] 此札輯自《歷史文獻》第十二輯，第一三五至一三六頁。

手此布復，敬請

敏翁同年大人安。

卞頌翁到家後請開缺否，王補帆有無告病之舉？病中無聞見，暇時示悉。

弟樾頓首

四五〔一〕

承詢葛賢墓事，弟戊午之秋泛舟山塘，於五人墓畔見一土阜，視其碑，知爲葛賢墓。歸而檢長洲褚稼軒《堅瓠集》，得其本末，作詩一章存集中，今録奉清覽。《堅瓠集》未知桉頭有其書否？今亦録寄。葛事在萬曆二十九年，五人事在天啟六年，相距二十五年。葛遇赦得出，又十餘年而死，則其繫獄中必近十年矣，故得死於五人之後而葬其墓側也。褚稼軒又稱：康熙中於山塘見其猶子，因得瞻其遺像。或其家即在此？亦未可知矣。

〔一〕此札輯自《春在堂尺牘》卷四，題作「與應敏齋方伯」。

四六[一]

敏翁仁兄同年大人閣下：

昨盛擾郇厨，感感。頃有書客同鄉侯姓送來樣書八本，其中《册府元龜》《文苑英華》《太平御覽》三部大書，每部一千卷，兹所缺者不多，索價百洋。此尚不失爲有用之書，如尊意欲得之，乞酌示價值，以便轉商。此外《通志堂經解》兩部，一竹紙，一白紙，然所缺過多。又《容齋五筆》《精華録》兩書，想非閣下所措意也。手此，布請台安。

年小弟樾頓首

四七[二]

敏齋吾兄同年大人閣下：

[一] 此札輯自《上海圖書館藏歷代手稿精品選刊·俞曲園手札》，第七四頁。

[二] 此札輯自《上海圖書館藏歷代手稿精品選刊·俞曲園手札》，第八一至八二頁。

十二日奉上一牋，并繳還邑紳稟函，未知已照入否？今日又得手書并大著二篇，皆詳明條鬯，足以垂示方來。稍易數字，以副虚懷，未知有當否？此信到日，適樾濡染巨筆，爲人作楹聯，遂致有墨沈汙其上，如寒具油矣，勿罪勿罪。二小兒癡頑如故，擬明年來滬上，與徐伯蕃商量，向夷人仁濟館乞藥治之。内人近日小愈，但尚須攝養耳。鐙下艸艸布復，即請台安，惟鑒不一。

年小弟樾頓首，望日鐙下

四八〔一〕

敏翁仁兄同年大人閣下：

弟還蘇寓後忽患感冒，未克趨候，想吾兄大人及嫂夫人所患均全愈矣。城門之役，聞閶門新出一缺，未知能爲張舍親豫立位置否？力疾奉布，即請台安。

年小弟樾頓首

〔一〕此札輯自《歷史文獻》第十二輯，第一三三頁。

四九[一]

應大人藩臺：

致馬穀翁信件已託便人帶去矣，費心，謝謝。頃有寄小兒一信，敬求即加封寄保定府，託其轉交爲佩。弟病已愈，遲數日再趨叩，日内尚覺足力乏也。手肅，敬請台安。

年小弟俞樾頓首

外信一件。

五〇[二]

敏齋仁兄同年大人閣下：

吴中别後，聞又有金陵之行，使節賢勞，伏惟萬福，樾小住湖樓，又匝一月，雨奇晴好，聊以

[一] 此札輯自《上海圖書館藏歷代手稿精品選刊·俞曲園手札》，第三三頁。

[二] 此札輯自《歷史文獻》第十二輯，第一三四頁。

自娱。前屬舍親張豫立求抱關之役，聞尚有盤門一處，務求推愛爲感。手肅奉瀆，敬請台安。五月中還蘇寓，再走欵起居，書不盡意。

年小弟樾頓首上

再啟者，萬清軒先生今年在蘇否？楊石翁有延主杭郡東城講舍之意，但脩羊不肥，□止二百金。未知肯就否。乞爲探示，以便轉達。手肅，再請大安。

樾再頓首

致英樸[一]

茂文仁兄大公祖大人閣下：

自别台暉，又經半載。頃聞旌麾還駐，棨戟延釐，企望福星，莫名忭頌。弟遭家不造，無狀可陳，不足爲知愛者道。兹有瀆者，敝門下士蔣澤山孝廉學溥努力下帷，明歲春風，望其得售。而寒氈株守，苦乏裝錢，意欲求賞派海運津局紳董，庶得附此北行。或有寸進，皆出大君子之賜。手肅布瀆，敬請勛安，惟鑒不宣。

治小弟制期俞樾頓首

〔一〕此札輯自《浙江圖書館館藏名人手札選（二）》上册，第一〇至一一頁。

致瑛棨（四十三通）

一[一]

蘭坡仁兄大人閣下：

兩奉郇雲，備承眷注，五中感泐，非楮墨能宣。比惟勛猷懋著，倚任愈隆，遥企台階，莫名心祝。弟彰、衛兩棚業已告竣，月之廿二日抵懷郡開考，大約四月中旬又可渡河而南矣。公私諸事，尚各順平，足慰垂注。道經輝縣，曾作蘇門之游，山翠泉聲，頗清心目，因成俚句紀之，惜冗長，未及録寄，俟夏間旋省時爾時或風鶴銷聲，再當并途中所作奉呈清正耳。東路事近日如

[一] 此札輯自《清代名人手札彙編》第四册，第一九一至一九三頁。

何？能有起色否？省垣中得福曜駐臨，想必如常安堵，軍書餘暇，或惠布一牋，以慰飢渴，尤所深幸。堂皇校士，草草奉書，恕不莊楷。肅請台安，伏希愛照不宣。

愚弟俞樾頓首，廿三日

二〔一〕

再啟者，萬壽聖節，例有賀摺，未識須何時拜發？準何日到京？閣下與余仙翁擬何時拜發其摺？計與賀元旦摺同，有請安摺否？務祈便中示悉爲感。東路聞消息漸佳，日來何如？能一鼓蕩平否？手此，敬請勛安。

弟再頓首

前奉託之敝同年劉令名英，敝世兄閔通判賅曾，未知有可培植否？又及。

〔一〕　此札輯自《清代名人手札彙編》第四册，第一九八頁。

三〔一〕

再啟者，弟河南一棚業已蕆事，即前赴陝州，試畢回省，即可面敘闊衷，并謝一切也。前曾函商萬壽聖節宜於何時拜發賀摺，須於何時到京，應否用請安摺，務祈便中示悉，不勝感荷。手肅，載請台安。

弟樾再頓啟，端午前一日

四〔二〕

蘭坡仁兄大人閣下：

〔一〕此札輯自《清代名人手札彙編》第四册，第一九四頁。

〔二〕此札輯自《清代名人手札彙編》第四册，第二〇九至二一一頁。

節前曾肅賀端喜，定登記室矣。比惟勛猷夏大，治績風清，敬企台階，亮符臆頌。弟自洛下校試陝州，計二十邊可以蕆事，握晤非遥，藉紓飢渴。前次函商萬壽賀摺一節，未蒙示覆，弟意尊處及余仙翁處賀摺，未知由省中專弁北上，抑或仍彙交中丞處，弟之賀摺，可否由吾兄大人處代爲一辦，附尊處摺件一同進京，則更爲省事，因叨摯愛，故特專人回省函商，即求酌定，迅賜覆音，如可附發，銘泐無既。所有摺弁費回省時繳呈，如或尊處摺已發，不能再附，望將摺式及用請安摺與否詳細示悉，俾無貽誤，種種瀆神之處，當俟回省日趨叩崇階也。手肅，虔請鈞安，敬企環音，臨穎依馳不盡。

愚弟俞樾頓首

五〔一〕

再啟者，前承示悉東路事宜，感感。聞九月中又小有蠢動，未知日内何如？諸深懸系。弟

〔一〕此札輯自《清代名人手札彙編》第四册，第二〇〇頁。

自汝而宛而許，一路順平，惟在宛南時適有樊城之警。然據考試情形而論，仍屬静謐，即自鄧、新來考者，亦初不張皇。於途中遇周春翁，想早已抵宛矣，辦理想無不得手也。弟望前可以赴鄭，月底月初又可到省考試開屬矣。知念并聞，載請勛安。

弟再頓首

六〔一〕

蘭坡仁兄大人閣下：

接奉手書，具承眷注，并蒙示閲庚仙翁回信，即附繳呈。知前託祝舍親事已承推愛嘘拂，銘感之至。馬隊到齊，想東路事必可得手，而南路又復鴟張，在許時傳聞鄧州失守，未知果否。弟在彼校試，尚覺平静，何數日間乃至於此也？弟許昌試畢，已至鄭州，大約月初即可回省考試開屬也。公事碌碌，未及詳布。肅復，敬請崇安，伏乞愛照不宣。

愚弟俞樾頓首

〔一〕此札輯自《清代名人手札彙編》第四册，第二一五至二一六頁。

七[一]

蘭坡仁兄大人閣下：

前奉覆函，并繳庚仙翁書，定蒙青照。辰惟蕃祺懋介，蓋祉延洪爲禱。東路馬隊到齊，能否得手，宛郡事尚無大碍否？弟鄭州試畢，月初可回省城，晤教不遠矣。茲有瀆者，弟於八月初曾行文貴署經廳，補支夏季應補領養廉及支秋季養廉，嗣經將夏季應補領者如數領到，至秋季者，尚未支取，昨敝署信來，言及青蚨告罄，可否飭將弟本年秋季養廉送交弟署，以資接濟？因叨摯愛，故以瀆陳，伏希裁察爲感。手肅，虔請台安，諸祈霽鑒不宣。

愚小弟樾頓首，廿五日燈下

[一] 此札輯自《清代名人手札彙編》第四册，第一九五至一九七頁。

八[一]

蘭翁仁兄大人如晤：

日前曾將開封棚內巡捕劉維嶽名條懇求培植，今日其人來見，據稱有委署葉縣典史之信，但此缺甚屬瘠苦，欲求另委武安典史或固始縣丞，託弟轉求，可否如其所請之處，伏乞裁定爲幸。專此，敬請台安。

愚弟樾頓首

元旦賀摺何時拜發，弟亦有摺附去也。又及。

九[二]

蘭坡仁兄大人如晤：

[一] 此札輯自《清代名人手札彙編》第四册，第二一三四頁。

[二] 此札輯自《清代名人手札彙編》第四册，第二一一九頁。

元旦賀摺何日拜發？中丞摺弁曾否到省？查例載元旦慶賀表牋，於二十五日截止，現在爲日非遥，以弟處專差而論，極快亦須七日，院上差弁自應較快，然慶賀摺不能由驛馳奏，恐極速亦需五六日，若再遲延，必有貽誤之慮。弟意擬明日飭差齎遞，未知尊見以爲何如，務懇示覆，以便遵辦。手此，敬請勛安。

愚弟樾頓首

一〇〔一〕

蘭坡仁兄大人閣下：

接回示，悉一切，弟問敝署摺差，據云渡河恐有躭延，且恐天時或有雨雪，總須七日方可到京。弟恐中丞摺弁或不由省城轉，則敝署走摺者六日不能趕到，恐或有誤，擬於明日拜發。尊處之摺，或附弟處，或仍候院差，均希酌定賜覆爲感。此復，即請晚安。

弟樾頓首

〔一〕此札輯自《清代名人手札彙編》第四册，第二〇二頁。

如附弟處，乞明日一早送到，又及。

一一[一]

蘭坡仁兄大人閣下：

昨得清江祝舍親信，内有謝稟一件，敬爲轉呈，乞照入。弟因幕中友人回家度年者尚未到齊，初三日未能出棚，初六日是否四不祥日，吾兄精於諏日，敢求爲弟決之。初九日雖好而太遲。前託納粟一層，擬爲大小兒辦一主事議敘，未知宜如何辦理，尚求示悉爲感。手肅，敬請勛安。

小弟樾頓首

一二[二]

蘭翁仁兄大人如晤：

[一] 此札輯自《清代名人手札彙編》第四册，第一九九頁。

[二] 此札輯自《清代名人手札彙編》第四册，第二三九頁。

承薦舍親館事，感感。但舍親本擬依侍龍門，故脩之厚薄，在所勿論，若出省就館，則寒士生涯，亦不得不計及脩羊之肥瘠，所薦未知何席？每年脩脯幾何？居停何姓？能否即行到館？尚希示悉，再行酌度。奉覆，如能借重鼎言，俾研入稍豐，得以自顧顧家，尤感栽培之厚也。手覆，即請台安。

弟樾頓首

一三[一]

蘭翁仁兄大人閣下：

手示誦悉，費神，感感。弟初九日未能成行，初九以後竟無可用之日，只好遲至二十一日矣，彼時照或可到也。舍親杞縣之館，未知有無成議，尚希示悉。連日碌碌，再當趨前，面罄一切也。此覆，即請台安。

弟樾頓首

[一] 此札輯自《清代名人手札彙編》第四册，第二二四頁。

原信繳。

再，聞蘇省東壩一帶有警，未知的否，便中示悉。

一四[一]

蘭翁仁兄大人閣下：

前示小兒捐事，似正項已足而雜費尚無，未知應需若干，如尊處知悉，乞即示知，以便行前奉上。舍親館事，荷蒙噓植，今日何介山已來拜過，但聞縣署各席均各人滿，惟通札謄清比往年人少，介山晉謁時或再賜一言，竟訂此席，俾舍親有所事之，不致負素餐之愧，更所深佩，瑣瀆歉甚。肅請勛安。

小弟樾頓首

遲一二日再當趨侍，以稟一切，并及。

[一] 此札輯自《清代名人手札彙編》第四册，第二三〇頁。

一五〔一〕

蘭坡仁兄大人閣下：

恐妨公冗，久未趨前爲歉。各路軍事如何？汝州一帶聞不甚平靜，魯、郟等縣均有騷擾，尚祈示悉，緣弟此次出省擬以汝州爲首棚也。如汝州不能，只好先至南陽矣。再有瀆者，朱顧翁之婿戚潤如茂才，乃弟庚戌同年戚英甫編修之子，英甫在日，與庚子仙河帥有師生之誼，現潤如世兄隨顧翁眷屬南旋，道出袁江，擬謁見河帥，欲求鈞函，以作先容。或小有潤色，皆出大君子之賜。手此布瀆，即請勛安。

愚小弟樾頓首

再，月前曾行文貴經廳支取夏季廉鈔，計已呈閲，可否即賜支發爲感。

弟再頓首

〔一〕此札輯自《清代名人手札彙編》第四册，第二四〇至二四一頁。

一六[一]

蘭坡仁兄大人閣下：

頃晤王吉翁，知明日渠已辭謝，因思弟與老兄更何客氣，謹將大柬璧呈，如吉翁明日來赴嘉招，弟亦當趨承如約，或吉翁不果來，則弟行前歷碌，竟俟將來閑暇時再擾郇庖也。外附呈小兒履歷，費神代辦爲感。此請台安。

愚小弟樾頓首

一七[二]

蘭坡仁兄大人閣下：

行前飫擾郇庖，瀕行又承車騎親送，别後溯洄之意與春日而俱長，惟勛祉日隆，定如肊頌。

[一] 此札輯自《清代名人手札彙編》第四册，第二一三頁。

[二] 此札輯自《清代名人手札彙編》第四册，第二一七至二一八頁。

弟汝州校試，碌碌如常，大約二十五六汝屬可以蕆事，而光州一帶聞甚吃緊，已據該縣稟請，援照舊案，歲科並行，將來即由汝而陳，大約歸德一時亦難辦考，便可渡河而北矣。光、固一帶設有緩急，又深南顧之憂，吾兄臺蒿目時艱，又費一番籌畫矣。大營想仍在亳，克翁能否分兵而南，風便尚望略示一二爲幸。棚次悤促，手布，即請台安，伏乞惠鑒不宣。

如小弟樾頓首

一八〔一〕

蘭翁仁兄大人閣下：

別後曾於董陧行館手肅一椷，即交首縣家人齎還，定已照入矣。比惟㽞政優優，百凡集吉，定如所禱。弟鄰中蕆事，即至衛輝，約至五月初即可按試覃懷，一切尚叨平順，足慰注存。廣額事仍礙，未舉行，前書已詳，想鑒及矣。東路事如何，聞克翁連有勝仗，想無虞北竄也。余

〔一〕此札輯自《清代名人手札彙編》第四册，第二二二一至二二二二頁。

仙翁竟爾仙游，可勝慨歎，現放何人？省門得信否？弟在署時曾行文貴署經廳，支春季養廉，未經領到，乞即飭催爲荷。外拙詩一紙，公餘鑒定是幸。手此，敬請台安，伏惟愛照不宣。

愚小弟樾頓首

一九〔一〕

蘭翁仁兄大人閣下：

承示各處探報，知軍務大有起色。閩省情形亦較鬆，甚慰。許州考事，昨已得金牧稟請展期，弟已批令，緩至八月矣。餉票價值如有的耗，示知爲佩。手此，虔請台安。

愚弟樾頓首

外繳還各件。

〔一〕此札輯自《清代名人手札彙編》第四册，第二三七頁。

二〇[一]

蘭翁仁兄大人閣下：

頃惺翁招飲，因肚腹不佳，未及奉陪爲歉。馬貞伯來省，託弟探聽由監生捐訓導職銜需錢若干，在外省上先，能否即有部發執照，抑或止有實收，望示悉，以便覆知前語也。外有致蕭鄰泉賀信一件，乞有便附寄爲荷。此請尊安。

小弟樾頓首

二一[二]

蘭翁仁兄大人閣下：

日前奉詢餉票事，未知已有定價否，由監生并監生底子捐捐縣丞到省，指省分發。係實銀若

[一] 此札輯自《清代名人手札彙編》第四册，第二一三頁。
[二] 此札輯自《清代名人手札彙編》第四册，第二一二頁。

干，示悉爲感。再有瀆者，馬君貞伯曾由薌泉先容得謁清塵，現伊抱痾，即思南回，而資斧未足。弟雖有小助，未足成行，可否略分餘潤，俾得早整歸裝，想博愛爲仁者，定不嫌煩瀆也。肅請台安。

小弟樾頓首

二二一[一]

蘭翁仁兄大人閣下：

頃承枉顧，失迓爲歉。宋郡試事，已據該府詳請援照成案辦理，日間面懇函催之處，已可無庸矣。手此，敬請台安。

愚弟樾頓首

[一] 此札輯自《清代名人手札彙編》第四册，第二〇八頁。

一一三[一]

蘭坡仁兄大人如晤：

摺已繕寫，擬明日發兩摺，均奏事之件，一奏考試情形，一即日前就正者。可否一日並進，乞示悉爲感。再，摺差約八日可到，如尊處有信件欲帶，即擲付是幸。此頌勛安。

小弟樾頓首，廿五日

一一四[二]

蘭翁仁兄大人閣下：

[一] 此札輯自《清代名人手札彙編》第四册，第二二〇頁。

[二] 此札輯自《清代名人手札彙編》第四册，第二〇七頁。

啟者：頃有僕人焦貴自京來汴，特有敝同年張侍御書來見弟，因弟處事少人多，出息有限，故未收用。聞伊曾叩謁臺前，可否賞給差使？據張同年書言，其人樸誠可恃也。手此布懇，即請台安。

愚弟樾頓首

一二五[一]

蘭坡仁三兄大人閣下：

前奉懇捐米備賑一節，茲特呈上大小兒名條、履歷一紙，敬求於米局先捐一監生底子，聞由局捐監，得照甚遲，未知尊處實收即可算數否？應用銀若干？示知，以便繳上，至將來由敝署行文貴經廳，宜如何敘法，亦求酌示，瀆神之至，再容面叩。專此，敬請台安。

愚小弟樾頓首

[一] 此札輯自《清代名人手札彙編》第四冊，第二〇一頁。

二六[一]

蘭翁仁兄大人閣下：

頃承光顧，存問拳拳，感甚。兹有瀆者，弟擬爲大小兒捐一功名，懇查：由監生報捐，不論雙單同知，在京銅局上兑，約須實銀若干？弟即將銀送尊處，求託京友報捐，當較外省得照較易也。費神，再容叩謝。手此，敬請台安。

小弟樾頓首

二七[二]

蘭坡仁兄大人閣下：

啟者：敝同年方君葆珊處業已探明，現住理事廳衙門左近，與候補縣殷名廷瑞同寓。殷

[一] 此札輯自《清代名人手札彙編》第四册，第二四五頁。

[二] 此札輯自《清代名人手札彙編》第四册，第二〇三至二〇四頁。

令乃其同鄉至好，方同年止一妻一子一女，其子名轅，年十七，曾應北闈鄉試，惟除原籍外別無所歸。既承高義，敬求登高而呼，庶集腋成裘，得以苟延旦夕，至將來之計，萬難代籌久遠。幸㲉令乃其總角至交，尚可相依，且其子年亦漸長，或筆耕亦能養母，吾輩只濟其目前之急而已，未識尊見以爲何如，望酌奪示覆爲感。祝舍親已有書去，并聞。手肅，敬請捷安，伏惟愛照不宣。

愚弟俞樾頓首

二八[一]

蘭坡仁兄大人如晤：

秋暑殊酷，久未趨侍爲歉。東事如何，有好音否？周勉翁聞補北道，確否？前奉託方同年事，未知有無成説，緣其家望之如歲，務祈早賜玉成爲禱。此肅，即請崇安。

小弟樾頓首

[一] 此札輯自《清代名人手札彙編》第四册，第二三五頁。

二九〔一〕

蘭翁仁兄大人閣下：

頃蒙枉顧，得暢談爲感。兹有瀆者，敝同年唐大令鑾在省寓病故，一無所有，眷屬十餘口，無以爲歸計。弟與係同榜同年，用敢代籲鴻慈，伏乞登高而呼，俾得歸骨故里，則存殁均拜大君子之賜矣。手此奉託，即請台安。

愚弟樾頓首

三〇〔二〕

蘭翁仁兄大人閣下：

日昨趨前，未晤爲悵。兹有瀆者，敝同年劉明府名英前在虞城任内，曾有應領墊發留支一

〔一〕此札輯自《清代名人手札彙編》第四册，第二三六頁。

〔二〕此札輯自《清代名人手札彙編》第四册，第二三八頁。

項，今年春間曾瀆陳清聽，現其光景甚窘，聞又具稟臺前，如果屬應領之項，望早賜以濟涸轍。弟因係年好，故敢冒昧代求，伏求原鑒。前託唐令事，未知已賜高呼否？恃愛多求，勿罪爲幸。此瀆，即請勛安。

愚弟樾頓首

三一〔一〕

蘭翁仁兄大人尊右：

頃有閩信一件，敬求加封飭遞爲感。但家兄所署係屬外縣，且未知曾否卸事。此信望寄省中，當還衙門，較不浮沉也。所託捐事，未知糧台餉票較京局能否便宜，便中代爲一核是荷。際此公務殷繁之時，恃愛瑣求，伏求原恕，即請台安。

小弟樾頓首

〔一〕 此札輯自《清代名人手札彙編》第四册，第二三一九頁。

三二一[一]

蘭翁仁兄大人尊右：

覆示誦悉，弟因大小兒讀書一道未必有成，故勉力爲此，既京局較爲便宜，竟從京局報捐，開呈履歷一紙，費神代辦。其照能否速得？如三月初可有，弟當稍待之，以免寄遠周折也。其銀容日送至尊處，瀆褻，不安之至。手此，肅請勛安。

小弟樾頓首

行□單附繳。

三二二[二]

蘭翁仁兄大人閣下：

[一] 此札輯自《清代名人手札彙編》第四册，第二三八頁。

[二] 此札輯自《清代名人手札彙編》第四册，第二四三頁。

手示讀悉，捐項即當奉上，但未知究須若干？擬明日先奉上一千之數，俟示知實需若干再行補上，未知可否？其平是否京平？亦望示悉爲感。瑣瀆，歉甚。覆請台安。

愚小弟樾頓首

三四[一]

蘭翁仁兄大人尊右：

昨發件定蒙照入，兹奉上汴平紋銀壹千弍百兩，計元寶二十枚，碎銀兩封。伏求彙京，其零數再找上。代辦捐事爲荷。午後弟當踏雪而來，面承雅教也。此懇，即請台安。

小弟樾頓首

再者，如捐指省分發，未知必須引見否？如眼前可無須引見，弟竟擬捐指江蘇，以便令其逐隊隨行，學習當差，緣大小兒讀書未必能成，故作此想。乞示悉爲荷。再瀆尊前，伏希淵鑒。

弟再頓首

[一] 此札輯自《清代名人手札彙編》第四册，第二四二、二四四頁。

三五[一]

蘭翁仁兄大人尊覽：

舍親姚鉞去年報捐縣丞，領有實收，部照未到，兹將實收兩帋呈上，如部照到日，乞爲繳銷，前曾面懇，想不責其瑣瀆也。再有瀆者，舍親現在袁午翁營中當差，兹有信一件，銀弍十兩，如有委員赴營，乞飭帶去妥交爲感。去年奉託捐監兩个，憶共銀肆拾六兩，未知是否。兹特繳趙，伏祈檢收。手此，肅請勛安。

弟樾頓首

三六[二]

蘭翁仁兄大人尊右：

[一] 此札輯自《清代名人手札彙編》第四册，第二三六至二三七頁。

[二] 此札輯自《清代名人手札彙編》第四册，第二三五頁。

手教誦悉，舍親事屢瀆清心，感甚，愧甚。想介山明府既承台囑，自即行延訂也。弟定於廿一日自水路南旋，小兒之照如彼時未到，仍望飭人至東昌一帶探投，是所感泐。遲日再當趨謝，并稟一切。手此致覆，即請台安。

小弟樾頓首

三七[一]

蘭翁仁兄大人如晤：

手示誦悉，小兒部監兩照奉上，乞代寄都呈驗爲荷。昨囑舍親鐫小印二方，奉求法正，乞鑒入，未知尚足博大方一哄否？手覆，敬請台安。

小弟樾頓首

[一] 此札輯自《清代名人手札彙編》第四册，第二四七頁。

三八[一]

蘭翁仁兄大人尊右：

前日附上小兒監部兩照，捐事想已寄信京中矣。并圖章兩方，定已照入矣。屬題之册，蘇帖得七古一章，錢券成律詩四首，筆墨醜劣，有汙佳册，深自愧也。手此，肅此台安。

弟樾頓首

三九[二]

蘭翁仁兄大人尊覽：

[一] 此札輯自《清代名人手札彙編》第四册，第二四六頁。

[二] 此札輯自《清代名人手札彙編》第四册，第二三一至二三二頁。

頃承餙紀偕同日升昌掌櫃來寓，據云所匯繫票銀，非現銀，所謂票銀者，到蘇時由該局開一銀票交付，持此票買物，則一兩竟作一兩用，若持此票向該局取現銀，則折耗隨時上下不等，竟有作七、八折者。又據該掌櫃云，如匯現銀，每千匯費須八十兩等語。弟思匯費如此，未免太鉅，至於票銀又折耗太多，憶弟前年冬曾匯百金到蘇，係八五折，止取得實銀八十五兩，殊未合算。未識吾兄與該局原議如何，尚希酌示爲感。瑣瀆清神，不安之至，再俟面叩。手肅，即請勛安。

愚小弟樾頓首

四〇〔一〕

蘭翁仁兄大人閣下：

前屬舍親鐫刻圖章，業已告竣，特呈尊鑒。張墨翁眷屬不果南旋，弟擬仍走旱道，未知宋

〔一〕 此札輯自《清代名人手札彙編》第四册，第二三三三頁。

郡一帶近已肅請否？山東曹、單等處如何？如有所聞，伏祈示悉。此請台安。

愚小弟樾頓首

四一[一]

蘭坡仁兄大人閣下：

奉上家兄名條一紙，敬求函致福建慶方伯，轉懇推情培植，是所深感，外有家信一封，希加封遞寄爲荷。初六日務望光臨，已訂周蓉翁奉陪矣。是日或有公事，則卜晝卜夜，悉由尊意裁定，示知，以便恭候也。此訂，即請台安。

愚弟樾頓首

[一] 此札輯自《清代名人手札彙編》第四册，第二〇五至二〇六頁。

四二[一]

蘭坡仁兄大人閣下：

弟擬於四月初一日出省，再當走辭，兹奉上名條三紙，冀充夾袋收藏，如有可栽培，希留意一二，恃愛瀆求，幸勿責其瑣瑣爲荷。東路有無捷書？念念，此請台安。

愚小弟樾頓首

四三[二]

蘭翁仁兄大人閣下：

[一] 此札輯自《清代名人手札彙編》第四册，第二一四頁。

[二] 此札輯自《清代名人手札彙編》第四册，第二四八至二四九頁。

頃專足回汴，曾覆一函，諒已照入矣。弟因運河水涸無舟，仍走旱路，大約再行八九日可到袁江也。小价盧元曾託面薦，兹從濟寧遣回，令其趨叩階前，如蒙推愛，賞給隨便差使，尤所心感。弟已囑伊勤慎當差，勉圖報效，或不至作年公鶴也。此請台安。

如弟樾頓首，二十七日未刻

再啟者，正在修函，適專足於二十七日辰刻到濟，接到手書并部監照各一紙，誦悉一切，費神之至，感謝無既。其專足費，遵諭不給，但彌增慚感耳。來人賞給大錢壹千文，以作酒資，并聞。弟沿路均託福星所芘，悉臻平順，所過州縣亦俱推情照拂，惟濟寧以下因水涸無船，只得仍從陸道而行，聞途次尚平善，足以告慰。俟到浦再行布知一切。衢州之説，惟願不確乃妙。但弟昨見宗滌翁，此間亦有是説，并云浙撫晏彤翁已出省防剿矣，未知的否，并及。

弟再頓首

致于鬯（四通）

一[一]

得手書，垂注殷殷，甚感。昔人言，半部《論語》可以治天下，今則《孟子》半部足矣。「反本」一言，今日之切務也；「正人心」一言，尤本之本也。貴友言中國不患不富强，而患人心不正，誠哉是言。所立經生會，未知如何，滬上强學章程，徒爲外國訕笑，想經生會得賢者主持，定與俗論不同也。大箸《四禮補注》，《奔喪》《投壺》兩篇，以鄭補鄭，最爲精審，《遷廟》兩篇則以盧注無可補，不得不自爲之説，體例不同，職是之由，不足爲病。鄙意，若博采他經鄭注之可

[一] 此札輯自于鬯《四禮補注》稿本卷首，上海圖書館藏。

以移注此篇者而首列之，鄭注無可采，再下己意，而仍引鄭義證成之，則與《奔喪》兩篇體例亦相近矣。高明以爲何如？惟「四禮」之名，似乎可酌。因明以來有四禮之學，明宋纁有《四禮初稿》，吕坤有《四禮疑》《四禮翼》，馬從聘有《四禮輯》，韓承祚有《四禮集説》，吕維祺有《四禮約言》，國朝王心敬有《四禮寧儉編》，並見《四庫全書提要》。所謂四禮者，冠、婚、喪、祭也，「四禮」之名，恐與彼混，或竟題《禮經四篇補注》何如？弟自九月以來無片刻暇，衰齡冉冉，後路茫茫，外顧世而時切隱憂，内問身而一無樂趣，惟十一月初爲小孫續姻，算了卻一件事矣。年内又刻成《雜文五編》八卷，俟印訂成後即寄呈大教。然皆碑傳序記之文，應酬作也。

二[一]

得手書，知前函已達，鄙意拘拘，甚違諸君子之意。然孟子云：「窮則獨善其身，達則兼善天下。」我輩窮居，只能爲獨善之計，若窮而欲兼善天下，雖孟子不能。漢季黨人，明季社友，皆

[一] 此札輯自《春在堂尺牘》卷七，題作「與于香草」。

是見義未精，自任太猛，聖賢恐不如是。即使孟子生於今日，亦惟守先王之道以待後之學者而已。孟子「待」之一字，直待至漢時，而後先王之道又昌明於世，然《孟子》一書，猶雜在諸子中，未重也；又待至唐宋，而後孟子之學大重於世。吾人但計有可待與否，遠近固不計也。僕去年《除夕》詩云：「行當再見唐虞盛，屈指天元九十年。」姑留此言，以爲後驗。僕學術粗疏，年齡衰暮，浪竊虚名，深爲愧恧。日前與浙撫廖中丞言，老夫主講詁經已二十九年，若再忝一年，則三十年老山長，海内所無。將來必有兩種議論：一謂曲園在詁經造就不少，一謂兩浙人材皆敗壞於曲園一人之手。此兩説，恐究以後説爲然。蓋方今之世，乃窮則變、變則通之世，而鄙人不知變通，猶執守先待後之説，兩浙人士不我鄙棄者，亦講求古音古義，沾沾於許鄭之書，而人材之爲我敗壞者不少矣！尊見以爲然否？外附去《雜文五編》八卷，此皆應酬之作，然近來名公鉅卿，頗多見於鄙文者，則固不得因其文辭之陋而棄之也。

三〔一〕

得手書，并示三説云云，前一説不敢當，後二説不足辨。夫謂《茶香室經説》是小説家言，其人不但不曾讀《茶香經説》，并不曾見過小説來。試問，唐宋以來小説多矣，何種小説與《茶香經説》相似乎？悠謬之談，不足一笑。若謂「不知變通」，「沾沾許鄭」，實亦未有人言及，乃鄙人自存此見，以爲將來必有此説耳。又有一種，講理學者深不以我所著書爲然，因鄙人未嘗掊擊程朱，故亦尚未受人掊擊也。嗟乎！時事日非，斯文將喪，此又何足深論？惟足下來書頗以乾嘉以來崇尚聲音訓詁之學爲當時提唱諸公咎。竊謂不然，不通聲音訓詁，不能讀古書；不能讀古書，不能讀聖經賢傳；不能讀聖經賢傳，又安能通聖人之道乎？然則諸老輩教人講求聲音訓詁，亦是下學而上達之法，蓋門徑固如是也。學者但致力於聲音訓詁，自以爲絶學，而不知更有其他，此則學者之蔽，而在乾嘉諸鉅公，固不任其咎也。嘗謂：《論語》「下學而上

〔一〕 此札輯自《春在堂尺牘》卷七，題作「又與于香草」。

達」，妙在一「而」字。朱注云：「但知下學，自然上達。」深得此句語妙。吾儒與釋氏，同此一理。一部《論語》，止言下學工夫而不及上達，以上達只在下學中也。一部《金剛經》，止言上達而不及下學工夫，然云「修一切善法」，此即下學也。佛云「修一切善法」，孔云「多學而識之」，同一下學工夫。佛云「一切善法，皆非善法」，故孔子亦自以爲非也。然孔云「予一以貫之」，而佛則云「實無有法，得阿耨多羅三藐三菩提」，此則稍有分別。蓋在吾儒，則千百萬億皆貫之以一，而在佛家，則千百萬億皆歸之以無。貫之以一，猶有迹象可尋；歸之以無，則無可捉摸矣。此釋家所以高於吾儒，而吾儒所以切於釋家也。僕生平沾沾於聲音訓詁，此外未嘗致力，然近來於天下事理亦頗覺頭頭是道，雖不敢言上達，似亦上達之梯桄也。孔子一生辛辛苦苦，至七十歲從心所欲不踰(距)〔矩〕，始稍稍享聖人之福，然越三年即夢奠矣。況我輩齷齪小人乎！恐亦不久人世矣。率爾布陳，聊發大噱。

四[一]

香草仁兄大人閣下：

辱手書，知讀禮之餘，仍事撰述。當此之時，而有此人此事，風雨如晦，雞鳴不已，空谷之中，跫然足音，可敬可喜也！承詢群經次第，拙著《平議》只依高郵排列，蓋鄙人所學固不出王氏門徑中也。此次第不獨本於《漢志》，陸氏《經典釋文》首篇發明其義，尤爲明白，既先儒舊説皆然，鄙人何敢更張。至先秦古書所列群經次第，誠不如此，然以《詩》冠首，竊所未安。愚意，《史記·滑稽傳》所引孔子語最爲得之。孔子曰：「六藝於治一也。《禮》以節人，《樂》以發和，《書》以道事，《詩》以達志，《易》以神化，《春秋》以道義。」如此，則以《禮》《樂》建首，《書》《詩》次之，《易》《春秋》次之，次第秩然，恐孔門原本如此也，今《樂經》亡而《禮》孤縣矣。然足下以讀禮之餘而編定所著，或竟以《禮》居首，次《書》，次《詩》，次《易》，次《春秋》，依附《滑稽傳》孔子

〔一〕此札輯自于鬯《香草校書》稿本卷首，上海圖書館藏。又收入《春在堂尺牘》卷七，題作「與于香草書」。今據手札整理。

之語，自成一家體例，亦無不可。輒貢所見，尊意酌之。方今時局至此，吾道將廢，非百年之後，恐無人復理此業，雖有伏生，亦不能待。鄙人年老心灰矣，足下年未五十，或尚可努力乎？復頌著安，匆匆不一。

愚弟俞樾頓首

致俞陛雲（四十五通）〔一〕

一

陛雲覽：

昨在德清發一信，寄豆腐乾四百塊，嗣知輪船不候，文書驗收，又寫一片交其帶回，計此信初十或十一必到，而德清所寄信轉在後矣。我等於重九日已初到俞樓，我明日入城拜客。今日歐陽子衡來西湖相見，即日動身，仍赴海州。賀太太近日又發喘，此後天寒，未必能有起色。時希之病，聞阿長言，送帶物去。近日亦不及前兩日之好也。馮夢香交來黃公壽屏一幅，請汝做

〔一〕以下四十五札均藏俞氏後人處。趙一生先生見示照片。

詩。其紙已有直格，汝須約計每行幾字，酌定字數，然後作詩，詩亦不難，然須妥洽，字則必須工整，不可草草。如欲有横格，亦可添上也，并須於月内寄杭，勿遲。廣東物已寄到否？可收好？姑姑頸痛已好否？汝姊已回去否？叫伊格外小心爲是。二妹出房否？胃口如何？子戴來住否？均念念。廣東燕窩不必揀毛，汝可喫一二錢，每日晚上吃。與姑娘説知。手此布知，不一。

曲園書，重九日

兩湖如有信來，即寄杭州。擬墨如擬添刷，前信所言兩字須照改。

二

陛雲覽：

在德清發一信，寄去豆腐乾。到杭州又一信，交火輪船帶還。前日又一信，寄去黄公壽屏一邨，均收到否？吾於初八到杭，初九到西湖，初十入城拜客，十一偕汝母及珉珉至退省庵拜彭祠。汝母飯後又入城，至賀、姚、李三處一拜，賀太太之病仍未見好，時希之之病亦未見好也。勞宅姨母率金奎表弟於初十日到西湖，昨日稍往各處游玩，今明日尚擬坐船至各處一游也。聞張姑太太亦要來杭，則湖樓亦不寂寞矣。吾等均好，勿念。家中想平安，咳嗽好否？門户、火燭、飲食、寒煖各種小心。姑姑已愈否？少侯兄弟及二妹均好否？汝姊好否？子戴來住否？有致湘翁一信，可飭去。賀太太聞汝咳嗽，屬喫冰糖蒸梨，每日一隻最好，可即喫之。寄去加香腿一肘，甘蔗兩捆，可查入。

九月十二日，曲園書

三

陛雲覽：

津信京電先後收到。初七日我發一信，已到否？今日又接汝初五日京信，知到京平安，零物稍有損傷，亦無緊要，米不知尚可檢拾否。場事想必平安，總裁信蘇州初九日方知，則題目信更遲矣。特科事外間已奉部文，想在京各衙門自然早奉。壽老入闈，保者少一人，應須再託子玖否？家中均好，徐錫疇來過三次，喫化痰丸尚對。王宅三妹陪伴，尚相得。汝婦健好，飯量亦佳，分娩想在望後，因身重，終日在房中，不到前上房多日矣。一切已端整好矣。王宅亦好，可告岳父知之。潘氏學生兩郎，我已見過，面龐不豐不瘦，身材亦相稱，今年俱未入學。米生云屬其送落卷來看，亦未見也。然府縣考均不甚低，文理當尚清通耳。前有信致子衡伯岳，亦已告之。外間局面益緊，無可謀生，今年頗望汝於三者有一得，未知場題稱手否？丹石到津，未有信來。篆玉紹郡一席不久即撤，現爲謀陳介卿江陰館，未知成否。得之亦是暫局。聞施霈霖已補武進，此公以海運北來，必到京城，汝可寫篆玉名條託午橋切實一薦，無論徵收、硃墨皆可。此席若成，則施公是實缺，可望長久也。徐小姐吉期已定否？茲有繡件一包，并我信，即在包内。可交付花農丈。又有《句麗古碑歌》一篇，連序千餘字，汝可用白摺好好寫一分，交花農轉送日本中島君，以答其意。汲侯託買之物已辦齊，茲有汝婦致復汲侯信，内有清單。可交付，其物寄子衡帶京也。有便可寄參釘二斤來，大包參鬚亦寄二斤。不過一兩銀子一斤者。手此，布問好，不一。汝岳父前不另作信，前信已詳矣。

三月十一日，曲園書

四

陛雲覽：

十二日申刻由電報局送來喜報一紙，知汝已中式五十八名，喜出望外，固由先澤之未泯，亦汝母一生賢孝、勇於爲善所致也。至傍晚而京報來，蓉卿亦從上海馳電來賀。然汝必當發私電，則至今未到也。覆試未知何日，汝日來想甚忙，益宜愛惜精神，鄭重眠食。殿試尚遠，大可寫字用功也。家中均好，吾閃腰後已出房矣。汝婦健好，俟滿月即出房，嗣母病亦稍愈矣。茲匯付京平松江定二百兩，以供應用。手此布示，不一。

閏月十三日，曲園書

錢能訓是否錢宅新姑爺，回信提及。

五

汝寄來場作已寄瞿子玖學使處矣。五十八名，未知墨卷刻一二篇否？場作刻硃卷，或在京託人斟酌，不必定寄吾也。附去汝鄉試硃卷履歷，以爲藍本，但除三代外須更改者甚多，可細細斟酌，勿草草，致成笑話也。福建黼伯處弟兄名字多更改，吾寄信去閩問之，俟覆到再寄京，亦尚來得及也。手此再示。

式之竟不中，殊爲惋惜。聞都下傳誦其詩，起二句意境殊不凡也。如尚未出京，見時爲我致意。昨郎亭來，亦深爲式之惜也。

六

陛雲覽：

接喜報後即發一信，十三日。匯銀二百兩進京，未知收到否？十五日又寄一信，并岳丈、花丈信及致壽蘅師信，又有惲季文託交其本家信，想均收到矣。京中喜電至十四日午刻始達，十九日接岳丈十一、十二兩信及汝十一日信，略知大概。然房師何人，究未得知。闈墨版心有一「讓」字，以意揣之，似中於壽老之手，未知然否？闈墨既刻，自不必改，惟小講與汝鈔來者略異，未知汝稿本自改乎？抑闈中動筆也？中比闈墨卻錯一字，刻硃卷時檢點勿誤。汝鄉試硃卷已於前信寄汝矣，而桐園又將四叔硃卷寄來，尚可稍爲參酌，改日再寄汝。桐園言，明遠公墳樹連夕放光，觀此，使人追遠之心油然而生。汝覆試名次尚好，但願得四畫頭，博一庶常，亦是書生本色之官，若三畫頭，固無此妄想也。壽老處已有信否？仲山、子密，則汝進京皆帶有我書，此時似不必即寫信。合肥拳拳念舊，固可感，然久不致書，措語頗難也。家中均好，汝婦亦健，昨已出門謝喜矣。嗣母之病固非一喜字能消，一半是病，一半是脾氣耳。吾已出至外齋，汝母以下及姑母處均好。少侯已定就午橋館，施公處可託薦篆玉，乾脩亦可也。汝連日辛苦，必須格外保重。徐中堂處必須一見，年祖也。得館選則掌院也。

廿二日，曲園書

正在發信，接十七日來函，知房師是滿人，而亦如此契合，甚可感也。四書在何人手？想是壽老也。汝需正氣丸，兹寄去八丸，餘俟少侯來再帶，計花農處亦必有之也。夏衣亦俟少侯帶。又及。

汝信云紹岑師及午橋各寫一扇送之。然吾分書不自謂然，近亦不頻作。午橋收藏家，所見法書多矣，豈以吾書爲重？若紹師分尊，尋常一扇寫一七言詩，轉似褻之，不如其已也。如有便人，再寄《全書》兩部來，或可藉作羔雁耳。又及。

闈墨中比漏一字。

七

陛雲覽：

十三日、有銀二百。十五日、廿二日皆發信，已收到否？今有金華拔貢汪諫臺朝銓到京，託其帶去葛紗袍子一件、夏布長衫一件、夏布短衫四件、夏布背心二件、臺席一床、夏布套褲一雙、竹布褲一條，又正氣丸四包、蘇合丸二包、神麯二匣、白痧藥一匣、午時茶二十塊，可查收。行軍散八瓶，在汝拜匣上層，出門必須帶在身邊也。汝岳母靈前已去一拜否？亦不可再緩。蘇寓得喜信，於彭剛直像前、汝前婦像前均焚香祝告之矣。湖南佩芝兄弟去，汝宜有信去。家中均好，嗣母病如故也。手此布知，努力保重。

閏月廿三日，曲園書

八

陛雲覽：

閏月廿（三）〔二〕日信有正氣丸等，廿三日信有夏衣及丸藥，託汪諫臺；四月初一日信有擬策稿及孫婦信，未知收到否？接廿六日來信，有岳丈及小石丈信，均收到。知汝在京安好，努力用功，以副諸老輩期望之意，眠食起居，尤宜格外小心，功夫固要緊，精神尤要緊也。策頭尾尚有草稿在，今亦由信局寄汝，又履歷已爲起一清稿，即可照刻，但彭氏弟兄必須列入，吾不甚了了，待汝添入也。汝鄉試卷不刻本家，而劍叔卷則有之。吾意，汝此番中式，明遠公墓樹有放光之異，可見雖遠猶近，自明遠公下視，則皆一律也，似不可遺，故亦補入。此履歷亦尚有草稿，如此信失，尚可再寄也。徐壽師見面如何稱呼？年祖乎？老師乎？恐年誼究所重也。前書副啟未投，設或蓉曙到京問起，汝可告以此信當由託妥便與衣物同帶，故至今未到，乃便人留滯之故，俟其送到即投也。紗袍套可在京做，因蘇州做來恐不合式。京中硇砂膏可買四罐，有便帶來，此次買來參釘不及岳丈去年所買之好，將來續買，須照岳丈所買，此時尚有，亦不必亟亟也。需用銀兩，過後再寄。外岳丈書并油帋包可面呈，花農丈及汲侯均不及作書，多寫覺腕弱耳。手此布知，不一一。

四月五日，曲園書

九

陛雲覽：

昨由信局發一信，并履歷清樣及無錫送三表妹添箱，其時章式之文章業已鈔來，即行封入，而吾信上竟未提及，亦近來精神之衰也。式之文自佳，然亦不無疵累，吾已爲改好，託孫世兄謄清即可照刻。惟所慮者，或徐壽師以汝原作爲佳，欲汝刻原作，則仍宜刻原作爲是，式之處即以師命謝之，亦無不可也。汝母云：式之是汝益友，可否刻列老夫子之後？然亦屬小家數。外省硃卷有之，京中似少見也。汪柳門、吴廣庵、瞿子玖均批汝場作，汝母之意，寄汝一看，無負諸老輩期望也。電報遲遲，亦不盡爲京報局地步，電局先已搶頭報矣，豈顧京報乎？沈旭初云：電局分四等，頭等報取半價，兩字作一字，專打南北洋及督撫公事；此最繁，電局日不暇給者以此。二等報不取費，專打本局公事，不送出局；三等報取倍價，一字算兩字，此則最捷，雖頭等報亦爲所壓矣；四等報則我等尋常所打是也。將來如有要語，用詩韻密電而打三等報，則自然捷速矣。家中均好，餘詳昨函，不一一。

四月初六日，曲園書

如要紗袍褂料，可寄知，當託少侯帶去也。

臣對：臣聞治天下有萬世之計，有一時計。爲萬世計，期於守正，爲一時計，期於從宜。是以稽之載籍○○有○、○○有○、○○有○、○○有○，皆云云。

如此則不必用經語，隨便湊拍，即策題中字面亦可用矣，字數則一樣。

一〇

陛雲覽：

初一日信有策首尾稿，由郵局寄；初六日信又有策稿，有履歷清本，有致岳丈信，并無錫所送添箱，由信局寄；初七日又一信，有汪、吴、瞿三公評語，未識次第收到否？策稿吾細思之，用經語分貼四項，恐一時湊合不來，是以又酌改活動，以免臨時爲難，另紙録覽。日來寫字，想有進境，以汝寫作而論，四畫頭可望，但須留心，勿做毛病耳。此精神所以尤要緊也。家中均好，嗣母亦尚平静，姨奶奶出去後，在三間頭與小市橋吴少奶奶同居。擬招如意來。此人不甚妥當，然亦只好聽之。雖寫信去，來否亦未定也。魯舅尚在京中否？汝母云：宜勸其早出京，久留無謂也。穀叔聞亦將來京，以我思之，亦不如早歸爲妙。吾起居飲食如常，總覺疲乏，腰腿軟弱，上半年杭州不去。汝婦擬端節後回杭一轉，亦尚未定。日内望報頗切，汝能副第一仙人所望否？手此布知。

曲園書

汝母云：殿試前恐天熱，内襯宜用夏衫，較爽快也。岳丈及農丈處均候，不及另函。

一一

陛雲覽：

吾處四月初一、初六、初七、初九日信均收到否？自接廿六日信後久未得信，深以爲念。想身子健好，在寓中静用朝殿功也。式之二三藝及履歷清稿定已收到，硃卷想尚未刻，履歷中尚須添刻數行，另帋録寄，刻時加入，勿忘。二三藝刻章作乎？刻己作乎？家中均好，嗣母亦尚安静，賀小姐來住三日而去，汝婦亦擬回杭小住，總須在午節後也。兹因式之有學生入京朝考，託帶紗袍褂料一付，此尚是彭剛直所賜者，汝可在京擇工妥做，較外間做當較稱身也。又竹衫一件，杭席一方，《春在堂書》二部，如京中有須送者，可送之也。少侯尚無信來。兹寄去歐陽子衡信，可寫一回信寄之，回來時可買羊皮統子五六个，乃分賞徐媽、朱媽等，尚是汝進學時所允許也。統子不必好，取其便宜者可矣。手此布知，不一一。

四月十三日，曲園書

正在作書，接汝初五日信，知安好，甚慰。壽師信收到，其意拳拳可感，改日再致書也。蓉曙事已説穿，最妙。蓉曙到京必訪汝，汝可將壽老意述知之，亦可免其癡等。蓋渠意，過道班與否，待此而決也。策冒及履歷清稿均已寄京，收到後即寄復。鼎甲萬不敢望，但能不錯誤，得四畫頭足矣。寫好字多亦不在乎此，好字雖多，鼎甲不必書好字也。前日來一新昌俞姓者，出示其譜。吾家所謂希賢公，其譜竟有之，竟若可據。吾爲賦一詩，并節録其譜存之矣。手此再布，同日書。

一二

陛雲覽：

今日託式之轉託其門下士張君帶去信件，但便人行跡較郵遞爲遲，恐汝朝殿後即須刻硃卷，履歷中有宜添補處，故又作此函寄汝，收到照辦。此信到，計殿試近矣。保養精神，努力寫作，勿誤勿漏，是所深盼。

四月十三日，曲園又書

一三

陞雲覽：

昨得十三日信，知身子安好爲慰。明日殿試，今日須搬寓否？鼎甲不敢望，二甲則宜勉也。惟云久不得吾信，深以爲異。吾自匯銀後發八信矣，另單開明。何汝所接者只十五日一信也？有壽老信。已向信局及郵局查之，策冒曾兩寄，一信局，一郵局。并寄有履歷清本及改好式之文章，計此時亦必收到矣。如不到，飛速寄知，履歷及文均可補寄也。家中均好，汝婦擬節後回杭一轉。手此，布問好。

四月二十日，曲園書

趙君宏已爲瞿子玖學使調赴南菁爲(齊)〔齋〕長，命去纂地理書。

閏月廿二信，有岳丈、花農丈信及正氣丸。信局。

廿三信，有夏衣及丸藥，託汪諫臺明經。

四月初一日信，有策冒尾，有孫婦信。郵局。

初六日信，有策冒尾，有履歷清本，有寄岳丈信及無錫添箱。此由信局。

初七日信，有汪柳門、吴廣庵、瞿子玖評語。郵局。

初九信，有改策冒數句。郵局。

十三日信，有紗袍褂及《全書》兩書，託式之交其門生張明經帶。

一四

陛雲覽：

接十九日信，知初六、七、九日三信均收到，汪諫臺所帶信件亦到。此後又有十三、二十、廿三日信件，想來必次第收到矣。惟初一日由郵局信竟不到，不可解也。有汝婦信，浮沈可惜。廿四日巳刻京報局送來喜信，及午初，則岳丈、花農丈所發密電亦到。祖德留貽至汝身而一發，良深感悚。汝益宜勉勵，以副科名。臚唱之日，狀元歸第，頗費開銷，第三人自當不須如此。惟聞朝考卷費即需五十金，此外用款亦必不少，稍停數日即當匯銀至京，接濟眼前，且向岳丈處通融，或源豐潤暫時通融一二百金，想亦無不可也。此間信息，殊不捷速，狀榜名姓至廿六日始知，讀卷大臣亦無知者，有壽師在内否？汝何以得列第三，有所聞否？歸第之日如何禮節？狀榜□歸其第，探花亦須歸第否？第在何處？其吴興會館耶？抑即以壻鄉爲第耶？朝考是否廿八日？鼎甲卷有竟束開不閲者，今年何如？禮部所刊《金榜題名録》必須要一本，《館選録》亦必須要，認啟單須多要幾張，若爵里謚法考及題名碑録，則可要可不要也。岳丈及花農丈自必分外高興，我連日碌碌應酬，而各處書院卷又一時并至，日無暇晷，故此時不及致書，均爲吾致謝而已。汝帶去衣箱中本有夏衣，可細檢一番，紗衫紗褲及夏布短衫均有，汝婦所開衣服單均載明也。汝婦擬即還杭一轉，三表妹即命其力勸北來。家中均好，惟昨得閩信，黼堂二伯竟於十九日去世，可傷之至。身後亦無所有，然篤臣甚能，尚可恃耳。手此布知，不一一。

四月廿七日，曲園書

再，履歷照前所寄刻，已周到矣。惟汝從前隨岳丈在東書房讀書，亦頗承教益，應否於受業師中列入外舅許子原老夫子。又，花農於汝最爲拳拳，且南齋中吴燮臣一言相賞即奉之爲師，此乃瞿子玖師之例。若花農殷殷期許，百倍吴師，則援吴師之例列入徐師，似亦理所應有也。均酌之。殿試卷想必刊刻，聞刻大卷不費錢，琉璃廠自來招攬，果否？趙君宏已赴子玖學使之招，式之見過數次，却未談及窘況，吾處客多，不久坐，亦未深談。聞今科新貴彭頡林本就青浦汪大令之館，吾擬稍暇作書薦補其缺。但式之不能外出就館，惟閲卷相宜耳。時事日非，浙書局薪水減半矣。曲園又書。

一五

陛雲覽：

得二十六日書，知一切。又得花農丈廿五日書，言之甚詳。汝亦可謂平步青雲矣，何修而得此？然試思前戊戌傳臚之日所盛傳者，豈非鈕、金、江三鼎甲乎？曾文正不過三甲一進士，誰復知之？至今日而觀，鈕、金、江三君重乎？抑曾重乎？如曾文正者，固萬萬不敢希冀，然既得鼎甲，則又不可無超鈕、金、江而曾之想也，益宜勉之。是日音樽讌客，所費自必不貲，大約由岳丈墊付。然岳丈南中存款已多，不可再劃歸南中也，宜亟歸之。吾擬過節後匯四百金入都，未知彀否？信來宜明告我。汝引見後應酬必多，僅一余德，恐難周到，宜在都中再雇一妥人，即如拜客，不能不攜僕從，車中須帶行軍散，午後不出門最妙。拜前輩，紅氈非車夫所能挾也。況車駐通衢，車夫入衙衕投刺，牲口或驚，此尤不可不防也。明歲慶科恐未必有，此時京中亦無的信，非臘月恐不能有準信也。鼎甲不如庶常之逍遥自在，庶常不計俸，編修則須計俸矣，自不宜久住在外。至分卷張羅，此時殊不容易，即勉强得之，將來亦爲人所挾持，即在此時而觀，昨竟有人餽賀儀二十元，即交條託謀保甲者，豈可受之乎？外間開發報、錢京報、提塘報、縣房書報、學書報、本路報，約費二百十餘元，式之以爲太多，然此等錢，一生能用幾次，省不在此也。惟是時事日非，吾又精力日衰，書局薪水已減半，吾又擬明歲辭詁經之席，免得將來爲人所逐，此亦尚待躊躇耳。汝婦已回杭，擬秋初接回。子衡已動身，汝婦亦不及向其三姊勸駕矣。桐園委署長洲典史，尚未到任。福建黼堂伯之變又費調停，好在篤臣尚能幹耳。家中均好，勿念。前寄履歷，想照刊矣。汝名片不甚佳，式之亦云然。吾謂式之：老兄何不一書？式之云：將來能得階青爲吾寫名片，幸矣，不敢代階青書也。公何不書之？祖爲孫寫鼎甲名片，亦佳話。因即書三字寄汝，與花丈、岳丈等看可用否。手此布知，不一一。

五月四日，曲園書

湖南彭宅已有信去否？

余德家中均好，其妻常來，汝母親見之，已交付洋錢二十元，賞錢十元，詁經隨封八元，門房分二元。并知城外土店尚開，余德婦間數日去一次而已，長在家中也。所需灣奇煙俟少侯帶京，又及。

汝如遇有便，可買硇砂膏寄來，以應人之求。岳丈處容再致書。花丈信交去。

一六

陛雲覽：

今匯京平松江定銀陸百兩至京，想可敷用。岳丈處墊付之款亦可歸楚矣。此信專爲匯銀而發，不及他語，均俟續布。

五月十一日，曲園書

天時炎熱，宜上半日出門，□佩帶行軍散。

一七

陛雲覽：

接十九及初六日信，知甚忙而尚健好，爲慰。初十日引見後，計十三日必奉旨，而此間未得信，不知吴下館選幾人，即孝先得館選否？亦未知也。五月十一日由厚生匯銀陸百兩至京，未知何時可以收到？日内除拜客外無事，當可稍閑，亦勿太勞也。暑天酒席難喫，如有讌會，少喫爲是。硃卷已刻否？時文廢矣，分硃卷亦覺無味，然不能不刻耳。廢八股是端午日旨，而汝初六日信尚似未見，何也？今歲一科是結五百年時文之局，吾擬墨一篇，亦是結生平六十年來時文之局，言之慨然。誌喜兩詩在吴下均刻有詩片，亦不必再刻也。朝考詩已送式之看，柳門亦見過，在作詩時想但知是韓詩，不知爲擊球也。子衡丈計已到京相見，汝岳母靈前曾去一拜否？潘宅兩郎亦尚彬彬。岳丈之意如何？在潘宅，相求之意則甚殷也。手此布知。

五月十六日，曲園書

一八

陛雲覽：

余德家均好，可告知之，所需之煙，俟富遜之帶來。參尚未到，有便寄磠砂膏來。

五月初五、十一、十六日發三信，未知到否？初五日信內有孫婦詩兩首也，十一日信有銀六百兩。接初六、初八、十三日來信，知汝在京安好，初八信即丁梓材帶來，參及汪壽幛，又岳丈詩一首、繡墨詩册，均收到無誤。壽幛即日送去，而柳門不在家，僅取回片，至今無信來，未知受否，生日聞不做也。第一次寄來之吉林參五兩半一斤者甚佳，汁水亦甚好，其價亦甚廉。如有便人，可託其購買。又寄回之參鬚，一兩銀一斤者。均被式之取去，如有便可再買兩斤來。教習何時到任？大課在何時？館課想未變章，仍是詩賦也。部議鄉、會章程如有稿本，可託人鈔寄。家中均好，嗣母亦尚相安。汝婦到杭後身子健好，頻有信來，少侯已回，聞須七月北行，想伊自有信到京也。何御史詩已和兩首，但不知其號，須問柳門耳。浙江運使世振之，京中有人與相好否？歐陽子衡求書甚切也。手此布知，不一。

潘宅姻事如何？探悉。

五月二十三日，曲園書

一九

陛雲覽：

接十三日信後未得信，深以爲念。吾處自端午後連發三信，十一日信有銀六百兩。未知均收到否？日來想謁師拜客諸事粗畢，大教習何時到館？大課大拜已有日否？硃卷曾否刻好？究竟何日可以出京？吾從前記是八月廿二出京，近科閏可稍早也。汝有意入大學堂，但以新科鼎甲充當學生，殊不相宜，必爲時論所薄，若欲充教習，又恐不足勝之，此事似可已也。柳門不做生日，因岳丈之信件遠道寄來，故勉受之，有謝帖在吾處，其謝信當在後再寄，可先陳明。汝婦回杭健好，琳寶亦甚好，勿念。前次所買麗參甚佳，兹將兩發票寄汝，有便可託其照買。郵局之信亦有遺失者，天時炎熱，汝在外，我等甚爲懸懸，汝可頻發安信，不必以七日爲限。南邊少雨，甚熱，都下如何？手此布知，不一。

五月三十日，曲園書

二〇

陛雲覽：正在盼信，得五月廿二日，知在京安好爲慰。惟十三日後至廿二日始發信，宜家中之懸盼矣。以後勤發信。吾五月三十日一信，内有麗参發票，可照此購買，未知已收到否？日來想止拜客，無他事矣。時局日新，然亦不可漫無把握。如大學堂中，斷不可去，不特爲清議所屏，吾家儒素相傳，亦斷不宜有此也。汝既拜花農爲師，將來能步花師之後塵足矣。即不能爲花師，將來爲貧而仕，則爲陳蓉曙亦可也。此皆翰林院官本分事也，若欲作分外之想，則將來或謀一東洋出使亦佳，然頗不容易，且恐將越境而謀，則亦甚周折矣。至特科，未始不可考，然考取亦甚難，且不知考取後有何出路。若是翰林，本地風光則甚好，若改入譯署，亦無謂也，尚宜探聽的確而爲之。汝岳丈以部曹請考譯署不到，汝乃以鼎甲求入譯署，豈冰玉相輝之謂乎？汝今年所費頗亦不少，吾擬遲數日再匯二百金到京，想足敷衍矣。汝究竟何時出京？大課、大拜已定期否？如此時勢，不能張羅，亦不可張羅，然又不能不張羅。吾意：凡有挾而求者概不受，此外泛泛之交聊送一兩番以應酬者，亦不受。此等人宜不分送硃卷。若欲張羅，須從大處落墨。豫撫劉，河督任，皆吾深交，聞汝登第，均馳電致賀，將來試卷及殿卷宜催刻刻好後，吾擬各作一書，託其代分卷子五十本。惟南中寄信不甚便，想京中託摺差較便，但須有熟悉之人。未知有人可託否？如有人可託，吾寫信寄汝處，俟卷好寄去，或不落空也。汝如留京考特科，秋間未必出來，刻成後寄一二百本來則妙。廣東等處亦可託譚文師招呼也。明年詁經一席已發信辭退，及發信，閱新聞報則知明年普天下書院皆廢，亦不待辭矣。吾初就詁經時，以爲壇坫湖山，終吾身以徜徉，身後設一栗主，可與王蘭泉、孫淵如兩先生同龕而坐；孰知如此收場，可爲長太息也。家中平安，嗣母近來病似較愈。自姨奶奶搬出後，亦甚相安。汝父母均好，勿念。琎、珉及珠姐均患喉症，今亦愈矣。琳寶已粗解笑言，甚乖。汝婦到杭後身子健好，頻有信來。吾擬俟七月初天氣涼爽接其還蘇也。汝在京不添用人，因在岳家，故一切便當。若出京，不能不添用人矣，否則余德跟出拜客，何人守寓？設有所失，轉不免省小而失大也。高麗參前所買者甚佳，有發票，可託人照買，其便宜之參鬚一兩幾錢一斤亦買幾斤來，供人之求，亦甚佳也。硇砂膏亦必須買些來，勿忘。手此布知，不一一。

曲園書，六月六日

致俞陛雲

米生託汝送素分四兩與鄭聽篁夫人，可即送去。米生又言，揚州張羅頗佳，都轉一言，千金立致，江都轉頻與米生言及吾，其意甚殷，一函託之，無不應也。然吾與江公究不熟，此公生平得許宅之力，將來請岳丈一書，想無不可也。又及。

岳丈、花師處均匆匆不及函，可致意。三表妹〔二〕，已寫信勸行，未知何日動身也。外，詩六帋，可分送。又和潤夫詩，可交去。

二一

正在修函，接全盛局送來信，并參二斤，知一切。都中所用已有千金之數，我到七月初再匯二百兩進京，以供汝用。向來館選者七八月必南回，今年有特科一節，歸期難定，如特科尚早，仍可南回。近來事勢雖艱，然眼前尚未大壞，將來分送硃卷，大約一二千金必可張羅，加以歷年積蓄，亦可支持，以待汝之得差。汝亦不必焦急也。至於無差可考，亦是過慮，即有之，亦在

〔二〕「三表妹」，原作「賢外孫」，點去，旁寫「三表妹」。

光緒三十年後。眼前尚未至此耳。汝所需之煙，因無便未寄。佘德家均好，所需之煙亦等便人。聞富遜之要進京，可託帶來也。少侯想須七月動身，其家亦均好，可告知勿念。

初七日又書

前寄《句麗古碑歌》已交去否？中島君曾見過否？吾此番誌喜詩亦可分數番與之。處今之世，此等人不可不與連絡，況有吾平日虚名，聯絡亦易乎？

二二

陛雲覽：

初六日一信，内有詩片，又致岳丈書，復鳳石書，和何醖夫詩，此信厚重，故由全盛寄，恐其到或稍遲也。觀禮部《議設大學堂章程》，則將來科舉在所必廢，然究亦非一二年事，且看如何。以編檢而充大學堂學生，此斷斷不可者。前信已及之矣。若必慮將來無差可考，開坊無期，不得已降格以來，則似乎大學堂中有提調一差尚可爲也。按章程，有提調八員，一支放，二雜務，五稽查功課。此稽查功課五員，尚不失吾人分内之事。照章須用部院司員，未識編檢可當否。編檢固非司員，然院則翰林亦院也，舍此惟都察、理藩已。汝若慮無路出頭，則託謀此亦可，但恐亦未必可得耳。且須常□駐學，未知與考差有礙否，姑作此説而已。世變太速，後事真不堪設想。然是大局，非一人一家事也。子衡伯岳到京後已商定省分否？手此布知，不盡。

曲園，六月八日

二十三

陛雲覽：

五月三十日、六月初六、初七連寄三書，并有致岳丈書，復鳳石書，和何醞夫詩，未知均收到否？接汝五月廿二及六月初六、初九日書，并麗參及小樓信，均收到無誤。惟朱太守所帶信件未到也。見在家中參尚多，不必即買，如有吉林便，照前所寄發票購買，則價廉而物好也。時局日新，知汝亦頗費躊躇，但壽師不令汝考特科，自是老成卓見，即汝蛇足之喻，亦頗切當，吾亦以爲不必考也。今日郎亭又言：如探聽的確，編檢考特科取用，能得本地風光，如坊缺開列之類，則亦未始不佳。汝宜自酌之。吾意：考取亦不容易，且未必照大考例，能得好處，是以特科一節，吾終以爲可以不應也。至大學堂，更不宜去，又不待言。然如吾初七日信中所言，提調之差似亦甚佳，稽查功課，猶易招怨，最好者，藏書樓提調，此則柱下守藏，頗得避世金門之妙，月得五十金，亦足抵部曹印給，聊資玉桂之需。而坐守書城，亦可收博覽之益，且自爲一官，不必受總教習節制。提調止一人，借書還書皆其經手，恐不能離開。汝以爲何如？與花師及泰山商之，又以爲何如？若以爲究涉趨炎，將來恐干清議，則亦宜斟酌也。汝一時如不能出京，則硃卷、殿卷刻成後宜先寄百本來，亦可小作張羅。總之，汝今年所費及吾明歲硯入所少，取之分卷張羅，亦斷無不敷之患，以後隨時籌款，且以向所儲積者，津貼總可待汝之得差，亦不必過於焦急，但願天下太平，無過不去之日也。惟時局變得太驟，未知如何耳。式之頗望特科，未知在京能爲謀否？玖師處吾已説三人，未必再好説也。浙學更換，殊出意外，新任乃汝殿試師，能爲宋澄之戊子副、甲午正薦一看文館地否？澄之近境甚窘，幾不聊生，所謂一家不知一家事也。吾入伏來尚無恙，亦時時出拜客，今日即出門與吴、陸、桐三君道喜也。家中均好，嗣母亦頗平靜，璡、珉及珠姐前患喉症，今亦全愈。琳寶則已能笑言，終日喜笑而不甚啼哭，亦可喜也。彭佩芝及其三四兩弟大約六七月間必來蘇小住，昨已接到補琴自甬東來信矣。少侯行期，至今未定，汲侯聞七月初十動身南來，果否？是否扶柩，亦或專來接三妹耶？汝婦在杭安好，勿念，擬七月中接其回蘇也。兹寄去淨絲煙四包，可自喫；文杭煙四匣，甚好，或自喫，或轉送泰山；又余德兩包，可交付；亦吾家買，非其家物。又痧藥一匣、正氣丸兩包、新合斑蝥藥四瓶，帶去舊者恐不效矣。均收存備送，斑蝥藥須别儲，勿弄錯。天時不甚正，在京起居飲食宜格外小心，至要。余德家俱好，可告知之。此布，不一。

六月十一日，曲園書

壽師回信由許豫生觀察已收到，如見，爲我請安。花師信飭交，岳丈處因初六甫發信，兹不及矣，候之。詩廿張，隨便分送。

二四

陛雲覽：

五月三十及六月初六、初七、十一日此信有煙，交富遜安帶。均有信，未知收到否？接汝六月初二、初四日信，知身子健好爲慰。譚芝耘太史信亦收到，遲日寄復，大約墓碑必當做，行狀則不做，其寄來事略即行狀矣，不必另做，如見，可告知之。汝意欲考特科，無非早求出路，亦不汝阻。但瞿子玖處已託章、董、趙三人，亦未知全保否，未便再以汝託。如要考，可仍求岳丈轉託廖仲翁一保。如壽師不甚以爲然，可便中言明此是我意，因年老家寒，明年又辭書院，專望汝早有出息，既有此路，不得不一走，想壽師亦必見諒也。但我所慮者，特科亦不甚好考，誠有如壽師所云：勝之不武，不勝爲笑者，因此等考試不能不靠夾帶，而此後殿廷夾帶切宜小心，萬不可如從前之大意。亦只近數科如此。若求榮而得辱，甚無謂也。至考取後由上意酌用，自是本地風光，不至弄到别衙門矣，此則可無慮也。汝問及貂褂，家中只一件，亦不甚佳，屢次經姨奶奶以貂帽沿修補矣。昨託穀叔至衣莊問過，起馬者不過一百三十元，此不可用，若可用者總須二百元，尚未買定。如有人家出賣，或贖當頭當較便宜，然可遇而不可求，且徐圖之，未知京城中價錢如何，汝亦可探問也。硃卷、殿試卷如刻好，可寄百本來，吾前信言豫撫、河督均可託其張羅，如京中有可寄，則京寄甚妙，但需我寫兩信也。汝京中需用銀兩，當俟七月中匯銀二百進京，因六月底有銀息款來，省得以洋易銀，多一番秏折也。家中均好，汝婦有信寄汝，并上其父書，可交付。汲侯何日出京？參鬚、硇砂膏可交其帶來。花農師常見否？吾自得其四月廿五日長信一封，久不得信矣。十一日信内有信致之，兹不作信。大拜在何時？大課是否改策論？抑或仍是詩賦？時事一變至道何【下缺】

二五

陛雲覽：

六月初六、初七、十一、十六等日連發信，收到否？接初十日信，知身子安好。特科一事，內決之心，外參之師友之論，決計不赴，自是正見。然亦仍須參之時勢。如翰林院衙門考者竟十有五六，則亦不能不隨衆而行，否則差使必盡歸此輩。但考則仍須鄭重，如前信所云耳。汝前信云：有數事託言官建白，不知何事。其實位卑言高，交淺言深，亦可不必也。若云稍效涓涘，則何補高深乎？《大學堂章程》一本，爲式之取去，然吾處已有之，吾意以爲亦未盡洽。昨日走筆擬章程一篇，交孫先生寫清本寄汝覽之，如此辦理，似尚簡而易行，於今制亦不盡失，可與花師等閱之，以爲何如？若以爲可，竟可作爲汝稿，或呈夑師閱看，或竟由本衙門代奏。日內言路大開，各官均可由本衙門代奏，然所言亦甚難。若是守舊之見，必碰無疑；若是維新之説，此時果然討好，設有變更，必爲清流所擯。惟如此，所擬學堂章程，則不過於新政稍參末議，似乎在不夷不惠可否之間也。又近制：翰詹科道於值日之期豫備召見，未知未散館之編脩亦輪得着否？然每期只八人，而上一班者、未見者仍須補列，計非四五月不能徧，爲日亦甚緜長也。大課定期否？仍課詩賦否？花師想仍如前得意，何久無信？楊雲成朝考甚好，未知第二場如何？胡小樓在紗廠大病，近始愈，而未能出房。鄞縣乾脩又被鄉下人打掉矣。潼君放松江府，能託花師或丈人一薦否？式之常見，外間未必有保者，京中可謀否？瞿子玖考特課，意在以此求士也。家中均好，勿念。手此，布知。

六月廿一日，曲園書

魯舅聞已得龍華差，竟無信來。丈人致松鶴帥信附啟，抽出未寄也。貂褂又託戴少鏞在各當中留心，或有好而便宜者。

再者，以我思之，特科亦可考可不考也。束髮讀書，至點鼎甲，入詞林，亦已足矣，何必再試他途？且特科之試，功令必嚴，今年殿試，將《聖訓》帶入殿廷，此乃吾輩從前所萬不敢之事。現在禮部章程首嚴懷挾，此雖不指殿廷考試而言，然將來亦必一律推廣，由監試大臣認真監察，然則特科亦非容易見長矣。

若翰林院官無與考者，三品以上京官亦竟無肯保者，則此事必爲衆論所不喜，萬不可考矣。

譚公碑已做好，可并信送去。

二六

陛雲覽：

六月十一日富遜安北上，帶去信件，已到否？十六、廿二日又連寄兩信，計已可到。接汝十六、七連發信，知決計不應特科，亦是正見。未知廿一日教習到任否？大課有日否？硃卷已刻好否？汝母云：穀孫叔必須添入，因將鄉試硃卷檢看，曾祖妣下似尚可添，但須擠刻耳。今將式樣寫寄，可照此刊刻，如已刻，亦挖補此行爲要，切勿忘記。天津拜客，亦不可少之舉，但徒拜無益，必須託人寫信，託榮中堂招呼，方有所得，毓肖岑師，旗下紅人，想不難覓一書也。上海道亦須有要人信札招呼，在京切須留意。汝不添用人，則路上不甚便。聞岳丈處用人亦不多，汲侯又帶人回南，未識尚有妥人可借否？蘇寓中現添一人，曰洪升，乃式之家人所薦。汝母之意，擬令其隨少侯進京，即伺候汝回南，不過多費盤費，北上之費亦我處出。然於事殊便。汝意何如？然亦未與少侯商量也。豫撫劉、河督任皆吾交好，可寄三五十本卷子，我作信託之，或當不虛。但南中寄亦不便，如京中可託摺弁則甚便也。摺弁好託否？七月初當再寄銀三百兩進京，當可敷衍。日内彭氏昆仲大、三、四即可到蘇，亦不多耽擱，由蘇到杭一轉，佩芝則回家，三、四兩君均將入都也。家中均好，汝婦尚在杭未還。琟小病已愈，亦曾生癰。珉生癰，琳亦生癰，尚未全愈。家中無硇砂膏矣，望即買寄些來，至要，至要。貂褂看數件，未合意，已託戴少鏞於各當鋪覓之，憲廷吴中當鋪亦有熟人。未知有否。京中價錢如何？手此，問汝好。

六月廿七日，曲園書

岳丈、花師均候。

二七

陛雲覽：

昨閱新聞報，知端午橋已派充大學堂總辦，想必的確。午橋既當大學堂差，則霸昌道缺想必開矣。少侯館地又將落空，少侯本擬七月初北來，因姑姑傾跌傷足，是以擬遲至十五以後，今得此信，頗又躊躇，若北來無館，止靠印結，將來捐數日少，結費亦日少，徒曠晨昏，難供菽水；若不進京，南邊又無館地，現在德靜山中丞調任蘇撫，未識可託廖姑夫薦一摺奏館地否？即非起稿而寫奏摺，亦有二三十金一月，較他館爲優，奉母又便，此計之得者，未識可謀否？如不可得，則施潤齋處一席仍請午橋薦少侯到館，仍照原議數目，好在篆玉一層，彼尚未滿答應，關書亦至今未來，則午橋仍申原議，不難措詞也。此信專爲少侯而寫，從郵局寄，冀其較速，今日另有信并任督、劉撫信，由信局寄汝，故此信不多及。信到即復，因少侯待此成行也。

七月初三日，曲園書

二八

【前缺】廿七日到蘇，仍在園中住，大約明後日赴杭矣。送汝賀禮八百元，又琳賓洗三及滿月禮一百元，均爲汝受之矣。汝婦尚在杭，如汲侯到杭即來蘇，當與同歸。如汲侯須待還京時便道至蘇，則擬遣人先接汝婦還也。家中均好，勿念。姑姑傷足亦就愈矣。胡小樓光景甚窘，寧波乾脩又斷，能於濮紫泉處薦一實在館地否？紗局亦不足恃也。花師處草草復一函，即交去。岳丈處因冗，不及函矣。

二九

陛雲覽：

六月十六日發一信，有孫婦信。廿二日發一信，有復譚芝耘信，并墓碑。六月廿六日一信，七月初五日兩信，有劉撫、任督信，有花農信。均收到否？初六日一信，匯銀三百兩。此間七月初二日接六月二十日信，有參；朱太史帶來。初七日接廿八日信，又接廿四日信，汲侯上海寄來。知大課定於初七日，仍用詩賦，頗非意料所及，大拜日期想亦不遠，卷子刻成，即可南歸，但少侯須十八日動身，恐適相左，能稍待否？家中均好，無所記念。吾意，天津似宜稍留拜客，且朱叔梧處必先去也，不能不去，即住其公館中亦可。能於京中求得要人書致榮中堂，必可張羅，即如兩淮運司、上海道，均宜覓要人書札吹噓。蓋汝既不考特科，則未散館以前一無所事，而今年所用不菲，吾明年不坐書院，出息又少，全靠張羅生色，則不但藉以彌補，尚冀稍有所餘，爲庚子年留京考差之用，故不能不措意於此也。汲侯計已到杭，聞即須來蘇，汝婦大約即與汲侯同來矣。少侯之意，又不求撫幕而别謀差使，無非爲將來出頭之計，亦不得不然者。式之信已送去，惟署蘇府，乃鎮江府彦，而非常州府有，不知京中何以得此瞎信也。此信白費夔翁之心而無所用矣。汝此次買來之參尚在汲侯處，想其來蘇必帶來也。岳丈因夜枕不安，不到唐沽，未知何日回京？近體安否？爲我問候。此布，不一。

七月初八日，曲園書

三〇

陛雲覽：

接初九日來書，知大課已過，論題可謂容易矣。大拜在何日？吾所匯寄銀三百兩，計日内必可到京矣。汲侯不及等汝回信，竟由我處還銀一百四十兩，可告岳丈知之。汝有餘銀，或帶回，或存岳丈處，均可。汝何日動身？大拜已在月底，又須等前輩回拜，大約動身必在八月矣。午橋如果奏明八月出京，汝何妨竟與同行。家中無事，原可從容也。吾前所擬學堂章程頗似妥當，汝若因時勢艱難，求速化之術，則竟可繕摺呈掌院代奏，必不致蹝，如或以爲事近躁進，又似迹涉趨時，恐清望有礙，則可不必也。汝自酌之。少侯定十八日動身，但小有感冒，日來又似痢疾。今日汝母接三妹來細問之，再與姑姑酌量，或如期、或改日也。少侯所以遲遲不來者，亦因身子不健旺耳。汲侯到杭，尚未到蘇，吾催其早來，大約月内必到，句留數日即由蘇而滬而津矣。在杭用度不敷，吾已寄洋百元與之。上半年利銀尚多，汲侯到算付，可告岳丈知之。洪升仍交少侯帶來，少侯獨行無伴，且又短視，必得有人伺候，洪升之來，萬不可少也。若少侯到而汝先出京，則託少侯飭其南回，所需盤費若干，我處算還姑姑可也。所許徐媽、朱媽、顧媽等皮統及璡、珉兩小姐皮背心必須買來。手此布告，不一。

七月十六日，曲園

三一

陛雲覽：

昨日一信已收到否？大拜究在何日？如與午橋行期相去不遠，則與之同伴亦無不可也。式之赴杭，今明日可回，俟其回，將汝信送閱。宋澄之亦不必定在杭州，如分局有可位置，不拘何地也。汝母又言及篤臣，然人太多，亦不便再説，俟其將來到福建再説可耳。少侯到京，未知汝尚在京否，如已出京，或天津相見，亦未可知。洪升汝仍可帶回也。輪船宜擇穩妥者，家中無要事，稍待數日不妨。李中堂信能求到否？汝用岳丈京松一百四十兩，外邊核算作洋一百九十三元，俟汲侯來即還之，汝不必還矣。手此布知。

七月十七日，曲園書

三二

陛雲覽：

十六日一信收到否？十七日已寫信交少侯帶，今又作數行告汝，所挪用岳父京松一百四十兩，作英洋一百九十三元，已寄杭州，應汲侯之用矣。可告岳丈知之。前寄松鶴翁信已無用，今封還，可轉呈陳筱丈并謝謝。施君沛霖復童米師信，寄汝覽，此君未致關聘，可轉致午橋，如午橋有致施君書，不妨再申前説，總以到館爲是，緣施君實缺，可圖長久署事者，一年菩薩，不足恃也。手此再布，餘聽少侯面談。

曲園書，十八日

前吾所寫名片，似嫌略小，又爲刻一个，并印百張寄汝。

三三

陛雲覽：

接十三日信，知一切。少侯已於昨日動身，則汝所言四利，伊自得之矣。但將汝信與姑姑一看，以安其心耳。施潤齋竟無關聘，其復童米師信昨寄汝覽，能爲一催最妙。篆玉雖就沈翼孫常熟館，然常熟難治，爲翼孫慮，即爲篆玉慮也。汝大課名次如何？汝所言求孫燮師謀察看江浙學堂情形差，未知做得到否？如做得到大妙：不斷資俸，一妙也；且奉差在外，并非告假，明年如有慶科則隨時到京，可以考差，不必拘定封印前後，即庚子正科亦然，儘可等三班輪船進京，何等從容，二妙也；此等新政，向無定章，或可僥倖得保舉，三妙也。吾意：竟可力圖之。如謀此稍需時日，即稍緩出京亦可。家中無事，不必急急也。考差可遲到京，則先後相除，亦一樣耳。至於生今之世，爲今之人，不可過於趨新，亦不必過於拘舊。且此策如與人言，不過回翰林出路益難，爲保資俸起見，亦未必即有人以汝爲康黨也。所慮者，事關奏請，未知孫師相允許否，此則在汝師生之情分淺深矣。家中均好，汲侯月底到蘇，我已寄洋錢三百至杭，應汲侯之用，汝應還岳丈京松銀一百四十兩，即在此中還訖，作洋一百九十三元。餘帳再算，可與岳丈言之。潘氏兩郎君均上中人物，所取者，兩家門户相當，且同歲學生，天作之合，同歸一姓，姊妹可互相照料耳。手此布知，不一。

曲園書，十九日

硇砂及夾昏膏必須買來，朱叔梧師必須一拜。

三四

陛雲覽：

廿八日電，令暫緩南歸，又發信詳言一切，未知何日可到。日内京中時事究竟如何？昨見新聞報，户部主事蔡鎮藩請察改官職，奉有可見施行之旨。此疏涉及翰林衙門，想翰林必有更動矣，未知如何改法。有言但留科分深者五十人作爲定缺，此外還籍候補，則汝必在候補之列，終身無補缺期矣。又言不論科分，而以大考分别去留，則汝尚有可希冀。未知究竟如何。

吾前信所云，未知有可圖否？方今懸韶建鐸，求言甚切，亦千載一時之嘉會。汝即不自爲計，曷爲天下計進一言乎？助新法而揚其波不可，攻新法亦不可，天下事可言者甚多。家中均好，汲侯未來，因三表妹未全愈之故。汝廿五日信已收到矣。手此布知。

曲園書，初四日

三五

陛雲覽：

滬上所發信均收到，知汝附新裕，初二開行，而至今未得到京安電，甚念。途中平順否？何日到京？岳父處想均安好。筱丈外放，準否？二姑太太聞須回南，已動身否？甚念。花農師忽出南齋，自是不得意之事，常見否？究爲何事也？回鑾果否？明年有鄉、會試否？須考差否？家中均好，汝婦甚健，源寶口中、腿上已愈矣，勿念。吾稍患目疾，以茶葉貼之，有效。此布，不一。

十月初八日，第一號

善侯夫婦決計赴韓，我等再三留之，竟不能阻。善侯總以衡丈來信有「一日不來一日不安」之説，萬不能不去，姑姑亦只好聽之。現函訂植甫來接。植甫信來，言十七日在海鹽動身，則行期不遠也。岳丈處未知已知悉否？汲侯何日到韓？有電到京否？其寓中均好。又及。

三六

陛雲覽：

初八日發一號信，寄花師轉交，未知已到否？即於是日接來電，知已安抵京城，甚慰。想日内必有信在塗也。岳翁處想均好，筱丈外放有信息，陳姑太太已出京否？花師出房後興會仍如前否？均所深念。少侯捐同知，想已辦妥，前匯寄三百金，少侯來信言可無需。吾有信致少侯，即將此三百金交汝作旅費，未知已收到否？信來務必提及，至要，至要。家中均好，汝婦甚健，源寶亦已大好，明日滿月，即擬爲鬀頭也。岳翁有洋二十元，爲錦褓之費，由汲侯夫人送來，可面謝之。淨絲煙四包，可呈岳父，乃來信所要也。北方甚冷，汝竹布新棉袄乃舊絲綿，可穿也，勿忘記。

十六日書

再，《經義模範》昨始印好，今寄去四十本，又附吾所作《經義塾鈔》十本，可一并查收。汝近來咳嗽否？汝母云，京中白參鬚汝大可喫，雖咳嗽無妨也。在外一切保重，以慰舉家北望之心，至要。

穀孫已得十六鋪北局差，并聞。任毓華匆匆北來，岳丈、花師均不及函候。

三七

陛雲覽：

余德回，接汝書，知到京安好爲慰。然坐漁船行海面四十里，亦不啻走秦王島矣。履險而安，真天佑也。吾初八日發一號信，附花師信中，十六日又發不列號信，託任毓華帶京，附去《經義模範》四十本、《經義塾鈔》十本及寄岳丈淨絲煙四包，未識已收到否？汝在岳丈家，自有照應，聞前數日京中頻有劫盜之案，近平靜否？汝在京宜格外小心，無事不輕出，非車馬，勿徒步街衢也。大駕已定回京日期，想京中必日有起色。南中督撫聞擬俟駕還後發公摺，請春鄉秋會。此聶仲芳説，吾亦以爲可，未識此舉果須電商兩江、兩湖、兩廣、閩浙諸省也。陳筱丈已出京否？汝在京又失一照應矣。花農何事撤直？都中有所聞否？朱竹石則言：夏間有人參皖撫，波及兩京官，一爲小京機甘君，一即花農，言其密電往來，傳遞消息。久之甘君出軍機，又久之而花農亦出書房。此必的信。今聞王爵棠亦受代，然則事皆一綫也。花師經此蹉跌，頗自不輕，太邱道廣，遂受此累。近日意興如何？甚念之也。吾近體健好，汝母以下均好，源寶亦日益豐腴矣。善侯夫婦已於廿三日赴滬，約定植甫同行，少桐亦送去，好在日來頻有徑放仁川之船，可放心也。姑姑處亦好，可告少侯知之。其家五太太已於汝動身後偕少桐來蘇，現住其母家也。吾前所匯之三百金究竟歸少侯用，抑歸汝用？如少侯需用此銀，可告我知之，以便續匯也。汝在外，寒暖宜自己小心，即飢飽亦自家酌量添補，勿謂家中錢少，不可再匯，須知家中所有，本不足恃，惟望汝在外有出息，勿省此戔戔也。

第二號信，十月廿五日

三八

再者，前匯寄之三百金究歸汝用乎？抑歸少侯用乎？此紗緞莊提款，有利錢要算，年底須與□□算清。汝兄弟可模糊，吾父女轉不可模糊也。吾意，汝既需用，少侯亦需用，此三百金宜兩人分之，或各半，或一人二百一人一百，務必寫信告我。汝在京，諸老師處節壽應酬必不可少，翰林全在此等應酬，亦不可節省之款。吾日内再匯二百金至京，以供汝用，仍託旭莊也。手此，又布。

初七日

三九

陛雲覽：

吾廿一日發十五號信，廿六日發十六號信，内有對聯横披。未知收到否？汝所發者，已接至廿五號矣。所不解者，二十一日所發廿三號信已將張尚書一席之談均寫寄矣，何以是日又發電報來告知奏派提調？吾意：此必奉到明文以後信來必詳言之，乃廿三日所發廿四號信、廿四日所發廿五號信均未提起一字，究竟已奏派否？抑尚止是張冢宰一席之談？所謂提調者，是否藏書樓？同派者幾人？此學堂設在何處？新聞報言：將舊時所設大學堂改作宗室覺羅八旗學堂，此説果否？果如此，則即可開辦矣。信來務必詳細告我。至將來保舉，且不必問吾意。既云優保，則必不至開列在前而已，或保以應升之缺升用，如錢新甫之例，則可徑得侍講或提調，三年報滿，則本衙門六年之俸亦滿矣，可由本衙保送知府，如張子虞、陳蓉曙之例，再由知府上開保，可以道員請簡別行，一路亦大好。然此等事，且到三年後再看可也。今年總望能得一差，考差但求無礙，不求有益。惟聞雙火又頻請假，未知五月中時局如何耳，柬招呼靈不靈耳。岳丈得揚州，可謂如願以償，約計不久出京，四月間可到任矣。汝可託帶些參鬚來。岳丈行後，汝居何處已定見否？或住吴興館，或與友人如六橋等同寓亦便。倘或花師招汝同住，宜婉辭之。形迹之間，非所宜也，切屬切屬。拜客便道時，宜往省之，慰彼寂寂，表我拳拳，此則不可少也。佩芝得而復失，不知有後患否？吏部覆奏未免。此事乃佩芝之大意，不能辭咎，人不在京而又不告假，此時頗難申説，京中亦無人切實招呼究竟，放缺後有電去否？在部中告假否？甚念之也。肅卿於我殷殷，可感之至。吾所寄對聯等，計此數日内必到矣。但賢王心虚，贈我之聯必寫數副，擇善而用之，吾則不能，隨手塗抹，未知稱王意否。其稱謂則似不誤也。汝云宜作詩寄呈，吾意俟其對聯寄到方使詩筆有可發端，此時且不必作，俟聯到再以詩謝可也。家中均好，表少奶奶已定明日動身，少桐同去，護照已爲請到交去矣。五小姐今日動身回海鹽，余德送去，可告岳丈知之。手此布問好，不一。

三月初五日，第（廿）〔十〕六號信

附去童米師信兩帋，江督咨抄一件。

六橋信已收到矣，今日寫多，腕倦，不能作復，改日再寄，并有一詩也。見時爲致意。

四〇

陛雲覽：

十八日發十九號信，收到否？汝信接至廿八號，一切均悉。童信及桐園等信均寄去矣，照像收到，已交汝婦收，惜太小，吾看不甚清，似較豐腴也。驢子及老王均看見矣，惜不兼照一跟驢，并可見草榮也，一笑。筱丈肯保，自是美意，未可拂之。已將汝信寄去，否則伊管家南回，汝無一信，亦非情理也。特科章程未知如何，若能就本官升轉，只算考一回大考，亦大妙也。萬里之行，想未必可望，藏書樓已出案否？至南北洋差委，我意不甚爲然，以京官雜於道府中當差，究竟格格不入，且蘇州雖道府無差，況京官乎？南京容或有差，然全家不□同去，則與北京何異？且即得百金一月，而坐失藏書樓之五十金，每年亦只多得六百金耳，而從此考差無望，豈不可惜？照常而論，則此後考差正連綿不絕也。家中均好，勿念。星樞信已收到，不寫回信，爲我問好。此行尚須一考，必有去取，能操券否？穀叔已調差，此後調在小南門外小普陀廿三七鋪巡防委員，然亦未到差也。手此布示，不一一。

三月十九日，廿號信

汝旅費尚有否？無則□寄。花農處亦不作信，其夫人生日伊邇，想必送禮也。

四一

陛雲覽：

吾所發十九、二十號信收到否？汝信已接至二十九號，并岳丈十六日所發信亦到矣。提調改派小學堂，不如藏書樓之佳，好在總以得差爲重也。新甫想即密老之子，百日未滿，何以遽派差使，想亦如外省山長可不拘耶？滇學有無消息，汝信云是丁艱，外間卻傳是被議待查，究不知何者爲是也。童師信已寄去。篆玉有丹徒保甲差，每月四十千，據云不敷開銷，揚州一席，想必願意。但陳筱帥信來，言岳丈有恐須迴避之説，究竟如何，是以篆玉信未寄。如果届時需用，招之即至也。佩芝□況，原可不出，然天恩、祖德如此隆重，不宜負之，我意仍以一出爲是也。少侯已回蘇，月初即擬赴滬趁輪北上，少桐亦有長崎寄回信，大約此數日内必到仁川矣，可告岳丈知之。家中均好，勿念。今年立夏秤人，恐姑姑要料理少侯行裝，未必能來矣。汝所寄參甚好，學堂薪水，開支無期，汝如須用錢，可寄我知之，當匯寄也。手此布知，不一一。

三月廿六日，廿一號信

四二

陛雲覽：

吾所發十八、十九、二十、廿一號信，均收到否？接五日廿九號信，知悉一切，見在惟預備考差，以冀一得，無他説也。兹因少侯之便，寄此數行，附去火腿一肘，茶葉十瓶，煙六包，蝦子一罐，黄豆一瓶，可查收。又緞帳兩箇，備京中送禮之用，家中本無所用也。外信并附件，汝可照信面送去。家中安好，少侯當能面述，不一一。星樞信已收。匆匆不復。

三月廿八日，廿二號

四三

陛雲覽：

吾信已發至廿二號，汝按號收到否？昨接汝三十號信，并照片一葉，甚佳。此與停車留照，想均是星樞所爲也。十五考差後，想二十外引見，雖得失不係此，亦宜小心爲之，至要。少侯已動身，想初十前必到京。吾廿二號信即交渠帶去也。岳丈何日動身？郇亭云：回避一層，且到省再看可耳。汝所發篆玉信尚未寄去，篆玉爲人，汝所知也，其人才幹有餘而操守不足，若委以銀錢，斷靠不住，即任以事權，亦恐不甚妥，可與岳翁細商之，如不任以銀錢、不付以事權，但供奔走效勞，則無不可也。伊現有差使，據青立言，每月可四十千，除輿馬局用二十千外，尚存一半，然火食在此一半中，則所存亦無幾。招之，不愁其不至，但用之須得法耳。手此布知，不一一。

四月朔，廿三號信

四四

陛雲覽：

吾所發十九、二十、廿一、廿二、廿三号信，均按號收到否？其廿二號信乃少侯所帶，有物件也。汝信已接至卅號矣，小照一紙亦覽悉也。魏藩室尚未到，託帶肅邸聯至今未見也。吾已作詩謝肅邸，是七言律四首，不能寫扇，寫横幅一張寄京，汝可裝裱送去也。前對聯等已送去否？考差在即，亦宜稍稍坐静。閲卷諸公處未知可如前關照否？至差之得失、遠近，雖人力可營，究有一定也。岳丈出京，聞定於四月十九，想由滬而杭而蘇，相見在榴花時節矣，爲日非遥，故亦不作札。花師喉症已全愈否？甚念，亦爲我候之。家中及姑母處均好，可告知少侯。少侯引見事有眉目否？所坐通州輪船尚穩速否？篆玉處已將汝信寄去，未有回信，大約必來。然其人不可託以銀錢，不可委以事權，須與岳丈豫言之。若效奔走、供使令，或辦不要緊筆墨，則無不可也。式之信已送去，想必徑覆汝信，吾近來亦不常相見也。今年只見一次。昨程太太言：幹臣留支此後從汝處匯南，未知在幾時，爲數幾何也？都下近日寒煖如何？汝宜格外小心。汝母云切勿過熱。外，汝婦信呈岳丈。手此布知，不一一。

四月初六日，廿四號信

四五

陛雲覽：

自汝出京後，接汝保定、正定兩信，又保定、平遥、侯馬驛三電報，計日内可過潼關，西安省城，能否發信、發電？自秦入蜀，爲路尚長，又經由棧道，亦頗不易，亦深念之也。未知何日可抵成都？初次衡文閲卷，必宜細心，關防尤宜嚴密，想汝所知也。吾三月初小病，今已全愈，一切照常。汝父母均好，汝婦感冒，初頗淹纏，後幸投補，連服補劑，竟日日見好，自本月以來精神、眠食亦一切照常矣。兒女輩亦好，僧寶尤覺乖巧，一一報汝知之，汝可勿以家事分心矣。汝岳丈於六月十三日來蘇，小住半月，今又赴金陵矣。揚州迴避，改松江府，大妙。乃又有調江寧府之謡，計此次到金陵必有確信也。少侯到河南，未有信來，姑母在家患病，但願早愈乃妙。汝所寄參，陳蓉曙轉託袁太守帶來，毓師畫扇亦到，吾有詩謝之，可轉呈。仲華相國屬書各件，已寄交三六橋轉交矣。手此布知，惟小心公事，保重眠食，不一一。

六月廿九日書

致俞波文（二通）

一[一]

大姪孫女覽：

頃大嫂歸，言汝母有信，接汝回錫一轉，此由汝母不知汝等行期故也。今行期已定初九，不可再遲，汝從夫赴任乃是正事，且亦是第一件吉祥善事，萬無延擱之理。汝可趕緊收拾，隨夫壻上任，不必曲從母命。汝母到蘇，吾與二伯母當向汝母言明，必不使汝爲難也。手此布知，即問雙好。

初六日燈下，曲園手書

[一] 本札爲西泠印社紹興二〇一七春拍「鶴園魚鴻・吴昌碩、俞樾致洪爾振父子信札專場」第九二三號拍品。

二〔一〕

頃回寓，接潘譜琴信，乃薦其姪者。俟鷺汀回，可與一看，能請與否，酌奪可也。外嗽藥一塊，可查入。此問儷好。

曲園手泐

外丹石信，一并送閲。

〔一〕本札爲西泠印社紹興二〇一七春拍「鶴園魚鴻·吴昌碩、俞樾致洪爾振父子信札專場」第九二四號拍品。

致俞林（三通）

一〔一〕

二月之末曾寄一書，未知到否？弟于三月二十日自杭還蘇，而蘇寓將吾兄來書先四日寄杭，至今尚未折回，想監院校官留與本月望課卷同寄也。弟眠食如常，寓中亦平順，惟弟婦比年多病，日見衰老，迥非前年紫陽書院與吾兄相見光景矣。弟終朝碌碌，亦微覺精力不支，著述之興，久已頹唐，惟將舊著各種絡繹校付手民。窮愁仰屋，有此百餘卷書，已足自豪。自兹以往，爲道日損矣。今春李筱泉中丞謀合各省會書局刻《二十四史》，屬弟商之江南督撫。因

〔一〕此札輯自《春在堂尺牘》卷二，題作「與壬甫兄」。

先與丁禹翁商量，許刻遼、金、明三史。嗣于三月中得馬穀翁回書，金陵書局從《史》《漢》起直任至《隋書》而止。遂攜書與筱翁面議，浙江刻新、舊《唐書》及《宋史》，而以兩《五代》及《元史》請少荃伯相於湖北刻之。三四年後，全史告成，一鉅觀也。弟忝書局總辦，實則總而不辦，深愧素餐。惟此事稍有參贊之功，然全史成後，自問精力已不能讀，即能讀，亦不過如彈詞、院本，消遣白日而已。若早十數年，或者春蠶食葉，尚能稍吐新絲也。學問無窮，歲月有限，宣尼所以有假年之歎乎？

一一[一]

月之二日曾去一書，仍附補老信中，已到否？起居定必佳勝，庭中花事，近日何如？吏隱之福，實所豔羨。弟已于三月廿八日還西湖精舍，雖託江湖之名，未免襬䙫之累，遠不如福寧太守之清閑自在也。南莊府君手批《四書》，精細可以當著書。弟在蘭溪舟中手自鈔録《大學》

[一] 此札輯自《春在堂尺牘》卷四，題作「與壬甫兄」。

一書，已及傳之九章，略以意貫穿，使成片段，以小字雙行夾寫，附於每節之後，其有及注文者，摘録注文，亦以小字書其下。自還精舍，未遑從事，然稍有空閑即當卒業，不敢輟也。還杭後，聞人言曾文正師事，乃知真靈位業中人，來去分明，固自不同，其身後事，皆手自料理楚楚，然後歸真。二月朔，梅方伯入見，勸暫請假，公笑曰：「吾不請假矣，恐無銷假日也。」至誠前知，豈不信夫！弟途中補作《福寧雜詩》十二首，内一首云：「海色山光逼畫櫺，何殊觴詠在蘭亭。無端忽墮風前涕，一月前頭隕大星。」爲文正發也。又自福寧還杭州，得雜詩十四首，内一首云：「子陵臺在暮雲端，兩岸山光已飽看。安得於潛問遺老，重尋石室古嚴灘。」則據《水經》疑漢晉時所謂「嚴瀨」者在桐廬至於潛一路，而非今之七里瀧也。及晤楊石泉中丞，語及之，石翁曰：桐廬至於潛，昔嘗經由其地，分水以下，淺瀨急湍，不容舟楫過；分水後，涓涓細流，并不成溪澗矣。然巖岫複沓，子陵石室當有可訪，惜彼時軍旅悤悤，無暇尋幽選勝耳。此事在福寧曾與兄共檢《水經注》，故附以報兄焉。

三[一]

聞服附、桂等劑，未知投否？醫家各執一理，其稍讀醫書者言之必娓娓可聽，求其實效，茫如捕風。近時岐黄家宗黄坤載扶陽抑陰之説，往往喜用桂、附，亦有利有弊，未可偏執。惟中年以後火氣已衰，藥之涼而膩者，殊不相宜。桂、附之弊，究屬君子之過。弟近服梁公百歲酒，頗似佳也。來書言臨平先達一事，惜未言明出《晉書》何傳。考《漢書·地理志》，鉅鹿郡有臨平縣。而劉昭《續志》已不見，則久經併省，《晉書》亦無此縣。其爲今之臨平人無疑，然不知何以書臨平人而不書錢唐人也。《福寧郡志》曾否舉行？吾浙有修省志之説，或議以弟總其事。然弟經生，疏於史學，修志一事，不獨煩心，且易爲怨府。昌黎，文章鉅公，猶不敢修史，況我輩乎？當事者或果有此意，當婉謝之。

〔一〕此札輯自《春在堂尺牘》卷四，題作「與壬甫兄」。

致俞繡孫(十九通)

一[一]

書來，知目疾未愈。每日用鹽擦牙齒，即以漱口水洗目，久之自有驗矣。《水仙花詩》寄託遥深，格律清穩，極爲可喜；《詠古》諸章，無甚深意，且詞句過涉悽惻，閨中少年人不宜作此。以後作詩，宜以和婉爲宗，歡愉爲主，方是福慧雙全人語也。吾前以「福慧」名汝樓，慧則付之自天，福則修之自我，汝宜深思吾言矣。汝姊吉期已定于三月二十六日，而衣飾至今未辦，固由無錢，亦由爲汝二哥哥病魔纏繞，舉家都無心緒也。幸吾與汝母俱平善，勿念。吾所著《群

〔一〕此札輯自《春在堂尺牘》卷一，題作「與次女繡孫」。

經平議》，已寫副本寄杭州，浙中諸當事者謀集貲付刻，《字義載疑》亦寫寄金陵，託友人校刊，皆未知能成否。「生前富貴應無分，身後文章合有名」，此白香山詩，吾常誦之。

二[一]

繡女覽：

六月下旬曾寄一書，并《春在堂詞録》一册及復星尗書，未知收到否？八月初四日得汝書，并絨花等物，知在京健好爲慰。吾病已愈，十五後偕汝母至杭。惟汝嫂須冬初方回，蘇寓太冷靜耳。汝姊已還寶應，因分娩在即，故康侯試畢即歸，不及來蘇也。黼堂昆仲已還福建，履卿因病不克進場，殊虛此行耳。蘇寓均各安好，勿念。茲寄去銀拾弍兩，汝可收作零用。又蒲包廿片，可查入。

重九日，父字

[一] 以下十八札今藏杭州市園文局岳廟管理處。趙一生先生見示。

多兒之鞋，今秋二嫂曾作兩雙寄杭。

三

字付二女覽：

接手書并詩數篇，知身子健好，引兒亦好，甚慰也。吾自還吴下，精神稍勝，汝母亦無恙，勿念也。大哥有信來，奉方伯檄，催錢糧，亦聊救窘而已。汝二哥病體如舊，日内遣其至鳳口請瘋神，未知有益否。大嫂還蘇未有日期。牛龍兩孫均健也。汝求寄《詩記》與汝小姑，業經交去矣。汝在京宜隨時寬解，無過鬱思。

十一月十三日，父字

所寄烏腊，到京未知尚好否？若止是烏花，只消買大料數文、桂皮數文，加鹽再煮，即與新鮮無異。所謂回湯也。

四

字付繡女覽：

接三月中來書并詩二紙，知在京安好爲慰。尋玩詩意，似心境總不開展，汝母恐汝鬱結成疾，頗爲懸懸。細思汝夫婦在都，亦無甚不得意處，宜安心耐守，隨時行樂，鄉愁後慮，均不必過縈懷抱，切屬切屬。吾及汝母入夏來均好，蘇厲亦俱安善，所望汝兄得一缺，便是大好矣。汝都中倘有所需，可寫信來告知。福兒所要布裙，已飭裁縫去做，月内必有，但一時乏便寄京，只好候便耳。汝夫婦綿衣已隔多年，倘需絲綿更換，可寫信告知，當覓便買寄，但不知能翻綿否，來信可詳及之。三多出天花後已見過，面龐稍瘦，精神尚好，勿念也。福寧頻有信來，祖母因去秋傾跌，至今步履不能如常。吾本擬春間前往省視，因病初愈，是以不果，且到秋天再定也。

四月廿三日，春在堂字

五

字付繡女覽：

五月十九日交解餉委員帶一信，并有綵布及裙一條寄福兒，未知其何時到京也。前接五月十一日書，知汝及引兒均好，甚慰遠懷。蘇厲平順，詳子原信中。惟大嫂去後，未定還期，道遠，亦無如何。大哥在任平善，見在務關同知出缺，不知能補否。吾在南中，諸凡如舊，但願吾精力可以支持，光景不至甚窘，則稍寄些微，小補汝等，亦屬無傷，汝亦不必不安于心也。在京中諸凡保重，鄉愁後慮，一切勿縈懷抱，靜以守之，當自有佳境耳。

六月廿一日，春在堂書

六

字付繡女覽：

前寄信并寄福兒之件已收到否?接七月初信,知汝及引兒均好爲慰。家事艱難,亦所深悉,但人生自少至老全處順境者頗不易得,中間稍受拂鬱,以後一帆風順,亦大妙事也。宜善排解,勿過鬱鬱。吾及汝母入夏來尚健好,閩中之游,今年不果矣。祖母精神頗好,所以步履欠安者,以去年傾跌之故,今亦稍能强步矣。大伯父到福寧後極爲稱意,來信云:養親教子,飲酒看花,除此無事。自入仕途來未有此樂也。汝大兄尚在大名,見在有一缺,未知能補否。大嫂尚在湖北未還,且亦久不得信也。烘青豆此時尚無,俟冬間再寄,然亦須有便耳。

八月初三日,春在堂書

七

字付繡女覽:

久不得書,未知汝何日免身,產後平安否?汝姑不在京,乏人照應,深以爲念。諸事格外小心爲要。家中均平善。吾閩中之行萬不能已,長路迢迢,亦頗不易也。計還到詁經,總在三月之末,到蘇則須四月底矣。汝母尚安善,惟不免氣喘,且看天暖後何如。吾自十二月來,日服牛乳，頗似有效，精力較佳也。今年究有科場否，南中尚未得準信耳。

新正二日，春在堂書

八〔一〕

字付二女覽：

得正月廿七日書，知在都無恙，甚善。吾於正月廿八日在錢唐江首塗，由嚴州、金華、處州、温州而至福寧。祖母今年八十有七，惟步履艱難及重聽較甚耳，飲食起居，與前年無異，期頤可望也。伯父之病，尚未脱體，幸公事清閑，頗足養病。吾小住廿七日，仍由原路而還，水陸兼程，行頗不易，然泉聲山色頗足怡情，已於三月二十八日還西湖精舍，筆墨叢雜，且不免應酬，遠不如福寧太守之清閑自在矣。得蘇州信，知汝母以下均好，大嫂已還蘇州矣。聞汝南旋

〔一〕本札原件今藏杭州市園文局岳廟管理處。又收入《春在堂尺牘》卷四，題作「與次女繡孫」。今據原札整理。

之説仍不復果。在都固無佳況，南旋亦乏良圖，既不成行，務必隨時排遣，勿抑結成疾。汝有生以來尚無大拂意之境，此日稍嘗艱苦，亦文章頓挫之法。昨日得彭雪琴待郎書，有詩云：「欲除煩惱須忘我，歷盡艱難好做人。」此言有味，故爲汝誦之。吾嘗言，人生須分三截：少年一截，中年一截，晚年一截。此三截中無一豪拂逆，乃是大福全福，未易得也。三截中有兩截好，已算福分矣。但此兩截好須在中晚兩截方佳，若在少年中年兩截便不妙矣。必不得已，中年一截不好，猶之可也。汝少年總算順境，但願以中年之小不好，博晚年之大好，仍不失爲福慧樓中人。善自保重，深思吾言。

四月初十日

九

字付繡女覽：

接來書，并詩四首，知在京健好爲慰。緬茄二枚收到。此信頗速，但信尚不識何人筆迹也。吾日前曾託沈書森太守帶京一信，并銀二十兩及食物等類，想五月中必到也。來詩感念舊游，清婉可誦，至寄興湖山，意存棲隱，此亦足見雅致。然人生必須在富貴場中經歷一番，然後可享清閑之福。而欲入富貴場中，又必從貧賤中起跟發脚。願汝逐層做去，勿急急也。寄去詩五十八首，乃吾閩浙往還紀行之作，讀之可當臥游。又兜子、紅頭繩、粉，乃汝所要買者，另有帽襻、花箋、篦箕，乃大、二嫂所寄贈者，可收明。再寄去外祖詩文集一部，又吾詞二本，可一一查照。

夏至日，春在堂書

一〇

付繡女覽：

五月中兩寄信，并有銀兩物件，而至今無回信，殊深念之，未知與外孫輩俱好否？汝母記念之至，此後或子原無暇，汝宜每月作書，以慰懸懸也。吾在蘇州度夏，而案頭甚忙，雖有閑居之名，而無閑居之實。惟有一快事：今年在閩中得吾祖南莊贈公手批《四書》一部，蠅頭小楷，朱墨雜糅，真一生心血也，見在於蘇廩寫定付梓。此書幾及百年，得顯於世，何快如之！先贈公詩及《隨筆》版片，聞尚在新安，擬出價買回，明年再將《印雪軒駢散文》付刻，則先代手澤均無散失矣。吾所著書已刻一百二十九卷，亦庶幾前史所稱世代有集者乎？

七月三十日，春在堂書

一一

付繡女覽：

前汪宅帶南之物業已收到，殷譜經侍郎入都，曾託枇杷露等，侍郎欲於九月半前入都，乃九月廿三日信尚未收到，何也？未識近日已交到否？如未到，可一問也。秋風湖上之游，汝母並不同來，吾因曹葛民無理取鬧，已向中丞辭館，乃中丞及當事諸公挽留，殷殷之情不能卻，明歲且仍就之，湖山之緣，恐亦不久矣。所著之書，刻成一百廿九卷，如有便，當將詩文類稿八種寄汝也。南莊贈公手批《四書》，今年恐難刻成，《印雪軒詩》及《隨筆》原版尚在新安，明年必須購歸，又有《印雪軒文鈔》，亦擬梓行，總須明年矣。汝兄【下缺】

一二

繡女覽：

久不得信，深以爲念。殷譜經侍郎入都，託帶枇杷露、青果等物，未知到否？比想汝及外孫輩均好。所要綿兜，今已買就，共計兩片，交摺弁帶京，可收用。汝母云：此綿兜可供兩年之用，翻一副綿襖褲不過八兩足矣，翻一床被亦不過八兩，恐汝未諳，故特告知。包内并有女鞋兩雙，小鞋一雙，乃汝大、二嫂寄汝者，裝在綿兜中，可細細檢點。尚有小鞋三雙，因恐包大，摺弁難於攜帶，明年再寄汝也。

十一月十五日，春在堂書

一三

字付二女覽：

接十一月廿九日信，知身子健好，而兩外孫時有不適。子原信中又言俱健，何也？入春來能否全愈，念之。去年十一月十六日曾寄一信，并綿兜及兩嫂所寄鞋子等，交恩中丞摺弁帶京，未知何時收到。兹又有篋件兩箇，一是食物，一是兩嫂所寄鞋子等，本擬託子喬帶京，而久待不至，吾日内即須赴上海，是以封託叔清兄，總一樣也。吾及汝母在蘇平安，但汝母精力總不佳耳。寓中亦俱好，勿念。福建信來，祖母平安，而大伯父半身不仁之症冬至後又發，甚以爲憂。極思一往省視，而此間諸事又分身不開，且再等一信看光景也。福兒所要夏布衫，俟夏布開筒，買就做寄矣。因匆匆，不及多寫。

二月二日

一四

繡女覽：

客臘得書，知與外孫輩俱好，入春來想亦平安。賢兒已斷乳否？似可喫粥飯矣。子原想必如常用功，今年極可望中，宜努力也。蘇厲均平善，祖母年高，而飲食起居各有常度，精力頗好；但以汝伯父故懷抱終鬱鬱不開，此則無如何。吾與汝母亦尚無恙，然精力轉不及老人也。履卿輩已還浙，居新市，每月吾以二十金津貼之，究竟從衙門來，不能盡從省約，後顧亦殊茫然也。新正多雨較寒，京師何如？諸凡調護得宜，不盡一一。

正月廿二日，春在堂書

紅頂已有，楊中丞送我一枚，可無須矣。有便，買北麪數斤來可也。

一五

山館清閑竟日留，籃輿更伴我同游。千巖萬壑不知處，紅葉黄花無限秋。法雨泉清聊啜茗，甕雲洞小試探幽。歸來喜見新詩句，嬌女吟成快壻酬。次女米裳有詩紀九溪之游，女壻許子原和之，老夫亦用其韻。曲園記於俞樓。

一六

未了西湖山水緣，年年歲歲此留連。扶衰難執廢醫論，余舊有《廢醫論》，此行以藥餌自隨。娱老還披玩易篇。舟中無了，與孫女慶曾爲八卦葉子遣日。《玩易篇》亦余所著書名。送去春光隨逝水，前二日立夏。尋來舊夢化輕煙。聊堪傳語衡陽叟，各有嬌孫在膝前。彭雪琴侍郎亦於三月中旬啓程，巡視長江，攜其孫女同行，即余孫婦也。

三月二十日攜孫女慶曾至俞樓，口占一律，録似子原賢壻、米裳吾女

曲園書

一七

長夏，與長女、次兒婦及孫女慶曾、外孫女許之引避暑前後兩曲園中，偶賦一律

後園楊柳前園竹，兩處軒窗一樣凉。老與世人殊鑿枘，間偕兒輩共壺觴。風來已度蕭森韻，月到還摇瑣碎光。莫向尊前思往事，餘年幾度此徜徉。

立秋日，書付二女米裳

一八

中秋之夕，攜兩兒婦及長女及孫兒、孫婦、孫女、外孫兒女玩月曲園，率成四律

今年頻作曲園游，每到園中必久留。兒輩最憐蘭槳活，老夫惟愛竹房幽。孫女、孫婦及外孫女

輩喜坐浮梅檻，余與兒婦則於艮宧小坐。況逢佳節晴堪喜，又值連朝病略瘳。莫負殷勤兒婦意，安排小飲作中秋。

兒婦相從長女陪，達齋團坐酒三杯。更攜孫女外孫輩，同望月宮拜月來。老去童心仍爛漫，病中險韵怕敲推。最難詠月題紅字，一笑爾曹小有才。孫兒陛雲詩有「隔籬透出一燈紅」句，月下賦詩而用紅字，頗不易和。孫女慶曾和云：「牆根花影重重上，不羨三春萬紫紅。」小有思致。

手種垂楊八載餘，近來高欲過箖箊。偶看月下風翻葉，宛似盤中露走珠。訛火摇摇明復滅，繁星灼灼密還疏。從來此景無人道，霧淞冰花總不如。月照樹葉正面必有光，楊柳樹高而葉小，望之的皪如珠，亦奇景也。

登山臨水儘流連，忽漫回頭憶往年。老母未曾游月下，山妻偶一醉花前。老母在時，因年高故，夜間從不至園中。山妻偶一至，以多病，亦不數數也。浮生草草真如客，舊夢重重欲化煙。且對一樽開口笑，不知秋月幾回圓。

一九

前寄之詩，第三首魚、虞雜用，究爲失律，又改之如左：

等此園林柳幾株，月光迴與日光殊。遥看風裏翻翻葉，竟是盤中錯落珠。更比瑩瑩仙露潤，非同落落晚星孤。由來此景無人會，霧凇非花得似無。

致俞祖綬（一通）[一]

得來書，言欲與門下諸子爲我作《弟子記》，可謂多事，大可不必。以吾自問，一無足述，四十歲以前，并著述無之；四十以後，雖頗有著述，然豈能將吾所著之書連篇鈔入？則仍是無可記載。譬如作枯窘小題文，搜索枯腸，不成篇幅；又如貧兒學富家翁，雖竭力鋪排，不免捉襟露肘。爲之者甚勞，讀之者欲睡，壽陵學步，貽笑大方，吴楚僭王，獲咎當世，甚無謂也。老夫崦嵫暮景，不久人世。其生也，候蟲時鳥；其死也，草零木落而已。即或以所著之書三百餘卷，生前已流播人間，旁及海外，則身後亦或不遽泯滅，數百年後，有好事者誦其詩、讀其書，以不知其人爲憾，徵文考獻，求其梗概，或如韓、蘇諸公，後人爲作年譜；或如韋應物，《唐書》無傳，而後人補爲之傳，不較諸君子此日所爲更有味乎？往年花農議築俞樓，吾請俟之五百年後，今亦猶此意也。如晤倬雲諸君，爲我致謝，并以此告之。

[一] 此札輯自《春在堂尺牘》卷六，題作「與兄子祖綬」。

致袁保恒(一通)[一]

長安一別,十有八年矣。閣下以禁中頗、牧,作軍中韓、范,奉承先志,振揚國威,厠名中興元功之列,甚善甚善!伏念吾榜介丁未、壬子間,舊有「蜂腰」之誚。然同館諸君頗有膺異數者,樞元以候補道拜黔撫,補帆以編修授浙臬。蓋不飛不鳴者雖多,而一飛一鳴,未始不沖天而驚人。而閣下者,則尤其上擊九千里者也。陝甘軍務,近日何如?數十萬健兒環而待命於閣下一人,胸中轉漕,筆底量沙,賢者多勞,深以爲念。樾自大梁罷歸,中更兵亂,流離轉徙,幸獲安全。忝竊皋比,妄事撰述,年來從吳下紫陽書院移主浙中詁經精舍,將舊著各書先後校付剞劂。已刻者,《群經平議》三十五卷,《諸子平議》亦三十五卷,《賓萌集》五卷,《外集》四卷,《春在堂詩》六卷,《詞》二卷。每一校閱,時復自笑,夫蚓竅蠅聲,其細已甚,豈足與公等爭鳴

[一] 此札輯自《春在堂尺牘》卷三,題作「與袁小午同年」。

哉？然執莊生《齊物》之説，則籬鷃之與雲鵬，原自各適其適，固無傷乎昔日接翼同飛之雅也，用敢以書布達左右。軍書旁午之餘，或亦一破顏乎？

致惲炳孫（五通）

一[一]

久未把晤，甚念。得手書，知任世兄欲考特科，照特科章程，令督撫、學政及三品以上京官各舉所知，初不必限定本省，而本省自然更好。但須於六門中認定專門，內政、外交、理財、治軍、考工、格致。方好咨送總理衙門也。容兄函商樂帥，其意如肯保，當再奉商一切。兄詩三首，未知送覽否？今寄奉，請照入。時與日非，小孫倖獲一第，亦不足爲重耳。明年已辭詁經講席，吾道非歟，可勝太息。復頌

[一] 本札爲浙江大地二〇一三年春季拍賣會「近現代書畫（一）專場」第〇二六〇號拍品。

季文世仁弟暑安

樾拜上

二〔一〕

季文老弟足下：

承示筱沅中丞詩，謹次韻四首，乞轉呈爲荷。來詩五紙又一册，均繳還，乞照入。聞李遠辰觀察家明年欲請一教讀，未得其人。兄有相識之沈子堅明經鏗，吴中名士也，吾弟爲之一薦何如？手此，敬頌吟安。

世愚兄樾頓首，十一日

〔一〕本札輯自《同光名人手簡真蹟》。

三〔一〕

季文仁弟孿舉兩孫，賦賀二律，即呈太夫人一笑

高桐昨夜並孫枝，健子鳌孖喜可知。此日二卿聯德道，他年一甲定郊祁。圭璋雙琢連環玉，臂足分纏五綵絲。想見重闈開笑口，欣符佳話鄭昌時。漢鄭昌時一産兩男，見《西京雜記》。

曲園俞樾初稿

四〔二〕

昨呈之詩，又略爲點定，録奉清覽。時稿如在案頭，望檢還，以便改定，使人鈔謄入稿也。

〔一〕此札輯自嘉德二〇一〇春拍第八二三三一號拍品。

〔二〕此札輯自嘉德二〇一〇春拍第八二三三一號拍品。

中更離亂，仍以筆耕糊口，前塵昔夢，久付飄風，而文士名心，不能自已。窮年兀兀，妄借譔述自娱，所著《群經平議》已刊于浙中，其《諸子平議》亦將于吴市開雕，此外零星各種，尚數十卷，敝帚自珍，不足易市兒之一餅，而欲與諸公揚分道之鑣，啞其笑矣。頻年主講紫陽，虚擁臯比，了無裨益。明歲移席浙江之詁經精舍，從吾所好，古訓是式，湖山壇坫，其鄙人坐老之鄉乎？來書乃有東山强起之言，固非所克當，亦雅非鄙意也。手書奉復，惟爲時自重，不宣。

二〔一〕

數千里外，忽奉惠書，百朋之珍，誠未足喻。以閣下節旄坐擁，羽檄交馳，而猶惓惓故人，以時存問，即此一端，而裘輕帶緩，布置從容，可概見矣。承示黔事，具徵成竹在胸，有迎刃而解之妙。想數年來，綢繆户牖之内，周旋主客之間，不知費幾許心力矣。賢者多勞，如何勿思？樾今歲仍主講詁經精舍，借湖山之勝地，養樗櫟之散材，風雨小樓，大有終焉之志。來書

〔一〕 此札輯自《春在堂尺牘》卷二，題作「與曾樞元中丞」。

乃以鵬圖再展爲言，竊謂相愛雖深，相知或猶未悉也。士之處世，豈不自揆？如樾者，文不足以陳俎豆，武不足以執干戈，徒以遭逢聖世，忝竊科名。昔年曾充先皇帝蟣蝨之微臣，今玆猶稱太史公牛馬之下走，封疆大吏，許作賓氓，後生小儒，謬推祭酒，私自循省，爲幸多矣。兼之窮愁著述，已及百卷，雖不足以傳後，而頗足以自娱。設再入長安而索米，則阿婆老矣，其能與三五少年爭東塗西抹哉？若乃改絃更張，易内而外，則無論素乏吏才，且鄙人之脱略形迹，笑傲公卿，爲日久矣，一旦腳韡手版而來，曲跽雅拜，自稱下官，有不驚而且笑者乎？窮達，命也，固不足言。吾生有涯，姑從所好。閣下霄漢鳳鸞，鄙人江湖鷗鷺，雖升沈異路，尚無傷乎昔日接翼同飛之舊。若必與雞鶩爭食階除，則鳳鸞其必羞之矣。因承摯愛，率布所懷，惟鑒察不宣。

三〔一〕

夏間曾寄一函，山川悠遠，未知得達典籤否？比聞旌麾所指，上下游以次肅清，播凱唱於

〔一〕此札輯自《春在堂尺牘》卷四，題作「與曾樞元中丞」。

黔中，馳捷書於闕下，膚功疊奏，温詔遥頒，逖聽之餘，爲之起舞。伏念黔事處萬難措手之時，閣下悉心經畫，全力擔當，東扼五溪，西控六詔，奠安彫敝之區，聯絡主客之勢，十數年中，不知費幾許心力，而後告此成功。乃歎熙天耀日之勛，端由動心忍性之學，不圖吾榜有此偉人，叨附驥旄，與有榮幸。樾跧伏林下，忝竊臯比，妄以譔述自娱，不知老之將至。今因人便，寄呈《全書》一部，想軍府就閑，結習故在，祭征虜不廢雅歌，曹武惠惟收圖籍，此醬瓿上物，或亦玉帳中所不可少乎？

致曾國藩（七通）

一[一]

樾自庚戌歲幸出大賢門下，而不才之木，有負栽培，故廢棄以來，未嘗敢以一箋瀆陳鈞聽。比聞手定東南，勛高中外，民望僕射，有如父兄，天生李晟，原爲社稷，真儒事業，亘古無儔，瞻望龍門，如在天上。頃至金陵，晤李少荃前輩，述知去歲尚蒙齒及，垂問殷殷。乃歎：文中子門羅將相，而不肖如樾者，門生之籍，尚未删除，景仰之餘，良深慚媿。樾自中州罷歸，自惟迂拙，無補于時，閉户䆒經，妄事撰述。所著《群經平議》三十六卷，粗有成書，其第十四卷專論

[一] 此札輯自《春在堂尺牘》卷一，題作「上曾滌生揆帥」。

《考工記》世室、重屋、明堂制度，天津有好事者取以付梓。謹寄呈一本，未知羽書旁午之時尚能流覽及之、俯賜繩墨否？回憶庚科覆試，曾以「花落春仍在」一句仰蒙獎借，期望甚殷。迄今思之，蓬山乍到，風引仍回，洵符「花落」之讖矣。而比年譔述，已及八十卷，雖名山壇坫，萬不敢望，然窮愁筆墨，儻有一字流傳，或亦可言「春在」乎？小子狂簡，不知所裁，恃愛妄言，聊博一笑。

二〔一〕

前歲秣陵舟次敬肅一箋，託少荃前輩寄呈，未知得登鈞覽否？比聞恭承玉詔，還鎮金陵，以使相之威儀，壯江山之形勝。謝太傅十五州都督，郭令公廿四考中書，光輔盛時，比隆往籍，龍門在望，鶴跱爲勞。樾南歸後僑寓吴中，承乏紫陽講席，前塵昔夢，久已坐忘。所惟日孜孜者，治經之外，旁及諸子，每念國朝經術昌明，超踰前代，諸老先生發明古義，是正文字，實有因文見道之功。而樾所心折者，尤在高郵王氏之學，嘗試以爲，讀古人書，不外乎正句讀、審字

〔一〕 此札輯自《春在堂尺牘》卷二，題作「上曾滌生爵相」。

義，通古文叚借，而三者中通叚借尤要，故王氏之書，用漢儒「讀爲」「讀曰」之例破假借而讀以本字者居半焉。樾雖無似，竊不自揆，私有譔述，所著《群經平議》《諸子平議》各三十五卷，妄思附《經義述聞》《讀書雜志》之後，王氏已及者不復及，一知半解，掇拾其間。家貧，又無書籍，如《白孔六帖》《太平御覽》《藝文類聚》諸書，皆不能具，唐宋人援引異同，末由考證，比之原書，真如碔砆之與美玉矣。見在《群經平議》已刻於武林，因有訛字，尚須刊正，俟刷印後即當寄呈函丈，恭求鑒定。自惟樗櫟之材，得附門牆之末，大懼草零木落，有傷知人之明。是以竭熒燭之末光，效眇緜之微力，夜以繼日，竊有成書，雖詅癡四方，爲識者所鄙，然辱愛如吾師者，或爲之莞爾而一笑乎？

三〔一〕

金陵晉謁，小住節堂，一豫一游，叨陪末座，窮園林之勝事，敘觴詠之幽情，致足樂也。憶

〔一〕此札輯自《春在堂尺牘》卷二，題作「上曾滌生爵相」。

袁隨園《上尹文端啟事》云：「日落而軍門未掩，知鐙前尚有詩人；山游而僚屬爭看，怪車後常攜隱者。」樾以山野之服，追隨冠蓋之間，頗有昔賢風趣。而吾師勛業，高出文端之上，奚啻倍蓰！則樾之遭際，亦遠越隨園矣。至于玄武湖上，麟趾洲邊，屈使相之尊嚴，泛輕舟之容與，紅衣翠蓋，掩映其間，此樂尤爲得未曾有，每欲作小詩紀之，而竟不成，亦見詩脾之澀也。幕府諸賢，未識誰工繪事，能傳之丹青，以識雪泥蹤跡否？樾已于十四日抵滬，即擬還蘇，敬奉箋陳謝，不盡萬一。

四〔一〕

五月朔自蘇寓寄到賜書，感關愛之逾恒，愧期望之過當。昔靖郭君相齊，與故人久語，則故人富，懷左右刷，則左右重。今吾師拳拳於樾者，豈止久語、懷刷之恩！惜樾老大無成，而兒子輩景升豚犬，不足當孫陽之一顧，遥望門牆，愧悳而已。樾自香山別後，返棹胥門，偵探不

〔一〕此札輯自《春在堂尺牘》卷二，題作「上湘鄉相國」。

明，謂旌節不駐姑蘇，徑臨滬瀆，是以不克追隨，至今悵惘。見在已抵武林，仍寓湖樓，西湖山水之勝，自非吴下所可及，憑欄眺望，心目開爽，惜不得從吾師作十日游也。吴南屏先生竟未之見，昨問之楊石泉方伯，知已在山陰道上矣，謹附及。

五[一]

宫太保侯中堂老夫子函丈：

六月下旬曾上寸箋，定登鈞覽。比者恭聞朝廷以畿疆重地，必得德威竝著之大臣雍容坐鎮，特移節鉞，以壯郊圻。雖經綸南國之功正資謝傅，而保釐東郊之任尤藉畢公，瞻望慈雲，茫此遠矣。樾以不才，掛名門下，謬承盼睞，叨預讌游。私冀旌麾長駐金陵，則或者江檣海檝附便而來，玄武湖中，藕花香裏，尚可接續墜歡。驟聞大樹之將移，便覺孤根之難託，自惟菰蘆伏處，蒲柳早衰，既無聞長安樂而西笑之心，安有乘下澤車而北游之事。黄扉在望，未識何時何

[一] 本札輯自《蕭敬孚叢鈔》，南京大學徐雁平教授見示。本札「之契乎」以上文字又見於《春在堂尺牘》卷二，題作「上曾滌生使相」。今據蕭穆抄本録入全札。

地再登夫子之堂，興言及此，能不依依！惟望吾師，出爲方召，入爲伊吕，駿業豐功，隆隆日上，直至中書二十四考之後。開緑野堂，從赤松子，然後白髮門生，追陪杖履，重尋昔夢，再話前游，吾師于此，或更有「吾與點也」之契乎？樾因入夏以來蘇厲多病者，是以久留吴下，望後亦擬還浙矣。眠食無恙，足慰垂廑。手肅，恭請鈞安，順賀大喜，伏求慈鑒。

受業俞樾謹上

謹再啟者，兒子紹萊自蒙切託于八月初三日接奉釐局札委差遣，每月給薪水之資如花風之數，此皆由孫陽一顧之恩，感戴無似。乃自聞移節之信，竊更有請者。紹萊此差，雖有餬口之資，而無出頭之路。吾師既逮畿畺，則紹萊正是直隸人員，不勝舐犢之私情，竊有登龍之奢望。倘蒙給與鈞札，充當内委，俾隨侍清塵，練習吏事，將來叨蒙推愛，補授一官，庶藉升斗之禄，營菽水之養，則樾居然一子叔疑矣。此後優游家食，涵泳道真，皆出吾師高厚之賜。伏求裁示爲感。肅此，載請崇安。樾謹再啟。

六[一]

秋間曾上一書，定登台覽矣。壤叟轅童，引領北望，金符玉節，渡江南來。當沙堤稅駕之時，正海屋添籌之日，九五福曰「壽」，六十歲爲「耆」。公與物爲春，故縣弧適當陽月；天爲公置閏，俾稱觴再届生辰。百年之曲，唱遍三江，不獨門下小生竊竊然頌臺萊、祝黄耇者也。樾于西湖寓樓小住兩月，湖山坐對，宿疴頓除，兹于月之廿日仍還吴下，幸雁户之未更，望龍門而不遠，或有佳伴，尚擬同來白下，重謁黄扉也。

七[二]

前月寄呈吴仲雲前輩詩集一部，定塵記室矣。際金風之颯爽，想玉帳之清閑，迎將天上恩光，播作江南秋色，庾亮南樓，不足言也。樾吴中消夏，忽又經秋，本擬月内買舟還浙，而聞緑

[一] 此札輯自《春在堂尺牘》卷三，題作「上曾滌生爵相」。

[二] 此札輯自《春在堂尺牘》卷三，題作「上曾滌生相侯」。

鞲朱幰，不久臨逮吳中。回憶著雍之歲，金陵謁別，星霜荏苒，三載於茲，自應迎候清塵，藉親霽月，拜昌黎北斗，勝於訪和靖西湖也。江寧書局見刻何史？自《史記》、兩《漢書》外，樾均未之得見，如蒙惠賜《三國》以後諸史各一部，俾治經之餘略及史學，庶免如《顏氏家訓》所譏「俗閑儒士，不涉群書，至不知漢有韋玄成、魏有王粲」者，尤鯫生之大幸矣。

致曾國荃(一通)〔一〕

往歲曾肅謝函,定登籤典。今春欣聞玉節來駐金陵,伏念六朝形勝之區,乃公百戰經營之地,溯咸同之舊蹟,猶存龍脖之碑;拜文正之祟祠,應觸鴒原之感。深沈意念,定有不忘在莒之心;矍鑠精神,還如初破蔡州之日,而偉績豐功,從此益遠矣。樾以浙西下士,流寓吴中,前者吾師文正曲垂懷刷久語之恩,稍獲彈琴詠風之樂,近則宿痾頻作,家運多迍,因之興會頽唐,精神衰苶,著述之事,殆將輟筆。乃泰山梁木,方悵望於當年;而景星慶雲,又快覩於此日。敬瞻虎帳,還是龍門,聊藉尺書,略陳寸意。

〔一〕 此札輯自《春在堂尺牘》卷六,題作「與曾沅浦制府」。

致曾紀澤（四通）

一[一]

三月四日，樾在福寧望海樓與諸同人讌集，忽有人傳述，一月以前吾師已騎箕天上，不禁投箸失聲，猶冀此信或未必真，乃越數日而見之邸抄矣。憶去冬在吳門謁見，并承枉駕春在草堂，精神矍鑠，談笑從容，竊謂雖有微疴，猶未足慮，富貴壽考，自當媲美汾陽。不意此別之後四閲月而大星遽隕也。東坡之哭歐陽文忠也，曰「上爲天下慟，而下以哭其私」，吾師豐功駿烈，旋乾轉坤，豈僅六一先生之比！而樾之不肖，辱吾師知遇之厚，視蘇之與歐，其感激更當何

[一] 此札輯自《春在堂尺牘》卷四，題作「與世襲一等侯曾劼剛」。

如！木壞山頹，吾將安仰？龍門在望，悲不自勝，又何以慰大孝之創巨痛深乎？迢迢千里，不獲躬詣金陵，與於執紼之役，負疚殊甚！謹寄呈一聯，聊表微意。伏念從前以文字受知，每蒙吾師許可，兹則廣桑山上，隔絕塵寰，雖小子斐然，未必夫子莞爾矣。書至此，曷禁漣如。

一一〔一〕

夏間由眉老交到巴黎行館手書，郇公五朵雲從海外飛來，誦之起舞。比想仙槎安穩，使節賢勞，仗忠信以涉波濤，挾禮義以爲干櫓，恢域中之聞見，係天下之安危。蘇老泉云：「丈夫生不爲將，得爲使，折衝口舌之間，足矣。」敬爲君侯誦之。樾章句腐儒，衰羸暮景，久無破浪乘風之志，虚有望洋向若之思。偶成小詩二章，聊發萬里一笑。

〔一〕此札輯自《春在堂尺牘》卷五，題作「與曾劼剛通侯」。

三[一]

前年辱惠書，兼投佳什。因循未報，可謂疏嬾之至。然望卿月於天邊，占使星於海外，雖在異域，猶比鄰也。弟犬馬之齒，六十有五，論其年紀，未至衰羸，而積病之身，頹唐日甚，精神興會，迥不如前，兼之時事艱難，每誦《兔爰》詩人之詩，輒作尚寐無吪之想。生平不談世務，近日偶以杞人之憂，妄發芻蕘之論，著《磬圃罪言》一篇。今寄請教益，明知此事未必能行，然國家景運無疆，中興有日，則必當出此一策，惜我不及見耳。樓船橫海，非公莫屬，此亦鄙人實見如此，非阿私也。外，《詠日本櫻花詩》四首，雖無好句，卻是新題，附博一笑。

[一] 此札輯自《春在堂尺牘》卷六，題作「與曾劼剛襲侯」。

四〔一〕

劼剛君侯世大人爵右：

山川悠遠，音問稀疏，而鷗鷺江湖，鳳鸞霄漢，不以形迹爲疏密也。今年秋間曾爲人捉刀，撰五旬大慶壽聯，亦頗思自撰一聯爲壽，而適有西湖之游，因循未果。頃徐花農太史寄示所撰大壽聯語，風華倜儻，不愧才人吐屬。其羹梅舊鼎一言，頗非虚語。閣下以非常之人，必有非常之遇，將來破格，庸固宜有此也。弟雖失賀於前，竊思補祝於後，勉撰一聯，聊奉一笑而已。花農不特文學擅長，其人頗落落有大志，曾從彭雪琴、楊石泉諸君游，戎機亦略有所聞。閣下延攬人材，或亦有相賞於翰墨之外者乎？弟衰病之身，無用於世，近來意興頹唐，并著述亦將輟筆。今年又刻《茶香室經説》十六卷，仍是經生家數，不足登大雅堂也。年内又將嫁孫女，愈形碌碌。率布數行，敬請勛安，補祝大壽，統惟惠照不宣。

世愚弟俞樾頓首

〔一〕此札輯自《昭代名人尺牘小傳續集》卷十七。

致章梫（二通）

一〔一〕

讀來書，承以《述學》一卷見示，元元本本，殫見洽聞，而筆意古雅，則《文心雕龍》之流亞也。元時以程敬叔《讀書工程》頒示郡縣，空談而已，何足望此書乎？老病廢學，無所獻替，聊黏數籤，以答下問。尊意又欲議定許、鄭兩先生從祀之人，大哉斯舉乎！雖然，未易言也。詁經精舍一席，鄙人尸素其間，二十七年矣，精力衰頹，學問荒落，不久當辭退。近來當事諸公皆無意於此，故官課每有以一文一詩了事者，然則鄙人去後，精舍之廢興亦可知矣，尚能議及許、

〔一〕此札輯自《春在堂尺牘》卷七，題作「與章一山」。

鄭兩君之從事乎？即以兩君從事而論，鄭多許少，誠如尊言，鄭君弟子有《鄭志》可稽，近時遵義鄭氏輯《鄭學録》，蒐羅其弟子至三十一人，可謂多矣。然郗慮一人持節廢后，此亦高密門牆之玷也，可以從祀乎？許君有子，鄭君有孫，此適相稱。然許君弟子多不可考矣，後世傳述許學者亦復寥寥。尊著謂吕忱《字林》、野王《玉篇》不得爲許學，此卓見也。《北史》黎景熙，字季明，從祖廣，善古學，頗與許氏異同。《周書·趙文深傳》太祖命與黎季明等依《説文》《字林》刊定六體，成一萬餘言，則許書行世未久而即爲黎學所亂矣。《北史》李鉉，字寶鼎，以文字多乖謬，遂覽《説文》《倉》《雅》，删正謬字，名曰《字辨》。此人在徐鉉之前，而與徐鉉同名同字，同有功於許學，亦奇，則宜與二徐同祀者也。又，北宋之初有吴淑譔《説文五義》三十卷，此與大小徐同時者。其書三十卷，則每篇分爲二，已用徐本矣，此亦宜與二徐同祀者也。自是以後，言字學者日出不窮，而治許書者實不多見，明代竟成絶學。及國初，以亭林先生之博洽，而始一終亥之《説文》未一寓目；櫟下老人周亮工并誤以爲始子終亥，可發大噱。直至乾嘉以來，乃始家有其書，人習其學，今則三尺童子皆談《説文》，收之門牆，又慮人滿。因尊議，率筆及之，足下果能論定其人亦大妙也。

二[一]

兄從前有纂輯《鄭雅》之説，實未嘗計及體例。乃承荔仙廣文與足下有意爲之。方今新學日興，斯文將廢，諸君猶於風雨如晦之餘，雞鳴不已，君子人與？君子人也！竊謂既名《鄭雅》，自以雅爲主，非纂輯鄭義也。鄭義之不合雅例者，自可無須采取，否則《鄭學》，而非《鄭雅》矣。尊意欲别爲編纂，分爲八門，甚善，盍以此爲正書而以《鄭雅》爲餘事乎？亦猶陳、朱兩家所爲《毛傳義類》及《説雅》，皆其餘事也。容體諸條，頗嫌無所附麗。竊謂，《廣雅》分入《釋親》、《釋器》，似不爲無見。蓋凡專就人説，應入《釋親》，以《釋親》固皆人事也；若統羽毛鱗介而言，則應入《釋器》，張氏於此頗有苦心。未悉尊意以爲然否？若「讀爲」「讀若」之類，鄭注最多，似不可廢，則或入之《釋言》何如？《爾雅》有《釋樂》，無《釋禮》，或疑祭名、講武、旌旗皆《釋禮》篇之文，今佚其全篇，故附綴《釋天》之後，此説不爲無見。然既不敢妄補，則官制、喪服等皆無類可

[一] 此札輯自《一山文存》卷七葉四至五，題作「附曲園先生復書」。

歸，或就其文氣酌量，歸入《釋訓》，否則竟入尊纂之八門内矣。兄近來精力衰頹，學問荒落，不足副下問。率復，以答盛意，并質之荔仙廣文，以爲何如？

致張楚南（十七通）[一]

一

玉卿大兄大人麾下：

在杭忽忽一晤，想早已還營。興居佳勝，定如所頌。弟應酬碌碌，定於初一日入山。兹有周把揔萬友，是貴同鄉，與敝門下魯幼峯太史相識多年，據云人極可靠，現在一無所事，託弟函達尊處，求賞一喫飯之處，如無可位置，隨便賞一分糧亦無不可，務求俯允爲盼。手肅布託，敬頌勛安。

愚弟期俞樾頓首，二月二十九日

[一] 以下十七通藏張氏後人張紫梁先生處。陳瑞贊《俞樾致張楚南手札十七通系年考釋》已輯録。今據圖片核校。

二

玉波大兄大人惠覽：

承以小孫續姻，頒賜喜幛，謹具柬奉謝。弟還蘇廿日，無片刻暇，聶方伯處竟未及致書。然尊事萬不敢忘，俟辦完喜事即有信去也，但不知有益否耳。手肅，敬頌勛安。

愚弟俞樾頓首，初四日

鄒仁弟處即希代謝，不及作書。前屬書對聯附繳。

三

玉坡仁兄大人麾下：

接致小孫書，知託交曹小槎洋、信已交付矣。惟弟有寄鮑鶴年觀察信、聯一包，託轉交陳淀生觀察公館，未知此信交到否？今閱《申報》，知陳觀察已作古人，恐有浮沈，故致書奉問。

如可取回，則轉交張錦雲協戎轉寄鮑觀察，亦便也。手此，敬頌勛安。

愚弟期俞樾頓首，二月二十六日

四

玉坡仁兄大人麾下：

接惠書，猥以小孫倖捷，吉詞致賀，感與愧兼。承代購甌綢，費神之至，即求開示價值。其家來問，乃友人託買者。不能不告也。手肅復謝，敬請勛安。附完謙版，不宣。

愚弟俞樾頓首

五

玉坡仁兄大人麾下：

在杭諸承照拂，感荷良深。聞有新市之案，未識能弋獲否，甚念。弟因原坐輪船喫水過深，到湖後又借用張錦雲副戎輪船，并承借我小礮船，護送到蘇。尊處所派礮船，今特薄犒遣回。該船哨官游君，極承照應，勇丁等亦甚得力，深感盛情也。承送紡紬，深合鄙用，尤感真摯之誼，謝謝。手肅，敬請勛安。

愚弟期俞樾頓首，小孫侍叩

外小孫硃卷、殿卷呈閲。又王葆齋、岳香林兩處硃卷、殿卷各一分，請飭送。

六

玉坡仁兄大人閣下：

頃以午節將臨，辱承吉詞遠賁，即悉勛祺佳勝，威望益隆，快如所頌。弟衰頹暮景，大都不久人間。小孫依戀重闈，未克趨承行在，均無可告述。復完謙版，敬請節安。

愚弟俞樾頓首，小孫侍叩

七

玉坡仁兄大人麾下：

中秋承賜賀函，具徵因時眷注，在遠不遺，良深感佩。弟叨蒙福芘，粗稱平順。小孫擬十月間進京，尚未定期。兹託買錫器，乃王宅舍親辦喜事者，需用甚急，務望即交航船寄蘇爲盼。其價并望示知，即行奉繳，係舍親託買而非自用者，不敢當尊賜也。手此布託，敬請勛安。來件寄航船，以期速到。燈盞一對最要緊，餘可不必也。

愚弟俞樾頓首，八月廿八日

八

玉坡仁兄大人閣下：

尊弁來，接賜小孫書并錫器七件，另絲綿一包，均收到無誤，其價遵候面繳。燈盞已在蘇搆用矣，費神，謹謝。因小孫適有應酬外出，手此代復，即請勛安，匆匆不盡。

愚弟俞樾頓首

李湘翁所患何病，能即愈否？甚念甚念。見時并求代候。

弟又頓首，初四日

九

玉坡仁兄大人麾下：

逕啟者，弟於十三日自蘇啟行，十四日到浙掃墓。敬求吾兄飭派勇丁數名，於十四日到德清守候，即帶之赴杭，在湖樓山館幫同照料，憑仗威棱，以安旅枕。近來各處防務吃緊，如無船可派，隨便撥四五人亦可。如尊處未便，求迅達費毓翁大統領派人亦可。手此敬託，即請

勛安。

愚弟俞樾頓首，初十

一〇

玉坡仁兄大人麾下：

湖樓山館，承派健兒照料，感荷良深。別後想即赴省垣，德威所被，自必奏功，未識能即解散否。吾兄何日還駐菱湖，良所懸念。尊夫人靈前，未克親往一拜，謹寄上呢幛一懸，伏求鑒入爲幸。費藴翁曾否還防，見時務祈代候。前撰長聯，定已收到矣。目昏率布，即請勛安，順賀年喜。

愚弟俞樾頓首，臘十九日

一一

玉坡仁兄大人麾下：

廿二日奉到惠函，承因時存問，感荷良深。即悉勛履安和，快符私頌。弟老態有加，小孫考差又不得，未免悵惘。幸託芘順平，足以告慰。沂川兄已還來否？幼峯太守常見否？手肅，敬請台安。另片賀禧，不一一。

愚弟樾頓首，廿三

一二

玉坡仁兄大人麾下：

別來想勛猷鼎盛，定如所頌。拙書已印釘齊全，尊處一部，戴處兩部，計共三部，每部兩大捆，共六大捆，請派船來此取去是盼。手此，敬請勛安。諸惟亮照不宣。

愚弟俞樾頓首，閏廿日

一三

玉坡仁兄大人麾下：

前布一函，已照入否？拙書印釘齊全，望派船來取。尊處一部，戴處兩部。外有四部，奉託便帶德清交戴少鏞舍親者也。手肅布泐，敬請勛安。

愚弟俞樾頓首，閏廿九日

再者，前託薦典當學生意之杜生，其人在蘇州。如尊處有可推薦，將來取書時即令其坐船來菱湖，以便指引前往也。費心之至。樾又頓首。

一四

玉坡仁兄大人麾下：

頃據家人等回明，尊處兵船不空，不能來蘇運書。遵將尊處一部、戴處二部交航船寄上，每部兩大捆，各記明上下，勿誤。三部共六大捆，請查收寄復爲盼。其德清四部，另由弟交德清航船寄往，不必費心矣。手復，敬請勛安。

愚弟俞樾頓首，十一日

一五

玉坡仁兄大人麾下：

前接復函，敬悉壹是。比惟金風送爽，玉帳延禧，定如所頌。弟起居無恙，小孫音信常通，足以告慰廑注。弟所薦杜姓學生，今特令其趨叩轅前，伏承送之進典，如有成就，皆閣下所賜也。書籍已徑寄德清矣，承念并及。手肅布悃，敬請勛安。

愚弟俞樾頓首，十四日

一六

玉坡仁兄大人麾下：

接展惠書，承因時眷注，感感！即惟禧延日午，恩錫天中，專閫非遥，輿情允洽。弟清明一病，至今未能復原。幸眠食如常，小孫亦頻有信來，差堪告慰。復賀節禧，敬請勛安。繳完謙版，不宣。

愚弟俞樾頓首，初四

一七

玉坡仁兄大人麾下：

節届天中，辱承吉詞賁飾，爲感良深。辰惟勛望益高，定符下頌。弟病體如常，寓次亦叨平順，足(下)〔以〕告慰綺懷。兹有寄劉世兄慰信一函，又輓對一聯，因不知其住處，敬求費神代寄爲感。率此布託，即請勛安。

愚弟俞樾頓首

致張大昌(一通)〔一〕

承示大著《龍興祥符戒壇寺志》，體例該備，援引詳明，傳作也。惟《僧伽表》首行於發心寺下大書「梁建初僧佑律師」，竊有所疑。夫僧佑，乃建初寺僧，非發心寺僧也。發心寺建於大同二年，首卷具有明文。而僧佑卒於天監十七年，《傳》中亦有明文。然則僧佑生前尚未有發心寺，安得即以爲發心寺僧乎？《建置志》引《祥符古志》云：「大雄寶殿，梁大同二年僧佑造。」尊意以爲因大同二年邑人鮑侃捨宅，遂誤以爲僧佑建寺亦在是歲。夫年號之誤，或紀事者一時疏忽，不足深論。惟鮑侃至大同二年始捨宅爲寺，則當天監時其地猶鮑氏之宅也。大雄寶殿建於何地乎？如曰：鮑氏宅旁先有佛寺，及大同二年，鮑氏捨宅，乃并入之而爲發心寺。然則發心寺之前當先有一寺名矣。今由龍興祥符戒壇而上溯之，爲中興寺，又上之，爲衆善寺，又

〔一〕此札輯自《春在堂尺牘》卷六，題作「與張小雲明經」。

上之，爲發心寺，至發心寺極矣。然則發心寺以前無寺也。無寺何有殿？又何有僧乎？此條與年號不符，與《傳》中事實不合，宜更酌之。

致張縉雲（一通）〔一〕

頃接來書，備承老公祖盛情與邑中諸君子厚愛，可勝銘感！惟重游泮水之説，功令所無，所謂「彙案咨部」，從無其事。向來每由本籍地方官或徑由學官詳請學臺給予四字匾額，此亦俗例相沿，非令甲也。弟殘年待盡，一事無成，孤負科名，玷辱學校，何敢以衰朽之年、瑣屑之事煩瀆官師？且即蒙學臺給匾，而吾邑尚無明倫堂，匾於何懸？鄙人於故里無一椽之庇，匾又於何懸？用敢奉書陳謝，如未舉行，請作罷論。

〔一〕 此札輯自《春在堂尺牘》卷七，題作「與德清縣張漢章明府」。

致張森楷（一通）[一]

承示大著《通史人表》，定爲二十四等，分作十六格，前日坐間曾承口講手畫，已知其大略。僕無違言，兹亦無所獻替矣。惟每格所附見者，自左而右逆書之，謂取法於史表之有倒寫。竊謂：倒寫最醒人目，而逆書則轉迷人目。如吕后下附其外戚，自左而右逆書，以人目順視之，則先見吕澤，後見吕公，而吕澤下已注云公子，幾不知爲何公之子矣。愚謂，仍宜順書，每格雖極小，總須能容三箇字，其附見者低一字書之，則正與附自了然矣。然此乃其小者。僕有一説，頗與全書體例大有出入，言之未必有當尊意，不言則又不盡鄙懷，請試言之。夫《人表》之作，始於班史。尊著雖不依其九等之品第，而要本於班氏也。孟堅此表是其創立，與他表沿襲遷史者不同，故他表有紀年者，而《人表》則不紀年。尊著乃以《人表》而兼年表，體例紛淆，卷

[一] 此札輯自《春在堂尺牘》卷七，題作「與張式卿孝廉」。

帙繁重，成書不易，職此之由。鄙意《人表》不必紀年，第一格宜書漢太祖高皇帝，詳注其姓氏、名諱、享國年歲以及行事大略，一帝畢，接書一帝，西漢諸帝俱畢，乃書曰右前漢，以後儘留空格，直至下面十五格。前漢諸人俱畢，然後再於第一格書漢世祖光武皇帝，一帝畢，接書一帝，如前漢例，直至下面十五格。後漢諸人皆畢，然後接書三國魏。如此則大臣封拜年月有參差難考者，不妨詳載異同，而不必以意斷定，致有武斷之嫌。其雜人雜流等無年可係者，亦聽其以類相從，而不費安排之力，事半而功倍矣。尊意以爲何如？又人數既多，非依韻編目無從檢尋，而凡例乃有依方音編目之説。愚不知方音何音，足下蜀人，其蜀音乎？足下此書非專示蜀人者，何必以蜀音爲主，自宜遵用《佩文韻府》爲是。倘足下以今韻分部不合於古，欲别成一韻書，此則又是一家學問，又是一種著述，不必入之此書也。

致張樹聲（一通）[一]

前布寸牋，知塵青睞，春韶初轉，恩命遥來。奉九陛之絲綸，領三吴之節鉞。胥臺風景，表裏江湖；幕府勛名，後先李郭。不特吴兒竹馬爭迓使君，即鄙人牽舟岸上，久作寓公，箬笠荷衣，又得向軍門長揖。漢諺云：「張君爲政，樂不可支。」非虚語矣。劉副將來，又承惠我《晉》《魏書》各一部。佔畢經生，疏於史學，自兹以往，請分剛日誦之。

[一] 此札輯自《春在堂尺牘》卷四，題作「與張振軒中丞」。

致張文虎、唐仁壽（一通）[一]

二月下旬自滬還蘇，得手書，即寄復一函，未知收到否？及至杭州，晤施均父孝廉，知子高已作古人，不勝傷悼。伏思子高，溺苦於學，具有師法，秀而不實，未見其止。僕與子高有中外之戚，又其學術，素所傾倒，曾不能先爲設法招歸鄉井，又不獲執手一訣，憑棺一慟，九原有知，慙媿逝者。昨從蘇寓又寄到惠書，知其身後諸事由公等料量妥協，篤於風義，今之古人，感怍無已。又均父言：凌君子與自維揚趨赴，并託人護送其柩南來。此事果真則大妙矣。俟其喪歸，當與均父商量，卜地安葬，立石表墓，并將其行誼寫送吴興志局，以盡後死者之事。均父言：子高於六極竟得其五，止缺惡之一極。僕亦言：子高於五倫竟缺其四，止得朋友之一倫。合此兩言，其坎坷一生，可以概見。又子高實是有家而無家，數年來，未嘗言及家事，聞臨終以家事見託，不知其説云何如。有遺言，幸寄知一二，不欲負其將死之哀鳴也。

[一] 此札輯自《春在堂尺牘》卷四，題作「與張嘯山唐端甫」。

致張應昌（一通）[一]

仲甫世叔大人閣下：

一别月餘，伏惟起居佳勝。剞劂之事，已轉達子青中丞。昨中丞問尊處集貲有無眉目，究竟所短若干，乞示知，以便竭力湊數。青翁之意，約在三四百金光景，多亦不能也。信到，務求將所集之數以實示悉，當轉達青翁也。手肅，虔請道安。方暑，惟自愛。

世愚姪俞樾頓首，五月之望

〔一〕此札輯自《上海圖書館藏歷代手稿精品選刊·俞曲園手札》，第三至五頁。

致張豫立(一通)[一]

少渠仁兄大人閣下：

頃奉手書并春夏脩羊，感謝感謝。即敬悉台候萬福爲慰。弟苦塊餘生，而不圖四月廿二日内人又棄我而逝。鄙人於生死之際頗能達觀，然回念四十年夫婦，富貴貧賤患難更迭嘗之，家事大小，悉由渠一手支持，今失此内助，能弗悲傷？叨在摯愛，故敢瀆陳，容再赴告。手肅布謝，敬請台安。

通家愚弟制期俞樾頓首

[一] 本札爲嘉德四季第四四期拍賣會「中國古代書畫」第〇九四二號拍品。

致張之洞(一通)〔一〕

吴門一别,五易暑寒。聞軺車四出,延攬人材,所至以實學倡導後進,阮文達有替人矣!爲吾道喜,爲多士幸,非徒爲執事諛也。蜀中剏設受經書院,俾多士從事根柢之學,甚善甚善。皋比一席,宜得其人。羔雁所加,謀及下走,豈人才實難邪?抑姑從隗始邪?樾老母在堂,未便遠離,有負盛心,良用慚怍。然如樾者,章句陋儒,實不足膺經師之任也。拙著已刻者,一百四十二卷,此後有便,擬寄呈一二部,即求存貯書院中,雖不足質院中高材諸生,亦古人藏名山、傳其人之意也。

〔一〕 此札輯自《春在堂尺牘》卷四,題作「與張香濤學使」。

致趙寬（一通）[一]

君宏仁兄姻大人閣下：

聞式之言，因清恙留滯滬濱，極深懸系。今奉手教，知旌旆已返里門，起居增勝，良慰下懷。特科本不足爲得失，何足爲賢者重輕。想小住鄉山，仍當赴鄂也。承交下參兩包、團扇一柄，費神，謝謝。手肅，敬請勛安。

治姻愚弟樾頓首，十六日

〔一〕此札輯自《香書軒秘藏名人書翰》中册，第二九八至二九九頁。

致趙烈文（二通）

一〔一〕

惠甫仁兄大人閣下：

金陵小住，屢接清談，深叨雅愛，感甚！别後想静觀有得，慧業日新，定如所祝。弟十四日抵滬，十九日始克自滬赴蘇，彭麗翁仍舊同行。閣下明鏡紅粟歸貽細君，準可帶到也。京師同文館以「戴仁抱義論」命題，考取奇才異能三十一人，未知曾見全録否？貴省六人，敝省無一人焉。秋間倘過吴門，務求惠顧。手此，布請道安。

弟俞樾頓首

〔一〕此札輯自《上海圖書館藏歷代手稿精品選刊·俞曲園手札》，第一一六至一一七頁。

二〔一〕

惠甫仁兄大人閣下：

夏間承枉顧寓廬，適弟在杭，有失倒屣，良深悵惘。台旌北發，晌近半年，想餐衛咸宜，指揮如意，出山之雲，摶扶摇而上者九萬里矣。弟就館淛中，寄孥吴下，僕僕往來，亦殊乏味，幸賤體尚耐勞。拙著各書亦次弟付梓，雖不足以問世，而聊足以自娱。詩稿六卷，乃楊石泉方伯刻于武林者，坿呈方家正之。兒子紹萊，向承關愛之深，兹來直隸候補，伏求遇事提撕，勿存客氣，是所深禱。手肅，敬請升安，惟鑒不儩。

愚小弟俞樾再拜上

再者，紹萊本屬試用班，補缺無期，即出頭無日。是以今春函託少荃使相，于西捻案内附列微名，保先儘班，前已于六月杪入奏，計不久可奉明文矣。直隸河工同知中，此班聞未有人，

〔一〕此札輯自《上海圖書館藏歷代手稿精品選刊·俞曲園手札》，第一一八至一二一頁。

頗于補缺合例，但全在大府主持。敢求得便言之師相，儻有相當之缺，俾得一補，司馬閑曹，或尚無虞隕越；而鄙人資其禄養，稍得寬閑，書卷光陰，優游終老，無非師友之賜矣。從前避地天津，寓居三載，頗覺相安。儻紹萊將來補缺近于津屬，尚擬乘下澤而來，重踏雪泥，且與閣下續金陵節署之墜懽也，但未知造物者能如其癡願否。手此，載請台安。

樾又言

外小楹帖一聯，博一笑。

致趙舒翹（一通）〔一〕

前日趨賀，次日即承臨況，而皆未得見，迄今又閲兩旬。溯自西湖一别，則已在十旬之外。惟聞新此三月中，金殿對揚，玉音問答，敷宣德意，宏濟時艱，想視在浙時又自有一番舉措也。惟抱西河之痛，此則不必介懷。以公之地位，但能造福蒼生，則商瞿五十歲後有五丈夫子，可爲公操券耳。弟近狀如恒，惟爲時事所迫，輒有不能已於言者，偶成《迂議》一篇，敢以陳之左右。公覽之，得無笑其滿肚皮不合時宜乎！

〔一〕此札輯自《春在堂尺牘》卷七，題作「與趙展如中丞」。

致鄭文焯（二十三通）

一[一]

承示大著，妄易數語，未知有當否。無美册亦漫書數行，聊以報命。謁客初還，呵凍率布。即頌文綏。

文大老爺

世愚弟樾頓首，十九日酉刻

[一] 此札輯自《俞樾手札》，第二三頁。

二〔一〕

承示大作，敘事高古，論斷處筆力矯健，允推作家。鄙人無所獻替，惟有一字相商。《曲禮》云「女子許嫁，笄而字」，字乃名字之字，非以許嫁爲字也。《易》云「女子貞不字」，虞仲翔訓字爲妊娠，此是古義。宋耿南仲作《周易新講義》乃曰：「不字，未許嫁也。」博考經傳及唐以前書，無以字爲許嫁者。鄙人所著《右台仙館筆記》，乃游戲筆墨，然敘此等事皆曰「許嫁」，不曰「字」，誠以其非古義也。大著中「字同邑包氏」句請改作「許嫁同邑包氏」，何如？手此奉商，敬頌文安。

小坡孝廉侍史

曲園俞樾拜上，十一月十有三日

〔一〕此札輯自《俞樾手札》，第二九至三〇頁。

三[一]

小坡世兄孝廉侍右：

昨承手教，謝謝。鄙人真所謂少見而多怪矣，白香山集分諷諭、閑適、感傷，亦是分類也。尊函所論，當節采數語入《東瀛詩選》中。手此申謝，敬頌文安。

世愚弟樾頓首，十二月二日

四[二]

小坡孝廉世講足下：

〔一〕 此札輯自《俞樾手札》，第二二頁。

〔二〕 此札輯自《俞樾手札》，第二六頁。

雪老在寓小住，概不見客，因足下拳拳之意，請於明日便衣見顧，當可一見也。手此，復頌

撰祉。

世弟俞樾頓首，二十日

五〔一〕

小坡仁兄世大人侍史：

承屬書靈瀾額，草草塗奉，未知可用否。修庭觀察屬弟題一聯，記得吾兄亦有是説，率撰一聯，即用黄㡌寫奉，是否可用，亦祈酌之。此頌吟祺。

弟樾頓首，十一日

〔一〕此札輯自《俞樾手札》，第二四頁。

六[一]

再，弟有致徐蔭軒同年書，并對一聯，敬求附便飭寄爲感。

弟再頓首

七[二]

小坡仁兄世大人閣下：

弟茗上之行，二十二日而返。小孫倅博一衿，小詩誌幸，聊博一咲。此頌台祺，再走詣，不一一。

世愚弟俞樾頓首，四月廿一日

[一] 此札輯自《俞樾手札》，第二七頁。
[二] 此札輯自《俞樾手札》，第九至十頁。

五十年來舊夢存，余於道光丙申入學，今五十年矣。書香且喜又傳孫。舟窗燈火兒依母，二兒婦同行。場屋文章弟僭昆。姪孫同愷亦入學第三十名。已奪錦標前一載，陛雲於去年四月府考取第一，因學使更易，故至今年四月始行院試。未符佳話小三元。俗以縣、府、院試皆第一爲小三元。陛雲府、院試第一，縣試則第二。老夫更有無窮興，挈汝秋風到省垣。

孫兒陛雲入學，口占誌喜，録請

小坡世兄粲正。

曲園

八〔二〕

滬上盛行《學詩捷徑》《虚字注釋》《誤字辨正》等書，不知誰作，而皆駕名於余，賦此一笑，即録邀

〔二〕　此札輯自《俞樾手札》，第三四至三五頁。

小坡孝廉同笑。

虚名我已愧難居，假託微名太覺虚。邵武士爲孫奭疏，齊梁兒造李陵書。虎賁入坐非無辨，贋鼎欺人或有餘。不解慶虬之作賦，如何總説是相如。

曲園居士

九〔一〕

今歲相攜入國門，舊游如夢了無痕。黄金臺下重來客，緑水洋中未定魂。久病肝脾蔬食慣，偶交冠蓋布衣尊。歸舟何幸聞高唱，諷詠幾忘夕未飧。回思昔日客夷門，感念存亡有淚痕。吴苑鶯花新結習，梁園風雪舊吟魂。喜看繼起廿年後，已見題名千佛尊。他日瓊林春讌上，艸堂儻憶腐儒飧。

次韻奉酬

〔一〕此札輯自《俞樾手札》，第一六至一八頁。

小坡世講孝廉，即希正句。

曲園居士

一〇[一]

伏讀來詞，豪宕之中兼以細膩，合「大江東去」「曉風殘月」爲一手，非我輩粗人所能及也。《金縷曲》與笏老唱和，疊至十九。鄙人本以文爲詩，兹更以文爲詞，爲詞家之魔道矣。此上

小坡孝廉

曲園

[一] 此札輯自《俞樾手札》，第一一至一二頁。

一一〔一〕

書京師同文館《中西合曆》後

春秋書春王，諸國不一例。晉史用夏正，遂與麟經異。往往春所書，是其冬之事。自漢太初曆，始改用夏正。後世遂循之，歷唐宋元明。二千有餘年，不知子姒嬴。佛説四種月，一日月，二世間月，三月月，四星宿月。頗與中國别。中國與印度，所差有半月。遐荒自成俗，短長誰與絜。赤明及龍漢，道家年號殊。清寧二百年，新宫銘所書。要止廣異聞，誰與徵居諸。惟聞瓜哇國，入貢宣德間。自言千三百，七十有六年。當時究其始，謂由鬼國傳。天魔夔罔象，誰復窮其然。我朝大一統，聲教及海外。海外大九州，咸來赴王會。諸國用西曆，推步自云最。中西各異天，異同無乃太。丁君精西學，丁君字冠西，同文館總教習也。乃思觀其通，中曆與西曆，合之一編中。丙戌冬至始，丁亥冬至終。不憑月晦朔，而憑日過宫。佛所謂日月，不與月月同。

〔一〕 此札輯自《俞樾手札》，第一至八頁。

唐有朱希真，感時淚成陣。藤州與梧州，互異大小盡。同此歲三月，如何分域畛。追念昇平時，大小有定準。此事與今異，腐儒休妄引。獨念我聖清，超軼漢與唐。巍巍乾隆朝，萬里開新疆。每年冬十月，正朔頒明堂。大小兩金川，一一載上方。烏什沙雅爾，節候皆能詳。明年丁亥春，皇帝始親政。小臣愚無知，歌詠共田畯。伏念内治修，斯能外侮勝。富教語本孔，省薄策用孟。行見光緒年，追復乾隆盛。仁者自無敵，制梃不待刃。彼海外諸國，來享兼來王。豈敢以鱗介，而妨我冠裳。年年賀正月，國國列職方。司天頒正朔，普及東西洋。奉到時憲書，一例陳餼羊。

曲園居士初稿

小坡孝廉正句。

一二[1]

小坡孝廉吟席：

前日讀手書，并實甫世兄序文，甚佳甚佳。讀此二序，即可想見諸君子之詞矣。屬撰弁言，率筆成之，著糞佛頭，罪過罪過。實甫文亦奉還。偶識數言，未知是否。手此，敬頌文安。

世愚弟俞樾頓首，八月廿九日

余雅不善詞，行於世者，有詞三卷，於律未諧，不足言詞也。然詞之門徑亦略聞之。詞起於唐而盛於宋，美成、伯可，各樹壇坫，其後姜白石出，以雋永委婉爲工，不以組織塗澤爲尚，令人慨然有登高望遠之意，感今悼往之思，洵得詞中三昧者矣。比年來，吴下名流翕集，接芬錯芳，咸同以來，於斯爲盛。實甫、由甫，今之坡、潁也，鄭子小坡，昔之王、謝也，子市、次香，亦一時之潘、陸也。花之晨，月之夕，山之岬，水之滸，興往情來，行歌互答，乃用韓孟聯句、東坡和陶之

[1] 此札輯自《俞樾手札》，第一九至二〇頁。

例，聯句和白石道人詞，得若干首，都爲一集。其於律也無齟齬，其於韻也無强勉，雖五人者爲之，而如成於一手，如出於一口。《五侯鯖》歟？《五雜組》歟？一氣之沆瀣也，渢渢乎移我情矣。昌黎云：「唱妍亦酬麗，俯仰但稱嗟。」諸君子可謂唱妍酬麗矣，余惟俯仰稱嗟，不知所云。

丁亥仲秋，曲園居士書

一三一[一]

小坡世仁兄文席：

承繪洋扇，詩書畫三絶，感謝無已。廣東藥鋪住址開上，乞轉致。附去墜金膏拾紙，敝寓每購以送人，厥效甚著，如有購以施送者，亦好事也。手此，布頌文祺。

世愚弟俞樾頓首

前日晤貴居停，弟極力説項，中丞亦十分欽慕也。

[一] 此札輯自《俞樾手札》，第三一頁。

一四[一]

小坡仁兄世大人撰席：

承示大著三種，其以從某省之字爲即六書中之轉注，殊爲有見，突過前人。《説廾》一篇，貫通字義，非深於小學者不能道，從此治許書，思過半矣。以裁雪鏤月之才，一變而爲摘洛鉤河之學，賢者洵不可測也。《訓纂篇故》亦體大思精，惟弟竊有所疑，不得不爲足下陳之。楊子雲所作《訓纂篇》與所作《蒼頡訓纂》自是兩書，《漢藝文志》曰「《蒼頡》一篇，《凡將》一篇，《急就》一篇，《元尚》一篇，《訓纂》一篇」，而《訓纂》下注「楊雄作」，然則楊雄《訓纂篇》，自與《蒼頡》《凡將》《急就》《元尚》一例，《急就篇》因篇首有「急救」字故以「急救」名，《訓纂篇》亦當以篇首有「訓纂」字故以「訓纂」名。雖以「訓纂」名篇，而實是羅列字體之書，非詁訓字義之書。《倉頡篇》四言，如《爾雅注》所引「考妣延年」是也。《凡將》七言，如《文選注》所引「黄潤纖美宜製禪」是也。《急就》至今猶存，前多三言，後多七言，皆取便於學童之諷誦，如今兒童讀《千字文》者。

[一] 此札輯自《俞樾手札》，第三七至四六頁。又收入《春在堂尺牘》卷六，題作「與鄭小坡孝廉」。今據手札整理。

然而《史記正義》引《訓纂》有户、扈、鄠三字，疑其體例亦與《急就篇》同，有三言，有七言也。《隋藝文志》云「《三蒼》三卷」，注云：「秦相李斯作《蒼頡篇》、漢楊雄作《訓纂篇》、後漢郎中賈魴作《滂喜篇》，故曰三蒼。」可知楊雄之《訓纂》，其體例上法《蒼頡》，下開《滂喜》，故後世并之爲三蒼矣。《漢藝文志》又云：「《蒼頡傳》一篇，楊雄《蒼頡訓纂》一篇，杜林《蒼頡訓纂》一篇，杜林《蒼頡故》一篇。」此别是一書，乃詁訓字義之書。所謂「蒼頡訓纂」者，乃即《蒼頡篇》中之字而訓釋之，如顔師古、王伯厚之注《急就篇》也，故介乎《蒼頡傳》《蒼頡故》之間，其體例可知矣。《説文》所引楊雄説，乃取之楊雄《蒼頡訓纂》中，而非取之楊雄《訓纂篇》也。楊雄所作《訓纂篇》有字而無説。《漢志》云「元始中，徵天下通小學者以百數，各令記字於庭中，楊雄取其有用者以作《訓纂篇》」是也。許書九千三百五十三字，則《蒼頡篇》以下之字必已盡取，不别其此字出《蒼頡篇》、此字出《訓纂篇》、此字出《滂喜篇》也。故凡所引楊雄説，非《訓纂篇》也。尊説以《説文》引楊雄十二事即爲《訓纂篇》，恐承學之士必以此爲議，宜更酌之。鄙意，不如輯《説文》所引二十七人之説，一一爲之訓詁，楊雄説亦在其中，可以明許學之淵源，而不致貽後人以口實。尊意以爲然否？因承下問，貢其瞽言，伏希亮督。

世愚弟俞樾頓首

《楊雄傳》云：「經莫大於《易》，故作《太玄》；傳莫大於《論語》，作《法言》；史篇莫善於《倉頡》，作《訓纂》。」觀《太玄》之擬《易》，《法言》之擬《論語》，則知《訓纂》必擬《蒼頡》，而《説文》所引楊説必非《訓纂篇》之文可以決矣。

一五〔一〕

承示大著序文一篇，已受而讀之矣。惟鄙意仍有未瞭者。班《志》既分《訓纂》與《蒼頡訓纂》爲二書，一列《蒼頡》《凡將》《急就》《元尚》之後，一介《蒼頡傳》《蒼頡故》之間，顯有經、傳之别。《志》云：「楊雄作《訓纂篇》，順續《蒼頡》，又易《蒼頡》中重復之字，凡八十九章，臣復續楊雄作十三章，凡一百二章，無復字。」是知楊雄《訓纂》無重複之字，正與今所傳周興嗣《千字文》相似，而迥非許書所引諸條所能混也。許書《序》曰：「楊雄作《訓纂篇》，凡《蒼頡》以下十四篇，凡五千三百四十字。」桂未谷云：「十四篇，八十九章，每章六十字，正合五千二百四十之

〔一〕 此札輯自《俞樾手札》，第四七至五六頁。又收入《春在堂尺牘》卷六，緊接上札，題作「其二」。今據手札整理。

數。」愚按，此數語所云《蒼頡》以下十四篇，不知何指，兩句用兩「凡」字，文義亦複，恐有衍奪。而八十九章爲楊雄《訓纂》章數，則班《志》甚明，每章六十字，爲五千二百四十字，數亦密合。然則楊雄《訓纂》亦法《蒼頡》《爰曆》《博學》，斷六十字爲一章，其非許書所引諸條明甚。而愚又疑班《志》所云「順續《蒼頡》」者，順續即訓纂也，「順」與「訓」古字通，「續」與「纂」義相近，楊雄以史書莫善於《蒼頡》而作《訓纂》，即「順續《蒼頡》」之謂。楊雄續《蒼頡》，班固續楊雄，故曰「臣復續楊雄作十三章」也。班固明以「順續」二字解「訓纂」二字，此必相承之師説，其書必非解説字義，可知矣。所不可解者，楊雄又有《倉頡訓纂》之作，體例不同而名則相混，乃愚又思之，楊子雲作《太玄》擬《易》，未嘗作《易》傳；作《法言》擬《論語》，未嘗作《論語》注，蓋子雲著述之心甚盛，自我作古，予聖自居，不屑爲傳注之學。其作《訓纂》以擬《蒼頡》，何獨爲《蒼頡訓纂》乎？竊疑《蒼頡訓纂》非楊雄所自作也，乃後人因有杜林《蒼頡訓纂》之後，嫌其未備，又採取楊雄所説以成此書，曰「訓纂」者，因杜林之書而名之也，與楊雄《訓纂篇》之名名同而義異也，曰「楊雄《蒼頡訓纂》」者，因楊、杜兩《訓纂》並行，各題名以别之也。尊説謂：著書者無自加姓名之理，是矣。然謂是班史所加，則上文《訓纂》一篇之上何不加楊雄二字，而必注其下曰楊雄作乎？班氏總記其下曰「凡小學十家四十五篇」，注曰「入楊雄、杜林二家三篇」，可知此楊、杜兩《訓纂》及杜林《蒼頡故》一篇，皆《七略》所無有而班固增入之，劉氏《七略》所收有楊雄《訓纂》一篇，無楊雄《蒼頡訓纂》一篇也。以此證之，《蒼頡訓纂》非出雄手，而《訓纂》與《蒼頡訓纂》兩書固同名而異實矣。此鄙人肊見，自謂頗塙，敢以質之高明。

小坡孝廉足下

曲園拜上

一六[一]

伏讀大著《醫故》，歎其精博，輒貢弁言，未知可用否。附去《勝游圖》，聊供銷夏。鄙人衰老，但有童心，全荒宿學，具見於此矣。手肅，敬頌

小坡世仁兄文安。

世愚弟俞樾頓首

[一] 此札輯自《俞樾手札》，第三六頁。

一七[一]

小坡世仁兄大人文席：

別來惟興居佳勝爲頌。弟到杭旬餘，由湖樓而山館，兩處句留，約月初五可回蘇也。拙作擬墨，附呈大方一笑。又一本，乞并函餉交中丞爲感。冗甚，不及詳寫，即頌吟安。

世弟俞樾頓首，九月十八日

一八[二]

承示大作，蒙莊筆意也。偶黏數籤，以副虛懷，未必有當，惶悚之至。復頌文安。

弟樾頓首

[一] 此札輯自《俞樾手札》，第一三頁。

[二] 此札輯自《俞樾手札》，第一九頁。

小坡孝廉侍史

一九〔一〕

小坡世講查覽：

承賜讀諸作，天機清妙，吐屬不凡，自是君身有仙骨也。《詩夢圖》勉題四律，殊不足副盛意。手肅，敬頌文安。

世愚弟俞樾頓首，十月三日

〔一〕此札輯自《俞樾手札》，第二二頁。

二〇〔一〕

小坡仁兄世大人侍史：

承示佳章，連日碌碌，未克酬和。今又投珠玉，誦之慙怍，容再奉酬，先將杭州雜詩呈教，并附花農詩，并乞照入。此頌吟祉。

世弟樾頓首，廿五日

二一〔二〕

小坡仁兄侍史：

〔一〕此札輯自《俞樾手札》，第二五頁。

〔二〕此札輯自《俞樾手札》，第二八頁。

弟來武林半月矣，湖樓、山館兩處句留，返棹當在浴佛後也。近詩兩首呈教。此頌吟祺，不一。

弟樾頓首

一二一[一]

小坡世仁兄孝廉足下：

承手書，并惠讀大作《水調歌頭》，音調雄壯，意思纏綿，合作也。且此調雄闊而不甚細膩，亦不必再倩紫霞正律矣。昨有拙作一首，聊博一笑。新尚衣奉君見過，弟未知其號，便中示悉爲荷。手此，敬頌文安。

世愚弟俞樾頓首

[一] 此札輯自《俞樾手札》，第三二至三三頁。

一三二[一]

頃草數行，擬交使者齎還，而已無及矣。因又呵凍録拙作一首，即希雅正。前所呈詞如尚在案頭，仍望擲還，擬將續作者一并付鈔胥録附其後也。手此，再頌吟安。

曲園拜上。

[一] 此札輯自《俞樾手札》，第一四至一五頁。

致鍾文烝（一通）〔一〕

前承談及荀卿年歲可疑，頃偶讀《鹽鐵論·毀學篇》曰：「方李斯之相秦也，始皇任之，人臣無二。然而荀卿爲之不食，覩其罹不測之禍也。」是李斯相秦，荀卿及見之。考《李斯傳》，斯相始皇，在既并天下稱皇帝之後。上溯齊宣王末年，據《六國年表》，已一百有四年，而劉向《敘録》稱荀卿以齊宣王時來游稷下，《史記》又稱其五十始游齊。然則，李斯相秦時荀卿之年在一百六十内外矣，事誠可疑。先生何不博考群書，證明荀卿年歲，亦一快事也。

〔一〕此札輯自《春在堂尺牘》卷四，題作「與鍾子勤孝廉」。

致周學濬（一通）〔一〕

縵雲老前輩大人閣下：

春間聞抱西河之戚，即思以一函奉慰，而不敢以浮詞瀆陳清聽，遲遲未果，深愧稽遲。數月來，伏惟順時頤養，杖履優游，一切付之達觀矣。伏思修短之數，無可如何，雖以尼山之聖，不能不目覩伯魚之變；然七十從心，無入不得，則所以處之者必有道矣。老前輩精神强固，後福方長，當户遺男抱孫可望，務求善自排解，以養天和，幸甚。樾接奉訃函，因帶水之隔，未克以瓣香伸意，良深歉仄。手肅，敬請道安，伏惟惠鑒不宣。

侍生俞樾頓首

〔一〕本札輯自《同光名人手簡真蹟》。

致朱澄瀾（一通）〔一〕

承詢「資宗」事，竟未知所出。《宋史》岳忠武本傳，於建儲事甚略，惟云：「紹興八年秋，召赴行在，命詣資善堂見皇太子。飛退而喜曰：『社稷得人矣，中興基業，其在是乎？』」又云：「十年，金人攻拱亳，命飛馳援。將發，密奏言：『先正國本，以安人心，然後不常厥居，以示無忘復讎之意。』帝得奏，大褒其忠。」蓋本傳所言建儲事止此。建儲者，請立孝宗爲太子也。孝宗本太祖七世孫，而高宗選育于禁中，使讀書資善堂，而太子之名猶未正，三十年始立爲皇子。岳忠武於紹興八年見之於資善堂，十年請正國本，其意蓋欲早立孝宗爲太子而已。岳珂《籲天辨誣録敘》云：「方代邸侍燕間，嘗一及時事。檜怒之，輒損一月之俸。趙鼎以資善之議忤檜，卒以貶死。其謀危國本之意非一日矣。先臣誓衆出師，乃首進建儲之議，犯其所不欲」云云，

〔一〕此札輯自《春在堂尺牘》卷五，題作「與朱玉圃同年」。

代邸及資善，並指孝宗。代邸者，以漢文爲比，資善則其堂名也。疑《四朝言行録》所云「正資宗之名」者，「資宗」亦「資善」之誤耳。

致朱福榮（一通）[一]

辱手書，知京寓清吉，甚慰。僕主講浙中，寄孥吴下，去冬以青蚨千貫典得馬醫巷潘文恭舊第而居之，從此其長爲吴下阿蒙乎？比年以書院而兼書局，歲入不爲瘠薄，而家用日見紛緐，漏巵之命，無可如何。《傳》云「君子有遠慮，小人何知？」得過且過而已。老妻病體，緜歷數年，今春加劇，氣血竝虧，醫者或議滋陰，或議扶陽，服之皆對，而迄不能奏功。僕亦精力衰頹，迥非昔比，看來皆非長壽身也。大兒仍擬令其至直隸候補，小兒痁疾難瘳，只可聽之。幸其已有一子，頗覺茁壯，笑言啞啞，聊供愚夫婦眼前一樂。我躬不閱，遑恤我後乎？足下近況知亦不甚佳，京曹清苦，自昔然矣，惟望努力，青雲再進一步耳。

[一] 此札輯自《春在堂尺牘》卷二，題作「與朱伯華比部」。

致朱欽甫（二通）〔一〕

一

欽甫仁兄世大人閣下：

得手書，并七月分薪洋，許處及舍姪孫處亦如數收到，費神，謝謝。令兄視學中州，賀賀，如發竹報，并希道及。示及録遺甚嚴，未知有補録者否？手此布復，敬頌元安。

世愚弟期功俞樾頓首，八月初七日

渭兄均此請安。

〔一〕以下二札均輯自北京保利國際拍賣有限公司五週年秋季拍賣會「古籍文獻及名家墨蹟（B廳）」第〇〇六三號拍品。

二

欽甫仁兄世大人閣下：

接手書，并洋八十六元四角，費神，謝謝。此尚照舊章，五月後想須減半，但不知照原數減半乎？抑照已折之數再減半也？許處及舍姪孫已即寄付，并致此意矣。小孫久困禮闈，濫登上弟，辱承獎飾爲愧。時勢至此，一弟亦不足爲重。小詩二首，姑徇世俗之見，寄博一笑。手肅，敬請暑安。

世愚弟期俞樾頓首，五月廿二日

致朱泰修（二通）

一[一]

鏡香老世叔同年賜覽：

頃承枉顧，知即放秣陵之棹，不久榮蒞花封矣。遡聽好音，良用欣忭。琴西同年一書，求到日封口飭交。手肅，敬請升安。

年世小姪樾頓首

[一] 此札輯自上海敬華藝術品拍賣有限公司二〇〇一年十二月第四三〇號拍品。

二〔一〕

鏡香世叔年大人閣下：

前承復示讀悉，楹帖涂奉，恐不足用，乞轉致之。尊事已力言於中丞，外間勿説及爲幸。復書呈覽，覽畢仍賜還。此頌升安。

年世小姪樾頓首

〔一〕此札輯自上海敬華藝術品拍賣有限公司二〇〇一年十二月第四三〇號拍品。

致朱宜振（三通）

一〔一〕

詵伯仁兄世大人閣下：

久違芝宇，時切馳思。聞滬局從公，賢勞懋著，升華在望，健羡良深。弟僑寓吴中，益形衰老，日内又有西湖之行，亦年年成例，非游春也。内自姪姚巡檢祖詒，奉檄充貴局巡查委員，初次當差，諸未諳練，伏求隨時指示，俾有遵循，不致隕越，感德無既。手肅布託，敬請勛安，伏希荃照不宣。

世愚弟俞樾頓首

〔一〕本札輯自中國嘉德二〇一二秋季拍賣會「古籍善本」第五六四九號拍品。

二[一]

詵伯仁兄世大人閣下：

日前奉謁，知台旆有滬上之行，近想已吉旋吴下矣。弟有寄徐季和學使輓聯一封，聞屺懷言，尊處可以附寄，敬求附寄太平爲感。如不甚便，則待其回籍再送亦可。費神酌定，幸甚。手肅布瀆，敬請勛安，惟鑒不宣。

世愚弟俞樾頓首

三[二]

詵伯仁兄世大人閣下：

前趨賀未值爲悵。聞新有松滬之差，敬爲閣下賀。弟有舍親姚縣丞祖順，乃小孫之胞母

[一] 本札爲浙江大地二〇一三年春季拍賣會「近現代書畫（一）專場」第〇二五九號拍品。

[二] 本札輯自中國嘉德二〇一二秋季拍賣會「古籍善本」第五六四九號拍品。

甥，人頗誠實諳練。現當貨捐局查驗委員差，因記有大功一次，求恩賜蟬聯。謹交上名條，務懇推情照拂，是所深感。手此，布賀大喜，敬請勛安，統惟台照不宣。

世愚弟俞樾頓首

再有，候補通判吴汝繹求賞差使，此則聽候尊裁。弟因有世誼，故附及之。又啓。正月二十五日。

致朱振聲（一通）[一]

讀手書，知尊公六歲而孤，竟不知令祖是何名諱，惟據尊慈之言，知有曉閣之號。愚檢《甲辰同年録》，浙江是榜有朱錞、朱泰修，均非杭人。惟副榜第一名朱炳文，字彪如，號寅谷，亦號瀛閣，又號葵生。嘉慶丁卯正月二十八日生，杭州府稟生，是爲令祖無疑，敬以奉告。然號瀛閣，不號曉閣，鄙人竊有疑者。疑曉閣是少閣之訛，少閣乃瀛閣之子，尊公爲少閣之子，則瀛閣之孫也。且以名而論，瀛閣君名炳文，炳從火旁，尊公名鋆，鋆字從金，以五行相生言之，中間宜有一代從土者。瀛閣君生嘉慶丁卯，至今已九十五年，則以尊公爲其孫，年齒亦復相當，而足下乃瀛閣君曾孫也。以意妄揣，未必有合，請博諮故老而考定之。

[一] 此札輯自《春在堂尺牘》卷七，題作「與朱振聲」。

致朱之榛（六十三通）

一〔一〕

竹石仁兄大人閣下：

前日走賀，未克登堂爲歉。去年曾蒙索觀近刻，謹將前年所刻《俞樓雜纂》五十卷并《録要》一卷呈教，伏希照入。又有瀆者：舍表弟蔡鏡瑩以微員需次吴中，苦無差委，聞貴局中武進、寶山二處尚須添派小委員，可否推愛酌委一差，俾得及時自效，戴德無極。手肅瀆商，敬請勛安，順賀春祺不宣。

愚弟俞樾頓首

〔一〕本札爲私人藏品，蘇州圖書館孫中旺見示。

二[一]

竹石仁兄大人閣下：

入春來，伏惟台候萬福。弟一病兩月，至今未能出房，有疏走候爲歉。去年續刻拙著九卷，謹呈雅教。《鐘鼎遺稿跋》已刻入《雜文三編》第三卷矣。正月以來，在臥室養疴，將先君所作時文選刻百篇，已交手民刊版矣。先君時文，理法清真，華實並茂，刊成再當呈教。手肅，敬請勛安。

愚小弟期俞樾頓首

再者，先君文稿中間有手録椒堂先生評語，稱椒堂師。然則弟與吾兄本有孔李通家之誼，向來稱謂，過涉謙光，幸勿再施也。

世愚弟樾再頓首

[一] 此札輯自《朱之榛所收函札》，國家圖書館藏。

三〔一〕

竹石仁兄世大人閣下：

昨承復函，敬悉一切。兹聞荆溪縣薛公將次履任，舍親蔡芸庭老成練達，歷辦徵收，從無貽誤，荆溪情形，尤爲熟識。謹附上名條，敬求鼎力推荐，是所深感。手肅布託，即請勛安，再走候起居，不一一。

世愚弟俞樾頓首，七月十七日

四〔二〕

竹石仁兄世大人閣下：

弟今歲仍仿去年之例，賣擬墨助賑，謹以五十本奉呈大教。每本售洋錢一角，伏求惠付洋

〔一〕本札輯自上海鴻海二〇一〇年春季拍賣會「文苑英華書畫文獻碑版專場」第〇三四五號拍品。

〔二〕此札輯自《上海圖書館藏歷代手稿精品選刊・俞曲園手札》，第二三一頁。

蚨五翼，俾得彙付災區，稍助杯水，亦仁人之賜也。小詩述懷，即博一粲。手此，敬請勛安。

世小弟俞樾頓首，初一日

五〔一〕

竹石仁兄世大人閣下：

弟以病久不出門，昨以應酬一出，又值衙期，故未上謁。伏惟台祺多福爲頌。弟有致浙學使潘嶧翁一函，敬求加封寄達爲感。舍親蔡芸庭往年曾蒙賜荐館地，伊至今感激。近數年來皆在太倉州署辦徵收事，今年失館，欲求賜荐新太倉牧程君處，未知可否？程君與蔡舍親本相識，或憫其年老，略賜乾脯亦可。附上名條，惟酌行之。手此，敬請台安。

世愚弟俞樾頓首，初六

〔一〕本札輯自上海鴻海二〇一〇年春季拍賣會「文苑英華書畫文獻碑版專場」第〇三四五號拍品。

六[一]

竹石仁兄世大人閣下：

前承惠顧暢談爲快。拙書「福壽」二字在杭州刻版搨印，奉博一笑。蘇州官醫局朱君出缺，已補人否？兹有繆勵初司馬鈺，乃繆武烈公之子，醫理甚精。從前彭雪翁曾服其藥，頗似見效，而雪翁不能常服，以致無功。舍親宗湘文觀察極信之。此君现在蘇城，可否與方伯商量，賞派醫局，似亦可謂得人。公如便中，問之任小沅中丞，伊亦深信此君。寓中有病者，即延其醫治，當必竭力贊成，不以弟言爲謬也。手此奉商，敬請台安，惟鑒不宣。

世愚弟俞樾頓首，廿六日

[一] 本札輯自上海鴻海二〇一〇年春季拍賣會「文苑英華書畫文獻碑版專場」第〇三四五號拍品。

七[一]

竹石仁兄世大人閣下：

聞旌旆即將臨滬，弟小有感冒，未克趨送爲歉。想豸節所臨，如臨淮在軍中，旌旗變色矣。舍親姚祖順已於前日還滬，因忽忽搭船而去，未及稟辭，屬爲轉達，謹在滬伺候台麾也。其差事望推愛留意。惟聞年内出有貨捐局小差，此則名雖委員，實同司事，想滬上自必另有人在，非弟爲舍親求於閣下者也。米生事想須到滬再計矣。手此，布請勛安，恭送吉行。

世愚弟俞樾頓首

再啟者，劉河局員孔昭芬，其人尚謹飭，想可奉職無過。乃弟年再姪，故敢附聞。弟再頓首。

〔一〕本札爲北京華夏藏珍二〇一一年仲夏拍賣會「中國近當代名人墨蹟專場」第〇三六五號拍品。

八〔一〕

竹石仁兄世大人閣下：

日前奉謁，暢談爲快。兹有即用知縣劉正敎，乃弟在河南時進學門生，四十年前舊雨也，北人爽直，其材亦尚可造。如有相當差使，幸公進而試之。手肅，敬請勛安。

世愚弟俞樾頓首，二月初八日

九〔二〕

竹石仁兄世大人閣下：

〔一〕此札輯自《朱之榛所收函札》，國家圖書館藏。

〔二〕此札輯自《朱之榛所收函札》，國家圖書館藏。

久闊甚念，惟勛望益隆，起居增勝，定如所頌。弟老境屯邅，家門凋落。小孫婦賢而不壽，意甚悼之。爲作小傳，附以四詩，徧贈知交，謹以一册呈鑒。手肅，敬請勛安。

世愚弟功俞樾頓首，初十

一〇[一]

竹石仁兄世大人尊右：

前承復書，知局員更動，權在中峯，此實在情形，何敢再瀆。惟見在有舍親沈典史慶年，聞新章，各局均派有司事委員，欲求賞派一差。其人甚眾，其事甚微，由公主裁，可否録用，敬求裁定。手此布瀆，敬請勛安。

世愚弟俞樾頓首，十八日

[一] 此札輯自《朱之榛所收函札》，國家圖書館藏。

一一(一)

竹石尊兄世大人閣下：

時交梅夏，伏惟動定萬福。前爲沈舍親求鰲局司員，荷承惠允。今聞出月有下游震澤車坊三處司事委員瓜代及期，敢求酌派其一，戴德無量。名條附上。外拙刻《賓萌集》第六卷呈政。手肅，敬請勛安。

世愚弟俞樾頓首，閏十三日

一二(二)

再啟者，舍親沈慶年蒙派充上游鰲局司事委員，已將報滿。聞翁少畦大令爲之稟留，未知

(一) 此札輯自《朱之榛所收函札》，國家圖書館藏。

(二) 此札輯自《朱之榛所收函札》，國家圖書館藏。

可破格賜準否？伏求裁奪。

弟樾再頓首

一三〔一〕

竹石仁兄世大人閣下：

頃敝門下林晉霞大令來，言外間喧傳學古堂應即改爲中西學堂，未知學古堂於何時截止？本月公事應否照常辦理？伊稟見請示，未蒙傳見，屬弟代探，敬求示悉爲荷。手此，敬請勛安。

世愚弟期俞樾頓首

〔一〕此札輯自《上海圖書館藏歷代手稿精品選刊·俞曲園手札》，第二三二頁。

一四[一]

竹石仁兄世大人閣下：

入新正來，弟因病未克趨候春禧，歉甚。中西學堂聞即將開辦，章式之孝廉鈺求充中學教習。此君爲公所素知，且蒙青眼，故敢代求。如可位置，千乞留意。手此布託，敬請勛安，俟春融病間，再走叩起居。匆匆不盡。

世愚弟期俞樾頓首，十二日

一五[二]

竹石仁兄世大人閣下：

[一] 此札輯自《上海圖書館藏歷代手稿精品選刊·俞曲園手札》，第二三三至二三四頁。

[二] 此札輯自《朱之榛所收函札》，國家圖書館藏。

昨奉復箋，敬悉一切。茲又有瀆者，書局核減薪水，想公自有權衡。惟有章式之孝廉鈺，吴中名士，汪柳門當會總時深以不得其人爲歉。此君書局薪水每月止得八金，爲數無多，倘公垂念寒氈，俾得在不減之列，不特身受者銘感也。手肅布瀆，敬請勛安。

世愚弟期俞樾頓首，初十

一六[一]

竹石仁兄世大人閣下：

頃由小孫壻、女欲歸常熟，而大雨逆風，船不能行，未識飛雲、利川兩輪船已還蘇否？如已還蘇，公能爲弟一借用否？手此布商，即請勛安。

世愚弟俞樾頓首，廿八日

如可借，則明日一早開行。但利川船身重大，恐不甚宜，飛雲最妙也。弟又及。

〔一〕本札輯自上海鴻海二〇一〇年春季拍賣會「文苑英華書畫文獻碑版專場」第〇三四五號拍品。

一七[一]

竹石仁兄世大人閣下：

久未趨前，伏惟台候萬福。弟日來爲柳門侍郎所嬲，頗多唱和之作，雖不成詩，亦未忍便棄，刻入《曲園雜纂·吳中唱和集》之後。今以一册奉呈清正，兼博一笑。手此，敬請台安。

世愚弟期俞樾頓首，五月十七日

一八[二]

竹石仁兄世大人閣下：

[一] 此札輯自《朱之榛所收函札》，國家圖書館藏。

[二] 此札輯自《朱之榛所收函札》，國家圖書館藏。

久未晤，伏惟台候萬福。今科丁酉，距弟中副榜六十年矣。感念前塵，又有擬墨之作，謹呈一册，即請教益。此頌勛安。

世愚弟功俞樾頓首，初十

一九〔一〕

竹石仁兄世大人閣下：

弟新製傳奇二種，雖未必協律可歌，而意則頗新，且亦甚確。記日前曾略成大義，今已刻成，奉呈清正，或命侍者歌而聽之，當稍勝於聽亂彈班也。外有敝相好朱巡檢福履求賞派盤門旱巡差，未知可否？名條附上，求酌定。手此，敬請勛安。

世愚弟俞樾頓首，二十一日

〔一〕此札輯自《朱之榛所收函札》，國家圖書館藏。

二〇[一]

竹石仁兄世大人閣下：

春寒太劇，春雪連緜，未克走叩。伏惟台候萬福。兹有敝相好朱巡檢福履，求賞派錫金絲捐差。其人頗勤練可恃，附上名條，伏求鑒納。外元旦試筆詩，并博一笑。手肅，敬請勛安。

世愚弟俞樾頓首，二月廿九

二一[二]

竹石仁兄世大人閣下：

[一] 此札輯自《朱之榛所收函札》，國家圖書館藏。

[二] 此札輯自《朱之榛所收函札》，國家圖書館藏。

前聞榮攝糧儲，以老病未克走賀爲歉。昨得花農書，有奉致一函，謹爲代達。弟今年詩已刻成半卷，多而不工，殊可愧恧。附呈清正，幸有以教之。手肅，敬請勛安。

世愚弟俞樾頓首，廿一日

一二一〔一〕

聞公六旬大慶在即，無以爲壽，手書楹聯將意，秀才人情，幸勿哂也。手肅，敬請竹石仁兄世大人壽安。

小弟樾拜上

〔一〕此札輯自《朱之榛所收函札》，國家圖書館藏。

一三[一]

承示大著楹聯，顛仆不破，字字可以鎮紙，此四十字，亦四十賢人矣。無所獻替，敬繳。附上《銷寒吟》，游戲之作，所謂無益費精神也。敬呈一笑。復請

竹翁仁兄世大人安。

世愚弟樾頓首

一四[二]

竹石仁兄世大人閣下：

昨惠顧暢談，兼拜厚貺，感甚，感甚。拙著《全書》目録二紙，近年所刻，略盡於此，附呈台

[一] 此札輯自《朱之榛所收函札》，國家圖書館藏。

[二] 此札輯自《朱之榛所收函札》，國家圖書館藏。

覽。又時文二册，花農刻於廣東者，博世兄輩一笑。今歲川督欒峰制府六十生日，聞吴中有壽幛寄川，由臺端轉達，弟亦有壽對一聯，并信一函，敬求附去。瑣瀆，不安之至。肅請勛安，統惟惠鑒。

世愚弟俞樾頓首，十一日

二五[一]

竹石仁兄世大人閣下：

暑甚，未克走候起居，伏惟萬福。弟因小孫尚在京城，甚爲懸懸。聞其移居尹署，因兼署府尹陳小石是至親也。今有一信，求飭寄順天府署，能用排單，以期速達，尤感。手肅布懇，敬請台安。

世愚弟俞樾頓首，七月十一

[一] 此札輯自《朱之榛所收函札》，國家圖書館藏。

一二六〔一〕

時局益亟，而小孫仍滯軟紅。兹有一函，仍求賜用排單，遞寄順天府爲感。屢次煩瀆清神，悚悚。手肅，敬請

竹石仁兄世大人台安。

世愚弟俞樾頓首，二十一

一二七〔二〕

竹石仁兄世大人閣下：

頃聞六門落地捐委員已將瓜代，有敝相好徐經歷可範冀得此差。其人甚穩練，且精醫理，

〔一〕此札輯自《朱之榛所收函札》，國家圖書館藏。

〔二〕此札輯自《朱之榛所收函札》，國家圖書館藏。

敝寓屢延其診治，頗能奏效。用敢附上名條。敬求言於護院，伏鼎言之力，當可有成也。小孫今日有電來，知已行抵清江，想不日可到，知關愛注，附以奉聞。手肅，敬請台安。

世愚弟俞樾頓首，七月三十

一八〔一〕

前日得八月廿三日小壻許子原都門來書，知與陳小石同住汪芝蔴胡同，京中尚平靜可居。廖仲山督出避昌平，即回京矣。慶邸率在京各官奏請回鑾，未知允否？尊處如有聞，求示悉。

樾再啟

〔一〕　此札輯自《朱之榛所收函札》，國家圖書館藏。

二九[一]

竹石仁兄世大人閣下：

舍外孫王念植差事，深荷玉成，感德無既。頃由徐花農閣學寄來信一函書，敬爲代呈。又去年拙作詩一卷，并呈教正。手肅布謝，敬請勛安。

世愚弟俞樾頓首，廿六日

三〇[二]

再啟者，杭州丁氏刻《武林藏書録》，弟題一詩，丁氏刻冠其編，并刷印數紙見贈，今附呈台

[一] 此札輯自《朱之榛所收函札》，國家圖書館藏。

[二] 此札輯自《朱之榛所收函札》，國家圖書館藏。

覽，即希吟正。此詩亦書生之見，不值大雅一笑耳。手此，載請台安。

弟樾再頓首，五月望

三一〔一〕

竹石仁兄世大人閣下：

頃有崇明沈令來函，其事弟所不知，函中亦言之不詳。聞其素蒙青眼，故敢以函奉呈。函中求免留緝，未識能如其請否？并聞有參劾之説，未知公之大刀能免其白簡否？瑣屑瀆陳，惶悚，惶悚。因其人實詁經肄業多年者也。手肅布瀆，敬請台安。

世愚弟俞樾頓首

〔一〕此札輯自《朱之榛所收函札》，國家圖書館藏。

三二〔一〕

竹石仁兄世大人閣下：

昨奉回函，知花農有將伯之呼，弟未拆閱，故不知此事，花農與弟信亦不言及，恐其不欲弟知也。尊處如有所贈遺，請徑交上海蔚長厚轉交京城爛麪胡同前内閣部堂徐收最妥，不必由弟處也。敝處亦無熟識之錢莊。手此敬復，即請勛安。

世愚弟俞樾頓首，二十七日

敝處亦無熟識之錢莊。

〔一〕此札輯自《朱之榛所收函札》，國家圖書館藏。

三三[一]

竹石仁兄世大人閣下：

弟老病，有疏趨候，歉如也。今日有陳伯昂太守綸來見，自言年幼，初到省，諸未諳練，務求隨事教訓之，俾無隕越。弟初不識其人，惟乃翁玉蒼侍郎，却與小孫相熟，故敢代達其忱。伏求鑒核。手肅，敬請勛安。

世愚弟俞樾頓首，八月九日

三四[二]

竹石尊兄世大人閣下：

[一] 此札輯自《朱之榛所收函札》，國家圖書館藏。

[二] 此札輯自《朱之榛所收函札》，國家圖書館藏。

弟小病月餘，有失趨候。今病愈，擬赴杭州而爲時已晚，頗思速去速來。現定本月十三日動身，擬借貴局小輪船一送，送到即遣回。未知得空否？恃愛瀆商，有無均求示復爲盼。手肅，敬請勛安。

世愚弟俞樾頓首，初七日

三五[一]

竹石仁兄大人閣下：

弟過十九後有杭州之行，尊處輪船不識可賞薦一用否？無論二十、廿一、廿二等日均可。并求酌奪賜復爲盼。手此布瀆，敬請勛安。

世愚弟功俞樾頓首，十五日

[一] 此札輯自《朱之榛所收函札》，國家圖書館藏。

三六[一]

竹石仁兄世大人閣下：

前日惠顧暢談爲快。承索觀筱帥壽言，徧尋不見，殆由柳門處送回，忘未歸入拙稿中，以致失遺，不可尋覓也。昨問之任毓華兄，據云杭州則有鈔出本，家中無有。并以奉聞。手此，敬請勛安。

世愚弟樾頓首，十六

三七[二]

竹石仁兄世大人閣下：

[一] 此札輯自《朱之榛所收函札》，國家圖書館藏。

[二] 此札輯自《朱之榛所收函札》，國家圖書館藏。

久疏箋候，伏惟起居萬福。弟去年所作詩竟得一卷，敬呈大教。今年詩亦多，但去年則隨作隨刊，今則未也。兹有瀆者，小孫婦歸寧松郡，業已月餘，今欲接歸，爲曾孫男女補種牛痘。而蘇松無便輪，欲求賞借貴局輪船一用。如蒙台允，弟擬於初三日放輪往接，初四日還蘇，請飭該管帶初一、二日到敝寓招呼，以便雇坐船帶往也。松郡無船，故由蘇往云。如輪船不便，則遲早一二日均可。手肅布懇，敬請勛安。

世愚弟俞樾頓首，廿九日

三八〔一〕

竹石仁兄世大人閣下：

頃聞寶應令朱君尚在省垣，未赴任所，果否？敝親家原任福建巡撫王文勤即寶應人。其族人强横無理，屢肆欺淩，文勤在日已然矣。今文勤長子儒卿字廉泉，忠厚長者，被欺尤甚。

〔一〕此札輯自《朱之榛所收函札》，國家圖書館藏。

伏念護持良儒，本地方官之事，況舊家子弟乎？如朱大令來見，望託其遇事照拂，想賢有司亦必以爲然也。手肅布悃，敬請台安，統惟惠察不宣。

世愚弟俞樾頓首，閏初七日

三九〔一〕

竹石仁兄世大人閣下：

薰風南來，伏惟台候萬福。弟病體如常，無可言者。童米生太守此次復來吴下，公念舊憐才，備蒙培植，伊感激之至。惟人材孔多，而事機易失，非公隨時提挈，不克有成，務求終始成全，俾早得一席，則深感上天也。手肅布瀆，敬請勛安，統惟惠鑒。

世愚弟俞樾頓首，初二日

〔一〕　此札輯自《朱之榛所收函札》，國家圖書館藏。

四〇[一]

竹石仁兄世大人閣下：

前呈拙詩一卷，定塵青覽。内中竟有一首誤押重韻，荒急可笑。今作一詩聲明之，謂之自訟其過也可，謂之自文其過亦可，即呈博一笑。又近作二首，一并附呈。此三詩皆用鋼版摹印，但不甚清晰耳。再有瀆者，舍親姚祖詒承蒙派委常熟保甲差，甫及三月，姚祖詒已承改派貨捐局差，例難兼當。其常熟保甲差，可否推愛派舍姪孫巡檢俞侃接辦？則感荷盛情，猶身受也。附上名條。敬請台安，統惟愛鑒。

世愚弟俞樾頓首，初六日

[一] 此札輯自《朱之榛所收函札》，國家圖書館藏。

四一〔一〕

竹石仁兄世大人閣下：

溽暑未闌，新涼已至，伏惟台候萬福。童守米生素承青睞，伊從事學務，意頗闌珊，欲求一鳌差。聞上海貨捐局將次瓜代，未知可賞派米生否？弟眠食如常，而腰腳軟弱，頭目昏花，日甚一日，每日仍昇至外齋，小坐半日，不廢嘯歌。近作二首，附奉清正。手肅，敬請勛安，惟鑒不宣。

世愚弟俞樾頓首，廿三日

花農一信，附呈台覽。

〔一〕此札輯自《朱之榛所收函札》，國家圖書館藏。

四二〔一〕

東瀛小柳君所纂輯鄙人事實，共有六章，兹所見者，乃其第三章也，謹奉台覽。弟已託白須温卿向其購求全本，但白須君與彼不識，須託人轉詢耳。米生事如蘇屬有可位置，更佳也。

復頌

竹翁台安。

弟樾頓首

四三〔二〕

竹石仁兄世大人閣下：

〔一〕此札輯自《朱之榛所收函札》，國家圖書館藏。

〔二〕此札輯自《朱之榛所收函札》，國家圖書館藏。

昨呈之詩尚有未妥之句，請檢出擲還，俟改正再呈教也。手肅，敬請勛安。

世愚弟期俞樾頓首

四四〔一〕

竹石仁兄世大人閣下：

前呈拙詩又改定呈教，乞照入。昨復函誦悉。舍親名條承允轉致，感感。但聞張公已到差，一時未必來見，可復將名條函致張公，更感大德也。手此，敬請勛安。

世愚弟期俞樾頓首

〔一〕此札輯自《朱之榛所收函札》，國家圖書館藏。

四五[一]

竹石仁兄世大人閣下：

聞平湖瀛洲書院講席尚虛，有張明經鈞品學均優，可主此席，此君乃乙酉拔貢，恕齋先生之姪孫，聞與尊處亦有連也。用敢代陳，求賜推轂爲感。手此，敬請勛安。

世愚弟期俞樾頓首

四六[二]

竹石仁兄世大人閣下：

[一] 此札輯自《朱之榛所收函札》，國家圖書館藏。

[二] 此札輯自《朱之榛所收函札》，國家圖書館藏。

頃聞常昭内河釐局已另委員接辦，未知所委何人。弟有舍親姚祖瑱充當該局司事十餘年矣，人頗穩練，是以歷任委員無不信任，現充該局支塘長橋分卡司事。謹附上名條，伏求薦令蟬聯，感德無既。手肅，敬請勛安。

世愚弟期俞樾頓首，十九日

四七〔一〕

竹石仁兄大人閣下：

日前晉謁暢談爲幸。敝世兄孫澤臣承允爲推薦，感荷同深。奉上名條，伏求留意。手肅布瀆，敬請勛安。

世愚弟俞樾頓首，十五日

〔一〕　此札輯自《朱之榛所收函札》，國家圖書館藏。

四八[一]

竹石仁兄世大人閣下：

衰慵有失趨候起居，伏惟萬福。頃有舍親姚巡檢祖詒欲求栽植，無論外縣保甲或釐局司事，賞派一差。此君亦弟至親，故敢瀆呈，如蒙俯如其請，感猶身得也。手肅，敬請勛安。

世愚弟俞樾頓首，二月四日

四九[二]

竹石仁兄世大人閣下：

[一] 此札輯自《朱之榛所收函札》，國家圖書館藏。

[二] 此札輯自《朱之榛所收函札》，國家圖書館藏。

春間爲舍親姚巡檢祖詒求賞外縣保甲差，蒙允留意，同深感激。其人乃弟至親，光景甚窘，用敢瀆求。如有相當差使，隨便賞給一差，戴德無量。手肅，敬請勛安。

世愚弟俞樾頓首

五〇[一]

竹石仁兄世大人閣下：

連日恐妨靜攝，未敢趨候，未知貴恙曾否平復，懸念甚深。頃聞貴轅監印陳君已赴署任，舍親姚巡檢祖詒欲求賞派是差，謹附上名條。能推愛派委，感甚，感甚。其人頗甚謹飭也。手此奉瀆，敬請大安。

世愚弟俞樾頓首，初八

[一] 此札輯自《朱之榛所收函札》，國家圖書館藏。

五一〔一〕

竹石仁兄世大人閣下：

昨承復示，深荷注存。頃有人鈔録迴避告示來，内開：分巡道員及知府以下等官所豁止一府一州一縣，鄰府州縣即非所豁，有應迴避者，由督撫於本省内酌量調補，補者不准同府當差。然則應行迴避人員，一現任一候補，不過令候補者改至他府當差而已，無須改省也。設使兩人俱係候補，似乎較之一現任一候補者情事較輕，若必令其改離本省，似非情事之平。兹當查辦之際，此等處想必明定章程，以昭劃一。弟卻有至親兩人，係胞兄弟，俱是試用佐雜，現在並不在一府當差，似乎於事無礙。應否迴避，求查明示悉，以便遵行。手此布瀆，即請勛安。

世愚弟俞樾頓首

如謂必須迴避，設其兄已補一缺，其弟轉可歸別府當差，不必出省矣，想高明必有裁奪也。

弟又及，二十五日

〔一〕此札輯自《朱之榛所收函札》，國家圖書館藏。

五二[一]

竹石仁兄世大人閣下：

陰雨，久未趨候起居，伏惟萬福。近聞上海縣保甲差已屆瓜期，舍親姚縣丞祖順求賞派是差。其人於上海情形頗熟，附上名條，敬求裁奪。此請台安。

世愚弟俞樾頓首

五三[二]

竹石仁兄世大人閣下：

[一] 此札輯自《朱之榛所收函札》，國家圖書館藏。

[二] 此札輯自《朱之榛所收函札》，國家圖書館藏。

昨承復示，舍親姚縣丞祖順蒙允栽培，同深感戴。舍親到省已十有八年，歷當差使，尚無貽誤，謹以奉聞。手肅，敬請台安。

世愚弟期俞樾頓首，初十

五四[一]

竹石仁兄世大人閣下：

久失趨候，老病使然，想所諒也。近作八首，感遇述懷，奉呈清政，兼博一粲。肅請勛安。

世愚弟俞樾頓首

[一] 此札輯自《朱之榛所收函札》，國家圖書館藏。

五五[一]

竹石仁兄世大人閣下：

頃舍親沈藻卿大令有事相求，屬弟以一言爲之先，想公垂念世交，或能玉成其事也。手肅，敬請勛安。

世愚弟俞樾頓首

五六[二]

竹石仁兄世大人閣下：

[一] 此札輯自《朱之榛所收函札》，國家圖書館藏。

[二] 此札輯自《朱之榛所收函札》，國家圖書館藏。

頃聞北路總巡吴汝繹以瑣事上干譴責，總由其辦事鹵莽，致涉操切，亦深自悔咎，尚求施恩，寬其既往，以後總屬其諸事小心。稟承鈞旨，藉免愆尤，以圖報效，想大君子亦必許之也。手肅，敬請勛安，伏惟惠鑒。昨復示敬悉，并謝。

世愚弟俞樾頓首

五七〔一〕

竹石仁兄世大人閣下：

久未趨候，惟冬祺增勝爲頌。頃得林令頤山來函，即呈台覽，並求裁示，以便覆知。外拙詩呈博一笑。手肅，敬請勛安。

世愚弟俞樾頓首

〔一〕此札輯自《朱之榛所收函札》，國家圖書館藏。

五八[一]

竹石尊兄世大人閣下：

小孫北上，荷蒙厚贐，感謝不盡。拙詩四首，乃近作也，其事可笑，其詩不工，附呈清政，兼發大噱。案頭有新憲書，乞見惠大小各一二本爲感。手肅，敬請勛安。

世愚弟俞樾頓首

五九[二]

竹石仁兄世大人閣下：

[一] 此札輯自南京圖書館藏《名人手札乙百頁》。

[二] 本札輯自《近現代名人書札手蹟鑒賞》第一册，第一九頁。

聞常昭海口釐局委員報滿，舍親張令豫立及敉年再姪孔丞昭芬均託轉求。想臺端自有權衡。弟謹爲達之左右而已。手此，敬請台安。

世愚弟俞樾頓首

貴局所配太乙辟瘟丹，求賜數錠爲感。

六〇[一]

竹石仁兄世大人閣下：

倚裝匆促，未及走辭。四月底再叨大教矣。附去陸同鄉名條，如有提案差，敬求賞派爲感。手此，敬請台安。

世愚弟俞樾頓首，二月三日

〔一〕 本札輯自《近現代名人書札手蹟鑒賞》第一册，第一八頁。

六一[一]

竹石仁兄世大人閣下：

前日奉詣，暢談爲快。兹有寄天津一函，輪船未開，人言馬封捷於信局，尊處馬封想視别衙門更捷也。求即加封飭發爲感。瑣瀆清神，容再走謝。即請台安。

世愚弟俞樾頓首，十六日

六二[二]

竹石仁兄世大人閣下：

[一] 本札輯自《近現代名人書札手蹟鑒賞》第一册，第二〇頁。

[二] 本札輯自上海鴻海二〇一〇年春季拍賣會「文苑英華書畫文獻碑版專場」第〇三四五號拍品。

前日走賀大喜，未值爲悵。暑甚，伏惟台候萬福。兹聞葑門城門委員將屆瓜期，有候補巡檢廖思涌，即春間弟拟薦至尊處，爲子雲代庖者。其人雖微末之員，而頗知好學，近來以隸古寫《詩經》已成，似亦下僚中所難，可否賞派此差？出自恩施，敬求裁定。手此，敬請台安。

世愚弟俞樾頓首，二十

六三〔一〕

竹石仁兄世大人閣下：

手示敬悉。吟摩明經今年已定有常局，弟不知也。得弟手書，感承雅命，乃舍常局而就暫局，殊爲可感。尊意欲遲數日到館，但吟摩现在暫寓其同鄉租棧，不能久居，可否掃除一榻之地，明日先請其下榻尊齋，再擇日開館方妙，否則伊無所棲止，頗爲難也。手此，敬頌台安。

世愚弟俞樾頓首，新正廿六

〔一〕本札爲廣東崇正二〇一六年春季拍賣會「古逸清芬・古籍、信札、善本」第〇九一二號拍品。

致竹添光鴻(四通)

一[一]

鶴望方殷，魚書忽賁，始知歸帆安穩，吟席清閑，遥企東瀛，良用欣慰。惟尊處發書於十月十日，而敝處得書亦十月十日，中東之朔不同，究不知相距幾日也。來書以尊夫人偶抱清恙，女公子又在弱齡，湖海豪情，爲之小減。想博望仙槎，再游禹蹟，當在明年春夏間矣。承寄贈安井先生《論語集説》，采擇精詳，傳作也。拙著各書，想貴國具有之，謹寄奉新刻之《曲園雜纂》五十卷，伏希鑒入。

[一] 此札輯自《春在堂尺牘》卷五，題作「與日本儒官竹添井井」。

二[一]

井井仁兄大人閣下：

前接惠書，知已返棹东瀛。仙槎安稳，瀛眷綏和，式符遠頌。弟吴門伏處，宿疾未瘳，精神意興，日益衰積，著述之事，殆將輟筆。頃因服餌，需用貴國硫磺。聞此物在尊處其價不昂，伏乞【下缺】

三[二]

井井仁兄大人閣下：

[一] 此札原件現藏日本。南京大學卞東波教授提供釋文。釋文末尚有「內信外書一包，敬求/奉納先生歸呈竹添先生惠啟/俞樾拜托」三行（當爲信封所題），知札出俞樾之手。

[二] 此札原件現藏日本。南京大學卞東波教授提供釋文。

去夏得惠書，知秋間即可賁臨，旦夕引領，而竟杳然。或者駪征鮮暇，未遑一訪故人乎？敬惟台候勝常，定如所頌。弟自前年烌先慈見背，去年春内人又徂謝。疊遭變故，意興闌珊。入新歲來，年已六十，衰病相尋，著述之事，殆將輟筆。因將所著各書悉付剞劂，道遠，不克盡致左右。謹將所刻《録要》一卷寄呈尊覽，亦足知其大略。又《百哀篇》一卷，乃悼亡之作，又詩三紙，皆近作也，一并寄博一笑。

屬譔《紀事本末序》，已謹譔一篇，病腕多弱，未克親寫，兹將其稿本寄上，請轉付之。又承屬書序文，亦未克握管，容再寫奉也。聞貴處新設華音書院，講求聖學，吾道東矣，不勝欣幸。有敝門下士江子平孝廉珍楹，學問詞章，均所講習。兹航海東游，倘蒙吹噓延納，或亦請從隗始之意乎？手肅，敬頌台安，不盡萬一。

愚弟制俞樾頓首

四〔一〕

岡鹿門來，得手書，并承惠《玉篇》一册，高句驪葠二斤，足見在遠不忘之意，感謝之至。并知仙槎暫返東瀛，起居多福，幸甚！僕比年以來宿痾頻作，精力益衰，著述之事，殆將輟筆。去歲勉從貴國友人之請撰《東瀛詩選》四十四卷，未知已塵鄴架否？僕識見拘墟，而又走馬看花，草草從事，適爲貴國諸詩人所竊笑耳。此外又有《茶香室叢鈔》二十三卷，皆極小之考據，極僻之典故，不足登大雅之堂也。來書云云，崇論閎議，非時流所及。夢見以西法盛行，欲修周孔之遺法以勝之，大哉言乎！鄙意則謂，居今之世，只須《孟子》七篇，便是救時良藥，蓋孟子時有善戰者、連諸侯者、辟土地者，人人自以爲得富强之策，亦猶今人之爭言新法也。使孟子而亦操此説，則無以駕乎其上矣，故盡掃而空之，曰：「盍亦反其本矣。」所謂反本者，無他，省刑罰也，薄税斂也，使耕者願耕於其野，商賈願藏於其市，久之并能使鄰國之人仰之如父母。誠如

〔一〕此札輯自《春在堂尺牘》卷六，題作「與日本人竹添進一」。

是也，在孟子之世，不過朝秦楚而莅中國，若在今日，則海外大九州，莫不來享，莫不來王矣。
迂闊之見，因尊論而一發之，聊博萬里一笑。

致宗源瀚（二通）

一[一]

讀手書，知海水無波，天顏有喜，已邀特簡，即拜真除。此朝野之幸，非止姻婭之光也。至於觀時甚審，借鑒非遥，深論危言，尤所敬佩。比年以來，其地風災地震，層見迭出，未始非上天示警。然聖明天縱，宵旰憂勤，數年後，朝政必當改觀，時局亦宜可振起耳。弟病已愈，而氣分不足，易於阻滯，非藥力所能疏通。承示，宜駕言出游，以寫我憂。然近來精神衰茶，意興頹唐，雖一曲小園中，自小孫女回尊府後，二十餘日來曾未一窺，何論其他乎？近作《曲園自述詩》，可得七言絶句二百首。有此一卷詩，則身後行述、壙中志銘皆可不必矣。附及一笑。

[一] 此札輯自《春在堂尺牘》卷六，題作「與宗湘文觀察」。

二[一]

冥壽非禮，寒家自道光甲辰先祖百歲以來相沿行之。今年六月三日，亡婦姚夫人七十冥壽亦沿此例。其實並不舉動，子戴如未愈，竟不必來，雖小孫女不來亦無不可也。子戴服何藥？虞山有高手醫生否？蘇城竟無其人。舍間遇有人小小感冒，但以家中所配合丸散酌量服之，又極信刮痧之説，用細甆盌或光潔之錢蘸油於背上刮之，百病皆解，重者即輕，輕者即愈。嘗謂：此即古人砭法。古人治疾，先鍼砭而後湯液，今鍼法猶存，砭法竟絶，不知刮痧之法即古人砭法之遺。古無「痧」字，雖《康熙字典》亦無之，實即「沙」字耳。黄河之水天上來，爲泥沙所滯則不行，人身血氣爲風寒暑濕及飲食所滯，猶之沙也。五臟六腑，其係在背，故於背上刮之，則徐徐而解矣。士大夫家多不信刮痧之説，謂是村嫗之見，寒家歷試數十年，知其不謬，率筆奉聞。親家翁博覽群書，深通物理，未識以爲然否？

[一] 此札輯自《春在堂尺牘》卷六，緊接上札，題作「其二」。

不詳姓名者（九通）

一[一]

廉翁仁兄大人閣下：

頃奉手書，并承代寄到貴居停所惠，穆公之側，深賴有人，感甚。又蒙示及許舍親官事。適小壻在津，即轉告之，同深感荷。霉變至九千六百五十餘石，其數不少，未知作何辦法也。捻蹤南竄，僧邸追剿得手，且陳總裁是彼處人，熟悉情形，計不難掃除也。手此布覆，即請箸安。

鄉愚弟樾頓首頓首

（墨筆書「十四日到」）

[一] 本札爲種芸山館收藏。蒙北京大學張劍教授見示圖片。

二[一]

小樓仁兄大人苫次：

客臘十六日始由杭返棹吴中，方得展誦大訃。驚悉尊公遽歸道山，即欲以一書奉慰，而適當歲杪，信局停班，入新正來又碌碌罕暇，箋牘久稽，未知已安奉靈輀還歸梓里，抑尚留滯姚江也。弟以道遠，不克親詣奠醊，歉悚良深。敬具楮敬一函，伏祈循世俗之説，買紙錢焚化靈前，稍伸微意。手肅，布問起居，伏惟援禮節哀，不盡萬一。

愚弟制俞樾頓首

〔一〕本札輯自《浙江圖書館館藏名人手札選（二）》上册，第九頁。俞樾致汪鳴鑾札第二十六通提及「胡小樓茂才祖蔭」，不知是此人否。然本札文字與致王繼香札第五通幾乎全同，又疑小樓爲繼香兄弟行。

三〔一〕

霽亭尊兄同年大人閣下：

武林别後，正切懷思，忽奉訃函，驚悉于中途遘年嫂夫人之變。中年失儷，懷抱可知。弟往歲曾膺斯戚，至今猶覺觸緒悲來，何以爲台端慰乎？惟念老同年，以大年周甲之後，處部務旁午【下缺】

四〔二〕

味卿館丈大人閣下：

久疏箋候，時切馳忱，聞宓子横琴之所，即雷公得劍之鄉，符彩上騰，升華卓著，定符私頌。弟年逾七十，精力益衰，學問亦益退，附上《春在堂全書録要》一册，平生著述已刻者盡具於斯。

〔一〕此札爲上海圖書館藏品。蒙復旦大學盧康華博士見示「上海圖書館珍稀藏品之曲園手札」明信片。

〔二〕本札輯自北京海王村二〇一一年秋季書刊資料拍賣會「古籍善本專場」第〇〇一二號拍品。

又《曲園自述詩》一卷，即身後之碑狀志銘也，并呈青覽。《彭剛直奏稿》《詩稿》，弟爲校刊，今春甫就，亦以一部呈覽，均乘汪貞伯之便也，統希鑒入。手此，敬請升安，恖恖不盡。

館愚弟俞樾頓首

五[一]

卓翁仁兄大人閣下：

秋間由子獻太史寄示尊著，不揣冒昧，弁言其端，方懼以見聞不廣，貽笑高賢；乃蒙賜書獎許，又承示和拙詩。莊誦之下，敬悉公以幹濟長才，未竟其用，耆年碩德，戢影邱園，洵當代魯靈光也。回憶甲辰鄉試，同出韓門，乃非才倖獲，而和璞隨珠，轉見遺於珊網，遂使吾榜失此偉人，頓令同譜爲之減色。然前塵昔夢，五十三年矣，回首當年，良增歎息。韓師自改京曹，落寞殊甚，寓居東花市，一婢應門而已，不久即乞假而歸，弟爲薦一書院，聊資敷衍。韓師在時，

〔一〕本札輯自《上海圖書館藏歷代手稿精品選刊·俞曲園手札》，第三一九至三二二頁。

有姪世兄頻至吳下，來見敏齋及弟，自師作古後，久不通問矣。閣下注念拳拳，足徵古道，敬爲述及。吳下入冬至以來陰雨頻仍，而迄未得雪，百物騰踊，廛市蕭條，越中光景，想當較勝。手肅布復，敬請頤安，伏惟爲道自重。

愚弟期俞樾頓首

外拙詩數詩，皆悠謬之詞，聊寄奉一笑。臘十六日泐。

六〔一〕

貴大老爺：

承交下六、七、八月局薪，收到無誤，并許處、纂玉處，當即轉交。又承惠彩蛋、金肘，拜登謹謝。肅復，即頌升祉。

世愚兄俞樾頓首

〔一〕本札輯自《浙江圖書館館藏名人手札選（二）》上册，第一一〇頁。

茶刀六角。

七[1]

貴大老爺：

承交下洋蚨，如數收到，謝謝。附去拙詩一首，上海章一山孝廉印來者，即呈一笑，并轉致令兄，亦西湖他日一故事也。此請升安。

愚兄俞樾頓首

茶二角。

〔一〕　本札輯自《浙江圖書館館藏名人手札選（二）》上册，第一一一頁。

不詳姓名者

八〔一〕

琴莊世大人館丈惠覽：

昨接風來歸，又展讀大卷，吐屬不凡，風神絶世，名作也。承索觀拙著，謹送上《全書》，借求教益。但未及裝訂爲謙。手此，敬頌留安。

館世愚弟期俞樾頓首

九〔二〕

勉翁大兄大人閣下：

〔一〕本札輯自中國書店二〇〇一年十一月第二九六號拍品。

〔二〕本札爲二〇一九年嘉德秋拍第二一二三號拍品，用「鶴」字信箋一紙。柳向春兄見告。

昨承屬一節，已與徐世兄面商，允以《詞律》六百部送至尊處，銷除前款，乞即檢收。弟亦藉以報復矣。歲事悤悤，不及走答，敬請年安。

愚弟期俞樾頓首

缺上款者（十一通）

一〔一〕

頃承惠嘉殽，謝謝。昨所屬事，僕恐他處空言無益，已切託糧道如冠翁代謀一海運差。此差無公事，亦無薪水，不過明年可得一保舉，如求内奬，可得京銜，如求外奬，可得拔委也。餘事實屬難謀，想必見諒。兹將如觀察回書送覽，并乞足下至糧署挂號稟安不必求見。爲要。此頌升安。

同學樾頓首

〔一〕 本札輯自《明清名家書法大成》第六卷，第一四頁。

二[一]

敬再啟者，昨承談及史世兄求撰其尊甫墓志一節，臥而思之，忽起，有挾而求之意。因弟所撰《茶香室續鈔》廿三卷目録一卷，即擬付之剞劂，然此書字數約在十七八萬光景，洋蚨或百不可，計硯入不足供之。如史世兄能贈我此數，俾刻成此書，則自當敬謹撰述，表揚其先德。但作文潤筆，雖古之所有，而此則未免如昌黎公所言「少室山人索債高」者，意甚恧之。因吾兄文字至交，故以奉商，可言則言，不可言則止，勿强人以所難也。前年曾有停止作文之詩，附奉一笑。

弟再頓首

缺上款者

[一] 本札輯自香港觀想二〇一六年春拍中國古代書畫專場第五三六號拍品《俞曲園手札》。蒙个厂兄賜示圖録。

三[一]

【前缺】聞，以備采擇。此君亦武林舊族，乃王文莊尚書之裔，想花農輩亦必與相識也。手肅，再請台安。

弟樾謹再肅

四[二]

頃敝同鄉姚少鐸太守丙吉來言，前此福州將軍文省翁過滬，曾託其交上銜名，敬求培植，未知曾否達到。屬樾一問，敢爲代陳，伏求雅鑑。樾再啟。

[一] 本札輯自中國嘉德二〇〇四年春季拍賣會「古籍善本」專場第二四五二號拍品。

[二] 本札輯自西泠印社二〇一八年秋季拍賣會「中外名人手蹟及戊戌變法一二〇週年紀念」專場第二三二四號拍品。

五〔一〕

【前缺】以句，卻是新題，一并寄奉，均希照入。味齋爲門下士，取友必端，其人可見。兄即託其帶信物致花農太史，并以書爲介。花農亦貴門下也，與兄師弟之誼最篤，頻有信來，今年考差尚得意，未知能得一差否。手此布復，敬問起居。風便勿吝數行，以慰飢渴，幸甚幸甚。

同學兄樾頓首，五月六日

六〔二〕

【前缺】駐福曜于三吴，新沛隨車之甘雨，即開藩服，允協輿情。弟夙學荒蕪，病軀憔悴。憶昔

〔一〕本札輯自中國嘉德四季第二五期拍賣會「古籍善本」專場第六五〇七號拍品。

〔二〕本札辑自上海國際二〇〇〇年春季拍賣會「古籍善本」專場第〇〇〇八號拍品。

師門忝厠，慙朽木之難雕；即今使節遥瞻，喜清芬之可接。手肅，敬請勛安，補賀大喜，統惟霽照不宣。

世愚弟期俞樾頓首

七〔一〕

【前缺】時，報國之日方長，致身之義有在，援禮節哀，仔肩大事，是所深禱。附去輓聯，乞懸靈右。三月初到杭，再當克趨叩。兄病已全愈，但總覺未能復原，良由衰老使然耳。手肅布唁，即頌禮安，諸惟珍衛不宣。

愚兄俞樾頓首，正月廿一日

〔一〕本札輯自北京瀚海二〇〇四年秋季拍賣會「古籍善本」專場第一八二四號拍品。

八〔一〕

【前缺】幅，未知有當否。弟犬馬之齒已八十有五，精神衰茶，意興穨唐。每日午後使人舁至外齋小坐，百事俱廢，遠不如從前與公吴下相見時矣。聞台旆尚須惠臨吴下，舊雨重逢，自當扶杖承迎也。手肅布謝，敬請勛安，統惟惠照不宣。

愚弟俞樾頓首，小孫侍印

九〔二〕

風塵澒洞，誰是知音，回首卅年，磊落照人肝膽在；荏苒光陰，竟如逝水，沈疴一月，淒凉使我影形孤。

〔一〕本詩札輯自嘉德二〇一三年春季拍賣會「古籍善本」專場第一八七八號拍品。

〔二〕本札輯自西泠印社二〇一八年秋季拍賣會「中外名人手蹟及戊戌變法一二〇週年紀念」專場第二三二四號拍品。

缺上款者

一〇[一]

但言四句，非詩也。録博一笑

有何經濟獻皇都，卻笑吾孫膽氣粗。還似提籃來縣考，正場招覆在頭圖。

樾

一一[二]

拙文受潤，拙書從不受潤，奴輩略需磨墨之資而已。乃承惠洋一枚，書以付之，頗便宜若輩也，謹謝。

俞樾頓首

[一] 本札輯自西泠印社二〇一八年秋季拍賣會「中外名人手蹟及戊戌變法一二〇週年紀念」專場第二三二四號拍品。

[二] 本札輯自《浙江圖書館館藏名人手札選（二）》上册，第一九四頁。

參考文獻目録

一、俞樾著述

《春在堂尺牘》六卷，《春在堂全書》本，清光緒末年增修本
《春在堂尺牘》卷七，稿本，早稻田大學圖書館藏
《曲園老人書札》不分卷，稿本，國家圖書館藏（SB 一七五三三）
《曲園手札》，稿本，南京圖書館藏（館藏號一二〇一六五）
《俞曲園手札》，臺灣圖書館藏（館藏號二一九四六）
《曲園老人遺墨》，民國影印本
日本金澤寺藏俞樾手札，見王寶平《流入東瀛的俞樾遺札》，《文獻》二〇〇一年第一期
上海圖書館藏俞樾手札，見《上海圖書館藏歷代手稿精品選刊·俞曲園手札》上册，上海科學技術文獻出版社，二〇一一年

《俞樾手札》，上海書畫出版社，二〇〇七年
浙江圖書館藏俞樾手札，見《浙江圖書館館藏名人手札選（二）》第一册，中華書局，二〇一一年
洪晨娜整理《俞樾函札輯補》，中國美術學院出版社，二〇一七年
赵一生主编《俞樾全集》第二十七册（《春在堂日記》），第二十八册、第二十九册（《春在堂尺牘》），浙江古籍出版社，二〇一八年

二、他人著述（按作者姓名音序排列，無著者在後）

艾俊川《一下打死七個》，且居（新浪博客）
艾俊川《對小莽蒼蒼齋藏札的幾則 E 考據》，《東方早報》二〇一四年一月十二日 A09 版
北京大學圖書館古籍善本特藏部整理《清代名人手札彙編》，國際文化出版公司，二〇〇二年
陳豪《冬暄草堂師友牋存》，抄本，復旦大學圖書館藏
陳瑞贊《俞樾致張楚南手札十七通繫年考釋》，《文獻》二〇一三年第五期

丁立誠《王風》，稿本，浙江圖書館藏
傅雲龍《纂喜廬存札》，民國影印本
侯倩《俞樾未刊信札兩通》，《書屋》二〇一八年第一期
華寧《俞樾「門下士」、「群經」二札考釋》，《故宫博物院院刊》二〇〇四年第二期
焦霓《揚州市圖書館新見俞樾致戴望書六札考釋》，《揚州文化研究論叢》二〇一六年第二期
季達林、郭志高編校《清代名人手札選》，灕江出版社，一九九九年
江瀚編集，高福生釋箋《片玉碎金——近代名人手書詩札釋箋》，中華書局，二〇〇九年
柳向春《俞曲園致繆筱珊手札六通考實》，沈乃文主編《版本目録學研究》第四輯，北京大學出版社，二〇一三年
彭長卿編《名家書簡百通》，學林出版社，一九九四年
上海博物館圖書館編《冒廣生友朋書札》，上海書畫出版社，二〇〇九年
孫同康《師鄭堂集》，清光緒十七年（一八九一）無錫文苑閣活字本
陶湘編《昭代名人尺牘小傳續集》，臺北文海出版社，一九八〇年
王大隆輯《復禮堂朋舊書牘録存》，復旦大學圖書館藏抄本

王爾敏、陳善偉編《近代名人手札真蹟》，香港中文大學出版社，一九八七年
衛華《吉光片羽　書印俱佳——俞樾致旭翁札》，《收藏界》二〇〇二年第八期
温州博物館編《宋恕師友手札》（上册），浙江攝影出版社，二〇一一年
顔春峰《俞樾函札收件人訂補》，《復旦學報》二〇一七年第一期
顔春峰《俞樾未刊信札兩通訂誤》，《書屋》二〇一九年第一期
姚國文、陳琪《中國徽州文化博物館藏俞樾書札考述》，《書畫世界》二〇一六年七月號
于鬯《四禮補注》，稿本，上海圖書館藏
于鬯《香草校書》，稿本，上海圖書館藏
張之望、張嵋珥《過雲樓秘藏俞樾信札的發现》，《文物鑒定與鑒賞》二〇一五年十月
趙一生、王翼奇編《香書軒秘藏名人書翰》中册，浙江古籍出版社，二〇〇五年
鄭汝德整理，雷群明選編《鄭逸梅收藏名人手札百通》，學林出版社，一九八九年
鄭訓佐《清代名人手札賞評》，山東美術出版社，二〇〇六年
周建忠、施蘭《德清博物館藏俞樾札記考釋》，《東方博物》第五十二輯，二〇一四年
左志丹編著《近現代名人書札手蹟鑒賞》，四川美術出版社，二〇一五年

《八家詩翰書札》，國家圖書館藏（館藏號一七七三四）
《復堂師友手札菁華》，人民文學出版社，二〇一五年
《明清名家書法大成》第六卷，上海書畫出版社，一九九三年
《清代名人信稿》，浙江古籍出版社，一九八七年
《同光名人手簡真蹟》，北京大學藏本
《咸同間名人書札》，國家圖書館藏（館藏號一四九〇〇）
《小莽蒼蒼齋藏清代學者手札》，人民文學出版社，二〇一四年